Humillados y ofendidos

BOREAL

FIODOR DOSTOYEVSKI

Humillados y ofendidos

Ilustración de sobrecubierta: *La cosecha de trigo,* A. Venetsianov (1780-1847).
Galería Tretiakov, Moscú.
Diseño de colección: Álvaro Reyero
Realización de cubierta: Ángel Sanz Martín

Traducción: Víctor Andresco

© Boreal, 1998
Carretera de Irún, km 12,200. 28049 Madrid
Depósito legal: M. 21.161-1998
ISBN: 84-95156-08-3

Impreso en España/Printed in Spain
Impresión: BROSMAC, S. L.

Índice

ÍNDICE

Primera parte

Capítulo I

La tarde del 22 de marzo del año pasado me ocurrió un extraño suceso. Durante todo ese día anduve por la ciudad buscándome un alojamiento. El que tenía era muy húmedo y por aquel entonces ya empezaba a toser de modo alarmante. Desde el otoño quería mudarme, si bien lo demoré hasta la primavera. En todo el día no pude encontrar nada satisfactorio. En primer lugar, quería un alojamiento especial y, por supuesto, que no fuera de huéspedes; en segundo lugar, necesitaba ineludiblemente una habitación grande y, al mismo tiempo, lo más barata posible. Me di cuenta de que en una habitación pequeña resultaba difícil incluso pensar. A propósito, siempre me resultaba más agradable planear mis novelas y fantasear de qué modo iba a escribirlas que el hecho mismo de escribirlas. Y la verdad es que no era por indolencia. ¿Por qué entonces?

Ya por la mañana experimenté cierto malestar, y a la puesta de sol me sentí incluso muy mal: empezaba a notarme una sensación de fiebre. Además, durante todo el día había permanecido en pie y estaba cansado. Por la tarde, justo cuando empezaba a oscurecer, pasaba por la Perspectiva Vosnisiénski. Me gusta el sol de marzo en Petersburgo, sobre todo en su ocaso y, especialmente, en un atardecer claro y frío. De pronto brilla toda la calle, como inundada por una luz radiante y todas las casas parecen lanzar destellos. Sus colores grises, amarillos y verde-sucios pierden entonces por un segundo su aspecto sombrío; como si de pronto se iluminara el alma, como si uno se estremeciera o alguien le empujara por el codo. Una mirada nueva, un nuevo pensamiento... ¡Es extraordinario lo que puede un rayo de sol en el alma del hombre!

Pero el rayo de sol se extinguió, el frío arreció y comenzó a pellizcar las narices, la oscuridad se hizo más densa y el gas brilló en almacenes y tiendas. Al llegar a la confitería de Müller, me detuve de pronto como clavado en el suelo y me puse a mirar al otro lado de la calle, presintiendo que en ese momento iba a sucederme algo extraordinario. En ese mismo instante vi al otro lado un viejo con su perro. Recuerdo muy bien que mi corazón se contrajo con una sensación desagradable, sin que supiese discernir qué clase de sensación era.

No soy un místico y casi no creo en presentimientos ni en conjeturas. Sin embargo, me han ocurrido —como posiblemente les haya ocurrido también a todos— unos cuantos acontecimientos en la vida bastante fuera de lo común. Por ejemplo, este mismo viejo. ¿Por qué ante aquel encuentro sentí inmediatamente que aquella tarde iba a ocurrirme algo fuera de lo corriente? Además, estaba enfermo, y las sensaciones de los enfermos suelen ser casi siempre engañosas.

El viejo, con su paso lento y débil, moviendo las piernas como si fueran palos privados de articulaciones, encorvado y golpeando ligeramente las baldosas de la acera con el bastón, se acercaba a la confitería. Jamás había visto una figura tan extraña y absurda. Con anterioridad a este encuentro, cuando coincidía con él en casa de Müller, siempre me producía una dolorosa impresión. Su gran estatura, su espalda encorvada, su cadavérico rostro de ochenta años, su viejo abrigo roto por las costuras, su sombrero redondo todo abollado, que tendría veinte años y cubría su cabeza calva, de la que pendía en la misma nuca un mechón de pelo no ya canoso, sino blanco-amarillo; sus movimientos, realizados como automáticamente, como si le hubieran dado cuerda, todo esto no podía, en fin, menos que asombrar a quien se lo encontrase por primera vez. Resultaba en cierto modo extraño, de verdad, ver a un viejo al final ya de su vida, solitario, sin vigilancia, tanto más cuanto que parecía un loco que hubiera escapado de sus vigilantes. También me asombraba su extraordinaria delgadez; casi no tenía cuerpo y parecía que a sus huesos sólo se pegaba la piel. Sus grandes pero apagados ojos, hundidos en círculos azules, miraban siempre de frente, nunca de soslayo, y sin ver jamás nada, de eso estoy seguro. Aunque mirase a alguien, se le venía derecho encima como si delante tuviera un espacio vacío. Me fijé en eso varias veces. En casa de Müller empezó a aparecer hacía poco tiempo, no se sabía de dónde y siempre acompañado por su perro. De los clientes de la confitería nunca nadie se atrevió a hablar con él, y él tampoco hablaba con nadie.

«¿Y para qué se arrastra a casa de Müller y qué tiene que hacer allí?», pensaba yo, mientras permanecía al otro lado de la calle y le observaba, movido por un impulso irresistible. Cierta irritación se apoderaba de mí, como consecuencia de la enfermedad y el cansancio. «¿En qué piensa?, continuaba preguntándome. ¿Qué pasa por su cabeza? Pero ¿piensa acaso todavía en algo? Su rostro está muerto hasta tal punto, que ya no expresa nada en realidad. ¿Y de dónde ha sacado ese repugnante perro, que de él no se separa, como si con él formase un todo indivisible, y que tanto se le parece?»

Ese desgraciado perro parece tener también ochenta años; sí, seguro que es así. En primer lugar, era tan viejo de aspecto como ningún perro lo suele ser; y en segundo lugar, porque desde el primer momento que le vi se me ocurrió que éste no podía ser como todos, que era un perro extraordinario, que forzosamente debía ser algo fantástico, estar hechizado; tal vez algún Mefistófeles en forma canina, cuyo destino, por ciertos caminos secretos y desconocidos, estaba ligado al destino de su amo. Al mirarlo, inmediatamente se estaría de acuerdo en que seguramente habían pasado ya veinte años desde que comió por última vez. Estaba flaco como un esqueleto, o —mejor dicho aún— como su señor. Se le había caído casi todo el pelo, incluso en el rabo, que pendía como un palo, siempre apretado con fuerza entre las patas. Su cabeza con largas orejas se inclinaba taciturna hacia abajo. En mi vida había encontrado un perro tan antipático. Cuando ambos iban por la calle —el amo y el perro tras sus huellas—, su hocico tocaba directamente los bajos del abrigo, como si estuviese pegado a ellos. La manera de andar de ambos y su aspecto casi parecían decir a cada paso: «¡Somos viejos, viejos, Señor, qué viejos somos!».

Recuerdo que también se me ocurrió pensar que el viejo y el perro se habían escapado en algún modo de una página de Hoffmann, ilustrada por Gavarni, y andaban por el mundo como anuncios ambulantes del libro. Crucé la calle y entré detrás del viejo.

En la confitería, el viejo se comportaba de un modo extraño; Müller, en pie detrás de su mostrador, empezó a hacer muecas de desagrado al entrar el inoportuno visitante. En primer lugar, el extraño visitante no pedía nunca nada. Cada vez se encaminaba al rincón, hacia la estufa, y allí se sentaba en una silla. Si el sitio junto a la estufa no estaba vacante, entonces, después de permanecer durante algún tiempo estúpidamente asombrado enfrente del señor que lo ocupaba, se iba como perplejo al otro rincón junto a la ventana. Allí elegía una silla, se sentaba despacio, se quitaba el sombrero, lo colocaba a su lado en el suelo, dejaba el bastón junto al sombrero y, seguidamente, apoyándose en el respaldo de la silla, se quedaba inmóvil por espacio de tres o cuatro horas. Nunca cogió en sus manos un periódico, nunca pronunció una palabra, nunca emitió ni un sonido; únicamente permanecía sentado, miraba frente a sí con los ojos muy abiertos y una mirada tan embotada y sin vida, que pudiera apostarse cualquier cosa a que no veía ni oía nada de cuanto tenía alrededor. El perro, después de dar dos o tres vueltas en el mismo sitio, se tumbaba sombrío a sus pies, colocando el hocico entre sus zapatos, suspiraba profundamente y después de estirarse a todo lo largo en el suelo también se quedaba inmóvil durante toda la tarde, como si estuviera muerto durante ese tiempo. Daba la impresión de que estos dos seres yacían durante todo el día muertos en algún lugar y, tan pronto como se ponía el sol, resucitaban de pronto sólo para llegar a la confitería de Müller y cumplir allí una misteriosa obligación, no conocida por nadie. Después de permanecer sentado unas tres o cuatro horas, el viejo por fin se levantaba, cogía su sombrero y se marchaba a algún lugar, a su casa. También se levantaba el perro y, apretando de nuevo el rabo entre las patas e inclinando la cabeza, con el paso lento de antes le seguía maquinalmente. Por fin, los clientes de la confitería empezaron a evitar al viejo. Incluso no se sentaban a su lado, como si les produjera repugnancia. Él no se daba cuenta de nada de esto.

Los clientes de esta confitería son en su mayor parte alemanes. Vienen aquí de toda la Perspectiva Vosnisiénski; todos son propietarios de diferentes establecimientos: cerrajeros, panaderos, tintoreros, maestros sombrereros, guarnicioneros; se trata de gentes patriarcales en el sentido alemán de la palabra. En general, en la confitería de Müller se observan costumbres patriarcales. Con frecuencia, el propietario se acerca a los clientes conocidos, se sienta con ellos a la mesa y consume una determinada cantidad de ponche. Los perros y los niños pequeños del propietario también salían a veces a ver a los clientes, y éstos acariciaban a los niños y los perros. Todos se conocían entre sí y todos se respetaban mutuamente. Y cuando los clientes se enfrascaban en la lectura de periódicos alemanes, detrás de la puerta, en el piso del propietario, vibraban las notas de *Mein lieber Augustin*[1], en el tembloroso piano tocado por la hija mayor del dueño, una alemanita rubia con bucles, semejante a un blanco ratoncito. El vals se escuchaba con agrado. Yo iba a la confitería de Müller los primeros días de cada mes para leer las revistas rusas que se recibían allí.

Al entrar en la confitería, vi que el viejo ya estaba sentado junto a la ventana y el perro tumbado, como antes, estirado a sus pies. Me senté en silencio en el rincón y me planteé mentalmente la siguiente pregunta: «¿Para qué he entrado aquí, donde no tengo absolutamente nada que hacer, cuando estoy enfermo y hubiera sido mejor apresurarme en ir a casa, tomar un vaso de té y meterme en la cama? ¿Es posible, en realidad, que esté aquí sólo para observar a este viejo?». Una excitación se apoderaba de mí. «¿Qué tengo que ver con él?, pensaba recordando aquella extraña y enfermiza sensación con que le había observado ya en la calle. ¿Y qué tengo que ver con todos estos tristes alemanes? ¿Por qué me viene esta extraña disposición de ánimo? ¿Por qué esa preocupación pueril por nimiedades que me noto en los últimos tiempos y me estorba para vivir y ver la vida con claridad, según ya me observó un profundo crítico en su implacable análisis de mi última novela?».

---

[1] *Mi querido Agustín.*

Pero, meditando y afligiéndome, continué, con todo, en mi sitio; aunque me encontraba peor; me resistía a abandonar la tibia atmósfera del local. Cogí un periódico de Francfort, leí dos renglones y me quedé adormilado. Los alemanes no me molestaban. Leían, fumaban y, sólo de cuando en cuando, cada media hora, se comunicaban el uno al otro, de forma entrecortada y a media voz, alguna noticia de Francfort y también alguna ocurrencia o agudez del célebre humorista alemán Safir; después de lo cual, con su orgullo patriótico acrecentado, se enfrascaban de nuevo en la lectura.

Dormité una media hora y desperté con un violento escalofrío. Decididamente, tenía que marcharme a casa. Pero en aquel momento, una escena muda que se desarrollaba en la confitería me retuvo de nuevo. Ya he dicho que el viejo, tan pronto como se sentaba, dirigía inmediatamente la mirada a algún sitio y ya no la detenía en otro objeto durante toda la tarde. También a mí me sucedía caer bajo esa mirada, absurdamente fija y que nada parecía ver. La sensación resultaba muy desagradable, incluso no se podía aguantar y, por lo general, me cambiaba de sitio lo antes posible. Ahora, la víctima del viejo era un alemán pequeño, rechoncho y extraordinariamente atildado, con cuello duro muy almidonado, y el rostro encarnado. Era un cliente de paso, comerciante de Riga, Adam Ivánovich Schultz, según supe después, muy amigo de Müller, pero que no conocía aún al viejo ni a muchos de los clientes. Leía con delectación el *Dorf barbier*[2] y bebía su ponche. De pronto, al levantar la cabeza, se dio cuenta de que tenía encima la mirada inmóvil del viejo. Esto le dejó perplejo. Adam Ivánovich era un hombre muy susceptible y quisquilloso, como lo son en general todos los alemanes «nobles». Le pareció extraño y ofensivo que le examinasen de un modo tan fijo y descortés. Con ahogada indignación desvió la mirada del poco delicado cliente, balbució algo para su capote y, sin decir palabra, se ocultó tras el periódico. Sin embargo, no resistió y, al cabo de un par de minutos, miró despectivamente desde detrás del periódico: la misma mirada terca, la misma observación sin sentido. Adam

[2] *El barbero de la villa.*

Ivánovich también se calló en esta ocasión. Pero cuando la situación se repitió por tercera vez, estalló de ira y consideró un deber defender su rango, no permitiendo que se humillara ante aquel noble público a la magnífica ciudad de Riga, de la cual —probablemente— se consideraba representante. Con un ademán de impaciencia tiró el periódico sobre la mesa, golpeando enérgicamente la varilla con que estaba sujeto y, encendido por la propia dignidad, enrojecido por el ponche y el amor propio, fijó a su vez sus pequeños ojillos de párpados hinchados en el irritante viejo. Parecía que ambos, el alemán y su enemigo, querían vencer al contrario con la fuerza magnética de sus miradas y esperaban quién sería el primero en turbarse y bajar la vista. El ruido de la varilla y la postura excéntrica de Adam Ivánovich llamaron la atención de todos los clientes. Todos abandonaron en seguida sus ocupaciones y, con una curiosidad solemne y silenciosa, observaron a ambos enemigos. La escena resultaba muy cómica. El magnetismo de los ojillos provocadores del encarnado Adam Ivánovich se mostró completamente inútil. El viejo, sin cuidarse de nada, continuaba mirando fijamente al enfurecido señor Schultz; no se daba cuenta en absoluto de que se había convertido en objeto de la curiosidad general, como si su cabeza estuviera en la luna y no en la tierra. La paciencia de Adam Ivánovich se agotó por fin y estalló:

—¿Por qué me mira usted con tanta atención? —gritó en alemán, con voz ruda y penetrante, y aspecto amenazador.

Pero su enemigo continuaba callado, como si no comprendiese o incluso no hubiese oído la pregunta. Adam Ivánovich se decidió a hablar en ruso:

—*Yo a usted preguntado por qué a mí mira tanto insistente* —gritó con redoblado furor—. *¡Yo ser conocido en Corte y usted no ser conocido en Corte!* —añadió, levantándose de la silla de un brinco.

Pero el viejo ni siquiera se movió. Entre los alemanes se produjo un murmullo de indignación. El propio Müller, atraído por el ruido, entró en la confitería. Enterado del asunto, pensó que el viejo estaba sordo y se inclinó hacia su oído.

—El *siñor* Schultz le pide a usted con insistencia que no le mire —dijo tan alto como pudo, mirando con fijeza al enigmático visitante.

El viejo lanzó maquinalmente una mirada sobre Müller y en su rostro, inmóvil hasta entonces, surgieron indicios de un pensamiento angustiador, de una cierta congoja. Empezó a moverse, se agachó gimiendo hacia su sombrero, lo agarró rápido junto con el bastón, se levantó de la silla y, con una penosa sonrisa —la humillada sonrisa del pobrecillo al que echan del lugar que ocupa por equivocación—, se dispuso a salir de la confitería. En este dócil y humilde apresuramiento del pobre viejo decrépito había tanto que movía a lástima, tanto de lo que en ocasiones parece, así como suena, que va a rompernos el corazón, que todo el público, empezando por Adam Ivánovich, cambió su actitud hacia él. Era evidente que el viejo no sólo no podía ofender a nadie, sino que él mismo comprendía que podían echarle de cualquier lugar como a un mendigo.

Müller era un hombre bueno y compasivo.

—No, no —empezó a decir dándole animosos golpecitos en el hombro al viejo—. ¡Siéntese! *Aber herr*[3] Schultz le pide muy insistentemente que no le mire. Es conocido en la Corte.

Pero el pobrecillo tampoco comprendió esto; se agitó todavía más que al principio, se agachó a levantar su pañuelo —un viejo pañuelo azul agujereado, que se le había caído del sombrero— y empezó a llamar a su perro que permanecía tumbado inmóvil en el suelo y, por lo visto, dormía profundamente, con el morro metido entre ambas patas.

—¡*Azorka, Azorka!* —masculló con voz temblona, senil—. ¡*Azorka!*

Azorka no se movió.

—¡*Azorka, Azorka!* —repitió con angustia el viejo, y tocó al perro con el bastón, pero éste continuó sin moverse.

El bastón se le cayó de las manos. Se agachó, se puso de rodillas y con ambas manos levantó la cabeza de *Azorka*. ¡Pobre *Azorka!* Estaba muerto. Había muerto en silencio, a los pies de su amo, quizá por vejez o quizá por hambre. Por un momento, el viejo lo miró pasmado, como sin comprender que *Azorka* había muerto ya. Después se acercó silencioso a su ex servidor y amigo y apretó

---

3 *Pero, el señor.*

su pálido rostro contra su cabeza inerte. Pasó un minuto de silencio. Todos estábamos conmovidos. Finalmente, el pobrecillo se levantó. Estaba muy pálido y temblaba como en un ataque de fiebre.

—Se le puede disecar —dijo el compasivo Müller, deseando consolar al viejo—. Se puede hacer *un buena* disección; Fiodor Kárlovich Krieger es un gran maestro en disecar —repetía Müller, levantando del suelo el bastón y entregándoselo al viejo.

—Sí, yo *magníficamente hacer diseción* —intervino con modestia el propio *herr* Krieger, saltando al primer plano. Era un alemán alto, delgado y virtuoso, con el pelo rojizo ensortijado y lentes sobre una nariz ganchuda.

—Fiodor Kárlovich Krieger tiene gran *talente* para realizar toda clase de magníficas disecciones —añadió Müller, comenzando a entusiasmarse con la idea.

—Sí, yo tengo grande *talenta* para hacer cualquier magnífica disecación —confirmó de nuevo *herr* Krieger—, y yo *a usted hacer* gratis disecación de su perro —añadió con un arranque de magnánimo desprendimiento.

—*¡No, yo a usted pagar, porque usted hará disecación del perro!* —gritó furioso Adam Ivánovich Schultz dos veces más encarnado, desbordándose a su vez de generosidad y considerándose inocentemente causa de todas las desgracias.

El viejo escuchaba todo esto, evidentemente sin comprenderlo y temblando de pies a cabeza como al principio.

—*¡Esperad! ¡Beber usted una copa de coñac bueno!* —gritó Müller, viendo que el enigmático visitante se disponía a irse.

Sirvieron el coñac. El viejo tomó la copa maquinalmente, pero sus manos temblaban y, antes de acercársela a los labios, vertió la mitad y sin beber ni una gota volvió a colocarla en su sitio en la bandeja. Seguidamente, sonriendo de un extraño modo, con una sonrisa que no casaba en absoluto con la situación, con paso apresurado e irregular, salió de la confitería, dejando a *Azorka* en su sitio.

—*Schewernoth! Was für eine Geschichte!*[4] —decían los alemanes, con los ojos desorbitados, mirándose unos a otros.

---

[4]   ¡Qué desgracia! ¡Vaya historia!

Me lancé tras el viejo. A unos cuantos pasos de la confitería, volviendo hacia la derecha, hay un callejón, estrecho y oscuro, bordeado de casas enormes. Algo me hizo pensar que el viejo había ido forzosamente por aquí. La segunda casa a la derecha estaba en construcción y se hallaba rodeada de andamiajes. La valla que rodeaba la casa salía casi al centro del callejón; a esta valla se unía una tabla para los transeúntes. En el oscuro rincón formado por la valla y la casa encontré al viejo. Estaba sentado en el borde de la tabla y, con los codos apoyados en las rodillas, se sujetaba con ambas manos la cabeza. Me senté a su lado.

—Escuche —dije, casi sin saber por dónde empezar—. No se apene por *Azorka*. Vamos, le llevaré a su casa. Tranquilícese. Voy a buscar un coche ahora mismo. ¿Dónde vive?

El viejo no contestaba. Yo no sabía qué hacer. No pasaba nadie. De pronto empezó a cogerme la mano.

—¡Me ahogo! —dijo con voz ronca apenas perceptible—. ¡Me ahogo!

—¡Vamos a su casa! —grité, levantándome y tratando de levantarle con gran esfuerzo—. Beberá té y se meterá en la cama... Ahora mismo traeré un coche. Llamaré al médico... Conozco a un médico...

No recuerdo qué más le dije. Quiso levantarse, pero al hacerlo un poco cayó de nuevo al suelo y empezó otra vez a balbucir algo con aquella voz ronca y ahogada. Me incliné más hacia él y escuché:

—Vasilievski-Ostrov —balbució el viejo con voz ronca—, en la Sexta calle... en la Sexta calle...

Guardó silencio.

—¿Vive usted en Vasilievski? Pero no iba allí... Eso está a la izquierda y no a la derecha. Le voy a llevar en seguida...

El viejo no se movía. Le cogí una mano; la mano cayó como sin vida. Miré su rostro, lo toqué; ya estaba muerto. Yo tenía la impresión de que todo aquello lo estaba soñando.

Este contratiempo me produjo muchos quebraderos de cabeza, durante los cuales mi fiebre desapareció por sí sola. Encontré el piso del viejo. Vivía, sin embargo, no en Vasilievski-Ostrov, sino a dos pasos del lugar donde murió, en casa de Klugen, bajo el tejado mismo, en el quinto piso, en una vivienda independiente compuesta de un pequeño recibidor y una gran habitación de techo muy bajo con tres ranuras en forma de ventanas. Vivía muy miserablemente. Los muebles consistían en una mesa, dos sillas y un viejo diván, duro como una piedra y del que asomaba por todas partes la borra, y aún dichos enseres pertenecían al propietario. Por lo visto, la estufa no se había encendido desde hacía mucho tiempo; tampoco se encontraron velas. Estoy convencido ahora de que el viejo iba a casa de Müller con el único objeto de permanecer sentado a la luz de las velas y de calentarse un poco. Sobre la mesa había una jarrita de barro y una corteza de pan duro. No se encontró ni un *kopeck*. Ni siquiera había una muda de ropa blanca para amortajarlo; alguien dio su camisa. Era evidente que no podía vivir de ese modo, completamente solo; seguramente alguien, aunque fuera de tarde en tarde, iba a visitarlo. En el cajón de la mesa se encontró su pasaporte. El difunto era extranjero, pero súbdito ruso, Ieriemía Smith, mecánico, de setenta y ocho años de edad. En la mesa había dos libros: un resumen geográfico y el Nuevo Testamento traducido al ruso, con los márgenes marcados por lápiz y señales de uñas. Estos libros los cogí para mí. Se interrogó a los vecinos, al dueño de la casa, pero nadie sabía nada. En la casa había muchos vecinos; casi todos eran artesanos y alemanes, que tenían pisos con pensión y criados. El administrador de la casa, un noble, tampoco pudo aportar datos sobre el difunto, salvo que el piso rentaba seis rublos al mes, que vivió en él cuatro meses y que los dos últimos no había pagado ni un *kopeck*. De modo que se vio obligado a echarle del piso. Se preguntó si alguien le visitaba, pero nadie pudo contestar a ello satisfactoriamente. El edificio era grande; mucha gente entraba y salía en este arca de Noé. Resultaba imposible recordar a todos. El portero, que ejercía sus funciones en el inmueble desde hacía cinco años y, probablemente, hubiera podido contar algo, se había ido de vacaciones a su pueblo por dos semanas. Había dejado como sustituto a un sobrino suyo, un joven que todavía no conocía personalmente ni a la mitad de los inquilinos. A ciencia cierta, ignoro en qué fueron a dar todas estas investigaciones. Finalmente, enterraron al viejo. Durante esos días, entre otras gestiones, fui al Vasilievski-Ostrov, a la Sexta calle; nada más llegar allí me reí de mí mismo. ¿Qué podía haber en la Sexta calle aparte de una hilera de vulgares casas? «Pero para qué, pensaba, hablaba el viejo al morir de la Sexta calle y de Vasilevski-Ostrov? ¿No estaría delirando?».

Examiné el piso vacío de Smith, y me gustó. Lo alquilé para mí. Tenía importancia que fuese una habitación muy grande, aunque baja de techo, de manera que, durante los primeros tiempos, siempre me parecía que iba a tropezar con la cabeza. Sin embargo, me acostumbré pronto. Por seis rublos al mes no se podía encontrar nada mejor. Me atrajo aquella perspectiva de total independencia. Sólo me restaba ocuparme del servicio, ya que allí no era posible vivir sin algún criado. El portero me prometió que subiría durante los primeros tiempos, por lo menos una vez al día, para hacer lo más imprescindible. «¿Y quién sabe?, pensaba. Tal vez alguien venga a preguntar por el viejo.» Sin embargo, ya habían pasado cinco días desde que murió, sin que nadie apareciese.

Capítulo II

Durante esa época —precisamente hace un año—, yo aún colaboraba en revistas, escribía artículos y estaba convencido de que, por fin, haría algo grande y bueno. Trabajaba entonces en una gran novela. Pero todo vino a parar en que ahora me encuentro internado en el hospital y, al parecer, moriré pronto. Si voy a morir pronto, parece que no tiene sentido escribir un diario.

A pesar mío, recuerdo, sin pausa, todo este penoso último año de mi vida. Quiero anotarlo todo ahora; de no haberme procurado esta ocupación creo que ya hubiese perecido de aburrimiento. Todas estas impresiones del pasado me turban hasta el dolor, hasta la tortura. Al correr de la pluma adquirirán un carácter más sosegado, más armonioso; se parecerán menos a un delirio y a una pesadilla; yo así lo creo. Sólo el mecanismo de la escritura ya tiene su valor; me tranquilizará y me aplacará, despertará mis viejas costumbres de autor, orientará mis recuerdos y mis dolorosos sueños hacia el trabajo, hacia la acción... Sí, he tenido una buena idea. Además, será una herencia para el practicante; empapelará las ventanas con las hojas de mi diario, cuando coloquen las dobles contraventanas en invierno.

Además, no sé por qué he empezado mi relato por la mitad. Si se va a escribir tanto, entonces hay que empezar por el principio. Bien, pues empecemos por el principio. Por otro lado, mi autobiografía no será larga.

No he nacido aquí, sino lejos, en la provincia de N. Hay que suponer que mis padres fueron buenos, pues fui huérfano desde la infancia. Me crié en casa de Nikolái Sierguiéivich Ijmiéniev, un pequeño comerciante del lugar, que me recogió por caridad. Sólo tenía una hija, Natasha, una niña tres años menor que yo. Crecimos como hermanos. ¡Oh, mi querida infancia! ¡Qué absurdo resulta añorarte y echarte de menos a los veinticinco años y, al morir, recordarte sólo a ti con exaltación y gratitud! ¡Había entonces en el cielo un sol tan radiante, tan distinto al de Petersburgo, nuestros pequeños corazones latían con tanta vivacidad, tanta alegría! ¡Nos rodeaban entonces campos y bosques y no montones de frías piedras como ahora! ¡Qué maravillosos eran el jardín y el parque donde Nikolái Sierguiéivich estaba de administrador! Natasha y yo solíamos pasear por ese jardín, al otro lado del cual había un gran bosque sombrío, donde un día —siendo niños— nos perdimos. ¡Magnífica y encantadora época! La vida se manifestaba por primera vez, maravillosa y enigmática, y ¡era tan dulce familiarizarse con ella! En aquel tiempo, era como si tras de cada arbusto, de cada árbol, viviera todavía alguien, misterioso e ignorado; el mundo de las hadas se fundía con el mundo real. Cuando en los valles profundos se espesaba la bruma del atardecer y formando penachos blancos y sinuosos se enganchaba en los arbustos que se extendían por la pedregosa vertiente de nuestro gran barranco, Natasha y yo, en el borde, cogidos de la mano, con una curiosidad temerosa, mirábamos al fondo. Esperábamos que de un momento a otro alguien saldría a nuestro encuentro o gritaría desde la niebla del fondo del barranco y que los cuentos de la nodriza resultarían una verdad auténtica, de ley. Después de pasar mucho tiempo, recordé una vez a Natasha cómo nos regalaron en cierta ocasión la *Lectura infantil,* cómo corrimos inmediatamente al jardín, hacia el estanque, bajo el viejo y frondoso arce —donde estaba nuestro banco verde preferido—, y empezamos a leer «Alfonso y Dalinda», un relato de hadas. Todavía hoy no puedo recordarlo sin cierto extraño movimiento en el corazón.

Cuando hace un año, le repetí a Natasha los dos primeros renglones: «Alfonso, el héroe de mi relato, nació en Portugal; don Ramiro, su padre», etc., casi me eché a llorar. Debió resultar tremendamente ridículo y posiblemente por eso Natasha sonrió de aquel modo tan extraño ante mi entusiasmo. No obstante, se sobrepuso en seguida —lo recuerdo— y para consolarme ella misma empezó a recordar el pasado. Hablando, hablando, también ella se emocionó. Fue una velada maravillosa. Lo recordamos todo, y también cuando me mandaron interno a un colegio de la capital de la provincia —¡Señor, cómo lloraba ella entonces!— y nuestra última separación, cuando abandonaba definitivamente Vasilievski. Había terminado entonces en el internado y me dirigía a Petersburgo a fin de prepararme para el ingreso en la Universidad. Tenía entonces diecisiete años y ella quince. Según Natasha, en aquella época era yo tan desmañado, tan alto y desgalichado, que no se me podía mirar sin echarse a reír. En el momento de la despedida, la llevé aparte para decirle algo de suma importancia, pero mi lengua se trabó y enmudeció de pronto. Natasha recuerda que me encontraba muy agitado. En efecto, nuestra conversación no iba bien. No sabía qué decir, y ella, probablemente, no me hubiera comprendido. Me eché a llorar amargamente y me fui así, sin decir nada. Mucho tiempo después, volvimos a vernos en Petersburgo. Hace dos años. El viejo Ijmiéniev había venido aquí para gestionar su proceso y yo acababa de lanzarme por aquel entonces a la literatura.

Capítulo III

Nikolái Sierguiéievich Ijmiéniev procedía de buena familia, aunque hacía mucho tiempo que se había arruinado. Sin embargo, a la muerte de sus padres le quedó una buena propiedad con ciento cincuenta «almas» [5]. A los veinte años se dispuso a ingresar en los húsares. Todo iba bien, pero al sexto año de servicio, en

---

[5] Antes de la liberación de los siervos —19 de febrero de 1861— el valor de una propiedad se estimaba según el número de «almas», es decir, de campesinos que eran propiedad de los señores.

una desgraciada tarde, perdió todos sus bienes. Aquella noche no pudo dormir. A la tarde siguiente, se presentó de nuevo ante la mesa de juego y colocó a una carta su caballo, lo único que le quedaba. La carta ganó, después de ella otra, la tercera, y al cabo de media hora había recuperado una de sus aldeas, el pueblecito de Ijmieniévka, en el que había, según el último censo, cincuenta «almas». Cesó de jugar, y al día siguiente presentaba su dimisión.

Un centenar de «almas» se habían perdido irremisiblemente. Al cabo de dos meses obtuvo el retiro con el grado de teniente y se volvió a su pueblecito. Nunca en la vida habló de su pérdida en el juego y, a pesar de su conocida bondad, seguro que habría reñido con quien se atreviera a recordárselo. En la aldea se aplicó a cuidar concienzudamente de la finca, y a los treinta y cinco años se casó con una aristócrata pobre. Anna Andriéievna Schumilova no aportó dote alguna, pero se había educado en un colegio de internado para nobles, en casas de la emigrada Mont Reveche, de lo cual se enorgulleció toda su vida, aunque nadie pudo saber nunca en qué consistía concretamente tal educación. Nikolái Sierguiéievich se convirtió en un propietario modélico. En su casa aprendían a llevar sus fincas los propietarios vecinos. Pasaron unos cuantos años, cuando, de repente, a la finca vecina de la aldea de Vasilievski, que contaba con noventa «almas», llegó de Petersburgo el propietario, el príncipe Piotr Aliexándrovich Valkóvski. Su llegada produjo una fuerte impresión en todos los alrededores. El príncipe, joven todavía, aunque no en la primera juventud, gozaba de una importante jerarquía social y excelentes relaciones, era guapo, con buena posición y, finalmente, viudo, lo que resultaba especialmente interesante para las señoras y las muchachas de todo el distrito. Se hablaba de la brillante recepción que le había ofrecido el gobernador en la capital de la provincia, a quien le ligaba cierto parentesco; de cómo a todas las señoras de la capital las «había encantado su gentileza», etc. En una palabra, era uno de los representantes de la alta sociedad peterburguesa que rara vez se dejan ver en provincias y que, al hacerlo, producen un efecto extraordinario. Sin embargo, el príncipe estaba lejos de ser amable, sobre todo con aquellos a quienes no necesitaba y consideraba inferiores, aunque no lo fueran mucho. No creyó conveniente trabar conocimiento con los vecinos de las fincas colindantes, por lo que inmediatamente se granjeó muchos enemigos. Por eso se extrañaron todos muchísimo cuando, de pronto, se le ocurrió hacer una visita a casa de Nikolái Sierguiéievich. Cierto que Nikolái Sierguiéievich era uno de sus vecinos más cercanos. En casa de los Ijmiéniev, el príncipe produjo una gran impresión. Inmediatamente dejó encantados a los dos; particularmente se entusiasmó con él Anna Andriéievna. Poco tiempo después ya visitaba su casa con absoluta naturalidad; iba todos los días, los invitaba a su casa, decía ingeniosidades, contaba anécdotas, tocaba en su destartalado piano, cantaba. Los Ijmiéniev no se dejaban de preguntar cómo era posible que considerasen a un hombre tan generoso y tan amable como orgulloso, altanero y gran egoísta, según gritaban a coro todos los vecinos. Cabe pensar que al príncipe le gustó realmente Nikolái Sierguiéievich, hombre sencillo, franco, desinteresado y noble. Por otra parte, todo quedó pronto aclarado. El príncipe había ido a Vasilievski para echar a su administrador, un alemán pródigo, ambicioso, agrónomo, que tenía una respetable cabellera blanca, lentes sobre una nariz aguileña, pero que, con todos estos atributos, robaba sin vergüenza ni censura y además había atormentado hasta causarles la muerte a unos cuantos campesinos. Finalmente, Iván Kárlovich, sorprendido con pruebas suficientes de culpabilidad, aunque se ofendió mucho y habló mucho de la honradez alemana, fue despedido de manera bsatante ignominiosa. El príncipe necesitaba un administrador y su elección recayó sobre Nikolái Sierguiéievich, propietario modélico y hombre honrado, circunstancias de todo punto indudables. Al parecer, el príncipe sentía un gran deseo de que el propio Nikolái Sierguiéievich se ofreciese como administrador. Pero no sucedió así, y el príncipe —una magnífica mañana— le hizo él mismo el ofrecimiento de la forma más amistosa y respetuosa. Al principio, Ijmiéniev rechazó la oferta, pero la importancia del suelo sedujo a Anna Andriéievna, y las redobladas amabilidades del solicitante alejaron los últimos titubeos. El príncipe logró su objetivo. Es necesario creer que era un gran conocedor de la gente. En el corto tiempo de sus relaciones con Ijmiéniev se habría dado cuenta perfecta de con quién se las había y comprendió que a Ijmiéniev había que conquistárselo de un modo amistoso y cordial; que era necesario ganarse su corazón y que el dinero haría muy poco. Necesitaba un administrador en quien pudiera confiar ciegamente y de una vez por todas, para no tener que venir ya más a Vasilievski, como era, en efecto, su intención. La buena impresión que produjo sobre Ijmiéniev era tan fuerte, que éste creyó sinceramente en su amistad. Nikolái Sierguiéievich era uno de esos rusos excelentes, ingenuamente románticos y tan buenos —por mucho que se diga de ellos—, que si una vez quieren a alguien, en ocasiones no se sabe por qué, se le entregan con toda su alma, extremando a veces su adhesión hasta lo ridículo. Pasaron unos cuantos años. La finca del príncipe prosperó. Las relaciones entre el propietario de Vasilievski y su administrador se mantenían sin el menor roce por ambas partes, ciñéndose a una estricta correspondencia laboral. El príncipe no se interfería jamás en la administración de Nikolái Sierguiéievich; a veces le daba consejos que sorprendían a Ijmiéniev por su extraordinario espíritu práctico. Era evidente que no sólo no le gustaban los gastos superfluos, sino que también sabía obtener ganancias. Cinco años después de su visita a Vasilievski envió a Nikolái Sierguiéievich un poder para comprar otra excelente propiedad de cuatrocientas «almas», en la misma provincia. Nikolái Sierguiéievich estaba entusiasmado; los éxitos del príncipe, la fama de sus triunfos y de su ascenso social le llegaban al corazón, como si se tratase de su propio hermano. Pero su entusiasmo llegó al colmo cuando el príncipe le mostró efectivamente, en una ocasión, su extraordinaria confianza. He aquí cómo sucedió. Por otro lado, considero imprescindible mencionar aquí algunas particularidades de la vida de este príncipe Valkóvski, que es, en parte, una de las principales figuras de mi relato.

Capítulo IV

Ya he dicho antes que era viudo. Se había casado en su primera juventud, y lo había hecho por interés. De sus padres, definitivamente arruinados en Moscú, no recibió casi nada. Vasilievski había sido hipotecado, pues tenía enormes deudas. A los veintidós años el príncipe se vio obligado a trabajar en Moscú en cierto ministerio; no le quedaba ni un *kopeck* y entraba en la vida como «un mendigo de alta alcurnia». La boda con la hija más que entrada en años de un comerciante del monopolio del aguardiente le salvó. Como es de suponer, el comerciante le engañó con la dote; sin embargo, con el dinero de su mujer pudo rescatar la propiedad de sus padres y rehacerse. La hija del comerciante que le tocó en suerte apenas si sabía escribir, no podía decir dos palabras seguidas, era fea y no tenía más que una cualidad importante: la de generosa y dócil. El príncipe se aprovechó al máximo de esta cualidad: después del primer año de matrimonio, dejó a su mujer —que por esta época le había dado un hijo— en manos de su padre, comerciante en Moscú, y se marchó a trabajar a la provincia de X., donde, gracias a la protección de un pariente de Petersburgo, consiguió un puesto bastante destacado. Su alma estaba sedienta de distinciones, de superación, de una carrera y, considerando que con su mujer no podía vivir ni en Petersburgo ni en Moscú, decidió, en espera de mejores tiempos, empezar su carrera en una provincia. Dicen que ya en el primer año de convivencia con su mujer estuvo a punto de matarla por su grosero comportamiento con ella. Estos rumores indignaban siempre a Nikolái Sierguiévich y tomaba partido con entusiasmo por el príncipe, asegurando que éste era incapaz de toda villanía. Pero, al cabo de unos siete años, murió por fin la princesa y su marido se trasladó inmediatamente a Petersburgo. En Petersburgo produjo una notable impresión. Joven todavía, guapo, con una posición, dotado de muchas y brillantes cualidades, de indudable ingenio, buen gusto, de inalterable buen humor, apareció no como en busca de bienestar y protección, sino ya con cierta personalidad propia. Contaban que poseía realmente algo de fascinador y dominante, algo de poderoso. Gustaba extraordinariamente a las mujeres y su aventura con una de las bellezas del gran mundo le procuró una fama escandalosa. Derrochaba el dinero sin dolerle, a pesar de un innato espíritu de economía que llegaba hasta la avaricia; perdía grandes cantidades en el juego y ni se inmutaba ante las más graves pérdidas. Pero no eran distracciones lo que había venido a buscar a Petersburgo: había de ponerse definitivamente en ruta y consolidar su carrera. Lo consiguió. El conde Nainski, su ilustre pariente, que no le hubiera hecho caso de haberse presentado como un simple solicitante, impresionado por sus éxitos en sociedad, consideró necesario y conveniente prestarle atención, e incluso se dignó llevar a su casa para educarle a su hijo de siete años. A esta época corresponde el viaje del príncipe a Vasilievski y su conocimiento con los Ijmiéniev. Finalmente, después de conseguir por mediación del conde un importante puesto en una de las más destacadas embajadas, se marchó al extranjero. A partir de entonces, lo que de él se rumoreaba parece algo oscuro: hablaban de cierto desagradable incidente que le había ocurrido en el extranjero, pero nadie pudo explicar en qué consistía. Se sabía únicamente que había logrado comprar cuatrocientas almas, como ya he dicho. Volvió del extranjero pasados muchos años, con un grado importante y no tardó en ocupar en Petersburgo un puesto destacado. En Ijmieniévka se propalaron rumores de que iba a casarse por segunda vez, emparentando con una familia conocida, rica y poderosa. «¡Es un gran señor!», decía Nikolái Sierguiéievich, frotándose las manos de alegría. Yo me encontraba entonces en Petersburgo, en la Universidad, y recuerdo que Ijmiéniev me escribía especialmente para pedirme que me informara de si eran ciertos los rumores acerca de la boda. También escribió al príncipe, pidiéndole protección para mí; pero el príncipe dejó esta carta sin contestar. Yo sabía únicamente que su hijo, educado primero en casa del conde y luego en el Liceo, había terminado entonces, a los diecinueve años, sus estudios de ciencias. Escribí sobre esto a los Ijmiéniev y también que el príncipe quería mucho a su hijo, le mimaba y ya se preocupaba por su porvenir. Todo esto lo sabía yo por los estudiantes compañeros del joven príncipe. Por aquel entonces, una magnífica mañana, Nikolái Sierguiéievich recibió del príncipe una carta que le impresionó de un modo extraordinario...

El príncipe, que hasta aquí, como ya he dicho, se limitaba en sus relaciones con Nikolái Sierguiéievich a la simple correspondencia laboral, le escribía ahora de la forma más detallada, sincera y amistosa acerca de sus asuntos familiares; se quejaba de su hijo, decía que le amargaba con su mala conducta, que naturalmente no había que tomar demasiado en serio las travesuras de semejante muchacho —por lo visto trataba de justificarlo—, pero que había decidido castigarle, asustarle un poco y mandarlo por algún tiempo a la aldea, bajo la vigilancia de Ijmiéniev. El príncipe escribía que confiaba plenamente en «su bonísimo y nobilísimo Nikolái Sierguiéievich y particularmente en Anna Andriéievna»; rogaba a los dos que admitiesen a aquel ciclón en su familia, para llevarlo al buen camino en la soledad, quererlo, si fuera posible y, sobre todo, corregir su carácter frívolo e inculcarle esas normas salvadoras y severas, tan imprescindibles en la vida del hombre. Por supuesto, el viejo Ijmiéniev se entusiasmó con el asunto. Llegó el joven príncipe y le recibieron como a un hijo. Al cabo de poco tiempo Nikolái Sierguiéievich empezó a quererle de un modo entrañable, no menos que su Natasha. Incluso luego —ya después de la definitiva ruptura entre Ijmiéniev y el príncipe padre—, el viejo se acordaba a veces con espíritu alegre de su Aliosha, como se había acostumbrado a llamar al príncipe Aliexéi Pietróvich. En realidad era un muchachito encantador, guapo, débil, y nervioso como una mujer: al mismo tiempo, alegre y sencillo, dotado de un alma abierta y capaz de los más nobles sentimientos. Y por su corazón amante, justo y agradecido, se convirtió en ídolo en casa de los Ijmiéniev. A pesar de sus diecinueve años era todavía completamente un niño. Resultaba difícil imaginarse por qué lo había podido desterrar el padre, quien, según decían, le quería mucho. Se hablaba de que el muchacho llevaba en Petersburgo una vida ociosa y frívola; que no quería trabajar, y con ello amargaba a su padre. Nikolái Sierguiéievich no hizo preguntas a Aliosha, porque el príncipe Piotr Aliexándrovich había silenciado en su carta el verdadero motivo de alejarle. Además, se rumoreaba acerca de una imperdonable locura de Aliosha, de cierta relación con una señora, de un desafío y de una exorbitante pérdida en el juego. Llegaron incluso a hablar de un caudal ajeno que había malversado. Se decía también que el príncipe había decidido alejar a su hijo no por una falta de éste, sino como consecuencia de unas especiales maquinaciones egoístas propias. Nikolái Sierguiéievich rechazaba con indignación estos rumores, tanto más cuanto que Aliosha quería extraordinariamente a su padre, al que no había conocido a lo largo de toda su infancia y su adolescencia; hablaba de él con entusiasmo, con admiración, como si estuviese sometido por completo a su influencia. Aliosha charlaba también a veces de cierta condesa, a la que habían hecho la corte él y su padre, si bien él, Aliosha, había sido el preferido; decía que el padre se había enfadado muchísimo con él por esto. Siempre contaba esta historia con entusiasmo, con infantil ingenuidad y una risa alegre y sonora; pero Nikolái Sierguiéievich le interrumpía inmediatamente. Aliosha confirmaba también el rumor de que su padre quería casarse.

Había pasado ya casi un año en su exilio; en determinadas fechas escribía a su padre cartas respetuosas y razonables y, finalmente, se acostumbró de tal manra a los Ijmiéniev que cuando el príncipe, durante el verano, vino él mismo a la aldea —lo cual había advertido con antelación a los Ijmiéniev—, el propio desterrado se puso a rogar a su padre que le permitiera quedarse cuanto más tiempo fuera posible en Vasilievski, asegurándole que vivir en el campo era su auténtica vocación. Todas las decisiones y aficiones de Aliosha provenían de su extraordinaria impresionabilidad nerviosa, de su corazón ardiente, de su forma ligera de pensar que, a veces, llegaba hasta el absurdo; de su extraordinaria facilidad para someterse a cualquier influencia exterior y su absoluta falta de voluntad. Pero el príncipe escuchó su petición con cierto recelo. Por lo demás, Nikolái Sierguiéievich reconocía con dificultad a su antiguo «amigo»; el príncipe Piotr Aliexándrovich había cambiado de un modo sorprendente. Se había vuelto de pronto extremadamente quisquilloso con Nikolái Sierguiéievich; en la comprobación de las cuentas de la finca mostró una avidez y una avaricia repugnantes y una incomprensible desconfianza. Todo esto amargó mucho al generoso Ijmiéniev; durante largo tiempo trató de no creer lo que veía. Esta vez todas las cosas ocurrieron al revés en comparación con la primera visita a Vasilievski, catorce años atrás: esta vez el príncipe trabó conocimiento con sus vecinos, los más importantes, por supuesto; a casa de Nikolái Sierguiéievich no iba nunca y le trataba como si fuese un subordinado. De repente surgió un acontecimiento inexplicable: sin ninguna razón aparente sobrevino una violenta ruptura entre el príncipe y Nikolái Sierguiéievich. Se dijeron palabras fuertes y ofensivas por ambas partes. Ijmiéniev, indignado, se marchó a Vasilievski, pero la historia no acabó ahí. De pronto, por todos los contornos surgieron turbias habladurías. Aseguraban que Nikolái Sierguiéievich, habiendo descubierto el carácter del joven príncipe, tenía la intención de utilizar todas sus debilidades en provecho propio; que su hija Natasha —que ya tenía entonces diecisiete años— había sabido enamorar al joven de veinte; que tanto el padre como la madre protegían este amor, aunque hacían ver que no se daban cuenta de nada; que la astuta e «inmoral» Nastasha había hechizado a un muchacho tan joven, que gracias a sus cuidados no había visto durante un año entero casi a ninguna auténtica muchacha noble, de las que maduraban en gran cantidad en las nobles casas de los propietarios vecinos. Por último, aseguraban que entre los amantes ya estaba decidido casarse a veinte *verstas* de Vasilievski, en la aldea de Gligoriev, por lo visto a escondidas de los padres de Natasha, pero que, no obstante, conocían hasta el mínimo detalle y asesoraban a la hija con sus infames consejos. En resumen, en un libro entero no cabrían todas las calumnias que habían logrado levantar los chismosos de uno y otro sexo del distrito con relación a esta historia. Pero lo más asombroso era que el príncipe creyó todo esto e incluso vino a Vasilievski únicamente por este motivo, como consecuencia de una denuncia anónima que le habían mandado a Petersburgo desde la provincia. Naturalmente, nadie, al parecer, que conociera un poco a Nikolái Sierguiéievich hubiera podido creer una sola palabra de todas estas inculpaciones que se le dirigían; y sin embargo, como suele ocurrir, todos se alborotaron, hablaron, criticaron, movieron la cabeza y... le acusaron implacablemente. Ijmiéniev era demasiado orgulloso para justificar a su hija ante los chismosos, y prohibió a Anna Andriéievna que se metiera en explicaciones de ninguna clase con los vecinos. La propia Natasha, tan calumniada, incluso un año después no sabía casi nada de todas estas acusaciones e infundios. Le ocultaron cuidadosamente toda la historia, y se mantenía inocente y alegre como una chiquilla de doce años.

Durante este tiempo las desavenencias iban en continuo aumento. Las gentes oficiosas no se dormían. Surgieron denunciantes y testigos, y finalmente consiguieron convencer al príncipe de que la administración de Nikolái Sierguiéievich, llevada durante varios años en Vasilievski, estaba lejos de distinguirse por una honradez ejemplar; de que por si era poco, tres años atrás, con ocasión de la venta de un pequeño bosque, Nikolái Sierguiéievich se había apoderado disimuladamente de doce mil rublos de plata, y que a este respecto podían presentarse testimonios concretos y legales ante el juez, tanto más cuanto que para la venta de dicho bosquecillo no había ningún poder legal del príncipe. Según esto, Nikolái obraba por su propia cuenta, convenciendo al príncipe de la imprescindible necesidad de la venta y entregándole por el bosque una suma incomparablemente inferior a la recibida. Por supuesto, que todo no eran más que calumnias, según se probó más tarde, pero el príncipe les dio oídos y ante testigos llamó ladrón a Nikolái Sierguiéievich. Ijmiéniev no lo soportó, contestó con una injuria del mismo calibre y se produjo una escena desagradable. Inmediatamente se inició el proceso. A Nikolái Sierguiéievich, por falta de algunos papeles y, sobre todo, al no tener protectores ni experiencia en asuntos de esta índole, en seguida empezó a irle mal el asunto. Le embargaron su propiedad. El viejo, irritado, abandonó todo y se decidió por fin a trasladarse a Petersburgo para ocuparse personalmente de su pleito, dejando en la provincia para sustituirle a un hombre experimentado y de confianza. Parece ser que el príncipe no tardó en darse cuenta de que había ofendido sin motivo a Ijmiéniev. Pero la ofensa era tan fuerte por ambas partes, que no quedaban palabras para hacer la paz. El irritado príncipe empleaba todas sus fuerzas para volver el asunto en provecho suyo, es decir, quitarle a su ex administrador el último trozo de pan.

Capítulo V

Así, pues, los Ijmiéniev se trasladaron a Petersburgo. No voy a describir mi encuentro con Natasha después de una separación prolongada. A lo largo de todos estos cuatro años yo no la había olvidado nunca. Naturalmente, yo mismo no comprendía del todo aquel sentimiento con que la recordaba; pero cuando nos encontramos de nuevo, creí en seguida comprender que me estaba reservada por el destino. Al principio, durante los primeros días de su llegada, me daba la impresión de que no se había desarrollado durante estos años, como si no hubiera cambiado en absoluto y continuara siendo la misma niña que cuando nos separamos. Pero después, cada día, descubría en ella algo nuevo hasta entonces desconocido para mí, como si se me ocultara a propósito, como si la muchacha se escondiese de mí intencionadamente. ¡Y qué felicidad había en estos descubrimientos! Instalado en Petersburgo, el viejo, durante los primeros días, se mostraba irritable e irascible. Sus asuntos iban mal; se indignaba, se salía de sus casillas, se afanaba con sus papeles oficiales, y no estaba para ocuparse de nosotros. En cuanto a Anna Andriéievna, andaba perpleja y al principio no podía comprender nada. Petersburgo la asustaba. Suspiraba y temblaba recordando su antigua manera de vivir en Ijmieniévka, porque Natasha estaba en edad de casarse y no había nadie que pensara en ella; y se entregaba a hacerme singulares confidencias, al no contar con otro más capacitado para la confianza amistosa.

Fue precisamente en aquella época, poco antes de que llegaran, cuando terminé mi primera novela, la misma con que se inició mi carrera literaria. En un principio, como escritor novel no sabía dónde llevarla. En casa de los Ijmiéniev no había hablado de esto; casi se habían enfadado conmigo porque vivía ocioso, es decir, no trabajaba y no me procuraba un empleo. El viejo me recriminaba con amargura y hasta con acritud; todo, naturalmente, por el interés paternal que hacia mí sentía. A mí, sencillamente, me daba vergüenza decirles lo que estaba haciendo. Pero como en realidad no podía decirles claramente que no quería trabajar, que quería escribir novelas y por eso los había engañado hasta entonces, les decía que no me daban un empleo y que lo estaba buscando con todo el interés del mundo. Él no tenía tiempo para comprobar lo que les decía. Recuerdo que una vez, Natasha, que había escuchado nuestras conversaciones, me llevó misteriosamente aparte y con lágrimas en los ojos me suplicó que pensara en mi porvenir, me hizo preguntas, indagó qué era lo que realmente hacía. Como no le descubrí mi secreto, me hizo jurarle que no me echaría a perder como un vago y un haragán. La verdad es que no le había confesado lo que hacía y creo que por una palabra suya de aliento a mi trabajo, a mi primera novela, hubiera cambiado todas las mayores lisonjas que escuché más tarde de los críticos y de quienes valoraron mi obra. Y por fin salió mi novela. Todavía mucho antes de su aparición había levantado un gran revuelo en el mundillo literario. B. se alegró como un chiquillo cuando leyó mi manuscrito. ¡Ay! Si alguna vez he sido feliz, no fue en los primeros momentos embriagadores de mi éxito, sino cuando aún no había leído ni enseñado a nadie mi obra. En aquellas largas noches de exaltadas esperanzas, de sueños y de apasionado amor al trabajo, cuando vivía con mi imaginación, con los personajes que había creado, como si me fuesen familiares, como si existieran en realidad. Los amaba, me alegraba y entristecía con ellos y a veces hasta lloraba con lágrimas sinceras por mi modesto héroe. No puedo describir cómo se alegraron los viejos con mi éxito, aunque al principio se sorprendiesen mucho. ¡Los extrañó tanto esto! Por ejemplo, Anna Andriéievna no quería creer de ninguna manera que el nuevo escritor consagrado por todos era aquel mismo Vania que, etc., etc., etc., y no hacía más que mover la cabeza. El viejo tardó mucho en rendirse y al principio, se asustó incluso ante los primeros rumores; empezó a hablar de mi carrera de funcionario perdida, de la vida desordenada que llevaban, en general, los escritores. Pero los incesantes nuevos rumores, las reseñas en las revistas y, por último, unas cuantas palabras de alabanza hacia mí, que había oído a personalidades en las que creía con devoción, le obligaron a cambiar de opinión sobre el asunto. Cuando se enteró que de pronto me había encontrado con dinero y supo cuánto podía cobrarse por un trabajo literario, se disiparon sus últimas dudas. Rápido en pasar de la sospecha a una completa y apasionada confianza, alegrándose como un chiquillo de mi suerte, se lanzó de pronto a las ilusiones más disparatadas, a los más deslumbrantes sueños sobre mi porvenir. Cada día creaba para mí nuevas carreras y planes y ¡qué cosas no encerrarían estos planes! Empezó a mostrarme cierto extraordinario respeto que hasta entonces no había existido. Pero así y todo, recuerdo que solía ocurrir que la deuda volviera a asediarle, muchas veces en medio de la más exultante fantasía, y lo desviaban de nuevo.

—¡Escritor, poeta! Qué raro... ¿Cuándo se ha visto que los poetas se hayan abierto camino o alcanzado honores? ¡Todas esas gentes son escritorzuelos con los que no se puede contar!

Me di cuenta de que estas sospechas y estas espinosas preguntas se le ocurrían casi siempre durante el crepúsculo: ¡hasta ese punto me acuerdo de todos los detalles de aquella época maravillosa! Hacia el crepúsculo, nuestro viejo se mostraba siempre especialmente nervioso, impresionable y desconfiado. Natasha y yo lo sabíamos y nos reíamos de antemano. Recuerdo que yo le animaba con anécdotas sobre Sumarokov, que había sido promovido a general; sobre Dierzhavin, a quien habían mandado una pitillera con monedas de oro de tres rublos; sobre la visita que la emperatriz en persona había hecho a Lomonosov; le hablaba de Puschkin, de Gogol.

—Lo sé, hermano, lo sé —replicaba el viejo—, que quizá oía por primera vez en su vida todas aquellas historias—. ¡Ejem! Escucha. Vania, de todos modos me alegra que tu obra no se haya escrito en verso. Los versos, hermano, son un absurdo; no me discutas y créeme, porque soy viejo; yo sólo quiero tu bien; ¡los versos son un absurdo, una manea de perder el tiempo inútilmente! Los versos son para que los escriban los estudiantes; a vosotros, los jóvenes, os conducirán al manicomio... Admitamos que Puschkin es famoso, bueno; ¿y qué? No dejan de ser versitos y nada más; es algo tan efímero... Además, he leído poco... ¡la prosa es algo distinto! El escritor puede incluso enseñar... hablar del amor a la patria, o en general, de las virtudes... ¡sí! Yo, hermano, lo que no sé es expresarme, pero tú me comprendes; digo todo esto porque te quiero. ¡Está bien, está bien, léenos eso! —terminó con cierto aire protector, cuando por fin traje el libro y después del té nos sentamos todos en torno a la mesa redonda—. Léenos lo que has garrapateado. ¡Se habla mucho de ti! ¡Veamos, veamos!

Abrí el libro y me dispuse a leer. Aquella tarde acababa de salir mi novela de la imprenta y, después de haberme procurado por fin un ejemplar, corrí a casa de los Ijmiéniev para leer mi obra.

¡Cómo me apenaba y enfadaba el no haber podido leerles antes mi manuscrito, ahora en manos del editor! Natasha incluso lloraba de pena porque gente extraña había leído mi obra antes que ella. Bueno, por fin nos sentamos en torno a la mesa. El viejo compuso una fisonomía extraordinariamente seria y crítica. Quería juzgar con mucha severidad, «formarse una opinión propia». La viejecita también miraba con un inusitado aire solemne; un poco más, y se hubiera puesto una cofia nueva para la lectura. Se había dado cuenta hacía mucho tiempo de que yo miraba con infinito amor a su incomparable Natasha, que se me encendía el alma y nublaba la vista cuando hablaba con ella, y que también Natasha me lanzaba miradas más significativas que antes. ¡Sí! ¡Llegó por fin ese instante, llegó en el momento del éxito, las esperanzas radiantes y la completa felicidad! ¡Todo había llegado junto, todo de una vez! La vieja se percató también de que su marido había empezado a alabarme demasiado y que nos miraba de una manera especial a mí y a su hija... y de pronto, se asustó: ¡a pesar de todo yo no era conde, ni príncipe, ni menos aún príncipe reinante, ni siquiera consejero de instrucción de la Facultad de Derecho, joven, con condecoraciones y guapo! A Anna Andriéievna no le gustaban las medias tintas. «Le elogian, pensaba de mí. ¿Y por qué? No se sabe. Escritor, poeta... pero ¿qué es un escritor?».

Capítulo VI

Les leí mi novela de un tirón. Empezamos inmediatamente después del té y terminamos a las dos de la madrugada. Al principio, el viejo fruncía el ceño. Esperaba algo de una elevación sublime, algo que quizá él no hubiera comprendido, pero que fuese elevado a todo trance. Y en lugar de eso se trataba de hechos cotidianos, y todo tan conocido, exactamente ce por be como lo que sucede habitualmente a nuestro alrededor. Hubiera sido bueno que el héroe fuese un gran hombre o un personaje interesante o bien histórico del género de Roslaviev o Yuri Miloslaiev; pero aparecía un pequeño funcionario encogido e incluso un poco tonto, al que se le caían los botones del uniforme. Y todo esto descrito con un estilo tan simple, ni más ni menos como hablamos nosotros mismos... ¡Era extraño! La vieja lanzó una mirada interrogativa a Nikolái Sierguiéievich y hasta se amohinó un poco, como si se hubiese ofendido por algo. «¿Verdaderamente merece la pena publicar tales tonterías y escucharlas y encima que por ellas den dinero?», podía leerse en su rostro. Natasha era toda oídos; escuchaba con avidez, sin quitarme los ojos de encima, observaba mis labios —cómo pronunciaba cada palabra— y, a su vez, movía sus hermosos labios. Bien, antes de que yo llegase a la mitad, las lágrimas resbalaban por las mejillas de mis oyentes. Anna Andriéievna lloraba con sinceridad, se apenaba con toda el alma por mi héroe, deseaba ingenuamente ayudarle con algo en sus desgracias; lo pude comprobar por sus exclamaciones. El viejo ya había abandonado toda exigencia de elevación: «Desde el principio se ve que la cosa no alcanza muy lejos; que es así, sencillamente, un pequeño relato y, sin embargo, llega al corazón, pero resulta comprensible y claro lo que sucede alrededor; y se comprende que el más oprimido, el último de los hombres es también un hombre y se llama mi hermano.» Natasha escuchaba, lloraba y, por debajo de la mesa, a escondidas, apretaba con fuerza mi mano. Concluyó la lectura. Se levantó; sus mejillas ardían y había lágrimas en sus ojos. De pronto, cogió mi mano, la besó y salió corriendo de la habitación. El padre y la madre cambiaron una mirada.

—¡Ejem! Vaya, qué exaltada es —exclamó el viejo, asombrado por el proceder de su hija—. No es nada. ¡Además, está bien, está bien, es un noble impulso! Es una buena muchacha... —balbució mirando de reojo a su mujer, como deseando justificar a Natasha y al mismo tiempo, sin saber por qué, deseando también justificarme.

Pero Anna Andriéievna, a pesar de que durante la lectura ella misma estaba en cierto modo turbada y conmovida, miraba ahora como si quisiera decir: «Naturalmente, Alejandro de Macedonia es un héroe, pero ¿para qué destrozar sillas?», y etc.

Natasha volvió pronto, alegre y feliz; al pasar a mi lado, sin decir palabra, me pellizcó. El viejo se puso de nuevo a valorar mi obra «en serio», pero la euforia no le permitió mantener su entereza y se entusiasmó:

—¡Bueno, hermano Vania, está bien, está bien! ¡Me has dado una alegría! Me has alegrado tanto, que ni siquiera lo esperaba. No es una cosa de altura, de altura, no es importante, eso está claro... Ahí tengo *La liberación de Moscú;* la han escrito en Moscú, pero desde el primer renglón se ve, por así decirlo, hermano, que el hombre planea en el aire como un águila... pero ¿sabes una cosa, Vania? ¡Lo tuyo es algo más sencillo, más comprensible, precisamente por eso me gusta, porque se entiende! Resulta como familiar; como si a mí mismo me sucediera todo esto. ¿Y de qué sirve una cosa de altura? Yo mismo no hubiera comprendido nada. El estilo yo lo hubiera arreglado, ya ves que te hago alabanzas, pero por mucho que digas, tiene poca altura... Pero ahora ya es tarde: está publicado. ¿Tal vez en la segunda edición? Porque supongo, hermano, que habrá segunda edición. Entonces habrá otra vez dinero... ¡Ejem!

—¿Es posible que haya usted recibido tanto dinero, Iván Pietróvich? —observó Anna Andriéievna—. Le miro, y no me lo puedo creer. ¡Ay, Señor! ¡Por qué cosas dan ahora dinero!

—¿Sabes una cosa, Vania? —continuó el anciano, entusiasmándose cada vez más—. Aunque no es un empleo, sin embargo es una carrera. Lo leerán personajes importantes. Ahí tienes, decías que Gogol recibía todos los años una subvención y que le habían mandado al extranjero. ¿Y si hicieran lo mismo contigo? ¿Eh? ¿O todavía es pronto? ¿Tienes que escribir todavía más? ¡Pues escribe, hermano, escribe deprisa! No te duermas en los laureles. ¡Para qué estar papando moscas!

Y decía esto con un acento tan convincente y bondadoso, que me faltó decisión para interrumpirle y detener su fantasía.

—O bien, por ejemplo, te darán una pitillera... ¿por qué no? Para el favor no existen reglas. Querrán animarte. Y quién sabe, a lo mejor llegarás hasta la Corte —añadió con un medio susurro, con aire de importancia y guiñando el ojo izquierdo—. ¿O no? ¿O todavía es pronto para llegar a la Corte?

—¡Bueno, a la Corte! —dijo Anna Andriéievna, como ofendida.

—Un poco más, y me asciende usted a general —contesté, riéndome con ganas.

El viejo también se rió. Estaba extraordinariamente contento.

—¿Vuestra excelencia no desea comer? —gritó alegremente Natasha, que en aquel espacio nos había dispuesto la cena.

Se echó a reír, se acercó corriendo a su padre y le abrazó fuertemente con sus cálidos brazos.

—¡Qué bueno eres, qué bueno eres, papaíto!

El viejo se estremeció.

—¡Bueno, bueno, está bien, está bien! Si lo digo de un modo natural. General o no, vamos a cenar. ¡Ay, qué sensible eres! —añadió pellizcando las enrojecidas mejillas de Natasha, como le gustaba hacerlo siempre que se presentaba ocasión—. Lo ves, Vania, he dicho eso porque te quiero. Bueno, aunque no seas general, ¡ni falta que hace!, de todos modos eres un personaje ilustre. ¡Un autor!

—Papaíto, ahora se dice escritor.

—¿Y no se dice autor? No lo sabía. Bueno, pues digamos escritor. Pero lo que yo quería señalar es esto: que naturalmente, no te nombrarán chambelán porque has escrito una novela, eso no hay ni que pensarlo. De todos modos puedes salir adelante; por ejemplo, convertirte en agregado de Embajada. Pueden mandarte al extranjero, a Italia, para restablecer tu salud o para ampliar estudios; te ayudarán con dinero. Naturalmente, es necesario que por tu parte actúes con nobleza, que sea por tu trabajo por lo que aceptes el dinero y los honores y no de cualquier forma, por favoritismo...

—Y tú no te enorgullezcas entonces, Iván Pietróvich —añadió riéndose Anna Andriéievna.

—Sobre todo, papaíto, que le den pronto una condecoración, porque de lo contrario, ¿qué es, al fin y al cabo, un agregado?

Y de nuevo me pellizcó en la mano.

—¡Y ésta se burla continuamente de mí! —gritó el viejo mirando con intención a Natasha, a quien se le habían encendido las mejillas y cuyos ojos le resplandecían alegres como luceros—. Hijos míos, parece que he ido demasiado lejos, me he alistado en los Allnascar, y siempre he sido así... Pero, sabes, Vania, te miro y te encuentro tan normal...

—¡Ay, Dios mío! Pero ¿cómo quieres que sea, papaíto?

—No, no es eso lo que quería decir. De todos modos, Vania, tienes un rostro así... que no es en absoluto de poeta... Ya sabes, dicen que los poetas son pálidos y con una larga cabellera, y tienen algo en los ojos... Algún Goethe, sabes, o alguien así... eso lo he leído en *Abbanddon*[6]... bueno, ¿y qué? ¿He dicho otra vez algún desatino? ¡Ay, esta pilluela, cómo se ríe de mí! Yo, amigo mío, no soy un sabio, pero puedo sentir. Bueno, el rostro no es una cosa tan importante, para mí el tuyo está bien y me gusta mu-

---

[6] Novela romántica de Polivoi, escritor y periodista contemporáneo de Puschkin.

cho... si no lo decía por eso. Únicamente, sé honrado, porque eso es lo importante. ¡Vive con honradez y no tengas una opinión demasiado buena de ti! Ante ti hay un camino ancho. Cumple honradamente con tu trabajo, ¡eso es lo que yo quería decir, precisamente eso!

¡Era una época maravillosa! Todas las horas libres, todas las tardes las pasaba en casa de los Ijmiéniev. Al viejo le llevaba noticias sobre el mundillo literario y sobre los literatos, hacia los cuales, de pronto, sin saberse por qué, empezó a sentir un interés enorme. Incluso empezó a leer las críticas de B., de quien yo le había hablado mucho y al que casi no comprendía, pero le alababa con entusiasmo y se quejaba amargamente de sus enemigos que escribían en *La abeja del Norte*. La vieja, recelosa, nos vigilaba estrechamente a Natasha y a mí, pero no nos sorprendió. Entre nosotros ya se había dicho una palabra: por fin, oí cómo Natasha, inclinando la cabeza y entreabriendo los labios, casi en un susurro, me dijo: «Sí.» Pero también se enteraron los viejos; éstos habían adivinado, habían ya pensado en ello. Anna Andriéievna movió durante largo rato la cabeza. Aquello le resultaba extraño y terrible. No tenía fe en mí.

—Sí, ahora ha tenido un buen éxito, Iván Pietróvich —decía—. Pero, si, de golpe, se le acaba el éxito o pasa cualquier otra cosa, ¿entonces, qué? ¡Si tuviera usted, al menos, alguna colocación!...

—Escucha lo que te voy a decir yo, Vania —intervino el viejo después de mucho reflexionar—. Yo mismo lo he visto, me he dado cuenta y, debo confesarte, incluso me he alegrado de que tú y Natasha... ¡Bueno, no hay nada de malo en eso! Mira, Vania: los dos sois todavía muy jóvenes y mi Anna Andriéievna tiene razón. Vamos a esperar. Admitamos que tienes talento, incluso un gran talento... pero no eres un genio, como te han proclamado en seguida, sino que sencillamente tienes talento; precisamente hoy he leído *La Abeja,* te tratan demasiado mal allí, pero ¡qué clase de periódico es ése! Si, como ves, eso no significa todavía que tengas dinero en el Monte de Piedad, pero tienes talento. Los dos sois pobres. Esperemos como un año y medio o por lo menos un año: que vas bien, que te afirmas en tu propio terreno, entonces Natasha es tuya; que fracasas: ¡juzga tú mismo!... ¡Eres un hombre honrado, piénsalo!...

En eso quedamos y he aquí lo que sucedió al cabo de un año. ¡Sí, ocurrió casi justo al cabo de un año! Un claro día de septiembre, al atardecer, entré enfermo en casa de los viejos, con el alma oprimida, y caí en una silla casi mareado, de modo que hasta se asustaron al verme. Pero si me daba vueltas la cabeza y se me encogía el corazón de forma que tuve que acercarme diez veces a su puerta y volver atrás otras tantas antes de entrar, no era porque había fracasado en mi carrera, sin tener todavía gloria y dinero; tampoco era porque no había conseguido aún ser «agregado» y estaba lejos de que me enviaran a Italia para curarme; era, simplemente, porque se pueden vivir diez años en un solo año, y durante ese año mi Natasha había vivido diez. Un abismo se abrió entre nosotros. Recuerdo que permanecí sentado ante el viejo, en silencio, y que estrujaba con mano distraída el ala de mi sombrero, bastante deformada ya por otros avatares. Permanecía sentado y esperaba, sin saber por qué, a que Natasha saliera. Mi traje estaba raído y me sentaba mal; se me había hundido el rostro, había adelgazado, me había puesto amarillo y, a pesar de todo, estaba lejos de parecerme a un poeta. En mis ojos no había nada grande, aquello de que tanto se había ocupado en cierta ocasión el buen Nikolái Sierguiéievich. La vieja me miraba con no disimulada compasión, una compasión de urgencia, diciendo para sus adentros: «Y pensar que un tipo así por poco se hace novio de Natasha. ¡Señor, apiádate y protégela!».

—Bueno, Iván Pietróvich, ¿no quiere tomar té? —el samovar hervía en la mesa—. ¿Cómo se encuentra, padrecito? Parece estar enfermo —me dijo con voz lastimera, que todavía oigo ahora.

Y la veo como si fuera ahora: me habla, pero en sus ojos hay otra preocupación, la misma que ensombrece a su marido y con la que ahora permanece sentado ante una taza de té que se enfría, sumido en sus pensamientos. Yo sabía que estaban muy preocupados entonces con el proceso del príncipe Valkovski, que no iba del todo bien para ellos, y que les había acontecido otra desgracia, abatiendo a Nikolái Sierguiéievich hasta hacerle enfermar. El joven príncipe, por cuya culpa se inició toda la historia de este proceso, hacía unos cinco meses había tenido ocasión de encontrarse en casa de los Ijmiéniev. El viejo quería al simpático Aliosha, lo recordaba en todo momento como a un hijo, y le recibió cordialmente. Anna Andriéievna se acordó de Vasilievski, y se echó a llorar. Aliosha empezó a ir a la casa cada vez con más frecuencia, a escondidas de su padre. Nikolái Sierguiéievich, hombre honrado, abierto, y de gran rectitud de espíritu, rechazó con indignación toda clase de posibles disimulos. Por orgullo, no quería ni pensar en lo que diría el príncipe si se enterase de que su hijo era recibido de nuevo en casa de los Ijmiéniev, y despreciaba mentalmente todas sus absurdas sospechas. Pero el viejo no sabía si tendría fuerzas para soportar nuevos agravios. El joven príncipe empezó a ir a su casa casi todos los días. Los viejos se encontraban a gusto con él. Se quedaba en la casa tardes enteras y hasta pasada la medianoche. Por supuesto, el padre se enteró por fin de todo. Esto dio lugar a una venenosa calumnia. El príncipe ofendió a Nikolái Sierguiéievich con una horrible carta, siempre sobre el mismo tema, igual que antes, y a su hijo le prohibió rigurosamente que visitase a los Ijmiéniev. Esto sucedió dos semanas antes de mi visita a su casa. El viejo se enfureció de un modo terrible. ¿Cómo? ¡A su inocente y noble Natasha mezclarla de nuevo en esta sucia calumnia, en esta bajeza! El nombre de la muchacha era pronunciado de forma ultrajante por el hombre que ya antes le había ofendido... ¡Y dejar todo esto sin una reparación! Los primeros días tuvo que guardar cama a causa del disgusto. Yo sabía todo eso. Toda esta historia llegó hasta mí con detalle, pero enfermo y abrumado por este último tiempo, durante unas tres semanas no aparecí por allí, habiendo de permanecer en el lecho. Pero yo sabía más... ¡No! Entonces sólo lo presentía, lo sabía, aunque no quería creer que esta historia tuviese algo además que habría de entristecerlos más que nada en el mundo, y con lacerante pena los observaba. Sí, me torturaba; tenía miedo de adivinarlo, miedo de creerlo y con todas las fuerzas deseaba alejar de mí este fatal momento, que, sin embargo, también me llegó. ¡Era como si algo me empujase a su casa aquella tarde!

—¿Y qué, Vania? —preguntó de pronto el viejo, como volviendo en sí—. ¿Has estado enfermo, acaso? ¿Por qué has estado tanto tiempo sin venir? Me siento culpable ante ti: hace tiempo que tenía intención de visitarte, pero siempre surgía algo... —y se sumió de nuevo en sus pensamientos.

—He estado enfermo —contesté.

—¡Ejem! ¡Enfermo! —repitió cinco minutos más tarde—. ¡Ya, ya, enfermo! ¡Te lo decía entonces, te lo advertía y no me has hecho caso! ¡Ejem! No, hermano Vania, por lo visto, la musa ha vivido desde siempre hambrienta en la buhardilla, y así continuará. ¡Pues, sí!

No, el viejo no estaba de buen humor. De no hallarse herido en el corazón, no se hubiera puesto a hablar conmigo de la musa hambrienta. Me fijé en su rostro: se había puesto amarillo, sus ojos expresaban cierta desorientación, un pensamiento en forma de problema que no tenía fuerzas para resolver. Estaba violento y bilioso, cosa extraña en él. Su mujer le miraba con inquietud y movía la cabeza. Una de las veces que se volvió, me lo señaló a hurtadillas.

—¿Cómo se encuentra Natasha Nikoláievna? ¿Está en casa? —pregunté a la preocupada Anna Andriéievna.

—Está en casa, padrecito, en casa —respondió como si mi pregunta la turbase—. Ahora mismo saldrá a verle. ¡Menuda broma! ¡Tres semanas sin verse! Pero se nos ha vuelto muy rara; no hay forma de saber si se encuentra bien o si está enferma. ¡Que Dios la proteja!

Y miró con tristeza a su marido.

—Bueno, ¿y qué? No le pasa nada —contestó Nikolái Sierguiéievich de mala gana y cortante—; está bien. La muchachita se ha convertido en mujer, eso es todo. ¿Quién puede entender las penas y los caprichos de las muchachas?

—¡Pues vaya caprichos! —intervino Anna Andriéievna con voz ofendida.

El viejo guardó silencio y tamborileó con los dedos sobre la mesa. «¡Dios mío! ¿Acaso ha habido algo entre ellos?», pensé, horrorizado.

—Bien, ¿cómo van las cosas por allí? —empezó de nuevo— ¿Qué, sigue escribiendo críticas B.?

—Sí, las sigue escribiendo —respondí.

—¡Ay, Vania, Vania! —concluyó haciendo un gesto con la mano—. ¡Qué importancia puede tener la crítica!

Se abrió la puerta y entró Natasha.

Capítulo VII

Traía en las manos el sombrero y, al entrar, lo dejó sobre el piano. Luego, se acercó a mí y, en silencio, me tendió la mano. Sus labios se movieron ligeramente; parecía querer decirme algo, como un saludo, pero no dijo nada.

Hacía tres semanas que no nos habíamos visto. Yo la contemplaba con perplejidad y miedo. ¡Cómo había cambiado en tres semanas! Mi corazón se encogió de tristeza cuando contemplé sus mejillas hundidas, sus labios resecos, como por la fiebre, y sus ojos, bajo las oscuras y largas pestañas, centelleantes de fuego y de una decisión inflexible.

¡Pero, Dios mío, qué maravillosa estaba! Nunca, ni antes ni después, la había visto como en ese fatídico día. ¿Era ésta, era ésta, aquella Natasha, aquella muchachita que sólo un año atrás no quitaba de mí los ojos y, moviendo los labios al mismo tiempo que yo, escuchaba mi novela y reía con tanta alegría y abandono, gastando bromas aquella noche con su padre y conmigo durante la cena? ¿Era la misma Natasha que en aquella habitación, inclinando la cabeza y toda encendida de rubor, me dijo: «Sí.»?

Se expandió el denso sonido de la campana llamando a vísperas. Natasha se estremeció; la viejecita se santiguó.

—Te disponías a ir a vísperas, Natasha, y ya están llamando —dijo—. Vete, Natásheñka, vete, reza. ¡Por suerte, la iglesia no está lejos! ¿Para qué vas a seguir encerrada? Mira qué pálida estás, se diría que te han echado mal de ojo.

—Yo... quizá... no vaya hoy —dijo Natasha despacio, en voz baja, casi murmurando—. Yo... no me encuentro bien —añadió y se puso pálida como un lienzo.

—Mejor es que vayas, Natasha; querías ir ahora mismo y hasta has traído el sombrero. Reza, Natásheñka, reza para que Dios te dé salud —suplicaba Anna Andriéievna, mirando con timidez a su hija, como si le tuviera miedo.

—Pues sí, vete; así también pasearás un poco —añadió el viejo, y a su vez, observó el rostro de su hija con preocupación—; tiene razón tu madre. Vania te acompañará.

Me pareció que una amarga sonrisa cruzó por los labios de Natasha. Se acercó al piano, cogió el sombrero y se lo puso. Sus manos temblaban. Todos sus movimientos eran como inconscientes, como si no supiera lo que se hacía. Sus padres la miraban fijamente.

—¡Adiós! —dijo con voz apenas perceptible.

—¿Para qué te despides, ángel mío, si no vas lejos? Al menos te dará un poco el aire. ¡Mira qué pálida estás! ¡Ay! ¡Pero si se me ha olvidado, todo lo olvido! Te he terminado la bolsita; he cosido en ella la oración, ángel mío. Una monja de Kiev me la enseñó el año pasado, es una oración eficaz; acabo de coserla. Póntela, Natasha. Esperemos que Dios te conceda la salud. Eres lo único que tenemos.

Y la viejecita sacó del costurero una crucecita de oro que Natasha llevaba siempre; sobre la misma cinta había prendido la recién cosida bolsita.

—¡Llévala por tu salud! —añadió poniendo a su hija la cruz y bendiciéndola—. Antes te bendecía todas las noches, al acostarte, rezaba una oración y tú la rezabas conmigo. Ahora has cambiado, y Dios no te da la paz del espíritu. ¡Ay, Natasha, Natasha! ¡No te ayudan ni siquiera mis oraciones maternales! —y la vieja rompió en sollozos.

Natasha le besó la mano en silencio y dio un paso hacia la puerta. De pronto, se volvió rápidamente y se acercó a su padre. Su pecho se agitaba por la emoción.

—¡Papaíto! Bendiga usted también... a su hija —pronunció con voz ahogada, y se puso ante él de rodillas.

Permanecíamos en pie, emocionados por esta actitud suya inesperada y demasiado solemne. Durante unos segundos su padre la contempló con gran perplejidad.

—Natásheñka, niña mía, hija mía querida, ¿qué te ocurre, qué te pasa? —gritó por fin, y las lágrimas brotaron a raudales de sus ojos—. ¿Por qué te atormentas? ¿Por qué lloras día y noche? Yo lo veo todo; no duermo por las noches, me levanto y escucho a través de tu puerta... Dímelo todo, Natasha, confíate por completo a mí, a tu viejo padre, y nosotros...

No terminó de hablar; la alzó del suelo y la abrazó con fuerza. Ella, entre convulsiones, se apretó contra su pecho y ocultó la cabeza en su hombro.

—No es nada, no es nada, sencillamente... no me encuentro bien... —repetía ahogándose con las lágrimas contenidas.

—Que Dios te bendiga como yo te bendigo, mi querida criatura, mi preciosa criatura —dijo el padre—. Que te envíe para siempre la paz del alma y te preserve de todo mal. Reza a Dios, amiga mía, para que mi oración de pecador llegue hasta Él.

—¡Y yo, y yo también te doy mi bendición! —añadió la viejecita inundándose en lágrimas.

—¡Adiós! —susurró Natasha.

Se detuvo en la puerta, los miró otra vez, quiso decir algo, pero no pudo y salió rápida de la habitación. Me lancé tras ella, presintiendo una desgracia.

Capítulo VIII

Caminaba en silencio, deprisa, con la cabeza agachada y sin mirarme. Pero al llegar al final de la calle y alcanzar el muelle, se detuvo de pronto y me cogió una mano.

—¡Me ahogo! —murmuró—. Se me oprime el corazón... ¡Me ahogo!

—¡Vuelve, Natasha! —grité, asustado.

—¿Acaso no te das cuenta, Vania, de que me he ido *para siempre* de casa, y no volveré nunca? —preguntó, mirándome con infinita tristeza.

El alma se me cayó a los pies. Todo esto lo presentía cuando iba a su casa; todo me lo había imaginado ya como en tinieblas, tal vez mucho antes de ese día, pero sus palabras me paralizaron como un rayo.

Caminábamos tristes por el muelle. Yo no podía hablar; imaginaba, reflexionaba y me encontraba totalmente perdido. Me daba vueltas la cabeza. ¡Aquello me parecía tan monstruoso, tan imposible!

—¿Me consideras culpable? —preguntó por fin.

—No, pero... pero no me lo creo. ¡Eso no puede ser!... —contesté sin darme cuenta de lo que decía.

—Sí, Vania, es así. He abandonado mi casa, y no sé qué será de ellos... ¡Tampoco sé qué será de mí!

—¿Vas *a su casa,* Natasha? ¿Sí?

—Sí —contestó.

—¡Pero eso no puede ser! —grité exaltado—. ¿No sabes que eso es imposible, mi pobre Natasha? ¡Es una locura! ¡Los vas a matar y te perderás a ti misma! ¿Lo sabes, Natasha?

—Lo sé, pero ¡qué le voy a hacer, no es mi voluntad! —dijo, y en sus palabras había una desesperación como si fuera camino del suplicio.

—Vuelve, vuelve antes de que sea tarde —le suplicaba, y con cuanto más calor e insistencia lo hacía, tanto más reconocía yo mismo la inutilidad de mis exhortaciones y lo absurdas que eran en aquel momento—. ¿Comprendes, Natasha, lo que haces a tu padre? ¿Le has engañado? Porque *su* padre es enemigo del tuyo, el príncipe ha ofendido a tu padre, le ha acusado de haberle robado, le ha llamado ladrón. Sabes que tiene un proceso... Y bien, eso aún sería lo de menos, pero ¿sabes, Natasha...? ¡Oh, Dios mío, si lo sabes todo! ¿Sabes que el príncipe ha acusado a tu padre y a tu madre de que ellos mismos te han comprometido con Aliosha cuando estaba en vuestra casa, en la aldea? Piénsalo, figúrate cómo ha sufrido entonces tu padre por culpa de esa calumnia. Se le ha puesto todo el pelo blanco en estos dos años. ¡Mírale! Y sobre todo, tú le conoces, Natasha. ¡Señor, Dios! ¡Ya no hablo de lo que les supone a ambos perderte para siempre! Tú eres su tesoro, todo lo que les ha quedado para la vejez. No quiero ni hablar de eso: debes saberlo tú misma. Recuerda que tu padre te considera fatalmente calumniada, ofendida impunemente por esos déspotas. Ahora, precisamente ahora se ha reavivado todo esto, se ha enconado toda esa vieja hostilidad porque habéis recibido en vuestra casa a Aliosha. ¡El príncipe ha ofendido de nuevo a tu padre, al viejo le hierve la sangre por esta nueva ofensa y, de pronto, todo esto, todas estas acusaciones resultarán ahora ciertas! Todos los que conocen el asunto justificarán ahora al príncipe, y os acusarán a ti y a tu padre. ¿Qué será de él ahora? ¡Eso le va a matar en seguida! La vergüenza, la deshonra. ¿Y por culpa de quién? ¡Por causa tuya, su hija, su única hija e incomparable criatura! ¿Y tu madre? No sobrevivirá al viejo... ¡Natasha, Natasha! ¿Qué vas a hacer? ¡Vuelve en ti! ¡Reacciona!

Guardaba silencio. Al fin me miró como con reproche y había en su mirada tanto acerbo dolor, tanto sufrimiento, que comprendí cómo sangraba su herido corazón en ese momento, sin necesidad de mis palabras. Comprendí lo que le costaba su decisión y cómo la torturaba con mis palabras inútiles y tardías. Comprendí todo esto, pero, sin embargo, no podía contenerme y continuaba mi discurso.

—Si ahora mismo le decías a Anna Andriéievna que *tal vez* no saldrías de casa... para ir a vísperas. ¿Quiere decir esto que querías quedarte, significa que no te habías decidido del todo?

Como respuesta sólo me sonrió con amargura. ¿Y para qué había preguntado eso? Debía comprender que todo estaba ya decidido irrevocablemente. Pero también me encontraba fuera de mí.

—¿Es posible que le ames de esa manera? —grité con el corazón oprimido, mirándola y casi sin comprender yo mismo lo que preguntaba.

—¿Qué puedo contestarte, Vania? ¡Ya lo ves! Me ha mandado que venga y aquí estoy, esperándole —dijo con la misma amarga sonrisa.

—Pero escucha, escucha un momento —empecé a suplicarle otra vez, agarrándome a un clavo ardiendo—. ¡Todo esto puede arreglarse todavía, todo se puede hacer de alguna otra manera completamente distinta! Puedes no marcharte de casa. Yo te indicaré cómo hacerlo, Natásheñka. Me comprometo a arreglároslo todo, todo, las entrevistas y todo... ¡Pero no te marches de casa!... Os llevaré vuestras cartas, ¿por qué no llevarlas? Será mejor que lo de ahora. Sabré hacerlo, os serviré a los dos, ya verás cómo os serviré... y tú, Natásheñka, no te perderás como ahora... ¡Porque ahora te estás perdiendo del todo! Consiéntelo, Natasha: todo saldrá de maravilla, con facilidad, y os amaréis cuanto os venga en gana... Y cuando vuestros padres dejen de pelearse, porque es seguro que dejarán de pelearse, entonces...

—Basta, Vania, déjalo —me interrumpió apretando con fuerza mi mano y sonriendo a través de sus lágrimas—. ¡Mi buen Vania! ¡Eres un hombre bueno y honrado! Y no dices una palabra de ti. Soy yo quien te ha abandonado y me has perdonado, y sólo piensas en mi felicidad. Quieres llevarnos nuestras cartas...

Se echó a llorar.

—¡Yo sé, Vania, cuánto me has querido, cuánto me quieres ahora y no has pronunciado ni un reproche, ni una palabra amarga en todo este tiempo! ¡Dios mío, yo, qué culpable soy ante ti! ¿recuerdas, Vania, el tiempo que hemos pasado juntos? ¡Ay, mejor hubiera sido no *conocerle,* no *encontrarle nunca!*... ¡No, no te merezco! ¡Ya ves cómo soy!... En un momento así te recuerdo nuestra felicidad pasada, cuando tú ya sufres bastante sin eso. Has estado tres semanas sin venir: te juro, Vania, que ni una sola vez se me ha ocurrido la idea de que pudieses maldecirme y odiarme. Sé por qué te fuiste: no querías estorbarnos ni ser un reproche viviente. ¿Acaso a ti mismo no te resultaba penoso mirarnos? ¡Y cómo te he esperado, Vania, cómo te he esperado! Escucha, Vania, si amo a Aliosha como una insensata, como una loca, es posible que a ti te quiera todavía más como amigo mío. Lo oigo, lo sé, no podré vivir sin ti; me eres necesario, necesito tu corazón, tu maravillosa alma... ¡Ay, Vania! ¡Qué tiempo tan amargo y doloroso se nos ha venido encima!

Se inundó de lágrimas. ¡Sí, estaba muy oprimida!

—¡Ay, qué ganas tenía de verte! —continuó, ahogando sus lágrimas—. ¡Cómo has adelgazado, qué delgado estás, qué pálido! ¿Has estado realmente enfermo, Vania? ¡Y yo sin preguntarte! No hago más que hablar de mí. Pero ¿cómo van ahora tus cosas con los periódicos? ¿Y tu nueva novela, avanza?

—¡No es momento para hablar de novelas ni de mí, Natasha! ¡Y qué importan mis asuntos! Mis cosas no van ni bien ni mal; ¡al diablo con ellas! Otra cosa, Natasha. ¿Ha sido él quien te ha exigido que vayas a su casa?

—No, no ha sido sólo él, más bien he sido yo. Cierto que él lo decía, pero también yo misma... Mira, querido, te lo contaré todo: le quieren casar con una novia rica y conocida, de una familia muy ilustre. Su padre quiere a toda costa que se case con ella, pero ya sabes que es un gran intrigante; ha puesto en marcha todos los resortes, porque en diez años no se presenta una ocasión parecida. Relaciones, dinero... dicen que ella es muy bonita e instruida y tiene buen corazón, que es maravillosa desde todos los puntos de vista. Aliosha ya se había entusiasmado con ella. Además, su padre quiere quitárselo de encima cuanto antes para casarse él mismo, y por eso se ha propuesto, cueste lo que cueste, que se rompan nuestras relaciones. Me tiene miedo y teme también mi influencia sobre Aliosha...

—¿Acaso el príncipe —la interrumpí extrañado— conoce vuestro amor? Sólo tenía sospechas, y tampoco eran seguras.

—Lo sabe, lo sabe todo.

—Pero ¿quién se lo ha dicho?

—Aliosha se lo ha contado todo hace poco. Él mismo me dijo que se lo ha contado todo.

—¡Señor! Pero ¿qué es lo que os ocurre? ¿Se lo ha contado él mismo y en un momento así?

—No le acuses, Vania —me interrumpió Natasha—. ¡No te rías de él! No se le puede juzgar como a los demás. Sé justo. Él no es como tú y yo. Es una criatura; no le han educado como es debido. ¿Acaso comprende lo que hace? La primera impresión, la primera influencia ajena es capaz de arrancarle de aquello a lo cual un minuto antes se entregaba con juramentos. No tiene carácter. Te hará juramento y ese mismo día, con la misma veracidad y sinceridad, se entregará a otro. Y él mismo vendrá a contártelo. Tal vez cometa incluso una mala acción, pero no se podrá acusarle por ella, sino lamentarlo. También es capaz de abnegación, ¡y de qué abnegación! Pero tan pronto como tenga una nueva impresión, olvidará otra vez todo. *Así me olvidará a mí, si no permanezco continuamente a su lado.* ¡Él es así!

—¡Ay, Natasha, tal vez todo eso no es verdad, sino únicamente rumores! ¿Cómo se va a casar siendo tan joven todavía?

—Te digo que su padre tiene unas miras especiales.

—¿Y por qué sabes que su novia es tan bonita y que se entusiasma con ella?

—Pero si me lo ha dicho él mismo...

—¡Cómo! ¿Te ha dicho él mismo que puede querer a otra y te exige ahora este sacrificio?

—¡No, Vania, no! Tú no le conoces, has estado poco tiempo con él; es preciso conocerle más de cerca y entonces juzgarle. ¡No hay corazón en el mundo más justo y limpio que el suyo! ¿Y qué? ¿Acaso sería mejor que mintiese? Para que se deje entusiasmar, basta que no me vea con él una semana y querrá a otra. Luego, cuando me vea, caerá de nuevo a mis pies. ¡No! Lo bueno es que yo lo sepa, que no me lo oculte, porque, de lo contrario, me moriría de incertidumbre. ¡Sí, Vania! Ya lo he decidido: *Si no estoy a su lado siempre, continuamente, en todo tiempo, dejará de que-*

rerme, me olvidará y abandonará. Él es así; cualquier otra puede seducirle y llevárselo. ¿Y qué haré yo entonces? Entonces, me moriré... ¡Pero qué importa morir! ¡Me gustaría morirme ahora! ¿Y cómo voy a vivir sin él? ¡Eso es peor que la propia muerte, peor que todos los tormentos! ¡Oh, Vania, Vania! ¡No es nada el que yo haya abandonado ahora por él a mis padres! ¡No me razones, todo está decidido! Tiene que estar a mi lado cada hora, cada segundo; no puedo volverme atrás. Sé que me he perdido, y que pierdo a otros... ¡Ay, Vania! —gritó de pronto y se estremeció—. ¿Y si realmente ya no me quiere? ¿Y si es verdad lo que acabas de decir de él —yo no lo había dicho nunca eso—, que sólo me engaña y parece tan veraz y sincero y es cruel y vanidoso? Ahora yo le defiendo ante ti, y quizá él en este momento está con otra... y se ríe para sus adentros... y yo, yo soy una criatura abyecta. Lo he abandonado todo y ando por las calles, le busco... ¡Ay, Vania!

Este lamento salió con tanta fuerza de su corazón, que mi alma se sintió acongojada. Comprendí que Natasha ya había perdido todo dominio sobre sí misma. Sólo los celos podían cegarla de tal modo, hasta el extremo de adoptar aquella decisión. Pero también sentí que los celos se encendían y desbordaban en mi corazón. No pude contenerme: un sentimiento miserable se apoderó de mí.

—Natasha —exclamé—, hay algo que no entiendo. ¿Cómo puedes amarle después de lo que tú misma acabas de decirme de él? No le respetas, no crees ni siquiera en su amor, pero te unes a él sin condiciones y haces perderse a todos por su culpa. ¿Qué es eso? ¡Le amas demasiado, Natasha, demasiado! No entiendo esa clase de amor.

—Sí, le amo con locura —contestó palideciendo, como de dolor—. A ti no te he querido nunca así, Vania. Yo misma sé que me he vuelto loca y que amo como no debe amarse. No le amo con un buen amor... Escucha, Vania, ya lo sabía antes, e incluso en nuestros instantes más felices presentía que sólo iba a darme tormentos. Pero ¿qué puedo hacer si ahora incluso tales tormentos son mi felicidad? ¿Acaso voy a buscar la alegría yéndome con él? ¿Acaso no sé de antemano lo que me espera en su casa y lo que he de padecer por culpa suya? Me ha jurado quererme, me ha hecho toda clase de promesas; no las tengo en cuenta ni las he tenido antes, aun sabiendo que no me mentía ni podía mentirme. Yo misma le he dicho, yo, que no quiero obligarle a nada. Con él es mejor así, a nadie le agrada estar sujeto, a mí la primera. Pero así y todo, me alegra ser su esclava, esclava por mi voluntad. ¡Soportarle todo, todo con tal de que esté conmigo, que me mire! Puede querer incluso a otra, con tal que sea delante de mí y que yo esté a su lado... ¿Es una bajeza, Vania? —preguntó de pronto volviendo hacia mí su ardiente mirada. Por un segundo me pareció que tenía fiebre—. ¿No constituyen una bajeza tales deseos? ¿Y qué? Yo misma digo que es una bajeza, pero si él me abandonase le seguiría al fin del mundo, aunque me rechazara, aunque me echara de su lado. Tú me suplicas ahora que vuelva, pero ¿qué saldrá de eso? Volvería, pero mañana me iría otra vez; me lo mandaría él, y me iría de nuevo. Me silbará, me llamará como a un perro, y yo le seguiré... ¡Tormentos! ¡No tengo miedo de tales tormentos! Sabré que sufro *por él*... ¡Ay, si es imposible explicarlo, Vania!

«¿Y tus padres?», pensé. Parecía haberse olvidado ya de ellos.

—Entonces, ¿ni siquiera se va a casar contigo, Natasha?

—Lo ha prometido, me lo ha prometido todo. Precisamente me llama ahora para casarnos mañana en secreto, fuera de la ciudad. Pero si no sabe lo que hace. Tal vez no sabe ni cómo se casan las gentes. ¡Vaya un marido! De verdad que da risa. Si se casa, será desgraciado y empezará a hacerme reproches. Le entregaré todo, y él que no me dé nada. Si ha de ser desgraciado a causa de nuestra boda, ¿para qué provocar tal desgracia?

—No, eso me da mala espina, Natasha —dije—. Y ahora ¿vas directamente a su casa?

—No, me ha prometido venir aquí a recogerme; en eso hemos quedado...

Y miró ávidamente a lo lejos, pero todavía no se veía a nadie.

—¡Él no está todavía! ¡Y tú has venido la *primera!* —grité con indignación. Natasha pareció tambalearse como si recibiera un golpe. Su rostro se contrajo dolorosamente.

—A lo mejor ni se presenta —dijo con una amarga sonrisa—. Anteayer me escribió que, si no le daba palabra de que iba a venir, se veía obligado a aplazar involuntariamente su decisión de marcharse y casarse conmigo, y que su padre lo llevaría a casa de su novia. Y lo escribía con tanta sencillez, con tanta naturalidad, como si no le importase... ¿Y si de verdad ha ido a *su* casa?

Yo no contestaba. Me apretó con fuerza la mano y sus ojos lanzaron chispas.

—Está en su casa —murmuró casi imperceptiblemente—. Confiaba en que yo no vendría aquí para ir a su casa y decir después que tenía razón, que me había advertido de antemano y que yo no había venido. Le he aburrido y me ha abandonado... ¡Ay, Dios mío! ¡Estoy loca! Él mismo me dijo la última vez que yo le aburría... ¿Qué es lo que espero?

—¡Ahí está! —grité de pronto viéndole a lo lejos en el muelle.

Natasha se estremeció, lanzó un grito, miró a Aliosha que se acercaba y de pronto, abandonando mi mano, echó a correr hacia él. Aliosha también apretó el paso y al cabo de un minuto la muchacha estaba en sus brazos. En la calle, aparte de nosotros, no había casi nadie. Se besaban, se reían; Natasha se reía y lloraba al mismo tiempo, como si se hubiesen encontrado después de una interminable separación. El rubor cubrió sus pálidas mejillas; estaba como transportada... Aliosha se percató de mi presencia e inmediatamente se acercó.

Capítulo IX

Yo le miraba con avidez, aunque antes le había visto ya muchas veces. Miraba sus ojos, como si su mirada pudiera desvanecer todas mis inquietudes, como si pudiera aclararme de qué forma esta criatura había podido hechizarla y despertar en ella un amor tan insensato, que le hacía olvidar su deber más elemental y sacrificar de modo absurdo todo lo que, para Natasha, fue más sagrado hasta entonces. El príncipe me cogió ambas manos, las apretó con fuerza, y su mirada, clara y bondadosa, penetró en mi corazón.

Me di cuenta de que podía equivocarme en mis conclusiones sobre él por el solo hecho de que era mi enemigo. No, yo no le quería y confieso que nunca pude quererle; tal vez en ello era el único entre todos cuantos le conocían. Decididamente había en él muchas cosas que no me gustaban, incluso su porte elegante, tal vez precisamente porque lo era demasiado. Posteriormente comprendí que también aquí juzgaba con parcialidad. Era alto, esbelto, fino; su rostro alargado estaba siempre pálido; tenía el cabello rubio, grandes ojos azules, apacibles y pensativos en los que, de repente, a intervalos, brillaba la más ingenua e infantil alegría. Sus finos labios bermejos, magníficamente dibujados, casi siempre tenían un pliegue serio, por lo que resultaba más inesperada y encantadora la súbita aparición en ellos de una sonrisa. Era hasta tal punto ingenua y cándida, que uno mismo, como consecuencia de ella, cualquiera que fuese el estado de ánimo en que se encontrara, sentía la inmediata necesidad de responder con una sonrisa exactamente igual a la suya. Se vestía sin rebuscamiento, pero siempre con elegancia; se notaba en los menores detalles que esta elegancia no le costaba ningún esfuerzo, que le era innata. Cierto que también tenía algunos malos hábitos, algunas costumbres lamentables entre aquellas que se consideran de buen tono: frivolidad, autosuficiencia e insolencia cortés. Pero era demasiado cándido e ingenuo y el primero en reconocer tales hábitos, confesarlos y burlarse de ellos. Me parece que esta criatura no podría mentir nunca ni siquiera en broma; si mintiera, sería realmente sin ver nada malo en ello. Incluso su egoísmo era en cierto modo atractivo, precisamente al ser sincero y no oculto. Era débil, confiado y tímido; carecía en absoluto de voluntad. Ofenderle, engañarle, hubiera sido un pecado y una lástima, como sería hacerlo con un niño pequeño. Era muy ingenuo para su edad y no comprendía casi nada de la vida real; por otra parte, a los cuarenta años seguiría, seguramente, sin comprender nada. Este tipo de gente parece condenada a una eterna minoría de edad. Creo que nadie podría dejar de quererle; como un niño, todo se lo ganaría con su actitud cariñosa. Natasha me había dicho la verdad; podría cometer una mala acción bajo el dominio de una irresistible influencia; pero, según me parece, al reconocer las consecuencias de esta acción moriría de remordimiento. Natasha notaba por instinto que sería su dueña y señora, que mandaría sobre él y que Aliosha llegaría, incluso, a convertirse en su víctima. Saboreaba de antemano la delicia de amar con locura y torturar hasta el martirio a quien amaba, precisamente porque amaba y, tal vez, porque se había apresurado a ser la primera en sacrificarse por él. Pero también en los ojos de Aliosha brillaba el amor, y la contemplaba con éxtasis. Ella me lanzó una mirada triunfante. En aquel momento se había olvidado de todo: de los padres, de la despedida y de las sospechas... era feliz.

—¡Vania! —gritó—. Soy culpable ante él y no le merezco. Creí que ya no ibas a venir, Aliosha. Olvida mis malos pensamientos, Vania. ¡Lo arreglaré! —añadió mirándole con infinito amor. Él sonrió, le besó la mano y, sin soltarla, dijo dirigiéndose a mí:

—No me acuse a mí tampoco. ¡Cuánto tiempo hace que quería abrazarle como a un hermano! ¡Cuánto me ha hablado Natasha de usted! Hasta ahora apenas nos hemos conocido y, en cierto modo, no nos hemos entendido muy bien. Seamos amigos y... perdónenos —añadió a media voz y enrojeciendo ligeramente, pero con una sonrisa tan encantadora, que no pude menos que contestar de todo corazón a su saludo.

—Sí, sí, Aliosha —intervino Natasha—, es nuestro, es nuestro hermano, ya nos ha perdonado y sin él no podremos ser felices. Ya te lo he dicho... ¡Ay, qué criaturas tan crueles somos, Aliosha! Pero viviremos los tres juntos... Vania —proseguía, y sus labios empezaron a temblar—; ahora tú vuelve con *ellos,* a casa. Como tienes un corazón de oro, aunque ellos no me perdonen, al ver que tú me has perdonado tal vez se ablanden un poco conmigo. Cuéntales todo, todo, con *tus* palabras, que te saldrán del corazón; encuentra las palabras necesarias... Defiéndeme, sálvame; explícales todos los motivos, todo, según lo has comprendido tú mismo. ¿Sabes, Vania, que posiblemente yo no me hubiera decidido a *esto* si tú no te hubieras encontrado hoy conmigo? Eres mi salvación. En seguida conté contigo, con que tú sabrías explicárselo, que al menos paliarías para ellos este primer horror. ¡Ay, Dios mío, Dios mío!... Diles de mi parte, Vania, que ya sé que ahora no pueden perdonarme; si ellos me perdonan, Dios no me perdonará. Pero que, aunque me maldigan, de todas formas seguiré bendiciéndoles y siempre rezaré por ellos. ¡Todo mi corazón se ha quedado con ellos! ¡Ay! ¿Por qué no seremos todos felices? —gritó de pronto como si volviera en sí y, temblando de horror, se tapó el rostro con las manos. Aliosha la abrazó y, en silencio, la estrechó entre sus brazos con fuerza. Pasaron unos minutos en silencio.

—¡Y usted ha sido capaz de exigirle tamaño sacrificio! —dije, mirándole con reproche.

—¡No me acuse! —repitió—. Le aseguro que todas estas desgracias de ahora, aunque son muy grandes, pasarán en menos de un minuto. De eso estoy completamente seguro. Sólo necesitamos firmeza para aguantar este minuto; eso mismo lo dijo también ella. Ya sabe usted, la causa de todo esto es ese orgullo familiar, esas querellas absolutamente innecesarias, y encima esos procesos. Pero... He meditado mucho sobre esto, se lo aseguro... Todo esto debe terminar. Nos volveremos a reunir todos y entonces seremos completamente felices, incluso los viejos se reconciliarían al vernos. ¡Quién sabe, tal vez nuestro matrimonio servirá como principio de su reconciliación! Hasta creo que no puede ser de otro modo. ¿Qué piensa usted?

—Dice usted matrimonio. ¿Cuándo se van a casar ustedes? —pregunté mirando a Natasha.

—Mañana o pasado mañana; todo lo más tarde pasado mañana, seguro. Pero yo mismo no lo sé muy bien todavía. La verdad es que no he arreglado nada aún. Pensaba que Natasha tal vez no vendría hoy. Además, mi padre se empeñaba en llevarme hoy a casa de mi novia; me quiere casar, ¿se lo ha contado Natasha? Pero yo no quiero. Por eso no he podido tomar aún decisiones definitivas. Pero así y todo, nos casaremos seguramente pasado mañana. Al menos, eso me parece, porque no se puede hacer de otra manera. Mañana mismo saldremos por el camino de Pskov. Allí cerca, en la aldea, tengo un compañero del Liceo, muy buena persona; tal vez se lo presente a usted. Allí en la aldea también dicen, hay sacerdote, aunque, por otro lado, no sé seguro si lo hay o no. Bueno, en realidad eso es una tontería, desde el momento que se tiene en cuenta lo importante. Se puede invitar al sacerdote de alguna aldea vecina, ¿qué le parece? Hay aldeas alrededor... La lástima es que hasta ahora no he tenido tiempo de enviar allí ni una línea; hubiera sido necesario prevenirle. Tal vez mi amigo no se encuentre ahora en su casa... ¡Pero eso es lo de menos! Lo que hace falta es decidirse, y lo demás se arreglará solo, ¿no es cierto? Y mientras tanto, hasta mañana o pasado mañana permanecerá aquí, en mi casa. He alquilado un piso independiente en el que vamos a vivir cuando volvamos; nos instalaremos muy bien. Vendrán a visitarnos mis compañeros del Liceo, organizaré veladas...

Yo le miraba con asombro y tristeza. Natasha me suplicaba con la mirada que no le juzgase con severidad y que fuera condescendiente. Escuchaba sus proyectos con una sonrisa triste y al mismo tiempo parecía admirarle. Lo mismo que se admira a un niño querido y alegre, al escuchar su absurdo, pero gracioso parloteo. La miré con reproche. Empecé a sentirme muy a disgusto.

—¿Pero y su padre? —pregunté—. ¿Está seguro de que le va a perdonar?

—Segurísimo. ¿Qué otra cosa puede hacer? Por supuesto, al principio me maldecirá; de eso incluso estoy seguro. Es así; así es de severo conmigo. Probablemente se quejará ante alguien, invocará su autoridad paterna... Pero todo eso no es nuevo. Me quiere con locura; se enfadará un poco y terminará perdonándome. Entonces todos se reconciliarán y todos seremos felices. El padre de ella, también.

—¿Y si no le perdona? ¿Ha pensado usted en eso?

—Seguro que me perdonará, aunque quizá no tan pronto. Bueno, ¿y qué? Le demostraré que yo también tengo mi carácter. No hace más que regañarme porque no tengo carácter, porque soy frívolo. Ahora verá si soy o no frívolo. Convertirse en cabeza de familia no es una broma; entonces ya no seré un niño... bueno, quería decir que seré como todos los demás... en fin, como los que tienen una familia. Viviré de mi trabajo. Natasha dice que es mejor que vivir a costa de los demás, como hacemos los de mi clase. ¡Si supiera cuántas cosas buenas me dice! A mí mismo nunca se me hubieran ocurrido. Me he criado de otra manrea, no me han educado así. En verdad, yo mismo sé que soy frívolo y que no valgo para casi nada. Pero sabe usted, anteayer se me ocurrió una idea extraordinaria. Aunque no es el momento, de todas formas se lo voy a contar, porque es preciso que lo oiga también Natasha. Y usted nos aconsejará. Verá: quiero escribir novelas y venderlas a las revistas, lo mismo que usted. Me ayudará a introducirme con los periodistas, ¿verdad? Cuento con usted. Ayer me pasé toda la noche pensando en una novela, simplemente como prueba, ¿comprende? Podría salir una cosa muy buena. He tomado el tema de una comedia de Scribe... Ya se lo contaré luego. Lo importante es que me darán dinero por ella... porque a usted le pagan, ¿no?

No pude menos que sonreír.

—Se ríe usted —dijo, sonriendo a su vez—. No, escuche —añadió con una ingenuidad inconcebible—, no me juzgue por las apariencias; realmente tengo un gran espíritu de observación, lo verá usted mismo. ¿Y por qué no hacer la prueba? Tal vez algo salga... Además, parece que tiene usted razón: yo no sé nada de la vida práctica; eso mismo me decía Natasha y, por otro lado, me lo dicen todos. ¿Qué clase de escritor voy a ser? Ríase, ríase, corríjame; porque eso lo hará usted por ella, ya que tanto la quiere. Le diré la verdad: yo no la merezco. Eso lo noto, me resulta muy penoso y lo que no sé es por qué ella me ama de esa manera. ¡Yo hubiera dado por ella toda mi vida! Verdaderamente, hasta ahora no he tenido miedo de nada, pero ahora sí lo tengo. ¿Adónde iremos a parar? ¡Dios mío! ¿Es posible que a un hombre; por completo entregado a su deber, como si fuera a propósito, le falte capacidad y firmeza para cumplirlo? ¡Al menos usted ayúdenos, amigo mío! Es el único amigo que nos queda. ¡Yo solo no entiendo nada! Perdone que cuente de esa manera con usted. Le considero un hombre de gran nobleza y mucho mejor que yo. Pero me corregiré, esté seguro, y seré digno de ustedes dos.

En esto, volvió a apretarme la mano; sus magníficos ojos mostraban sentimientos de bondad y generosidad. ¡Me estrechaba la mano con tanta confianza, estaba tan seguro de que yo era su amigo!

—Ella me ayudará a corregirme —continuó—. Además, no piense nada malo de nosotros y no se aflija demasiado. A pesar de todo, tengo muchas esperanzas, y en lo que se refiere a la cuestión material, no pasaremos ningún apuro. Por ejemplo, si me falla la novela, en realidad he pensado hasta ahora que la novela es una tontería y se lo he contado sólo para conocer su opinión, entonces, en caso extremo, puedo dar clases de música; ¿no sabía que sé música? No me avergüenza vivir de ese trabajo. En ese sentido, tengo ideas completamente nuevas. Y, además de eso, tengo muchas chucherías inútiles, pero que valen dinero; ¿para qué las quiero? Las venderé. ¡No sabe el tiempo que podremos vivir con eso! Por último, en el peor de los casos, entraré a trabajar. Incluso mi padre se pondrá contento, siempre dice que busque un empleo y yo alego que no tengo buena salud. Además, ya estoy inscrito en alguna parte. En cuanto vea que el matrimonio me ha sido provechoso, que me ha hecho más serio y que efectivamente he empezado a trabajar, se alegrará y me perdonará...

—Pero, Aliexéi Pietróvich, ¿ha pensado usted en lo que va a suceder ahora entre su padre y el de ella? ¿Qué imagina qué pasará esta noche en casa de ellos?

Y le señalé a Natasha, pálida como una muerta a causa de mis palabras. Yo me mostraba implacable.

—¡Sí, sí, tiene razón, es terrible! —contestó—. Ya he pensado en eso, y he sufrido moralmente... Pero ¿qué hacer? Tiene usted razón, ¡si por lo menos los padres de ella nos perdonasen! ¡Y si supiera cómo los quiero a los dos! ¡Para mí son como de la familia y así es cómo los pago!... ¡Ay, dichosas riñas, dichosos procesos! ¡No puede imaginarse hasta qué punto nos resulta eso penoso ahora! ¡Todos nos queremos mucho, pero nos peleamos! ¡Deberían reconciliarse, y se acabó! Cierto que yo hubiera actuado del mismo modo si me encontrase en el lugar de ellos... Me dan miedo sus palabras. ¿Adónde iremos a parar, Natasha? Ya lo he dicho antes... Tú misma has insistido... Pero escuche, Iván Pietróvich, tal vez todo esto se arreglará para mejor, ¿no cree usted? ¡Pero si acabarán haciendo las paces! Nosotros haremos que se reconcilien. Así es, seguro; no resistirán frente a nuestro amor... Que nos maldigan, pero nosotros les seguiremos queriendo; no resistirán. ¡No querrá creer el buen corazón que tiene a veces mi viejo! Todo esto lo mira con cerrazón, pero en otros casos es muy comprensivo. ¡Si supiera con qué dulzura habló hoy conmigo tratando de convencerme! Ahora, por ejemplo, actúo en contra suya y esto me produce mucha tristeza. ¡Y todo por esos absurdos prejuicios! ¡Es sencillamente una locura! ¿Qué ocurriría si él la mirase con buenos ojos y permaneciera en su compañía aunque sólo fuera media hora? Nos daría la autorización inmediatamente —diciendo esto, Aliosha miró con ternura y apasionamiento a Natasha—. He imaginado con delectación miles de veces —prosiguió su verborrea— cómo la querrá cuando la conozca y cómo va a sorprender a todos. ¡Si todos ellos no han visto nunca una muchacha así! ¡Mi padre está convencido que es sólo una intrigante! ¡Ay, Natasha! Te querrán todos, todos. No hay nadie que pueda no quererte —añadió con entusiasmo—. Aunque no te merezco en absoluto, quiéreme, Natasha, y yo... ¡Tú me conoces!

¿Acaso necesitamos mucho para nuestra felicidad? ¡No, creo que esta tarde tiene que traernos a todos la felicidad, la paz y la concordia! ¡Bendita sea esta tarde! ¿No es así, Natasha? Pero ¿qué te pasa? ¡Dios mío! ¿Qué te pasa?

Estaba pálida como una muerta. Durante todo el tiempo que habló Aliosha, ella le miraba con fijeza; pero su mirada se hacía cada vez más vidriosa y fija, y el rostro, más pálido. Me pareció que al final no escuchaba y estaba como ausente. El grito de Aliosha pareció despertarla de pronto. Reaccionó, miró a su alrededor y se precipitó hacia mí. Rápidamente, como si se apresurase y se escondiese de Aliosha, sacó del bolsillo una carta y me la entregó. La carta era para los viejos y había sido escrita la víspera. Al entregármela, me miró fijamente, como si se agarrase a mí con esa mirada. En sus ojos había desesperación; nunca olvidaré aquella terrible mirada. El pánico también se apoderó de mí. Me percaté de que sólo ahora se daba cuenta de todo el horror de lo que había hecho. Se esforzaba en decirme algo; incluso empezó a hablar, pero se desvaneció. Aún tuve tiempo de sujetarla. Aliosha palideció del susto, le frotaba las sienes, le besaba las manos y los labios. Al cabo de dos minutos volvió en sí. No lejos se encontraba el coche de alquiler en el que había venido Aliosha; éste lo llamó. Al acomodarse en el coche, Natasha, como loca, me cogió la mano; una lágrima ardiente abrasó mis dedos. El coche arrancó. Permanecí todavía mucho tiempo en el mismo lugar siguiéndolo con la mirada. Toda mi felicidad se había hundido en ese momento y mi vida se había partido en dos. Me di cuenta de ello dolorosamente.

Regresé despacio, por el mismo camino, a casa de los viejos. No sabía qué decirles ni cómo entrar en su casa. Mis pensamientos se embotaban, se me doblaban las piernas...

Y ésa es toda la historia de mi perdida felicidad; así se acabó y deshizo mi amor. Voy a continuar ahora mi relato interrumpido.

Capítulo X

Al cabo de unos cinco días de la muerte de Smith, me instalé en su piso. Todo aquel día me resultó insoportablemente triste. Hacía un tiempo desapacible y frío; caía una nieve mojada mezclada con lluvia. Sólo al atardecer, y por un segundo, se asomó el sol y un rayo perdido —sin duda por curiosidad— se introdujo en mi habitación. Empecé a arrepentirme de haber ido allí. Sin embargo, la habitación era grande, aunque baja de techo, con las paredes ahumadas, cerrada y desagradablemente vacía, pese a contar con algunos muebles. Pensé en seguida que aquel piso acabaría con la salud que me quedaba. Y así ocurrió.

Pasé toda aquella mañana con mis papeles, clasificándolos y poniéndolos en orden. Careciendo de cartera, los trasladé a la funda de la almohada. Todos se habían arrugado y mezclado. Luego me senté a escribir. Por aquel entonces seguía con mi gran novela, pero no estaba por mi trabajo; tenía la cabeza llena de otras cosas.

Dejé la pluma y me senté junto a la ventana. Estaba oscureciendo y yo me ponía cada vez más y más triste. Me daba la impresión de que en Petersburgo acabaría por perecer. La primavera estaba en puertas; tal vez reviviría si saliese desde aquel cascarón al aire libre y respirase el olor fresco de los campos y los bosques; ¡hacía tanto tiempo que no los veía!... Recuerdo que se me ocurrió también que sería bueno, por un sortilegio o un milagro, olvidar absolutamente todo lo que había vivido en los últimos años, refrescar mis ideas y empezar otra vez con nuevos bríos. Entonces todavía soñaba con eso y confiaba en una resurrección. «Aunque fuese entrar en un manicomio, decidí por último, para que de alguna forma se diera la vuelta todo el cerebro en mi cabeza, y orientarse de nuevo, y luego volver a curarse.» ¡Tenía ansias de vivir y fe en la vida!... Recuerdo que en seguida me eché a reír. «¿Qué habría de hacer al salir del manicomio? ¿Acaso escribir otra vez novelas?»...

Así soñaba y me afligía, pero, mientras, el tiempo pasaba. Estaba a punto de anochecer. Aquella tarde tenía concertada una entrevista con Natasha; me había llamado con insistencia la víspera, por medio de una nota. Me puse en pie de un salto y empecé a prepararme. De todos modos tenía ganas de arrancarme lo antes posible del piso, yéndome a cualquier sitio, aunque se tratara de mojarme bajo la lluvia o de chapotear en el agua de nieve.

A medida que aumentaba la oscuridad mi habitación parecía hacerse más grande, como si se ensanchara cada vez más y más.

Me imaginaba que cada noche, en cada rincón, vería a Smith: éste permanecería sentado, inmóvil, me miraría, como a Adam Ivánovich en la confitería, y a sus pies estaría *Azorka*. Y en ese preciso instante ocurrió algo que me produjo una impresión enorme.

En primer lugar, debo decirlo todo: no sé si por tener los nervios destrozados, por las impresiones del nuevo piso o por mi reciente estado melancólico, poco a poco y sucesivamente, cuando empezaba a anochecer caía siempre en ese estado de ánimo que con tanta frecuencia me invade ahora en mi enfermedad durante las noches, y que yo llamo *terror místico*. Es un miedo penoso y torturante de algo que yo mismo no puedo definir, de algo inconcebible e inevitable en el orden de las cosas. Pero que, indefectiblemente, tal vez ahora mismo va a tomar forma como burla de todos los argumentos de la razón y vendrá a mí y se alzará como un hecho irrefutable, horroroso, monstruoso e inexorable. Ese miedo se refuerza generalmente cada vez más, a despecho de todas las conclusiones de la razón, de forma que, por último, la inteligencia, a pesar de que todavía en ese momento puede conservar una gran lucidez, pierde, sin embargo, toda posibilidad de oponerse a las sensaciones. No se la escucha, se convierte en inútil, y este desdoblamiento aumenta todavía más la temerosa angustia de la espera. En cierto modo, me parece que ése es el temor que la gente tiene a los muertos. Pero en mi congoja, lo indeterminado del peligro reforzaba aún más mi tortura.

Recuerdo que estaba de espaldas a la puerta y cogía mi sombrero de la mesa. En ese instante, de repente, se me ocurrió que al volverme vería con toda seguridad a Smith. Primero, abriría sigiloso la puerta, se colocaría en el umbral y miraría la habitación; luego, en silencio, inclinando la cabeza, entraría, se colocaría frente a mí, fijaría en mí sus turbios ojos y de pronto se echaría a reír en mi cara con una risa desdentada y horrible que estremecería todo su cuerpo y lo haría agitarse durante largo rato. Esta aparición se dibujó súbita en mi imaginación de una forma nítidamente clara y, al mismo tiempo, tuve la convicción más absoluta e irrefutable de que todo esto sucedería ineludiblemente, que ya había sucedido, pero no lo veía porque estaba de espaldas a la puerta; tal vez ésta en ese preciso instante ya se abría. Me volví bruscamente, ¿y qué?; en efecto, la puerta se abría despacio, en silencio, igual que lo imaginé hacía un minuto. Lancé un grito. Durante mucho tiempo no apareció nadie, como si la puerta se hubiera abierto sola. De repente apareció en el umbral un ser extraño: unos ojos, hasta donde pude distinguir en la oscuridad, me miraban fijos e insistentes. El frío recorrió todos mis miembros. Con gran temor por mi parte, vi que era una criatura, una niña; de tratarse del propio Smith, tal vez no me hubiera asustado tanto como ante la extraña e inesperada aparición de aquella niña desconocida en mi casa, a tales horas y con semejante tiempo.

Ya he dicho que abrió la puerta con tanto silencio y tan despacio como si le diera miedo entrar. Al entrar se detuvo en el umbral y durante mucho rato me miró como estupefacta y pasmada. Por fin, en silencio, despacio, dio dos pasos hacia adelante y se detuvo ante mí, pero sin pronunciar una palabra todavía. La examiné más de cerca. Era una niña de doce o trece años, de pequeña estatura, delgada, pálida, como si acabara de salir de una penosa enfermedad. Por lo que sus ojos grandes y negros brillaban con más intensidad. Con la mano izquierda sujetaba un viejo y agujereado pañuelo, con el que cubría su pecho, tembloroso aún por el frío del atardecer. Su vestimenta podía calificarse de harapos; sus espesos cabellos negros no eran lisos y pendían en bucles. Permanecimos así unos tres minutos, examinándonos con insistencia el uno al otro.

—¿Dónde está el abuelo? —preguntó por fin, con voz ronca y apenas perceptible, como si le doliera el pecho o la garganta.

Todo mi *terror místico* huyó de mí ante esta pregunta. Se refería a Smith, del que inesperadamente reaparecían las huellas.

—¿Tu abuelo? ¡Pero si ya se ha muerto! —contesté de pronto, sin haberme preparado para responder a tal pregunta; inmediatamente me arrepentí.

Durante un minuto permaneció en la misma postura y de repente se estremeció toda con tanta fuerza como si fuese a padecer un peligroso ataque de nervios. La sujeté para que no cayera. Al cabo de unos minutos se encontraba mejor, y pude ver con claridad que hacía un esfuerzo sobrehumano para ocultarme su turbación.

—¡Perdona, perdóname, niña! ¡Perdona, criatura mía! Te lo he dicho tan bruscamente, y tal vez no es eso... ¡Pobrecilla! ¿A quién buscas? ¿Al viejo que vivía aquí?

—Sí —susurró con esfuerzo y mirándome con inquietud.

—¿Su apellido era Smith? ¿Sí?

—¡S-sí!

—Pues... sí, él es el que ha muerto... Pero no te aflijas, pequeña mía. ¿Por qué no has venido antes? ¿De dónde vienes ahora? Le han enterrado ayer; murió de repente, de manera inesperada. Entonces, ¿tú eres su nieta?

La niña no contestó a mis rápidas y desordenadas preguntas. Se volvió en silencio y salió despacio de la habitación. Yo estaba tan asombrado, que no la retenía ni le hacía más preguntas. Se detuvo en el umbral y, medio vuelta hacia mí, preguntó:

—¿También ha muerto *Azorka?*

—Sí, *Azorka* también ha muerto —contesté. Me pareció extraña su pregunta; era como si estuviera segura de que *Azorka* había de morir junto con el viejo. Después de escuchar mi respuesta, la niña salió silenciosa de la habitación y entornó tras de sí la puerta con cuidado.

Al cabo de un minuto salí corriendo tras ella, recriminándome por haberla dejado marchar. Salió con tanto sigilo, que no oí cómo abrió la puerta de la escalera. Pensé que no le había dado tiempo de bajar y me detuve a escuchar en el recibimiento. Pero todo estaba en silencio y no se oían los pasos de nadie. Sólo se oyó el golpe de una puerta en un piso de abajo, y se hizo el silencio nuevamente.

Empecé, apresuradamente, a bajar por la escalera; ésta desde mi puerta del quinto piso hasta el cuarto era de caracol y desde allí iba en línea recta. Era una escalera sucia, negra y siempre oscura, de las que suele haber en las casas de las capitales con pisos pequeños. En aquel momento estaba ya oscura del todo. Bajando a tientas hasta el cuarto piso me detuve, y de pronto, como empujado por una íntima certeza, me pareció que en el descansillo había alguien que se ocultaba de mí. Empecé a tantear con las manos. La niña estaba allí, en el rincón, de cara a la pared, llorando suave y silenciosamente.

—Escucha, ¿de qué tienes miedo? —empecé—. Te he asustado mucho, yo tengo la culpa. El abuelo, al morir, me habló de ti; fueron sus últimas palabras. Se han quedado unos libros en mi casa, seguramente son tuyos. ¿Cómo te llamas? ¿Dónde vives? Él me dijo que en la Sexta calle...

Pero no terminé. Lanzó un grito de horror como asustándose ante la idea de que yo sabía dónde vivía, me apartó con su manita delgada y huesuda, y se lanzó escaleras abajo. Me fui tras ella; aún se oían abajo sus pisadas. Éstas de pronto cesaron... Cuando salí a la calle, ya no estaba. Después de darme una carrera hasta la Perspectiva Vosnisiénski, vi que todas mis pesquisas eran inútiles: la niña había desaparecido. «Probablemente se ha escondido en alguna parte, pensé, cuando yo bajaba por la escalera.»

Capítulo XI

Tan pronto puse los pies en la sucia y mojada acera de la Perspectiva, me tropecé con un transeúnte que caminaba, por lo visto, profundamente ensimismado, con la cabeza inclinada, rápida y apresuradamente. Con gran asombro mío reconocí al viejo Ijmiéniev. Era para mí una tarde de encuentros inesperados. Sabía que el viejo había tenido una seria indisposición unos tres días atrás, y de pronto me lo encontraba con un tiempo tan húmedo, en la calle. Además, antes casi nunca salía de noche y desde que se marchó Natasha, es decir, casi medio año, no abandonaba en absoluto su domicilio. Se alegró de un modo extraordinario, como el hombre que encuentra por fin un amigo al que puede comunicar sus pensamientos; me cogió la mano, la apretó con fuerza y, sin preguntarme dónde iba, me arrastró consigo. Se mostraba inquieto por algo, apresurado y brusco. «¿Dónde va?», pensé. Preguntarle hubiera sido inútil; se había vuelto muy desconfiado, y a veces en la pregunta más sencilla o en la observación más simple veía una alusión ofensiva, una posible humillación.

Le examiné de reojo: tenía el rostro de enfermo, en los últimos tiempos había adelgazado mucho y no se había afeitado la última semana. Los cabellos completamente canos, asomaban en desorden por su arrugado sombrero y pendían en largos mechones sobre el cuello de su viejo y gastado abrigo. Ya me había dado cuenta antes de que tenía momentos en que olvidaba las cosas; olvidaba, por ejemplo, que no estaba solo en la habitación, hablaba consigo mismo y gesticulaba con las manos. Resultaba penoso verlo entonces.

—Bueno, Vania, ¿qué hay? —empezó a hablar—. ¿Dónde ibas?, pues yo, hermano, he salido; los asuntos. ¿Estás bien?

—¿Y usted, se encuentra bien? —le contesté—. Hace tan poco que estuvo enfermo, y ya sale a la calle.

El viejo no contestaba, como si no me hubiera oído.

—¿Cómo está Anna Andriéievna?

—Está bien, está bien... Aunque anda algo indispuesta. Se ha entristecido mucho... Te recuerda. ¿Por qué no vienes? ¿A lo mejor ibas ahora a nuestra casa, Vania? ¿O no? ¿Tal vez te he molestado, te he impedido hacer algo? —preguntó de pronto mirándome con suspicacia y desconfianza.

El viejo se había vuelto a tal punto desconfiado e irritable que, de contestarle que no iba a su casa, se hubiera seguramente ofendido y apartado de mí con frialdad. Me apresuré, pues, a decirle que precisamente iba a ver a Anna Andriéievna, aunque sabía que llegaría tarde o no me daría tiempo en absoluto de ir a casa de Natasha.

—Bueno, eso está bien —dijo el viejo, ya tranquilizado con mi respuesta—. Está bien... —y de pronto guardó silencio y se quedó pensativo, como si no hubiese terminado lo que tenía que decir—. ¡Sí, eso está bien! —repitió maquinalmente al cabo de cinco minutos, como si se hubiera despertado de una profunda ensoñación—. Ejem... Ya lo ves, Vania, para nosotros siempre has sido como un hijo; Dios no nos ha dado la bendición de un hijo a Anna Andriéievna y a mí... y te nos ha enviado a ti. Lo he pensado siempre. También la vieja... ¡Sí! Y tú te has portado siempre con nosotros con respeto, con ternura, como un buen hijo. Que Dios te bendiga por eso, Vania, como nosotros, los viejos, te bendecimos y queremos... ¡sí!

Su voz temblaba; hizo una pausa de un minuto.

—Sí... ¿y qué? ¿No has estado enfermo? ¿Por qué has estado tanto tiempo sin venir a casa?

Le conté toda mi historia con Smith, y dije, para disculparme, que todo este asunto me había retenido y que, además, estuve a punto de ponerme enfermo, y que con todas estas historias me resultaba difícil ir a su casa, a Vasilievski, tan lejos, ellos vivían entonces allí. Por poco digo que a pesar de todo había podido ir a casa de Natasha, pero me callé a tiempo.

La historia de Smith interesó mucho al viejo, que puso entonces más atención. Al enterarse de que mi nuevo piso era húmedo, quizá peor que el anterior y que costaba seis rublos al mes, se encolerizó. En general, se había vuelto muy brusco e impaciente. Sólo Anna Andriéievna sabía tratar con él en tales momentos, y no siempre.

—¡Ejem!... ¡Todo esto es tu literatura, Vania! —gritó casi con odio—. ¡Te ha llevado hasta la buhardilla y te llevará al cementerio! ¡Te lo dije entonces, te lo predije!... Y qué, ¿B. sigue escribiendo críticas?

—Pero si ha muerto de tuberculosis. Creo que ya le hablé de ello.

—¡Ha muerto! ¡Ejem! ¡Ha muerto! Es lo que le correspondía. ¿Y ha dejado algo a la mujer y a los hijos? Porque me dijiste que tenía mujer... ¡Para qué se casará esa gente!

—No, no ha dejado nada —contesté.

—¡Pues qué bien! —gritó con tanta pasión como si el asunto le concerniera y fuera suyo propio o como si el difunto B. fuese su hermano—. ¡Nada! ¡Eso, eso, nada! Tú sabes, Vania, que yo lo advertí que iba a acabar de esta forma, ¿recuerdas?, todavía cuando tú me lo alababas. Es fácil decir: ¡No ha dejado nada! ¡Ejem! ¡Se ha ganado la gloria! Tal vez una gloria inmortal, pero la gloria no da de comer. Hermano, también entonces predije lo tuyo. Te alababa, pero dentro de mí presentía todo esto. ¿Así que B. ha muerto? ¡Cómo no iba a morir! La vida es hermosa y... Este sitio es bonito, ¡mira!

Con un ademán rápido y espontáneo me indicó la brumosa perspectiva de la calle alumbrada por la débil y parpadeante luz de los faroles entre la húmeda niebla, en las sucias casas y en las relucientes piedras de las aceras húmedas, los transeúntes malhumorados y calados hasta los huesos, sobre todo este cuadro coronado por la cúpula negra, como empapada en tinta china, del cielo de Petersburgo. Llegábamos ya a la plaza; en la oscuridad, ante nosotros, se alzaban la estatua iluminada desde abajo por mecheros de gas, y algo más lejos, la enorme mole de la catedral de Isaac, que, borrosa, se destaca del tinte oscuro del cielo.

—Sí, tú me habías dicho, Vania, que era un hombre bueno, generoso, simpático, con buenos sentimientos y corazón. ¡Bien, así son todos, gentes de corazón, ¡simpáticos! No saben más que multiplicar huérfanos, ¡ejem!... ¡Creo que hasta morirse le resultaría divertido!... ¡Ay, ay! ¡Estaría contento de irse a cualquier parte, aunque fuese a Siberia!... ¿Qué te pasa, niña? —preguntó de pronto, al ver en la acera a una pequeña que pedía limosna. Era una chiquilla delgadita, de unos siete u ocho años no más, vestida con sucios harapos; sus piececitos desnudos se calzaban con unos zapatos agujereados. Trataba de cubrir su cuerpecito, que temblaba de frío, con una pequeña bata usada que desde hacía mucho se le quedó pequeña. Su diminuto y pálido rostro se dirigía hacia nosotros. Con timidez y en silencio nos miraba con una especie de miedo sumiso al desaire y nos tendía su temblorosa mano. El viejo, al verla, se estremeció de tal modo y se dirigió a ella con tanta rapidez que, incluso, la asustó. La niña, temblando, dio un paso atrás.

—¿Qué quieres, niña? —exclamó—. ¿El qué? ¿Pides limosna? ¿Sí? ¡Toma, para ti... cógelo, toma!

Agitándose y temblando de emoción, se puso a hurgar en su bolsillo y sacó dos o tres monedas de plata. Pero le pareció poco; sacó el portamonedas y extrajo un rublo de papel —todo lo que había dentro— y puso el dinero en la mano de la pequeña mendiga.

—¡Que Cristo te proteja, pequeña..., hija mía! ¡Que el ángel de la Guarda sea contigo!

Y con mano temblorosa bendijo unas cuantas veces a la pobrecilla. Pero al ver que yo estaba allí y le miraba, frunció el ceño y siguió adelante con paso apresurado.

—Te das cuenta, Vania, no puedo ver —empezó después de un hosco silencio bastante prolongado— cómo esas criaturitas tiemblan de frío en la calle por culpa de sus malditos padres. Por otro lado, ¡qué madre va a mandar a una criaturita así a este horror si no es ella misma una desgraciada!... Ella está enferma, es vieja y... ¡ejem! No son hijos de un príncipe, Vania... ¡Hay muchos en el mundo que no son hijos de un príncipe! ¡Ejem! —calló un minuto como turbado por algo—. Ves, Vania, he prometido a Anna Andriéievna —siguió embrollándose un poco y equivocándose—, le he prometido... es decir, no hemos puesto de acuerdo con Anna Andriéievna en adoptar alguna huérfana para criarla...

así, una cualquiera, claro está, pobre y pequeña, llevarla a casa, ¿comprendes? Porque, de lo contrario, nos aburrimos los dos viejos solos. ¡Ejem!... Pero verás: Anna Andriéievna se ha puesto un poco en contra. Así que tú habla con ella, no de mi parte, claro, sino como cosa tuya... Razónale, ¿comprendes? Hace mucho que te lo quería pedir... que le hablaras para convencerla, a mí me resulta, en cierto modo, incómodo insistir mucho yo mismo... ¡Pero basta ya de decir tonterías! ¿Qué falta me hace la niña? No la necesito; así, como consuelo... para oír una voz infantil... pero, por otro lado, de verdad, esto lo hago por la vieja. Ella estará más alegre que sola conmigo. ¡Pero todo esto es un absurdo! ¿Sabes una cosa, Vania? Así tardaremos mucho en llegar: vamos a coger un coche, el camino es largo y Anna Andriéievna nos está esperando...

Eran las siete y media cuando llegamos a casa de Anna Andriéievna.

Capítulo XII

Los viejos se querían mucho. El amor y una larga costumbre los habían unido indisolublemente. Pero Nikolái Sierguiéievich no sólo ahora, sino antes, en los tiempos más felices, era poco comunicativo con su Anna Andriéievna, a veces incluso rudo, sobre todo delante de terceros. En algunas naturalezas tiernas y sensibles existe a veces una especie de obstinación, cierta resistencia a manifestar su ternura, aunque fuese a la propia persona amada, y no sólo ante la gente, sino también en la intimidad; en la intimidad más todavía. Sólo de cuando en cuando se muestra en ellos el cariño, que surge tanto más ardiente, tanto más fogoso, cuanto más tiempo se haya contenido. Así se comportaba, en cierto modo, el viejo Ijméniev, ya desde joven, con su Anna Andriéievna. La respetaba y quería infinitamente, a pesar de que sólo era una buena mujer y sólo sabía quererle; y se irritaba mucho porque ella, a su vez, en su simplicidad se mostraba, a ratos, demasiado expansiva. Pero después de irse Natasha se volvieron más afectuosos el uno para el otro, comprobando dolorosamente que se habían quedado solos en el mundo. Y aunque Nikolái Sierguiéievich se ponía a veces tremendamente sombrío, no podían separarse ni por dos horas sin inquietud y sufrimiento. Tenían un acuerdo tácito de no decir sobre Natasha ni una palabra, como si no existiera en el mundo. Anna Andriéievna ni siquiera se atrevía a aludirla delante de su marido, aunque le resultase muy penoso. En su corazón, desde mucho tiempo atrás, había ya perdonado a Natasha. Entre nosotros se había establecido en cierto modo el pacto de que con cada visita le trajese noticias de su querida hija, en la que pensaba siempre.

La vieja se ponía enferma cuando permanecía mucho tiempo sin noticias, y cuando yo llegaba con ellas se interesaba por el mínimo detalle, preguntándome con febril curiosidad, «se le abría el alma» al oír mis relatos; casi murió de miedo cuando una vez Natasha se puso enferma, y por poco no fue ella misma a su casa. Pero eso fue un caso extremo. Al principio, incluso no se atrevía delante de mí a expresar el deseo de ver a su hija; casi siempre después de nuestra conversación, cuando ya me lo había preguntado todo, consideraba imprescindible, en cierto modo, contenerse en mi presencia, asegurando que no se interesaba por la suerte de su hija; de todas formas, Natasha era una criminal tan grande, que no se la podía perdonar. Pero todo esto era falso. A veces, Anna Andriéievna sufría por ella hasta extenuarse, lloraba, prodigaba a Natasha delante de mí las palabras más tiernas, se quejaba de Nikolái Sierguiéievich y en su presencia hacía *alusiones* —aunque con mucho cuidado— sobre el orgullo de la gente, su dureza de corazón, su incapacidad para el perdón de las ofensas; decía también que Dios no perdonaría a los que no quieren perdonar, pero no se atrevía a más. En estos casos el viejo se ponía más hosco y sombrío, guardaba silencio, fruncía el ceño o, de pronto, con voz fuerte y ruda, empezaba a hablar de otra cosa o se marchaba a su *habitación,* dejándonos solos y permitiendo de esta manera que Anna Andriéievna tuviera la posibilidad de expresar toda su pena con lágrimas y lamentaciones. Del mismo modo se iba a su habitación cada vez que yo llegaba, inmediatamente después de saludarme, para darme ocasión de comunicar a Anna Andriéievna todas las últimas noticias sobre Natasha. Lo mismo hizo ahora.

—Me he calado —dijo nada más entrar—. Voy a mi habitación; tú, Vania, quédate aquí. Le ha ocurrido una historia con el piso, cuéntasela. Vuelvo en seguida.

Se apresuró a salir tratando de no mirarnos, como avergonzado de habernos reunido. En tales casos, sobre todo cuando volvía, se mostraba siempre rudo y cáustico, tanto conmigo como con Anna Andriéievna; incluso quisquilloso, como si se enfadara consigo mismo por su debilidad y condescendencia.

—Así es —dijo la vieja, que en los últimos tiempos había dejado su tono afectado y sus reservas—. Siempre está así conmigo y, sin embargo, sabe que conocemos todas sus cicaterías. ¿A qué viene ponerse a fingir delante de mí? ¿Es que soy una extraña para él? Igual era con nuestra hija. Podría perdonarla y Dios sabe si hasta no desea perdonarla. ¡Por las noches, llora, lo he oído! Pero se hace exteriormente el duro. El orgullo le hace perder la cabeza... Padrecito Iván Pietróvich, cuéntame pronto, ¿dónde ha ido?

—¿Nikolái Sierguiéievich? No lo sé. Se lo iba a preguntar a usted.

—Me he asustado cuando salió. Está enfermo, con este tiempo y en plena noche, pensé que sin duda era por algo importante. ¿Y qué puede haber más importante que el asunto que todos conocemos? Lo pensé, pero no me atreví a preguntar. Porque ahora no me atrevo a preguntarle nada. ¡Dios mío, si estoy destrozada a causa de él y de ella! Bueno, pensé, habrá ido a su casa, pero ¿cómo atreverme a preguntarlo? Porque él se ha enterado de todo, conoce todas las últimas noticias sobre ella; estoy convencida de que las sabe, pero de dónde le llegan no lo sé. Ha estado dolorosamente inquieto ayer y también hoy. Pero ¿por qué está usted callado? Hable, padrecito, ¿qué es lo que ha pasado allí? Le he esperado como al ángel de la Guarda y era toda ojos acechando. ¿Y qué? ¿Ha abandonado ese malhechor a Natasha?

Conté inmediatamente a Anna Andriéievna todo lo que sabía. Con ella era siempre absolutamente sincero. Le dije que, en efecto, entre Natasha y Aliosha las cosas se deslizaban hacia una ruptura y que ello era más grave que sus desavenencias anteriores. Que Natasha me había mandado una nota el día anterior, en la que me suplicaba que la tarde siguiente fuese a verla a las nueve, y por eso no me había hecho a la idea de venir a visitarlos; era Nikolái Sierguiéievich el que me había traído. Le conté y expliqué con todo detalle que la situación era ya crítica, que el padre de Aliosha, vuelto de su viaje hacía un par de semanas, no quería saber nada y se había puesto enérgico con él. Pero lo más importante es que, al parecer, Aliosha no tenía nada en contra de su novia e incluso, según decían, estaba enamorado de ella. Añadí también que la nota de Natasha, por cuanto podía adivinarse, se había escrito en un momento de gran excitación; decía que esta noche iba a decidirse todo, pero no se sabía el qué. Lo extraño era que escribía ayer y me pedía que fuera hoy y señalaba la hora: las nueve. Por eso tenía que ir sin falta y lo antes posible.

—¡Vete, vete, padrecito, vete sin falta! —se agitó la viejecita—. En cuanto él salga bebes té... ¡Ay, no traen el samovar! ¡Matriona! ¿Qué pasa con el samovar? Eres una bribona, y no una criada... En cuanto te bebas el té, encuentra un buen pretexto y márchate. Y mañana sin falta ven a verme y me lo cuentas todo; pero ven más temprano. ¡Ay, Señor! ¡A ver si ha ocurrido alguna otra desgracia! ¡Parece que no puede haber nada peor que lo de ahora! Nikolái Sierguiéievich se ha enterado ya de todo, me dice el corazón que se ha enterado de todo. Yo me entero de muchas cosas a través de Matriona, y ésta, por medio de Agasha; Agasha es la ahijada de María Vasilievna, que vive en casa del príncipe..., pero tú ya lo sabes. Estaba muy enfadado hoy mi Nikolái: me encontraba así, así, y le ha faltado poco para chillarme, pero luego, como si le diera lástima, me dijo que tenía poco dinero. Después de comer se fue a dormir. Miré su habitación a través de la rendija, hay una rendija en la puerta, pero él no lo sabe; estaba de rodillas, pobrecito mío, rezando ante los iconos. Al ver esto se me doblaron las piernas. Ni bebió té ni durmió; cogió el sombrero y se fue. Se marchó a las cinco. No me atreví a preguntarle, me hubiera gritado. Ha tomado la costumbre de gritar, preferentemente a Matriona, pero a mí también; y en cuanto grita, inmediatamente se me paralizan las piernas y padezco como si me arrancaran algo del corazón. He rezado durante una hora cuando se fue, para que Dios le inspire buenos pensamientos. ¿Dónde está su carta? ¡Enséñamela!

Se la enseñé; yo sabía que Anna Andriéievna guardaba una idea secreta y favorita: que Aliosha, al que ella tan pronto trataba de malvado como de insensible y de niño tonto, se casara al fin con Natasha y que su padre, el príncipe Piotr Aliexándrovich, la aprobase. Incluso se traicionaba ante mí, aunque en otras ocasiones se arrepentía y se volvía atrás de lo que había dicho. Pero de ninguna manera se atrevería a expresar sus esperanzas ante Nikolái Sierguiéivich, aunque sabía que el viejo las sospechaba; más de una vez se lo había reprochado indirectamente. Creo que hubiera maldecido definitivamente a Natasha y la hubiera arrancado de su corazón para siempre si creyera en la posibilidad de tal matrimonio.

Era lo que todos pensábamos entonces. Esperaba a su hija con todo el deseo de su corazón, pero la esperaba sola, arrepentida, después de arrancar de su corazón hasta el recuerdo de Aliosha. Era la única condición para el perdón, que no había manifestado, pero que, al mirarle, se hacía clara e indudable.

—No tiene carácter, no tiene carácter ese muchachito, ni corazón; siempre lo he dicho —empezó otra vez Anna Andriéievna—. No han sabido educarle y ha resultado así de tarambana. ¡La abandonará por ese amor, Señor, Dios mío! ¿Qué será de ella, pobrecilla? ¡No entiendo lo que ha encontrado en la nueva!

—He oído decir, Anna Andriéievna —expliqué—, que esa muchacha es encantadora, y hasta Natalia Nikoláievna dijo lo mismo...

—¡Pues no te lo creas! —interrumpió la vieja—. ¡Vaya una encantadora! Para vosotros, los escritorzuelos, cualquiera es encantador con tal que lleve faldas. Y si Natasha la elogia, lo hace por su grandeza de alma; le perdona todo y sufre. ¡Cuántas veces la ha traicionado ya! ¡Malvado, hombre sin corazón! En cuanto a mí, Iván Pietróvich, estoy aterrada. El orgullo los ha enloquecido a todos. Si al menos mi viejo perdonase a mi pobre criatura y la trajese aquí... ¡Que yo pudiese abrazarla, mirarla! ¿Ha adelgazado?

—Sí, ha adelgazado, Anna Andriéievna.

—¡Mi querido amigo! ¡Me ocurre una desgracia Iván Pietróvich! He llorado toda la noche y todo el día de hoy... ¡Eso es! ¡Ya te lo contaré luego! Cuántas veces balbucía a distancia que la perdonase. Directamente no me atrevo; así, con ciertos rodeos, con cierta habilidad, empezaba a insinuarlo. ¡Pero se me oprimía el corazón, pensaba que se enfadaría y la maldeciría para siempre! No le he oído todavía maldecirla... y tengo miedo de que lo haga.

¿Qué pasaría entonces? Cuando un padre maldice, también Dios castiga. Y así vivo, temblando de miedo todos los días. Y a ti, Iván Pietróvich, parece que debería darte vergüenza; te has criado en nuestra casa y te hemos tratado con cariño paternal, y también te inventas que es encantadora. En cambio, María Vasilievna, que está con ellos, dice otra cosa. He pecado y la he invitado una vez a tomar café cuando mi viejo se había marchado para toda la mañana por sus asuntos. Me ha explicado todos los pormenores de la historia. El príncipe, el padre de Aliosha, tiene relaciones ilícitas con una condesa. Dicen que hace mucho tiempo la condesa le recrimina porque no se casa con ella, pero él lo aplaza continuamente. Esta condesa, ya en vida de su marido, se distinguía por su mala conducta. Al morir el marido, se fue al extranjero; surgieron los italianos, los franceses, y se buscó ciertos barones. Y allí fue donde pescó a Piotr Aliexándrovich. Y su hijastra, hija de su primer marido, un negociante en aguardientes, crecía mientras tanto. Su madrastra, la condesa, se gastó todo el dinero; Katierina Fiódorovna seguía creciendo y, entretanto, los dos millones que le había dejado su padre, el negociante, en el Monte de Piedad, crecían también. Ahora dicen que tiene tres millones. ¡Y el príncipe ha tenido la ocurrencia de casarla con Aliosha! ¡No es ningún tonto! ¡No dejará escapar la ocasión! Un conde, pariente suyo, recibido en la Corte, conocido, ¿recuerdas?, también está de acuerdo; tres millones no son una fruslería. «Está bien, dijo, hablen con la condesa.» El príncipe comunicó su deseo a la condesa. Ésta, agitando las manos y pataleando, porque según dicen, es una mujer sin principios y una descarada, y aquí ya no la reciben, no es como en el extranjero, «No, dijo, príncipe, tú te casarás conmigo y mi hijastra no se casará con Aliosha.» Según cuentan, la hijastra adora con toda su alma a su madrastra, le tiene una especie de culto y la obedece en todo. Aseguran que es muy dócil, ¡que tiene un alma angelical! El príncipe se da cuenta de lo que sucede y dice: «Te has gastado todo lo tuyo y tienes grandes deudas por pagar. En cuanto tu hijastra se case con Aliosha tendremos una buena pareja: ella es una inocente y Aliosha es un tonto; los tomaremos bajo nuestra tutela y los manejaremos a nuestro gusto. Entonces tú también tendrás dinero. Pero ¿qué necesidad tienes de casarte conmigo?» ¡Es un hombre retorcido! ¡Es un masón! Esto ocurría hace medio año, ahora dicen que ha ido a Varsovia y que allí se han puesto de acuerdo. Eso es lo que yo he oído. Me lo ha contado todo María Vasilievna desde el principio hasta el final, y lo sabe por persona que le merece crédito. De modo que esto es lo que hay: dinerito, millones, y ¡eso de que es encantadora!...

El relato de Anna Andriéievna me asombró. Coincidía exactamente con todo lo que había escuchado hacía poco del propio Aliosha. Al contarlo, alardeaba de que jamás se casaría por dinero. Pero Katierina Fiódorovna le había gustado y seducido. También había oído decir a Aliosha que era posible que su padre se casara, aunque desmentía estos rumores para no irritar a la condesa antes de tiempo. Ya he dicho que Aliosha quería mucho a su padre, le admiraba, estaba orgulloso de él y le creía como a un oráculo.

—¡Pero si ella no es de una familia de condes, tu encantadora! —continuaba Anna Andriéievna, exasperada por mi elogio a la futura novia del joven príncipe—. Natasha hubiera sido un mejor partido para él. Aquélla es hija de un comerciante, mientras que Natasha procede de una antigua casa de la alta nobleza. Ayer mi viejo, se me olvidó contárselo a usted, abrió un baulito forjado, ¿sabe?, y estuvo sentado junto a mí toda la tarde, descifrando nuestros viejos pergaminos. Se mostraba muy serio. Yo hacía calceta, y no le miraba porque tenía miedo. Cuando se dio cuenta de que permanecía callada se enfadó, me llamó y durante toda la velada me estuvo hablando de nuestra genealogía. De ahí resulta que nosotros, los Ijmiéniev, ya éramos nobles en tiempos de Iván Vasilievich el Terrible y que los míos, los Schumilov, ya eran conocidos en la época de Aliexiei Mijáilovich; tenemos documentos y se nos menciona en la *Historia* de Karamzin. Así que, al parecer, padrecito, desde ese punto de vista, no somos menos que otros. En cuanto mi viejo empezó a hablar de esto, comprendí lo que pasaba por su cabeza. Es evidente que a él también le ofende que desprecien a Natasha. Nos aventajan sólo en riqueza. Bien, pues que ese bandido de Piotr Aliexándrovich se desviva por la riqueza. Todo el mundo sabe que es un alma cruel y ávida. Dicen que ha ingresado secretamente en los jesuitas de Varsovia. ¿Será verdad?

—Son estúpidas habladurías —contesté, interesándome, a pesar mío, por la insistencia de estos rumores. Pero me resultaba curioso que Nikolái Sierguiéievich hubiera estado descifrando sus pergaminos. Antes, nunca había alardeado de su prosapia.

—¡Son unos bandidos sin corazón! —proseguía Anna Andriéievna—. Pero ¿qué hace ella, mi palomita, está triste, llora? ¡Ay, es hora de que vayas a su casa! ¡Matriona, Matriona! ¡Eres una criminal y no una criada! ¿No la han ofendido? Dímelo, Vania.

¿Qué podía contestarle? La vieja se echó a llorar. Le pregunté cuál era la otra desgracia de la que poco antes se disponía a hablarme.

—¡Ay, padrecito, tenía pocas desgracias, pero, por lo visto, no estaba agotado el cáliz! ¿Recuerdas, querido, o lo has olvidado? Yo tenía un medallón de oro de los que guardan recuerdos, y en él, un retrato de Natashenka de cuando era niña; tenía entonces ocho años, ¡angelito mío! Por aquel tiempo, Nikolái Sierguiéievich y yo lo encargamos a un pintor que iba de paso. ¡Por lo visto, lo has olvidado, padrecito! Era un buen pintor, la representó como un Cupido. Tenía entonces los cabellos muy claros, ondulados; llevaba una camisita de muselina de forma que se transparentaba el cuerpecito, y salió tan bonita, que no se podía menos que contemplarla. Le pedí al pintor que le añadiera unas alitas, pero no quiso. Así, pues, padrecito, después de todas aquellas tribulaciones, saqué el medallón de la cajita y me lo colgué al cuello en el cordón de la cruz, pero me daba miedo que mi viejo lo viera. Por aquel entonces había ordenado que se tiraran o quemaran todas sus cosas, para que nada en casa nos la recordase. Y yo quería por lo menos mirar aquel retrato. Algunas veces lloraba al mirarlo y me sentía mejor; otras, cuando me quedaba sola, me lo comía a besos como si la besara a ella misma. Le decía palabras cariñosas y lo bendecía todas las noches. Le hablaba en voz alta cuando me quedaba sola, le preguntaba algo, me imaginaba que ella me respondía, y volvía a preguntar. ¡Ay, Vania, querido, resulta penoso contarlo! Pero me tranquilizaba que por lo menos lo del medallón no lo supiera ni lo hubiese advertido. Y ayer por la mañana, sin más ni más, el medallón ha desaparecido; sólo pendía el cordón, que se ha gastado; sin duda, lo he dejado caer. Me puse enferma. Había que buscarlo; lo busqué, lo busqué, pero, nada. ¡Había desaparecido! ¿Y dónde podría haber desaparecido? Pensé que seguramente lo había dejado caer en la cama; la revolví toda, ¡pero nada! A lo mejor se había soltado y caído en algún sitio; tal vez alguien lo hubiese encontrado, pero ¿quién lo necesita, salvo *él* o Matriona? Pero de Matriona no puedo sospechar; me es absolutamente fiel... Matriona, ¿vas a traer pronto el samovar? Bien, pensé, ¿qué pasará si lo encuentra él? Estuve sin hacer nada, entristecida y llorando, no podía contener las lágrimas. Y Nikolái Sierguiéievich, cada vez más y más cariñoso conmigo; al mirarme, se ponía triste como si supiera por qué lloraba y se compadecía de mí. Entonces pensé: ¿Por qué puede saberlo? ¿No habrá encontrado realmente el medallón y lo habrá tirado por la ventana? Porque, hallándose enfadado, es capaz; lo ha tirado y ahora él mismo se entristece y lo lamenta. Así, fui al patio con Matriona a mirar bajo la ventana, pero no encontré nada. Como si se lo hubiera tragado el mar. Me pasé la noche llorando. Por primera vez yo no lo había bendecido por la noche. ¡Ay, cuánto duele esto, Iván Pietróvich! Esto no anuncia nada bueno; llevo todo el día llorando sin parar. Le he esperado a usted, querido, como al ángel de la Guarda, para descargar mi alma...

Y la vieja lloró amargamente...

—¡Ah, sí, se me olvidó decírselo! —empezó de nuevo, alegrándose por haberlo recordado—. ¿Le ha oído usted decir algo sobre una huérfana?

—Sí, Anna Andriéievna, me ha hablado de que tenían ustedes intención y estaban de acuerdo en adoptar a una niña pobre y huérfana, para educarla. ¿Es verdad eso?

—¡Ni se me ha ocurrido, padrecito, ni se me ha ocurrido! No quiero ninguna huérfana. Me recordaría nuestra amarga carga, nuestro infortunio. Aparte de Natasha, no quiero a nadie. No hemos tenido más que una hija y seguirá siendo única. ¿Y qué significa eso, padrecito, que haya imaginado lo de esa huérfana? ¿Tú qué crees, Iván Pietróvich? ¿No será para consolarme de mis lágrimas o para echar fuera de su memoria por completo a su propia hija y atarse a otra criatura? ¿Qué le ha dicho a usted de mí por el camino? ¿Cómo le ha encontrado: sombrío, enfadado? ¡Psss! ¡Que viene! Luego me lo terminará de contar, padrecito, luego... Mañana ven, no se te olvide...

Capítulo XIII

Entró el viejo, nos miró con curiosidad y, como avergonzado por algo, frunció el ceño y se acercó a la mesa.

—¿Qué pasa con el samovar? —preguntó—. ¿Es posible que no lo hayan podido traer hasta ahora?

—Lo traen, padrecito, lo traen; bueno, ya lo han traído —se afanó Anna Andriéievna.

Tan pronto como Matriona vio a Nikolái Sierguiéievich, apareció con el samovar, como si esperara que saliera para traerlo. Era una criada vieja, eficaz y fiel, pero la refunfuñona más atrabiliaria entre todas las sirvientas del mundo, con un carácter terco y obstinado. A Nikolái Sierguiéievich le tenía miedo y en su presencia siempre se mordía la lengua. Por el contrario, se desquitaba con creces ante Anna Andriéievna: era grosera con ella y a cada paso mostraba una clara pretensión de dominar a su señora, aunque, al mismo tiempo, le tenía un auténtico y sincero cariño, lo mismo que a Natasha.

A Matriona la conocí ya en Ijmieniévka.

—¡Ejem!... Es desagradable estar calado, y encima, aquí *no quieren* preparar el té —gruñía a media voz el viejo.

Anna Andriéievna me guiñó en seguida un ojo, mientras lo señalaba. No podía soportar estos guiños a escondidas, y aunque en aquel momento no nos miraba, podía notarse en su rostro que sabía con certeza que ello había tenido lugar.

—He salido por mis asuntos, Vania —empezó de pronto—. Se ha cometido una villanía, ¿te lo he dicho? Me condenan definitivamente. Como ves no hay testimonios; no tengo los papeles necesarios, los informes han sido inexactos... Ejem...

Hablaba de su proceso con el príncipe. El proceso continuaba, pero había tomado el peor cariz para Nikolái Sierguiéievich. Yo guardaba silencio, no sabiendo qué contestar. Me miró con recelo.

—¡Y qué! —exclamó de pronto, como irritado por nuestro silencio—. Cuanto antes, mejor. No me convertirán en un canalla aunque resuelvan que tengo que pagar. Tengo la conciencia tranquila, así que hagan lo que quieran. Por lo menos, el asunto está concluido. Me dejarán en paz, me arruinarán... Lo abandonaré todo y me marcharé a Siberia.

—¡Dios mío, dónde va a ir! ¿Para qué tan lejos? —no pudo menos que decir Anna Andriéievna.

—¿Y aquí, de qué estamos cerca? —preguntó groseramente, como complaciéndose en su propio infortunio.

—Pues, sea como sea..: de la gente... —dijo Anna Andriéievna, y me miró con tristeza.

—¿De qué gente? —gritó posando su encendida mirada alternativamente sobre nosotros—. ¿De qué gente? ¿De los ladrones? ¿De los calumniadores, de los traidores? De ésos hay muchos en todas partes; no te preocupes, también los encontrarás en Siberia. Y si no quieres venir conmigo, quédate, por favor; yo no te fuerzo.

—¡Padrecito Nikolái Sierguiéievich! ¡Para que me voy a quedar sin ti! —gritó, pálida, Anna Andriéievna—. Si, quitándome a ti, no tengo en todo el mundo a nad...

Se le trabó la lengua, guardó silencio y dirigió hacia mí su mirada, como pidiendo que la defendiera y ayudase. El viejo estaba irritado y se ponía en contra de todo. No se le podía contradecir.

—Déjelo, Anna Andriéievna —dije—. En Siberia no se está tan mal como parece. Si ocurre una desgracia y se ven ustedes obligados a vender Ijmieniévka, el proyecto de Nikolái Sierguiéievich es incluso muy bueno. En Siberia se puede encontrar un buen trabajo, y entonces...

—Bueno, por lo menos tú, Iván, hablas en serio. Eso es lo que he pensado. Lo dejo todo y me voy.

—¡Pues eso sí que no me lo esperaba! —gritó Anna Andriéievna entrechocando las manos—. ¡Y tú dices lo mismo, Vania! De ti no lo esperaba, Iván Pietróvich... ¡Parece que no habéis recibido otra cosa más que cariño de nosotros, y ahora!...

—¡Ja, ja, ja! ¿Y qué era lo que esperabas? ¡Piensa de qué vamos a vivir aquí! Hemos gastado nuestro dinero y estamos agotando nuestro último *kopeck*. ¿No querrás que vaya a casa del príncipe Piotr Aliexándrovich y le pida perdón?

Al oír hablar del príncipe, la vieja tembló de miedo. La cucharilla que tenía en la mano tintineó con fuerza en el platillo.

—No, verdaderamente —apoyó Ijmiéniev, encendiéndose con una alegría maligna y obstinada—. ¿Qué piensas tú, Vania, hay que ir, verdad? ¡Para qué ir a Siberia! Mejor es que yo mañana me vista de punta en blanco y me peine cuidadosamente; que Anna Andriéievna me prepare una pechera nueva; ¡cuando se trata de visitar a un personaje así no se puede vestir de otro modo! Me compraré unos guantes nuevos para el completo *bon ton* e iré a casa de Su Excelencia: «¡Perdona y apiádate, dame un pedazo de pan, tengo mujer e hijos pequeños!»... ¿No es así, Anna Andriéievna? ¿Es eso lo que quieres?

—Padrecito... ¡Yo no quiero nada! Dije eso por decir algo; perdóname si te he contrariado, pero no grites —dijo, temblando de miedo cada vez más y más.

Estoy seguro de que en ese momento él tenía el alma dolorida, al ver las lágrimas y el miedo de su pobre mujer; todo aquello, estoy seguro, le resultaba mucho más penoso que a ella, pero no podía contenerse. Esto ocurre a veces con personas bonísimas, pero nerviosas, las cuales, a pesar de su bondad, pierden los estribos hasta gozar de su propia pena y su cólera tratando de expresarse a toda costa, incluso ofendiendo a un inocente y, con preferencia, siempre al más allegado... Una mujer, por ejemplo, tiene a veces necesidad de sentirse desgraciada, ofendida, aunque no haya habido ofensa ni desgracia. Existen muchos hombres que se parecen en este caso a las mujeres, hombres débiles aunque no tengan nada de femenino. El viejo sentía la necesidad de reñir y, a la vez, padecía por esa necesidad.

Recuerdo que se me pasó por la imaginación una idea: ¿no acabaría de hacer una gestión por el estilo de la que suponía Anna Andriéievna? Quién sabe si Dios no le había inspirado esta idea y quizá iba a casa de Natasha, pero cambió de parecer por el camino; tal vez le había salido algo mal y se estropeó su proyecto —como debió de ocurrir— y había vuelto a casa, enojado y abrumado, avergonzado de sus recientes deseos y sentimientos, buscando en quien descargar su cólera por su propia debilidad y eligiendo precisamente a aquellos en quienes más sospechaba iguales tendencias, tal vez, deseando perdonar a su hija, se había imaginado el entusiasmo y la alegría de Anna Andriéievna, y ante su *fracaso, naturalmente,* la emprendió con ella en primer lugar.

Pero su aire abatido y el verla temblar de miedo ante él le conmovieron. Pareció avergonzarse de su cólera y por un momento se contuvo. Todos permanecíamos callados; yo trataba de no mirarle. Necesitaba desahogarse a toda costa, aunque fuera con un estallido, aunque fuera con maldiciones.

—Ves, Vania —empezó de pronto—, lo siento, no quisiera hablar, pero ha llegado el momento: he de explicarme sinceramente, sin rodeos, como corresponde a un hombre íntegro... ¿comprendes, Vania? Me alegro de que hayas venido y por eso quiero decir en voz alta frente a ti, para que *los otros* lo oigan, que todos estos absurdos, todas esas lágrimas han acabado por hartarme. Lo que he arrancado de mi corazón, tal vez con sangre y dolor, no volverá nunca más a él. ¡Sí! Lo he dicho y cumpliré mi palabra. Hablo de lo que ocurrió hace medio año, ¿recuerdas, Vania?, y hablo de ello tan sinceramente y tan claro precisamente para que tú no puedas de ningún modo equivocarte con mis palabras —añadió mirándome con sus ojos hinchados y tratando, al parecer, de evitar las temerosas miradas de su mujer—. Te lo repito: ¡es un absurdo y no lo quiero!... Lo que me enfurece de modo especial es que, como si fuera tonto, como si fuera el último de los canallas, *todos* me consideren capaz de sentimientos tan bajos, tan miserables... Se creen que me he vuelto loco de pena... ¡Absurdo! ¡He arrojado, he olvidado mis antiguos sentimientos! Para mí no hay recuerdos... ¡No, no, no y no!

Saltó de la silla y golpeó con el puño en la mesa de tal modo, que las tazas tintinearon.

—¡Nikolái Sierguiéievich! ¿Acaso no le da pena Anna Andriéievna? Mire lo que está haciendo con ella —dije, sin fuerzas para contenerme y mirándole casi con indignación. Pero lo único que conseguí fue echar más leña al fuego.

—¡No me da lástima! —gritó, echándose a temblar y palideciendo—. ¡No me da lástima porque a mí tampoco me tienen lástima! ¡No me da lástima, porque en mi propia casa, contra mí, que estoy deshonrado, se traman complots, en favor de una hija depravada, que merece todas las maldiciones y todos los castigos!

—¡Padrecito Nikolái Sierguiéievich! ¡No la maldigas!... ¡Todo lo que quieras, pero no maldigas a tu hija! —gritó Anna Andriéievna.

—¡La maldeciré! —gritaba el viejo el doble de fuerte que antes—. ¡Porque a mí, humillado y ofendido, me exigen que vaya a casa de esa maldita y le pida perdón! ¡Sí, sí, eso es! ¡Con esto me torturan todos los días, de día y de noche, en mi propia casa, con lágrimas, con suspiros, con estúpidas alusiones! Quieren que me apiade... ¡Mira, mira, Vania! —añadió sacando apresuradamente del bolsillo unos papeles—. ¡Aquí están los extractos de nuestro asunto! ¡De aquí resulta ahora que soy un ladrón, un estafador y que he robado a mi bienhechor! ¡Estoy calumniado y deshonrado por culpa de ella! ¡Aquí lo tienes, mira, mira!

Y empezó a sacar del bolsillo de su chaqueta diferentes papeles sobre la mesa, uno tras otro, buscando entre ellos aquel que quería mostrarme. Pero, como a propósito, el que necesitaba no aparecía. con su impaciencia sacó del bolsillo todo lo que cogió con la mano y de repente, algo sonoro y pesado cayó sobre la mesa... Anna Andriéievna lanzó un grito: era el medallón extraviado.

Apenas pude creer mis ojos. La sangre le subió a la cabeza e invadió sus mejillas; se estremeció. Anna Andriéievna permanecía en pie, con los brazos cruzados, y le miraba implorante. Su rostro se iluminó con una clara y radiante esperanza. Ese rubor, esa turbación del viejo delante de nosotros... no, no se había equivocado: ¡ahora comprendía cómo se había perdido el medallón!

Comprendió que lo había encontrado, que se había alegrado de este encuentro y, tal vez, temblando de alegría lo escondió celosamente de todas las miradas. En algún sitio, a escondidas, contemplaba con infinito amor la carita de su amada criatura, sin poder dejar de mirarla; quizá, al igual que la pobre madre, se encerraba solo para hablar con su queridísima Natasha, para inventarse las preguntas y contestarlas él mismo. Por la noche, torturado por la angustia, con el llanto ahogado en su pecho, acariciaba y besaba la querida imagen y, en lugar de maldiciones, ofrecía el perdón y la bendición a aquella que rehusaba ver y maldecía delante de los demás.

—¡Querido, entonces la quieres todavía! —gritó Anna Andriéievna, sin poderse contener más ante el severo padre que un minuto antes maldecía a su Natasha.

Pero tan pronto como hubo oído su grito, una cólera furiosa brilló en los ojos de Nikolái. Agarró el medallón, lo lanzó violentamente contra el suelo y se puso a pisotearlo con rabia.

—¡Maldita sea por los siglos de los siglos! —gritaba con voz ronca, ahogándose—. ¡Por los siglos de los siglos!

—¡Señor! —chilló la vieja—. ¡A ella, a ella! ¡A mí Natasha! ¡Pisotea su carita! ¡Con los pies!... ¡Tirano! ¡Orgulloso, desalmado, cruel!

Al oír los gemidos de su mujer el viejo loco se detuvo, horrorizado por lo que había hecho. De pronto, recogió del suelo el medallón y se lanzó fuera de la estancia, pero, después de dar dos pasos, cayó de rodillas, se apoyó con las manos sobre el diván que tenía delante y agotado, dejó caer la cabeza.

Sollozaba como un niño, como una mujer. Los sollozos le oprimían el pecho como si quisieran hacerlo estallar. Aquel terrible viejo, en un minuto se había vuelto un niño inerme: ¡Oh! ahora ya no podía maldecir, ya no se avergonzaba delante de nosotros y, en un acceso convulsivo de amor, cubrió en nuestra presencia con besos innumerables el retrato que minutos antes había pisoteado. Parecía como si toda su ternura, todo su amor hacia la hija, tanto tiempo contenidos, quisieran ahora salir al exterior con fuerza incontenible, y que la violencia de este arrebato desgarraba todo su ser.

—¡Perdónala, perdónala! —gritó sollozando Anna Andriéievna, inclinada sobre él y abrazándole—. ¡Tráela a la casa paterna, querido, y el mismo Dios, en el juicio final, tendrá en cuenta tu humildad y tu clemencia!...

—¡No, no! ¡Por nada del mundo, jamás! —gritaba con voz ronca y ahogada—. ¡Jamás! ¡Jamás!

Capítulo XIV

Llegué a casa de Natasha muy tarde, a las diez. Vivía entonces en Fontanka, junto al puente Siemienovski, en una sórdida casa «capital» del comerciante Kolotushkin, en el cuarto piso. Por los primeros tiempos, luego de abandonar su casa, ella y Aliosha vivieron en un piso muy agradable, pequeño pero bonito y cómodo, un tercero, en Liteinaya. Pero pronto se agotaron los recursos del joven príncipe. No se hizo profesor de música, pero empezó a pedir prestado y contrajo unas deudas enormes para él. Había empleado el dinero en embellecer el piso y hacer regalos a Natasha, que se ponía en contra de tal despilfarro e incluso a veces lloraba. Aliosha, sensible e intuitivo, en ocasiones se pasaba una semana entera pensando con delectación en el regalo que le ofrecería y en cómo lo recibiría ella, haciendo con esto una verdadera fiesta para sí y comunicándome con entusiasmo y antelación sus sueños y esperanzas; luego, ante los reproches y lágrimas de Natasha, caía en un estado de depresión que daba pena. Después, como consecuencia de los regalos, se sucedían entre ellos las recriminaciones, las amarguras y las peleas. Además, Aliosha gastaba mucho dinero a escondidas de Natasha, se dejaba arrastrar por los compañeros, la engañaba, visitando a ciertas Josefinas y Minas; sin embargo, la quería mucho. La quería atormentadamente; con frecuencia venía a mi casa deprimido y triste, diciéndome que no valía ni el dedo meñique de su Natasha, que era grosero y malo, que no estaba en condiciones de comprenderla y que no merecía su amor. En parte tenía razón. Había entre ellos una completa desigualdad; él se sentía a su lado como un niño y ella siempre lo consideraba como a tal. Con lágrimas en los ojos me confesaba sus relaciones con Josefina y, al mismo tiempo, me suplicaba que no dijese nada de ello a Natasha. Y cuando, tímido y tembloroso, se marchaba a su casa después de todas estas confesiones —tenía que hacérmelas forzosamente a mí, asegurando que le daba miedo mirarla a los ojos después de su villanía y que únicamente yo podía disculparle—, entonces Natasha con sólo verle sabía de lo que se trataba. Era muy celosa, mas, no comprendo cómo, siempre le perdonaba sus infidelidades. Por lo general sucedía así: Aliosha entraba conmigo, empezaba a hablarle con timidez, ternura y temor, y la miraba a los ojos. Ella adivinaba en seguida que era culpable, pero no lo aparentaba; nunca hablaba de ello la primera, no le hacía preguntas; al contrario, en seguida redoblaba sus caricias, mostrándose más tierna, más alegre, y ello no era un juego ni una trampa dispuesta por su parte. No, para esta maravillosa criatura había un gozo infinito en perdonar y amar tiernamente, como si en el perdón de Aliosha encontrase un goce particular y agudo. Cierto que entonces el asunto no concernía más que a Josefina.

Al verla tierna y clemente, Aliosha ya no podía contenerse e inmediatamente confesaba todo sin que le preguntase, para aliviar su corazón y «ser como antes», decía. Al perdonársele, a veces se sentía transportado y hasta lloraba de alegría y enternecimiento y la besaba y abrazaba. Después se ponía alegre y empezaba a contar con ingenuidad infantil todos los detalles de sus aventuras con Josefina, se reía a carcajadas, bendecía y alababa a Natasha y la tarde terminaba feliz y alegremente. Cuando se le acabó todo el dinero, empezó a vender cosas. A instancias de Natasha se había buscado un piso pequeño, pero barato, en Fontanka. Continuaron vendiendo objetos; Natasha vendió incluso sus vestidos y empezó a buscar trabajo. Cuando Aliosha lo supo, su desesperación no tuvo límites: se maldecía a sí mismo, gritaba diciendo que se despreciaba y, sin embargo, no hizo nada para remediar las cosas. Actualmente se les habían agotado hasta los últimos recursos; sólo quedaba el trabajo, pero la remuneración era insignificante.

Al principio, cuando todavía vivían juntos, Aliosha tuvo una violenta discusión con su padre por este motivo. Por aquel entonces, la intención del príncipe de casar a su hijo con Katierina Fiódorovna Filimonov, la hijastra de la condesa, no era todavía más que un proyecto, pero insistía enérgicamente en él. Llevaba a Aliosha a casa de su futura novia, le exhortaba a que tratase de gustarle, procurando convencerle a la vez con severidad y con razonamientos; pero el asunto se vino abajo a causa de la condesa. Entonces el padre cerró los ojos a la unión de su hijo con Natasha, dando tiempo al tiempo y confiando, conocedor de la ligereza y aturdimiento de Aliosha, en que su amor pasaría pronto. De la eventualidad de que pudiera casarse con Natasha, el príncipe no quiso preocuparse hasta el último momento. En cuanto a los amantes, habían dejado el asunto hasta que se produjera la formal reconciliación con el padre y un cambio total en los acontecimientos. Además, por lo visto, Natasha no quería hablar de ello. Aliosha dejó escapar ante mí que su padre se mostraba satisfecho con toda esta historia: de todo este asunto le complacía la humillación de Ijmiéniev. Para cubrir las apariencias continuaba manifestándose descontento ante su hijo: le redujo la pensión, ya de suyo exigua —era enormemente avaro con él—, y le amenazaba con quitársela toda. Poco después se marchó a Polonia tras la condesa, que tenía allí negocios, persistiendo en su proyecto de matrimonio. Cierto que Aliosha era demasiado joven para casarse, pero la novia era muy rica y no se podía perder una ocasión así. El príncipe logró por fin su propósito. Hasta nosotros llegaron los rumores de que el asunto de la boda, por fin, se había arreglado. En el momento que describo, el príncipe acababa de volver a Petersburgo. Recibió cariñosamente al hijo, pero la persistencia de su unión con Natasha le extrañó y desagradó. Empezó a dudar, a temer. Exigía la ruptura de una manera severa e imperiosa; pero pronto ideó emplear un remedio mucho mejor, y llevó a Aliosha a casa de la condesa. Su hijastra era casi una belleza, todavía una niña, pero tenía un corazón excepcional y un alma limpia e inocente; era alegre, inteligente y tierna. El príncipe calculaba que el medio año transcurrido había tenido que hacer su obra, que Natasha ya no ofrecía para su hijo el encanto de la novedad y que ahora ya miraría a su futura novia con ojos muy distintos a los de antes. Acertó sólo en parte. Efectivamente, Aliosha se sintió seducido. Añadiré además que el padre, de pronto, se mostró extraordinariamente cariñoso con su hijo, aunque, de todos modos, no le diese dinero. Aliosha sentía que bajo este cariño se ocultaba una decisión inflexible y férrea y se aburría; no tanto, por otra parte, como se hubiese aburrido si no viera todos los días a Katierina Fiódorovna. Yo era ya conocedor de que, desde cinco días, no aparecía por casa de Natasha. Yendo a su casa desde la de los Ijmiéniev me preguntaba ansioso qué era lo que quería decirme. De lejos atisbé la luz en su ventana. Entre nosotros habíamos convenido que ella colocase una vela en la ventana si sentía una necesidad grande y absoluta de verme, de forma que si yo pasaba cerca —y esto ocurría casi todas las tardes—, entonces, por la luz inhabitual de la ventana podía adivinar que me esperaba y me necesitaba. En los últimos tiempos ponía con frecuencia la vela en la ventana...

Capítulo XV

Encontré a Natasha sola. Paseaba en silencio de un lado a otro de la habitación, los brazos cruzados sobre el pecho, sumida en profundas cavilaciones. El samovar apagado me esperaba hacía mucho tiempo encima de la mesa. En silencio, con una sonrisa, me tendió la mano. Su rostro estaba pálido y mostraba una expresión enfermiza. En su sonrisa había algo de sufrimiento, de ternura, de paciencia. Sus claros ojos azules parecían más grandes que antes, y sus cabellos, más espesos; todo daba esa impresión a causa de su delgadez y de su enfermedad.

—Creí que ya no vendrías —dijo, estrechándome la mano—, incluso quería mandarte a Mavra para saber de ti. Pensaba si no te habrías puesto enfermo otra vez.

—No, no me he puesto enfermo, me han entretenido; ahora te contaré. Bueno, ¿qué te pasa, Natasha? ¿Qué te ha ocurrido?

—No me ha ocurrido nada —contestó como extrañada—. ¿Por qué?

—Como me has escrito... me has escrito ayer que viniera, hasta me indicabas la hora, y que no viniera antes. Lo encuentro extraño.

—¡Ah, sí! Es porque ayer *le* esperaba.

—¿Es que no ha venido aún?

—No. Y he pensado que si no venía, tendría que hablarlo contigo —añadió después de un corto silencio.

—¿Y esta tarde le esperabas?

—No, no lo esperaba; esta tarde está *allí*.

—¿Y qué crees, Natasha? ¿Que no volverá nunca?

—Por supuesto, vendrá —contestó mirándome de un modo especialmente serio.

No le gustaba la rapidez de mis preguntas. Guardamos silencio, y continuamos andando por la habitación.

—Te he esperado tanto, Vania —comenzó de nuevo con una sonrisa—. ¿Y sabes lo que estaba haciendo? Andaba de un lado para otro y recitaba poesías de memoria. ¿Recuerdas? La campanita, el camino de invierno: «Mi samovar hierve sobre la mesa de encina...» Lo leíamos juntos:

El remolino de nieve se calma; el camino se ilumina,
la noche mira a través de millones de ojos sin brillo...
....

Y después:

> *Y de repente oigo la apasionada voz del poeta*
> *sonando amistosamente con la campanilla:*
> *«¡Ay! ¿Cuándo, cuándo vendrá mi amor*
> *a descansar su cabeza en mi pecho?»*
> *«¡Si no tengo vida! Apenas la luz en el cristal*
> *comienza a jugar con los rayos en la escarcha;*
> *mi samovar hierve en la mesa de encina*
> *y chisporrotea mi estufa iluminando el rincón.»*
> *Detrás de la cortina multicolor está la cama...*

—¡Qué bonito es eso! Qué versos tan emocionantes, Vania. Y qué cuadro tan fantástico, tan dilatado. Es sólo un cañamazo: únicamente está abocetado... para bordar lo que se quiera. Hay dos sensaciones: la primera y la última. Ese samovar, esa cortina de percal, todo, en fin, resulta tan familiar... Así es en las casitas burguesas en nuestra pequeña ciudad de distrito; me parece como si viera esa casa: nueva, construida de vigas, todavía sin revestir con tablas... Y luego otro cuadro:

> *Y, de repente, oigo la misma voz del poeta*
> *sonando tristemente con la campanilla:*
> *«¿Dónde está mi viejo amigo? Tengo miedo; entrará*
> *y, ¡haciendo mimos, me abrazará! Es estrecha, lóbrega*
> *y triste mi habitación, sopla por la ventana...*
> *Un solo cerezo crece al otro lado,*
> *y ni siquiera se ve a través del cristal escarchado*
> *y tal vez haya perecido hace tiempo.*
> *¡Vaya una vida! Ha desteñido la abigarrada colcha,*
> *estoy errando enferma, y no voy a casa de mis padres;*
> *no hay nadie para regañarme, mi amado no está...*
> *Sólo la vieja gruñe...»*

—«Estoy errando enferma...» ¡Qué bien traído está aquí este «enferma»! «No hay nadie para regañarme»: cuánta ternura, cuánto deleite en este verso y cuánto sufrimiento por el recuerdo, sufrimientos que provoca uno mismo y se deleita con ellos. ¡Señor, qué bonito es esto! ¡Y qué verdad suele ser!

Guardó silencio como si ahogase el comienzo de un espasmo que se producía en su garganta.

—¡Vania, querido! —dijo al cabo de un minuto, y volvió a guardar silencio, como si hubiera olvidado lo que quería decir, o como si lo hubiese dicho sin pensar, a causa de una sensación repentina.

Mientras tanto continuábamos paseando por la habitación. Delante del icono ardía una lamparilla. En los últimos tiempos Natasha se hacía cada vez más y más piadosa, pero no le gustaba que se hablase de ello.

—¿Es fiesta mañana? —pregunté—. Tienes la lamparilla encendida.

—No, no es fiesta... pero siéntate, Vania, debes estar cansado. ¿Quieres té? ¿No lo has tomado aún?

—Sentémonos, Natasha. Ya he tomado té.

—Pero ¿de dónde vienes ahora?

—De *casa de ellos* —así llamábamos siempre de casa paterna.

—¿De casa de ellos? ¿Cómo te ha dado tiempo? ¿Has ido tú mismo? ¿Te han llamado?

Me asaetó a preguntas. Su rostro se había puesto pálido por la emoción. Le conté detalladamente mi encuentro con el viejo, la conversación con la madre, la escena del medallón, y le hice un relato detallado, con todo su colorido. No le ocultaba nunca nada. Escuchaba con avidez, sorbiendo cada una de mis palabras. Las lágrimas brillaron en sus ojos; la escena del medallón la había emocionado mucho.

—Espera, Vania, espera —decía, interrumpiendo con frecuencia mi relato—. Cuéntamelo con más detalles, todo, todo, lo más detallado posible. ¡No me das muchos detalles!

Repetí una y otra vez, contestando a cada minuto sus preguntas sobre los detalles.

—¿Y crees realmente que venía a verme?

—No lo sé, Natasha, y ni siquiera puedo imaginármelo. Que está sufriendo por ti y que te quiere, eso está claro; pero el que viniera a verte, eso... eso...

—¿Y ha besado el medallón? —me interrumpió—. ¿Qué decía cuando lo besaba?

—Palabras incoherentes, gritos. Te daba los nombres más tiernos, te llamaba...

—¿Me llamaba?

—Sí.

Se echó a llorar en silencio.

—¡Pobres! —dijo—. ¡Pero si lo sabe todo! —añadió después de un corto silencio—. Entonces no es extraño. También tiene muchas noticias sobre el padre de Aliosha.

—Natasha —dije con timidez—, vamos a verlos...

—¿Cuándo? —preguntó palideciendo y levantándose un poco del sillón—. No, querido; ése es tu tema de siempre, pero... es mejor que no me hables de ello.

—Entonces ¿acaso no terminará nunca esta espantosa querella? —grité entristecido—. ¿Entonces eres orgullosa hasta el punto de no querer dar el primer paso? Te correspondí a ti, tú tienes que ser la primera en darlo. Quizá sea lo único que espera tu padre para perdonarte... ¡Es tu padre y le has ofendido! ¡Debes respetar su orgullo porque es legítimo y natural! Tienes que hacerlo. Inténtalo, y te perdonará sin condiciones.

—¡Sin condiciones! Eso es imposible. No me hagas reproches, Vania, es inútil. Estoy pensando en ello día y noche. Desde que los he abandonado, quizá no haya habido un día que no lo haya pensado. ¡Y cuántas veces lo he hablado contigo! ¡Tú mismo sabes que es imposible!

—¡Inténtalo!

—No, amigo, no puede ser. Si lo intento, se pondrá más furioso contra mí. No se puede remediar lo irremediable, y ¿sabes por qué no se puede remediar? Porque es imposible que vuelvan esos felices días de mi infancia que he vivido con ellos. Si mi padre me perdonase, de todos modos, no me reconocería ahora. Él quería aún a la niña, a la criatura grande. Admiraba mi ingenuidad infantil, me acariciaba la cabeza del mismo modo que cuando yo era una chiquilla de siete años a la que, sentada en sus rodillas, cantaba canciones infantiles. Desde mi infancia hasta el último día venía a mi habitación para darme su bendición por la noche. Un mes antes de nuestra desgracia, me compró unos pendientes sin decirme nada, pero yo me había enterado, y se alegraba como un niño imaginándose lo contenta que me pondría con el regalo, y se enfadó de un modo terrible con todos, y conmigo la primera, cuando se enteró por mí misma de que yo sabía desde mucho tiempo lo de la compra de aquellos pendientes. Tres días antes de mi marcha, se dio cuenta de que yo estaba triste, e inmediatamente se entristeció a su vez hasta enfermar, y ¿qué crees que hizo? Para alegrarme se le ocurrió ¡sacar entradas para el teatro!... ¡De verdad que pretendía animarme con esto! Te lo repito, él conocía y quería a la niña; no quería ni pensar que alguna vez se convertiría en mujer... Ni siquiera le pasaba por la imaginación. Si yo ahora volviera a casa, ni me reconocería. Incluso si me perdonase, ¿con quién se iba a encontrar? Ya no soy aquélla, no soy una niña, he vivido mucho. Si le gustase así, de todos modos suspiraría por la felicidad pasada, se afligiría porque no soy en absoluto la de antes, cuando me quería como a una criatura. ¡Porque lo pasado siempre parece mejor y se recuerda con nostalgia! ¡Ay, Vania, qué bueno es el pasado! —gritó, exaltándose e interrumpiéndose con esta exclamación que le había salido del alma.

—Todo lo que dices, Natasha, es verdad —dije—. Eso quiere decir que ahora tiene que conocerte y quererte de nuevo. Sobre todo eso: conocerte. ¿Y qué? Te volverá a querer. ¿Piensas tal vez que no está en condiciones de conocerte y quererte con ese corazón suyo?

—¡Ay, Vania, no seas injusto! ¿Y qué es lo que tiene que comprender en mí? No te hablaba de eso. Mira, hay otra cosa: el amor paternal también comporta celos. Le duele que todo esto haya comenzado y crecido sin que él lo supiera, sin que lo adivinase. Se da cuenta de que no lo ha presentido, y que las desgraciadas consecuencias de nuestro amor, con mi fuga, corresponden precisamente a mi «ingrata» hipocresía. No he acudido a él desde el principio, no le he confesado después cada uno de los latidos de mi corazón desde el comienzo de esta historia. Al contrario, lo he escondido todo dentro de mí, me he ocultado de él y, te aseguro, Vania, que, en el fondo, esto le resulta más ofensivo, más ultrajante que las mismas consecuencias de mi amor, que el hecho de que haya abandonado mi casa, dejándolo todo por mi amante. Supongamos que me recibiera ahora con ternura y calor, como un padre; siempre quedarían gérmenes de hostilidad. Al día siguiente o al otro empezarían las susceptibilidades, las dudas, los reproches. Además, no me perdonaría sin condiciones. Supongamos que le digo la verdad desde el fondo de mi corazón, que comprendo cómo le he ofendido y hasta qué punto soy culpable ante él. Aun resultando doloroso, aunque no quiera comprender lo que me ha costado toda esta *felicidad* con Aliosha, los sufrimientos que me ha representado, lo soportaría todo, pero a él le parecería insuficiente. Me exigiría una compensación imposible: que maldiga mi pasado, que maldiga a Aliosha y me arrepienta de mi amor por él. Querría un imposible: resucitar el pasado anterior y borrar de nuestra vida los últimos seis meses. Pero yo no maldeciré a nadie, yo no puedo arrepentirme... Tenía que ser así, tenía que ocurrir de ese modo... No, Vania, ahora es imposible. El momento no ha llegado todavía.

—¿Cuándo, pues, llegará el momento?

—No lo sé... Es necesario sufrir otra vez de algún modo por nuestra futura felicidad, comprarla a costa de nuevos tormentos. El sufrimiento lo purifica todo... ¡Ay, Vania, cuánto dolor hay en la vida!

Guardé silencio y la observé pensativo.

—¿Por qué me miras así, Aliosha, digo, Vania? —preguntó, equivocándose y sonriendo por la equivocación.

—Me estoy fijando ahora en tu sonrisa, Natasha. ¿De dónde la sacas? Antes no la tenías.

—¿Y qué hay en mi sonrisa?

—Tiene todavía la ingenuidad de antes... Pero, al mismo tiempo que sonríes, parece como si algo te oprimiera el corazón. Cómo has adelgazado, Natasha, y tus cabellos parece que se han vuelto más espesos... ¿Qué vestido es el que llevas? ¿Te lo hiciste aún en casa de tus padres?

—¡Cómo me quieres, Vania! —contestó, mirándome cariñosa—. Bueno, y tú ¿qué haces ahora? ¿Cómo van tus cosas?

—No han cambiado, sigo escribiendo la novela; pero me resulta difícil, no me sale. Se me ha agotado la inspiración. Si no lo tomara en serio, quizá podría salir alguna cosa interesante; pero da lástima echar a perder una buena idea. Es una de mis ideas preferidas. Pero tengo que entregar en la revista a plazo fijo. Incluso pienso abandonar la novela y pensar rápidamente en algún relato, algo gracioso y ligero, y ni por asomo con una tendencia sombría. Eso ni por asomo... ¡Todos tienen que divertirse y alegrarse!

—¡Pobre, qué trabajador eres! ¿Y qué hay de Smith?

—Pero si Smith ha muerto.

—¿Y no fue a verte? Te estoy hablando en serio, Vania: estás enfermo, tienes los nervios deshechos, y así andan tus ideas. Cuando me contaste lo del alquiler del piso, me di cuenta de todo lo que te pasaba. ¿Y tu piso es húmedo, insano?

—Sí. Además esta tarde me ha sucedido un caso... Bueno, te lo contaré luego.

Ya no me escuchaba y permanecía sentada, sumida en profundidas reflexiones.

—No comprendo cómo he podido marcharme de casa de *ellos;* estaba febril —empezó a decir finalmente, mirándome de un modo que no esperaba respuesta.

Si yo le hubiese hablado en ese momento no me hubiera oído.

—Vania —dijo con voz casi imperceptible—, te he pedido que vinieras para hablar de un asunto.

—¿De qué?

—Me separo de él.

—¿Te has separado o te separas?

—Es preciso acabar con esta vida. Te he llamado para contarte todo lo que se ha ido acumulando y que te he escondido hasta ahora.

Siempre empezaba conmigo haciéndome saber sus intenciones secretas y casi siempre resultaba que esos secretos ya los sabía yo, y por ella misma.

—¡Ay, Natasha! ¡Te he oído decir esto cientos de veces! Naturalmente, no podéis vivir juntos; vuestra unión es algo extraño, entre vosotros no hay nada común. Pero... ¿tendrás fuerzas suficientes?

—Antes sólo tenía la intención, Vania; ahora lo he decidido seriamente. Le amo infinitamente y, a pesar de ello, resulta que soy su primer enemigo; estoy arruinando su porvenir. Es preciso devolverle su libertad. No puede casarse conmigo, no está en condiciones de oponerse a su padre. Yo tampoco quiero sujetarle. Y, además, incluso estoy contenta de que se haya enamorado de la muchacha con quien le quieren casar. Le resultará más fácil separarse de mí. ¡Tengo que hacerlo! Es un deber... ¡Si le amo, tengo que sacrificarlo todo por él, demostrarle que mi amor es un deber! ¿No es verdad?

—Pero si no le vas a convencer.

—No intentaré convencerle. Seré con él como antes, aunque viniese ahora mismo. Pero tengo que buscar una fórmula para que le resulte fácil abandonarme, sin que le remuerda la conciencia. Eso es lo que me atormenta, Vania. Ayúdame. ¿No me aconsejarías algo?

—No hay más que un remedio —dije—: deja de amarle y enamórate de otro. Pero no sé si dará resultado. Ya conoces su carácter. Hace ya cinco días que no viene a verte. Proponle que te deje del todo; no tienes más que escribirle que le abandonas y vendrá inmediatamente a tu casa.

—¿Por qué no le quieres, Vania?

—¡Yo!

—Sí, tú, tú! Tú eres su enemigo, secreto y declarado. No puedes hablar de él sin un acento de rencor. ¡Me he dado cuenta mil veces de que tu mayor placer consiste en humillarlo y desprestigiarlo! ¡Precisamente desprestigiarlo, ésa es la verdad!

—Eso ya me lo has dicho miles de veces. Ya está bien, Natasha, dejemos ese tema.

—Me gustaría mudarme a otro piso —empezó otra vez, después de un corto silencio—. Pero no te enfades, Vania...

—¿Y qué? Él irá a la otra casa. Y yo, de verdad, no me enfado.

—El amor es poderoso: un nuevo amor puede retenerle. ¿Y si vuelve a mí, acaso será sólo para un minuto, como tú piensas?

—No lo sé, Natasha. En él todo registra un alto grado de inconsecuencia. Quiere casarse con aquella mujer y te quiere a ti. En cierto modo, puede hacer todo esto a la vez.

—Si yo supiera seguro que la ama, me decidiría... ¡Vania! ¡No me ocultes nada! ¿Sabes algo que no quieres decirme, o no?

Me miró con preocupación, con los ojos desorbitados.

—No sé nada, amiga mía, te doy mi palabra de honor. Siempre he sido sincero contigo. Además, estoy pensando otra cosa: quizá no esté tan enamorado de la hijastra de la condesa como nosotros pensamos. Simplemente, se entretiene...

—¿Lo crees, Vania? ¡Dios mío, si lo supiera con seguridad! ¡Ay, cómo desearía verle en este momento, aunque sólo fuera una ojeada! ¡Me daría cuenta en seguida de todo, con sólo verle la cara! ¡Y no viene! ¡No viene!

—Pero ¿acaso le esperas, Natasha?

—No, no, está con *ella;* lo sé. He mandado a preguntar. Cómo me gustaría verla también a ella... Escucha, Vania, voy a decirte algo absurdo, pero ¿acaso no puedo verla de alguna manera, no puedo encontrarme con ella en algún sitio? ¿Qué piensas?

Esperaba con impaciencia mi respuesta.

—Se la puede ver. Pero sólo verla es poco.

—Sería suficiente con verla, y lo demás lo adivinaría yo misma. Escúchame: me he vuelto como tonta, no hago más que pasear aquí todo el tiempo, sola y pensando. Las ideas se me arremolinan como un torbellino, ¡qué agotador!, y se me ha ocurrido lo siguiente. Vania, ¿no podrías conocerla tú? Puesto que la condesa, tú mismo lo has dicho, ha elogiado tu novela, tú acudes algunas veces a las veladas del príncipe R. y ella suele estar allí, haz que te la presenten. O bien, tal vez Aliosha pueda presentártela y entonces tú me cuentas todo sobre ella.

—Natasha, amiga mía, luego hablaremos de eso. Otra cosa: ¿crees en serio que tendrás suficientes fuerzas para la separación? Fíjate, no lo dices tranquila.

—¡Ten-dré fuer-zas! —continuó de modo apenas perceptible—. ¡Lo haré todo por él! ¡Toda mi vida es suya! Pero, sabes, Vania, no puedo soportar que él esté ahora en su casa, que me haya olvidado, que permanezca sentado a su lado hablándola y riendo, lo mismo que estuvo aquí, ¿recuerdas?... La mira a los ojos, siempre mira así; y ni siquiera se le ocurre que yo estoy ahora aquí... contigo.

No terminó de hablar, y me dirigió una mirada de ansiedad.

—Natasha, ¿cómo es que ahora mismo decías?...

—¡Nos separaremos todos! —me interrumpió con una mirada centelleante—. Yo misma le bendeciré para eso. Pero será tremendo, Vania, cuando él sea el primero en olvidarme. ¡Ay, Vania, qué atormentador es esto! Yo misma no me comprendo: ¡mentalmente sale una cosa, pero en la realidad no es así! ¿Qué será de mí?

—¡Bueno, bueno, Natasha; tranquilízate!

—Y hace ya cinco días, cada hora, cada minuto... ¡Ya sea soñando, ya sea durmiendo, siempre es él, siempre él! Sabes, Vania, vamos allí, acompáñame...

—Basta ya, Natasha.

—¡Sí, vamos! ¡Te estaba esperando para eso, Vania! Hace tres días que pienso en ello. Por ese motivo te he escrito. Me tienes que acompañar; no puedes negármelo... Te he esperado... tres días... Hoy tienen allí una velada... él está allí... ¡Vamos!

Parecía estar delirando. En el recibimiento se oyó ruido; Mavra parecía discutir con alguien.

—Espera, Natasha, ¿quién es? —pregunté—. ¡Escucha!

Se puso a escuchar con una sonrisa desconfiada y pronto palideció tremendamente.

—¡Dios mío!, ¿quién está ahí? —dijo con voz apenas perceptible.

Quiso sujetarme, pero yo salí al recibimiento, donde estaba Mavra. ¡Lo que esperábamos! Era Aliosha. Estaba haciéndole preguntas a Mavra, y ésta, al principio, no le dejaba entrar.

—¿De dónde apareces así? —hablaba como si fuese la dueña de la casa—. ¿Qué? ¿Por dónde te has arrastrado? ¡Anda, vete, vete! ¡A mí no me la das! Anda, lárgate; ¿qué contestas a eso?

—¡No tengo miedo a nadie! ¡Yo entro! —decía Aliosha, un algo confundido, no obstante.

—¡Que te largues! ¡Tú eres muy rápido!

—¡Y lo haré! ¡Ah! ¡También está usted aquí! —exclamó al verme—. ¡Cuánto me alegra que se encuentre usted aquí! Bueno, pues también estoy yo, ya lo ve. ¿Cómo podría ahora?...

—Pues sencillamente, entre —contesté—. ¿Qué teme?

—Yo no temo nada, se lo aseguro, porque yo, la verdad, no soy culpable. ¿Cree usted que soy culpable? Ahora verá, en seguida voy a justificarme. Natasha, ¿se puede entrar? —gritó fingiendo cierto valor, ante la puerta cerrada.

No contestó nadie.

—¿Qué ocurre? —preguntó con inquietud.

—Nada, nada, ahora mismo estaba allí —contesté—, acaso...

Aliosha abrió con cuidado la puerta y con timidez paseó la vista por la habitación. No había nadie.

De repente la vio en el rincón, entre el armario y la ventana. Permanecía allí, ni viva ni muerta, como escondida. Cuando lo recuerdo, ni siquiera ahora puedo dejar de sonreír. Aliosha, en silencio y con cuidado, se acercó a ella.

—Natasha, ¿qué te pasa? Buenas noches, Natasha —dijo tímidamente, mirándola con cierto temor.

—Bueno, pues que, pues... ¡nada! —contestó ella, presa de una gran confusión, como si fuera culpable—. Tú... ¿quieres té?

—Escucha, Natasha... —dijo Aliosha, completamente aturdido—; tal vez estés segura de que soy culpable... ¡pero no lo soy! ¡No soy en absoluto culpable! Bueno, verás, ahora mismo voy a contártelo.

—¿Y eso para qué? —murmuró Natasha—. No, no, no hace falta... mejor dame la mano y... se acabó... como siempre... —salió del rincón y dos manchas rojas brotaron en sus mejillas. Tenía la mirada baja, como si temiera mirar a Aliosha.

—¡Ay, Dios mío! —gritó con entusiasmo—. ¡Si fuera culpable me parece que no me atrevería a mirarla después de eso! ¡Fíjese, fíjese! —gritaba dirigiéndose a mí—. ¡Me consideraba culpable, todo está en contra mía! ¡No he venido en cinco días! Han corrido rumores de que yo estaba en casa de mi novia. ¿Y qué? ¡Ella ya me perdona! Ya dice: «Dame la mano y se acabó.» ¡Natasha, paloma mía, ángel mío! ¡Yo no soy culpable y tú lo sabes! ¡No tengo ni un ápice de culpabilidad! ¡Al contrario, al contrario!

—Pero... Pero si ahora tenías que estar *allí*... Te han invitado a ir *allí*. ¿Cómo es que estás aquí? ¿Qué... qué hora es?

—Las diez y media. He estado allí... Pero dije que estaba enfermo y me marché, y es la primera, la primera vez en estos cinco días que estoy libre, que he estado en condiciones de escaparme de allí, y venir a tu casa, Natasha. Es decir, podía haber venido antes, pero ¡no he venido a propósito! ¿Y por qué? Ahora te enterarás, lo explicaré. Por eso he venido, para explicarlo. Sólo que de verdad esta vez no soy culpable de nada ante ti. ¡De nada!

Natasha alzó la cabeza y le miró... Pero la mirada de Aliosha brillaba con tanta sinceridad, su rostro era tan radiante, tan honrado, tan alegre, que era imposible no creerle. Pensé que lanzaría un grito y se echarían en brazos el uno del otro, como ya había sucedido varias veces ante semejantes reconciliaciones. Pero Natasha, como aplastada por la felicidad, dejó caer la cabeza sobre el pecho y de pronto... sollozó en silencio. Aliosha no pudo soportarlo, se echó a sus pies. Le besaba las manos, los pies; estaba como extraviado. Le acerqué un sillón a Natasha. Se sentó. Le temblaban las piernas.

Segunda parte

Capítulo I

Al cabo de un minuto reíamos como locos.

—Pero déjenme, déjenme contar —decía Aliosha envolviéndonos a todos con su voz sonora—. Se creen que todo es como antes... que he venido a contar tonterías... Les digo que llevo entre manos un asunto interesantísimo. ¡Pero querrán callarse de una vez!

Tenía un enorme deseo de hacernos su relato. Por su aspecto, podría juzgarse que traía importantes noticias. Pero la solemnidad que le confería el ingenuo orgullo de ser portador de tales noticias hizo reír inmediatamente a Natasha. Sin querer, también me eché a reír. Y cuanto más se enfadaba con nosotros, tanto más nos reíamos. El despecho y la desesperación infantil de Aliosha nos llevaron por fin al extremo de que era suficiente mostrar un dedo —como al oficial de navío de Gogol— para desternillarse inmediatamente de risa. Mavra, que había salido de la cocina, permanecía en la puerta y nos miraba con seria indignación, lamentando que Aliosha no hubiera recibido de Natasha un buen rapapolvo, como esperaba con delectación desde cinco días atrás. Y ahora, en lugar de eso, todos estábamos tan alegres.

Por fin, Natasha, dándose cuenta de que nuestra risa ofendía a Aliosha, dejó de reír.

—¿Qué es lo que quieres contar? —preguntó.

—Bueno, ¿qué? ¿Hay que traer el samovar? —preguntó Mavra, interrumpiendo a Aliosha sin el menor respeto.

—Lárgate, Mavra, lárgate —contestaba éste haciendo un gesto con la mano y apresurándose a echarla—. Voy a contar todo lo que ha pasado, todo lo que pasa y todo lo que pasará, porque lo sé todo. Veo, amigos míos, que quieren ustedes saber dónde he estado estos cinco días; eso es lo que les quiero contar, pero no me dejan ustedes. Bueno, en primer lugar, he estado engañándote todo el tiempo, Natasha. Todo ese tiempo, desde hace ya mucho, te he estado engañando y eso es precisamente lo más importante.

—Me has engañado.

—Sí, desde hace ya un mes. Empecé aun antes de que llegara mi padre: ahora ha venido el instante en que debo ser absolutamente sincero. Hace un mes, cuando mi padre no había aún regresado, recibí una carta suya larguísima, y se lo oculté a ustedes. En la carta me decía clara y sencillamente, y fíjense, con un tono tan serio, que hasta me asusté, que el asunto de mi boda estaba arreglado, que mi novia es una perfección; que yo, por supuesto, no la merezco, pero que de todos modos he de casarme con ella a toda costa. Por eso, para prepararme y sacarme de la cabeza todos los desvaríos y etc., etc.; bueno, ya se sabe cuáles son los desvaríos. Pues ésa es la carta que yo les había ocultado...

—¡No la has ocultado en absoluto! —interrumpió Natasha—. ¡Mira de qué presume! ¡Si lo contaste todo en seguida! Recuerdo todavía cómo de repente te pusiste dócil y tierno y no te separabas de mí, como si fueras culpable de algo, y nos contaste todo su contenido por fragmentos.

—No puede ser; seguramente no les he contado lo importante. Tal vez los dos hayan adivinado algo, eso es asunto suyo, pero yo no lo conté. La oculté y sufrí mucho por ello.

—Aliosha, recuerdo que a cada minuto me pedía usted consejo y me lo contó todo, con sinceridad; por supuesto, a modo de suposiciones —añadí mirando a Natasha.

—¡Lo has contado todo! ¡No presumas, por favor! —intervino Natasha—. Pero ¿puedes ocultar algo? ¿Acaso puedes engañar? Hasta Mavra lo sabía todo. ¿Lo sabías, Mavra?

—¡Cómo no iba a saberlo! —respondió Mavra, asomando la cabeza por la puerta—. Lo has contado todo en los tres primeros días. ¡Bueno eres tú para ser discreto!

—¡Puaf! ¡Qué incómodo es hablar con ustedes! ¡Todo eso lo haces por despecho, Natasha! Y tú, Mavra, también te equivocas. Recuerdo que estaba entonces como loco. ¿Te acuerdas, Mavra?

—¡Cómo no voy a acordarme! ¡También ahora pareces un loco!

—No, no es eso lo que quiero decir. ¿Te acuerdas? Entonces no teníamos dinero y tú ibas a empeñar mi pitillera de plata. Sobre todo, Mavra, permíteme que te haga una observación: delante de mí te olvidas mucho de las cosas. Es Natasha la que te ha enseñado todo eso. Bueno, supongamos que, en efecto, yo se lo conté a ustedes entonces por fragmentos, ahora lo recuerdo. Pero ¿y el tono? Ustedes no conocen el tono de la carta, y lo principal de ella es el tono. De eso es de lo que quiero hablar.

—Bien, ¿y cuál es el tono? —preguntó Natasha.

—Escucha, Natasha, me preguntas como si estuvieras bromeando. No *bromees*. Te seguro que es muy importante. El tono de esa carta era tal, que se me cayó el alma a los pies. Nunca me había hablado así mi padre. Es decir, antes se hundirá Lisboa que dejen de cumplirse sus deseos. ¡Ése era el tono!

—¡Bien, bien, cuéntanos! ¿Por qué me lo tenías que ocultar?

—¡Ay, Dios mío! Por no asustarte. Confiaba en arreglarlo todo yo mismo. Así, pues, después de esta carta, tan pronto como llegó mi padre empezaron mis padecimientos. Me dispuse a contestarle con firmeza, con claridad, en serio, pero no me salía. Y él ni siquiera me hacía preguntas. ¡Es un astuto! Por el contrario, se mostraba como si todo estuviera ya resuelto y entre nosotros ya no podía haber ninguna discusión ni ningún malentendido. Lo oyes, *no podía haber,* ¡qué presunción! Se puso conmigo tan cariñoso, tan simpático que, sencillamente, me sorprendió. ¡Qué inteligente es, Iván Pietróvich, ah, si usted supiera! Lo ha leído todo; basta que a usted lo mire una vez para que él ya conozca sus pensamientos como si fuesen los propios. Seguramente por eso le llaman jesuita. A Natasha no le gusta que yo le alabe. No te enfades, Natasha. Bien, pues... ¡a propósito! Al principio no me daba dinero, y ahora, ayer me lo ha dado. ¡Natasha! ¡Ángel mío! ¡Ya se acabó nuestra pobreza! ¡Toma, mira! Todo lo que me ha restado como castigo durante este medio año me lo ha dado ayer. ¡Mira cuánto! Todavía no lo he contado. ¡Mavra, mira cuánto dinero! ¡Ahora ya no tendremos que empeñar cucharillas y gemelos!

Sacó del bolsillo un respetable puñado de dinero, unos mil quinientos rublos de plata, y lo dejó en la mesa. Mavra miró con alegría el montón y felicitó a Aliosha. Natasha le instaba continuamente.

—¿Así, qué puedo hacer?, me pregunté —continuó Aliosha—. ¿Cómo ponerme en contra suya? Es decir, les juro a ustedes que si hubiera sido malo conmigo y no bueno, no me andaría con rodeos. Le hubiera dicho sencillamente lo que quiero, que ya soy mayor, que me he convertido en un hombre, y que ahora se acabó. Y créanme que hubiera insistido en lo mío. Y ahora ¿qué podía decirle? Pero no me culpen. Veo que estás descontenta, Natasha. ¿Por qué intercambian ustedes miradas? Seguramente piensan: bueno, ahora ha cedido, no tiene ni un ápice de firmeza. ¡Tengo firmeza y mucha más de la que ustedes creen! La prueba está en que, a pesar de mi situación, me dije inmediatamente: es mi deber, tengo que decírselo todo a mi padre, y me puse a hablar, y se lo dije, y me escuchó.

—¿Y qué es lo que le has dicho en realidad? —preguntó Natasha, inquieta.

—Que no quiero ninguna otra novia, porque tengo la mía, es decir, tú. Bueno, abiertamente no se lo he dicho hasta ahora, pero lo tengo preparado y mañana se lo diré; así lo he decidido. Primero empecé a decirle que casarse por dinero era vergonzoso y rastrero, y que era absurdo que nosotros nos considerásemos aristócratas; sí, hablé con él con una franqueza absoluta, como entre hermanos. Luego le expliqué que yo era del *tiers-état,* y que el *tiers-état c'est l'essentiel*[7]; que me enorgullezco de parecerme a todo el mundo y que no quiero distinguirme de nadie... Yo hablaba con calor, entusiasmado. Me sorprendí a mí mismo. Le demostré, por último, también desde su punto de vista... le dije claramente: ¿Qué clase de príncipes somos? De nacimiento, porque, en realidad, ¿qué tenemos de principesco? En primer lugar, no poseemos una gran fortuna, y la fortuna es lo principal. Actualmente el príncipe más importante es Rothschild. En segundo lugar, en el gran mundo de hoy hace mucho que no se oye hablar de nosotros. El último fue el tío Siemión Valkovski; sólo era conocido en Moscú, y eso hasta que se gastó sus últimas «trescientas almas».

---

[7]   El estado llano es lo esencial.

Y si su padre no hubiese ganado dinero, sus nietos probablemente hubieran trabajado la tierra, como hacen algunos príncipes. Por tanto, no tenemos de qué presumir. En una palabra, le dije todo lo que bullía en mí, todo de un modo fogoso y sincero; incluso añadí algo. Ni siquiera me contestó; sencillamente, se puso a reprocharme que yo hubiese abandonado la casa del conde Nainski, después, dijo que era preciso ganarme a la princesa K., mi madrina, y que si ésta me recibía bien, ello significa que sería recibido en todas partes y que mi carrera estaba asegurada. ¡Y se puso a contar y contar! Esto era una alusión a que yo me había unido a ti, Natasha, abandonándolos a todos, y que era por tu influjo. Pero hasta ahora no habla claramente de ti, incluso, por lo visto, lo evita. Los dos empleamos la astucia, aguardamos, tratamos de atraparnos el uno al otro; puedes estar segura de que vendrán mejores tiempos para nosotros.

—Bueno, está bien, pero ¿cómo ha terminado la cosa, qué ha decidido? Eso es lo importante. Qué charlatán eres, Aliosha.

—¡Dios sabe! Es imposible averiguar lo que ha decidido. Y yo no soy en absoluto un charlatán, sino que hablo del asunto. Ni siquiera ha tomado una decisión, respondía a todos mis argumentos con una sonrisa, como si me tuviera lástima. Comprendo que es humillante, pero no me avergüenzo. «Estoy completamente de acuerdo contigo, dijo, pero ahora vamos a casa del conde Nainski y ten cuidado de no decir allí nada de esto. Yo te comprendo, pero ellos no te comprenderán.» Parece que a él tampoco le comprenden muy bien; están enfadados por algo. En general, a mi padre no le quieren ahora en sociedad. Al principio el conde me recibió con mucha solemnidad, con etiqueta, como si hubiera olvidado que me crié en su casa. ¡De verdad, incluso se puso a evocar recuerdos! Estaba enfadado conmigo por mi ingratitud, y la verdad es que no había ninguna ingratitud por mi parte. Su casa es tremendamente aburrida, y por eso no iba. A mi padre le recibió con mucha frialdad, con tanta frialdad, que incluso no comprendo cómo va allí. Todo esto me decidió. Mi pobre padre casi tiene que doblar el espinazo ante él; comprendo que todo lo hace por mí, pero yo no necesito nada. Después quise expresarle a mi padre todos mis sentimientos, pero me contuve. ¿Para qué? No voy a cambiar sus convicciones y sólo le irritaré, y ya tiene bastantes disgustos sin eso. Bueno, pensé, emplearé la astucia, seré más astuto que todos ellos y obligaré al conde a que me respete. ¿Y qué? Inmediatamente lo logré; en un solo día, todo cambió. Ahora el conde Nainski no sabe dónde ponerme. Y todo eso lo he conseguido, yo solo, con mi propia astucia, de tal forma, que mi padre se quedó con la boca abierta...

—¡Escucha, Aliosha, mejor sería que nos contaras el asunto! —gritó, impaciente, Natasha—. Creí que ibas a contar algo de lo nuestro, y lo único que te interesa es explicarnos cómo te has lucido en casa del conde Nainski. ¡Qué me importa tu conde!

—¡No le importa! ¿Oye usted, Iván Pietróvich? ¡No le importa! Si en eso está lo principal del asunto. Tú misma lo verás; todo se aclara al final. Pero déjenme contarlo... Yo, ¿por qué no decirlo con sinceridad?, escucha, Natasha, y usted también, Iván Pietróvich, puede, finalmente que, en efecto, algunas veces sea muy poco juicioso; bueno, y admitamos incluso, a veces estas cosas ocurren, que soy sencillamente un imbécil. Pero en esta ocasión, les aseguro que he demostrado mucha astucia... bueno... y hasta inteligencia. Así que pensé que estarían ustedes contentos de que yo no sea siempre... un imbécil.

—¡Pero, Aliosha, ya está bien!... ¡Querido Aliosha!...

Natasha no podía soportar que a Aliosha le considerasen estúpido. Cuántas veces se había moletado conmigo, sin decirlo de palabra, si yo le demostraba a Aliosha sin demasiadas ceremonias que había cometido una estupidez; ése era su punto débil. No podía soportar que humillasen a Aliosha y, probablemente, tanto menos cuanto que ella reconocía en su fuero interno su limitación. Pero no le expresaba ni por asomo su opinión y tenía miedo de ofender su amor propio. En estos casos él era extraordinariamente perspicaz y siempre adivinaba sus sentimientos secretos. Natasha lo veía y se apenaba mucho e inmediatamente le adulaba y acariciaba. Por eso sus palabras habían encontrado un eco doloroso en su corazón...

—Bueno, Aliosha, sólo eres un aturdido, y nada más —añadió—. ¿Por qué tienes que humillarte?

—Bueno, está bien; pero déjenme acabar. Después de la recepción del conde, mi padre llegó a ponerse furioso conmigo. Pensé: «¡Espera un poco!» Íbamos entonces a casa de la princesa.

Yo había oído hacía mucho tiempo que, a causa de su avanzada edad, estaba casi loca y, además, sorda y le gustaban mucho los perritos. Tiene muchísimos, y los adora. A pesar de todo esto ejerce una enorme influencia en sociedad, hasta tal punto, que incluso el conde Nainski, *le superbe*[8], tiene que hacer *antichambre*[9] en su casa. Así, de camino tracé el plan de todos mis actos futuros, y ¿en qué creen ustedes que se basaba? En que a mí me quieren todos los perros, de verdad. Me he dado cuenta de ello. Sea porque tengo dentro algún magnetismo, sea porque me gustan mucho todos los animales, eso yo no lo sé, pero a mí los perros me quieren y eso es todo. A propósito de magnetismo, Natasha, no te he contado todavía que hace unos días hemos invocado los espíritus, que estuve en casa de un médium; es muy curioso, Iván Pietróvich, incluso me ha impresionado. Invoqué a Julio César.

—¡Ay, Dios mío! Pero ¿para qué necesitas a Julio César? —gritó Natasha desternillándose de risa—. ¡Lo único que faltaba!

—Pero ¿por qué?... Como si yo fuera... ¿Por qué no tengo derecho a invocar a Julio César? ¿Qué le puede ocurrir por eso? ¡Mire cómo se ríe!

—Naturalmente que no le ocurrirá nada... ¡Ay, querido! ¿Y qué es lo que te ha dicho Julio César?

—Si no me ha dicho nada. Yo solamente sostenía un lápiz, y el lápiz se movía solo por el papel y escribía. Me dijeron que era Julio César. Yo lo creí.

—¿Y qué escribió?

—Puso algo parecido a «empápate», como en Gogol... ¡Ya está bien de risas!

—¡Pero cuéntanos lo de la princesa!

—Sí, bueno, pero me interrumpen ustedes continuamente. Llegamos a casa de la princesa, y yo empecé por hacer la corte a *Mimí*. *Mimí* es una vieja, asquerosa y repugnante perrita que, además de indócil, muerde. La princesa está loca con ella, no cesa de admirarla; parece que son de la misma edad. Empecé a atiborrar a *Mimí* con caramelos y en unos diez minutos le enseñé a dar la

---

[8] El soberbio.
[9] Antecámara.

pata, cosa que no habían podido enseñarle en la vida. La princesa se entusiasmó; casi lloró de alegría: «¡*Mimí! ¡Mimí! ¡Mimí,* da la pata!» Llegó alguien: «¡*Mimí,* da la pata! ¡Se lo ha enseñado mi ahijado!» Entró el conde Nainski: «¡*Mimí,* da la pata!» Me mira casi con lágrimas de enternecimiento. Es bonísima la viejecita; casi da pena. No he perdido la ocasión y, sobre el terreno, otra vez le di coba. En su pitillera tiene su retrato de cuando era novia, hace unos sesenta años. Se le cayó la pitillera, la recogí y dije como si no lo supiese: «*Quelle charmante peinture!*[10]. ¡Es una belleza ideal!». Aquí se derritió por completo; habló conmigo de esto y de aquello, me preguntó dónde estudio, qué casas frecuento; dijo que tengo un cabello precioso y continuó hablando y hablando. Por mi parte la hice reír contándole una historia escandalosa. Eso le gusta; me amenazó con el dedo, pero por lo demás se rió mucho. Al despedirme me besó y bendijo y me exigió que fuera todos los días a distraerla. El conde me estrechó la mano; sus ojos estaban enternecidos. En cuanto a mi padre, aunque es un hombre bonísimo, honradísimo y nobilísimo; créanlo o no, estaba a punto de llorar de alegría cuando llegamos a casa. Me abrazó y se sinceró conmigo, con cierta sinceridad misteriosa, a propósito de la carrera, las relaciones, el dinero, el matrimonio y muchas cosas que yo no comprendí. Entonces fue cuando me dio el dinero. Esto ocurrió ayer. Mañana volveré a casa de la princesa, pero de todos modos mi padre es el hombre más noble, no crean otra cosa, y aunque trata de apartarme de ti, Natasha, es porque está cegado, porque quiere los millones de Katia y tú no los tienes. Y los quiere sólo para mí y es injusto contigo sólo por desconocimiento. ¿Qué padre no quiere la felicidad para su hijo? Él no tiene la culpa de considerar la felicidad según los millones. Así son todos ellos. Es preciso enjuiciarlo desde ese punto de vista, no de otro modo, y entonces es cuando se tiene razón. Me he apresurado a venir a verte, Natasha, para persuadirte de esto, porque sé que estás predispuesta contra él y, naturalmente, de eso no tienes la culpa... No te culpo...

---

[10] ¡Qué maravillosa pintura!

—Entonces, ¿todo lo que te ha ocurrido es que lograste un triunfo en casa de la princesa? ¿En eso consiste toda tu astucia? —preguntó Natasha.

—¡Qué va! ¡Qué dices! Eso sólo es el principio... luego contaré lo de la princesa, por medio de la cual, ¿comprendes?, tendré a mi padre en mis manos. Y mi historia principal no ha empezado todavía.

—¡Bueno, pues cuéntala!

—Hoy me ha ocurrido un acontecimiento incluso muy extraño, y todavía estoy asombrado —continuó Aliosha—. Debo advertirles que aunque mi padre y la condesa tienen decidido nuestro matrimonio, hasta ahora no ha habido absolutamente nada oficial, de forma que podemos separarnos ahora mismo sin que se produzca ningún escándalo. El único que lo sabe es el conde Nainski, pero se le considera pariente y protector. Por si fuera poco, aunque durante estas dos semanas he estado mucho con Katia, hasta esta misma tarde no hemos hablado ni una palabra sobre el futuro, es decir, sobre el matrimonio y... bueno, sobre el amor. Además, se ha decidido en principio pedir el consentimiento de la princesa K., de quien se espera una poderosa protección y una lluvia de oro. Lo que ella diga lo dirá la sociedad. Tiene unas relaciones... Y quieren a toda costa introducirse en la sociedad y darme una posición. Pero sobre todas estas disposiciones insiste de un modo especial la condesa, la madrastra de Katia. El caso es que la princesa, tal vez por sus correrías en el extranjero, no la recibía y los demás seguían tal ejemplo; mi boda con Katia sería, pues, para ella una buena ocasión. De ahí que la condesa, que al principio estaba en contra de la boda, se ha alegrado hoy mucho de mi éxito en casa de la princesa. Pero dejemos eso y vayamos a lo importante: a Katierina Fiódorovna yo la conocía ya el año pasado. Entonces era todavía un niño y no podía comprender nada, y tampoco vi nada en ella entonces...

—Sencillamente, entonces me querías más —interrumpió Natasha—, por eso no te habías fijado, pero ahora...

—¡Ni una palabra, Natasha! —gritó Aliosha, acalorado—. ¡Te equivocas por completo y me ofendes!... Ni siquiera te quiero contestar; escúchame y te enterarás de todo... Ay, si conocieras a Katia! ¡Si supieras qué alma tan tierna, clara y limpia tiene! ¡Pero lo sabrás; escucha hasta el final! Hace dos semanas, cuando, con motivo de su llegada, mi padre me llevó a casa de Katia empecé a observarla con atención. Me di cuenta de que ella también me observaba. Esto me despertó una gran curiosidad; ya no hablo de que tenía especiales intenciones de conocerla mejor, intenciones que abrigaba desde que recibí aquella carta de mi padre que me sorprendió tanto. No voy a decir nada, no la voy a alabar, diré solamente una cosa. Es una clara excepción en todo ese ambiente. Es una naturaleza tan original, un alma tan fuerte y recta, fuerte precisamente por su pureza y rectitud, que frente a ella me siento como un niño, como un hermano menor, a pesar de que sólo tiene diecisiete años. Me he dado cuenta de otra cosa: está profundamente triste, como si tuviera un secreto. No es habladora, en la casa casi siempre guarda silencio, como asustada, como si la preocupase algo. Parece temer a mi padre. A su madrastra no la quiere, lo he comprendido. Es la propia condesa la que hace correr, por algún motivo, que su hijastra la quiere mucho. Todo eso es mentira, Katia únicamente la obedece a ciegas, como si se hubieran puesto de acuerdo en ello. Hace cuatro días, después de todas mis observaciones, decidí llevar a cabo mi proyecto, y esta tarde lo he cumplido. Era lo siguiente: contarle todo a Katia, confesárselo todo, hacer que se pusiese de nuestra parte y entonces acabar de una vez con el asunto...

—¡Cómo! ¿Contar el qué, confesar el qué? —preguntó intranquila Natasha.

—Todo, absolutamente todo —contestó Aliosha—, y doy gracias a Dios por haberme inspirado esa idea. ¡Pero escucha, escucha! Hace cuatro días decidí lo siguiente: alejarme de ustedes y acabar con todo yo solo. Si hubiera estado con ustedes, hubiera dudado, les hubiera hecho caso y no me hubiese decidido nunca. Yo solo, colocándome en esa situación y repitiéndome a cada minuto que era preciso terminar y que *yo tengo* que terminar, me armé de valor, ¡y terminé! ¡Decidí volver a ustedes con una decisión y he vuelto con ella!

—¿El qué, el qué? ¿Qué ha pasado? ¡Cuéntalo deprisa!

—¡Muy sencillo! Me acerqué a ella de un modo sencillo, honrado y valiente... Primero tengo que contarles una cosa que ocurrió antes de esto y que me asombró mucho. Antes de ir, mi padre recibió una carta. Yo entraba en ese momento en su gabinete y me detuve en la puerta. No me había visto. Estaba a tal punto impresionado con esta carta, que hablaba solo, andaba por la habitación fuera de sí y, por último, se echó a reír súbitamente, siempre con la carta en la mano. Tuve hasta miedo de entrar; esperé, pues, un poco y luego entré. Mi padre estaba muy contento, muy contento; empezó a hablar conmigo de un modo extraño. Luego se interrumpió de pronto y me mandó que me preparase inmediatamente para irnos, aunque era muy temprano todavía. En su casa no había hoy nadie, estábamos nosotros solos; tú, Natasha, no tenías razón para pensar que celebraba una velada. Te han informado mal...

—¡Ay, no te distraigas, Aliosha! Por favor, dinos cómo le has contado todo a Katia.

—La suerte fue que nos quedamos solos dos horas enteras. Le dije sencillamente que aunque querían casarnos, nuestro matrimonio era imposible. Que mi corazón estaba lleno de simpatía hacia ella, y que sólo ella era capaz de salvarme. En esto lo descubrí todo. ¡Figúrate que no sabía nada de nuestra historia, Natasha! Si hubieras podido ver qué conmovida estaba; al principio incluso se asustó, se puso toda pálida. Le conté toda nuestra historia: cómo habías abandonado por mí tu casa, que habíamos vivido solos, que sufríamos un verdadero martirio, que tenemos miedo a todo y que ahora acudíamos a ella (le hablé también en tu nombre, Natasha) para que se pusiera de nuestra parte. Que le dijera claramente a su madrastra que no quiere casarse conmigo, que en eso reside nuestra felicidad y que es nuestra única tabla de salvación. ¡Me escuchó con tanto interés, con tanta simpatía! ¡Qué ojos tenía en ese momento! ¡Parecía como si toda su alma se hubiese trasladado a su mirada! Tiene los ojos completamente azules. Me dio las gracias por no haber dudado de ella y su palabra de que nos ayudará con todas sus fuerzas. Después, me empezó a preguntar sobre ti, dijo que tenía muchas ganas de conocerte; también me pidió que te dijera de su parte que ya te quiere como a una hermana y que tú la quieras del mismo modo. Cuando se enteró de que desde cinco días atrás no te veía, inmediatamente me urgió para que viniera a tu casa.

Natasha estaba conmovida.

—¡Y has sido capaz de contarnos antes todo lo de tus andanzas en casa de cierta princesa sorda! —gritó, mirándole con reproche—. ¿Y Katia? ¿Estaba contenta, alegre, cuando te despedía?

—Sí, estaba contenta por haber tenido ocasión de hacer algo noble, pero lloraba. ¡Porque ella también me quiere, Natasha! Me ha confesado que ya empezaba a amarme, que no ve gente, y que yo le gustaba hacía ya mucho. Me había distinguido precisamente porque a su alrededor todo es trampa y mentira. Y yo le he parecido un hombre sincero y honrado. Se levantó y dijo: «Bueno, que Dios le proteja, Aliexiéi Pietróvich; y yo que pensaba...» No terminó de hablar; rompió en sollozos y se fue. Hemos decidido que mañana mismo le dirá a su madrastra que no quiere casarse conmigo y que mañana mismo debo decírselo a mi padre, expresándome de un modo firme y decidido. Me ha reprochado que no se lo haya dicho antes: «¡Un hombre honrado no tiene nada que temer!» Es así de noble. A mi padre tampoco le quiere; dice que va con segundas intenciones y que busca dinero. Yo le defendí, pero ella no me creyó. Si no me diera resultado mañana con mi padre, ella está segura que no me dará resultado, entonces está de acuerdo en que vaya a pedirle protección a la princesa K. En este caso nadie se atreverá a llevar la contraria. Nos hemos dado palabra de ser como hermanos. Ay, si tú supieras su historia, lo desgraciada que es, con qué repugnancia ve su vida en casa de la condesa y toda esta situación... No me lo ha dicho claro, como si me temiera, pero lo he adivinado por algunas de sus palabras. ¡Natasha, amor mío! ¡Cómo te admiraría si te viese! ¡Y qué buen corazón tiene! ¡Es todo tan fácil con ella! Las dos estáis destinadas a ser hermanas y habéis de quereros mutuamente. No he hecho más que pensar en ello. De verdad: os reuniría y me quedaría a vuestro lado para contemplaros. No pienses nada malo, Natásheñka, y permíteme que te hable de ella. Precisamente contigo tengo ganas de hablar de ella y, con ella, de hablar de ti. Ya sabes que te quiero más que a nadie, más que a ella... ¡Lo eres todo para mí!

Natasha le miraba en silencio, con afecto entreverado de tristeza. Sus palabras parecían acariciarla y, a la vez, torturar en cierto modo.

—Hace mucho tiempo, dos semanas, que he valorado a Katia —continuó—. He ido todas las tardes a su casa. Al volver no hacía más que pensar en vosotras dos y establecer comparaciones.

—¿Cuál de nosotras quedaba mejor? —preguntó Natasha sonriendo.

—Algunas veces tú, otras veces ella. Pero tú al final, quedabas siempre mejor. Cuando hablo con ella, me doy cuenta de que me hago más bueno, más inteligente, más noble, en cierto modo. ¡Pero mañana, mañana se decidirá todo!

—¿Y no te da lástima de ella? Porque ella te quiere; según dices, tú te has dado cuenta de ello.

—¡Me da lástima, Natasha! Pero nos vamos a querer los tres, y entonces...

—¡Y entonces, adiós! —dijo en voz baja Natasha, como hablando para sí.

Aliosha la miró perplejo.

Pero nuestra conversación fue súbitamente interrumpida del modo más inesperado. En la cocina, que por aquel entonces hacía también las veces de vestíbulo, se oyó un ligero ruido como si hubiera entrado alguien. Al cabo de un minuto, Mavra abrió la puerta y se puso a hacer señas a hurtadillas llamando a Aliosha. Todos nos volvimos hacia ella.

—Preguntan por ti, haz el favor —dijo con cierto misterio en la voz.

—¿Quién puede preguntar ahora por mí? —dijo Aliosha mirándonos perplejo—. Voy.

En la cocina permanecía un lacayo de librea del príncipe, su padre. Era el caso que el príncipe, de regreso, detuvo su calesa ante la casa de Natasha y mandó preguntar si estaba Aliosha. Cumplido el encargo, el lacayo se retiró inmediatamente.

—¡Qué raro! Esto no ha sucedido nunca —decía Aliosha, mirándonos cohibido—. ¿Qué es esto?

Natasha le miraba con inquietud. De repente Mavra abrió de nuevo la puerta.

—¡Viene el príncipe en persona! —dijo apresuradamente en un susurro, y desapareció en seguida.

Natasha palideció y se puso en pie. Sus ojos brillaron de pronto. Se apoyaba ligeramente en la mesa y, turbada, miraba hacia la puerta por donde había de entrar el inoportuno visitante.

—¡Natasha, no temas nada, estoy contigo! No permitiré que te ofendan —musitó Aliosha emocionado, pero dueño de sí.

La puerta se abrió y en el umbral apareció el príncipe Valkovski en persona.

Capítulo II

Nos envolvió con una mirada rápida y atenta. Por esa mirada no podía adivinarse aún si venía como enemigo o como amigo. Pero describiré detalladamente su aspecto. Aquella noche me sorprendió de un modo especial.

Yo ya le había visto antes. Era un hombre de unos cuarenta y cinco años, no más, con unos rasgos regulares y extraordinariamente hermosos, cuya expresión cambiaba según las circunstancias; pero cambiaba bruscamente, por completo, con extraordinaria rapidez, pasando de la más simpática a la más hosca o sombría, como si de pronto se le hubiera soltado un resorte. El óvalo perfecto del rostro, ligeramente moreno, sus magníficos dientes, sus labios delgados y finos, la nariz bien dibujada, recta, un poco larga, la frente despejada en la que aún no se veía ni la menor arruga, los ojos grises y bastante grandes, todo ello constituía un hombre apuesto y, sin embargo, su rostro no producía una impresión agradable. Ese rostro repelía porque su expresión no parecía suya, sino que era siempre afectada, estudiada, postiza, dando lugar a la sorda convicción de que nunca se conseguiría ver la auténtica. De fijarse con más atención, empezaba a sospecharse que bajo la eterna máscara había algo malo, astuto y egoísta en grado superlativo. Llamaban especialmente la atención sus magníficos ojos, grises y francos. Eran lo único que parecía no poder someter a su voluntad. Incluso si pretendiese mirar con dulzura y afecto, las luces de su mirada parecerían desdoblarse en cierto modo: entre las dulces y afectuosas centelleaban otras groseras, desconfiadas, inquisitivas, crueles. Bastante alto, bien proporcionado y más bien delgado, parecía mucho más joven de lo que era en realidad. Sus cabellos castaño oscuro casi ni habían empezado a encanecer. Sus orejas, sus manos y sus pies eran ex-

traordinariamente finos. Era de una apostura enteramente aristo-
crática. Iba vestido con elegancia refinada, pero con cierto aire de
muchacho joven que, por otro lado, le iba bien. Parecía el hermano mayor de Aliosha. Por lo menos, nadie le creería de ningún
modo el padre de un muchacho tan mayor.

Se acercó directamente a Natasha y le dijo mirándola con firmeza:

—Mi llegada a estas horas a su casa y sin haberme hecho
anunciar es insólita y está fuera de todas las reglas admitidas, pero
confío que creerá usted, por lo menos, que reconozco la excentri-
cidad de mi conducta. Sé también con quién trato; sé que es usted comprensiva y generosa. Concédame solamente diez minutos,
y espero que usted misma me comprenda y justifique.

Todo esto lo dijo cortésmente, pero con energía y cierta dureza.

—Siéntese —dijo Natasha, que no se había librado todavía de
su primera turbación y de un cierto susto.

Hizo una ligera reverencia y se sentó.

—Ante todo, permítame que le diga a él un par de palabras
—empezó señalando a su hijo—. Aliosha, tan pronto como te
fuiste sin esperarme y hasta sin despedirte de nosotros, vinieron a
comunicar a la condesa que Katierina Fiódorovna se encontraba
indispuesta. La condesa iba a correr a su encuentro, pero la propia
Katierina Fiódorovna entró bruscamente, descompuesta y presa de
una gran agitación. Nos dijo claramente que no puede ser tu esposa. Dijo también que se iría a un convento, que le habías pedido ayuda y le confesaste que amas a Natalia Nikoláievna... Esta
increíble confesión de Katierina Fiódorovna fue provocada por tu
muy extraño discurso. Estaba casi fuera de sí. Comprenderás cómo
me he asustado y sorprendido. Al pasar ahora delante de la casa,
he visto que había luz en las ventanas —continuó dirigiéndose a
Natasha—. Entonces, la idea que me persigue hace tiempo se apoderó plenamente de mí: no pude resistir al primer impulso y entré
en su casa. ¿Para qué? Ahora se lo diré. Pero ante todo le ruego
que no se extrañe de cierta ruda franqueza en mi explicación.
Todo esto ha surgido de un modo tan inesperado...

—Confío en que le comprenderé y apreciaré... como es debido lo que usted diga —dijo Natasha a trompicones.

El príncipe la miraba con fijeza, como si se apresurase a *estudiarla* a fondo en el espacio de un minuto.

—Yo confío en su comprensión —prosiguió—. Y si me he permitido venir a su casa ahora ha sido precisamente porque sabía con quién trataba. Hace mucho que la conozco, a pesar de que alguna vez he sido tan injusto y culpable ante usted. Escuche: usted sabe que entre su padre y yo hay antiguos disgustos. No me justifico; tal vez soy más culpable ante él de cuanto he imaginado hasta ahora. Pero de ser así, yo he sido el primer engañado. Reconozco que soy desconfiado. Estoy inclinado a sospechar lo malo antes que lo bueno; es una desdichada característica, propia de corazones duros. Pero no tengo por costumbre ocultar mis defectos. He creído en todas las calumnias y, cuando usted abandonó a sus padres, he temido por Aliosha. Pero a usted no la conocía aún. Los informes que obtuve poco a poco me han tranquilizado por completo. La he observado y estudiando y, finalmente, me he convencido de que mis sospechas no tienen fundamento. Me he enterado de que ha roto usted con su familia; sé también que su padre está totalmente en contra de su matrimonio con mi hijo. Y el solo hecho de que, teniendo tal influencia, puede decirse tal poder sobre Aliosha, no los haya aprovechado hasta ahora para obligarle a casarse con usted, sólo eso, repito, muestra en usted un aspecto extraordinariamente favorable. Así y todo, le confieso que me decidí a oponerme, hasta donde me fuera posible, a su matrimonio con mi hijo. Sé que me expreso con demasiada sinceridad, pero en este momento la sinceridad por mi parte es lo más necesario. Usted misma convendrá en ello cuando termine de escucharme. Poco después de que usted abandonara su casa, yo me fui de Petersburgo; pero al irme, ya no tenía miedo por Aliosha. Confiaba en el noble orgullo de usted. Comprendí que usted misma no deseaba el matrimonio antes de que dieran fin nuestros disgustos familiares; que no quería sembrar la discordia entre Aliosha y yo, porque yo nunca le hubiera perdonado su matrimonio con usted; no quería tampoco que dijera la gente que busca un novio príncipe y la unión con nuestra casa. Al contrario, incluso mostró desdén hacia nosotros y, quizá, esperaba el momento en que yo viniera a pedirle que nos hiciera el honor de conceder su mano a mi hijo. Sin embargo, continué siendo un obstinado enemigo suyo. No trataré de justificarme, pero no le ocultaré mis motivos. Son éstos: usted no tiene ni nombre ni fortuna. Y, aunque yo goce de una buena situación, necesitamos más. Nuestro apellido está en decadencia. Necesitamos relaciones y dinero. La hijastra de la condesa Zinaida Fiódorovna, aunque no está relacionada, es muy rica. A poco que nos descuidemos, aparecerán los cazadores de dotes y nos birlarán la novia; y no puede perderse una ocasión así; a pesar de que Aliosha es demasiado joven, he decidido casarle. Como ve, no le oculto nada. Es usted muy dueña de mirar con desprecio a un padre que reconoce que lleva a su hijo, por interés y prejuicios, a cometer una mala acción; porque abandonar a una muchacha de gran corazón que ha renunciado a todo por él y ante la cual resulta tan culpable es una mala acción. Pero no me justifico. El segundo motivo del proyecto de la boda de mi hijo con la hijastra de la condesa Zinaida Fiódorovna es que se trata de una muchacha digna en alto grado de amor y de respeto. Es bonita, está magníficamente educada, tiene un excelente carácter y una gran inteligencia, aunque en muchos aspectos sea todavía una criatura. Aliosha carece de carácter, es un aturdido, no razona en absoluto; a los veintidós años es todavía un niño, quizá con una sola cualidad: su gran corazón. Cualidad incluso peligrosa teniendo en cuenta sus debilidades en otro sentido. He observado hace mucho tiempo que mi influencia sobre él empieza a disminuir; el ardor y los entusiasmos juveniles están tomando la delantera por encima incluso de determinadas obligaciones. Tal vez yo le quiera demasiado, pero estoy convencido de que ya no soy suficiente para dominarlo, y no obstante, es imprescindible que permanezca bajo una influencia bienhechora y continua. Tiene una naturaleza sumisa, débil, amante, que prefiere amar y obedecer a mandar. Así seguirá siendo toda la vida. Ya puede usted imaginarse cómo me ha alegrado al encontrar en Katierina Fiódorovna la muchacha ideal que yo desearía para esposa de mi hijo. Pero me he alegrado tarde, pues ya reinaba sobre él otra influencia, la de usted. Le he observado con detenimiento al volver hace un mes a Petersburgo y me he dado cuenta con asombro de que ha cambiado significativamente para mejor. El atolondramiento y el espíritu infantil siguen siendo en él casi los mismos, pero se le han arraigado ciertas nobles aspiraciones; empieza a interesarse no sólo por los juegos, sino por cosas elevadas, nobles y honorables. Tiene ideas raras, inestables, a veces absurdas; pero sus deseos, sus impulsos su corazón son mejores y eso es el fundamento para todo, y todo lo que en él ha ido a mejor es indudablemente debido a usted. Le ha reeducado. Le confieso que entonces se me ocurrió la idea de que nadie mejor que usted podía constituir su felicidad. Pero deseché esa idea; no me gustaban tales perspectivas. Me era necesario separarle de usted a toda costa; empecé a actuar y creí que había logrado mi objetivo. Hace una hora, aún suponía la victoria estaba de mi lado. Pero lo acontecido en casa de la condesa ha echado abajo de un golpe todas mis suposiciones, y sobre todo, me ha impresionado una realidad inesperada: la extraña seriedad de Aliosha, la firmeza de su cariño hacia usted, la persistencia, la calidez de esta unión. Lo repito: le ha reeducado usted definitivamente. De pronto me di cuenta de que su transformación iba aún más lejos de lo que yo suponía. Hoy, repentinamente, ha dado unas señales de una inteligencia que yo no sospechaba en absoluto y, al mismo tiempo, de una gran finura y penetración. He elegido el camino más seguro para salir de una situación que considera embarazosa. Ha conmovido y estimulado la condición más noble del corazón humano, precisamente la posibilidad de perdonar y devolver bien por mal. Se ha sometido al poder del ser al que ofendió y ha acudido a él pidiéndole simpatía y ayuda. Ha conmovido el orgullo de una mujer que ya le quería confesándole claramente que tenía una rival y, al mismo tiempo, ha despertado su simpatía hacia esa rival, y para sí, el perdón y la promesa de una amistad desinteresada y fraterna. Dar tal explicación y al mismo tiempo no ofender, no herir, es algo de que a veces no son capaces los hombres más sutiles, pero pueden hacerlo precisamente los corazones nobles, limpios y rectamente orientados, como el suyo. Estoy seguro, Natalia Nikoláievna, de que usted no ha inspirado su decisión, ni con una palabra ni un consejo. Tal vez usted misma se haya enterado ahora de todo por él. ¿Me equivoco? ¿No es verdad?

—No se equivoca —repitió Natasha, con el rostro encendido y los ojos brillándole de un modo extraño, como a impulsos de una inspiración. La dialéctica del príncipe empezaba a producir su efecto—. Hace cinco días que no he visto a Aliosha —añadió—. Todo eso lo ha ideado él mismo y lo ha hecho él solo.

—Así es, seguro —afirmó el príncipe—. Sin embargo, toda esa clarividencia inesperada, esa decisión, el reconocimiento del deber y, finalmente, toda esa noble firmeza, todo es consecuencia de su influencia sobre él. Lo he comprendido definitivamente y he pensado sobre ello, ahora cuando volvía a casa, y después de pensarlo he tenido fuerzas para tomar una decisión. Nuestro compromiso matrimonial con la casa de la condesa se ha venido abajo y no puede rehacerse; pero, aunque fuera posible, no tendría ya sentido. ¡Qué hacer si me he convencido de que sólo usted puede constituir su felicidad, ser su auténtico guía hacia una dicha que ya se ha iniciado! No le he ocultado nada ni se lo oculto ahora: me atraen mucho el éxito, el dinero, la celebridad, incluso el rango; reconozco que ello implica muchos prejuicios, que me gustan estos prejuicios y, decididamente, no quiero prescindir de ellos. Pero existen circunstancias en que se han de admitir también otras consideraciones, cuando no se puede medir todo por el mismo rasero. Además, quiero mucho a mi hijo. En una palabra, he llegado a la conclusión de que Aliosha no debe separarse de usted, porque, de lo contrario, se destruiría. ¿Y, debo confesarlo? Puede que haga un mes que lo decidí y sólo ahora me he dado cuenta de que mi decisión es justa. Claro que para decirle todo esto, podía haberla visitado mañana y no molestarla casi a medianoche. Pero mi actual precipitación tal vez le demuestre a usted con qué calor y, sobre todo, con qué sinceridad me entrego en este asunto. No soy un niño; a mis años no hubiera podido decidirme a dar un paso así sin antes pensarlo. Cuando entré aquí, todo estaba, pues, decidido y pensado. Pero me doy cuenta de que habré de esperar todavía mucho tiempo para convencerla de mi sinceridad... ¡Pero vayamos a lo que importa! ¿Debo explicarle ahora para qué he venido aquí? He venido para cumplir mi deber ante usted y, solamente, con todo el infinito respeto que usted me inspira, rogarle que haga feliz a mi hijo concediéndole su mano. ¡Oh, no crea que he venido como un padre terrible que se ha decidido por fin a perdonar a sus hijos, consintiendo graciosamente en contribuir a su dicha! ¡No! ¡No! Me humillaría usted achacándome tales ideas. No crea tampoco que yo estaba seguro de antemano de su conformidad basándome en todo lo que ha sacrificado por mi hijo. ¡No y no! Seré el primero en decir en voz alta que no se la merece y... es bueno y sincero: él mismo lo confirmará. Pero no es todo. Me ha hecho venir aquí, a estas horas, no sólo eso... he venido aquí —se levantó con dignidad y con cierta solemnidad—, he venido aquí ¡para ser amigo suyo! ¡Ya sé que no tengo ningún derecho a ello, antes al contrario! ¡Pero permítame que abrigue esperanzas!

Inclinándose respetuoso ante Natasha, esperaba su contestación. Durante el tiempo que estuvo hablando yo le observaba con atención. Se percató de ello.

Había pronunciado su discurso de un modo frío, con ciertas pretensiones dialécticas y, en ciertos pasajes, con displicencia incluso; el tono de aquel discurso no correspondía del todo al impulso que, al parecer, le había llevado allí en hora tan poco idónea para una primera visita y, sobre todo, en tales circunstancias. Algunas expresiones habían sido claramente preparadas, y en otros pasajes de aquel largo y por ello extraño discurso parecía como si asumiera artísticamente el estilo de un hombre original que pugna por ocultar sus sentimientos bajo una capa de humor, de descuido y de bromas. Pero de todo esto me di cuenta después; entonces había otro asunto por medio. Pronunció las últimas palabras con tanta efusión, con tanto sentimiento, con un aire tan sincero de respeto hacia Natasha, que nos conquistó a todos. Incluso algo parecido a una lágrima cruzó por sus pestañas. El generoso corazón de Natasha se hallaba completamente cautivado. Imitándole, se levantó de su sitio y, en silencio, con una profunda emoción le tendió la mano; él cogiéndola con ternura y afecto, la besó. Aliosha desbordaba de entusiasmo.

—¡Qué te había dicho yo, Natasha! —gritó—. ¡Tú no me creías! ¡Tú no me creías que era el hombre más noble del mundo! ¡Lo estás viendo, lo estás viendo tú misma!

Se lanzó hacia su padre y lo abrazó con efusión. Aquél le contestó de la misma manera, pero se apresuró a terminar la escena, como avergonzándose de expresar sus sentimientos.

—Ya está bien —dijo, y cogió su sombrero—, me voy. Le he pedido sólo diez minutos y he estado una hora —añadió con una sonrisa burlona—. Pero me voy con la gran impaciencia de volver a verla cuanto antes. ¿Me permite que la visite con frecuencia?

—¡Sí, sí! —contestó Natasha—. ¡Con cuanta más frecuencia, mejor! Quiero cuanto antes... empezar a quererle... —añadió confusa.

—¡Qué sincera es usted, qué noble! —dijo el príncipe sonriendo a sus palabras—. Ni siquiera trata de disimular para decir un cumplido. Pero su sinceridad vale más que todas las falsas amabilidades. ¡Sí! Reconozco que hará falta mucho, mucho tiempo todavía para merecer su cariño.

—¡Ya está bien, no me elogie!... ¡Ya es bastante! —murmuraba, Natasha, confundida.

¡Qué hermosa estaba en ese momento!

—¡Sea! —decidió el príncipe—. Sólo dos palabras más sobre el asunto. ¿Puede usted imaginarse lo desgraciado que soy? Mañana no puedo venir a su casa; ni mañana ni pasado. Esta tarde he recibido una carta, hasta tal punto importante para mí, pues me llaman con urgencia para intervenir en cierto negocio, que de ningún modo le puedo desatender. Mañana por la mañana salgo de Petersburgo. Por favor, no crea que he venido a verla tan tarde precisamente porque no tendría tiempo ni mañana ni pasado. Probablemente usted no pensará eso, pero ahí tiene una prueba de mi desconfianza. ¿Por qué he creído que, sin falta, tenía usted que pensarlo? Sí, me ha perjudicado mucho esta desconfianza en mi vida, y todos mis disgustos con su familia, tal vez, sólo sean consecuencia de mi deplorable carácter... Hoy es martes. El miércoles, jueves y viernes no estaré en Petersburgo. El sábado pienso regresar sin falta, y ese mismo día estaré en su casa. Dígame, ¿puedo venir para pasar toda la tarde?

—¡Naturalmente! ¡Naturalmente! —exclamó Natasha—. ¡El sábado por la tarde le espero! ¡Le espero con impaciencia!

—¡Ah, qué feliz soy! ¡Así la iré conociendo más y más! Bueno... ¡me voy! Pero no me puedo marchar sin estrecharle a usted la mano —continuó volviéndose rápido hacia mí—. Perdóneme, estamos hablando ahora de una manera tan caótica... Ya he tenido el placer de encontrarme varias veces con usted, e incluso en una ocasión hemos sido presentados. No puedo marcharme de aquí sin expresarle cuánto me agradaría renovar mi amistad con usted.

—Nos hemos visto, es cierto —contesté estrechándole la mano—, pero le pido disculpas; no recuerdo que nos hayan presentado.

—En casa del príncipe R., el año pasado.

—Perdóneme, lo había olvidado. Pero esta vez no lo olvidaré. Esta noche ha sido para mí especialmente memorable.

—Sí, tiene razón, para mí también. Sé, hace mucho, que es usted un auténtico y sincero amigo de Natalia Nikoláievna y de mi hijo. Confío en ser, entre ustedes tres, el cuarto. ¿No es así? —añadió, dirigiéndose a Natasha.

—¡Sí, para nosotros es un amigo sincero y tenemos que estar todos juntos! —respondió con gran sentimiento Natasha. ¡Pobrecilla! Estaba radiante de alegría cuando vio que el príncipe no se había olvidado de acercarse a mí. ¡Cuánto me quería!

—He encontrado a muchos admiradores de su talento —continuaba el príncipe—. Y conozco a dos de sus más sinceras admiradoras. ¡Les gustaría tanto conocerle personalmente! Es mi mejor amiga, la condesa, y su hijastra, Katierina Fiódorovna Filimonova. Permítame tener la esperanza de que no me negará el placer de presentarle a dichas señoras.

—Me halaga mucho, aunque ahora tengo pocos conocidos...

—¡Pero me dejará usted su dirección! ¿Dónde vive? Tendré mucho gusto...

—No recibo en mi casa, príncipe, al menos actualmente.

—Pero aunque yo no merezca una excepción... yo...

—Perdone, si insiste, también para mí será un placer. Vivo en el callejón M., en la casa de Klugen.

—¡En la casa de Klugen! —gritó, como extrañado—. ¡Cómo! Usted... ¿hace mucho que vive allí?

—No, hace poco —contesté e, involuntariamente, le miré con fijeza—. Vivo en el número cuarenta y cuatro.

—¿En el cuarenta y cuatro? ¿Vive... solo?

—Completamente solo.

—¡Pues, sí! Es que... me parece que conozco esa casa. Tanto mejor... ¡Iré a visitarle sin falta! Tengo que hablar con usted de muchas cosas y espero mucho de usted. Puede ayudarme en muchas cosas. Ya ve cómo empiezo por pedirle algo. ¡Bueno, adiós! ¡Otra vez su mano!

Estrechó mi mano, la de Aliosha, besó de nuevo la de Natasha y se fue, sin invitar a Aliosha a que le siguiera.

Nos quedamos muy turbados los tres. Todo había sucedido tan inopinadamente, tan de sopetón. Nos dábamos cuenta de que en un segundo todo había cambiado y que empezaba algo nuevo, desconocido. Aliosha se sentó en silencio, junto a Natasha y le besaba la mano. De cuando en cuando le miraba al rostro, como para ver lo que iba a decir.

—Querido Aliosha, vete mañana mismo a casa de Katierina Fiódorovna —dijo por fin.

—Eso mismo he pensado —contestó—; iré sin falta.

—A lo mejor le va a resultar doloroso verte... ¿Qué hacer?

—No lo sé, amiga mía. También he pensado en eso. Lo pensaré... y decidiré. Pero, Natasha, ahora nuestras cosas han cambiado por completo —no pudo abstenerse de decir Aliosha.

Natasha sonrió y fijó en él una tierna y prolongada mirada.

—Qué delicado es. Ha visto qué casa tan pobre tienes, y no ha dicho ni una palabra...

—¿Acerca de qué?

—Pues... de mudarte a otro piso... o algo —añadió, enrojeciendo.

—¡Basta, Aliosha, a qué iba a decir eso!

—Eso, eso, ya digo que es muy delicado. ¡Y cómo te ha elogiado! Si ya te lo decía... ¡te lo decía! ¡Sí, él puede comprender y sentirlo todo! Y de mí ha hablado como si fuera un niño; así me consideran todos. En realidad no soy más que un niño.

—Eres un niño, pero más perspicaz que todos nosotros. ¡Eres bueno, Aliosha!

—Pero él ha dicho que mi buen corazón me perjudica. ¿Cómo es eso? No lo comprendo. ¿Sabes una cosa? ¿No debería ir en seguida a su casa? Mañana, tan pronto como sea de día, estaré aquí.

—Vete, vete, querido. Has tenido una buena idea. Y preséntate a él sin falta, ¿oyes?, y mañana ven más temprano a verme. ¿Ahora ya no huirás de mí durante cinco días? —añadió, maliciosa, acariciándole con la mirada.

Todos sentíamos una alegría serena y total.

—¿Vamos, Vania? —gritó Aliosha, saliendo de la habitación.

—No, se va a quedar; tenemos que hablar todavía, Vania. ¡Acuérdate mañana, en cuanto sea de día!

—En cuanto sea de día. Adiós, Mavra.

Mavra estaba muy nerviosa. Ella había escuchado todo lo que dijo el príncipe, lo oyó todo, pero no comprendió muchas cosas.

Nos quedamos solos. Natasha me cogió la mano y permaneció algún tiempo en silencio, como sin saber qué decir.

—¡Estoy cansada! —dijo al fin con voz débil—. Escucha, ¿irás mañana a casa de ellos?

—Sin falta.

—A mamá cuéntaselo, a él no se lo digas.

—Sin necesidad de que me lo adviertas nunca hablo de ti con él.

—Ya, ya; él se enterará sin eso. Y tú, fíjate en lo que diga. ¿Cómo lo va a tomar? ¡Dios mío, Vania! Pero acaso realmente me va a maldecir por esta boda? ¡No, no puede ser!

—Todo esto tiene que arreglarlo el príncipe —interviene deprisa—. Tiene que hacer sin falta las paces con él, y entonces se arreglará todo.

—¡Ay, Dios mío! ¡Si fuera así! ¡Si fuera así! —gritó con voz suplicante.

—No te preocupes, Natasha, todo se arreglará. Lleva camino de ello. Me miró fijamente.

—¡Vania! ¿Qué piensas del príncipe?

—Si ha hablado con sinceridad, es, a mi juicio, un hombre de nobleza sin tacha.

—¿Si ha hablado con sinceridad? ¿Qué significa eso? Pero ¿acaso podía no hacerlo así?

—A mí también me parece eso —contesté—. «Eso quiere decir que le cruza por la cabeza alguna idea, pensé. ¡Qué raro!».

—Le mirabas todo el tiempo... tan fijamente.

—Sí, me ha parecido raro.

—Y a mí también. Habla de una manera... estoy cansada, querido. ¿Sabes una cosa? Vete tú también a casa. Y mañana ven lo antes posible, desde la casa de ellos. Oye otra cosa: ¿no era ofensivo aquello de que pretendía empezar a quererle cuanto antes?

—No... ¿por qué iba a ser ofensivo?

—Y... ¿no resultaba tonto? Porque eso quiere decir que hasta ahora todavía no le quiero.

—Al contrario, ha resultado encantador, ingenuo, espontáneo. ¡Estabas tan maravillosa en ese momento! El tonto será él si no lo comprende desde la altura de su gran mundo.

—Parece como si estuvieras enfadado con él, Vania. ¡Y, sin embargo, qué mala y desconfiada soy! No te rías; a ti no te oculto nada. ¡Ay, Vania, mi querido amigo! Si otra vez vuelvo a ser desgraciada, si de nuevo me vienen las penas, seguro que tú estarás a mi lado. ¡Tal vez serás el único! ¿Con qué podría pagarte todo esto? ¡No me maldigas nunca, Vania!

Al volver a casa, me desnudé inmediatamente y me acosté. Mi habitación estaba húmeda y oscura como una cueva. Se arremolinaban en mí muchas ideas y oscuras sensaciones, y tardé en dormirme.

¡Pero cómo debía reírse en ese momento un hombre que estaba a punto de dormirse en un confortable lecho, si se hubiese dignado reír! ¡Pero ni siquiera debió de dignarse!

Capítulo III

A la mañana siguiente, hacia las diez, cuando abandonaba mi domicilio, apresurándome hacia el Vasilievski-Ostrov para dirigirme a casa de los Ijmiéniev e ir desde allí, en seguida, a casa de Natasha, me tropecé en el portal con mi visitante de la víspera, la nieta de Smith. Se acercaba a mí. No sé por qué, pero recuerdo que me alegró mucho su presencia. La víspera no tuve tiempo de examinarla; de día me sorprendió aún más. En verdad era difícil encontrar un ser más extraño y original, al menos de aspecto. Pequeña, con unos ojillos negros y centelleantes que no eran rusos, con un cabello negro, espeso y desmelenado y una mirada enigmática, muda y obstinada, podía llamar la atención de cualquier transeúnte. Para mí, lo más especial era su mirada: en ella brillaban la inteligencia y, al mismo tiempo, una desconfianza inquisitiva; la suspicacia incluso. Su vestidillo, viejo y sucio, a la luz del día parecía más harapiento que el día anterior. Me daba la impresión de que padecía alguna enfermedad lenta, crónica y continua que gradual, pero inexorablemente, destruía su organismo. Su rostro, pálido y delgado, tenía un tono oscuro, amarillento, bilioso y antinatural. Pero en general, a pesar de todas sus taras, de la miseria y de la enfermedad, no era fea. Tenía las cejas acusadas, finas y bonitas; su frente era bella, amplia y un poco baja; los labios, perfectamente dibujados, aunque pálidos, apenas coloreados, mostraban un pliegue orgulloso y decidido.

—¡Ah, eres tú otra vez! —exclamé—. Bueno, pensé que volverías. ¡Entra!

Entró cruzando despacio el umbral como la víspera, y mirando alrededor con desconfianza. Examinó atentamente la habitación en la que vivía su abuelo, como si comprobara los cambios a que había dado lugar el nuevo inquilino. «Bueno, tal abuelo, tal nieta, pensé. ¿No estará loca?». Seguía guardando silencio; yo esperaba.

—Vengo por los libros —musitó por fin, bajando los ojos.

—¡Ah, sí! Tus libros, aquí están. ¡Cógelos! Los he guardado a propósito, para ti.

Me miró con curiosidad e hizo una extraña mueca, como si quisiera sonreír, aunque con desconfianza. Pero el impulso de aquella sonrisa desapareció, dando lugar a su anterior expresión, severa y enigmática.

—¿Acaso el abuelo le ha hablado de mí? —preguntó, mirándome con ironía de pies a cabeza.

—No, de ti no me ha hablado, pero...

—¿Y por qué sabía usted que yo iba a venir? ¿Quién se lo ha dicho? —preguntó, interrumpiéndose con rapidez.

—Porque me parecía que tu abuelito no podía vivir solo, abandonado por todos. Por eso yo pensaba que alguien venía a verle. Cógelos, ahí tienes tus libros. ¿Estudias con ellos?

—No.

—¿Para qué los quieres?

—Me enseñaba mi abuelito, cuando venía a verle.

—¿Y luego no venías?

—Luego no venía... caí enferma —añadió como justificándose.

—¿Tienes familia, padre, madre?

De pronto frunció las cejas y hasta me miró con cierto miedo. Luego, bajó la cabeza, se volvió en silencio y salió despacio de la habitación, sin dignarse contestar, lo mismo que la víspera. Estupefacto, la seguí con la mirada. Pero al llegar al umbral, se detuvo.

—¿De qué ha muerto? —preguntó con brusquedad, volviéndose un poco hacia mí, con el mismo gesto y el mismo movimiento de la víspera, cuando, también al salir y de cara a la puerta, me preguntó por *Azorka*.

Me acerqué a ella y empecé a contarle deprisa. Me escuchaba en silencio y de modo inquisitivo, con la cabeza gacha y de espaldas a mí. Le conté también que el viejo, al morir, me habló de la Sexta calle.

—Supuse —añadí— que seguramente vivía allí alguno de sus allegados, y por eso esperaba que viniese alguien para saber noticias suyas. Ciertamente te quería cuando te recordó en sus últimos momentos.

—No —musitó como sin querer—, no me quería.

Estaba muy turbada. Mientras le iba contando, me inclinaba para ver su cara. Me di cuenta de que hacía un esfuerzo enorme para contener su emoción ante mí, quizá por orgullo. Cada vez se ponía más pálida y se mordía con fuerza el labio inferior. Pero lo que más me asombró fueron los extraños latidos de su corazón. Éste palpitaba cada vez más fuerte, de modo que al final podía oírse a dos o tres pasos como si tuviera un aneurisma. Pensé que, de pronto, se desharía en lágrimas como la víspera, pero se contuvo.

—¿Y dónde está la valla?

—¿Qué valla?

—Junto a la que murió.

—Te la enseñaré... cuando salgamos. Pero, escucha, ¿cómo te llamas?

—No merece la pena... No, nada... no me llaman de ningún modo —dijo con brusquedad y como irritada, haciendo un movimiento para irse. La detuve.

—Espera. ¡Eres una niña extraña! ¡Si yo sólo quiero tu bien! Te tengo lástima desde ayer, cuando llorabas en el rincón de la escalera. No puedo pensar en eso... Además, tu abuelito murió en mis brazos y es seguro que se acordaba de ti cuando hablaba de la Sexta calle; es un poco como si te me hubiera confiado. Se me aparece en sueños... Te he guardado los libros, pero tú estás tan salvaje como si me tuvieras miedo. Sin duda eres muy pobre y huérfana. Quizá vives con extraños; ¿es así o no?

Ponía toda mi voluntad en tranquilizarla; yo mismo no sé por qué me atraía. En mi sentimiento había algo más que piedad. No sé si era el misterio de las circunstancias, la impresión que me produjo Smith o la fantasía de mi propio estado de ánimo lo que empujaba hacia ella de una forma inexplicable. Al parecer, mis palabras la conmovieron. Me miró de una forma extraña, pero ya sin aspereza, casi con dulzura y largamente. Después volvió a inclinar la cabeza, pensativa.

—Ieliena —dijo de pronto de modo inesperado y muy bajito.

—¿Te llamas Ieliena?

—Sí...

—Entonces, ¿qué, vendrás a visitarme?

—No puedo... no sé... vendré —musitó como si luchara consigo misma y pensara.

En ese momento sonó en alguna parte un reloj de pared. Se estremeció y, con una inefable y dolorosa tristeza, me miró y susurró:

—¿Qué hora es?

—Deben de ser las diez y media.

Lanzó un grito, asustada.

—¡Señor! —exclamó, y echó a correr. Pero la detuve en el descansillo.

—No dejaré que te vayas así —dije—. ¿A qué tienes miedo? ¿Se te ha hecho tarde?

—¡Sí, sí, me he marchado a escondidas! ¡Déjeme! ¡Ella me va a pegar! —gritó, diciendo, por lo visto, algo que no debía y arrancándose de mis manos.

—Escucha y no te me escapes. Tú vas a Vasilievski; yo también voy allí, a la calle Trece. A mí también se me ha hecho tarde y quiero tomar un coche. ¿Quieres venir conmigo? Te llevaré hasta allí. Será más rápido que andando...

—A mi casa no se puede ir, no se puede —gritó, muy asustada todavía. Hasta se crispó su rostro de horror ante la idea de que yo pudiese ir donde vivía.

—¡Te digo que voy a la calle Trece, a mis asuntos, y no a tu casa! No te seguiré. Con un coche llegaremos en seguida. ¡Vamos!

Bajamos la escalera con rapidez. Cogí el primer coche de alquiler que pasó con un mal caballejo. Era evidente que Ieliena tenía mucha prisa, porque accedió a venir conmigo. Lo más curioso era que yo no me atrevía a preguntarle nada. Sacudió las manos y por poco salta del coche cuando le pregunté a quién temía tanto en su casa. «¿Qué misterio será ése?», pensé.

En el coche se encontraba muy incómoda. A cada sacudida, para no caerse, se agarraba a mi abrigo con su mano izquierda, sucia, pequeña y agrietada. Con la otra apretaba con fuerza sus libros; se notaba que tenían para ella mucha importancia. Al acomodarse descubrió su pie y, con gran asombro, vi que sólo llevaba unos zapatos agujereados. Aunque había decidido no preguntarle nada, no pude contenerme.

—¿Acaso no tienes medias? —pregunté—. ¿Cómo se puede andar con los pies desnudos con esta humedad y este frío?

—No tengo medias.

—¡Ay, Dios mío! ¡Pero tú vives con alguien! Tenías que haberle pedido a alguien unas medias, ya que habías de salir.

—Me gusta ir así.

—Te pondrás enferma, te morirás.

—Me da lo mismo morirme.

Por lo visto no quería contestar y mis preguntas la enfadaban.

—Aquí es donde murió —dije, indicándole la casa junto a la que había muerto el viejo.

Miró con atención y, de pronto, se volvió hacia mí en actitud suplicante y dijo:

—¡Por Dios, no me siga! ¡Vendré, vendré! ¡En cuanto pueda, vendré!

—Está bien, ya te he dicho que no te voy a seguir. Pero ¿por qué tienes miedo? Sin duda eres una desgraciada. Me da pena verte...

—No tengo miedo a nada —contestó con cierta irritación en la voz.

—Pero hace un momento decías: «¡Ella me va a pegar!»

—¡Que me pegue! —contestó y sus ojos echaron chispas—. ¡Que me pegue! ¡Que me pegue! —repitió con amargura, y su labio superior se alzó despectivo y tembloroso.

Por fin llegamos a Vasilievski. Detuvo el cochero al principio de la calle Sexta, saltó a tierra y miró alrededor con inquietud.

—¡Siga adelante! ¡Iré a verle, iré! —repetía con extraña inquietud, suplicándome que no la siguiera—. ¡Váyase pronto, pronto!

Seguí en el coche. Pero al andar unos cuantos pasos por el muelle despedí al cochero y volví atrás, a la calle Sexta. Crucé corriendo al otro lado de la calle. La vi, pues no había tenido tiempo de andar mucho todavía, si bien caminaba muy deprisa y se volvía todo el tiempo. Incluso se paró un minuto para observar si yo la iba siguiendo o no. Pero me oculté en un portal y no me vio. Siguió caminando y yo por la otra acera, en su seguimiento.

Mi curiosidad se había despertado al máximo. Si bien había decidido no entrar tras ella, quería conocer a toda costa la casa a la que iba, por si acaso. Estaba bajo la influencia de una sensación dolorosa y extraña, parecida a la que me produjera su abuelo en la confitería cuando murió *Azorka*.

Capítulo IV

Caminamos durante mucho tiempo, hasta la misma Perspectiva Malyi. Ella casi corría; por fin entró en una tienda. Me detuve y la esperé. «No vivirá en una tienda», pensé.

En efecto, al cabo de un momento salió, pero ya no llevaba los libros. En lugar de los libros llevaba en las manos una especie de taza de barro. Un poco después entró por la puerta cochera de una casa de aspecto lúgubre. La casa era pequeña, de dos pisos, de piedra, vieja, pintada de amarillo sucio. En uno de los pisos de abajo, de los que sólo había tres, pendía un pequeño ataúd rojo, anuncio de un modesto fabricante de féretros. Las ventanas del piso superior eran exageradamente pequeñas y totalmente cuadradas, con cristales opacos, verdes y resquebrajados, a través de los cuales se transparentaban unos visillos de percalina color de rosa. Crucé la calle, me acerqué a la casa y leí en una placa de hierro, sobre la puerta: «Casa de la burguesa Bubnova.»

Pero apenas tuve tiempo de descifrar el letrero cuando, de pronto, en el patio de la casa de Bubnova se oyó un penetrante chillido femenino seguido de una bronca. Miré por la verja. En un peldaño de la escalera de madera permanecía una campesina gorda vestida de burguesa, a pelo y con un chal verde. Su rostro era de un color rojo repugnante; sus ojillos pequeños, hundidos e inyectados en sangre, lanzaban chispas de odio. Era evidente que estaba borracha, pese a no ser aún la hora de la comida. Increpaba a la pobre Ieliena, que permanecía petrificada ante ella con la taza en las manos. Desde la escalera, a espaldas de la campesina de rostro rubicundo, asomaba un ser femenino medio despeinado y pintarrajeado con polvos y coloretes. Poco después se abrió la puerta del sótano y apareció en los peldaños, probablemente atraída por los gritos, una mujer de mediana edad, con aspecto agradable y modesto. Por la puerta entreabierta asomaban también otros inquilinos del piso bajo: un viejo decrépito y una muchacha. Un campesino alto y robusto, probablemente el portero, permanecía en medio del patio con una escoba en la mano, y observaba la escena con displicencia.

—¡Ay, tú, maldita, ay, sanguijuela, eres una liendre! —vociferaba la campesina arrojando de una vez todas las injurias de su repertorio, sin puntos ni comas—. ¡Así es como me pagas, sucia! ¡La mando a buscar pepinos, y desaparece! Me daba el corazón que iba a escaparse cuando la mandé. ¡Me dolía el corazón, me dolía! ¡Anoche le tiré de los pelos por eso y hoy se vuelve a escapar! ¿Pero dónde tienes que ir tú, depravada, dónde tienes que ir? ¿A casa de quién vas, maldita, repugnante, asquerosa, víbora, a casa de quién? ¡Habla, podrida, o te ahogo!

Y la furiosa mujer se lanzó sobre la pobre niña, pero al darse cuenta que la miraba desde la escalera la inquilina del piso bajo, se detuvo y dirigiéndose a ella empezó a chillar con una voz más aguda que antes, moviendo los brazos, como si la tomase por testigo del monstruoso crimen de su pobre víctima.

—¡Su madre se fue al otro barrio! Ustedes lo saben, buenas gentes: se ha quedado sola en el mundo, sin nada. Veo que ustedes, pobres gentes, que no tienen para comer, la recogen; entonces me dije: en honor de San Nikolái, voy a sacrificarme y recogeré a esta pobre huérfana. La recogí. ¿Y qué creen ustedes? ¡En estos dos meses que la tengo, me ha chupado la sangre y me ha devorado! ¡Sanguijuela! ¡Serpiente de cascabel! ¡Demonio! Calla aunque se la pegue, aunque se la abandone, siempre calla como si tuviese la boca llena. ¡Siempre calla! ¿Quién te crees que eres? ¡Vaya personaje! ¡Cadáver relamido! Sin mí te hubieras muerto de hambre en la calle. ¡Tendrías que besar mis pies y por donde yo piso, malhechora! ¡Te hubieras muerto sin mí!

—Pero, Anna Trifónovna, ¿por qué tiene usted que ponerse así? ¿Qué ha hecho para contrariarla de nuevo? —preguntó, respetuosa, la mujer a quien se había dirigido la enfurecida arpía.

—¿Cómo qué ha hecho, buena mujer, cómo qué ha hecho? ¡No quiero que se hagan las cosas en contra de mi voluntad! ¡No hagas el bien según tu idea, sino el mal como yo lo veo, así soy yo! ¡Hoy ha estado a punto de matarme! ¡La he mandado por pepinos a la tienda y ha vuelto al cabo de tres horas! Mi corazón lo presentía cuando la he mandado: se me encogía, me hacía daño. ¿Dónde ha estado? ¿Dónde ha ido? ¿Qué protectores se ha buscado? ¿Acaso yo no la protejo bastante? ¡A la cochina de su madre le perdoné una deuda de catorce rublos de plata, la enterré por mi cuenta y recogí a su diablillo para educarlo, tú lo sabes buena mujer! ¿No tengo derechos sobre ella después de eso? ¡Debería darse cuenta, y en vez de eso, va en contra mía! Yo, para ella, he querido lo mejor. ¡A esta cochina quería ponerle vestidos de muselina, le he comprado zapatos en Gostin, la he vestido como un pavo real, como un hada! ¿Qué se creían ustedes, buenas gentes? En dos días rompió todos los vestidos, los despedazó en trocitos... ¡Y así va, así va! ¿Y qué creen ustedes? Los ha destrozado adrede, no quiero mentir, lo he visto yo misma. «Quiero llevar un vestido de tela basta, dice, y no de muselina.» Bueno, me desahogué dándole una paliza, y luego tuve que llamar al médico y pagarle. ¡Había para estrangularle, liendre, y sólo te castigué a estar una semana sin beber leche! Como castigo la obligué a fregar los suelos, y ¿qué creen ustedes? Los friega, la asquerosa, los friega. ¡Me quema la sangre y sigue fregando! Bueno, pienso: ¡se me escapará! Tan pronto como lo pensé, toma, ¡ayer se me escapó! Ustedes lo han oído, buenas gentes, cómo la he pegado por eso anoche. ¡Me he roto las manos dándole golpes, le quité las medias y los zapatos, porque pensé que no se iría descalza y hoy ha hecho lo mismo! ¿Dónde has estado? ¡Habla! ¿A quién has ido a quejarte de mí, a denunciarme, semilla de mala ralea? ¡Habla, gitana, falsa, habla!

Y en un acceso de furia se echó sobre la niña, que se hallaba paralizada de terror, la agarró por los cabellos y la tiró al suelo. La taza con los pepinos cayó a un lado y se rompió; esto exasperó aún más la furia de la borracha arpía. Pegaba a su víctima en la cara, en la cabeza, pero Ieliena guardaba un obstinado silencio y no emitió ni un sonido, ni un grito, ni una queja, ni siquiera ante los reiterados golpes. Me lancé al patio, derecho hacia la mujer borracha, fuera de mí, lleno de indignación.

—¿Qué está usted haciendo? ¿Cómo se atreve a tratar así a una pobre huérfana? —grité sujetando a la furia por un brazo.

—¿Qué es esto? Pero ¿quién eres tú? —rugió dejando a Ieliena y poniéndose en jarras—. ¿Qué pinta usted en mi casa?

—¡Es usted una desalmada! —grité—. ¿Cómo se atreve a tiranizar así a una pobre criatura? No es hija suya, acabo de oírselo a usted misma, es sólo una niña adoptada, una huérfana.

—¡Señor, Jesús! —se puso a rugir la furia—. Pero ¿de dónde has aparecido tú? ¿Has venido con ella acaso? ¡Ahora mismo voy al comisario de policía! ¡El propio Andrón Timofieievich me trata como a una noble! ¿Qué? ¿Es que ella va a tu casa? ¿Quién eres tú? Vienes a escandalizar a una casa ajena. ¡Socorro!

Y se echó encima de mí con los puños cerrados. Pero en ese momento se oyó, de repente, una voz penetrante y terrible. Me volví a mirar: Ieliena, que aún seguía en pie, como sin sentido, de pronto, con un rito horroroso e infrahumano, cayó al suelo, debatiéndose en terribles convulsiones. Su rostro se desencajó. Padecía un ataque de epilepsia. La muchacha despeinada y la mujer del piso de abajo acudieron corriendo, la levantaron y la llevaron arriba.

—¡Así reventaras, maldita! —rugió la mujer, mirándola—. Ya ha tenido tres ataques en un mes... ¡Fuera de aquí, trapero! —y se echó de nuevo sobre mí.

—¿Por qué no te mueves, portero? ¿Para qué te pagan un sueldo?

—¡Fuera! ¡Fuera! ¿Quieres que te acaricie la espalda? —dijo con displicencia y voz de bajo el portero, como para cubrir el expediente—. No te metas en lo ajeno. ¡Anda, adiós, y lárgate!

No había nada que nacer, y crucé la puerta convencido de que mi intervención había sido absolutamente inútil. Pero la indignación hervía en mí. Me situé en la acera de enfrente y observé la verja. Tan pronto como salí, la campesina corrió hacia arriba y el portero, cumpliendo su trabajo, desapareció también. Al cabo de un minuto, la mujer que había ayudado a llevar a Ieliena, bajó las escaleras y se apresuraba a entrar en su casa. Al verme se detuvo y me miró con curiosidad. Su rostro, bondadoso y apacible, me inspiró confianza. Entré de nuevo en el patio y me acerqué directamente a ella.

—Permítame que le pregunte —empecé—. ¿Quién es esa niña y qué hace con ella esa repugnante mujer? Por favor, no crea que lo pregunto por mera curiosidad. Me he encontrado con esa niña y por una determinada circunstancia me intereso mucho por ella.

—Pues si se interesa, mejor haría llevándosela o buscándole algún sitio antes que dejarla perderse aquí —dijo con desgana y haciendo un movimiento para irse.

—Pero si usted no me informa, ¿qué puedo hacer? Le digo a usted que no sé nada. ¿Es, verdaderamente, Bubnova la dueña de la casa?

—Ella es la dueña.

—¿Y cómo ha llegado a su casa esta niña? ¿Murió aquí su madre?

—Pues ha llegado así... No es asunto nuestro —y de nuevo quiso marcharse.

—Pero hágame el favor; le aseguro que me interesa mucho. Tal vez esté en condiciones de hacer algo. ¿Quién es esa niña? ¿Sabe usted quién era su madre?

—Parece que era una extranjera, que vino de fuera; vivía abajo, estaba muy enferma y murió de tuberculosis.

—Entonces era muy pobre, ya que vivía en un rincón del sótano.

—¡Ay, la pobre! Destrozaba el corazón verla. Nosotros nos defendemos de mala manera; nos quedó a deber seis rublos después de vivir seis meses en nuestra casa. Nosotros la enterramos; mi marido le hizo el ataúd.

—¿Y cómo dice Bubnova que la enterró ella?

—¡Qué iba a enterrarla!

—¿Y cuál era su apellido;

—No sé pronunciarlo, padrecito, es difícil. Debe ser alemán.

—¿Smith?

—No, es algo distinto. Y Anna Trifónovna se quedó con la huérfana, dice que para educarla. Pero la cosa no va bien en absoluto.

—¿La habrá recogido con algunos fines determinados?

—Se dedica a negocios turbios —respondió la mujer, pensando y dudando si debía hablar o no—. A nosotros eso no nos importa, no tenemos nada que ver con ello...

—Harías mejor cerrando la boca —se oyó una voz masculina detrás de nosotros. Era un hombre de cierta edad que llevaba un guardapolvo y un caftán encima, de aspecto burgués, artesano—. Eh, padrecito, usted y yo no tenemos nada que hablar; eso no es asunto nuestro —dijo el hombre, y me miró de reojo—. Y tú, mujer, ¡lárgate! Adiós, señor. Nosotros fabricamos ataúdes. Si alguna vez necesita algo en este sentido, con muchísimo gusto... Pero, aparte de eso, no tenemos nada que tratar con usted...

Salí de la casa pensativo y profundamente impresionado. Nada podía hacer, pero me daba cuenta de que me resultaría muy penoso dejar las cosas como estaban. Algunas palabras de la mujer del fabricante de ataúdes me habían inquietado. En todo aquello había un asunto sucio, lo presentía.

Caminaba con la cabeza gacha, sumido en mis pensamientos, cuando de pronto una voz destemplada me llamó por mi apellido. Miré, y vi ante mí un hombre borracho, casi tambaleándose, vestido con cierto esmero, pero con una capa mala y una gorra grasienta. Su cara me era muy conocida. Empecé a examinarle. Me guiñó un ojo, y sonrió con ironía.

—¿No me reconoces?

Capítulo V

—¡Ah! ¡Pero si eres tú, Maslobóiev! —grité reconociendo de pronto a un antiguo compañero de estudios del liceo de la provincia—. ¡Vaya un encuentro!

—¡Sí que es un encuentro! Hará unos seis años que no nos hemos visto. Es decir, nos hemos encontrado, pero Vuestra Excelencia no se ha dignado mirarme. ¡Porque usted es general, quiero decir, en la literatura!... —diciendo esto sonrió burlón.

—Vamos, hermano Maslobóiev, estás mintiendo —le interrumpí—. En primer lugar, los generales, aunque sea en la literatura, tienen un aspecto diferente al mío; en segundo lugar, permite que te diga que recuerdo, efectivamente, haberte visto un par de veces en la calle, y que tú me rehuías; ¿cómo voy a acercarme a un hombre que trata de hacer conmigo la vista gorda? ¿Y sabes lo que pienso? Que si no estuvieras borracho, tampoco me hubieras llamado ahora. ¿No es verdad? ¡Bueno, hola, hombre! · Hermano, estoy muy contento de haberme encontrado contigo...

—Es verdad. ¿Y no te comprometo con mi... *aspecto incorrecto?* ¡Pero a qué voy a preguntarte sobre eso! No tiene gran importancia. Hermano Vania, nunca olvido que eras un chico estupendo. ¿Recuerdas que te dieron una paliza por culpa mía? Te callaste y no me denunciaste, y yo, en lugar de agradecértelo, me estuve burlando de ti una semana entera. ¡Eres un alma cándida! ¡Te saludo, alma mía, te saludo! ¿Nos besamos? Hace tantos años que me encuentro solo, día y noche, las veinticuatro horas, pero no olvido el pasado. ¡No lo olvido! Y tú ¿qué?

—Pues yo también me encuentro solo...

Me miró durante largo tiempo con la ternura propia de un hombre reblandecido por el alcohol. Además, era extraordinariamente bueno.

—¡No, Vania, no es lo mismo que yo! —dijo al fin con voz trágica—. ¡Si he leído, Vania, he leído!... Pero escucha: hablemos confidencialmente. ¿Tienes prisa?

—Tengo prisa, y te confieso que estoy tremendamente disgustado por un cierto asunto. Mejor será otra cosa. ¿Dónde vives?

—Te lo diré. Pero eso no es mejor; ¿te digo lo que sería mejor?

—¿El qué?

—¡Esto! ¿Lo ves? —y me indicó un letrero a diez pasos de donde estábamos—. ¿Lo ves? Confitería y restaurante. A decir verdad, es simplemente restaurante, pero el sitio es bueno. Te advierto que es un lugar decente. ¡Y no hablemos del vodca! ¡Ha venido a pie desde Kiev! Lo he bebido con frecuencia, lo conozco. Aquí no se atreven a servirme nada malo. Conocen a Filip Filípovich. ¿Qué? ¿Tuerces el gesto? No, déjame terminar. Ahora son las once y cuarto, acabo de verlo. Pues bien, justo a las doce menos veinticinco te dejo marchar. En ese tiempo mataremos el gusanillo. ¿Hacen veinte minutos para un viejo amigo?

—Si no son más que veinte minutos, hacen. Porque de verdad, querido amigo, tengo un asunto...

—Hace, pues hace. Pero una cosa, ante todo dos palabras: tienes mala cara, como si acabaras de sufrir una contrariedad. ¿Es cierto?

—Cierto.

—Bien, bien, lo adiviné. Ahora, hermano, me dedico a la fisonomía. ¡Es algo muy interesante! Bueno, entonces, vamos y charlaremos. Además, en veinte minutos me dará tiempo de estrangular al almirante Chainski, de tragarme una copa de aguardiente, luego otra de anís, otra de Pomerania, a continuación un de *parfait amour* y, finalmente, ya se me ocurrirá algo. ¡Bebo lo mío, hermano! Sólo estoy sereno los días festivos antes de la misa. Y tú, si no quieres, no bebas. Sólo te necesito a ti. Pero si bebes demostrarás una especial nobleza de alma. ¡Vamos! Charlaremos un poco, y otra vez separados por diez años. ¡No soy buena pareja para ti, Vania!

—Bueno, no charles tanto y vamos deprisa. Tengo veinte minutos para ti, y luego me dejas.

Para entrar en el restaurante era preciso subir por una escalerilla de caracol con marquesina hasta el segundo piso. Pero en la escalera nos tropezamos con dos señores completamente borrachos. Al vernos se apartaron tambaleándose.

Uno de ellos era un muchacho muy joven que aparentaba menos edad de la que tenía, todavía imberbe, con un bigotillo incipiente y con notable expresión de estupidez en el rostro. Se ataviaba con elegancia, pero de modo un poco ridículo, como si llevase un traje ajeno: lucía sortijas en los dedos y un valioso alfiler de corbata e iba grotescamente peinado con tupé. Sonreía continuamente y dejaba escapar risitas. Su compañero era un hombre cincuentón, grueso, panzudo, vestido con bastante descuido, con un gran alfiler en la corbata, calvo, de rostro fofo, borracho y encendido, con lentes sobre la nariz, que parecía un botón; la expresión de su rostro era maligna y sensual. Los ojos, mezquinos, maliciosos y llenos de picardía, se hundían en grasa; miraba como por una rendija. Por lo visto, los dos conocían a Maslobóiev, pero el hombre panzudo, al cruzarse con nosotros, hizo una mueca de desagrado, aunque fugaz, y el joven se deshizo en una sonrisa almibarada y servil; hasta se quitó la gorra que llevaba.

—Perdone, Filip Filípovich —borbotó, mirando enternecido.

—¿Por qué?

—Dispense... porque... —se dio un papirotazo en el cuello de la camisa—. Allí está Mitroshka. Resulta, Filip Filípovich, que es un canalla.

—Pero, ¿cómo es eso?

—Pues así... A éste —hizo un gesto con la cabeza indicando a su compañero—, la semana pasada, por culpa de ese Mitroshka, le untaron los morros con crema de leche en un lugar indecente... ¡ji, ji!

Su compañero, irritado, le dio con el codo.

—Debería usted venir con nosotros, Filip Filípovich, a vaciar media docena de copas, en casa de Dius. ¿Podemos confiar en ello?

—No, padrecito, ahora no puedo —contestó Maslobóiev—, tengo un asunto pendiente.

—¡Ji, ji! Yo también tengo un asuntito para usted... —su compañero volvió a empujarle con el codo.

—¡Después, después!

Maslobóiev, por lo visto, hacía cierto esfuerzo por no mirarlos. Pero tan pronto entramos en la primera habitación, a través de la cual se extendía a todo lo largo un mostrador, bastante limpio, lleno de aperitivos, empanadas, frascos y garrafas con bebidas de distintos colores, Maslobóiev me llevó rápidamente a un rincón y dijo:

—El joven es el hijo del comerciante Sizobriujov, conocido propietario de un almacén de granos que, al morir su padre, heredó medio millón y ahora se da la gran vida. Se fue a París y allí gastó a manos llenas, tal vez todo, pero luego recibió la herencia de su tío y regresó de París. Y ahora aquí está liquidando el resto. Por supuesto, dentro de un año estará arruinado. Es tonto como un pato, ha recorrido los mejores restaurantes, las cavas, los cabarets; ha frecuentado a las actrices y solicitado el ingreso en los húsares (solicitud que presentó hace poco). El otro, el de edad, Arjipov, también es una especie de comerciante o administrador y se ocupa del monopolio del aguardiente. El muy bestia, el bribón, es ahora el compañero inseparable de Sizobriujov; Judas y Falstaff en una pieza, ha sufrido dos bancarrotas y es un ser de sensualidad pervertida, con especiales caprichos. En este sentido conozco uno de sus actos criminales, pero se ha librado de las consecuencias. Hay un motivo por el que estoy muy contento de habérmelo encontrado aquí; lo esperaba... Por supuesto, Arjipov está desvalijando a Sizobriujov. Conoce toda clase de recovecos, tan apreciados por este tipo de jovencitos. Yo, hermano, hace mucho que le enseño los dientes. También se los enseña Mitroshka, aquel jovencito que lleva un abrigo caro, el que está junto a aquella ventana y tiene cara de gitano. Se dedica a la venta de caballos y conoce a todos los húsares de aquí. Te diré que es un sinvergüenza, capaz de falsificar un billete delante de tus narices y tú, aunque lo hayas visto, se lo cambias. Cierto que con su abrigo de pana parece un eslavófilo (a mi juicio no le va mal), pero si le vistes con un magnífico frac y lo engalanas, lo llevas al Club Británico y dices allí que es el conde reinante Barabánov, durante dos horas le tomarán por conde, jugará al *whist* y hablará como un conde, y no se darán cuenta; los engañará. Acabará mal. Así, pues, este Mitroshka le enseña los dientes al panzudo porque está ahora a la cuarta pregunta y el tripudo le ha quitado a Sizobriujov, su antiguo amigo, sin darle tiempo a sacarle nada. Si se han encontrado ahora en el restaurante, es seguro que hay algún asunto por medio. Sé, incluso adivino, y es el propio Mitroshka quien me lo ha dicho, que Arjipov estaría aquí con Sizobriujov y que deambulan por estos lugares al acecho de un asunto turbio. Quiero aprovecharme del odio de Mitroshka hacia Arjipov porque tengo mis motivos. Y he venido aquí casi solamente por esta causa. Pero no quiero que se dé cuenta Mitroshka; tú no le mires. Cuando salgamos de aquí, seguramente se me acercará él mismo y me dirá lo que necesito. Y ahora, Vania, vayamos a aquella habitación. ¿Ves? Vamos, Stiepan —continuó, dirigiéndose al camarero—, ¿comprendes lo que necesito?

—Comprendo, señor.

—¿Y me dejarás satisfecho?

—Le dejaré satisfecho señor.

—Está bien. Siéntate, Vania. Bueno, ¿por qué me miras así? Me doy cuenta de que me estás observando. ¿Te extraña esto? No te extrañe. A un hombre le puede ocurrir todo, incluso lo que nunca ni siquiera soñó, y en particular cuando... bueno, en la época en que tú y yo repetíamos Cornelio Nepote. Mira, Vania, créeme una cosa: aunque Maslobóiev ha errado el camino, conserva el mismo corazón; sólo han variado las circunstancias. Aunque estoy metido en el fango, no soy peor que otros. He estudiado para médico, me he preparado para profesor de Letras, hasta he escrito un artículo sobre Gogol, quería hacerme buscador de oro, estuve a punto de casarme, porque a un hombre le gusta el pan blanco, y *ella* consintió, aunque en la casa había tal pobreza, que no se podía mantener un gato. Ya estaba metido en la ceremonia nupcial y quería que me prestasen unas botas fuertes, porque las mías llevaban agujereadas año y medio... y no me casé. Ella se casó con un profesor y yo, sencillamente, entré a trabajar en una oficina. Esto era otra canción. Han pasado los años y aunque ahora no trabajo, pero gano mi buen dinero. Acepto sobornos, pero mantengo mi derecho; soy valiente ante un cordero y me hago el cordero ante un valiente. Tengo mis principios. Sé que un grano no hace granero... y hago lo mío. Mi trabajo es, mayormente, de tipo oficial... ¿comprendes?

—¿No serás una especie de detective?

—No, no soy detective; me ocupo de ciertos asuntos, en parte oficialmente y en parte por mi propia cuenta. Ves, Vania: bebo vodca. Pero como no me he bebido nunca la inteligencia, conozco mi futuro. Mi tiempo ha pasado; al caballo negro no se le puede volver blanco dándole una lavada. Te diré una cosa: si el hombre no hablase todavía en mí, hoy no me hubiera acercado a ti, Vania. Tienes razón, me he encontrado contigo, te he visto antes y muchas veces quería acercarme, pero no me atrevía y lo dejaba para otra ocasión. No soy digno de tu amistad. Y es verdad lo que has dicho, Vania, que si me he acercado es sólo porque estaba borracho. Y aunque esto es una gran estupidez, vamos a dejar de hablar de mí. Vamos a hablar de ti, mejor. ¡Pues sí, amigo, te he leído! ¡Te he leído desde el principio hasta el fin! Hablo de tu primera obra, amigo. ¡Tan pronto como la leí casi me vuelvo una persona honrada! Estuve a punto, pero cambié de idea y preferí seguir siendo un pícaro. Así que...

Y me habló todavía durante mucho tiempo. Se emborrachaba cada vez más y empezó a ponerse tierno casi hasta el llanto. Maslobóiev había sido siempre un buen muchacho, pero siempre con la misma inteligencia que no había sido capaz de desarrollar; astuto, socarrón, malicioso e intrigante desde una época de colegial. Actualmente era un hombre sin corazón, un hombre perdido. Hay mucha gente de esta clase entre los rusos. A veces tienen grandes condiciones, pero todo se les confunde por dentro. Además, por debilidad sobre ciertos puntos son capaces de ir conscientemente en contra de su conciencia, y no sólo siempre acaban mal, sino que ellos mismos saben de antemano que van hacia la perdición. Por otro lado, Maslobóiev se había ahogado en vino.

—Ahora, amigo, todavía una palabra más —continuó—. Primero oí cómo resonaba tu gloria; después leí distintas críticas sobre ti (es verdad, las he leído, aunque tú creas que ya no leo); luego te he visto con zapatos viejos, metido en el barro sin calochas, con un sombrero deteriorado y he adivinado algunas cosas. ¿Haces periodismo ahora?

—Sí, Maslobóiev.

—Es decir, que eres como un caballo de postas.

—Algo parecido.

—Para eso, hermano, ¿sabes lo que te digo? ¡Que es mejor beber! Yo, por ejemplo, me emborracho, me tumbo sobre el diván (tengo un estupendo diván con muelles) y pienso algo así, por ejemplo, como que soy Homero o Dante, o bien Federico Barbarroja, porque uno puede imaginarse lo que sea. En cambio tú no puedes imaginarte que eres Dante o Federico Barbarroja, en primer lugar porque tú quieres ser tú mismo, y en segundo lugar, porque toda ambición te está prohibida, ya que eres un caballo de postas. Yo tengo imaginación, mientras que tú tienes actividad. Escúchame, francamente y con sinceridad, como un hermano (de lo contrario me ofenderás y humillarás para diez años): ¿no necesitas dinero? Lo tengo. No hagas gestos de desagrado. Coge el dinero. Liquida con tus editoriales, quítate la collera, ten un año de vida sin problemas y dedícate a tu idea preferida: ¡escribe una gran obra! ¿Eh? ¿Qué me dices a eso?

—¡Escucha, Maslobóiev! Agradezco fraternalmente tu oferta, pero no puedo contestarte nada ahora; el porqué es muy largo de contar. Son las circunstancias. Además, te lo prometo: te lo contaré todo como a un hermano. Te doy las gracias por el ofrecimiento; prometo que vendré a verte, y que vendré muchas veces. Pero éste es el asunto: tú has sido sincero conmigo y por eso me atrevo a pedirte consejo, tanto más cuanto que eres maestro en estas cuestiones.

Y le conté toda la historia de Smith y su nieta, desde la confitería. Cosa extraña: mientras lo contaba me parecía notar en sus ojos que sabía algo de esta historia. Se lo pregunté.

—No, no es eso —contestó. Además, algo he oído sobre Smith, que, en fin, había muerto cierto viejo en la confitería. De *madame* Bubnova, efectivamente, sé algo. De esta señora he recibido hace ya dos meses una conclusión. *Je prends mon bien, où je le trouve*[11], y sólo en este sentido me parezco a Molière. Pero si bien le he extorsionado cien rublos, en seguida, me di palabra de sacarle no cien, sino quinientos rublos. ¡Es una mujer repulsiva! Se dedica a negocios sucios. Eso no sería nada, pero a veces llega demasiado lejos en lo malo. Por favor, no me consideres un Quijote. Todo consiste en que yo puedo sacar una buena tajada, y cuando hace media hora me encontré a Sizobriujov, me alegré mucho. A Sizobriujov lo han traído aquí, evidentemente, y lo ha traído el panzudo, y como yo sé a qué clase de negocios se dedica el panzudo, entonces llego a la conclusión... ¡Bueno, ya le cazaré! Me alegro mucho de que me hayas contado lo de esa niña, porque ahora tengo otra pista. ¡Pero, hermano, si yo trabajo en diversas comisiones particulares y, además, qué gentes conozco! Hace poco me he ocupado del asuntillo de un príncipe, ¿cómo te diría yo?, un asunto que no se podía ni esperar de ese príncipe. ¿O quieres que te cuente la historia de una mujer casada? Tú ven a verme, hermano, y yo te prepararé unos temas que cuando los escribas no te van a creer...

—¿Y cuál es el apellido de ese príncipe? —le pregunté, presintiendo algo.

—¿Y por qué te interesa? Te lo diré, si quieres: Valkovski.

—¿Piotr?

—El mismo. ¿Le conoces?

—Le conozco, pero no mucho. Bueno, Maslobóiev, te pediré

---

[11] Cojo lo bueno para mí donde lo encuentro.

información más de una vez sobre este señor —dije, levantándome—. Me has interesado enormemente.

—Ya ves, mi viejo amigo, infórmate sobre lo que quieras. Sé contar historias, pero hasta ciertos límites, ¿comprendes? De lo contrario, perdería crédito y honor, en cuestión de negocios, se entiende, y así sucesivamente.

—Bueno, en la medida que el honor te lo permita.

Yo estaba incluso turbado. Se dio cuenta.

—Bien, ¿qué me dices ahora de la historia que te he contado? Se te ocurre algo o no?

—¿De tu historia? Pues espérame dos minutos, voy a pagar.

Se acercó al mostrador y allí como sin pretenderlo, apareció de pronto junto al mozo del abrigo al que tan poco ceremoniosamente llamaban Mitroshka. Me pareció que Maslobóiev le conocía más íntimamente de lo que me había dicho. Por lo menos se veía que no era la primera vez que se hablaban. Por su aspecto, Mitroshka era un mozo bastante original. Con su abrigo, su camisa de seda roja, su tez morena, de rasgos acentuados, pero armoniosos, bastante joven aún, con mirada chispeante y decidida, producía una curiosa impresión que implicaba un cierto atractivo. Sus gestos eran afectados y, sin embargo, en aquel momento era evidente que se dominaba; su mayor deseo era parecer serio e importante.

—Bien, Vania —dijo Maslobóiev al volver—, ven a verme hoy a las siete, y posiblemente pueda decirte algo. Yo, como ves, no soy nada; antes era alguien, pero ahora sólo soy un borracho y me he apartado de los negocios. Ahora bien, conservo antiguas relaciones; puedo informarme de algo aquí y allá, olfatear cerca de ciertas personas; a ésos los creo. Cierto que en mis ratos libres, es decir, cuando estoy sereno, yo mismo hago algunas cosas, también por mediación de conocidos... Sobre todo por informes... Bueno, ¡y qué! Ya basta... Aquí tienes mi dirección: en Schiestilavochnaya. Ahora, hermano, ya estoy colocado. Todavía me largaré una copa, y a casa. Me tumbaré un rato. Vendrás, te presentaré a Aliexandra Siemiónovna, y tendremos tiempo para hablar de poesía.

—Bien, ¿y de lo otro?

—Bueno, quizá también de lo otro.

—Tal vez vaya... Iré, seguro.

Capítulo VI

Anna Andriéievna esperaba desde hacía ya mucho tiempo. Lo que le dije la víspera sobre la carta de Natasha le había despertado gran curiosidad y me esperaba desde mucho antes, por la mañana, por lo menos desde las diez. Cuando aparecí en su casa a las dos de la tarde, la pobre viejecita había alcanzado, en su espera, acongojada, el límite de sus fuerzas. Además, tenía muchos deseos de comunicarme sus nuevas esperanzas, renacidas desde la víspera, y hablarme de Nikolái Sierguiéievich, que desde el día anterior estaba enfermo; se había puesto más sombrío y, sin embargo, se mostraba particularmente tierno con ella. Cuando llegué, me recibió con una mueca fría y poco acogedora; apenas despegó los labios y no mostró ni la menor curiosidad, como si estuviera a punto de decir: «¿Para qué has venido? Buena gana tienes, padrecito, de perder el tiempo callejeando todos los días.» Estaba enfadada porque había venido tarde. Pero tenía prisa y por eso, sin más preámbulos, le conté toda la escena de la víspera en casa de Natasha. En cuanto la viejecita oyó lo de la visita del viejo príncipe y su solemne propuesta, desapareció al punto su fingido malhumor. No tengo palabras para describir su alegría; se quedó desconcertada, se santiguaba, lloraba, hacía reverencias hasta el suelo ante el incono, me abrazaba y quería correr en seguida a comunicar toda su alegría a Nikolái Sierguiéievich.

—Te lo ruego, padrecito, está melancólico a causa de las distintas ofensas y humillaciones y ahora, en cuanto se entere de que Natasha ha sido totalmente reivindicada, lo olvidará todo inmediatamente.

A la fuerza logré disuadirla. La buena viejecita, a pesar de los veinticinco años que había vivido con su marido, aún no le conocía bien. También sintió enormes deseos de ir en seguida conmigo a casa de Natasha. Le objeté que tal vez Nikolái Sierguiéievich no sólo desaprobaría este paso, sino que con ello quizá perjudicáramos todo el asunto. Renunció con gran esfuerzo, pero me retuvo aún media hora y durante todo ese tiempo sólo habló ella. «¿Cómo me voy a quedar ahora, preguntaba, con una alegría tan grande encerrada entre cuatro paredes?». Por fin la convencí para que me dejase irme, advirtiéndole que Natasha me esperaba ahora con impaciencia. La viejecita me dio su bendición varias veces para el camino, envió otra especial para Natasha y casi se echó a llorar cuando negué rotundamente, aquel mismo día por la tarde, otra vez, que a Natasha le hubiese ocurrido nada de particular. Esta vez no vi a Nikolái Sierguiéievich. No había dormido en toda la noche; se había quejado de dolor de cabeza y escalofríos y ahora dormía en su gabinete.

También Natasha me había esperado toda la mañana. Cuando entré, según su costumbre, paseaba por la habitación, meditativa y con los brazos cruzados. Incluso ahora, cuando la recuerdo, no me la imagino de otra manera, siempre sola en aquella pobre habitación, pensativa, abandonada, esperando con los brazos cruzados y la mirada en el suelo, paseando sin objeto de un extremo a otro.

Sin dejar de pasear lentamente, me preguntó que por qué había venido tan tarde. Le conté con brevedad todas mis andanzas, pero casi ni me oía. Era evidente que estaba muy preocupada. «¿Qué hay de nuevo?», pregunté. «Nada nuevo», contestó, pero con un tono que en seguida me hizo comprender que, precisamente, había algo nuevo y que por eso me esperaba, para contármelo. Pero, como de costumbre, no me lo contaría ahora, sino cuando me dispusiera a irme. Así nos ocurría siempre. Me acomodaba, pues, a las circunstancias y aguardaba.

Como es lógico, empezamos a hablar de la víspera. Lo que me asombró de modo especial es que coincidíamos del todo en nuestra impresión del viejo príncipe: decididamente no le gustaba, le gustaba mucho menos que la víspera. Y cuando repasamos todos los detalles de su visita, Natasha me dijo de pronto:

—Escucha, Vania, siempre suele ocurrir así: si al principio no gusta una persona es ya casi un indicio de que, forzosamente te gustará después. Al menos, a mí me ha ocurrido siempre así.

—Dios lo quisiera, Natasha. Aquí tienes mi opinión definitiva: lo he pensado todo, y he llegado a la conclusión de que, aun haciendo el jesuita, el príncipe está conforme con vuestro matrimonio, de verdad y en serio.

Natasha se detuvo en medio de la habitación y me miró con seriedad. Su rostro cambió de expresión y hasta le temblaron los labios.

—Pero ¿cómo podría en *tales* circunstancias emplear la astucia y... mentir? —preguntó con tono inseguro y altivo.

—¡Eso, eso, eso! —apoyé rápido.

—Por supuesto, no ha mentido. Me parece que no hay ni que pensar en ello. No se puede ni encontrar un pretexto para la astucia. Y, por último, qué soy yo ante sus ojos que se reía de mí hasta ese punto? ¿Acaso un hombre puede ser capaz de tal ofensa?

—¡Naturalmente, naturalmente! —confirmé, pero pensé: «Por lo visto ahora no piensa más que en eso, pobrecilla, andando por la habitación, y es posible que sospeches más que yo mismo.»

—¡Ay, cómo quisiera que volviese cuanto antes! —exclamó—. Quería pasar toda una tarde conmigo y entonces... Debía tener un asunto importante cuando lo abandonó todo y se fue. ¿No sabes de qué se trata, Vania? ¿No has oído algo?

—¡Dios lo sabe! Está siempre acaparando dinero. He oído decir que tenía participación en cierta empresa de aquí, de Petersburgo. Nosotros, Natasha, no entendemos nada en tales asuntos.

—Es verdad que no entendemos. Aliosha me habló ayer de cierta carta.

—Se trataría de alguna noticia. ¿Y Aliosha, ha venido?

—Sí.

—¿Temprano?

—A las doce: se levanta tarde. Estuvo poco tiempo. Le he mandado a casa de Katherina Fiódorovna. No se podía hacer otra cosa, Vania.

—¿Pero él no tenía intención de ir allí?

—Sí, tenía intención...

Quiso añadir algo más, pero guardó silencio. Yo la miraba y esperaba. Su rostro estaba triste. Le hubiera hecho preguntas, pero a veces no le gustaba en absoluto que le preguntasen.

—Es extraño ese chico —dijo por fin, frunciendo ligeramente la boca y tratando de no mirarme.

—¿Qué? ¿Ha ocurrido algo entre vosotros?

—No, nada; así... Además ha estado muy amable... sólo que...

—Ahora han terminado todas sus penas y preocupaciones —dije.

Natasha me miró de un modo fijo y escrutador. Tal vez ella misma hubiera querido contestarme: «Tampoco antes ha tenido muchas amarguras y preocupaciones.» Pero le pareció que en mis palabras se encerraba la misma idea, y puso mala cara.

Sin embargo, en seguida se volvió a mostrar cordial y amable. En esta ocasión parecía particularmente apacible. Permanecí en su casa más de una hora. Estaba muy preocupada. El príncipe la había asustado. Me di cuenta, por algunas de sus preguntas, de que le hubiera gustado mucho enterarse con seguridad de la impresión que ella le produjo la víspera. Si se había comportado como era debido. Si delante de él había expresado excesivamente su alegría. Si se había mostrado demasiado susceptible. O, por el contrario, demasiado condescendiente. Si pensaría alguna cosa. Si se habría reído de ella. Si la habría despreciado... Ante esa idea sus mejillas se pusieron rojas como el fuego.

—¿Acaso puede no inquietarse tanto sólo por lo que pueda pensar otra persona? ¡Que piense lo que quiera! —dije.

—¿Por qué es malo? —preguntó.

Natasha era desconfiada, pero tenía un corazón limpio y un alma recta. Su desconfianza procedía de un manantial puro. Era orgullosa, noblemente y no podía soportar que lo que ella consideraba como lo más importante sirviese de burla ante sus propios ojos. Al desprecio de un hombre ruin, naturalmente habría respondido con desprecio, pero le hubiera dolido el corazón por una burla sobre lo que ella consideraba sagrado, cualquiera que fuese el burlón. Esto no provenía de su falta de firmeza. Provenía en parte de su tan escaso conocimiento del mundo, de su poca costumbre de tratar con la gente y del encierro en su rincón. Se había pasado toda la vida en su rincón, casi sin salir. Finalmente, la cualidad de los seres más buenos, que quizá le había transmitido su padre —alabar a un hombre, considerarlo obstinadamente mejor de lo que es en realidad, exagerar en él todo lo bueno—, se le había desarrollado en grado sumo. Para tales gentes es penoso después perder sus ilusiones; más penoso todavía cuando sienten que ellos mismos son los culpables. ¿Para qué esperar más de lo que puede obtenerse? Y a estas gentes las aguarda a cada momento el desengaño. Lo mejor es que permanezcan tranquilos en su rincón y no salgan al mundo. He observado que realmente les gustan sus rincones hasta el punto de hacerse en ellos inexpugnables. Además, Natasha había soportado muchas desgracias y muchas ofensas. Era ya un ser enfermo y yo no la podía culpar, si es que en mis palabras había alguna acusación.

Sin embargo, como tenía prisa, me levanté para irme. Pero se sorprendió y estuvo a punto de echarse a llorar porque me iba, aunque todo el tiempo que permanecí en su casa no me demostró ninguna ternura especial, sino que, al contrario, estuvo conmigo más fría que de costumbre. Me besó afectuosa y me miró largo tiempo a los ojos.

—Escucha —dijo—: Aliosha estuvo hoy muy raro y hasta me ha sorprendido. Muy amable, muy feliz de aspecto, pero entró revoloteando como una mariposa, como un pisaverde, y no hacía más que dar vueltas frente al espejo. Se ha convertido en un hombre demasiado mundano... y, además, estuvo poco tiempo. Imagínate: me trajo caramelos.

—¿Caramelos? Eso es muy gentil y muy ingenuo. ¡Ay, cómo sois los dos! Ahora habéis empezado a observaros el uno al otro, a espiraros, a estudiaros el rostro y leer en él los pensamientos secretos, ¡y no entendéis nada de eso! Y además, en él, pase. Está contento y sigue siendo un colegial, como antes. ¡Pero tú, tú!

Siempre que Natasha cambiaba el tono y se me acercaba ya con una queja sobre Aliosha, ya para que le resolviese algunas cuestiones comprometidas o algún secreto, en su afán de que yo lo comprendiese a medias palabras, me miraba, lo recuerdo, enseñándome los dientes y como suplicando que mi dictamen fuese de forma que resultara un alivio para su corazón. Recuerdo también que en tales casos yo adoptaba siempre un tono severo y cortante, como de seria reprimenda; lo hacía sin segunda intención, pero siempre *daba resultado*. Mi severidad y gravedad venían a propósito, parecían revestirse de autoridad, ya que a veces sentimos una irresistible necesidad de que alguien nos sermonee. Por lo menos, algunas veces Natasha se quedaba así tranquila del todo.

—No, verás, Vania —prosiguió, manteniendo una de sus manos sobre mi hombro, apretando mi mano con la otra y buscando con sus ojos los míos—, me ha parecido que estaba poco entusiasmado... Me ha parecido como un *mari*[12], ¿sabes? como si lle-

---

[12] Marido.

vara diez años casado, pero manteniéndose todavía amable con su mujer. ¿No es algo pronto?... Se reía, daba vueltas como si todo me concierniera sólo parcialmente, y no como antes... Tenía mucha prisa por ir a casa de Katierina Fiódorovna... Le hablaba, y no me escuchaba o hablaba de otra cosa, ya conoces esa mala costumbre del gran mundo, que los dos tratamos de quitarle. En una palabra, estuvo... como indiferente... ¡Pero qué estoy diciendo! ¡Ya me he lanzado, ya he empezado! ¡Ay, qué absorbentes somos todos, Vania, qué déspotas caprichosos! ¡Sólo ahora me doy cuenta! ¡No perdonamos un simple cambio en el rostro de una persona, cuando sólo Dios sabe por qué ha cambiado! ¡Tenías razón, Vania, al hacerme reproches ahora mismo! ¡Yo soy la única culpable de todo! Nos creamos nosotros mismos las penas y luego nos quejamos... Gracias, Vania, me has tranquilizado por completo. ¡Ay, si viniera hoy! Pero ¿para qué? Tal vez se enfadará por lo de antes.

—Pero ¿es posible que hayáis regañado? —grité con extrañeza.

—¡No lo dejé ver! Sólo estuve un poco triste, y él, de contento pasó a pensativo y me dio la impresión de que se despidió de mí con frialdad. Voy a mandar a buscarle... Vania, ven hoy tú también.

—Sin falta, siempre que no me lo impida un asunto.

—Pero ¿qué asunto?

—¡Me he buscado una complicación! Sin embargo, me parece que vendré.

Capítulo VII

A las siete en punto estaba en casa de Maslobóiev. Vivía en Chiestilavochnaya, en una casa pequeña, un pabellón, un piso bastante sucio de tres habitaciones, pero ricamente amueblado. Se notaba incluso cierto bienestar y, al mismo tiempo, una falta notable de orden. Me abrió la puerta una muchachita muy guapa de unos diecinueve años, vestida con gran sencillez, pero con mucho gusto, muy aseada, con unos ojos bondadosos y alegres. Me figuré inmediatamente que era Aliexandra Siemiónovna, cuyo nombre me había mencionado hacía poco, diciendo que me la quería presentar. Me preguntó quién era y al oír mi apellido dijo que él me esperaba, pero que estaba durmiendo en su habitación, y me condujo allí. Maslobóiev dormía sobre un magnífico diván mullido, tapado con su sucia capa, con un cojín de cuero, gastado, bajo la cabeza. Tenía el sueño muy ligero, y tan pronto como entramos, me llamó en seguida por mi nombre.

—¡Ah! ¿Eres tú? Te esperaba. Acabo de soñar que venías, y me despertaba. Eso quiere decir que ya es hora. Vamos.

—¿Adónde vamos?

—A casa de la señora.

—¿De qué señora? ¿Para qué?

—A casa de *madame* Bubnova, para calzarle los puntos. ¡Qué belleza! —dijo estirando la frase, y dirigiéndose a Aliexandra Siemiónovna le besó la punta de los dedos al acordarse de *madame Bubnova*.

—¡Bueno, ya ha empezado, qué ocurrencias! —dijo Aliexandra Siemiónovna, considerando su deber enfadarse un poco.

—¿No se conocen ustedes? ¡Conoceos, hermanos! Aliexandra Siemiónovna, le presento a un general de la literatura: sólo se le puede ver gratis una vez al año, las demás veces hay que pagar.

—Bueno, ni que fuera tonta. No le haga usted caso, no hace más que reírse de mí. ¿De qué general habla?

—De eso le estoy hablando, de que es especial. Y tú, Excelencia, no creas que somos tontos; somos mucho más inteligentes de lo que parece a primera vista.

—¡No le haga usted caso! ¡Siempre quiere avergonzarse ante las personas inteligentes, el muy sinvergüenza! Si al menos me llevara alguna vez al teatro...

—Aliexandra Siemiónovna, aficiónese usted a las labores domésticas... ¿No ha olvidado aquello a que debe aficionarse? ¿Se ha olvidado de una palabra? Una palabrita que yo le enseñé.

—Naturalmente que no la he olvidado. Significa alguna estupidez.

—Bien, y ¿qué palabra es?

—Eso, ahora voy a ponerme en ridículo delante de un invitado. A lo mejor significa alguna grosería. Que se me saque la lengua si lo digo.

—Entonces, ¿se ha olvidado?

—Pues no lo he olvidado: «¡penates!». Le gustan sus penates...
¡Vaya cosas que inventa! Quizá nunca haya habido penates. ¿Por
qué quererlos? ¡No hace más que mentir!

Sin embargo, en casa de *madame* Bubnova...

—¡Puaf! ¡Tú, con tu Bubnova! —y Aliexandra Siemiónovna salió corriendo, presa de gran agitación.

—¡Ya es hora! ¡Vamos! ¡Adiós, Aliexandra Siemiónovna!

Salimos.

—Lo primero, Vania, subamos a este coche. ¡Así! En segundo
lugar, hace poco, habiéndome despedido de ti, me enteré de algunas cosas, y no por suposiciones, sino por pruebas fehacientes.
Me quedé todavía una hora entera en Vasilievski. Ese panzudo es
un redomado canalla, un hombre sucio, repugnante, con gustos y
caprichos abyectos. La Bubnova es conocida desde hace mucho
tiempo por manejos de esta misma índole. El otro día estuvo a
punto de ser cogida con una muchachita de una casa decente.
Esos vestidos de muselina con que engalana a la huérfana, como
me has contado hace poco, me tenían inquieto, porque yo he
oído ya algo de eso. Y acabo de enterarme de algo, verdaderamente de un modo casual, pero, al parecer, seguro. ¿Cuántos años
tiene la niña?

—Por el aspecto de su rostro, unos trece años.

—Y por su estatura, menos. Eso es lo que hace. Cuando es
preciso dice que tiene trece, y si no, quince. Y como la pobrecilla
no tiene ni defensa, ni familia, entonces...

—¿Es posible?

—¿Y tú qué crees? *Madame* Bubnova por pura compasión no
hubiera acogido a la huérfana. Y si el panzudo aparece por allí,
pues ya está. Se ha visto con ella esta mañana. Y en cuanto al imbécil de Sizobriujov, le ha prometido hoy una belleza, una mujer
casada, esposa de un funcionario con categoría de coronel de estado mayor. Los hijos de comerciantes que salen juerguistas son
muy sensibles a esto; siempre exigen una alta graduación. Es
como en la gramática latina, ¿recuerdas?: «El significado está por
encima del término.» Por otra parte, me parece que aún sigo borracho. Está bien, Bubnova, no te atrevas a ocuparte de tales
asuntos. Incluso quiere burlar a la policía, ¡figúrate! Pero yo la

asustaré, porque sabe que tengo buena memoria... y, etcétera,
¿comprendes?

Yo estaba tremendamente impresionado. Todas estas noticias
me habían turbado. Tenía miedo de que llegáramos tarde y daba
prisa al cochero.

—No te preocupes; están tomadas las medidas —decía Maslobóiev—. Está allí Mitroshka. Sizobriujov lo pagará con dinero y el
panzudo con su naturaleza. Esto se ha decidido ahora mismo. En
lo que se refiere a la Bubnova, ésa corre por mi cuenta. Por eso
no se atreverá...

Llegamos y nos detuvimos frente al restaurante; pero el hombre llamado Mitroshka no estaba allí. Después de ordenar al cochero que nos esperase a la entrada del restaurante nos dirigimos
a casa de la Bubnova. Mitroshka nos esperaba en la puerta. Una
luz clara iluminaba las ventanas y se oían las risotadas borrachas
de Sizobriujov.

—Están todos allí desde hace un cuarto de hora —advirtió Mitroshka—. Ahora es el momento justo.

—Pero ¿cómo vamos a entrar? —pregunté.

—Como invitados —replicó Maslobóiev—. Ella me conoce y
también conoce a Mitroshka. La verdad es que todo está cerrado,
pero no para nosotros.

Golpeó ligeramente la puerta, y ésta se abrió en seguida.
Abrió el portero e intercambió un guiño con Mitroshka. El portero nos acompañó por la escalera y llamó a la puerta. Le llamaron y contestó que estaba solo: «era necesario mentir». Abrieron, y
entramos todos. El portero desapareció.

—¡Ay! ¿Quién es? —gritó Bubnova, borracha y desgreñada,
con una vela entre las manos en el minúsculo recibidor.

—¿Quién? —intervino Maslobóiev—. Anna Trifónovna, ¿cómo
es que no reconoce a unos invitados tan distinguidos? ¿Quién
puede ser, que no seamos nosotros?... Filip Filípovich.

—¡Ay, Filip Filípovich! Es usted... queridos invitados... Pero,
cómo es que ustedes... Yo... nada... por favor, pasen por aquí.

Y se aturrullaban por completo.

—¿Cómo aquí? Si esto está cerrado... No, usted tiene que reci-
birnos mejor. Vamos a tomar algo frío; ¿no habrá algunas chicas?

La patrona se rehízo en un segundo.

—Sí, para unos invitados tan queridos, las sacaré de debajo de la tierra, las pediré al reino de la China.

—Dos palabras, querida Anna Trifónovna: ¿está aquí Sizobriujov?

—Es... está aquí.

—Pues a él es a quien necesito. ¿Cómo se ha atrevido a venir de juerga sin mí, el canalla?

—Seguro que no se ha olvidado de usted. Estaba todo el tiempo esperando a alguien; era a usted, seguramente.

Maslobóiev empujó la puerta, y nos encontramos en una pequeña habitación de dos ventanas, adornada con geranios, con sillas de rejillas y un mal piano, todo como era necesario. Pero todavía antes de entrar, cuando hablábamos en el recibimiento, Mitroshka había desaparecido. Luego me enteré de que no había entrado, sino que esperó detrás de la puerta. Tenía que abrir a alguien. La despeinada y pintarrajeada mujer, que por la mañana había mirado por encima del hombro de Bubnova, era su pareja.

Sizobriujov estaba sentado en un estrecho diván de caoba, ante una mesa redonda cubierta con un mantel blanco. Sobre la mesa había dos botellas de champaña tibio, una botella de ron de mala calidad, platos con caramelos, melindres y nueces de tres clases. En la mesa, frente a Sizobriujov, permanecía sentado un ser repugnante, de unos cuarenta años, picado de viruelas, con un vestido negro de tafetán y pulseras y broches bronceados. Era la pretendida mujer del coronel de estado mayor, apócrifa sin duda. Sizobriujov estaba borracho y muy alegre. Su panzudo acompañante no estaba con él.

—¡Hay que ver lo que hace la gente! —gritó a voz en cuello Masloboiev—. Y encima invita a *Dussaux*.

—¡Qué felicidad, Filip Filípovich! —borbotó Sizobriujov, levantándose para venir a nuestro encuentro.

—¿Bebes?

—Sí, perdóneme.

—No te disculpes, mejor invítanos. Hemos venido para divertirnos contigo. He traído otro invitado: ¡un amigo! —Maslobóiev me señaló.

—Muy contento, es decir, encantado... ¡Ji!

—¡Y a esto llaman champaña! ¡Parece sopa de coles agrias!

—Me ofende.

—Entonces, no te atreves a aparecer por Dussaux, y ¡encima invitas!

—Acaba de contar que ha estado en París —intervino la mujer del coronel de estado mayor—. ¡Eso tiene que ser una mentira!

—Fiediosia Titishna, no me ofenda. He estado, hice el viaje.

—Pero ¿cómo va a estar en París un palcto de tal calibre?

—He estado. He podido hacerlo. Nos hemos distinguido allí con Karp Visílievich. ¿Conoce usted a Karp Vasílievich?

—¿Y para qué necesito yo conocer a tu Karp Vasílievich?

—Pues, así... tiene relación con la política. Fuimos allí, en París, a un sitio, a casa de *madame* Joubert. Y rompimos un espejo inglés de cuerpo entero.

—¿El qué han roto?

—Un espejo de cuerpo entero. Había un espejo que cubría toda la pared y llegaba hasta el techo. Y Karp Vasílievich estaba tan borracho, que empezó a hablar con *madame* Joubert en ruso. Se colocó al lado del espejo y se apoyó con él con los codos. Y *madame* Joubert le gritaba en su idioma: «El espejo vale setecientos francos (a mi entender, la cuarta parte de eso), ¡lo vas a romper!» Él se echó a reír y me miró. Yo estaba sentado enfrente, en un diván, y había una belleza conmigo, pero no con un morro como éste, sino de postín, en una palabra. Y él grita: «¡Stiepan Tierientich, ay, Stiepan Tierientich! ¿Vamos a medias o qué?» Yo le digo: «¡Vamos!» Golpea con sus grandes puños en el espejo, ¡zing! Éste cayó hecho añicos. *Madame* Joubert se puso a rugir y se le echó encima: «Oye, bandido, ¿dónde te crees que estás?» (siempre en su idioma). Y él: «Tú, *madame* Joubert, coge el dinero y deja en paz mi fantasía.» Y en seguida le dio seiscientos cincuenta francos. Regateamos cincuenta francos...

En ese momento se oyó un grito terrible y penetrante, que venía de unas cuantas puertas más allá, de una habitación que distaba dos o tres de la nuestra. Me estremecí y también grité. Reconocí aquel grito: era la voz de Ieliena. Inmediatamente después de este lamento se oyeron otros gritos, injurias, alboroto y, por fin, unas inconfundibles y sonoras bofetadas. Probablemente era Mitroshka, que se tomaba la justicia por su mano. De súbito se abrió con fuerza la puerta y entró corriendo Ieliena, pálida, con los ojos turbios, con un vestido blanco de muselina completamente arrugado y roto; llevaba los cabellos despeinados y revueltos como por una lucha. Yo permanecía frente a la puerta y se lanzó directa hacia mí rodeándome con sus brazos. Todos se levantaron de un salto, todos se alarmaron. A su llegada se oyeron chillidos y gritos. Detrás de ella apareció Mitroshka arrastrando por el pelo a su panzudo enemigo, que tenía un aspecto totalmente derrotado. Lo arrastró hasta el umbral y nos lo lanzó a la habitación.

—¡Ahí está! ¡Cójanlo! —dijo Mitroshka con acento de triunfante júbilo.

—Escucha —dijo Maslobóiev, acercándoseme con tranquilidad y dándome un golpe en el hombro—. Coge nuestro coche, coge a la niña y vete a tu casa. Aquí ya no hay nada que hacer. Mañana arreglaremos lo demás.

No me hice repetir dos veces. Cogí de la mano a Ieliena y la saqué de ese antro. No sé cómo acabó la cosa entre ellos. No nos detuvieron: la patrona estaba horrorizada. Todo ocurrió tan deprisa, que no le dio tiempo a oponerse. El cochero nos esperaba, y al cabo de veinte minutos ya estaba en mi casa.

Ieliena estaba medio muerta. Le desabroché el vestido, la salpiqué con agua y la tendí sobre el diván. La fiebre y el delirio se apoderaron de ella. Observé su pálido rostro, sus labios descoloridos, su cabello negro echado a un lado, peinado con cuidado y untado de pomada, todo su atavío, los lacitos rosas que aún se mantenían en algunas partes del vestido, y comprendí definitivamente toda aquella repugnante historia. ¡Pobrecilla! Se ponía cada vez peor. No me separaba de ella y decidí no ir aquella tarde a casa de Natasha. Algunas veces Ieliena alzaba sus largas pestañas y me miraba de un modo prolongado y fijo, como si me reconociera. Ya tarde, hacia la una de la madrugada, se durmió. Yo dormí a su lado, en el suelo.

Capítulo VIII

Me levanté muy temprano. Durante la noche me estuve despertando casi cada media hora; me acercaba entonces a mi pobre alojada y la observaba con atención. Tenía fiebre y deliraba un tanto. Pero al amanecer se durmió profundamente. Pensé que era un buen síntoma, pero al despertarme por la mañana decidí rápidamente, mientras la pobrecilla dormía, correr a casa del médico. Conocía a un médico, un viejo soltero y bondadoso, que desde mucho tiempo atrás vivía en la calle Vladimir con su ama de llaves alemana. Me dirigí a su casa. Me prometió venir a las diez. Eran las ocho cuando fui a buscarlo. Sentí grandes deseos de pasar, de camino, por casa de Maslobóiev, pero cambié de idea: probablemente dormía aún después de lo de ayer, y además Ieliena podría despertarse y, quizá al no verme, se asustase de verse sola en mi casa. En su estado podía olvidar cómo, cuándo y de qué modo había llegado a mi casa.

Se despertó en el preciso momento en que yo entraba en la habitación. Me acerqué y, con circunspección, le pregunté cómo se encontraba. No me contestó, pero durante mucho tiempo me estuvo mirando fijamente con sus expresivos ojos negros. Por su mirada me pareció que lo recordaba todo y que estaba del todo consciente. Tal vez no me contestaba por su costumbre de siempre. Ayer y anteayer, cuando vino a mi casa, no respondió a ninguna de mis preguntas; únicamente empezaba a mirarme de repente a los ojos con su mirar prolongado y terco, donde, junto a la perplejidad y una curiosidad salvaje, había un extraño orgullo. Ahora constaté en su mirada la dureza e incluso la desconfianza. Coloqué mi mano en su frente para comprobar si tenía fiebre, pero ella, en silencio y despacio, con su manecita apartó mi mano y se volvió de cara a la pared. Me retiré para no molestarla.

Yo tenía una gran tetera de cobre. Hacía mucho tiempo que la empleaba en lugar de samovar. Hervía en ella el agua. Tenía leña, porque el portero me subía de una vez una cantidad suficiente para cinco días. Encendí la estufa, fui por agua y puse la tetera. En la mesa coloqué mi servicio de té. Ieliena se volvió hacia mí y miraba todo con curiosidad. Le pregunté si quería algo. De nuevo volvió la espalda y no me contestó. «¿Y por qué se enfada conmigo?, pensé. ¡Qué niña tan extraña!»

Mi viejo doctor vino, como había dicho, a las diez. Examinó a la enferma con atención alemana y me dio grandes esperanzas al decirme que, a pesar de la fiebre, no había ningún peligro. Añadió que debía de tener alguna enfermedad crónica, algo como palpitaciones; «pero este punto exigía especiales observaciones, y ahora no estaba en peligro». Le recetó una mixtura y ciertos polvos, más por rutina que por necesidad, y en seguida empezó a preguntarme de qué forma había aparecido en mi casa. Al mismo tiempo examinaba con extrañeza mi piso. Aquel viejecito era enormemente parlanchín.

Ieliena le asombró: le retiró su mano cuando le estaba tomando el pulso y no quiso enseñarle la lengua. A todas sus preguntas no contestó ni una palabra. Y todo el tiempo miraba con fijeza una enorme cruz de San Estanislao que se balanceaba en su cuello. «Seguramente le duele mucho la cabeza, pensó el viejecito. ¡Hay que ver cómo mira!». No consideré necesario contarle lo de Ieliena y me limité a decir que se trataba de una larga historia.

—Avíseme si hace falta —dijo al marcharse—. Por ahora, no hay peligro.

Decidí quedarme todo el día con Ieliena y, a ser posible, no dejarla sola hasta su completa curación. Sabía que Natasha y Anna Andriéievna se atormentarían esperándome inútilmente y decidí advertir a Natasha por correo que no iría a su casa. A Anna Andriéievna no se le podía escribir. Ella misma me había pedido que nunca le mandase cartas, después de la que, en cierta ocasión, le mandé durante la enfermedad de Natasha.

El viejo se enfurruñó en cuanto vio tu carta —me dijo—. Tenía unas terribles ganas de saber lo que contenía, el pobre, pero no fue capaz de preguntarlo, no se atrevió, y se puso de mal humor para todo el día. Además, padrecito, con una carta no consigues más que hacerme padecer. ¿Qué hacen diez renglones? Tendría ganas de preguntar más detalles y tú no estarías.

Por eso escribí sólo a Natasha y cuando llevé la receta a la farmacia eché la carta al mismo tiempo.

Durante ese tiempo Ieliena volvió a dormirse. En su sueño gemía ligeramente y se estremecía. El médico había acertado: le dolía mucho la cabeza. A veces lanzaba pequeños gritos y se despertaba. Me miraba incluso con hostilidad, como si mis atenciones le resultasen penosas. Confieso que para mí ello era muy doloroso.

A las once vino Maslobóiev. Estaba preocupado y parecía distraído. Vino sólo por un momento, y tenía mucha prisa por acudir a algún sitio.

—Bueno, hermano, sabía que no vivías muy confortablemente —observó, mientras examinaba la casa—, pero, la verdad, no pensaba encontrarte en semejante baúl. Porque esto es un baúl, y no un piso. Bueno, supongamos que eso no tiene importancia; lo peor es que todas estas gestiones por cuenta ajena sólo te apartan de tu trabajo. Estuve pensando en eso ayer, cuando íbamos a casa de Bubnova. Como ves, hermano, por naturaleza y por posición social pertenezco a esa clase de gente que no hace nada útil y sermonea a los demás para que lo hagan. Ahora escucha: tal vez mañana o pasado mañana venga a tu casa, pero tú ven a verme, sin falta, el domingo por la mañana. Confío en que para entonces el asunto de esta niña se haya arreglado del todo. Y al mismo tiempo hablaré contigo en serio, pues hay que ocuparse seriamente de ti. Así no se puede vivir. Ayer sólo te lo insinué, pero ahora te lo voy a plantear con lógica. Y por último, dime, ¿es que consideras una deshonra aceptarme dinero por algún tiempo?

—¡Pero no te enfades! —le interrumpí—. Es mejor que me digas cómo acabó todo ayer.

—Bueno, pues acabó bien, y se ha logrado el objetivo, comprendes? Ahora no tengo tiempo. He venido sólo por un momento para comunicarte que no tengo dinero ni para ti. A propósito, ¿la vas a llevar a algún sitio o la quieres tener en tu casa? Porque eso hay que pensarlo y decidirlo.

—No lo sé todavía con certeza, y confieso que te estaba esperando para pedirte consejo. Por ejemplo, ¿con qué pretexto puedo tenerla en mi casa?

—¡Qué más da, aunque sea como sirvienta!...

—Te ruego que hables bajo. Aunque está enferma, se encuentra totalmente consciente, y me he dado cuenta de que tan pronto como te ha visto se ha estremecido. Eso quiere decir que recuerda lo de ayer...

Aquí le hablé de su carácter y de cuanto había observado en ella. Mis palabras interesaron a Maslobóiev. Le dije que tal vez la llevara a una casa y le hablé, por encima, de mis viejos. Con gran asombro mío, ya conocía la historia de Natasha. Al preguntarle dónde se había enterado, respondió:

—Pues así, hace mucho que oí hablar de ello, de pasada, con motivo de cierto asunto. Ya te he dicho que conozco al príncipe

Valkovski. Haces bien en querer mandarla a casa de esos viejos. Porque aquí no hará más que cohibirte. Además, otra cosa: hay que adecentarla, vestirla. No te preocupes de eso; corre de mi cuenta. Adiós, ven a verme con frecuencia. ¿Está durmiendo ahora?

—Eso parece —contesté.

Pero tan pronto como se marchó, Ieliena me llamó inmediatamente.

—¿Quién es? —me preguntó. Su voz temblaba, pero me seguía mirando fija y altiva. No sé definirlo de otro modo.

Le dije el apellido de Maslobóiev y añadí que gracias a él la había arrancado de Bubnova y que Bubnova le tenía mucho miedo. Sus mejillas se encendieron de pronto como si ardieran, probablemente por el recuerdo.

—¿Y ahora ella no vendrá nunca aquí? —preguntó Ieliena, mirándome de un modo encantador.

Me apresuré a tranquilizarla. Guardó silencio, me cogió la mano con sus ardientes dedos, pero en seguida la abandonó, como reaccionando. «No puede ser que realmente sienta tanta repugnancia por mí, pensé. Es su forma de ser o... sencillamente, que la pobrecilla ha visto tantas desgracias, que ya no se fía de nadie en el mundo.»

A la hora indicada fui por la medicina y también a una taberna conocida, donde solía comer algunas veces y donde me fiaban. Esta vez, al salir de casa, cogí una cacerola y pedí en la taberna una ración de caldo de gallina para Ieliena. Pero no quiso comer, y el caldo se quedó encima de la estufa.

Después de darle la medicina, me senté a trabajar. Creí que estaba dormida, pero, instintivamente, me volví a mirarla y vi que había levantado la cabeza y miraba con atención cómo escribía. Fingí no haberla visto.

Por último, se quedo dormida, y para gran satisfacción mía, con un sueño tranquilo, sin delirar ni gemir. Empecé a pensar. Natasha, al no saber de qué se trataba, no sólo podía enfadarse conmigo por no haber ido a verla, sino que incluso —pensé— estaría dolida por mi falta de atención en un momento en que tal vez más me necesitase. Incluso podían habérsele presentado ahora algunos problemas, algo que quisiera confiarme, yo, como a propósito, no estaría.

En lo que se refería a Anna Andriéievna, ignoraba en absoluto cómo iba a disculparme al día siguiente. Estuve pensando y pensando, y de repente, decidí correr a un sitio y a otro. Mi ausencia podía prolongarse sólo dos horas. Ieliena dormía; no advertiría tal ausencia. Me levanté de un brinco, me eché el abrigo, cogí la gorra y, justo cuando quería irme, la niña me llamó. Me asombré; ¿acaso fingía estar durmiendo?

A propósito señalaré que, aunque Ieliena aparentaba negarse a hablar conmigo, esas llamadas con cierta frecuencia, esa necesidad de dirigirse a mí, pese a toda su inhibición, demostraban lo contrario, lo cual, lo confieso, me resultaba muy agradable.

—¿Dónde quiere usted llevarme? —preguntó cuando entré en la habitación. En general me hacía sus preguntas de sopetón, de modo completamente inesperado para mí. Esta vez ni siquiera la comprendí en seguida—. Ahora mismo hablaba usted con ese amigo suyo que me quiere llevar a una casa. No quiero ir a ningún sitio.

Me incliné hacia ella, estaba otra vez con fiebre; padecía una nueva crisis. Empecé a tranquilizarla, y le aseguré que si se quería quedar en mi casa no la llevaría a ningún sitio. Diciendo esto me quité el abrigo y la gorra. No me atrevía a dejarla sola en esas circunstancias.

—¡No, lárguese! —dijo, dándose cuenta inmediatamente de que quería quedarme—. Quiero dormir, me dormiré ahora mismo.

—Pero ¿cómo te vas a quedar sola?... —pregunté perplejo—. Además, dentro de dos horas estaré de vuelta...

—Bueno, lárguese. Porque si estoy enferma un año entero, no saldrá de casa en un año —intentó sonreír y me miró de un modo extraño, como si luchara con algún sentimiento de ternura que había surgido en su corazón. ¡Pobrecilla! Su corazón bueno y tierno se asomaba al exterior, a pesar de todo su odio a la gente y de su aparente dureza.

Primero corría a casa de Anna Andriéievna. Me esperaba con febril impaciencia y me recibió con reproches. Ella misma estaba tremendamente preocupada: Nikolái Sierguiéievich, inmediatamente después de comer, se había ido de casa, pero no se sabía adónde. Presentí que la viejecita no se supo contener y le había contado todo, según su costumbre, por *alusiones*. Además, casi me lo contó ella misma, diciendo que no podía soportar el no compartir con él tal alegría, pero que Nikolái Sierguiéievich se había puesto —según su propia expresión— más negro que una nube, sin decir nada («callaba todo el tiempo, ni siquiera contestaba a mis preguntas»), y, de repente, por la tarde se fue. Al contar esto, Anna Andriéievna casi temblaba de miedo y me suplicaba que esperase con ella a Nikolái Sierguiéievich. Me disculpé y le dije casi interrumpiéndola que quizá no vendría tampoco al día siguiente y que advertírselo era precisamente la razón de mi visita. Esta vez casi regañamos. Se echó a llorar y me hizo vivos y amargos reproches; sin embargo, cuando salía por la puerta, se me echó de pronto al cuello, me abrazó estrechamente y me pidió que no me enfadara con ella, con una «huérfana», y que no tomase sus palabras como un agravio.

A Natasha, en contra de lo que esperaba, la encontré sola, y me pareció extraño que esta vez no se alegrase de mi presencia como la víspera o, en general, otras veces. Era como si la importunara o molestara. A mi pregunta de si había estado Aliosha, me contestó que por supuesto, pero poco tiempo.

—Prometió venir esta noche —añadió, algo pensativa.

—¿Y vino ayer por la noche?

—No. Le entretuvieron —añadió deprisa—. Bueno, Vania, ¿cómo van tus cosas?

Me di cuenta de que, por algún motivo, quería cambiar de conversación, llevándola por otros derroteros. La miré con más atención: era evidente que estaba malhumorada. Por otro lado, al percatarse de que yo la miraba cuidadosamente y la observaba, me lanzó de pronto una rápida mirada como de odio y con tal fuerza, que pareció quemarme. «Tiene otra vez una pena, pensé, pero no quiere decírmelo.»

Como respuesta a su pregunta sobre mis asuntos, le conté toda la historia de Ieliena, con todo detalle. Le interesó mucho y hasta le impresionó mi relato.

—¡Dios mío! ¿Y has podido dejarla sola y enferma? —grito.

Le dije que quería no haber venido hoy a su casa, pero había pensado que podía enfadarse y tal vez me necesitase para algo.

—Necesitarte —dijo como para sí—, tal vez te necesite, Vania, pero será mejor en otra ocasión. ¿Has estado en casa de los nuestros?

Se lo conté.

—Sí, sabe Dios cómo tomará mi padre ahora todas estas noticias. Además, que las tome...

—¿Cómo las va tomar? —pregunté—. ¡Con un cambio semejante!

—Pues... ¿Dónde ha ido ahora? La otra vez pensabais que venía a mi casa. Si puedes, Vania, ven a verme mañana. Tal vez te cuente algo... Me da reparo molestarte. Ahora deberías ir a tu casa con tu huésped. ¿Acaso no han pasado dos horas desde que saliste de casa?

—Sí, han pasado. Adiós, Natasha. ¿Y cómo ha estado hoy Aliosha contigo?

—Aliosha, pues, nada... Me extraña incluso tu curiosidad.

—Adiós, amiga.

—Adiós —me estrechó la mano como con displicencia, y volvió la espalda a mi última mirada de despedida.

Salí de su casa un tanto desconcertado. «Por lo demás, pensé, tiene en qué pensar. El asunto no es ninguna broma. Mañana me lo contará todo ella misma.»

Volví a casa triste y tuve una penosa impresión tan pronto como entré por la puerta. Era ya de noche. Vi que Ieliena estaba sentada en el diván, con la cabeza inclinada sobre el pecho, como sumida en profundas reflexiones. Ni siquiera me miró, como si estuviera ausente. Me acerqué. Estaba murmurando algo. «¿No estará delirando?», pensé.

—Ieliena, amiga mía, ¿qué te pasa? —pregunté sentándome a su lado y cogiéndole la mano.

—Me quiero marchar de aquí... Prefiero ir a su casa —dijo, sin levantar la cabeza.

—¿Adónde? ¿A casa de quién? —pregunté extrañado.

—A su casa, a casa de Bubnova. Siempre dice que le debo mucho dinero, que enterró a mi mamá por su cuenta... No quiero que insulte a mi mamá, quiero trabajar en su casa y pagárselo todo... Entonces, yo misma me iré de su casa. Y ahora volveré allí.

—Tranquilízate, Ieliena, no puedes ir a su casa —dije—, te va a martirizar, te perderá...

—Que me pierda, que me martirice —me interrumpió con calor Ieliena—. No soy la primera, ya martirizan a otras mejores que yo. Eso me lo ha dicho una mendiga en la calle. Soy pobre y quiero ser pobre. Toda la vida seré pobre, así me lo mandó mi madre cuando se moría. Quiero trabajar... No quiero llevar este vestido...

—Mañana mismo te compraré otro. Y te traeré tus libros. Vas a vivir en mi casa. No te llevaré a ningún otro sitio si tú no lo quieres. Tranquilízate.

—Me colocaré como obrera.

—¡Bueno, bueno! ¡Pero tranquilízate, acuéstate, duerme!

Pero la pobre criatura se deshizo en lágrimas. Poco a poco sus lágrimas se convirtieron en sollozos. No sabía qué hacer con ella: traerle agua, humedecerle las sienes, la cabeza. Por fin, cayó sobre el diván completamente agotada y de nuevo empezó a tiritar de fiebre. La tapé con lo que encontré a mano y se durmió, pero inquieta, temblando y despertándose a cada minuto. Aunque ese día no había andado mucho, me había cansado muchísimo y decidí acostarme lo antes posible. Preocupaciones agobiantes oprimían mi cerebro. Presentía que esta niña iba a traerme muchas complicaciones. Pero lo que más me inquietaba eran Natasha y su problema. En suma, recuerdo ahora que pocas veces me había encontrado en un estado de ánimo tan opresivo como cuando me dormí aquella infausta noche.

Capítulo IX

Me desperté, enfermo, tarde, hacia las diez de la mañana. Me dolía y daba vueltas la cabeza. Miré la cama de Ieliena: estaba vacía. Al mismo tiempo, de la habitación de la derecha llegaba hasta mí cierto ruido, como si alguien arrastrase una escoba por el suelo. Salí a ver. Ieliena, con la escoba en la mano y sujetándose con la otra su elegante vestido —que no se había quitado desde aquella tarde— barría el suelo. La leña, preparada para la estufa, estaba colocada en un rincón; la mesa estaba despejada y el samovar limpio; en una palabrta, Ieliena estaba haciendo las faenas de ama de casa.

—¡Escucha, Ieliena! —grité—. ¿Quién te ha mandado barrer la casa? No quiero que hagas eso, estás enferma. ¿Es que has venido aquí para hacer de sirvienta?

—¿Y quién va a barrer aquí? —contestó, estirándose y mirándome a la cara—. Ahora no estoy enferma.

—Pero no te he traído para trabajar, Ieliena. Parece como si tuvieras miedo de que te recrimine, como Bubnova, que vives gratis en mi casa. ¿Y de dónde has sacado esa asquerosa escoba?

—Esta escoba es mía. Yo misma la traje aquí. También al abuelo le barría el suelo. Y la escoba estaba aquí, debajo de la estufa, desde entonces.

Volví a la habitación pensativo. Tal vez pecaba, pero precisamente me parecía que le resultaría penosa mi hospitalidad y que me quería demostrar que no vivía en mi casa de balde. «En ese caso, qué carácter tan susceptible el suyo», pensé. Al cabo de un par de minutos, entró en silencio y se sentó en el diván en su sitio de la víspera, mirándome con aire escrutador. Mientras, herví el agua, hice el té y le serví un vaso con un trozo de pan blanco. Lo cogió sin decir nada ni protestar. Durante veinticuatro horas no había comido casi nada.

—Y te has manchado el bonito vestido con la escoba —dije al ver una gran franja sucia en el bajo de su falda.

Lo miró y, de pronto, con gran asombro mío, cogió con ambas manos, lentamente y con frialdad, los bajos del vestido y de un solo gesto lo desgarró de arriba abajo. Hecho esto, levantó hacia mí su mirada testaruda y centelleante. Su rostro estaba pálido.

—¿Qué haces, Ieliena? —grité, seguro de que tenía ante mí a una loca.

—Es un vestido malo —dijo, ahogándola casi la excitación—. ¿Por qué ha dicho usted que es bonito? ¡No lo quiero llevar —gritó súbitamente y saltó levantándose—, lo voy a romper. No le he pedido que me engalanara. Me engalanó ella, a la fuerza. ¡Ya he roto un vestido; también romperé éste, lo romperé! ¡Lo romperé! ¡Lo romperé!

Y la emprendió con rabia contra su vestido. En un segundo lo dejó reducido a trocitos. Al terminar estaba tan pálida, que apenas podía mantenerse en pie. Quedé estupefacto ante aquel ensañamiento. Ella me miraba retadora, como si, ante ella, yo también fuera culpable de algo. Pero ya sabía yo lo que había de hacer.

Decidí comprarle, sin demora, aquella misma mañana un vestido nuevo. Con este ser salvaje y encolerizado era preciso actuar con bondad. Miraba de modo como si nunca hubiera visto gente buena. Si ya una vez, a pesar del cruel castigo, había hecho jirones su primer vestido, con qué rabia debía mirarlo ahora, cuando le recordaba una escena reciente tan horrible.

En Tolkuchi se podía comprar, a buen precio, un vestido bonito y sencillo. La desgracia es que en aquel momento yo no tenía casi dinero. Pero ya la víspera, al acostarme había decidido acudir a un lugar donde podía conseguirlo; precisamente para ir a Tolkuchi era la misma dirección. Cogí el sombrero, mientras Ieliena me vigilaba con atención, como esperando algo.

—¿Me va usted a encerrar otra vez? —me preguntó cuando cogí la llave para cerrar detrás de mí el piso, como ayer y anteayer.

—Amiga mía —dije acercándome a ella—. No te enfades por eso, cierro porque puede venir alguien. Tú estás enferma y a lo mejor te llevas un susto. Y Dios sabe quién puede venir, a lo mejor se le ocurre hacerlo a la Bubnova...

Le dije esto a propósito. La encerraba porque no me fiaba de ella. Me imaginaba que, de pronto, se le ocurriría huir de mi casa. Mientras, decidí tener cuidado. Ieliena no dijo nada y también la encerré esta vez.

Conocía a un editor que ya por tercer año publicaba una obra de muchos volúmenes. Con frecuencia solía conseguir de él algún dinero cuando necesitaba ganarlo deprisa. Dicho editor pagaba puntualmente. Fui a su casa y logré que me adelantara veinticinco rublos, con la obligación de llevarle al cabo de una semana un artículo de compilación. Pero yo contaba con sacarle tiempo a mi novela. Eso lo hacía con frecuencia cuando me acuciaba la necesidad.

Conseguido el dinero me dirigí a Tolkuchi. Allí busqué rápidamente a una conocida viejecita que vendía toda clase de trapos. Le expliqué aproximadamente la estatura de Ieliena y en seguida me buscó un vestido claro de percal, en buen estado y que no se habría lavado más de una vez. También le compré un pañuelo para el cuello. Al pagar, pensé que Ieliena necesitaba también alguna pelliza, algún mantón o cosa por el estilo. El tiempo era frío y no tenía nada que ponerse. Pero aplacé esa compra para otra ocasión. Ieliena era tan susceptible, tan orgullosa. Dios sabe cómo aceptaría este vestido a pesar de que yo elegía adrede el más sencillo y menos vistoso, el más de diario. De todos modos compré, además, un par de medias de hilo y otro de lana. Esto podía dárselo con el pretexto de que estaba enferma y en la habitación hacía frío. También necesitaba ropa interior. Pero todo esto lo aplacé hasta el momento en que tuviese más confianza con ella. Seguidamente, compré unas viejas cortinillas para la cama, cosa imprescindible y que podía alegrar mucho a Ieliena.

Con todo esto volví a casa a la una. El candado de mi puerta se abría casi sin ruido, de forma que Ieliena no oyó en seguida que había vuelto. Me di cuenta de que estaba ante mi mesa y examinaba mis libros y mis papeles. Al oírme cerró rápida el libro que estaba leyendo y se separó de la mesa toda colorada. Miré ese libro: era mi primera novela, impresa en una separata y en cuya primera página figuraba mi nombre.

—Alguien ha llamado mientras usted no estaba —dijo con un tono que parecía burlón—. ¿Para qué demonios me ha encerrado?

—A lo mejor era el médico —dijo—. ¿No le has preguntado?

—No.

No contesté, cogí el paquete, lo desaté y saqué el vestido que había comprado.

—Bueno, amiga Ieliena —dije, acercándome a ella—. No puedes andar con esos harapos que llevas ahora. Te he comprado un vestido de diario, el más barato, así que no tienes por qué preocuparte. Sólo ha costado un rublo y veinte *kopeks*. Que lo lleves con salud.

Coloqué el vestido a su lado. Se ruborizó y me miró durante algún tiempo con los ojos muy abiertos.

Estaba muy extrañada y, al mismo tiempo, parecía sentir una gran vergüenza. Pero algo dulce y tierno brilló en sus ojos. Al ver que guardaba silencio me volví hacia la mesa. Por lo visto, mi rasgo la había sorprendido. Pero se dominó con un esfuerzo y fijó los ojos en el suelo.

La cabeza me dolía y me daba vueltas cada vez más y más. El aire fresco no me había producido ningún bien. Por otro lado, tenía que ir a casa de Natasha. Mi preocupación por ella no había disminuido desde la víspera; por el contrario, se hacía cada vez mayor. De repente me pareció que Ieliena me llamaba y me volví hacia ella.

—Cuando usted se vaya, no me encierre —dijo, mirando a un lado y alisando una franja del diván con el dedo como si estuviera completamente sumida en ese trabajo—. No me iré nunca de su casa.

—Está bien, Ieliena, de acuerdo. Pero ¿y si viene algún extraño? ¡Dios sabe quién puede venir!

—Entonces, déjeme la llave, y yo cerraré por dentro. Y si llaman diré que no está en casa —y me miró con malicia como diciendo: «Así es, sencillamente, como hay que hacerlo.»

—¿Quién le lava a usted la ropa? —preguntó antes de que yo tuviera tiempo de decirle nada.

—Aquí, en la casa, hay una mujer.

—Yo sé lavar la ropa. ¿De dónde ha traído ayer la comida?

—De la taberna.

—También sé cocinar. Yo le prepararé la comida.

—Ya está bien, Ieliena. ¿Qué puedes saber de cocina? Todo eso no lo dices en serio...

Ieliena se calló y agachó la cabeza. Por lo visto, mi observación la había mortificado. Pasaron por lo menos diez minutos; los dos guardábamos silencio.

—La sopa —dijo de repente, sin levantar la cabeza.

—¿Cómo la sopa? ¿Qué sopa? —pregunté asombrado.

—Sé preparar la sopa. La hacía para mamá cuando estaba enferma. También iba al mercado.

—Ya ves, Ieliena, ya ves qué orgullosa eres —dije y, acercándome, me senté a su lado en el diván—. Yo me comporto contigo según me dicta el corazón. Tú te encuentras ahora sola, sin parientes, desgraciada. Te quiero ayudar. Igual me ayudarías tú si yo me encontrase mal. Pero no quieres que sea así, y te cuesta aceptar de mí el más sencillo regalo. En seguida quieres pagarlo, ganarlo, como si yo fuese Bubnova y te hiciera reproches. Si fuera así, Ieliena, debería avergonzarte.

No contestaba; sus labios se estremecían. Daba la impresión de que quería decirme algo, pero se contuvo y se calló. Me levanté para ir a casa de Natasha. Esta vez le dejé a Ieliena la llave, diciéndole que si venía alguien y llamaba, preguntase quién era. Estaba completamente seguro de que a Natasha le había sucedido algún infortunio y que me lo ocultaba, como había ocurrido más de una vez entre nosotros. En cualquier caso, decidí no visitarla más que por un momento para no irritarla con mi inoportunidad.

Y así ocurrió. Me recibió con una mirada descontenta y dura. Era preciso marcharse en seguida, pero se me doblaban las piernas.

—Vengo a tu casa un minuto, Natasha —empecé—, para pedirte consejo sobre lo que tengo que hacer con mi alojada— y me apresuré a contarle todo lo de Ieliena. Natasha me escuchó en silencio.

—No sé qué aconsejarte, Vania —contestó—. Todo hace suponer que es un ser muy extraño. Tal vez se ha visto muy ofendida y la han asustado mucho. Déjala, por lo menos, que se cure. ¿La quieres llevar a casa de los nuestros?

—Dice continuamente que no se irá de mi casa a ningún sitio. Y Dios sabe cómo la recibirán allí, así que no sé. Bueno, ¿qué? ¿Cómo estás? Ayer parecía que estabas enferma —insinué con timidez.

—Sí... también hoy me duele la cabeza —contestó distraída—. ¿Has visto a alguien de los nuestros?

—No. Iré mañana. Mañana es sábado...

—¿Y qué?

—Por la tarde vendrá el príncipe...

—¿Y qué? No se me ha olvidado.

—No, si lo he dicho así...

Se detuvo ante mí y durante un tiempo me miró fijamente a los ojos. En su mirada había cierta decisión, cierta terquedad; algo febril, ardiente.

—¿Sabes qué, Vania? —dijo—. Sé bueno, márchate de mi casa, me incomoda tu presencia.

Me levanté del sillón y la miré con indescriptible asombro.

—¡Amiga mía, Natasha! ¿Qué te pasa? ¿Qué te ha ocurrido? —grité asustado.

—¡No me ha ocurrido nada! Mañana lo sabrás todo, todo; ahora quiero estar sola. ¿Lo oyes, Vania? Vete ahora mismo. ¡Me resulta tan penoso verte, tan penoso!

—Pero dime, por lo menos...

—¡Mañana lo sabrás todo, todo! ¡Ay, Dios mío! Pero ¿te marcharás de una vez?

Salí. Estaba tan asombrado que apenas razonaba. Mavra salió corriendo tras de mí al descansillo.

—¿Qué, se enfada? —me preguntó—. Yo tengo miedo de acercarme a ella.

—Pero ¿qué es lo que le pasa?

—Le pasa que el *nuestro* hace tres días que no asoma las narices por aquí.

—¿Cómo tres días? —pregunté estupefacto—. Si ella misma me dijo ayer que había estado por la mañana y que iba a venir por la tarde...

—¡Que por la tarde! ¡Si tampoco ha estado por la mañana! Te digo que desde ayer ha desaparecido. ¿Acaso te dijo ella misma ayer que había estado por la mañana?

—Ella misma me lo dijo.

—¡Vaya! —dijo Mavra, pensativa—. Eso quiere decir que le ha hecho mucho daño, cuando no quiere confesar ante ti que no estuvo. ¡Vaya, buena chica!

—Pero ¿qué es esto? —grité.

—Pues que no sé qué hacer con ella —continuó Mavra abriendo los brazos—. Ayer me mandó a su casa y por dos veces me hizo volver a medio camino. Y hoy tampoco quiere hablar conmigo. Si al menos pudieras verle. No me atrevo a dejarla sola.

Me lancé, como un loco, escaleras abajo.

—¿Vendrás por la tarde? —me gritó Mavra.

—Ya veremos —contesté sin detenerme—. A lo mejor vendré sólo a verte a ti y preguntarte cómo van las cosas, si es que yo mismo continúo viviendo.

Efectivamente, sentí como si algo me hubiera golpeado el corazón.

Capítulo X

Me encaminé directamente a casa de Aliosha. Vivía en casa de su padre, en Maloi Morskoi. A pesar de que vivía solo, el príncipe tenía un piso bastante grande. Aliosha ocupaba en este piso dos magníficas habitaciones. Yo había ido muy pocas veces a verle, hasta ese día creo que una sola vez. Él venía a verme con más frecuencia, sobre todo al principio, en los primeros tiempos de su unión con Natasha.

No estaba en casa. Pasé directamente a su habitación, y le escribí la siguiente nota:

«Aliosha, parece que se haya vuelto usted loco. Como la tarde del martes su propio padre le pidió a Natasha que le hiciese a usted el honor de ser su esposa, petición con la que usted se mostraba conforme y de la que soy testigo, su conducta actual es un tanto rara. ¿Sabe lo que está haciendo con Natasha? En cualquier caso, mi nota le recordará que su conducta ante su futura mujer es indigna e irresponsable en el más alto grado. Sé muy bien que no tengo ningún derecho a sermonearle, pero ello me tiene sin cuidado.

»P. S. De esta carta no sabe nada, y ni siquiera fue ella la que me habló de usted.»

Cerré el sobre con la nota y lo dejé en su mesa. A mi pregunta, el criado contestó que Aliexiéi Pietróvich casi no solía estar en casa, y que ahora, probablemente, tampoco volvería antes del anochecer.

Apenas pude llegar a casa. La cabeza me daba vueltas, mis piernas estaban débiles y temblaban. Mi puerta estaba abierta. Dentro estaba, esperándome, Nikolái Sierguiéievich Ijmiéniev. Permanecía sentado junto a la mesa, en silencio y observaba con extrañeza a Ieliena, la cual lo examinaba a su vez con no menos extrañeza, aunque con obstinado silencio. «Sí, sí, pensé, debe parecerle extraña.»

—Aquí tienes, hermano, hace una hora que te estoy esperando y te confieso que no creía encontrarte así... —continuó, observando la habitación y guiñándome con disimulo hacia Ieliena. En sus ojos se reflejaba la estupefacción. Pero observándole con más atención, me di cuenta de que estaba triste y angustiado. Su rostro parecía más pálido que de costumbre.

—Siéntate, anda, siéntate —continuó con voz preocupada y trabajosa—. Me he apresurado a venir a tu casa porque tengo un asunto. Pero ¿qué te pasa? Tienes mala cara.

—No me encuentro bien. Desde por la mañana me da vueltas la cabeza.

—Ten cuidado, eso no se puede descuidar. ¿Te has acatarrado, quizá?

—No, es sencillamente una crisis nerviosa. Suele ocurrirme eso a veces. Y usted, qué, ¿se encuentra bien?

—¡Vaya, vaya! Estoy algo febril. Tengo un asunto. Siéntate.

Acerqué una silla y me senté frente a él, junto a la mesa. El viejo se inclinó ligeramente hacia mí y empezó a decir medio susurrando:

—No me mires y haz como que estamos hablando de otra cosa. ¿Quién es esa alojada que tienes?

—Luego se lo explicaré todo, Nikolái Sierguiéievich; es una pobre niña huérfana, nieta de aquel Smith que vivía aquí y que murió en la confitería.

—¡Ah, entonces tenía una nieta! ¡Bueno, hermanito, es una chica extraña! ¡Cómo mira, cómo mira! Te lo digo de verdad: si llegas a tardar cinco minutos más, no hubiera aguantado aquí. Me ha abierto a la fuerza y hasta ahora no ha dicho ni una palabra; uno se siente incómodo con ella, no paerce un ser humano. ¿Cómo ha aparecido por aquí? Ya comprendo, seguramente vendría a casa de su abuelo sin saber que éste había muerto.

—Sí, ha sido muy desgraciada. El viejo, al morir, se acordó de ella.

—¡Ejem! Tal abuelo, tal nieta. Luego me contarás todo eso. Tal vez se le pueda ayudar en algo, ya que es tan desgraciada... Y ahora, hermano, ¿no se le puede decir que se marche? Porque tengo que hablar contigo en serio.

—Es que no tiene dónde ir. Vive aquí.

Le expliqué al viejo lo que pude, en dos palabras, y añadí que se podía hablar delante de ella, porque era una niña.

—Sí... naturalmente, es una niña. Pero me has asombrado, hermano. ¡Vive contigo, Señor Dios mío!

Y el viejo, estupefacto, la miró otra vez. Ieliena, dándose cuenta de que se hablaba de ella, permanecía sentada, inclinando la cabeza y pellizcando con los dedos la tela del diván. Ya había tenido tiempo de ponerse el nuevo vestido, que le sentaba a la perfección. Iba peinada con más esmero que de costumbre, probablemente en honor al nuevo vestido. En conjunto, si no fuera por su extraña mirada salvaje, resultaría una niña encantadora.

—Voy a ser breve y conciso. He aquí de lo que se trata, hermano; es un asunto largo, un asunto importante.

Permanecía sentado, con los ojos bajos, con aire grave y preocupado; a pesar de su apresuramiento y de su «breve y conciso», no encontraba palabras para enhebrar su discurso. «¿En qué vendrá a parar esto?», pensé.

—Ves, Vania, he venido a verte con una gran petición. Pero antes... como me imagino, es preciso explicarte algunas circunstancias... circunstancias extremadamente delicadas...

Carraspeó y me lanzó una rápida mirada. Me miró y enrojeció; enrojeció y se enfadó consigo mismo por su falta de coraje. Se enfadó y, por fin, se decidió:

—¡Pero qué explicación cabe aquí! Tú mismo lo comprenderás. Sencillamente, provoco al príncipe a un duelo, y yo te pido que arregles el asunto y seas mi padrino.

Me eché hacia atrás sobre el respaldo de la silla, y le miré en el colmo del asombro.

—¿Qué miras? No me he vuelto loco.

—¡Pero, permítame, Nikolái Sierguiéievich! ¿Cuál es el pretexto, cuál es la finalidad? Y, por último, ¿cómo es posible?

—¡Pretexto! ¡Finalidad! —gritó el viejo—. ¡Qué maravilla!...

—Bueno, bueno, ya sé lo que va usted a decir. Pero ¿de qué servirá su ocurrencia? ¿Qué saldrá de ese duelo? Confieso que no comprendo nada.

—Ya he pensado que no comprenderías nada. Escucha: nuestro proceso ha terminado, es decir, terminará dentro de unos días; sólo quedan formalidades sin importancia. Estoy condenado. Tengo que pagar diez mil rublos, ésa es la sentencia. Ijmieniévka sirve como garantía. En consecuencia, ahora ese canalla se quedará con ese dinero y yo, entregándole Ijmieniévka, pago y me convierto en un cualquiera. Aquí es donde levanto la cabeza. Así, respetado príncipe, usted me ha ofendido durante dos años; ha mancillado mi nombre, la honra de mi familia y ¡he tenido que soportarlo! Entonces no podía provocarle a duelo. Me hubiera usted dicho sencillamente: «Ah, hombre astuto, quieres matarme para no pagarme el dinero, que presientes te van a condenar a pagarme tarde o temprano. No, primero espera que se resuelva el proceso y luego provócame.» Ahora, respetado príncipe, el proceso está decidido, usted ha ganado, en consecuencia no hay ningún inconveniente, y por eso, venga usted aquí, al terreno del honor. Éste es el asunto. Según tú, ¿no tengo razón para vengarme de todo, de todo?

Sus ojos echaban chispas. Le contemplé largo rato en silencio. Hubiese querido penetrar en sus pensamientos secretos.

—Escuche, Nikolái Sierguiéievich —contesté por fin, decidido a pronunciar la palabra clave, sin la cual no nos entenderíamos—. ¿Puede usted ser absolutamente sincero conmigo?

—Sí, puedo —contestó con firmeza.

—Dígame sinceramente: ¿es sólo un sentimiento de venganza lo que le incita a provocarle? ¿Tiene usted a la vista otros objetivos?

—Vania —contestó—, sabes que no permitiré a nadie que aborde ciertos puntos en mi conversación; que ahora hago una excepción porque con tu claro juicio te has percatado inmediatamente de que es imposible soslayar este punto. Sí, tengo también otra finalidad. Es ésta: salvar a mi hija perdida y librarla del camino fatal a que la han llevado los últimos acontecimientos.

—¿Pero cómo va usted a salvarla con ese duelo? Ésa es la cuestión.

—Impidiendo todo lo que ahora se está tramando allí. Escucha: no creas que habla en mí la ternura paternal y otras debilidades de ese género. ¡Todo eso es absurdo! Las interioridades de mi corazón no las dejo ver a nadie. No las conoces ni tú. Mi hija me ha abandonado, ha huido con su amante, y yo la he arrancado de mi corazón de una vez para siempre aquella noche, ¿recuerdas? Si me has visto sollozar sobre su retrato, eso no significa que desee perdonarla. Tampoco la perdoné entonces. Lloré por la felicidad perdida, por la vanidad de mis sueños, pero no por *ella*, tal como es ahora. Quizá llore con frecuencia, no me avergüenza confesarlo, lo mismo que a mí no me avergüenza confesar que antes quería a mi hija más que a nadie en el mundo. Por lo visto, todo eso va en contra de mi decisión actual. Tú podrías decirme: «Si es verdad eso, si es usted indiferente hacia aquella que ya no considera su hija, ¿entonces para qué se mete en lo que ahora se está tramando allí?». Y yo contesto. «En primer lugar porque no quiero dejar que triunfe un hombre abyecto y bellaco, y en segundo lugar, por un sentimiento humanitario de lo más elemental. Si ya no es mi hija, sigue, con todo, siendo un ser débil, indefenso y engañado, que engañan todavía más, para perderla definitivamente. Directamente no puedo intervenir en el asunto, pero puedo hacerlo indirectamente con un duelo. Si me matan o derraman mi sangre, ¿acaso ella pasará por encima del campo del honor, o tal vez por mi cadáver, e irá a casarse con el hijo de mi asesino, como la hija de aquel zar (¿recuerdas?, teníamos un libro en el que tú aprendiste a leer) que pasó con su coche por encima del cadáver de su padre? Por último, si acude al duelo, el propio príncipe no querrá esa boda. En resumen, no quiero esa boda y emplearé todas mis fuerzas para que no se celebre. ¿Me has comprendido ahora?

—No. Si desea usted el bien para Natasha, ¿por qué se ha decidido a impedir su boda, es decir, precisamente aquello que puede rehabilitar su nombre? Todavía tiene que vivir muchos años, y necesita una rehabilitación.

—¡A paseo esos prejuicios mundanos, eso es lo que tiene que pensar ella! Tiene que reconocer que el mayor deshonor está precisamente en esa boda, precisamente en la unión con esas gentes infames, con ese despreciable mundo. Tal vez entonces, yo mismo me decidiera a tenderle la mano y ¡veremos quién se atreve a deshonrar a mi hija!

Este desesperado idealismo me dejó estupefacto. Pero me di cuenta de que estaba fuera de sí y hablaba movido por la cólera.

—Es demasiado ideal eso —le contesté—, y prácticamente, cruel. Le exige usted una fuerza que quizá no le haya dado en el momento de su nacimiento. ¿Y acaso consiente en la boda por querer ser princesa? Ella ama; eso es una pasión, una fatalidad. Y por último, usted le exige desprecio a la opinión del mundo, en tanto que usted se inclina ante ella. El príncipe le ha ofendido, le ha convertido públicamente en sospechoso de emplear viles engaños para emparentar con su casa, y usted razona ahora de la siguiente manera: «Si ella rechaza la formal propuesta por parte de ellos, tal actitud será la refutación más clara y completa de la antigua calumnia.» Eso es lo que pretende, usted se inclina ante la opinión del propio príncipe y pretende que él mismo reconozca su falta. Quiere ponerle en ridículo, vengarse de él, y a tal fin sacrifica la felicidad de su hija. ¿Acaso no es egoísmo?

El viejo permanecía sombrío y callado; durante mucho tiempo no contestó ni una palabra.

—Eres injusto conmigo, Vania —habló por fin; una lágrima brilló en sus pestañas—. Te juro que eres injusto. ¡Pero dejemos eso! No puedo volcar delante de ti mi corazón —prosiguió, levantándose y cogiendo el sombrero—, pero te diré una cosa: has hablado ahora mismo de la felicidad de mi hija. Decidida y definitivamente no creo en tal felicidad y, además, esa boda, aún sin mi oposición, no se realizará nunca.

—¿Cómo, cómo? ¿Por qué lo cree usted? ¿Tal vez sabe algo? —exclamé con curiosidad.

—No, no sé nada de particular. Pero ese maldito zorro no ha podido decidirse por una cosa así. Todo eso es absurdo, es una trampa. Estoy seguro de ello, y recuerda mis palabras, ocurrirá así. En segundo lugar, si esta boda se realizase, es decir, en el único caso de que este canalla tuviera especiales cálculos secretos, desconocidos para todo el mundo, por los que este matrimonio le convenga (cálculos que yo no comprendo en absoluto), entonces decide tú mismo y pregunta a tu corazón si ella será feliz en ese matrimonio. Recriminaciones, humillaciones, la amante del muchachito que ya se cansa de su amor, y que en cuanto se case empezará en seguida a perderle el respeto, a ofenderla, a humillarla. Al mismo tiempo la pasión por parte de ella se reforzará a medida que se enfríe la del otro. Vendrán los celos, las torturas, el infierno, la separación y puede ser que incluso el crimen... ¡No, Vania! Si están tramando algo y tú los ayudas, te prevengo que responderás por ello ante Dios, pero ya será tarde. ¡Adiós!

Le detuve.

—Escuche, Nikolái Sierguiéievich, tomemos el siguiente acuerdo: vamos a esperar. Esté seguro que no soy el único en seguir este asunto y es posible que se resuelva por sí solo, de la mejor manera, sin decisiones violentas y artificiales, como por ejemplo, ese duelo. ¡El tiempo decidirá mejor que nadie! Y, finalmente, permítame que le diga que su designio es imposible por completo. ¿Acaso ha podido usted creer un solo momento que el príncipe aceptará su desafío?

—¿Cómo que no lo aceptará? ¡Pero, hombre, reacciona!

—Le juro que no lo aceptará y que encontrará un pretexto completamente plausible. Hará todo eso con una suficiencia pedante, mientras que usted se cubrirá de ridículo...

—¡Por favor, por favor! ¡Me has abatido por completo después de esto! ¿Cómo que no aceptará el desafío? ¡No, Vania, tú eres sencillamente un poeta, precisamente eso, un auténtico poeta! ¿Es que a tu juicio resulta ridículo batirse conmigo? No soy menos que él. Soy un viejo, un padre ofendido; tú eres un literato ruso, y por tanto, un hombre respetable, puedes ser el padrino y... y... No entiendo qué más puede hacerte falta...

—Verá usted: él presentará tales razones, que usted será el primero en considerar que es imposible, en grado superlativo, batirse con él.

—¡Ejem!... ¡Está bien, amigo mío! ¡Sea como tú dices! Esperaré, cierto tiempo, se entiende. Veremos cómo obra el tiempo. Pero una cosa, amigo mío: dame tu palabra de honor de que ni allí ni a Anna Andriéievna les vas a contar nuestra conversación.

—Se la doy.

—Otra cosa, Vania, hazme el favor; no hables nunca más conmigo de esto.

—Está bien, le doy mi palabra.

—Y por último, otra petición: sé, querido, que tal vez en nuestra casa no lo pases bien, pero ven con más frecuencia si puedes. Mi pobre Anna Andriéievna te quiere tanto y... y... se aburre tanto sin ti... ¿Comprendes, Vania?

Me apretó con fuerza la mano. Se lo prometí de todo corazón.

—Y ahora, Vania, la última cuestión espinosa: ¿tienes dinero?

—¡Dinero! —repetí con extrañeza.

—Sí —el viejo se ruborizó y bajó los ojos—. Miro tu casa, hermano, tu situación... Y como pienso que puedes tener gastos extras (precisamente ahora puedes tenerlos), entonces... aquí tienes, hermano, ciento cincuenta rublos para cualquier eventualidad.

—¡Ciento cincuenta rublos para una *eventualidad,* cuando acaba usted de perder el proceso!

—¡Vania, según veo, no me comprendes en absoluto! Pueden surgir gastos extras, entiéndelo. En algunos casos el dinero procura la independencia frente a una situación, la libertad de decidir. Puede ser que ahora no te haga falta, ¿pero no lo necesitarás en el futuro? En todo caso, te los dejo. Es todo lo que he podido reunir. Si no los gastas, me los devuelves. ¡Y ahora, adiós! ¡Dios mío, qué pálido estás! Pero si estás enfermo...

No repliqué y cogí el dinero. Estaba demasiado claro para qué me lo dejaba.

—Apenas me tengo en pie.

—¡No descuides eso, Vania, querido, no lo descuides! No vayas hoy a ningún sitio. Ya le diré a Anna Andriéievna en qué situación te encuentras. ¿No necesitas un médico? Mañana vendré a verte. Al menos, lo intentaré con todas mis fuerzas, si es que puedo arrastrar los pies. Y, ahora, deberías acostarte. Bueno, adiós. Adiós, niña. ¡Se ha vuelto! Escucha, amigo mío: aquí tienes cinco rublos más, son para la niña. Pero no le digas que te los he dado yo, simplemente gástalos en ella, cómprale unos zapatos, ropa... ¡necesitará muchas cosas! Adios, amigo mío...

Le acompañé hasta el portal. Tenía que pedir al portero que fuese a comprar víveres. Ieliena no había comido aún.

Capítulo XI

Tan pronto como volví a mi casa, me mareé y caí en medio de la habitación. Sólo recuerdo el grito de Ieliena: entrechocó las manos y corrió hacia mí para sujetarme. Era el último instante que quedó en mi memoria.

Luego, me recuerdo ya en la cama. Ieliena me contó después que ella y el portero —que nos trajo la comida en ese momento— me llevaron al diván. Me desperté unas cuantas veces y siempre veía inclinada sobre mí la carita compasiva y preocupada de Ieliena. Pero todo eso lo recuerdo como a través de un sueño, como en tinieblas; el simpático rostro de la pobre niña cruzaba ante mí entre mis desazones como una aparición, como un cuadro. Me traía de beber, me arreglaba la cama, o permanecía sentada a mi lado, triste y asustada, y me alisaba el cabello con sus deditos. Recuerdo que una vez me besó suavemente en el rostro. Otra vez, al despertarme de pronto por la noche, a la luz de la vela casi consumida, que estaba sobre la mesa arrimada al diván, vi que Ieliena había apoyado su cara en mi almohada y dormía asustada, con sus labios pálidos entreabiertos y con la palma de la mano colocada bajo su tibia mejilla. Cuando me desperté del todo, era ya de mañana. La vela se había consumido del todo; un rayo, brillante y rosa, del naciente amanecer jugueteaba ya en la pared. Ieliena permanecía sentada al lado de la mesa y, con su cansada cabeza inclinada sobre el brazo izquierdo, dormía profundamente. Recuerdo que me fijé en su carita infantil, que incluso en sueños estaba llena de una expresión de tristeza impropia de una criatura y de una belleza extraña y enfermiza. Pálida, con largas pestañas que tocaban sus delgadas mejillas, enmarcada en un pelo negro como el alquitrán, que, sujeto sin esmero y con fuerza, caía a un lado; su otra mano descansaba sobre mi almohada. Besé con mucho cuidado es mano delga-dita, pero la pobre niña no se despertó y sólo una sonrisa pare-ció cruzar por sus pálidos labios. La miré durante mucho tiempo, y me dormí con un sueño profundo y reparador. Esta vez dormí casi hasta el mediodía. Al despertar me sentí como curado. Sólo la debilidad y la pesadez de los miembros testimo-niaban la reciente enfermedad. Estas crisis nerviosas y rápidas ya las había sufrido otras veces; las conocía muy bien. General-mente, la enfermedad se me solía pasar casi por completo en veinticuatro horas; lo cual no le impedía mostrarse entonces ruda y violenta.

Era ya casi mediodía: Lo primero que vi fueron las cortinas que compré la víspera, colocadas en un ángulo por medio de un cordón. Ieliena se había dispuesto un rincón en la habitación. Es-taba sentada ante la estufa y preparaba el té. Al darse cuenta de que me había despertado, sonrió alegremente y se me acercó en seguida.

—Amiga mía —le dije, cogiéndole la mano—, me has cuidado durante toda la noche. No sabía que eras tan buena.

—¿Y usted cómo sabe que le he cuidado toda la noche? A lo mejor me la he pasado durmiendo —respondió, mirándome con simpatía y tímida malicia y, a la vez, enrojeciendo de vergüenza por sus palabras.

—Me he despertado varias veces y lo he visto todo. Te has dormido sólo al amanecer.

—¿Quiere té? —me interrumpió, como si le resultara difícil continuar esta conversación, como suele ocurrir con los seres generosos y de noble corazón cuando los alaban.

—Sí —respondí—. Pero, ¿tú has comido ayer?

—No he comido, pero he cenado. El portero trajo comida. Usted no hable y permanezca tranquilo. Todavía no está curado del todo —añadió, trayéndome té y sentándose a mi lado.

—¡Cómo voy a estar acostado! Me quedaré en la cama hasta la tarde y luego saldré. Es absolutamente necesario, Ieliena.

—¡Menuda falta hace! ¿A casa de quién va usted a ir? ¿No será a la del visitante de ayer?

—No, no es a su casa.

—Está bien que no sea a su casa. Él fue quien tuvo la culpa de que se pusiera usted así. Entonces, ¿va a casa de su hija?

—¿Y cómo sabes tú lo de su hija?

—Lo oí todo ayer —contestó, bajando la cabeza.

Se le enfurruñó el rostro. Enarcó las cejas.

—Es un viejo malo —añadió después.

—¿Acaso le conoces? Al contrario, es un hombre muy bueno.

—No, no; es malo. Lo he oído —contestó con estusiasmo.

—Pero, ¿qué es lo que has oído?

—No quiere perdonar a su hija...

—Pero la quiere. Ella se siente culpable ante él y él se preocupa y padece por ella.

—¿Y por qué no la perdona? Ahora, si la perdonase, la hija no debería volver a su casa.

—¿Cómo es eso? ¿Por qué?

—Porque no merece que su hija le quiera —respondió con calor—. Es mejor que se vaya de su casa para siempre y que pida limosna, y él que vea que su hija pide limosna y que sufra.

Sus ojos centelleaban, las mejillas se le encendieron. «Seguramente, no habla así en vano», pensé.

—¿Era a su casa donde quería llevarme? —preguntó, después de un corto silencio.

—Sí, Ieliena.

—No, mejor me pondré a trabajar como criada.

—Ay, qué mal está eso que dices, Liénochka. Y qué absurdo. ¿Dónde puedes colocarte?

—En casa de cualquier campesino —contestó nerviosa, bajando cada vez más la cabeza. Estaba visiblemente indignada.

—Ningún campesino necesita una criada así —dije, sonriendo burlonamente.

—Bueno, pues en casa de unos señores.

—¿Tú, con tu carácter, vivir en casa de unos señores?

—Sí, con mi carácter —cuanto más se irritaba tanto más cortantes eran sus respuestas.

—Pero si no podrás aguantarlo.

—Lo aguantaré. Me regañarán, y yo me callaré adrede. Me pegarán, y yo seguiré callando y callando; que me peguen, no lloraré por nada.

—¿Qué te pasa, Ieliena? ¡Cuánto odio hay en ti y qué orgullosa eres! Sin duda has soportado muchas desgracias...

Me levanté y me acerqué a mi gran mesa. Ieliena se quedó en el diván mirando pensativa al suelo y pellizcando con los dedos la tela. Estaba callada. «¿Se habrá enfadado por mis palabras?», pensé.

Permaneciendo junto a la mesa, desenvolví maquinalmente los libros que había cogido para la compilación y poco a poco me ensimismé en la lectura. Suele ocurrirme con frecuencia: abro un libro para comprobar algo y acabo poniéndome a leer de tal forma, que me olvido de todo.

—¿Qué es lo que escribe? —me preguntó Ieliena con una sonrisa tímida, acercándose despacio a la mesa.

—Pues así, Liénochka, de todo. Eso me da dinero.

—¿Peticiones?

—No, no son peticiones —y le expliqué hasta donde pude que escribía diferentes historias sobre distintas personas, y que de eso salían los libros que se llamaban relatos y novelas. Me escuchaba con mucha curiosidad.

—Entonces, ¿usted escribe siempre la verdad?

—No, invento.

—¿Por qué escribe mentiras?

—Verás, léete esto, este libro. Ya lo has estado mirando una vez. Tú sabes leer, ¿verdad?

—Sí, sé.

—Bien, pues entonces verás. Este libro lo he escrito yo.

—¿Usted? Lo leeré...

Tenía muchas ganas de decirme algo, pero por lo visto, se había turbado mucho y estaba muy nerviosa. Algo se ocultaba tras de sus preguntas.

—¿Y le pagan mucho por esto? —preguntó por fin.

—Según y cómo. A veces mucho, y otras, nada, porque el trabajo no va bien. Es un trabajo difícil, Liénochka.

—Entonces, ¿usted no es rico?

—No, no soy rico.

—Pues entonces, yo voy a trabajar y ayudarle.

De pronto me miró, se puso toda encarnada, agachó la cabeza y, de pronto, adelantándose dos pasos hacia mí, me abrazó estrechamente y apretó con fuerza su rostro contra mi pecho. Yo la miraba estupefacto.

—Le quiero... no soy orgullosa —musitó—. Ayer dijo usted que yo era orgullosa. No, no... no soy así... Le quiero. Sólo usted me quiere...

Pero ya las lágrimas la ahogaban. Al cabo de un minuto le brotaron con tanta fuerza como la víspera durante el ataque. Cayó de rodillas ante mí, me besaba las manos, los pies...

—¡Usted me quiere! —repetía— ¡Sólo usted, nadie más que usted!

Me apretaba temblorosa las rodillas con sus brazos. Todos sus sufrimientos, tanto tiempo callados, salieron de pronto al exterior en un arranque incontenible, y empecé a comprender aquella extraña tenacidad que se había ocultado púdicamente hasta ahora, de forma tanto más terca y rigurosa cuanto mayor era la necesidad de expresarse, de decirlo todo hasta aquel avasallador estallido, cuando todo su ser de pronto se abandonó en su necesidad de amor, de gratitud, de caricias, de lágrimas.

Estuvo sollozando hasta que le sobrevino una crisis de histerismo. A la fuerza aparté los brazos con que me rodeaba. La levanté y la llevé al diván. Estuvo sollozando todavía mucho tiempo, ocultando su rostro en la almohada como avergonzándose de mirarme, pero apretando con fuerza mi mano con su manita, y sin apartarla de su corazón.

Poco a poco se fue tranquilizando, pero todavía sin volver su rostro hacia mí. Un par de veces, me lanzó una mirada furtiva; y en sus ojos había una gran dulzura y como un sentimiento de miedo otra vez escondido. Por fin, enrojeció y sonrió.

—¿Te encuentras mejor? —pregunté—. Eres muy sensible. Liénochka, estás enferma, criatura.

—Liénochka no, no... —susurró, ocultando todavía de mí su rostro.

—¿Liénochka no? Entonces, ¿cómo?

—Nelly.

—¿Nelly? ¿Por qué precisamente Nelly? Por supuesto, es un nombre muy bonito. Así es como te voy a llamar, puesto que tú lo quieres.

—Así me llamaba mi mamá... y nadie me ha llamado así, menos ella. Y yo no he querido que nadie me llamase así, excepto mi mamá. Usted llámeme así; lo deseo... Y yo le querré siempre, siempre...

«¡Pequeño corazón amante y ardiente, pensé, cuánto tiempo he necesitado para que fueras mío... Nelly!». Pero ahora ya sabía que su corazón me era fiel para siempre.

—Escucha, Nelly —le dije tan pronto se hubo tranquilizado—. Dices que sólo te quería tu mamá y nadie más. ¿Es que no te quería tu abuelito?

—No me quería.

—Pero tú lloraste por él aquí, en la escalera, ¿recuerdas?

Se quedó un instante pensativa.

—No, no me quería... Era malo —y una expresión dolorosa apareció en su rostro.

—Pero tampoco se le podía pedir más, Nelly. Parecía estar completamente loco. Murió como un poseso. Ya te he contado cómo ocurrió.

—Sí, pero fue únicamente el último mes cuando empezó a olvidar todo. A veces, estaba sentado aquí un día entero, y si yo no hubiese venido continuaría igual al siguiente y al otro, sin beber ni comer. Antes era mucho mejor.

—¿Cuándo antes?

—Cuando todavía no había muerto mamá.

—Eso quiere decir que tú le traías de comer, Nelly.

—Sí, yo le traía.

—¿Y de dónde lo cogías, de casa de Bubnova?

—No, no he cogido nunca nada en casa de Bubnova —dijo con obstinación y cierto temblor en la voz.

—¿Y de dónde lo traías, si no tienes nada?

Nelly guardó silencio y palideció horriblemente; después, me miró durante mucho tiempo.

—Pedía limosna por la calle... Cuando reunía cinco *kopecks,* le compraba pan y rapé...

—¡Y él lo consentía! ¡Nelly! ¡Nelly!

—Al principio, lo hice sin decírselo. Y cuando se enteró, después era él quien me mandaba a pedir. Yo permanecía en el puente y pedía a los transeúntes; él andaba por allí cerca, esperando. En cuanto se daba cuenta de que me habían dado algo venía corriendo hacia mí y me quitaba el dinero como si yo quisiera escamoteárselo, como si no lo reuniese para él.

Al decir esto sonreía de un modo sarcástico y amargo.

—Todo esto sucedió después de morir mamá —añadió—. Entonces se volvió completamente loco.

—Entonces, ¿quería mucho a tu mamá? ¿Por qué no vivía con ella?

—No, no la quería... Era malo, y no la perdonaba... como el viejo malo de ayer —dijo en voz baja, casi en un susurro y palideciendo gradualmente.

Me estremecí. El nudo de toda una novela brilló en mi imaginación. Aquella pobre mujer, muriendo en el sótano de la casa de un fabricante de ataúdes, su hija huérfana, que visitaba de cuando en cuanto al abuelo que había maldecido a la madre, el viejo extravagante que enloqueció muriendo en la confitería después que su perro.

—*Azorka* había pertenecido antes a mamá —dijo de pronto Nelly, sonriendo ante el recuerdo—. El abuelo quería mucho a mi mamaíta antes, y cuando mamá se marchó de su casa, *Azorka* se quedó con él. Por eso quería tanto a *Azorka*... A mamá no la perdonó, pero cuando murió el perro, él murió también... —añadió secamente; la sonrisa desapareció de su rostro.

—Nelly, ¿quién era antes tu abuelo? —pregunté tras una corta espera.

—Antes era rico. No sé quién era —respondió—. Tenía una fábrica... así me lo contaba mi mamá. Al principio pensaba que yo era pequeña y no me lo contaba todo. Se limitaba a besarme y decirme: «¡Llegará un momento en que te enterarás de todo, te enterarás, pobrecilla, desgraciada!». Y siempre me llamaba pobre y desgraciada. Y cuando por la noche se creía que estaba durmiendo (yo fingía adrede que dormía), lloraba inclinada sobre mí, me besaba y decía: «¡Pobre, desgraciada!».

—¿De qué murió tu mamá?

—De tuberculosis, ahora hará seis semanas.

—¿Y tú te acuerdas de cuando el abuelo era rico?

—Pero si yo entonces no había nacido aún... Mamá se marchó de casa del abuelo antes de que yo naciera.

—¿Con quién se marchó?

—No lo sé —contestó Nelly en voz baja y como pensando—. Se fue al extranjero y yo nací allí.

—¿Al extranjero? ¿Dónde?

—A Suiza. He estado en todas partes, en Italia y en París.

Me asombré.

—¿Y te acuerdas, Nelly?

—Me acuerdo de muchas cosas.

—¿Y cómo es que hablas tan bien el ruso, Nelly?

—Mamá me enseñaba ya ruso allí. Ella era rusa, porque su madre era rusa; el abuelito era inglés, pero también como si fuera ruso. Y cuando volvimos aquí mamá y yo, hace año y medio, terminé de aprenderlo. Mamá estaba ya enferma. Aquí nos hicimos cada vez más pobres. Mamá no hacía más que llorar. Al principio estuvo buscando aquí durante mucho tiempo al abuelito; no hacía más que decir que era culpable ante él y lloraba todo el tiempo... ¡Cómo lloraba, cómo lloraba! Y cuando se enteró de que el abuelito era pobre, lloró todavía más. Le mandaba continuamente cartas, pero él no contestaba.

—¿Para qué volvió aquí tu mamá? ¿Sólo para buscar a su padre?

—No lo sé. Allí vivíamos muy bien —los ojos de Nelly centellearon—. Mamá vivía sola conmigo. Tenía un amigo, bueno, como usted... La había conocido aquí. Pero murió allí, y mamá regresó...

—Entonces, ¿tu mamá se fue con él cuando dejó la casa del abuelo?

—No, no se fue con él. Mamá se marchó con otro, pero la abandonó...

—¿Con quién, Nelly?

Nelly me miró y no contestó nada. Era evidente que sabía con quién se había ido su madre y, probablemente, quién era su padre. Le resultaba penoso decírmelo incluso a mí...

No quería torturarla con preguntas. Tenía un carácter extraño, desigual y ardiente, pero frenaba sus impulsos; simpático, pero encerrado en su orgullo e inaccesibilidad. Durante todo el tiempo que la he tratado, a pesar de que me quería con todo su corazón, con el cariño más luminoso y claro, casi igual al que tuvo a su madre, a la cual no podía recordar sin dolor, rara vez, no obstante, fue expansiva conmigo y, salvo aquel día, pocas veces sintió la necesidad de hablarme de su pasado; al contrario, incluso me lo ocultaba con cierta hosquedad. Pero aquel día, en el transcurso de unas cuantas horas, entre convulsivos sollozos que interrumpían su relato, me contó aquello que más la inquietaba y torturaba de sus recuerdos; nunca olvidaré este impresionante relato. Pero lo principal de esta historia aún queda por narrar.

Era una extraña historia: la de una mujer abandonada que había sobrevivido a su felicidad; enferma, agotada por el sufrimiento y abandonada por todos, rechazada por el último ser en quien podía esperar, su propio padre, al que había ofendido en otro tiempo y que, a su vez, había perdido la razón a causa de insoportables padecimientos y humillaciones. Era la historia de una mujer desesperada, que recorría con su hija, a la que aún consideraba como una criatura, las frías y sucias calles petersburguesas pidiendo limosna; de una mujer que, más tarde, agonizaba a lo largo de un mes en un sótano húmedo y a quien su padre negaba el perdón hasta el último momento de su vida. Su padre, cuando en ese último momento reaccionó y fue corriendo para perdonarla, encontró sólo un cadáver en lugar de aquella a quien más había querido en el mundo. Era una historia extraña de relaciones misteriosas y apenas comprensibles entre el viejo loco y su pequeña nietecita, que ya comprendía, a pesar de su niñez, muchas de aquellas cosas que algunos no logran captar durante años enteros en su vida confortable y egoísta. Era una historia sombría, una de esas historias sombrías y torturantes que con tanta frecuencia, oculta y casi misteriosamente, se desrrollan bajo el cielo plomizo de Petersburgo en rincones lóbregos y secretos de la enorme ciudad, en medio del caprichoso bullicio de la vida, de torpes egoísmos, de intereses desbordados, de turbia perversidad, de sangrientos crímenes, en medio de todo este insoportable infierno, de esta vida insensata y anormal...

Pero lo principal de esta historia aún queda por narrar.

Tercera parte

Capítulo I

Hacía mucho que había oscurecido; llegó la noche, y sólo entonces desperté de mi sombría pesadilla y me acordé del presente.

—Nelly —dije—, ahora estás enferma y deprimida; siento, pues, tener que dejarte sola, agitada y en lágrimas. Amiga mía, perdóname y entérate de que también hay otro ser querido por mí y que no obtuvo el perdón, desgraciado, ofendido y abandonado. Me espera. Y yo mismo estoy tan turbado después de tu narración, que me parece que no podré aguantar si no le veo en seguida, inmediatamente...

No sé si Nelly comprendió todo lo que le dije. Yo era presa de la excitación a causa del relato y de la reciente enfermedad, pero me lancé a casa de Natasha. Entré ya tarde en su casa: eran las nueve.

En la calle, junto a la puerta de la casa donde Natasha vivía, vi una calesa que me pareció ser la del príncipe. La entrada a la casa de Natasha era por el patio. Tan pronto empecé a subir las escaleras, oí que más arriba alguien subía también, a tientas y con cuidado, pues, sin duda, no conocía el lugar. Pensé que debía de ser el príncipe, pero pronto me convencí de lo contrario. El desconocido subía, gruñía y maldecía el lugar tanto más alto y con más energía cuanto más avanzaba. Cierto que la escalera era estrecha, sucia y empinada, a veces oscura, pero las imprecaciones que comenzaron en el tercer piso no se hubieran podido atribuir nunca al príncipe: el señor que subía juraba como un cochero. Pero en el cuarto piso ya había luz: sobre la puerta de Natasha ardía un pequeño farol. En la puerta alcancé al desconocido; cuál no sería mi asombro al reconocer en él al príncipe. Pareció desagradarle mucho encontrarse conmigo en forma tan inopinada. En el primer instante no me reconoció, pero de pronto se transformó su rostro. La mirada de odio y malignidad que me había lanzado se transformó en afable y alegre, y me tendió ambas manos con un extraño regocijo.

—¡Ah, es usted! ¡Estaba a punto de ponerme de rodillas y de rogarle a Dios que salvara mi vida! ¿Me ha oído usted jurar? —y se echó a reír jovialmente. Pero, de pronto, su rostro adquirió una expresión seria y preocupada—. ¡Y que Aliosha haya podido instalar a Natalia Nikoláievna en semejante piso! —dijo, moviendo la cabeza—. Estas llamadas «menudencias» son las que caracterizan un hombre. Tengo miedo por él. Es bueno, tiene un corazón noble, pero ahí tiene usted un ejemplo: está locamente enamorado y aloja a su amada en semejante tugurio. He oído decir incluso que algunas veces faltaba el pan —añadió en voz baja, buscando el cordón de la campanilla—. Me estalla la cabeza cuando pienso en su futuro, sobre todo en el futuro de *Ann* Nikoláievna, cuando sea su mujer...

Aunque se equivocó de nombre, ni siquiera se dio cuenta. Buscaba con mal humor el cordón de la campanilla, pero no había campanilla. Tiré de la manilla; Mavra abrió inmediatamente y nos recibió afanosa. En la cocina, separada del minúsculo recibimiento por un tabique de madera, a través de la puerta abierta se vislumbraban algunos preparativos: todo aparecía más fregado y limpio que de costumbre. En la estufa ardía el fuego y sobre la mesa había una vajilla nueva. Se veía que nos esperaban. Mavra se apresuró a quitarnos los abrigos.

—¿Está aquí Aliosha? —le pregunté.

—No ha estado —me susurró de un modo misterioso.

Entramos en la habitación de Natasha. En su cuarto no había ningún preparativo especial; todo estaba como antes. Además, tenía todo siempre tan limpio y agradable, que no se había de preparar nada. Natasha nos recibió en pie, junto a la puerta. Me impresionó su cara delgada, enfermiza y muy pálida, si bien los colores brillaron por un instante en sus descoloridos pómulos. Sus ojos estaban febriles. En silencio y apresuradamente tendió la mano al príncipe, muy agitada y desconcertada. A mí ni me miró. Permanecí callado esperando.

—¡Aquí estoy yo! —dijo amistosa y alegremente el príncipe—. Hace sólo unas horas que he regresado. En todo este tiempo no se ha apartado usted de mi imaginación —le besó con afecto la mano—. ¡Y cuánto he pensado en usted! Cuántas cosas he imaginado decirle, transmitirle... ¡Bueno, ya hablaremos! En primer lugar, mi alocado hijo, según veo, no está aquí todavía...

—Permítame, príncipe —le interrumpió Natasha, enrojeciendo y turbándose—, tengo que decirle dos palabras a Iván Pietrovich. Ven, Vania... dos palabras...

—Vania —me dijo en un susurro, llevándome al más oscuro rincón—, ¿me vas a perdonar o no?

—Ya estás bien, Natasha, ¡qué estas diciendo!

—No, no, Vania, me has perdonado con demasiada frecuencia y demasiadas veces, pero toda paciencia tiene un límite. No dejarás nunca de quererme, lo sé, pero me culparás de ingratitud, porque ayer y anteayer me he mostrado ante ti desagradecida, egoísta, cruel...

De repente se deshizo en lágrimas y apoyó su rostro sobre mi hombro...

—Ya está bien, Natasha —me apresuré, para hacerle cambiar de opinión—. Estuve muy enfermo toda la noche, por eso no vine ni ayer por la noche ni hoy, y tú crees que estoy enfadado... Mi querida amiga, ¿acaso no sé lo que está ocurriendo ahora en tu alma?

—Bueno, está bien... entonces me has perdonado como siempre —dijo sonriendo a través de las lágrimas y apretándome la mano hasta hacerme daño—. Lo demás, para luego. Tengo muchas cosas que decirte, Vania. Ahora, vamos con él...

—Pronto, Natasha. Lo hemos dejado tan de repente...

—Ya verás, ya verás lo que va apasar —me susurró deprisa—. Ahora lo sé todo; lo he comprendido todo. La culpa de todo la tiene *él*. ¡Esta noche se va a decidir mucho! ¡Vamos!

No comprendí, pero no había tiempo para preguntar. Natasha se acercó al príncipe con el rostro sereno. Continuaba todavía en pie, con el sombrero en la mano. Se disculpó alegremente ante él, cogió su sombrero, le acercó una silla, y los tres nos sentamos en torno a la mesita.

—He empezado a hablar de mi aturdido hijo —continuó el príncipe—; le he visto sólo un momento, y eso en la calle, cuando se instalaba en el coche para ir a casa de la condesa Zinaida Fiódorovna. Tenía mucha prisa y, figúrense, no se quiso levantar para entrar en casa después de cuatro días sin vernos. Y me parece que yo tengo la culpa, Natalia Nikoláievna, de que él no esté aquí ahora, y de haber venido antes que él. He aprovechado la oportunidad, y como yo mismo no podía ir hoy a casa de la condesa, le he encargado una comisión. Pero vendrá en seguida.

—¿Le ha prometido seguro que vendría hoy? —preguntó Natasha mirando al príncipe con la mayor indiferencia.

—¡Ah, Dios mío, sólo faltaba que no viniera! —exclamó el príncipe con extrañeza, mirándola detenidamente—. Además, lo comprendo, está usted enfadada con él. Verdaderamente, está mal por su parte llegar el último. Pero, lo repito, yo tengo la culpa de eso. No se enfade con él. Es irreflexivo, alocado; no le entiendo, pero algunas circunstancias especiales exigen no sólo que no abandone ahora la casa de la condesa y la relación con algunos amigos, sino, por el contrario, que vaya allí con la mayor frecuencia. Y como hora probablemente no sale de esta casa y se ha olvidado de todo el mundo, entonces, por favor, no se enfade, si yo lo retengo de cuando en cuando, no más de un par de horas, para mis asuntos. Estoy seguro de que todavía no ha estado ni una vez en casa de la princesa K. desde aquella tarde, y me contraría el que hasta ahora no haya tenido tiempo para preguntárselo.

Miré a Natasha. Ella observaba al príncipe con una sonrisa ligeramente burlona. Pero él hablaba con tanta franqueza, con tanta naturalidad. Parecía no existir contra él ningún motivo de sospecha.

—¿Y de verdad no sabía usted que no ha estado en mi casa ni una sola vez en todos estos días? —preguntó Natasha con voz suave y serena, como si hablara de la cosa más natural del mundo.

—¡Cómo! ¿No ha estado ni una sola vez? ¡Pero qué me está diciendo! —dijo el príncipe, al parecer, muy extrañado.

—Usted estuvo en mi casa el martes, ya tarde. Al día siguiente vino para estar media hora y desde entonces no le he vuelto a ver.

—¡Pero eso es increíble! —cada vez se mostraba más sorprendido—. ¡Yo pensaba precisamente que no salía de aquí! Perdóneme, es tan extraño... sencillamente increíble.

—Y, sin embargo, es verdad, ¡qué lástima! Porque yo le esperaba a usted creyendo que iba a enterarme de algo, que me diría dónde se encuentra.

—¡Ay, Dios mío! ¡Pero si en seguida estará aquí! Pero lo que me ha dicho usted me ha asombrado tanto, que yo... confieso que esperaba de él cualquier cosa, pero esto... ¡esto!

—¡Cómo se asombra usted! Yo pensaba que no sólo no se asombraría, sino que lo sabría de antemano.

—¡Lo sabría! ¿Yo? Le aseguro, Natalia Nikoláievna, que le he visto hoy sólo un minuto y no he preguntado a nadie por él. Y me extraña que usted parezca no creerme —continuó, mirándonos a los dos.

—¡Dios me libre! —intervino Natasha—. Estoy segura de que dice usted la verdad.

Y se echó a reír de nuevo abiertamente a la cara del príncipe, de tal manera, que él pareció sentirse molesto.

—Explíquese —dijo, turbado.

—No hay nada que explicar aquí. Lo digo muy claro. Usted sabe lo alocado y olvidadizo que es. Pues bien, como ahora goza de absoluta libertad, se divierte.

—Pero es imposible divertirse así; aquí hay algo escondido; tan pronto como venga le obligaré a explicarlo. Lo que más me extraña es que da la impresión de que usted también me culpa de esto, cuando yo ni siquiera estaba aquí. Por otro lado, Natalia Nikoláievna, veo que está usted muy enfadada con él, y se comprende. Está usted en su perfecto derecho y... y... por supuesto, soy el primer culpable, anque no sea más que por haber llegado el primero, ¿no es verdad? —continuó, dirigiéndose a mí con una sonrisa irritada.

Natasha estalló.

—Permítame, Natalia Nikoláievna —prosiguió con dignidad—; estoy de acuerdo en que soy culpable, pero sólo de haberme ido al día siguiente de conocerla, así que usted, con cierta desconfianza que descubro en su carácter, ya tuvo tiempo de formarse un juicio sobre mí, sobre todo porque la han ayudado las circunstancias. De no haberme ido, usted me hubiera conocido mejor y Aliosha, bajo mi vigilancia, no se hubiera descarriado. Hoy mismo va usted a oír todo lo que debo decirle.

—Es decir, hará usted que se sienta molesto conmigo. Es imposible que con su inteligencia crea usted de verdad que con este procedimiento va a ayudarme.

—¿Quiere usted insinuar que yo deseo a propósito hacer que usted le resulte una carga? Me ofende, Natalia Nikoláievna.

—Trato siempre de hacer el mínimo de insinuaciones con quienquiera que hable —contestó Natasha—. Al contrario, siempre procuro hablar lo más francamente posible, y tal vez hoy se convenza usted de ello. No quiero ofenderle ni hay de qué, aunque sea únicamente porque no se ofenderá con mis palabras, le diga lo que le diga. De ello estoy completamente segura, ya que comprendo perfectamente nuestras mutuas relaciones; usted no las puede considerar en serio, ¿no es verdad? Pero, si en realidad le ofendo, estoy dispuesta a pedirle perdón para cumplir con usted todas las obligaciones de la hospitalidad.

Pese a la suavidad e incluso el tono de broma con que Natasha se había expresado, con la risa en los labios, nunca la había visto irritada hasta ese punto. Sólo ahora comprendí hasta qué extremo le habían dolido en corazón estos tres días. Sus enigmáticas palabras de que ya lo sabía todo y todo lo había adivinado me asustaban; sin duda, se referían directamente al príncipe. Había cambiado su opinión sobre él y le miraba como a un enemigo, eso quedaba claro. Adjudicaba a su influencia toda su desdicha con Aliosha y tal vez tenía para ello algunos motivos. Yo temía que se produjera entre ellos una violenta situación. Su tono burlón era demasiado abierto, demasiado evidente. Sus últimas palabras al príncipe acerca de que no podía ver con seriedad sus relaciones, la frase del perdón ante el deber de hospitalidad, su promesa en forma de amenaza de demostrarle aquella misma tarde que ella sabía hablar con franqueza, todo esto era a tal punto mordiente y descarnado, que el príncipe no podía dejar de entenderlo. Vi que se le había demudado el rostro, pero él sabía dominarse. Por lo pronto, fingió no darse cuenta de aquellas palabras, no entender su auténtico sentido y, por supuesto, replicó en broma.

—¡Dios me libre de exigir excusas! —exclamó riéndose—. No lo quería en absoluto: no entra en mis principios exigir causas a una mujer. Ya en nuestro primer encuentro, le advertí acerca de mi carácter; por eso seguramente no se enfadará usted conmigo si le hago una observación, y menos aún por cuanto se refiere en general a todas las mujeres. Seguramente también usted estará de acuerdo en ello —prosiguió, dirigiéndose a mí con amabilidad—. Precisamente me he dado cuenta de que el carácter femenino es de manera que si, por ejemplo, una mujer es culpable de algo, antes preferirá borrar después su culpa con miles de caricias que reconocerla inmediatamente y pedir perdón. Así, aun suponiendo que me hubiese ofendido usted, ahora mismo no querría disculpas. Me resultará más ventajoso después, cuando usted reconozca su falta y quiera borrarla ante mí... con miles de caricias. Usted es tan buena, tan pura, tan juvenil, tan espontánea, que el momento en que vaya a arrepentirse, lo presiento, será encantador. Y mejor, en vez del perdón, dígame ahora si hoy puedo demostrarle de alguna manera que yo me comporto con usted con mucha más sinceridad y franqueza de lo que usted piensa de mí.

Natasha enrojeció. A mí también me pareció que en la respuesta del príncipe se notaba un algo demasiado frívolo, casi despectivo, como una broma de mal gusto.

—¿Quiere usted demostrarme que es franco y sincero conmigo? —preguntó Natasha, mirándole de un modo retador.

—Sí.

—Si es así, cumpla mi petición.

—Le doy mi palabra de antemano.

—Es ésta: ni con una palabra, ni con una alusión moleste a Aliosha por mí ni hoy ni mañana. Ni una recriminación porque me haya olvidado, ni un sermón. Quiero recibirle precisamente como si no hubiera nada entre nosotros, de forma que no pueda darse cuenta de nada. ¿Me da su palabra?

—Con muchísimo gusto —contestó el príncipe—. Y permítame añadir de todo corazón que pocas veces he encontrado un modo más claro y sensato de ver estas cosas... Bien, parece que viene Aliosha.

En efecto, en el recibimiento se oyeron pasos. Natasha se estremeció y pareció prepararse para algo. El príncipe permanecía sentado con el rostro serio y esperaba lo que iba a suceder. Miraba fijamente a Natasha. Entonces se abrió la puerta y Aliosha entró corriendo.

Capítulo II

Irrumpió en la habitación con la cara radiante, satisfecho y optimista. Se notaba que había pasado estos cuatro días alegre y feliz. Parecía leerse en su rostro que quería comunicarnos una noticia.

—¡Aquí estoy! —dijo, llenando la habitación con su voz—. El que tenía que haber llegado el primero. ¡Pero ahora mismo lo sabréis todo, todo! Hasta ahora, papá, no hemos tenido tiempo de hablar dos palabras, y yo tenía que contarte muchas cosas. Sólo en los momentos buenos me permite que le trate de *tú* —añadió dirigiéndose a mí—, de verdad, ¡en otros momentos me lo prohíbe! Y menuda táctica emplea: él mismo empieza a tratarme de *usted*. ¡Pero desde hoy quiero que todos sus momentos sean buenos y haré que así sea! En general, he cambiado durante esos cuatro días, he cambiado completamente. Pero eso después. ¡Lo importante ahora es que ella está aquí! ¡Está aquí! ¡Otra vez! ¡Natasha, querida, buenas noches, ángel mío! —dijo, sentándose a su lado y besándole la mano con avidez—. ¡Cómo te he echado de menos estos días! ¡Pero qué quieres! No puedo corregirme. ¡Querida Natasha! Parece que has adelgazado algo, estás más pálida...

Entusiasmado, le cubría las manos de besos, la miraba con avidez con sus magníficos ojos y parecía no poder apartar de ella su mirada. Miré a Natasha y comprendí por la expresión de su rostro que los dos pensábamos lo mismo: él era del todo inocente. Pero, entonces, ¿cómo este *inocente* podría convertirse en culpable? Un intenso arrebol cubrió súbitamente las mejillas de Natasha, como si toda su sangre se le hubiera concentrado en el corazón y subiera de pronto a su cara. Sus ojos centelleaban y miró con orgullo al príncipe.

—¿Pero dónde... has estado... tantos días? —preguntó con voz contenida y entrecortada. Su respiración era trabajosa y desigual. ¡Dios mío, cómo le amaba!

—¡Ahí está, que en realidad parece que soy culpable ante ti, pero nada más lo *parece!* Por supuesto, soy culpable, lo sé, y he venido sabiendo que soy culpable. Katia me decía ayer y hoy que una mujer no puede perdonar ese desaire (ella sabe todo lo que ocurrió aquí el martes, se lo conté todo al día siguiente). He discutido con ella, demostrándole que esa mujer se llama *Natasha* y que tal vez en todo el mundo sólo hay una capaz de igualarse con ella: es Katia. Y he venido aquí sabiendo que he ganado en la discusión. ¿Acaso un ángel como tú puede no perdonar? «Si no ha venido, algo se lo habrá impedido o habrá dejado de quererme»: ¡eso es lo que pensará mi Natasha! ¿Pero cómo es posible dejar de quererte? ¿Acaso puede ser? ¡Cuando te enteres de todo serás la primera en justificarme! Lo contaré todo ahora mismo, necesito abrir mi corazón ante todos vosotros; por eso he venido. Quise venir hoy corriendo a tu casa (tenía medio minuto libre) para darte un beso, pero también surgió un inconveniente. Katia me pidió que acudiese con urgencia por algo importante. Era antes de que me instalara en el coche, cuando tú me viste, papá. Entonces iba a casa de Katia otra vez, porque me había mandado otra nota. Ahora estamos todos los días con notas que se cruzan a la carrera de una casa a otra. Iván Pietróvich, la carta que me dejó usted sólo pude leerla ayer por la noche y tiene absoluta razón en todo lo que dice. ¡Pero, qué le voy a hacer, se trata de una imposibilidad física! Entonces pensé: mañana por la tarde me justificaré de todo. Ya que esta noche me resultaba imposible no venir a verte, Natasha.

—¿Qué carta era ésa? —preguntó Natasha.

—Estuvo en mi casa, no me encontró y, por supuesto, me puso de vuelta y media porque no venía a verte y tiene toda la razón. Esto ocurrió ayer.

Natasha me miró.

—Pero si tenías tiempo para estar desde por la mañana hasta la noche en casa de Katierina Fiódorovna... —empezó a decir el príncipe.

—Ya sé, ya sé, lo que me vas a decir —le interrumpió Aliosha—: «Si has podido estar en casa de Katia tenías doble motivo para haber estado aquí.» Estoy completamente de acuerdo contigo y hasta añadiré por mi parte: no doble motivo, sino ¡un millón más de motivos! Pero, en primer lugar, ocurren acontecimientos extraños e inesperados en la vida que lo tergiversan todo y todo lo ponen patas arriba. Pues bien, a mí me han ocurrido cosas así. Ya digo que estos días me he transformado por completo, absolutamente. ¡Por lo tanto, han ocurrido cosas importantes!

—¡Pero, Dios mío! ¿Qué es lo que te ha ocurrido? No nos hagas sufrir, por favor —sonrió Natasha ante el ardor de Aliosha.

Ciertamente, estaba un poco ridículo: se atropellaba, brotando sus palabras con rapidez, con abundancia, sin orden ni concierto, como a golpes. Pero mientras lo hacía no soltaba la mano de Natasha y se la llevaba a los labios, como si no pudiera dejar de besarla.

—Esto es lo que me ha ocurrido —continuó Aliosha—: ¡Ay, amigos míos! ¡Lo que he visto, lo que he hecho y qué gente he conocido! En primer lugar, Katia es la perfección. Yo no la conocía en absoluto, hasta ahora. Cuando te hablé de ella el martes, Natasha, ¿recuerdas?, te hablaba con gran entusiasmo, pero entonces casi no la conocía. Ella disimulaba ante mí hasta ahora. Pero ahora nos hemos conocido perfectamente el uno al otro. Ya nos hablamos de tú. Pero empezaré por el principio: en primer lugar, Natasha, si hubieras podido oír lo que me dijo de ti al día siguiente, el miércoles, cuando le conté todo lo que había ocurrido aquí entre nosotros... A propósito, recuerdo lo tonto que fui contigo cuando vine aquella mañana del miércoles. Me recibiste con entusiasmo, estabas impresionada por nuestra nueva situación, querías hablarme de todo eso. Te encontrabas triste y al mismo tiempo me gastabas bromas y yo me fingía un hombre importante, ¡qué imbécil, qué imbécil! De verdad que yo tenía ganas de presumir, de alardear de que pronto iba a convertirme en un hombre casado, importante, ¿y ante quién quería alardear? Ante ti. ¡Ay, cómo debiste burlarte entonces de mí y qué merecido lo tenía!

El príncipe seguía en silencio y miraba a Aliosha con una sonrisa solemne e irónica. Parecía estar contento de que su hijo se explicase con tanta frivolidad, con ridiculez incluso, desde cierto punto de vista. Durante toda aquella velada le estuve observando y me convencí por completo de que no quería a su hijo, aunque alardease de un profundo amor paternal.

—Después de estar aquí me fui a casa de Katia —prosiguió Aliosha con la verborrea de su relato—. Ya he dicho que sólo aquella mañana nos conocimos completamente y la cosa ocurrió de un modo extraño... No lo recuerdo bien... unas cuantas palabras encendidas, unas cuantas sensaciones, unos cuantos pensamientos expresados con sencillez, y nos identificamos para toda la vida. ¡Tienes que conocerla, tienes que conocerla, Natasha! ¡Cómo me ha hablado de ti, cómo me ha descrito lo que tú eres! ¡Cómo me ha explicado el tesoro que representas para mí! Poco a poco me ha dado a conocer sus ideas y su forma de ver la vida. ¡Es una muchacha tan seria, tan entusiasta! Me ha hablado del deber, de nuestra misión, de que todos debemos servir a la Humanidad, y como al cabo de cinco o seis horas de conversación nos hemos puesto totalmente de acuerdo, hemos terminado jurándonos mutuamente que toda la vida vamos a actuar juntos.

—¿Actuar en qué? —preguntó extrañado el príncipe.

—He cambiado tanto, padre, que naturalmente todo esto tiene que asombrarte; incluso preveo de antemano tus objeciones —respondió Aliosha con solemnidad—. Todos vosotros sois gente práctica, tenéis reglas rígidas, inflexibles, severas, y todo lo nuevo, todo lo joven y espontáneo lo miráis con desconfianza, hostilidad e ironía. Pero ya no soy el que tú conocías aún hace unos días. ¡Soy distinto! Miro con audacia a todo y a todos. Si sé que mi convicción es justa, la voy a seguir hasta las últimas consecuencias, y si logro no desviarme del camino es que soy un hombre honrado. Pero ya basta de hablar de mí. Podréis decir lo que queráis después de esto, pero estoy seguro de mí mismo.

—¡Vaya! —dijo con ironía el príncipe.

Natasha me miró preocupada. Temía por Aliosha. Con frecuencia se entusiasmaba en la conversación en perjuicio propio, y ella lo sabía. No quería que Aliosha se mostrase ridículo ante nosotros, y sobre todo, ante su padre.

—¡Vamos, Aliosha! Eso ya es cierta filosofía —dijo Natasha—; alguien te lo ha enseñado... Harías mejor contándonos lo que te ha ocurrido.

—¡Si lo estoy contando! —gritó Aliosha—. Mira: Katia tiene dos parientes lejanos, una especie de primos, Lieviñka y Boriñka, uno estudiante y el otro simplemente un joven. Se relaciona con ellos, y son unas personas extraordinarias. Cuando hablamos Katia y yo de la misión del hombre, de su vocación y de todo eso,

se refirió a ellos y en seguida me dio una carta. Corrí inmediatamente a conocerlos. Desde esa misma tarde nos entendimos
perfectamente. Había allí unas veinte personas de distintas proce-
dencias: estudiantes, oficiales, pintores... Había un escritor... Todos le conocen, Iván Pietróvich, es decir, han leído su novela y
esperan mucho de usted en el futuro. Me lo dijeron ellos mismos.
Les dije que le conocía y les prometí presentárselo. Todos me recibieron fraternalmente y con los brazos abiertos. Les dije en seguida que pronto sería un hombre casado, ya que me habían tomado por tal. Viven en un quinto piso, bajo el tejado. Se reúnen
con la mayor frecuencia posible, preferentemente los miércoles,
en casa de Lieviñka y Boriñka. Es una juventud muy sana, aman
ardientemente a la Humanidad. Hablamos de nuestro presente y
nuestro futuro, de ciencias, de literatura, y hablamos con tanta
sencillez y sinceridad... Acude también allí un estudiante. ¡Qué
trato hay entre ellos, qué nobles son! ¡Hasta ahora no he conocido gentes así! ¿A quién he visitado hasta ahora? ¿Qué he visto?
¿Cómo he sido criado? Sólo tú me has hablado de algo parecido,
Natasha. ¡Ay, Natasha, tienes que conocerlos sin falta! Katia ya los
conoce. Habla de ellos casi con veneración y ya les ha dicho a
Lieviñka y Boriñka que cuando entre en posesión de su fortuna,
inmediatamente entregará un millón en beneficio de la sociedad.

—Y, sin duda, serán Lieviñka y Boriñka y toda su compañía
los que dispondrán de ese millón —interrogó el príncipe.

—No es verdad, no es verdad. ¡Es una vergüenza hablar así,
padre! —exclamó con ardor Aliosha—. ¡Ya sospechaba que
pensarías eso! En efecto, acerca del empleo de ese millón estuvimos hablando y decidiendo durante largo rato. Finalmente, decidimos que había que consagrarlo a la instrucción pública...

—Sí, efectivamente, hasta ahora yo no conocía del todo a Katierina Fiódorovna —observó el príncipe como hablando consigo
mismo, siempre con la misma sonrisa burlona—. La verdad es que
esperaba mucho de ella, pero eso...

—¿Eso, qué? —interrumpió Aliosha—. ¿Qué es lo que te extraña tanto? ¿Que esto se sale un tanto de nuestra ruina? ¿Que nadie hasta ahora ha sacrificado un millón y ella lo sacrificará? ¿Es
eso, no? ¿Y qué pasa si ella no quiere vivir a costa ajena, porque
vivir de esos millones significa vivir a costa ajena (sólo ahora me

he enterado de eso)? Ella quiere ser útil a la patria y a todos y aportar su ayuda al bien común. Sobre estas ayudas hemos leído algo ya en la Biblia, y si estas ayudas llegan hasta un millón, ¿no es lo mismo? ¿Y en qué se basa esa razón tan alabada en la que yo tanto creía? ¿Por qué me miras así, padre? ¡Parece que tienes delante a un bufón o a un imbécil! ¿Y por qué no a un imbécil? Tenías que haber oído, Natasha, lo que decía Katia acerca de esto: «No es la inteligencia lo que importa, sino aquello que la dirige: la naturaleza, el corazón, la nobleza natural, el desarrollo.» Pero, sobre todo, a propósito de esto hay una definición genial de Biezmyguim. Biezmyguin es un amigo de Lieviñka y Boriñka y, dicho sea entre nosotros, un talento excepcional. Ayer mismo dijo en la conversación: «¡El imbécil que reconoce que es imbécil ya no es imbécil!». ¡Qué verdad! A cada momento dice sentencias de este tipo. Va sembrando virtudes.

—¡Verdaderamente genial! —observó el príncipe.

—No te rías. Pero a ti no te he oído nunca decir nada parecido y tampoco lo he oído en nuestra sociedad. Entre vosotros ocurre al contrario: siempre lo escondéis todo, que todo esté a ras del suelo, que todo crezca con la misma altura, que todas las estaturas y todas las narices se desarrollen hasta determinadas medidas, con determinadas reglas, ¡como si eso fuera posible! ¡Como si eso no fuera mil veces más imposible que lo que hemos hablado y lo que pensamos! ¡Y encima nos llaman utópicos! ¡Si hubieras oído lo que me decían ayer!

—Pero ¿de qué habéis hablado y qué es lo que pensáis? Cuéntalo, Aliosha, hasta ahora no lo he entendido —dijo Natasha.

—En general, de todo lo que conduce hacia el progreso, hacia la caridad, hacia el amor. Hablamos de todo esto a propósito de cuestiones actuales. Hablamos de la cosa pública, de las reformas que empiezan a iniciarse, del amor a la Humanidad, de los hombres de acción de nuestra época; los analizamos, los leemos. Pero, sobre todo, nos hemos dado palabra mutua de ser sinceros entre nosotros y de hablar con franqueza de nosotros mismos, sin cohibirnos. Sólo la sinceridad, sólo la rectitud pueden alcanzar estos objetivos. De esto se preocupa especialmente Biezmyguin. Se lo he contado a Katia y está totalmente de acuerdo con él. Luego, bajo la dirección de Biezmyguin, nos hemos dado palabra de actuar con honradez y rectitud toda la vida, y ante cualquier cosa que dijeran de nosotros, de cualquier modo que nos juzgaran, no debemos cohibirnos nunca, ni avergonzarnos de nuestras aspiraciones y nuestro entusiasmo, ni tampoco de nuestras faltas, y seguir caminando de frente. Si quieres que te respeten, ante todo respétate a ti mismo; sólo de ese modo, sólo con el propio respeto obligarás a los demás a que te respeten. Lo dice Biezmyguin, y Katia está completamente de acuerdo con él. De un modo general, tratamos ahora de nuestras propias convicciones y hemos decidido ocuparnos de nuestra instrucción cada uno por su lado, y todos juntos intercambiar opiniones unos con otros...

—¡Vaya un galimatías! —exclamó el príncipe con preocupación—. ¿Y quién es ese Biezmyguin? No, esto no puede quedar así...

—¿El qué no puede quedar? —intervino Aliosha—. Escucha, padre: ¿Por qué digo todo esto ahora delante de ti? Porque quiero y confío llevarte a ti también a nuestro grupo. Ya he dado allí palabra en tu nombre. Te ríes, ¡ya sabía yo que ibas a reírte! Pero escucha. Tú eres bueno, noble, y lo comprenderás. Pero si no conoces a esa gente, no los has visto nunca, nunca los has oído hablar. Supongamos que has oído hablar de todo eso, que lo has estudiado, tú sabes muchas cosas; pero personalmente no los conoces, no has estado con ellos, ¿cómo puedes juzgarlos debidamente? Sólo te imaginas que los conoces. No, visítalos, escúchalos y, entonces, ¡empeño mi palabra por ti a que serás de los nuestros! Sobre todo, quiero emplear todos los medios para salvarte de la perdición en tu sociedad, a la que tanto te has aferrado, y de tus convicciones.

El príncipe escuchó esta salida de su hijo en silencio y con una sonrisa venenosa. La malignidad se reflejaba en su rostro. Natasha le observaba con repulsión no disimulada. Él lo notaba, pero fingía no darse cuenta. Pero tan pronto como Aliosha terminó, estalló en carcajadas. Aquella risa era indudablemente forzada. Incluso se dejó caer en el respaldo de la silla, como si no tuviera fuerzas para contenerse. Pero su risa sonaba a falso. Era evidente que sólo se reía para ofender y humillar en todo lo posible a su hijo. Aliosha se sintió dolido; su rostro expresaba una enorme tristeza. Pero esperó con paciencia a que diese fin la hilaridad de su padre.

—Padre —empezó con tristeza—, ¿por qué te ríes de mí? Me he dirigido a ti abierta y francamente. Si a tu juicio estoy diciendo tonterías, demuéstramelo, pero no te rías de mí. ¿Y de qué te ríes? De algo que para mí es ahora sagrado y noble. Supongamos que yo esté en un error, que todo eso es falso, equívoco, que soy un imbécil, como ya me lo has dicho más de una vez; pero si estoy en un error lo estoy de un modo sincero y honrado; no he perdido mi dignidad. Me entusiasmo con ideas elevadas. Aunque sean erróneas, su fundamento es sagrado. Ya te he dicho que ni tú ni los tuyos me habíais hablado nunca de nada que me diera una pauta, que me orientase. Refuta sus argumentos, dime algo mejor que lo de ellos y te seguiré, pero no te rías de mí, porque eso me duele mucho...

Aliosha pronunció esto con nobleza y con cierta severa dignidad. Natasha le observaba con simpatía. El príncipe escuchó con asombro a su hijo e inmediatamente cambió de tono.

—No he tenido la menor intención de ofenderte, amigo mío —contestó—; al contrario, te compadezco. Te preparas a dar un paso en la vida ante el que ya es hora de que no te comportes como un niño atolondrado. Ésa es mi idea. Me he reído sin querer; de ningún modo quería ofenderte.

—¿Y por qué me lo ha parecido? —preguntó Aliosha con acento de amargura—. ¿Por qué, hace mucho, según me parece, me miras con hostilidad, con fría ironía y no como un padre a un hijo? ¿Por qué me parece que si yo estuviera en tu lugar no me hubiese atrevido a ofender así a mi hijo, como tú lo has hecho ahora? Escucha, hablemos con franqueza, de una vez para siempre, de forma que no quede ningún malentendido. Y... quiero decir toda la verdad: cuando entré me pareció que también aquí había un malentendido. No pensaba encontraros en esa actitud. ¿Es así o no? Si es así, ¿no será mejor que cada uno diga lo que siente? ¡Cuánta maldad puede alejarse con la franqueza!

—¡Habla, habla, Aliosha! —dijo el príncipe—. Lo que apuntas me parece muy inteligente. Tal vez había que haber empezado por ahí —añadió, mirando a Natasha.

—No te enfades por mi absoluta franqueza —empezó Aliosha—: tú la deseas y me pides que lo haga. Escucha. Has consentido en mi boda con Natasha, me has dado esa felicidad, y para ello has tenido que vencerte a ti mismo. Has sido generoso y todos hemos apreciado tu noble acción. Pero ¿por qué, con cierta complacencia, me recuerdas continuamente que todavía soy un niño y que no valgo en absoluto para esposo? Por si fuera poco, parece como si quisieras burlarte, rebajarme e incluso desprestigiarme a los ojos de Natasha. Te alegras siempre que puedes ponerme en ridículo de algún modo; de eso no me he dado cuenta ahora, sino hace tiempo. Es como si precisamente trataras de demostrarnos por algo que nuestro matrimonio es ridículo, absurdo y que no hacemos una buena pareja. Es cierto, como si tú mismo no creyeras en lo que nos destinas, como si todo esto lo miraras igual que una broma, una ocurrencia divertida, un gracioso *vodevil*... Y la noche de aquel martes, tan pronto como volví de aquí a tu casa, te oí decir unas cuantas cosas extrañas, que me sorprendieron e hirieron incluso. Y el miércoles, al marcharte, también hiciste unas cuantas observaciones acerca de nuestra situación actual; también hablaste de ella, no en plan ofensivo, al contrario, pero tampoco del modo que me hubiera gustado oírte, sino con demasiada ligereza, como sin cariño, como sin respeto hacia ella... Es difícil explicarlo, pero el tono era claro: el corazón entiende esas cosas. Dime que me equivoco. Desengáñame, disuádeme y... y a ella también porque también la has mortificado. Lo he adivinado al primer golpe de vista, al entrar aquí...

Aliosha dijo esto con calor y tristeza. Natasha le observaba con cierta solemnidad, emocionada, con el rostro encendido, y repitió un par de veces para sí misma: «¡Sí, sí es verdad!». El príncipe se turbó.

—Amigo mío —contestó—, naturalmente, no puedo recordar todo lo que te he dicho. Pero me extraña que hayas tomado mis palabras en este sentido. Estoy dispuesto a hacer todo lo posible por explicártelo. Si me he reído ahora también es comprensible. Te diré que con mi risa he querido incluso disimular mi amargura. La idea de que te vayas a casar pronto me parece ahora completamente imposible, absurda y, perdóname, hasta ridícula. Me reprochas esa risa y yo te digo que es por tu culpa. Yo también me acuso: tal vez me he cuidado poco de ti en estos últimos tiempos; por ello sólo ahora, esta tarde, he visto de lo que eres capaz. Ahora tiemblo cuando pienso en tu futuro con Natalia Nikoláievna. Me he precipitado; ahora veo que sois muy distintos. El amor pasa, pero la incompatibilidad permanece. Ya no hablo de tu destino; pero si tus intenciones son honradas, piensa que contigo vas a perder a Natalia Nikoláievna, ¡perderla definitivamente! Acabas de hablar durante una hora del amor a la Humanidad, de la nobleza de las convicciones, de las magníficas personas que has conocido. Pues bien, pregúntale a Iván Pietróvich lo que acabo de decirle cuando subimos al cuarto piso por esta horrible escalera y nos detuvimos aquí ante la puerta, dando gracias por haber salvado nuestras vidas y nuestras piernas. ¿Sabes la idea que involuntariamente se me vino a la cabeza? Me asombró que, pese a tu gran amor por Natalia Nikoláievna, pudieras soportar que viva en un piso así. ¿Cómo no se te ha ocurrido que si no dispones de medios, que si no puedes cumplir tus obligaciones, tampoco tienes derecho a casarte y asumir la correspondiente responsabilidad? El amor sólo no basta; es preciso probarlo con hechos, y tú piensas lo siguiente: «Vive conmigo aunque tengas que sufrir.» ¡Pero eso es inhumano, eso es innoble! ¡Hablar de amor universal, apasionarse por los problemas de la Humanidad y, al mismo tiempo, cometer crímenes contra el amor y no darse cuenta es incomprensible! No me interrumpa, Natalia Nikoláievna, déjeme terminar; esto me resulta demasiado amargo y he de echarlo fuera. Nos has dicho, Aliosha, que estos días te has entusiasmado con todo lo que era noble, amable y honrado, y me has recriminado que en nuestra sociedad no existen tales sentimientos y si únicamente el razonamiento frío. Fíjate: te entusiasmas por lo que es grande y maravilloso y luego, después de lo que sucedió aquí el martes, abandonas durante cuatro días a aquella que, según parece, debe ser para ti lo más querido del mundo. Has reconocido incluso en tu discusión con Katierina Fiódorovna que Natalia Nikoláievna te ama tanto, que es tan generosa, que te perdonaría tu falta. Pero ¿qué derecho tienes a contar con semejante perdón y convertirlo en objeto de una apuesta? ¿Y acaso no has pensado ni una vez cuántas amargas cavilaciones, cuántas dudas, cuántas sospechas has deparado en esos días a Natalia Nikoláievna? ¿Acaso porque te hayas entusiasmado allí por algunas ideas nuevas tenías derecho a olvidar la primerísima de tus obligaciones? Perdóneme, Natalia Nikoláievna, que haya faltado a mi palabra. Pero el asunto de ahora es más importante que esa palabra: usted misma lo comprenderá... ¿Sabes, Aliosha, que he encontrado a Natalia Nikoláievna presa de tales padecimientos, que he comprendido en qué infierno convertiste para ella estos cuatro días que, por el contrario, debiesen haber sido los mejores de su existencia? Esta conducta, por un lado, y palabras, palabras, palabras, por otro... ¿Acaso no tengo razón? ¿Y después de esto puedes acusarme cuando eres culpable tú mismo?

El príncipe concluyó. Se había entusiasmado con su bonito discurso y no pudo disimular la alegría de su victoria. Cuando Aliosha oyó hablar de los sufrimientos de Natasha, le lanzó una mirada llena de amarga tristeza, pero Natasha ya había tomado una decisión.

—Basta, Aliosha, no te apenes —dijo—, otros son más culpables que tú. Siéntate y escucha lo que voy a decir ahora a tu padre. ¡Ya es hora de terminar!

—Explíquese, Natalia Nikoláievna —se apresuró a decir el príncipe—. ¡Se lo pido con insistencia! Hace dos horas que estoy escuchando enigmas. Esto se hace insoportable. Le confieso que no esperaba un recibimiento así.

—Tal vez, porque pensaba encandilarnos con sus palabras, de forma que no pudiésemos adivinar sus intenciones secretas. ¡Qué le voy a explicar! Usted lo sabe todo y lo comprende todo. Aliosha tiene razón. Su primer deseo es separarnos. Sabía usted de memoria todo lo que iba a ocurrir aquí después de la tarde del martes y lo había calculado todo como quien cuenta con los dedos. Ya he dicho que no me tomaba en serio ni a mí ni el matrimonio falsamente dispuesto por usted. Se burla de nosotros, juega con nosotros y lo hace con una finalidad. Y juega con ventaja. Aliosha tenía razón cuando le reprochaba el ver todo esto como un *vodevil*. Precisamente, debería usted alegrarse y no recriminar a Aliosha, porque, sin saberlo, ha cumplido todo lo que usted quería; tal vez incluso más.

Me quedé petrificado de asombro. Ciertamente esperaba que aquella tarde sucediera alguna catástrofe. Pero la excesiva franqueza de Natasha y su tono de desprecio no disimulado me llenaron de estupefacción. Esto significaba que, en efecto, sabía algo, pensé, y que había decidido romper sin más dilaciones. Tal vez esperaba incluso con impaciencia al príncipe para decirle todo abiertamente a la cara. El príncipe palideció ligeramente. El rostro de Aliosha expresaba temor y angustiosa espera.

—¡Medite sobre el contenido de sus acusaciones —gritó el príncipe— y piense, aunque sea un poco, en lo que dice!... ¡No comprendo nada!

—¡Ah! Entonces usted no quiere comprender en dos palabras —dijo Natasha—; incluso él, incluso Aliosha, le ha comprendido a usted lo mismo que yo, y no nos hemos puesto de acuerdo: ni siquiera nos hemos visto. A él también le ha parecido que juega usted con nosotros a un juego indigno, ofensivo, aunque él le quiere y cree en usted como en un dios. No ha considerado necesario tener más tacto con él, ir con más diplomacia; contaba con que no se diera cuenta. Pero él tiene un corazón impresionante, delicado, tiempo, y sus palabras, su *tono* —como él dice—, se le han quedado en el corazón...

—¡Nada, no entiendo nada! —repitió el príncipe, con aspecto de gran asombro, dirigiéndose a mí, como si me tomara por testigo. Estaba furioso y exasperado—. Usted, sencillamente, tiene celos de Katierina Fiódorovna y por eso está dispuesta a acusar a todo el mundo, y a mí el primero y... permítame que lo diga todo: se puede sacar una extraña impresión de su carácter... No estoy acostumbrado a tales escenas. No me hubiera quedado aquí ni un minuto después de lo ocurrido si no fuera por los intereses de Aliosha... Todavía sigo esperando. ¿No se dignará usted explicarse?

—Así que usted se empeña y no quiere comprender en dos palabras, a pesar de sabérselo de memoria. ¿Quiere usted a todo trance que se lo diga abiertamente?

—Es lo único que pretendo.

—Está bien, escuche —gritó Natasha lanzando chispas de odio por los ojos—. ¡Se lo diré todo, todo!

Capítulo III

Se levantó y empezó a hablar en pie, sin darse cuenta de ello a causa de su turbación. El príncipe escuchaba, escuchaba, y también se levantó de su sitio. La escena resultaba demasiado solemne.

—Acuérdese de lo que dijo el martes —empezó Natasha—. Dijo usted: «Necesito dinero, vía libre e importancia en la sociedad», ¿recuerda?

—Lo recuerdo.

—Bien, pues para lograr ese dinero, para conseguir todos esos éxitos que se le escurrían de las manos, vino usted aquí el martes y urdió esa boda, contando con que la broma le ayudaría precisamente a lo que se le escapaba.

—¡Natasha —grité—, piensa en lo que estás diciendo!

—¡Una broma! ¡Un cálculo! —repetía el príncipe, con aspecto de dignidad ofendida en lo más vivo.

Aliosha permanecía abrumado por el disgusto y observaba casi sin comprender nada.

—Sí, sí, no me hagan callar, he jurado decirlo todo —continuaba Natasha con exasperación—. Usted se acuerda: Aliosha no le obedecía. Durante medio año se ha esforzado en separarlo de mí. No se le ha rendido. Y de pronto, vino la ocasión en que el tiempo la apremiaba. Si dejaba pasar la ocasión, la novia y el dinero —sobre todo el dinero, tres millones de dote— se le escurrían de las manos. Quedaba un recurso: que Aliosha se enamorase de aquella que usted le designaba como novia. Pensaba que, si se enamoraba de ella, tal vez me dejaría.

—¡Natasha! ¡Natasha! —grito Aliosha con pena—, ¿qué es lo que dices?

—Y eso es lo que hizo —continuó ésta, sin hacer caso del grito de Aliosha—, pero ¡aquí surge otra vez la misma historia! ¡Todo podría arreglarse y yo vengo a estorbar otra vez! Sólo una cosa podía esperanzarle: usted, como hombre experimentado y astuto, quizá se diera cuenta ya entonces de que Aliosha, a veces, parece encontrar pesada su antigua unión. Usted no ha podido dejar de ver que empezaba a cansarse de mí, a aburrirse, a no venir a verme en cinco días. «Quizá se cansará del todo y la abandone»; pero el martes, de pronto, la conducta resuelta de Aliosha le dejó totalmente asombrado. ¡Qué iba a hacer!

—¡Permítame! —gritó el príncipe—. Al contrario, este hecho...

—Estoy hablando yo —le interrumpió Natasha con firmeza—. Aquella noche se preguntó: «¿Qué hacer ahora?», y decidió: Permitirle que se case conmigo, pero no de verdad, sino únicamente *de palabra,* para tranquilizarlo. La fecha de la boda, pensaba, puede demorarse indefinidamente. Mientras, se había iniciado el nuevo amor, usted se había percatado de ello. Y sobre el comienzo de este nuevo amor había usted organizado todo.

—Novelas, novelas —dijo el príncipe a media voz, como si hablara para sí—. ¡La soledad, los sueños y la lectura de novelas!

—Sí, había usted basado todo sobre este nuevo amor —repitió Natasha sin oír ni hacer caso a las palabras del príncipe, presa de un ardor febril, del que se dejaba llevar cada vez más—. ¡Y qué posibilidades tenía ese nuevo amor! ¡Si había comenzado cuando él no conocía aún todas las perfecciones de aquella muchacha! En el momento en que aquella tarde se franquea con la muchacha, le dice que no puede amarla porque su deber y otro amor se lo impiden; ella se muestra de pronto con tanta nobleza, con tanta simpatía hacia él y hacia su rival, con un perdón tan generoso que, aun conociendo ya su belleza, él comprueba que nunca pensó hasta ese momento que fuese tan encantadora. Vino a verme entonces sólo para hablarme de ella, porque le había impresionado enormemente. Sí, al día siguiente sintió la imperiosa necesidad de contemplar aquel maravilloso ser, aunque sólo fuera por gratitud. ¿Y por qué no ir a verla? Puesto que la otra, la primera, ya no sufre, su destino está decidido: se le entregará para siempre, y a ésta, sólo un minuto... Y qué desagradecida hubiera sido Natasha, caso de sentir celos por ese minuto. Y así, imperceptiblemente, se le quitan a esa Natasha, en lugar de un minuto, un día, después el siguiente, y luego el tercero... Y durante ese tiempo, la otra muchacha se le muestra de un modo completamente nuevo e inesperado. Es tan generosa, tan entusiasta y, al mismo tiempo, una criatura tan ingenua, que en esto coincide con su carácter. Se han jurado mutua amistad y fraternidad, y quieren no separarse en toda la vida. *En unas cinco o seis horas de conversación,* su alma se abre a nuevas sensaciones y su corazón se entrega por completo... Finalmente, usted piensa que llegará un momento en que establezca una comparación entre su viejo amor y sus nuevas y pimpantes sensaciones: allí, todo es conocido, cotidiano, serio, exigente; aquí, todo son celos, querellas, lágrimas... Y si empiezan a coquetear con él, a jugar, es como si no fuera con un igual, sino con un niño... Y, principalmente, todo es tan antiguo, tan conocido...

Las lágrimas y un espasmo de amargura la ahogaban, pero Natasha se dominó por un momento más.

—¿Y qué pasa después? Después pasa el tiempo; porque la boda con Natasha no está concertada para en seguida; hay mucho tiempo y, con él, todo cambiará. Entonces usted puede intervenir con sus palabras, sus alusiones, sus razonamientos, su elocuencia. Se puede incluso calumniar a esta fastidiosa Natasha; se la puede mostrar bajo un punto de vista tan desfavorable y... no se sabe cómo se resolverá todo, pero ¡la victoria es suya! ¡Aliosha! ¡No me culpes, amigo mío! No digas que no comprendo tu amor y que lo aprecio poco. Sé que me quieres incluso ahora y que quizá en este momento no entiendes mis quejas. Sé que he hecho muy mal en decir todo esto ahora. Pero, ¿qué puedo hacer si veo todo eso y te quiero cada vez más... sin reservas... con locura?

Se tapó el rostro con las manos, cayó sobre el sillón y sollozó como un niño. Aliosha lanzó un grito y se precipitó hacia ella. No podía nunca ver sus lágrimas sin llorar.

Parece que sus sollozos ayudaron mucho al príncipe; todo el entusiasmo de Natasha a lo largo de esta prolongada explicación, la brusquedad de sus salidas contra él por las que debía ofenderse por simple conveniencia, todo esto podía atribuirse ahora claramente a una enloquecida crisis de celos, al amor ofendido e incluso a una enfermedad. Hasta correspondía mostrar compasión...

—Tranquilícese, Natasha Nikoláievna, cálmese —decía, conciliador, el príncipe—; todo esto es producto de la rabia, la fantasía, el aislamiento... Estaba usted tan irritada por la ligereza de su conducta... Pero sólo es aturdimiento por su parte. El hecho más importante que usted señalaba, lo sucedido el martes, debería demostrarle más bien su infinito cariño hacia usted, y por el contrario ha pensado...

—¡Oh, no me hable, no me torture aunque sea ahora! —le interrumpió Natasha, llorando amargamente—. ¡Mi corazón me lo ha dicho todo hace ya mucho tiempo! ¿Cree usted que no comprendo que su antiguo amor ha pasado ya del todo?... Aquí, en esta habitación, sola... cuando él me abandonaba... lo he vivido todo... lo he pensado todo... ¿Qué podía hacer yo? No te culpo, Aliosha... ¿Por qué trata usted de engañarme? ¿O es que cree que yo misma no he probado a engañarme? ¡Cuántas veces, cuántas veces! Acaso no he escuchado todos los acentos de su voz? ¿Acaso no he aprendido a leer en su rostro y en su mirada?... Todo está perdido, todo está muerto... ¡Qué desgraciada soy!

Aliosha, arrodillado ante ella, lloraba.

—¡Sí, sí, yo tengo la culpa! ¡Todo es culpa mía!... —repetía entre sollozos.

—No, no te culpes, Aliosha... Aquí hay otros... que son enemigos nuestros. Son ellos... ¡ellos!

—Pero, en fin, permítame —empezó el príncipe con cierta agitación—, en qué se basa usted para atribuirme todos estos... crímenes? Sólo son suposiciones suyas, de ningún modo probadas...

—¡Pruebas! —gritó Natasha levantándose con rapidez del sillón—. ¡Necesita usted pruebas, es usted muy hábil! ¡No podía usted proceder de otra forma cuando vino aquí con su proposición! Necesitaba tranquilizar a su hijo, adormecer sus remordimientos, para que con más libertad y tranquilidad se dedicase por completo a Katia. Sin eso, se acordaría continuamente de mí, no se le sometería y a usted le resultaba enojoso esperar. ¿Qué, no es verdad esto?

—Confieso —contestó el príncipe con una sonrisa sarcástica— que si hubiese querido engañarla, efectivamente hubiese hecho esos cálculos. Es usted muy... aguda, pero es preciso demostrarlo; se ofende a la gente con semejantes reproches...

—¡Demostrarlo! ¿Y toda su conducta anterior, cuando trataba usted de separarlo de mí? ¡Quién enseña a su hijo a desdeñar y jugar con semejantes obligaciones por causa de las conveniencias sociales, por el dinero, lo corrompe! ¿Qué decía de la escalera y de este piso malo, hace un momento? ¿No le ha retirado usted la asignación que antes le reservaba, para que nos hayamos de separar por la estrechez y el hambre? ¡Por culpa suya tenemos este piso y esta escalera y ahora lo reprocha! ¡Es usted un hombre falso! ¿Y de dónde le vinieron de pronto aquella noche ese ardor, esas convicciones nuevas e insólitas en usted? ¿Y por qué le hacía yo tanta falta? He paseado de un lado a otro aquí durante estos cuatro días; lo he pensado todo, lo he sopesado todo, cada palabra suya, así como las expresiones de su rostro, y me he convencido de que todo era fingido, una mentira, una comedia ultrajante, ruin e indigna... ¡Le conozco a usted, le conozco hace mucho! Cada vez que Aliosha venía de su casa, por la expresión de su rostro deducía todo lo que usted le había dicho e inculcado. ¡He observado todas sus influencias sobre él! ¡No, usted a mí no me engaña! ¡Tal vez tenga usted todavía otros cálculos, tal vez lo que acabo de decir no sea lo más grave, pero tanto da! ¡Lo esencial es que me ha engañado! ¡Eso es lo que tenía que decirle claramente, a la cara!

—¿Eso es todo? ¿Ésas son todas las pruebas? Pero piense, mujer exaltada, que con esa salida —como usted llama mi proposición del martes— yo me comprometía demasiado. Hubiera sido una gran ligereza por mi parte.

—¿Con qué, con qué se comprometía? ¿Qué significaba para usted engañarme? ¿Y qué es la ofensa a la muchacha cualquiera? ¡Si es una desgraciada que ha huido de su casa, rechazada por sus padres, indefensa, *mancillada* por sí misma, *inmoral!* ¡Merece la pena tener miramientos con ella, si esa *broma* puede aportar algo, aunque sea la más pequeña ventaja?

—¡En qué situación se coloca usted misma, Natalia Nikoláievna! ¡Piénselo! Insiste en que la he ofendido. Pero esa ofensa es tan grave, tan degradante, que no entiendo cómo puede suponerse y además insistir en ella. Es preciso estar demasiado acostumbrado a cualquier clase de cosas para admitir eso, perdóneme. Tengo derecho a hacerle reproches porque enfrenta a mi hijo conmigo; si no se ha puesto en este momento en contra mía, su corazón está en contra...

—¡No, padre, no! —gritó Aliosha—. Si no me he puesto en contra tuya, es porque creo que no has podido ofenderla. ¡Y no puedo creer que nadie sea capaz de ofender de ese modo!

—¿Lo oye? —gritó el príncipe.

—Natasha, yo soy el causante de todo. No le acuses. ¡Es un pecado, es terrible!

—¿Lo oyes, Vania? ¡Ya está en contra mía! —gritó Natasha.

—¡Basta! —exclamó el príncipe—. Es preciso acabar con esta penosa escena. Ese arranque ciego y furioso de celos, que rebasa todos los límites, muestra su carácter desde un punto de vista completamente nuevo para mí. Ya estoy sobre aviso. Nos hemos apresurado, verdaderamente nos hemos apresurado. Ni siquiera se da cuenta de cómo me ha ofendido. Para usted eso no tiene importancia. No hemos apresurado. Naturalmente, mi palabra es sagrada, pero... soy padre y deseo la felicidad de mi hijo...

—Se retracta usted de su palabra —gritó Natasha fuera de sí—. ¡Se ha aprovechado de la ocasión! Pero sepa que yo misma, hace ya dos días, aquí, decidí devolverle a él su palabra, y ahora lo confirmo ante todos. ¡Renuncio!

—Es decir, tal vez quiere despertar en él sus antiguas inquietudes, el sentido del deber, toda «la tristeza por sus obligaciones», como usted misma se expresaba hace poco, para atraerle así de nuevo. Ello se desprende de su teoría, por eso lo digo. Pero ya basta, el tiempo decidirá. Esperaré una ocasión más serena para tener una explicación con usted. Confío en que no rompamos definitivamente nuestras relaciones. Precisamente hoy quería comunicarle mis proyectos acerca de sus padres, por los cuales usted hubiera visto... pero, ¡basta! ¡Iván Pietróvich! —añadió, dirigiéndose a mí—. Ahora más que nunca me resultará muy importante estrechar mi amistad con usted, sin hablar ya de mis antiguos deseos. Confío en que usted me comprenda. Dentro de unos días iré a verle. ¿Me lo permite?

Hice una reverencia. Me parecía que ahora me resultaría imposible rehuirle. Me estrechó la mano, se inclinó ante Natasha y salió con aire de dignidad ofendida.

Capítulo IV

Permanecimos unos minutos sin pronunciar una palabra. Natasha estaba pensativa, triste y abatida. Toda su energía la había abandonado de pronto. Miraba al vacío sin ver, como ausente, y retenía la mano de Aliosha entre las suyas. Éste lloraba su pena en silencio y la miraba de cuando en cuando con temerosa curiosidad.

Por fin, se puso a consolarla tímidamente. Le suplicaba que no se enfadase y se echaba él la culpa. Era evidente que tenía muchos deseos de justificar a su padre y que aquello le resultaba muy penoso. Unas cuantas veces empezó a hablar de ello, pero no se atrevió a expresarse con claridad, temiendo despertar nuevamente el odio en Natasha. Le hizo juramento de su amor eterno e inmutable y se justificaba con calor de sus relaciones con Katia, repitiendo ininterrumpidamente que quería a Katia como a una hermana encantadora y buena a la que no podía olvidar del todo, porque hubiese resultado grosero y cruel por su parte. Aseguraba que si Natasha conociera a Katia, se harían inmediatamente amigas, que no se separarían nunca y que entonces no habría malentendidos. Esta idea le gustaba sobremanera. El pobrecillo no mentía en absoluto. No comprendía las aspiraciones de Natasha y tampoco había comprendido muy bien lo que ésta acababa de decir a su padre. Sólo comprendió que se habían enfadado; esto era precisamente lo que le pesaba como una piedra sobre el corazón.

—¿Me culpas por mi conducta con tu padre? —preguntó Natasha.

—¿Cómo puedo culparte —contestó con un sentimiento amargo— cuando yo soy el causante de todo y el culpable de todo? Yo soy quien te ha llevado hasta ese estado de cólera y por eso le has acusado, porque me querías justificar. Me justificas siempre y yo no lo merezco. Era preciso buscar un culpable y has creído que era él. ¡Pero, de verdad, de verdad, no es culpable! —gritó Aliosha, animándose—. ¡Como si hubiera venido aquí para eso! ¡Como si se pudiera esperar eso!

Pero al ver que Natasha le miraba con tristeza y reproche, se cohibió inmediatamente.

—Bueno, no diré nada, no diré nada, perdóname —exclamó—. ¡Yo soy el causante de todo!

—Sí, Aliosha —prosiguió ella con esfuerzo—. Ahora ha pasado entre nosotros y ha destruido toda nuestra paz, toda nuestra vida. Siempre has creído en mí más que en nadie. Ahora ha introducido en tu corazón la sospecha contra mí, la desconfianza: tú me acusas, yo me he llevado la mitad de tu corazón. Un *gato* negro ha cruzado entre nosotros.

—No hables así, Natasha. ¿Por qué dices «un gato negro»? —le había impresionado aquella expresión.

—Te ha atraído con una bondad falsa, con una generosidad fingida —prosiguió Natasha—, y ahora te dispondrá cada vez más y más contra mí.

—¡Te lo juro que no! —gritó Aliosha, todavía con más calor—. Estaba enfurecido cuando dijo que «nos hemos apresurado». Tú misma verás cómo mañana, un día de éstos, se retractará, y si se ha enfadado hasta el punto de no consentir nuestra boda, entonces, te lo juro, yo no le haré caso. Tal vez me alcancen las fuerzas para eso... ¿Y sabes quién nos ayudará? —gritó de pronto, entusiasmado con su idea—. ¡Nos ayudará Katia! ¡Y ya verás qué maravillosa criatura es! ¡Ya verás si quiere ser tu rival y separarnos! ¡Y qué injusta has sido ahora mismo cuando has dicho que yo soy de esos que pueden dejar de querer al día siguiente de la boda. ¡Cómo me ha dolido oír eso! ¡No, no soy así, y si he ido con frecuencia a casa de Katia...

—Basta, Aliosha, vete a su casa siempre que quieras. Ya te lo he dicho ahora mismo. No me has entendido del todo. Sé feliz con quien quieras. No puedo exigir de tu corazón más de lo que puede darme...

Entró Mavra.

—Bueno, ¿hay que servir el té, o qué? Menuda broma, hace dos horas que hierve el samovar. Son las once.

Lo preguntó con tono grosero y agresivo; era evidente que estaba de mal humor y enfadada con Natasha. El caso es que todos esos días, desde el martes, estaba muy entusiasmada porque su señorita —a la que quería mucho— iba a casarse, y ya había tenido tiempo de contarlo por toda la casa, en la tienda, al portero, por todo el vecindario, en fin. Presumía y contaba dándose importancia que el príncipe era un hombre de méritos, un general, y además enormemente rico. Que él mismo había venido a pedir el consentimiento de su señorita y que ella, Mavra, lo había escuchado con sus propios oídos. Y de pronto ahora todo se había esfumado. El príncipe se había ido enfadado, no le había servido el té y, por supuesto, la señorita era culpable de todo. Mavra había oído cómo le hablaba sin respeto.

—Bueno, pues... sirve el té —contestó Natasha.

—¿Y también hay que servir aperitivos?

—Bueno, también aperitivos —dijo Natasha, confusa.

—¡Después de todo lo que se ha preparado, lo que se ha preparado! —continuó Mavra—. Desde ayer no noto los pies. He corrido al Nievski, a buscar vino, y ahora... —y salió enfadada, dando un portazo.

Natasha enrojeció y me miró de un modo extraño. Entre tanto trajeron el té y los aperitivos. Había caza, pescado, dos botellas de excelente vino de casa de Elisieiev. «¿Para qué has preparado todo esto?», pensé.

—Ya ves cómo soy, Vania —dijo Natasha, acercándose a la mesa y sintiéndose turbada, incluso ante mí—. El caso es que presentía que todo esto ocurriría hoy así, conforme ha pasado, y sin embargo también pensaba que a lo mejor terminaría de otra manera. Vendría Aliosha, empezaríamos a hacer las paces, las haríamos luego definitivamente y todas mis sospechas resultarían injustas, yo vería claro y..., por si acaso, prepararé los aperitivos. Pensé que hablaríamos mucho, que nos entretendríamos...

¡Pobre Natasha! Cómo se ruborizó al decir esto. Aliosha estaba entusiasmado.

—¡Ya lo ves, Natasha! —gritó—. ¡Tú misma no lo creías, hace dos horas aún no te confirmabas en tus sospechas! No, es preciso arreglar esto. Yo soy el culpable, yo soy la causa de todo y yo lo arreglaré todo. ¡Natasha, permíteme que vaya ahora mismo a casa de mi padre! Necesito verle. Está ofendido, ha sido humillado, es preciso consolarle, le explicaré todo, le hablaré únicamente en mi nombre, y tú no te verás mezclada en esto. No te enfades conmigo porque quiera ir ahora a verle y dejarte a ti. No es eso: me da pena, se justificará ante ti, ya lo verás... Mañana, tan pronto como amanezca, estaré aquí y me pasaré toda la jornada contigo, no iré a casa de Katia...

Natasha no le retuvo; incluso ella misma le aconsejó que fuera. Tenía un miedo terrible a que Aliosha se pasase ahora adrede, *a la fuerza,* en su casa días enteros y acabara por aburrirse. Únicamente le pidió que no le dijera nada de su parte y trató de sonreírle alegremente para la despedida. Él ya iba a irse, pero de pronto se acercó a ella, le cogió ambas manos y se sentó a su lado. La miraba con indescriptible ternura.

—Natasha, amiga mía, ángel mío, no te enfades conmigo y no regañemos nunca. Démonos palabra de que tú me creerás siempre en todo, y yo a ti. Escucha lo que te voy a decir, ángel mío: una vez estábamos enfadados, no recuerdo por qué; yo era el culpable. No nos hablábamos. Yo no quería ser el primero en pedir perdón y estaba horriblemente triste. Yo erraba por la ciudad, vagaba por todas partes, iba a casa de los amigos, pero sentía un peso enorme en el corazón... Y se me ocurrió entonces que, por ejemplo, enfermaras por algo y te murieras. Cuando se me ocurrió esto sentí una desesperación como si verdaderamente te hubiera perdido para siempre. Las ideas se me hacían cada vez más penosas, más sombrías. Poco a poco empecé a imaginarme que había ido a tu tumba, que había caído sobre ella sin conocimiento, me había abrazado a ella y quedé pasmado de dolor. Me imaginé que besaba esa tumba, que te llamaba aunque fuera por un minuto y pedía a Dios el milagro de que resucitaras ante mí, aunque fuera por un segundo. Me imaginé que me lanzaba a abrazarte, te apretaba contra mí, te besaba y parecía que me hubiera muerto de felicidad, si aunque sólo fuera un segundo hubiera podido abrazarte como antes. Cuando imaginaba todo esto, se me ocurrió de pronto que, por un segundo, le pedía a Dios que aparecieses por un instante; sin embargo, habías estado conmigo durante seis meses, y en esos seis meses, cuántas veces habíamos regañado, ¡cuántos días no nos dirigíamos la palabra! Durante días enteros habíamos permanecido enfadados, despreciando nuestra felicidad, y ahora te llamaba por un minuto de la tumba y por ese minuto estaba dispuesto a pagar con toda la vida... Cuando se me ocurrió todo esto, no pude contenerme y vine corriendo a tu casa; tú ya me esperabas, y cuando nos abrazamos después de nuestra riña, recuerdo que te estreché con tanta fuerza contra mi pecho como si en realidad fuera a perderte. ¡Natasha! ¡No nos enfademos nunca! ¡Dios mío! ¿Es posible pensar que yo pueda dejarte?

Natasha lloraba. Se abrazaron con fuerza y Aliosha le juró otra vez que no la abandonaría nunca. Seguidamente se fue corriendo a casa de su padre. Estaba firmemente convencido de que lo iba a arreglar todo, que todo lo resolvería.

—¡Se acabó todo! ¡Todo está perdido! —exclamó Natasha, apretándome convulsiva la mano—. Me quiere y nunca dejará de quererme; pero también quiere a Katia y dentro de algún tiempo la querrá más que a mí. Y esa víbora de príncipe no se va a dormir entonces...

—¡Natasha! Yo mismo creo que el príncipe no actúa con honradez, pero...

—¡Tú no crees en todo lo que le he dicho! Me he dado cuenta por tu expresión. Pero espera un poco y verás si yo tenía o no razón. No he dicho más que generalidades, y Dios sabe las ideas que tiene metidas en la cabeza. ¡Es un hombre terrible! Durante estos cuatro días me he paseado aquí por la habitación y lo he adivinado todo. Precisamente necesitaba liberar y aligerar el corazón de Aliosha de la tristeza que le oprimía por su amor obligado hacia mí. Ha inventado esta boda para introducirse entre nosotros y entusiasmar a Aliosha con su nobleza y su generosidad. ¡Eso es verdad, es verdad, Vania! Aliosha tiene precisamente ese carácter. Le tranquilizaría en lo que se refiere a mí y se le acabaría su inquietud por mi causa. Pensaría: ahora ya es mi mujer, estará conmigo para siempre, e involuntariamente dedicaría más atención a Katia. Por lo visto, el príncipe ha estudiado a Katia y ha comprendido que es una buena pareja para él y que podía atraerle más que yo. ¡Ay, Vania! Todas mis esperanzas se cifran ahora en ti. No lo rechaces, por favor, querido, y trata de ir lo antes posible a casa de la condesa. Conoce a esa Katia, examínala bien y dime cómo es. Necesito que tú observes aquello. Nadie me comprende tan bien como tú; tú te darás cuenta de lo que necesito. Fíjate hasta qué punto son amigos, qué hay entre ellos, de qué hablan; pero sobre todo observa bien a Katia, a Katia... Demuéstrame una vez más, mi querido, mi amado Vania, tu amistad. ¡Sólo en ti confío ahora!...

....

Cuando volví a casa era la una de la noche. Nelly me abrió la puerta con el rostro adormilado. Me sonrió y miró con ojos luminosos. La pobrecilla estaba disgustada por haberse dormido. Quería esperar a que llegase. Dijo que alguien vino a preguntar por mí, que había estado con ella y me había dejado en la mesa una nota. La nota era de Maslobóiev. Me citaba en su casa para el día siguiente a la una. Tuve ganas de hacer preguntas a Nelly, pero lo dejé para el día siguiente e insistí en que se acostara. La pobre criatura estaba bastante cansada, me había esperado y se quedó dormida sólo media hora antes de mi llegada.

Capítulo V

Por la mañana, Nelly me contó cosas bastante raras acerca de la visita del día anterior. Ya resultaba extraño, por demás, que Maslobóiev tuviera la idea de ir aquella noche; seguramente sabía que yo no estaba en casa. Yo mismo se lo había dicho durante nuestro último encuentro; lo recordaba muy bien. Nelly me contó que al principio no quería abrir, porque tenía miedo: eran ya las ocho de la tarde. Pero él la convenció a través de la puerta cerrada, diciéndole que si no me dejaba entonces una nota, al día siguiente se me plantearían muchos problemas. Cuando le dejó entrar, escribió en seguida la nota, se acercó a ella y se sentó a su lado en el diván. «Y no quería hablar con él, me contaba Nelly, le tenía mucho miedo. Empezó a hablarme de Bubnova, de que estaba muy enfadada porque ya no se atrevía a venir a buscarme y empezó a alabarle a usted. Dijo que era gran amigo suyo y que le conocía desde niño. Entonces empecé a hablar con él. Sacó caramelos, me dijo que cogiera. Yo no quería. Entonces empezó a asegurarme que era buena persona, que sabía cantar canciones y bailar. Me dio risa. Luego dijo que esperaría un poco más («Aguardaré a Vania, a lo mejor vuelve.») y me rogó mucho que no le tuviera miedo y me sentara a su lado. Lo hice, pero no quise hablar. Entonces me dijo que había conocido a mi mamá y al abuelito y... aquí empecé a hablar. Estuvo mucho tiempo.

—¿Y de qué habéis hablado?

—De mamá... de Bubnova... del abuelito. Estuvo dos horas.

Nelly, al parecer, no quería decir de qué habían hablado. No le hice preguntas, confiando en enterarme de todo por medio de Maslobóiev. Me pareció que Maslobóiev había venido a propósito cuando yo no estaba para encontrar a Nelly sola. «¿Para qué ha de hacer eso?», pensé.

Me enseñó tres caramelos que le había dado. Eran caramelos de fruta, envueltos en papeles verdes y rojos, muy malos y comprados, seguramente, en una tienda de legumbres. Al enseñármelos, Nelly se echó a reír.

—¿Por qué no te los has comido? —pregunté.

—No los quiero —contestó con seriedad y frunciendo el ceño—. No se los he cogido tampoco, los ha dejado en el diván...

Ese día tenía que andar mucho. Empecé a despedirme de Nelly.

—¿Te aburres sola? —pregunté al marcharme.

—Me aburro y no me aburro. Me aburro porque falta usted mucho tiempo.

Y me miró con mucho cariño al decirlo. Durante toda la mañana me observaba con la misma tierna mirada y parecía muy alegre y cariñosa; al mismo tiempo, había en ella algo de reserva y hasta de timidez, como si tuviera miedo de contrariarme, de perder mi amistad y de hablar demasiado, como avergonzándose de ello.

—¿Y por qué no te aburres? Me has dicho que «te aburres y no te aburres» —pregunté y sonreía sin querer; efectivamente, me resultaba muy amable y querida.

—Eso lo sé yo por qué —contestó con una risita y otra vez con aire confuso.

Hablábamos en el umbral, con la puerta abierta. Nelly permanecía ante mí, con los ojos bajos, con una mano puesta en mi hombro y pellizcando con la otra la manga de mi abrigo.

—¿Qué, es un secreto? —pregunté.

—No... nada... yo, yo he empezado a leer su libro cuando usted no está —dijo a media voz y, alcanzado hasta mí su mirada tierna y penetrante, se puso toda colorada.

—¡Ah, vaya! ¿Y qué, te gusta?

Estaba con la turbación del autor al que elogian abiertamente; Dios sabe lo que hubiera dado en ese momento si hubiera podido besarla. Pero no se la podía besar. Nelly guardaba silencio.

—¿Por qué, por qué ha muerto? —me preguntó con aire de profunda tristeza, lanzándome una rápida mirada y bajando de nuevo los ojos.

—¿Quién?

—Pues ese joven, tuberculoso... el del libro.

—Qué iba a hacer, era necesario, Nelly.

—No era necesario en absoluto —contestó casi en un susurro. Y de pronto, de un modo cortante, casi con enojo, inflando los labios fijó la mirada en el suelo con más terquedad aún.

Pasó otro minuto.

—Y... ella... bueno, y los otros... la muchacha y el viejecito —susurró, pellizcándome la manga con más fuerza—, ¿es que van a vivir juntos? ¿Y no serán pobres?

—No, Nelly. Ella se marchará lejos. Se casará con un propietario y él se quedará solo —le contesté con extremo pesar, lamentando efectivamente no poderle decir algo más consolador.

—¡Ah! Vaya... ¡Vaya, y cómo es eso! ¡Ay, cómo es usted!... ¡Ya no quiero leerlo!

Enfadada, empujó mi mano, se volvió bruscamente, se fue hacia la mesa y se colocó de cara al rincón, con los ojos fijos en el suelo. Se había puesto encarnada y respiraba con irregularidad, como a causa de una gran pena.

—Vamos, Nelly, te has enfadado —empecé acercándome a ella—. Si es mentira todo lo que está escrito, es una invención. Bueno, ¿por qué te enfadas? Eres una chiquilla muy susceptible.

—No me enfado —exclamó tímida, alzando hacia mí su clara y cariñosa mirada. Luego, de pronto, agarró mi mano, apretó contra mi pecho su rostro y sollozó.

Pero al mismo tiempo se echó a reír, y lloraba y reía. A mí también me daba risa y, a la vez, me hallaba enternecido. Pero no quiso de ningún modo levantar la cabeza y cuando traté de separar su carita de mi hombro, se apretaba cada vez con más fuerza y se reía más y más.

Por fin acabó esta turbadora escena. Nos despedimos; yo tenía prisa. Nelly, con los colores en la cara y todavía confusa, con los ojos centelleantes como estrellitas salió corriendo tras de mí a la escalera y me pidió que volviera pronto. Prometí que sin falta volvería para comer, y lo antes posible.

Primero fui a casa de los viejos. Los dos se encontraban mal. Anna Andriéievna estaba seriamente enferma. Nikolái Sierguiéievich permanecía sentado en su gabinete. Me había oído venir, pero yo sabía que, según su costumbre, no saldría antes de un cuarto de hora, para dejarnos hablar. No quería disgustar mucho a Anna Andriéievna, y por ello dulcifiqué en lo posible mi relato sobre la tarde de la víspera, pero le dije la verdad. Con gran asombro mío, la vieja, aun entristeciéndose, oyó sin extrañarse la noticia de la posible ruptura.

—Bien, padrecito, es lo que yo había pensado —dijo—. Cuando usted se marchó, estuve meditando mucho tiempo y pensé que eso no ocurriría. No lo hemos merecido a los ojos de Dios Nuestro Señor; ese hombre es un canalla. ¿Se puede esperar algo bueno de él? Valiente broma, nos quita diez mil rublos por nada, por nada, y sin embargo, nos los quita. Nos quita el último pedazo de pan: venderán Ijmienievka. Natasheñka es justa e inteligente al no haberle creído. ¿Y sabe otra cosa, padrecito? —continuó, bajando la voz—. ¡El mío, el mío! Está completamente en contra de ese matrimonio. Se ha traicionado: no lo quiero, ha dicho. Al principio creí que era un capricho; pero no, dice la verdad. ¿Y qué pasará entonces con mi palomita? Porque entonces él la maldecirá definitivamente. Bueno, y el otro, Aliosha, ¿qué hace?

Durante mucho tiempo me estuvo haciendo preguntas y, como de costumbre, lanzaba ayes y lamentaciones a cada una de mis respuestas. Me di cuenta, en general, que en los últimos tiempos se hallaba completamente desquiciada. Cualquier noticia la impresionaba profundamente. La pena que le causaba Natasha arruinaba su corazón y su salud.

Entró el viejo; llevaba bata y zapatillas y se quejaba de fiebre, pero miró con ternura a su mujer y durante todo el tiempo que estuve allí se ocupó de ella como una niñera; la miraba a los ojos y se mostraba incluso tímido. En sus miradas había mucha ternura. Estaba asustado con su enfermedad, presintiendo que se quedaría sin nada si la perdía.

Estuve con ellos cerca de una hora. Al despedirnos salió conmigo hasta el recibimiento y me empezó a hablar de Nelly. Estaba seriamente dispuesto a llevarla a su casa en lugar de su hija. Empezó a pedirme consejo sobre cómo convencer a Anna Andriéievna. Me preguntó sobre Nelly con especial curiosidad y también si había sabido algo nuevo acerca de ella. Se lo expliqué rápidamente. Mi relato le impresionó.

—Hablaremos de eso —dijo con decisión—. Y mientras tanto... Bueno, además, yo mismo iré a tu casa en cuanto me restablezca un poco. Entonces decidiremos.

A las doce en punto yo estaba en casa de Maslobóiev. Con gran asombro mío, el primer rostro que me salió al encuentro al entrar en su casa fue el del príncipe. Estaba poniéndose el abrigo en el recibimiento; Maslobóiev le ayudaba solícito y le entregaba su bastón. Ya me había hablado de que conocía al príncipe, pero de todos modos, este encuentro me sorprendió muchísimo.

El príncipe pareció turbarse.

—¡Ah, es usted! —exclamó con una vehemencia excesiva—. ¡Imagínese qué encuentro! Por cierto, acabo de enterarme por el señor Maslobóiev de que se conocen ustedes. Estoy contento, contento, enormemente contento de haberle encontrado. Precisamente deseaba verle; espero ir a su casa lo antes posible. ¿Me lo permite? Tengo que hacerle una petición: ayúdame a descifrar nuestra situación actual. Seguramente se ha dado usted cuenta de que estoy hablando de lo de ayer... Usted es allí un buen amigo, usted conoce paso a paso el asunto, tiene usted influencia... Siento muchísimo no poderle hablar ahora mismo... ¡Los negocios! Pero un día de éstos, tal vez antes, tendré el gusto de estar en su casa. Y ahora...

Me estrechó la mano con fuerza también excesiva, hizo un guiño a Maslobóiev y salió.

—Por amor de Dios, dime... —empecé, entrando en la habitación.

—No te voy a decir nada —me interrumpió Masloboiev, apresurándose a coger la gorra y dirigiéndose al recibimiento—. ¡Los negocios! ¡Me apresuro, hermano, me he retrasado!...

—Pero si tú mismo me has escrito que viniera a las doce.

—¿Y qué que te haya escrito? Ayer te escribí a ti y hoy me han escrito a mí. De modo que me estalla la cabeza. ¡Menudo asunto! Me esperan. Perdona, Vania. Todo lo que puedo ofrecerte como compensación es que me muelas a golpes por haberte molestado en vano. Si quieres desquitarte, pégame, pero deprisa, ¡por Cristo! No me entretengas, los asuntos me esperan.

—¿Y por qué voy a pegarte? Si tienes asuntos que resolver, date prisa, a cualquiera se le pueden presentar imprevistos, pero sólo...

—No, lo de *sólo* te lo diré —me interrumpió, saliendo al recibimiento y poniéndose la capa; yo también empecé a ponerme el abrigo—. Tengo también un asunto para ti, un asunto muy importante; por eso te había llamado. Os concierne concretamente a ti y a tus intereses. Pero, como en un minuto ahora no puedo contártelo, dame por Dios tu palabra de honor de que vendrás hoy a las siete en punto, ni antes ni después. Yo estaré en casa.

—¿Hoy? —dije, indeciso—. Pero, hermano, hoy por la tarde tenía que ir...

—Querido, vete ahora donde querías ir esta tarde y por la tarde ven a mi casa. Porque, Vania, no puedes ni imaginar las cosas que te voy a contar.

—Pero, por favor, por favor, ¿de qué se trata? Confieso que estoy impaciente de curiosidad.

Mientras tanto habíamos salido del portal y estábamos en la acera.

—Entonces, ¿vendrás? —preguntó con insistencia.

—Te he dicho que vendré.

—No, dame tu palabra de honor.

—¡Puaf, cómo eres! Bueno, palabra de honor.

—Muy bien, te lo agradezco. ¿Hacia dónde vas?

—Hacia allí —contesté, indicando hacia la derecha.

—Pues yo hacía aquí —dijo, señalando a la izquierda—. ¡Adiós, Vania! Recuerda, a las siete.

«Qué extraño», pensé mientras le veía alejarse.

Por la tarde quería ir a casa de Natasha. Pero, como había dado palabra a Maslobóiev, decidí ir a verla ahora. Estaba seguro de que encontraría allí a Aliosha. Efectivamente, estaba allí, y se alegró muchísimo cuando entré.

Estaba muy alegre y extraordinariamente afable con Natasha, e incluso se puso contento con mi llegada. Natasha, aunque trataba de parecer alegre, lo hacía evidentemente a la fuerza. Su rostro estaba enfermizo y pálido; había dormido mal por la noche. Estaba especialmente cariñosa con Aliosha.

Aunque Aliosha hablaba mucho, contaba pocas cosas, deseando por lo visto alegrarla y arrancar una sonrisa de sus labios, que involuntariamente se plegaban serios. Aliosha evitaba claramente hablar de Katia y de su padre. Probablemente habían fracasado sus gestiones de reconciliación de la víspera.

—¿Sabes una cosa? Tiene unas ganas enormes de marcharse de aquí —me susurró rápidamente Natasha cuando él fue por un minuto a decirle algo a Mavra—, y no se atreve. Yo tampoco me atrevo a decirle que se marche porque entonces, probablemente, a propósito no se irá, y lo que más temo es que se aburra y por ello se enfríe del todo conmigo. ¿Qué hacer?

—¡Dios mío, en qué situación os colocáis vosotros mismos! ¡Y qué suspicaces sois, cómo os vigiláis mutuamente! No hay más que explicarse con claridad, y se acabó todo. Con esta situación es posible que, en efecto, se aburra.

—¿Y qué puedo hacer? —gritó, asustada.

—Espera, yo os lo arreglaré todo...

Y salí a la cocina, con el pretexto de pedirle a Mavra que limpiara una de mis calochas llenas de barro.

—¡Ten cuidado, Vania! —me gritó.

Tan pronto como entré donde estaba Mavra, Aliosha se lanzó hacia mí como si me estuviera esperando.

—Iván Pietróvich, querido amigo, ¿qué debo hacer? Aconséjeme. Ayer di palabra de estar precisamente ahora en casa de Katia, ¡no puedo faltar! Amo a Natasha como no puede decirse, estoy dispuesto a tirarme al fuego por ella, pero reconozca usted que dejar aquello del todo es imposible...

—Bueno, ¿y qué? Pues vaya...

—Y entonces Natasha ¿qué? La voy a apenar con eso, Iván Pietróvich; ayúdeme de alguna manera a salir del paso.

—Creo que es mejor que vaya. Ya sabe cómo le ama; le dará la impresión de que se aburre usted con ella y de que está aquí a la fuerza. Es mejor actuar con naturalidad. Además, vamos, yo le ayudaré.

—¡Querido Iván Pietróvich! ¡Qué bueno es usted!

Entramos y, al cabo de un minuto, le dije:

—Acabo de ver a su padre.

—¿Dónde? —gritó asustado.

—En la calle, por casualidad. Se paró un momento conmigo y me pidió de nuevo que fuéramos amigos. Me preguntó si sabía dónde estaba usted ahora. Tenía gran necesidad de verle, de comunicarle algo.

—¡Ay, Aliosha, vete a verle! —intervino Natasha, que comprendió mi maniobra.

—Pero ¿dónde le voy a encontrar ahora? ¿Está en casa?

—No, recuerdo que me dijo que iba a casa de la condesa.

—Bueno, pero entonces como... —dijo Aliosha ingenuamente, mirando con tristeza a Natasha.

—¡Ay, Aliosha, entonces, qué? —dijo—. ¿Acaso quieres de verdad abandonar esa amistad por tranquilizarme? Pero eso es infantil. En primer lugar, eso es imposible; y en segundo, serías un desagradecido con Katia. Sois amigos; ¿es que se pueden romper tan bruscamente los lazos? Además, me ofendes si crees que soy celosa hasta ese extremo. ¡Vete, vete pronto, te lo pido! Y también tu padre se tranquilizará.

—¡Natasha, ángel mío, no valgo un dedo meñique tuyo! —gritó Aliosha con entusiasmo y contricción—. Eres tan buena, y yo... yo... ¡Bueno, entérate! Ahora mismo acabo de pedirle a Iván Pietróvich que me ayudara a irme de aquí. Por eso ha inventado esa historia. ¡Pero no me acuses, Natasha, ángel mío! No soy del todo culpable, porque te quiero mil veces más que a nada en el mundo, y por eso se me ocurrió una nueva idea: franquearme por completo con Katia y contarle en seguida nuestra situación actual y todo lo que ocurrió ayer. A ella se le ocurrirá algo para nuestra felicidad, nos es fiel con toda el alma...

—Está bien, vete. Y otra cosa amigo mío: me gustaría mucho conocer personalmente a Katia. ¿Cómo podríamos arreglar eso?

El entusiasmo de Aliosha no tenía límites. Inmediatamente se lanzó a hacer suposiciones de cómo podrían conocerse. Según él era fácil: a Katia se le ocurría algo. Exponía su idea con entusiasmo y calor. Prometía traer la respuesta el mismo día, al cabo de dos horas, y pasar luego la tarde con Natasha.

—¿De veras que vas a venir? —preguntó Natasha, dejándolo irse.

—¿Acaso lo dudas? ¡Adiós, Natasha, amor mío, adiós, eterno amor mío! ¡Adiós, Vania! ¡Ay, Dios mío, sin querer le he llamado Vania! Escuche, Iván Pietróvich, yo a usted le quiero: ¿por qué no nos tratamos de tú? Tratémonos de tú.

—Pues vamos a tratarnos de tú.

—¡Gracias a Dios! Lo había pensado cien veces. Y nunca me atrevía a decírselo. Y también ahora le hablo de usted. Es muy difícil hablar de tú. Creo que en alguna parte Tolstoi lo dice muy bien: dos personas se dan palabra de tutearse, pero no consiguen hacerlo de ninguna manera y entonces buscan frases que no tengan el pronombre. ¡Ay, Natasha! Volvamos a leer alguna vez *Infancia y adolescencia*. ¡Qué bonito es!

—Pero lárgate ya, lárgate —dijo Natasha riéndose—. La alegría le ha soltado la lengua...

—Adiós. Dentro de dos horas estaré en tu casa.

Le besó la mano y salió apresuradamente.

—¡Lo ves, lo ves, Vania! —repitió, y se deshizo en lágrimas.

Me quedé en su casa unas dos horas, la estuve tranquilizando y logré convencerla. Por supuesto, tenía razón en todo, y desde luego en sus temores. Se me encogía el corazón cuando pensaba en su situación actual; sentía miedo por ella, pero ¿qué se podía hacer?

También Aliosha me resultaba extraño: la quería no menos que antes, incluso quizá más, con más fuerza, de un modo más torturante, por arrepentimiento y gratitud. Pero en aquella época el nuevo amor se instalaba con fuerza en su corazón. Era imposible prever en qué iba a acabar esto. Yo mismo tenía gran curiosidad por conocer a Katia. De nuevo prometí a Natasha que haría por conocerla.

Al final, casi se puso alegre. Además, le conté todo sobre Nelly, Maslobóiev y Bubnova; también mi encuentro en casa de Maslobóiev con el príncipe y mi cita concertada para las siete. Todo esto le interesó mucho. De los viejos hablamos poco; de la visita de Ijmiéniev no dije nada por el momento; el duelo proyectado con el príncipe podía asustarla. También le pareció muy extraña la relación del príncipe con Maslobóiev y su enorme deseo de hacer amistad conmigo, aunque todo esto se aclaraba bastante con la actual situación.

Hacia las tres volví a casa. Nelly me recibió con su carita luminosa...

Capítulo VI

A las siete en punto de la tarde estaba en casa de Maslobóiev. Me recibió con grandes exclamaciones y con los brazos abiertos. Por supuesto, estaba borracho. Pero lo que más me asombró fueron los extraordinarios preparativos que había hecho para recibirme. Se veía que me esperaban. Un hermoso samovar hervía sobre una mesita redonda cubierta con un magnífico y precioso mantel. El servicio de té brillaba con su cristal, su plata y su porcelana. Otra mesa, cubierta por un mantel de distinta clase pero no menos rico, tenía platos con excelentes bombones, mermeladas de Kiev, frutas secas y confitadas, pastas de fruta, jalea, confitura francesa, naranjas, manzanas y tres o cuatro clases de nueces; en una palabra, toda una frutería. En una tercera mesa cubierta por un mantel blanco había diversos aperitivos: caviar, queso, *pâte,* embutido, jamón ahumado, pescado y una hilera de magníficas jarras cristalinas con vodca de múltiples clases y preciosos colores: verdes, bermejos, marrones, dorados. Finalmente, en una mesa pequeña, a un lado, también cubierta por un mantel blanco, había dos cubos con sus botellas de champaña. En la mesa de enfrente del diván destacan tres botellas: Sauternes, Lafite y coñac; botellas de casa de Elisieriev y muy caras. Junto a la mesa de té permanecía sentada Aliexandra Siemiónovna, y aunque su atuendo era sencillo, éste se había evidentemente rebuscado y pensado y le iba verdaderamente bien. Sabía lo que le iba bien y estaba muy orgullosa de ello. Me recibió levantándose un poco y con cierta solemnidad. La satisfacción y la alegría se reflejaban en su rostro juvenil. Maslobóiev llevaba unas magníficas zapatillas chinas, una bata cara y una camisa elegante recién puesta. En la camisa, por todas partes donde le era posible, llevaba botones y gemelos modernos. Iba peinado según la moda, con los cabellos untados de pomada y con raya a un lado.

Me quedé tan perplejo, que me detuve en medio de la habitación, mirando con la boca abierta tan pronto a Maslobóiev como a Aliexandra Siemiónovna, cuya alegría rayaba en beatitud.

—¿Qué es esto, Maslobóiev? ¿Acaso das hoy una fiesta? —exclamé al fin con inquietud.

—No, sólo te esperamos a ti —contestó con solemnidad.

—Pero ¿qué es esto? —dije señalando los aperitivos—. Si se puede alimentar con esto a todo un regimiento.

—Y darle de beber, te has olvidado de lo principal: ¡darle de beber! —añadió Maslobóiev.

—¿Y todo esto para mí solo?

—Y para Aliexandra Siemiónovna. Ha sido ella la que ha querido prepararlo así.

—¡Pues vaya! ¡Ya lo sabía! —exclamó Aliexandra Siemiónovna poniéndose colorada, pero sin perder su aspecto alegre—. ¡No se puede recibir decentemente a un invitado, en seguida soy culpable!

—Desde por la mañana, imagínate, desde por la mañana, tan pronto como se ha enterado de que venías esta tarde, ha empezado a afanarse. Ha trabajado muchísimo...

—¡Miente! No ha sido desde esta mañana, sino desde la tarde de ayer. Tan pronto como volviste ayer por la tarde, me dijiste que vendría de visita para toda la tarde de hoy.

—Eso es que ha oído usted mal.

—No he oído mal, sino que fue así. Yo no miento nunca. ¿Y por qué no hacer todos los honores al invitado? Vivimos, nadie viene a vernos y disponemos de todo lo que hace falta. Que vean las buenas gentes que nosotros también sabemos vivir.

—Y, sobre todo, se enterarán de la magnífica ama de casa que es usted, así como gran organizadora —añadió Maslobóiev—. Figúrate, amigo, que yo también he caído. Me ha hecho ponerme una camisa de Holanda, gemelos, zapatillas, una bata china; ella misma me ha peinado y dado pomada en el pelo: bergamota; quería pulverizarme con cierto perfume, *à la crème brûlée,* pero eso no lo he aguantado. Me rebelé, demostrando mi autoridad marital.

—No era en absoluto bergamota, sino la mejor pomada francesa que venden en tarritos de porcelana —intervino Aliexandra Siemiónovna, enrojeciendo—. Juzgue usted mismo, Iván Pietróvich: no me deja ir ni al teatro, ni a bailar a ningún sitio, sólo me regala vestidos; ¿y para qué quiero vestidos? Me engalano y ando sola por la habitación. El otro día le supliqué tanto, que por fin nos arreglamos para ir al teatro. No hice más que volverme para colocarme un broche; él se acercó entonces al armarito: tomó una copa tras otra y se emborrachó por completo. Así que nos quedamos. Nadie, nadie, nadie viene a visitarnos. Únicamente por las mañanas vienen ciertas gentes por cuestiones de negocios, y a mí me manda afuera. Sin embargo, tenemos samovar, servicio de té, buenas tazas; tenemos de todo y todo regalado. Nos mandan también provisiones, sólo compramos el vino y alguna pomada o algunos aperitivos. El *pâté,* el jamón ahumado y los caramelos los hemos comprado para usted... ¡Si alguien viera al menos cómo vivimos! He pensado durante todo el año: vendrá algún invitado, le enseñaremos todo esto y le convidaremos; la gente nos felicitará y eso también será agradable para nosotros. ¡Y para qué le habré puesto pomada a este tonto si no se la merece! A él le gusta andar sucio. Fíjese qué bata lleva: se la han regalado, pero ¿merece esa bata? A él lo único que le hace falta, ante todo, es empinar el codo. Ya verá como antes del té, le va a ofrecer vodka.

—¡Y qué! Pues es verdad: bebamos, Vania, de la de oro y de la de plata, y después con el alma iluminada, nos aplicaremos a otras bebidas.

—¡Vaya, ya lo sabía yo!

—No se preocupe, Sashieñka, también beberemos té con coñac a su salud.

—¡Bueno, eso es! —gritó entrechocando las palmas—. Un té regio, de seis rublos de plata; anteayer nos lo regaló un comerciante, y él quiere tomarlo con coñac. No le haga caso, Iván Pietróvich, ahora le serviré... ¡Usted mismo comprobará qué bueno es el té!

Y se afanó junto al samovar.

Era evidente que contaban con retenerme toda la tarde. Aliexandra Siemiónovna había esperado todo el año un invitado y ahora se disponía a despacharse conmigo. Todo esto se hallaba fuera de mis cálculos.

—Escucha, Maslobóiev —dije, sentándome—; yo no he venido a tu casa como invitado, sino por causa de cierto asunto. Tú mismo me llamaste para comunicarme algo.

—Bueno, los asuntos son los asuntos. Y una conversación entre amigos es otra cosa.

—No, querido, no cuentes con eso. A las ocho y media, adiós. Tengo algo que hacer; he dado mi palabra...

—No me lo creo. Por favor, ¿qué harás conmigo? ¿Qué harás con Aliexandra Siemiónovna? Mírala: se ha quedado estupefacta. ¿Para qué me ha puesto pomada? ¡Si me ha echado bergamota, imagínate!

—No haces más que decir vaciedades, Maslobóiev. A Aliexandra Siemiónovna le voy a jurar que vendré la próxima semana, aunque sea el viernes, para comer con ustedes. Y ahora, hermano, he dado mi palabra o, mejor dicho, necesito ir a un sitio. Es mejor que me expliques lo que habías de comunicarme.

—Pero ¿es posible que sólo se quede hasta las ocho y media? —exclamó Aliexandra Siemiónovna con voz tímida y lastimera, casi llorando y ofreciéndome una taza del maravilloso té.

—No se preocupe, Sashieñka, eso es absurdo —intervino Maslobóiev—. Se quedará, lo contrario es absurdo. Otra cosa, es mejor que me digas, Vania, dónde vas continuamente. ¿Qué asuntos

te traes entre manos? ¿Se puede saber? Porque todos los días co-
rres de un lado para otro, no trabajas...

—¿Y para qué necesitas saberlo? Además, quizá te lo diga
luego. Y tú, explícame, ¿por qué has venido ayer a mi casa
cuando yo mismo te dije, lo recuerdas, que no estaría?

—Luego me acordé, pero ayer se me olvidó. Quería hablar
contigo de un asunto, pero sobre todo, necesitaba tranquilizar a
Aliexandra Siemiónovna. «Ahí tienes, dijo: hay un hombre que ha
resultado ser amigo tuyo; ¿por qué no lo invitas?». Y hace cuatro
días, hermano, que me atosiga por tu culpa. Por la bergamota,
naturalmente, me van a perdonar en el otro mundo cuarenta pecados, pero, pensé, ¿por qué no pasar una tarde con un amigo? Y
empleé una estratagema: te escribí una nota diciendo que había
un asunto de tal importancia, que, si no venías, se hundirían todos nuestros buques.

Le pedí que en lo sucesivo no actuara así; mejor que me dijera
las cosas claramente. Por otro lado, esta explicación no me convenció del todo.

—Pero ¿por qué huiste de mí hace poco? —pregunté.

—Hace poco tenía efectivamente un asunto, tanto como eso
no miento.

—¿No era con el príncipe?

—¿Le gusta nuestro té? —me preguntó Aliexandra Siemiónovna con voz melosa.

Hacía ya diez minutos que esperaba le elogiase su té, y ello
no se me había ocurrido.

—¡Excelente, Aliexandra Siemiónovna, magnífico! Nunca he
bebido un té así.

Aliexandra Siemiónovna enrojeció de alegría, y se apresuró a
servirme más.

—¡El príncipe! —exclamó Maslobóiev—. Este príncipe, hermano, es tan bribón, tan sinvergüenza... ¡Bueno! Oye, hermano,
lo que te voy a decir: aunque yo mismo sea un sinvergüenza, sólo
por pudor no me gustaría encontrarme en su pellejo. ¡Pero basta,
silencio! Es lo único que puedo decirte de él.

—Pues yo he venido precisamente para, entre otras cosas,
interrogarte acerca de él. Pero eso después. Y ¿por qué ayer, sin
estar yo en casa, le diste a mi Ieliena caramelos de fruta y te pu-

siste a bailar delante de ella? ¿Y de qué has podido hablar con ella durante hora y media?

—Ieliena es una niña pequeña, de unos doce u once años, que vive por ahora en casa de Iván Pietróvich —explicó Maslobóiev dirigiéndose a Aliexandra Siemiónovna—. Mira, Vania, mira —continuó señalándola con el dedo—, se ha puesto toda encarnada en cuanto ha oído que llevé caramelos de fruta a una muchacha desconocida; se ha puesto como la grana, se ha estremecido, como si de pronto se oyese un pistoletazo. Mira sus ojitos: echan chispas como carbones ardientes. ¡Si no hay nada que ocultar, Aliexandra Siemiónovna, no hay nada! Es usted celosa. Si no le explico que se trata de una niña de once años, me hubiera arrastrado inmediatamente por el pelo. ¡Y no me hubiera salvado ni la bergamota!

—¡Tampoco ahora te salvará!

Y con estas palabras Aliexandra Siemiónovna se acercó a nosotros de un brinco desde la mesita del té y, antes de que Maslobóiev tuviera tiempo de esconder la cabeza, le agarró por un mechón y le dio un tirón.

—¡Toma, toma! ¡No te atrevas a decir delante del invitado que soy celosa, no te atrevas, no te atrevas, no te atrevas!

Incluso se puso colorada y, aunque se reía, a Maslobóiev le cayó lo suyo.

—¡Siempre cuenta cosas para avergonzarme! —añadió en serio, dirigiéndose a mí.

—¡Bueno, Vania, ya ves cómo es mi vida! ¡Por eso es imprescindible beber vodka! —decidió Maslobóiev, arreglándose el pelo y acercándose casi corriendo a la garrafa.

Pero Aliexandra Siemiónovna se le adelantó: se acercó a la mesita, escanció ella misma, se lo sirvió e incluso le golpeó cariñosamente en la mejilla. Maslobóiev me guiñó un ojo con orgullo, chascó la lengua y se bebió con solemnidad la copa.

—En cuanto a los caramelos de fruta, resulta difícil explicártelo —comenzó, sentándose a mi lado en el diván—. Los compré anteayer, estando borracho, en una tienda de legumbres, no sé por qué. Tal vez para sostener el comercio nacional y la industria, con seguridad no lo sé. Sólo recuerdo que caminaba entonces borracho por la calle; que caí en el barro, me arrancaba los pelos y lloraba porque no valgo para nada. Por supuesto, me olvidé de los caramelos de fruta, que se quedaron en mi bolsillo hasta ayer, cuando me senté encima de ellos en el diván. En cuanto al baile, también fue por mi estado de borrachera; ayer me encontraba bastante bebido, y cuando estoy así me siento alegre con mi suerte y a veces bailo, eso es todo. Aparte de que esa huérfana me ha producido lástima; por otro lado, no quería hablar conmigo, como si estuviera enfadada. Bien, pues me puse a bailar para divertirla y le di los caramelos para ganármela.

—¿Y no la has sobornado para sacarle algo? Dime la verdad, ¿has ido a mi casa, a propósito, sabiendo que yo no estaba para hablar con ella a solas y sonsacarle algo, o no? Sé que has permanecido con ella una hora y media, que le has asegurado que conocías a su difunta madre y que le has estado haciendo preguntas.

Maslobóiev frunció el ceño y soltó una risita canallesca.

—La idea no hubiera sido mala —dijo—. No, Vania, no es eso. Es decir, ¿por qué no preguntar si se presenta el caso? Pero no es eso. Escucha, mi viejo amigo, aunque ahora estoy bastante borracho, según costumbre, entérate de que Filip Filípovich no te engañará nunca con *mala intención,* fíjate: nunca *con mala* intención.

—Bien, ¿y sin mala intención?

—Pues... tampoco sin mala intención. ¡Pero al diablo con esto! ¡Bebamos y vayamos al asunto! No es un asunto serio —continuó después de beber—. Esa Bubnova no tenía ningún derecho a tener a esa niña, me he enterado de todo. No había ninguna clase de adopción ni nada parecido. La madre le debía dinero y ella se quedó con la niña. Bubnova, aunque sea una bribona, una malvada, no deja de ser una campesina tonta como todas las campesinas. La difunta tenía un pasaporte en regla; por lo tanto, todo está bien. Ieliena puede vivir en tu casa aunque estará muy bien que alguna familia honorable la adoptase para educarla. Pero, por ahora, que viva en tu casa. No importa; yo te lo arreglaré todo: Bubnova no se atreverá ni a mover un dedo. De la difunta no he podido saber casi nada. Era la viuda de alguien que se apellidaba Saltzmann.

—Eso me ha dicho Nelly.

—Bueno, eso es todo. Ahora, Vania —empezó con cierta solemnidad—, tengo que hacerte una petición. Yo te ruego que accedas. Cuéntame con el mayor lujo posible de detalles qué asuntos tienes entre manos, dónde vas, dónde sueles pasarte los días enteros. Aunque en parte ya los he oído y los sé, necesito saber muchos más detalles.

Tanta solemnidad me extrañó y hasta inquietó.

—Pero ¿qué es eso? ¿Para qué tienes que saberlo? Lo preguntas con una solemnidad...

—Es por lo siguiente, Vania, sin palabras ociosas: quiero hacerte un favor. Ya ves, amigo, empleando contigo la astucia, hubiera podido sonsacarte sin esa solemnidad. Y tú sospechas que soy astuto contigo. Hace un instante lo de los caramelos; lo he comprendido. Pero, como hablo con formalidad, quiero decir que no tengo interés por mí, sino por ti. Así que déjate de sospechas y dime simplemente la verdad...

—¿Qué favor vas a hacerme? Escucha, Maslobóiev, ¿por qué no quieres contarme algo del príncipe? Necesito informarme. Y eso será un favor.

—¡Del príncipe! Ejem... Bien, sea, te lo diré claramente. Te pregunto ahora por deseos del príncipe.

—¿Cómo?

—Pues así. Ya me di cuenta, hermano, de que se ha mezclado en cierto modo en tus asuntos; además, me ha estado preguntando acerca de ti. De cómo se ha enterado de que somos amigos, eso no es asunto tuyo. Lo importante es una cosa: ten cuidado con ese príncipe. Es el traidor Judas, y algo aún peor que eso. Por eso, al darme cuenta de que se había inmiscuido en tus asuntos, me eché a temblar por ti. Además, yo no sé nada y por eso te pido que me cuentes, para poder juzgar... E incluso por eso te he llamado hoy. Ése es el asunto importante, te lo digo claramente.

—Por lo menos dime algo, aunque sólo sea que por qué debo temer al príncipe.

—Está bien, sea. Hermano, yo a veces me ocupo de ciertos asuntos. Pero juzga tú mismo: si tienen confianza en mí es porque no soy un charlatán. ¿Cómo te lo voy a contar a ti? Entonces, no te molestes si hablo de una manera general, demasiado general, únicamente para demostrarte qué canalla es. Pero empieza primero tú con lo tuyo.

Decidí que en mis asuntos no había absolutamente nada que debiese ocultar a Maslobóiev. Lo de Natasha no era un secreto, y además, yo podía esperar alguna ventaja para ella de Maslobóiev. Por supuesto, en mi relato soslayé en lo posible ciertos puntos. Maslobóiev escuchaba con especial atención todo lo referente al príncipe; muchas veces me interrumpía y volvía a preguntar, de modo que le facilité bastantes detalles. Mi relato duró media hora.

—¡Ejem! ¡Es inteligente esa muchacha! —decidió Maslobóiev—. Si no ha acertado quizá del todo en lo que se refiere al príncipe, ya es bueno que desde el principio supiese con quién se las tenía y rompiera todas las relaciones con él. ¡Es magnífica Natalia Nikoláievna! ¡Bebo a su salud! —bebió—. Aquí no sólo era necesario el cerebro, sino también el corazón para no dejarse engañar. Y el corazón no la ha traicionado. Ciertamente, su asunto está perdido: el príncipe insistirá y Aliosha la abandonará. ¡Me da pena de Ijmiéniev, tener que pagarle diez mil rublos a ese canalla! Pero ¿quién se ha ocupado de su asunto, quién ha hecho gestiones? ¡Tal vez él mismo! ¡Ay, ay! Son iguales todos estos seres exaltados y nobles: ¡No valen para nada! Con el príncipe había que actuar de otra manera. Yo le hubiera conseguido un abogado a Ijmiéniev... ¡vaya! —y golpeó la mesa con rabia.

—Bien, ¿y qué pasa ahora con el príncipe?

—No haces más que hablar del príncipe. ¡Qué se puede decir de él! No me gusta que haya salido eso a relucir. Vania, yo lo único que quería era prevenirte contra ese estafador para, por así decirlo, librarte de su influencia. Quien se alía con él, ése corre peligro. Así que tú estate ojo avizor, eso es todo. Y tú pensabas que yo iba a revelarte no sé qué misterios de París. ¡Ya se ve que eres un novelista! Bueno, ¿a qué hablar de ese canalla? Un canalla no deja nunca de ser un canalla... Bien, por ejemplo, te voy a contar ahora uno de sus asuntillos, por supuesto sin lugares, sin ciudades, sin personajes, es decir, sin exactitud de almanaque. Tú sabes que en su juventud, cuando tenía que vivir sólo de su sueldo de funcionario, se casó con la hija de un rico comerciante. Bueno, con esta hija del comerciante no se portó en absoluto con delicadeza; aunque ahora no se trata de ella, quiero hacerte notar, amigo Vania, que toda su vida ha preferido los asuntos de esta índole. Otro caso: se marchó al extranjero. Allí...

—Espera, Maslobóiev, ¿de qué viaje hablas? ¿En qué año?

—Hace exactamente noventa y nueve años, allí sedujo a una muchacha, se la raptó a su padre y se la llevó a París. ¡Y cómo lo hizo! El padre era algo así como fabricante o tenía participación en alguna empresa de ese género. Lo que te cuento son mis propias deducciones y razonamientos a partir de otros datos. Así, pues, el príncipe le engañó y se metió en sus asuntos. Le engañó completamente y le sacó los cuartos. Sobre el dinero que obtuvo así había ciertos documentos, pero el príncipe quería apropiárselo de manera que no tuviese que devolverlo; sencillamente, robarlo, como diríamos nosotros. El viejo tenía una sola hija, que era encantadora. De esta belleza estaba enamorado un hombre ideal, «un hermano de Schiller», poeta y al mismo tiempo comerciante, un joven soñador, en una palabra, un alemán, un tal Pfefferkuchen.

—Bueno, puede que no sea Pfefferkuchen, que el diablo se lo lleve, no se trata de él. Sé únicamente que el príncipe se insinuó a la hija y que se insinuó de tal manera, que ésta se enamoró de él como una loca. El príncipe quiso entonces dos cosas: primero, dominar a la hija; segundo, los recibos del dinero que el viejo le había prestado. Las llaves de todos los cajones del viejo las tenía la hija. El viejo quería a su hija con locura, hasta el punto de que no la dejaba casarse. En serio: tenía celos de cualquier novio y no admitía la posibilidad de separarse de ella; había despachado a Pfefferkuchen y a un extravagante inglés.

—¿A un inglés? Pero ¿dónde ocurría todo eso?

—¡Ah, bueno! He dicho inglés, así, por comparar, y tú en seguida te agarras a ello. Esto ocurrió en la ciudad de Santa Fe de Bogotá, o tal vez en Cracovia, pero lo más probable es que fuera en el principado de Fürstentum de Nassau, eso es lo que está escrito en las botellas de agua de Seltz, precisamente en Nassau; ¿te basta eso? Bueno, pues el príncipe sedujo a la muchacha, la separó de su padre y, ante su insistencia, la muchacha se llevó consigo algunos documentos. ¡Porque suelen existir amores de esa clase, Vania! ¡Mira tú, Dios mío, si la muchacha era honrada, noble, distinguida! Cierto que a lo mejor desconocía la importancia de los papeles. Le importaba sólo una cosa: que su padre iba a maldecirla. El príncipe supo salirse del atolladero: suscribió el compromiso formal y legalizado de que se casaría con ella. De esta forma le aseguro que sólo se ausentarían por algún tiempo, para pasearse, y cuando la cólera del viejo se apaciguara, volverían al hogar, se casarían y vivirían los tres juntos toda la vida amasando una fortuna, y así hasta la eternidad. Ella huyó, el viejo la maldijo y además se arruinó. A París se arrastró tras de ella Frauenmilch, que lo abandonó todo; abandonó el comercio, estaba muy enamorado de ella.

—Espera, ¿qué Frauenmilch?

—Bueno, aquel ¿cómo se llamaba?, Feuebach... ¡puaf!, maldita sea, Pfefferkuchen! Por supuesto, el príncipe no podía casarse. ¿Qué diría la condesa Jliéstova? ¿Cómo reaccionaría ante eso el Pomoikin? Era necesario, pues, engañarla. Pero la engañó de un modo demasiado cínico. En primer lugar, casi la pegó; en segundo lugar invitó adrede a su casa a Pfefferkuchen; aquél empezó a ir, se hicieron amigos, lloraban juntos, pasaban tardes enteras solos, se contaban sus desgracias, aquél trataba de consolarla: ya se sabe, eran unas almas de Dios. El príncipe lo había arreglado así a propósito: una vez los encontró a horas ya avanzadas e inventó que tenían relaciones; se agarró a eso y dijo que lo había visto con sus propios ojos. Bien, pues los echó a los dos de su casa y él se marchó por una temporada a Londres. Aquélla estaba ya a punto de dar a luz; a raíz de la ruptura tuvo una hija... es decir, no una hija, sino un hijo, precisamente un niñito al que bautizaron con el nombre de Volódiñka. Pfefferkuchen fue su padrino. Y ella se marchó con Pfefferkuchen. Éste tenía algo de dinero, y viajaron por Suiza, Italia... por todos los países románticos, como corresponde. Ella lloraba, Pfefferkuchen gemía y así pasaron muchos años y la niña creció. Al príncipe le hubiera ido todo bien, pero le falló una cosa: no pudo destruir la promesa de matrimonio que ella tenía en su poder. «Eres un hombre abyecto, le dijo ella como despedida, me has robado y deshonrado, y ahora me abandonas. ¡Adiós! Pero el documento con la promesa no te lo devuelvo. No porque yo hubiese querido casarme alguna vez contigo, sino porque este papel te da miedo. Por eso quiero tenerlo siempre en mis manos.» En una palabra, ella se salió de sus casillas; sin embargo, el príncipe se quedó tan tranquilo. Generalmente, a estos canallas les va muy bien tener problemas con estos llamados seres superiores. Son tan nobles, que resulta muy fácil engañarlos; además siempre se refugian en un elevado y generoso desdén en lugar de acudir a los tribunales, de ser esto posible. Bien, te señalaré aunque sólo sea a esta madre: se refugiaba en un amargo desdén y, aunque se había quedado con el documento, el príncipe sabía que era capaz de ahorcarse antes que emplearlo en provecho propio, y estuvo, pues, tranquilo durante mucho tiempo. Y ella, aunque había escupido en el rostro canallesco del príncipe, se quedó con Volódiñka en los brazos; ¿qué sería de él cuando ella muriese? Pero no pensaba en eso. Bruderschaft la animaba y tampoco pensaba en ello; ambos leían a Schiller. Finalmente, Bruderschaft enfermó y murió.

—Es decir, Pfefferkuchen.

—Bueno , sí, ¡al diablo con él! Y ella...

—¡Espera! ¿Cuántos años estuvieron viajando?

—Justito unos doscientos años. Bien, ella volvió a Cracovia. El padre no la recibió, la maldijo. La mujer murió y el príncipe se santiguó de alegría. Allí estuve yo, hidromiel bebí y el bigote me mojé, pero lo que es hartarme, no me harté... ¡Bebamos, hermano, Vania!

—Sospecho que tú ahora estás gestionando para él este asunto, Maslobóiev.

—¿Tienes especial interés en saberlo?

—Lo único que no entiendo es lo que puedes hacer con tal asunto.

—Ya ves, tan pronto como ella volvió a Madrid, después de una ausencia de diez años, con un nombre falso, era preciso investigar sobre ello y sobre Bruderschaft y sobre el viejo, si efectivamente había vuelto, y sobre el polluelo, sobre si ella había muerto, si existían los documentos, y así sucesivamente hasta el infinito. Y sobre algunas cosas más. Es una malísima persona, ten cuidado con él, Vania. En cuanto a Maslobóiev piensa lo siguiente: ¡por nada del mundo, no le llames nunca canalla! Aunque es un canalla (a mi juicio no hay ningún hombre que no lo sea), no está en contra tuya. Estoy muy borracho, pero escucha: si alguna vez, de cerca o de lejos, ahora o el año que viene, te pareciera que Maslobóiev está empleando contra ti la astucia (y por favor, no olvides esta palabra *astucia)*, entonces debes saber que lo hace sin mala intención.

Maslobóiev te observa. Por eso no des crédito a ninguna sospecha: es mejor que te expliques franca y fraternalmente con el propio Maslobóiev. Bueno, ¿quieres beber ahora?

—No.

—¿Tomar un aperitivo?

—No, hermano, perdona.

—Bien, pues, márchate, son las nueve menos cuarto y tienes prisa, ya es hora de que te vayas.

—¿Cómo? ¿Qué es esto? ¡Ha bebido hasta emborracharse y echa al invitado! ¡Siempre es así! ¡Ay, qué desvergonzado! —exclamó, casi llorando, Aliexandra Siemiónovna.

—No se puede repicar e ir en la procesión. Aliexandra Siemiónovna, nos quedaremos usted y yo y nos adoraremos mutuamente. ¡Porque éste es un general! ¡No, Vania, he mentido; tú no eres un general, pero yo soy un canalla! ¡Fíjate en lo que parezco ahora! ¿Qué soy ante ti? Perdóname, Vania, no me acuses y déjame expresarme...

Me abrazó y se deshizo en lágrimas. Empecé a irme.

—¡Ay, Dios mío! Y nosotros que teníamos preparada la cena —decía Aliexandra Siemiónovna con gran consternación—. Pero ¿vendrá usted a casa el viernes?

—Vendré, Aliexandra Siemiónovna, palabra de honor que vendré.

—Quizá le dé asco que él esté así... borracho. No le tenga asco, Iván Pietróvich; él es bueno, muy bueno, y ¡cómo le quiere! Me habla de usted día y noche, todo el tiempo. Ha comprado sus libros para mí. Todavía no los he leído, pero empezaré mañana. ¡Y qué alegría me va a dar usted cuando venga! No veo a nadie, nadie viene a estar un rato con nosotros. No nos falta nada, pero estamos solos. Ahora mismo he estado ahí sentada, escuchando lo que decía usted, cómo habla usted, y ¡qué bonito resulta!... Entonces, hasta el viernes...

Capítulo VII

Me apresuraba por llegar a casa: las palabras de Maslobóiev me habían impresionado tremendamente. Dios sabe las cosas que se me ocurrían... Como dispuesto adrede, en casa me esperaba un acontecimiento que me sacudió como una descarga eléctrica. Justo enfrente de mi portal había un farol. Tan pronto como llegué al portal, desde el farol se lanzó hacia mí una extraña figura, que hasta me hizo gritar. Era un ser asustado, tembloroso y enloquecido que, lanzando un grito, se agarró a mi brazo. El espanto se apoderó de mí. ¡Era Nelly!

—¡Nelly! ¿Qué te pasa? —exclamé—. ¿Qué tienes?

—Allí, arriba... está él... en nuestra casa...

—¿Quién? Vamos, ven conmigo.

—¡No quiero, no quiero! Esperaré a que se marche... en el descansillo... no quiero.

Subí a mi casa con un extraño presentimiento, abrí la puerta y vi al príncipe. Estaba sentado junto a la mesa y parecía leer la novela. Por lo menos, tenía el libro abierto.

—¡Iván Pietróvich! —exclamó jovialmente—. Estoy muy contento de que haya usted regresado por fin. Ahora mismo quería marcharme. Hace más de una hora que le espero. He dado hoy palabra a la condesa, ante sus insistentes y apremiantes ruegos de que iría esta tarde a su casa con usted. ¡Me lo ha pedido tanto, tiene tantos deseos de conocerle! Ya que usted me lo prometió, decidí presentarme en su casa un poco antes de que hubiera tenido usted tiempo de acudir a otro lugar, para invitarle a venir conmigo. Imagínese mi consternación cuando llego y me dice su criada que no está en casa. ¡Qué hacer! He dado mi palabra de ir con usted. Por eso me senté a esperarle y decidí aguardar un cuarto de hora. Pero ahí tiene usted el cuarto de hora: he abierto su novela y me he enfrascado en la lectura. ¡Iván Pietróvich! ¡Si esto es una perfección! ¡Después de esto no se le comprende a usted! Me ha arrancado las lágrimas. Sí, he llorado; y yo no lloro con frecuencia...

—Entonces, ¿quiere usted que vaya? Le confieso que ahora... aunque no tengo nada en contra, pero...

—¡Por amor de Dios, venga! ¿En qué situación, si no, me va usted a poner? ¡Le he esperado una hora y media!... Por otro lado, tengo hasta necesidad de hablar con usted, tanta necesidad; ¿comprende acerca de qué? Todo este asunto lo conoce mejor que yo... ¡Tal vez decidamos algo, algo saquemos en claro, vaya! Por Dios, no me lo niegue.

Pensé que, tarde o temprano, habría que ir. Incluso si Natasha estaba ahora sola y me necesitaba, había sido ella misma quien me había rogado que fuese cuanto antes a conocer a Katia. Y además quizá estuviese allí Aliosha. Sabía que Natasha no se quedaría tranquila antes de que le llevara noticias a Katia y decidí ir. Pero era Nelly la que me preocupaba.

—Espere —dije al príncipe, y salí a la escalera.

Nelly permanecía en un rincón oscuro.

—¿Por qué no quieres venir, Nelly? ¿Qué te ha hecho? ¿Qué ha hablado contigo?

—Nada... No quiero, no quiero... —repetía—. Tengo miedo.

Por mucho que la supliqué no sirvió de nada. Hube de ponerme de acuerdo con ella en que, tan pronto como yo saliera con el príncipe, ella entraría en el piso y cerraría la puerta por dentro.

—Y no dejes entrar a nadie, Nelly, por mucho que te lo pidan.

—¿Y usted se marcha con él?

—Sí, con él.

Se estremeció y me cogió por la mano, como queriendo suplicarme que no me fuera, pero no dijo ni una palabra. Decidí preguntarle por menudo al otro día.

Rogando al príncipe que me disculpara, empecé a vestirme. Me aseguró que para ir allí no se precisaba ninguna etiqueta.

—Así que póngase algo ligerito —añadió, recorriéndome de pies a cabeza con una mirada inquisitiva—. Ya sabe usted, todos estos prejuicios sociales... es imposible librarse de ellos por completo. Esa perfección no la encontrará durante mucho tiempo en nuestro mundo —concluyó, comprobando, satisfecho, que yo tenía un frac.

Salimos, pero lo dejé en la escalera y volví al piso al que ya se había deslizado Nelly, y me despedí de ella otra vez. Estaba tremendamente acongojada. El rostro se le había puesto azul. Tenía miedo por ella y me resultaba penoso dejarla sola.

—Tiene usted una criada extraña —me decía el príncipe bajando las escaleras—. Porque esa niña es su criada, ¿verdad?

—No... ella... vive en mi casa de momento.

—Es una niña extraña. Estoy seguro de que está loca. Figúrese, al principio me contestaba bien, pero luego, cuando se fijó en mí, se me echó encima, gritó, empezó a temblar, me clavó las uñas... Quería decir algo y no podía. Confieso que me asusté, quise huir de ella, pero, gracias a Dios, fue ella la que huyó de mí. Me quedé estupefacto. ¿Cómo pueden ustedes convivir?

—Tiene ataques epilépticos —contesté.

—¡Ah, vaya! Bueno, entonces no es tan extraño... Si le dan ataques epilépticos...

Me pareció que la visita de Maslobóiev a mi casa en el día anterior, cuando sabía que yo no estaba, que mi reciente visita a casa de Maslobóiev, que el también reciente relato de Maslobóiev en estado de embriaguez, que su invitación para que yo estuviera allí a las siete, que el pedirme que no creyera en sus picardías y, que, finalmente, el príncipe me esperase una hora y media, tal vez sabiendo que yo estaba en casa de Maslobóiev, cuando Nelly se escapó a la calle, todo esto, en fin, guardaba entre sí alguna relación. Había materia para reflexionar.

Junto a la puerta esperaba su calesa; nos acomodamos en ella y nos pusimos en marcha.

Capítulo VIII

No teníamos que ir lejos, era en la puerta Torgovyi. Durante los primeros instantes guardamos silencio. Yo no hacía más que pensar en cómo iniciaría conmigo la conversación. Me daba la impresión de que me iba a poner a prueba, indagando e intentando sonsacarme. Pero habló sin rodeos y fue derecho al asunto.

—Me preocupa ahora sobremanera una cuestión, Iván Pietróvich —comenzó—, de la que ante todo quiero hablar con usted y pedirle consejo. Hace mucho que decidí renunciar a los efectos favorables del pleito que he ganado, cediendo los diez mil rublos a Ijmiéniev. ¿Cómo hacerlo?

«No puede ser que no sepas cómo hacerlo, pensaba yo. ¿No estarás tratando de burlarte de mí?»

—No lo sé, príncipe —contesté con el aire más inocente que pude adoptar—. En lo que se refiere a Natalia Nikoláievna, estoy dispuesto a darle todos los informes que usted y los demás necesiten, pero en la otra cuestión, naturalmente, usted sabe más que yo lo que ha de hacer.

—No, no, al contrario, menos. Usted los conoce y es probable que la propia Natalia Nikoláievna le haya expresado más de una vez su opinión sobre el asunto; conocerla podría orientarme. Puede ayudarme mucho, ya que tal asunto es muy delicado. Estoy dispuesto a ceder mis derechos, incluso firmemente decidido, sea cualquiera el final de las otras historias, ¿me comprende? Pero ¿de qué modo verificar esta cesión? Ahí está el problema. El viejo es orgulloso y terco; sería capaz de ofenderme por mi generosidad y tirarme ese dinero a la cara.

—Pero, permítame, ¿considera ese dinero suyo o de él?

—El proceso lo he ganado yo; luego, el dinero es mío.

—Pero ¿y según su conciencia?

—Por supuesto, lo considero mío —empezó un tanto picado por mi falta de cumplidos—; además, me parece que usted no conoce el fondo del asunto. No acuso al viejo de haberme engañado con premeditación; de eso no le he culpado nunca. Ha sido él quien ha querido sentirse agraviado. Es culpable de negligencia, de desorden en los asuntos que se le habían encomendado y de los que, según nuestros acuerdos, se hizo responsable. Pero sepa usted que la cuestión no reside ahí, sino en nuestra disputa, en las ofensas recíprocas que nos hicimos entonces; en una palabra, en nuestro amor propio herido. Tal vez no hubiera hecho ni caso de esos malditos diez mil rublos; sin duda, usted sabe por qué y cómo empezó entonces todo eso. Reconozco que fui desconfiado, tal vez injusto (es decir, injusto entonces), pero no me daba cuenta de ello y, en mi cólera, ofendido por sus groserías, no quise abandonar el asunto e inicié el proceso. Quizá todo esto no le parezca a usted noble por mi parte. No trato de justificarme; quiero destacar únicamente que la cólera y, sobre todo, el amor propio herido, no significan falta de nobleza, sino un achaque natural y humano; le confieso, repito, que casi no conocía a Ijméniev, y creía en todos esos rumores concernientes a Aliosha y a su hija; en consecuencia, pude creer que me había robado con premeditación... Pero dejemos eso. Lo principal es qué debo hacer ahora. Renunciar al dinero, pero si digo al mismo tiempo que considero justa mi demanda, eso significa que se lo regalo. Y a

esto se añade todavía la delicada situación con Natalia Nikoláievna... Seguro que me arrojará ese dinero a la cara.

—¿Ve usted? Dice que le *arrojará* el dinero a la cara; luego, le
considera un hombre honrado, y por ello, tal vez esté seguro de
que no le ha robado. Y si es así, ¿por qué no va a verle y le explica francamente que considera injusta su demanda? Eso sería
noble por su parte, y entonces tal vez Ijmiéniev no tendría inconveniente en coger *su* dinero.

—Ejem... *su* dinero. Ahí está la cuestión, qué quiere usted que
le haga? ¿Que vaya a verle y le diga que considero injusta mi demanda? ¿Y por qué has formulado la demanda si sabías que era
injusta? Eso es lo que me dirán todos a la cara. Y yo no me lo habría merecido, porque la demanda era justa; no he dicho ni escrito en ningún lugar que me haya robado; me referí, simplemente, a su descuido, a su ligereza, a que no sabe llevar las cosas,
de lo cual también ahora estoy seguro. Este dinero es realmente
mío; por eso me resultaría doloroso inculparme a mí mismo con
una acusación falsa. Por último, le repito, el propio viejo ha querido sentirse ofendido, y usted me obliga a pedirle perdón de esta
ofensa. ¡Eso es difícil!

—Me parece que si dos hombres quieren reconciliarse...

—¿Cree usted que es fácil?

—Sí.

—No, a veces es muy difícil, tanto más que...

—Tanto más si a eso están vinculadas otras circunstancias. En
eso estoy de acuerdo con usted, príncipe. El asunto de Natalia Nikoláievna y de su hijo debe ser resuelto en todos aquellos puntos
que depende de usted y satisfactoriamente para los Ijmiéniev.
Sólo entonces podrá tener una explicación con Ijmiéniev sobre el
proceso con absoluta sinceridad. Ahora, cuando todavía no hay
nada resuelto, no hay más que un camino a seguir: reconocer sinceramente lo injusto de su demanda, si fuera necesario públicamente, ésa es mi opinión. Se lo digo con sinceridad porque usted
mismo me ha pedido mi opinión y, sin duda, no querrá que finja.
Esto me permite preguntarle: ¿Por qué se preocupa por devolver
a Ijmiéniev ese dinero? Si se considera justa la demanda, ¿por qué
devolverlo? Perdone mi curiosidad, pero está tan ligado a otras
circunstancias...

—¿Y usted qué cree? —preguntó de pronto, como si no hubiera oído mis preguntas—. ¿Está usted seguro de que el viejo Ijmiéniev rechazará los diez mil rublos si se le entregan sin ninguna explicación y... y... sin ninguno de esos atenuantes?

—¡Por supuesto que los rechazará!

Enrojecí y hasta me estremecí de indignación. Esta cínica y escéptica pregunta me produjo la misma sensación que si el príncipe me hubiera escupido a la cara. A esta ofensa se había añadido otra: la forma despectiva, propia del gran mundo, con que, sin contestar a mi pregunta y como si no se hubiera percatado de ella, me interrumpió con otra pregunta, con lo que, sin duda, quiso indicarme que no me dejaba llegar demasiado lejos en mi atrevimiento al plantearle semejante cuestión. Me resultan odiosas estas costumbres del gran mundo; ya antes, con todas mis fuerzas, había procurado quitar dicha costumbre a Aliosha.

—Ejem... es usted muy exaltado; en el mundo, algunas cosas no suceden como usted se imagina —observó tranquilo el príncipe ante mi exclamación—. Además, considero que Natalia Nikoláievna podría, en parte, decidir sobre esto; dígaselo. Ella podría aconsejar.

—En absoluto —contesté con tono grosero—. No ha querido usted escuchar lo que he empezado a decirle ahora mismo y me ha interrumpido. Natalia Nikoláievna comprenderá que si usted devuelve ese dinero sin sinceridad y sin ninguno de esos *atenuantes,* como usted dice, entonces paga usted al padre por la hija y a ella por Aliosha, en una palabra, los recompensa con dinero...

—Ejem... Vaya, ¿así es como me interpreta usted, mi buen Iván Pietróvich? —el príncipe se echó a reír. ¿Por qué se reía? y, sin embargo, prosiguió—, tenemos que hablar todavía tanto, tanto. Pero ahora no hay tiempo. Sólo le pido que comprenda *una* cosa: el asunto concierne a Natalia Nikoláievna y su futuro y todo esto depende, en parte, de cómo lo decidamos y en qué quedemos con usted. En esto es usted imprescindible, ya lo verá. Por eso, si continúa profesando afecto a Natalia Nikoláievna, no puede entonces renunciar a explicarse conmigo, por muy poca simpatía que me tenga. Pero ya hemos llegado. *À bientôt.*

Capítulo IX

La condesa vivía muy bien. Sus habitaciones estaban amuebladas con *confort* y gusto, aunque sin lujo. Sin embargo, todo tenía cierto carácter de morada provisional; sólo se trataba de un piso confortable para una temporada, y no definitivo, como el dispuesto para vivir una familia rica con todos los gastos señoriales y todos los caprichos que se consideran imprescindibles. Corrían voces de que la condesa iba en verano a su finca —arruinada y con numerosas hipotecas— en la provincia de Simbirsk, y que la acompañaba el príncipe. Había oído yo hablar de eso y me preguntaba con angustia qué haría Aliosha cuando Katia se fuese con la condesa. No había hablado todavía de esto con Natasha, me daba miedo; pero por algunos detalles pude darme cuenta de que ella también conocía estos rumores. Pero ella callaba y sufría en silencio.

La condesa me recibió muy bien, me tendió afable la mano y confirmó que desde hacía mucho tiempo quería conocerme. Ella misma servía el té, con un magnífico samovar de plata, en torno al cual permanecíamos sentados yo, el príncipe y un señor del gran mundo entrado en años, condecorado, almidonado y de maneras diplomáticas. Al parecer, a este invitado le tenían mucho respeto. La condesa, al volver del extranjero no había tenido tiempo aún de entablar en Petersburgo grandes relaciones y hacerse una situación según deseaba y esperaba. Aparte de este invitado, aquella tarde no había nadie más. Yo buscaba con la mirada a Katierina Fiódorovna; estaba con Aliosha en otra habitación, pero al enterarse de nuestra llegada salió inmediatamente a saludarnos. El príncipe le besó con amabilidad la mano, y la condesa me señaló. El príncipe nos presentó inmediatamente. Yo le examinaba con atención impaciente: era una rubia delicada, vestida de blanco, pequeña de estatura, con una expresión plácida y tranquila en el rostro, los ojos muy azules, tal como decía Aliosha, con la belleza de la juventud, pero nada más. Yo esperaba encontrarme con una auténtica belleza, pero no había tal belleza. Un rostro ovalado, de finos trazos, de rasgos bastante correctos, con cabellos espesos, verdaderamente magníficos, peinados con sencillez y una mirada dulce y atenta. Si me hubiera encontrado con ella en alguna parte, no me hubiera llamado en absoluto la atención, pero eso era sólo la primera impresión; tuve tiempo de examinarla algo mejor después, en el transcurso de la velada. Sólo por cómo me había tendido la mano y el ingenuo esfuerzo de atención con que me seguía mirando a los ojos sin decirme ni una palabra, me sorprendió con su originalidad y sonreí involuntariamente. Después de estrecharme la mano, con cierto apresuramiento, Katia se separó de mí y fue a sentarse al otro extremo de la habitación, junto con Aliosha. Al saludarme, Aliosha me susurró: «Estoy aquí sólo por un momento; inmediatamente iré *allí*.»

«El diplomático» —no conozco su apellido y le llamo «el diplomático» para llamarle de algún modo— hablaba con calma y dignidad, exponiendo ciertas ideas. La condesa le escuchaba con atención. El príncipe sonreía con asentimiento y lisonja; el orador se dirigía a él con frecuencia, valorando, por lo visto, su dignidad de oyente. Me sirvieron el té y me dejaron en paz, de lo cual me alegré mucho. Mientras, estuve observando a la condesa. De primera impresión me gustó sin poderlo impedir. Tal vez ya no fuera joven, pero me parecía que no tenía más allá de veintiocho años. Su rostro era todavía lozano, y en su primera juventud debió ser muy bonita. Su cabello rubio ceniza era todavía espeso. Su mirada era extraordinariamente bondadosa, aunque de un cierto atolondramiento y burlona travesura. Pero por algún motivo ahora se contenía. Esta mirada expresaba también mucha inteligencia, pero, sobre todo, bondad y alegría. Me dio la impresión de que sus cualidades predominantes eran la frivolidad, el afán de placer y cierto despreocupado egoísmo, quizá mayor de lo que parecía. Estaba bajo el dominio del príncipe, que ejercía sobre ella una gran influencia. Yo sabía que tenían relaciones y había oído decir también que él fue un amante muy poco celoso durante su estancia en el extranjero. Pero me parecía —y me sigue pareciendo— que les había unido además de las antiguas relaciones otro motivo, en parte secreto, algo como una mutua obligación, basada en ciertos cálculos... En una palabra, algo así debía de haber. Sabía también que el príncipe ya estaba actualmente cansado de ella, y, sin embargo, no habían roto sus relaciones. Tal vez les unía entonces de un modo especial sus miras hacia

Katia, iniciativa que, por supuesto, debía corresponder al príncipe. Con esta base el príncipe renunciaba a su boda con la condesa, quien realmente lo exigía, persuadiéndole a contribuir a la boda de Aliosha con su hijastra. Ésa, al menos, fue la conclusión que saqué por los ingenuos relatos de Aliosha, que podía darse cuenta de algo. También me pareció por estos relatos que el príncipe, aunque la condesa estuviese totalmente bajo su influencia, tenía cierto motivo para temerla. Esto lo notó incluso Aliosha. Supe después que el príncipe tenía grandes deseos de casar a la condesa con alguien y que por eso la había mandado a la provincia de Simbirsk, esperando encontrarle un marido adecuado en provincias.

Yo permanecía sentado y escuchaba sin saber cómo hablar cuanto antes con Katierina Fiódorovna. El diplomático respondía a una pregunta de la condesa acerca de la actual situación, de las reformas que se habían iniciado y si era o no necesario temerlas. Hablaba despacio y mucho, con tranquilidad, como un hombre que posee el poder. Desarrollaba sus ideas de un modo fino e inteligente, pero tales ideas eran odiosas. Insistía sobre todo en que el espíritu de estas reformas traería demasiado pronto sus conocidos frutos. Que al ver estas reformas la gente abriría los ojos; no sólo en la sociedad —por supuesto, en una determinada parte de la sociedad— desaparecería ese nuevo espíritu, sino que por experiencia se vería la falta y, entonces, con renovados bríos se volvería al antiguo régimen. Que la experiencia, aunque amarga, sería muy provechosa porque contribuiría a volver al antiguo estado de cosas y para ello aportaría nuevos datos además. Como consecuencia, cabía desear incluso que se desbordasen ahora lo más rápidamente posible los límites de la prudencia. «Sin *nosotros* no pueden hacer nada, concluyó: sin nosotros no se ha mantenido nunca ninguna sociedad. No perderemos, al contrario, ganaremos; saldremos a flote, saldremos a flote; nuestra divisa en el momento actual debe ser: *Pire ça va, mieux ça est*» [13]. El príncipe sonrió con repugnante complicidad. El orador estaba plenamente satisfecho de sí mismo. Estuve a punto de cometer la tontería de

---

[13] Cuanto peor, tanto mejor.

replicar, pues me estallaba el corazón. Pero la venenosa mirada del príncipe me detuvo; ésta se dirigió rápidamente hacia mí, dándome la impresión de que esperaba precisamente alguna salida extraña y pueril por mi parte. Tal vez incluso lo deseaba para divertirse viéndome quedar mal. Por otro lado, estaba plenamente convencido de que el diplomático no se percataría de esta réplica, y ni siquiera de mí. Empecé a sentirme incómodo entre ellos, pero Aliosha me sacó del apuro.

Se acercó en silencio a mí, me tocó en el hombro y me dijo que tenía que decirme un par de palabras. Comprendí que había sido enviado por Katia. Así era, en efecto. Un minuto después ya me encontraba sentado junto a ella. Al principio me observó con atención, como diciendo para sí: «Mira cómo eres»; en el primer momento, ninguno de los dos encontrábamos palabras para iniciar la conversación. Estaba seguro, sin embargo, de que le bastaba iniciar una conversación para no detenerse ya hasta la madrugada. «Unas cinco o seis horas de conversación» de las que hablaba Aliosha se me cruzaron por la cabeza. Aliosha permanecía sentado junto a nosotros y esperaba con impaciencia que empezáramos.

—¿Por qué no dicen ustedes nada? —empezó, mirándonos sonriente—. Se reúnen y se quedan callados.

—Ay, Aliosha, cómo eres... Ahora mismo hablaremos —contestó Katia—. Tenemos tantas cosas de que hablar, Iván Pietróvich, que no sé por dónde empezar. Nos hemos conocido muy tarde; hubiera sido mejor antes, aunque yo le conozco hace muchísimo tiempo. Tenías tantas ganas de verle, que incluso pensé escribirle una carta.

—¿Acerca de qué? —pregunté sonriendo involuntariamente.

—Como si hubiese poco para preguntar —contestó seria—. Aunque sólo fuese para saber si es verdad lo que cuenta de Natalia Nikoláievna, de que no se ofende cuando la deja sola en momentos así. ¿Acaso se puede actuar como él lo hace? ¿Pero para qué sigues ahora aquí? Dímelo, por favor.

—Ay, Dios mío, pero si me voy ahora mismo. Le he dicho que estaré aquí sólo un momento. Observaré cómo hablan ustedes dos, y me iré allí.

—Bien, pues ya estamos juntos, ¿lo ves? Siempre es igual —añadió, enrojeciendo ligeramente y señalándole con el dedo—. «Un momento, dice, un momento»; luego resulta que se hace tarde para ir allí porque se está hasta medianoche. «Ella no se enfada, dice, es buena.» ¡Así es como razona! Pero, ¿está bien eso, es noble?

—Bueno, tal vez me voy a marchar ya —repuso lastimero Aliosha—, pero me gustaría mucho estar con ustedes...

—No te necesitamos. Al contrario, tenemos que hablar a solas de muchas cosas. Pero escucha, no te enfades; es imprescindible, entiéndelo, por favor.

—Si es imprescindible, entonces yo ahora... no hay por qué enfadarse. Sólo voy un momento a casa de Lieviñka y luego inmediatamente iré a verla. A propósito, Iván Pietróvich —continuó cogiendo su sombrero—, ya sabe usted que mi padre quiere renunciar al dinero que ha ganado en su pleito contra Ijmiéniev.

—Lo sé, me lo ha dicho.

—Qué noble es por su parte. Pues bien, Katia no cree que actúa con nobleza. Hable de eso con ella. Adiós, Katia y, por favor, no tengas dudas de que amo a Natasha. ¡Para qué me imponen ustedes estas condiciones, me hacen reproches, me observan, como si estuviera bajo vigilancia! Ella sabe cómo la amo y está segura de mí, y yo estoy seguro de que cree en mí. La amo independientemente de todo, de todas las circunstancias. No sé cómo la amo. Sencillamente, la amo. Por eso no es preciso que me sometan a interrogatorio como a un culpable. Pregúntale a Iván Pietróvich, ya que ahora está aquí y puede confirmártelo, que Natasha es celosa y, aunque me quiere mucho, en su amor hay mucho egoísmo, pues no quiere sacrificar nada por mí.

—¿Cómo es eso? —pregunté extrañado, sin dar crédito a mis oídos.

—Pero, ¿qué estás diciendo, Aliosha? —casi gritó Katia, entrecruzando las manos.

—Pues sí; ¿qué hay de extraño en ello? Iván Pietróvich lo sabe. No hace más que exigirme que esté con ella. Bueno; no me lo exige, pero sí es evidente que lo desea mucho.

—¿Y no te da vergüenza, no te da vergüenza decir eso? —preguntó Katia enrojeciendo de rabia.

—¿Vergüenza de qué? ¡De verdad, cómo eres, Katia! ¡Si yo la quiero más de lo que ella piensa! Si ella me quisiera de un modo auténtico, como yo la quiero, entonces seguramente hubiera sacrificado su gusto. Es verdad que ella misma me dice que me vaya, pero me doy cuenta por la expresión de su cara que le resulta penoso, y entonces para mí es lo mismo que si no me lo dijera.

—¡No, eso no se le ha ocurrido así, sencillamente! —gritó Katia, dirigiéndose de nuevo a mí con los ojos chispeantes de cólera—. Confiesa, Aliosha, confiesa ahora mismo que todo eso te lo ha dicho tu padre. ¿Te lo ha dicho hoy? Y, por favor, no pretendas engañarme, ¡me doy cuenta en seguida! ¿Es así o no?

—Sí, me lo ha dicho él —contestó confuso Aliosha—. ¿Y qué? Ha hablado hoy conmigo tan cariñoso, tan amistosamente y la estuvo elogiando tanto, que incluso me extraña. Ella le ha ofendido, y él encima la elogia.

—Y usted, usted se lo ha creído —dije—. Usted, por quien ella ha sacrificado todo lo que podía; hoy incluso su preocupación era que no se aburriese, no impedirle de ningún modo la posibilidad de ver a Katierina Fiódorovna. Ella misma acaba de decírmelo ahora. ¡Y usted en seguida ha creído tales calumnias! ¿No le da vergüenza?

—¡Es un ingrato! ¡Nunca se avergüenza de nada! —dijo Katia haciendo un ademán como señalando a un hombre perdido por completo.

—Pero ¿qué quieren ustedes? —prosiguió Aliosha con voz lastimera—. ¡Siempre eres igual, Katia! Siempre piensas de mí lo peor... ¡Ya no hablo de Iván Pietróvich! Usted cree que yo no amo a Natasha. No he dicho que sea egoísta por eso. Quise decir que me quiere demasiado, tanto que rebasa los límites, y eso es lo que me resulta penoso. Y en cuanto a mi padre, no me engañará nunca aunque se lo proponga. No cederé. No ha dicho en absoluto que sea egoísta en el mal sentido de la palabra, lo he comprendido muy bien. Me dijo exactamente punto por punto lo que yo acabo de repetir: que me quiere con tanto exceso y con tanta fuerza, que resultan sencillamente egoísmo, de tal modo, que a ella y a mí se nos hace penoso, y después será más penoso todavía. Pero si ha dicho la verdad, que me quiere, y eso no significa en absoluto que haya ofendido a Natasha. Al contrario, ve en ella un amor muy fuerte, muy fuerte, un amor sin límites, que llega hasta lo imposible...

Pero Katia le interrumpió y no le dejó terminar. Empezó a recriminarle con calor, a demostrarle que su padre había elogiado a Natasha para engañarle con apariencias de bondad, todo con la finalidad de romper sus relaciones, para poner a Aliosha en contra suya de una manera imperceptible. De un modo entusiasta e inteligente, sacó a relucir cómo le amaba Natasha, cómo ningún amor podía perdonar lo que estaba haciendo con ella y cómo el verdadero egoísta era él, Aliosha. Poco a poco Katia le condujo hacia una gran tristeza y un total arrepentimiento. Permanecía sentado junto a nosotros, mirando al suelo, sin contestar nada, completamente anonadado y con una expresión de padecimiento en el rostro. Pero Katia era implacable. Yo la observaba con extrema curiosidad. Tenía ganas de conocer cuanto antes a esta extraña muchacha. Era una criatura, pero una criatura extraña, *convencida,* con unos principios sólidos y un amor innato hacia el bien y la justicia. Si, efectivamente, aún se la podía considerar como una criatura, se la debía incluir entre los niños *soñadores,* bastante numerosos en nuestras familias. Era evidente que ya razonaba mucho. Hubiera sido curioso poder echar un vistazo a esa cabeza razonadora y observar cómo se mezclaban allí unas ideas y representaciones absolutamente infantiles con profundas vivencias y observaciones sacadas de la vida —porque Katia ya había vivido lo suyo— y, al mismo tiempo, con ideas que todavía no conoció ni vivió, pero que le habían impresionado en los libros; de éstas debía tener ya muchas, y ella probablemente las tomaba como experimentadas personalmente. Durante toda aquella velada y en lo sucesivo, según creo, la estudié bastante bien. Tenía un corazón vehemente y sensible. En algunas ocasiones parecía despreciar el arte de dominarse, poniendo la verdad por encima de todo; consideraba toda coacción de la vida como un prejuicio convenido y, al parecer, se enorgullecía de esta convicción, lo cual ocurre a muchas personas vehementes, incluso cuando ya no son muy jóvenes. Pero esto precisamente le añadía un cierto encanto. Le gustaba mucho pensar y buscar la verdad, si bien era tan poco pedante; tenía salidas infantiles, que desde el primer momento se empezaban a amar en ella todas estas originalidades y se estaba de acuerdo con ellas. Me acordé de Lieviñka y Boriñka y me pareció que todo eso eran cosas completamente normales. Y cosa extraña: su rostro, donde yo no había visto nada de particular en el primer momento, esa misma noche empezó a parecerme cada vez más encantador y atractivo. Ese ingenuo desdoblamiento de la criatura y de la mujer razonable, esa sed infantil de verdad y justicia llevada hasta el extremo y esa inquebrantable fe en su aspiración, todo ello iluminaba su rostro con una maravillosa luz de sinceridad, confiriéndole una cierta belleza superior, espiritual; no resultaba, pues, fácil agotar inmediatamente todo el significado de aquella belleza, que no se entregaba por entero a cualquier mirada vulgar indiferente. Comprendí que Aliosha debió de atarse apasionadamente a ella. Si no era capaz él mismo de pensar y razonar, quería a quienes pensaban e incluso deseaban por él, y Katia lo había tomado ya bajo su tutela. El corazón noble e impulsivo del joven se sometía a todo lo honrado y bello; ante él, Katia ya se había expresado muchas veces, con toda su infantil sinceridad y su simpatía. No tenía ni un ápice de voluntad propia; ella, en cambio, poseía una voluntad firme, vigorosa y ardiente, y Aliosha sólo podía atarse a quien fuese capaz de dominarle y hasta de mandarle. En parte por ese motivo Natasha lo atrajo hacia sí en el comienzo de sus relaciones, pero Katia poseía una gran ventaja sobre Natasha: la de que ella misma era una criatura y, al parecer, debía continuar siéndolo todavía mucho tiempo. Ese espíritu infantil, esa inteligencia viva y, al mismo tiempo, cierta falta de razonamiento la hacían parecerse más a Aliosha. Éste se daba cuenta de ellos, y por tal motivo Katia le atraía cada vez con más fuerza. Estoy seguro de que cuando se hallaban a solas, junto a serias discusiones «de propaganda» de Katia, llegaría a hablar de juguetes. Y aunque Katia ciertamente le regañaba con mucha frecuencia y lo tenía ya en sus manos, sin duda, se encontraba más cómodo con ella que con Natasha. Hacían mejor pareja, y eso era lo esencial.

—Bueno, Katia, bueno, ya está bien. Tú siempre tienes razón y yo nunca. Es porque tienes un alma más pura que la mía —dijo Aliosha levantándose y tendiéndole la mano en despedida—. Ahora mismo voy a casa de Natasha, y no pasaré por casa de Lieviñka...

—No tienes nada que hacer en casa de Lieviñka. Y el que me hagas caso ahora y vayas demuestra que eres muy amable.

—Y tú eres mil veces más amable que todo el mundo —contestó con tristeza Aliosha—. Iván Pietróvich, tengo que decirle un par de palabras.

Nos alejamos unos pasos.

—Me he portado hoy de manera vergonzosa —me susurró—. Me he portado de una manera vil, soy culpable ante todo el mundo y, particularmente, ante ellas dos. Hoy, después de comer, mi padre me ha presentado a Aliexandrina (es francesa), una mujer encantadora. Yo... me he entusiasmado y... pero qué le voy a decir, soy indigno de estar con ellas. ¡Adiós, Iván Pietróvich!

—Es bueno, es noble —empezó apresuradamente Katia, cuando me senté de nuevo a su lado—, pero luego hablaremos de él. Ahora lo primero que debemos hacer es ponernos de acuerdo. ¿Cómo considera usted al príncipe?

—Es muy mala persona.

—Yo también lo creo. En eso estamos de acuerdo y, por lo tanto, nos resultará más fácil juzgar. Ahora, hablemos de Natalia Nikoláievna... ¿Sabe usted, Iván Pietróvich? Me encuentro ahora como en tinieblas y le esperaba como a la luz. Usted me explicará todo esto, porque en los puntos más importantes sólo puedo hacer conjeturas, partiendo de lo que cuenta Aliosha. Y no he podido enterarme por nadie más. Dígame, en primer lugar (esto es importante): a su juicio, ¿Aliosha y Natasha juntos serán felices o no? Es lo primero que he de conocer para mi decisión definitiva, para saber cómo debo actuar.

—¿Cómo puede hablarse de eso con seguridad?

—Por supuesto, no con seguridad —me interrumpió—, pero ¿a usted qué le parece? Porque usted es un hombre muy inteligente.

—A mi juicio no pueden ser felices.

—¿Por qué?

—Porque no forman una pareja adecuada.

—¡Eso es lo que yo pensaba! —y alzó los brazos como profundamente entristecida—. Cuénteme con detalle. Escuche: tengo muchos deseos de ver a Natasha porque tengo mucho que hablar con ella y me parece que entre las dos decidiremos todo. Me la imagino continuamente: debe de ser muy inteligente, seria, veraz, encantadora, ¿no es así?

—Así es.

—Estaba segura de eso. Pero, si es así, ¿cómo ha podido enamorarse de Aliosha, de ese chiquillo? Explíquemelo, pienso mucho en eso.

—Eso no se puede explicar, Katierina Fiódorovna. Es difícil imaginarse por qué y cómo se puede uno enamorar. Sí, él es un niño. Pero ¿sabe usted cómo se puede querer a un niño? —mi corazón se estremeció al mirarla y al mirar sus ojos, que fijos, con una atención profunda y seria se habían detenido en mí—. Y tanto menos Natasha se parece a una criatura —continué—, tanto más seria es, tanto más rápidamente ha podido enamorarse de Aliosha. Es veraz, sincero, tremendamente ingenuo y a veces graciosamente sencillo. Tal, vez se haya enamorado de él, ¿cómo le diría yo?... como por lástima. Un corazón generoso puede enamorarse por lástima. Además me doy cuenta de que no puedo explicarle nada, pero en cambio le voy a preguntar: ¿usted le ama?

Le planteé la pregunta con firmeza, comprendiendo que lo directo de tal pregunta no podía turbar la pureza de este alma luminosa.

—De verdad que todavía no lo sé —contestó en voz baja mirándome con sus claros ojos—. Pero me parece que le quiero mucho.

—Bien, ya ve usted. ¿Puede explicarme por qué le quiere?

—En él no existe la mentira —contestó después de pensar un poco—, y cuando me mira fijamente a los ojos y me dice algo, me gusta mucho eso... Escuche, Iván Pietróvich, estoy hablando de estas cosas con usted, yo soy una muchacha y usted es un hombre; ¿hago bien?

—¿Y qué tiene que ver eso?

—Ahí está. Por supuesto, ¿qué tiene que ver eso? Pero ellos —indicó con los ojos al grupo sentado en torno al samovar—, seguro que hubieran dicho que eso está mal. ¿Tienen razón o no?

—No. Porque usted no siente en el corazón que procede mal; por lo tanto...

—Así hago siempre —me interrumpió, apresurándose, por lo visto, a hablar lo más posible conmigo—. En cuanto me siento turbada por algo, inmediatamente consulto con mi corazón, y si está tranquilo, yo también lo estoy. Así hay que proceder siempre. Por eso le hablo con absoluta franqueza, como si lo hiciera conmigo misma. Porque, en primer lugar, es usted un hombre magnífico y conozco su historia de antes de Aliosha con Natasha, y he llorado al escucharla.

—¿Quién se la ha contado?

—Naturalmente el propio Aliosha, y lo contó con lágrimas en los ojos. Estaba muy bien por su parte, y me gustó mucho. Bueno, y en segundo lugar, hablo con usted tan francamente, como si fuera conmigo mismo, porque es un hombre muy inteligente, que puede darme muchos consejos y enseñarme mucho.

—¿Cómo sabe que soy tan inteligente, que puedo enseñarla?

—¡Bueno, vaya pregunta! —y se quedó pensativa—. Lo he dicho de paso. Hablemos de lo que importa. Indíqueme qué debo hacer, Iván Petróvich; me doy cuenta de que soy la rival de Natasha, lo sé, ¿qué debo hacer? Por eso le he preguntado si serán felices. Pienso en ello noche y día. ¡La situación de Natasha es horrible, horrible! Ha dejado de quererla completamente, y a mí me quiere cada vez más. ¿No es así?

—Eso parece.

—Además, la está engañando. Él mismo no sabe que ha dejado de quererla, y ella seguramente lo sabe. ¡Cómo debe sufrir!

—¿Qué es lo que piensa hacer, Katierina Fiódorovna?

—Tengo muchos proyectos —contestó con seriedad—, pero me armo un lío. Por eso le esperaba con tanta impaciencia, para que me resolviese todo eso. Porque para mí es usted ahora una especie de dios. Al principio, me hacía las siguientes consideraciones: si se aman es preciso que sean felices, y por eso debo sacrificarme para ayudarles. ¿No es así?

—Ya sé que se ha sacrificado usted.

—Sí, me he sacrificado. Pero luego, cuando empezó a venir a verme y a quererme cada vez más, empecé a meditar si debía o no sacrificarme. Porque eso está muy mal, ¿no es cierto?

—Es natural —respondí—, así debe ser... y usted no tiene la culpa.

—No lo creo, lo dice usted porque es muy bueno. Pienso que no tengo el corazón limpio del todo. Si tuviera el corazón limpio, sabría cómo decidir. ¡Pero dejemos eso! Luego supe más cosas sobre sus relaciones por el príncipe, por *maman* y por el propio

Aliosha, y me di cuenta de que no son iguales. Usted acaba de confirmármelo ahora mismo. Entonces he reflexionado más aún sobre lo que tengo que hacer. Porque si van a ser desgraciados, es mejor que se separen. Decidí preguntarle a usted con todo detalle, ir luego yo misma a casa de Natasha, y decidirlo todo con ella.

—Pero ¿cómo decidirlo? Ése es el problema.

—Se lo diré así a ella: «Usted le quiere por encima de todo y debe querer su felicidad más que nada. Por lo tanto, debe separarse de él.»

—Sí, pero ¿cómo tomará eso? Y, si está de acuerdo con usted, ¿tendrá fuerzas para hacerlo?

—En eso estoy pensando día y noche y... y...

De pronto se echó a llorar.

—No querrá creer la lástima que le tengo a Natasha —balbució con los labios temblorosos a causa de su aflicción.

No había nada que añadir. Permanecí callado; también sentí deseos de echarme a llorar, al verla puesta en ese trance por el amor. ¡Qué criatura era tan encantadora! No le pregunté por qué se consideraba capaz de hacer la felicidad de Aliosha.

—¿Le gusta la música? —preguntó, algo más tranquila, pero pensando aún en sus últimas palabras.

—Me gusta —respondí con cierta extrañeza.

—Si hubiera tiempo le tocaría el tercer concierto de Beethoven. Es lo que tengo ahora en dedos. Allí están todos esos sentimientos... Exactamente como yo los experimento ahora. Eso me parece. Pero en otra ocasión, ahora tenemos que hablar.

Empezamos a discutir de qué forma podría ver a Natasha y cómo arreglar todo eso. Me hizo saber que la vigilaban y que, aunque su madrastra era buena y la quería, por nada del mundo le permitiría conocer a Natasha Nikoláievna. Por esto se había decidido a emplear la astucia. Por las mañanas solía ir a veces a pasear, casi siempre con la condesa. En ocasiones, la condesa no la acompañaba y la dejaba ir con una francesa, que ahora estaba enferma. Esto ocurría cuando a la condesa le dolía la cabeza, y por eso era necesario esperar a que le doliese. Mientras tanto, convencía a la francesa, una especie de dama de compañía viejecita, que era muy buena persona. En consecuencia, resultaba imposible fijar de antemano el día en que visitaría a Natasha.

—Conocerá usted a Natasha y no se arrepentirá —dije—. Ella también tiene muchos deseos de conocerla; le es necesario aunque sólo sea para saber a quién confía a su Aliosha. No se inquiete mucho por esta cuestión. El tiempo dirá la última palabra, sin necesidad de que usted se preocupe. Se va usted a la aldea, ¿no?

—Sí, y pronto. Tal vez dentro de un mes —contestó—. Y sé que el príncipe insiste en eso.

—¿Cree que Aliosha irá con usted?

—¡También he pensado en eso! —dijo, mirándome con fijeza—. Vendrá con nosotros.

—Sí, irá.

—¡Dios mío, no sé qué saldrá de todo esto! Escuche, Iván Pietróvich. Se lo escribiré todo, le escribiré con frecuencia y mucho. Ahora ya he empezado a agobiarle. ¿Irá usted a vernos a menudo?

—No lo sé, Katierina Fiódorovna, eso depende de las circunstancias. Tal vez no vaya nunca.

—¿Por qué?

—Eso dependerá de muchas cosas, principalmente de mis relaciones con el príncipe.

—No es un hombre honrado —dijo Katia con rotundidad—. ¿Y qué le parece, Iván Pietróvich, si yo fuera a su casa? ¿Eso estaría mal?

—¿Usted qué cree?

—Yo creo que bien. Así le visitaría a usted... —añadió sonriendo—. Lo digo porque, además de respetarlo, le quiero mucho... Y con usted puedo aprender mucho. Porque yo le quiero... ¿No es una vergüenza que le diga esto?

—¿Por qué una vergüenza? Si yo la quiero ya, me resulta familiar...

—Entonces, ¿usted quiere ser amigo mío?

—¡Oh, sí, sí! —contesté.

—Pues ellos seguro que hubieran dicho que es una vergüenza y que no procede que una muchacha joven se comporte así —dijo, mirando de nuevo a los contertulios que se hallaban en torno a la mesa. Indicaré aquí que, al parecer, el príncipe nos dejó solos a propósito, a fin de que pudiéramos hablar a nuestras anchas.

—Lo sé muy bien —añadió—. El príncipe codicia mi dinero. Creen que soy del todo una niña. Son gentes extrañas: ellos mismos parecen niños. ¿Y por qué se afanan?

—Katierina Fiódorovna, me he olvidado de preguntarle quiénes son esos Lieviñka y Boriñka, a casa de quienes va con tanta frecuencia Aliosha.

—Son lejanos parientes míos. Muy listos y muy bienintencionados, pero hablan demasiado... Los conozco...

Sonrió.

—¿Es cierto que, con el tiempo, quiere usted regalarles un millón de rublos?

—Bueno, verá usted, aunque sea un millón, hablan ya tanto de ello, que resulta inaguantable. Naturalmente, con mucho placer haré sacrificios por todo lo que sea útil, pero ¿para qué una cantidad tan enorme, no es verdad? Y, además, todavía no sé cuándo podré sacrificarlo. Ellos ya lo están repartiendo, discuten, gritan, se pelean por la mejor forma de distribuirlo; incluso disputan por esta causa de un modo que ya resulta extraño. Tienen demasiada prisa. Pero así y todo, son muy sinceros... e inteligentes. Se dedican a estudiar; siempre es mejor que vivir como lo hacen otros. ¿No es así?

Todavía hablamos mucho. Me contó casi toda su vida y escuchaba con avidez mis relatos. Me exigía continuamente que le contase más cosas de Natasha y de Aliosha. Eran las doce cuando el príncipe se me acercó para decirme que ya era hora de despedirnos. Me despedí. Katia me apretó calurosamente la mano y me lanzó una mirada significativa. La condesa me invitó a que las visitase. Salí con el príncipe.

No puedo evitar el hacer una singular observación, quizá completamente ajena a todo esto. De mis tres horas de conversación con Katia saqué, entre otras cosas, una extraña, pero, al mismo tiempo, profunda conclusión: que, efectivamente, era todavía una niña y que desconocía en absoluto las relaciones secretas entre los hombres y las mujeres. Esto daba un carácter extraordinariamente cómico a algunos de sus razonamientos y en general al tono serio con que hablaba de otras cosas muy importantes...

Capítulo X

—¿Sabe una cosa? —me preguntó el príncipe, instalándose a mi lado en la calesa—. ¿Qué tal si fuéramos ahora a cenar, eh? ¿Qué le parece?

—La verdad, no sé, príncipe —continué vacilando—. Yo no ceno nunca...

—Bueno, por supuesto, y *hablaremos* durante la cena —añadió, mirándome con fijeza y picardía a los ojos.

¡Era imposible no comprender! «Quiere explicarse, pensé, y eso es lo que necesito.» Acepté, en consecuencia.

—De acuerdo. A la gran Morskaya, en casa de B.

—¿Al restaurante? —pregunté un poco confuso.

—Sí. ¿Por qué? Yo ceno pocas veces en casa. ¿Es posible que no me permita usted invitarle?

—Pero ya le he dicho que no ceno nunca.

—¡Qué importa una vez! Además, yo le invito...

«Es decir, pagaré por ti.» Estoy seguro de que añadió eso adrede. Me dejé llevar, pero en el restaurante decidí pagar lo mío. Llegamos. El príncipe entró en un reservado, y con conocimiento y buen gusto eligió dos o tres platos. Los platos eran caros, lo mismo que la botella de vino tinto que mandó traer. Todo eso no estaba al alcance de mi bolsillo. Miré la carta y encargué que me trajeran media perdiz y una copa de Lafite. El príncipe se indignó.

—¡Usted no quiere cenar conmigo! Pero si eso es ridículo. *Pardon, mon ami,* pero esto es... una quisquillosidad asombrosa. Supone un amor propio irritante. Aquí parece que se han mezclado preocupaciones de casta y haría una apuesta a que es así. Le aseguro que me ofende.

Yo me mantuve en mi postura.

—Bien, como usted quiera —añadió—. No le fuerzo... Dígame, Iván Pietróvich, ¿puedo hablar con usted en plan completamente amistoso?

—Le ruego que así lo haga.

—Bien, pues a mi juicio esa quisquillosidad le perjudica; todos los que son como usted se perjudican obrando de esa manera. Usted es un escritor, necesita conocer el mundo, y se aparta de todo. Ahora no me refiero a las perdices, pero usted está dispuesto a renunciar completamente a cualquier contacto con nuestro medio, y eso es positivamente perjudicial. Aparte de que pierde usted mucho (bueno, en una palabra, en su carrera), aparte de que le es necesario conocer personalmente lo que describa, porque tiene usted en sus novelas condes y príncipes, y *boudoirs...* Además, ¿qué digo? Ahora ya habla usted sólo de miseria, capotes perdidos, inspectores, arrogantes oficiales, funcionarios, los viejos tiempos, las costumbres de los viejos creyentes, lo sé, lo sé.

—Pero se equivoca usted, príncipe, si no frecuento su llamada «alta sociedad» es porque, en primer lugar, aquello resulta aburrido y, en segundo lugar, ¡no hay nada que hacer! Pero así y todo, alguna vez suelo ir...

—Ya lo sé, a casa del príncipe R., una vez al año. Allí me he encontrado con usted. Y el resto del año se encierra en su orgullo democrático y se pudre en su buhardilla, aunque no todos los que son como usted actúan así. Hay tales buscadores de aventuras, que incluso me dan náuseas.

—Le pediría, príncipe, que cambiara de conversación y no volviera a nuestras buhardillas.

—¡Ay, Dios mío! Ya se ha ofendido. Además, usted mismo me ha permitido que le hable amistosamente. Pero tengo la culpa, porque todavía no me he ganado con nada su amistad. El vino es bueno. Pruébelo.

Me escanció medio vaso de su botella.

—Pues verá usted, mi querido Iván Pietróvich, comprendo perfectamente que no está bien conseguir la amistad a la fuerza. Porque no todos somos groseros e insolentes con usted, como se imagina, pero comprendo asimismo que no se halla usted sentado aquí por su buena disposición para conmigo, sino porque he prometido *hablar* con usted. ¿No es verdad?

Se echó a reír.

—Y como vela usted por los intereses de determinada persona, tiene deseos de oír lo que voy a decirle. ¿No es así? —añadió con una maliciosa sonrisa.

—No se equivoca —le interrumpí con impaciencia. Me di cuenta de que era de esos individuos que cuando ven a un hombre en su poder, aunque sea en grado mínimo, inmediatamente se lo hacen sentir. No podía irme sin escuchar lo que estaba dispuesto a decir, y él lo sabía muy bien. Su tono había cambiado de pronto, haciéndose cada vez más y más insolente, vulgar y burlón—. No se equivoca usted, príncipe: precisamente he venido por eso, de lo contrario no hubiera estado aquí... tan tarde.

Hubiera querido decirle: de lo contrario no me hubiera quedado por nada del mundo con usted, pero no dije y volví la frase de otro modo. No por miedo, sino por mi maldita debilidad y delicadeza. Pero ¿cómo decir a un hombre una grosería en su cara, aunque se la merezca y aunque yo precisamente quisiera decirle una grosería? Me pareció que el príncipe leía esto en mis ojos y me miraba burlón durante el transcurso de toda mi frase, como deleitándose en mi pusilanimidad y queriendo excitarme con su mirada. «¡No te has atrevido, te has vuelto en redondo, hermano!» Debió ser así, ya que cuando terminé se echó a reír a carcajadas y me golpeó la rodilla con aire protector.

«Me diviertes, hermano», leí en su mirada. «¡Espera!», pensé yo para mis adentros.

—¡Hoy estoy muy contento! —exclamó—. Y la verdad es que no sé por qué. ¡Sí, sí, amigo mío, sí! Precisamente quería hablarle de esa persona. Es necesario explicarse de una vez, *llegar* a algún acuerdo, y confío en que esta ocasión me comprenderá usted del todo. Hace poco le he hablado de ese dinero, de ese padre papanatas, de ese muchachito sesentón... ¡Bueno! No merece la pena ahora volver sobre eso. ¡Se lo dije *simplemente así!* Usted es escritor, debió comprenderlo.

Yo le miraba con estupefacción. Parecía que aún no estaba borracho.

—Bueno, en lo que se refiere a esa muchacha, de verdad, la respeto e incluso la quiero, se lo aseguro. Es un poco caprichosa, pero «no hay rosa sin espinas», como decían hace cincuenta años. Las espinas pinchan, pero eso resulta atrayente; aunque mi Aliexiéi es tonto, en parte le he perdonado por su buen gusto. En resumen, esas muchachas me gustan —apretó los labios de forma muy significativa—, incluso tengo miras especiales... Pero eso, para más tarde.

—¡Príncipe! ¡Por favor, príncipe! —exclamé—. No entiendo en usted ese cambio súbito, pero... ¡le ruego que cambie de conversación!

—¡Se excita usted otra vez! Bueno, está bien... cambiaré de conversación, ¡cambiaré! Pero quiero preguntarle una cosa, mi querido amigo: ¿la respeta usted mucho?

—Por supuesto —contesté con brusca impaciencia.

—Bueno, ¿y la quiere? —continuó, enseñando los dientes de modo repulsivo y entornando los ojos.

—¡Está usted perdiendo el juicio! —grité.

—¡Bueno, me callaré, me callaré! ¡Tranquilícese! Hoy tengo una magnífica disposición de ánimo. Estoy alegre como no he estado hace mucho tiempo. ¿No deberíamos beber champaña? ¿Qué cree usted, poeta?

—¡No voy a beber, no quiero!

—¡No me diga! Es absolutamente necesario que me acompañe hoy. Me encuentro magníficamente, y como soy generoso hasta el sentimentalismo, no puedo ser del todo feliz a solas. Quién sabe, a lo mejor llegaremos a beber lo suficiente para hablarnos de tú. ¡Ja, ja, ja! ¡No, mi joven amigo, usted no me conoce todavía! Estoy seguro de que acabará queriéndome. Quiero que comparta hoy conmigo penas y alegrías, gozos y lágrimas, aunque confío en que yo, por lo menos, no me echaré a llorar. Bueno, ¿qué piensa usted, Iván Pietróvich? Considere tan sólo que si no accede a mis deseos se me pasará la inspiración, se perderá, se volatilizará, y usted no sabrá nada, y usted está aquí únicamente para oírlo, ¿no es verdad? —añadió, guiñándome de nuevo un ojo con insolencia—. Así que escoja.

La amenaza era grave. Acepté. «¿No querrá emborracharme?», pensé. A propósito, es el momento de recordar unas habladurías acerca del príncipe que hacía mucho llegaron hasta mí. Se decía de él —siempre tan correcto y elegante en sociedad— que le gustaba, a veces, por las noches, emborracharse como un cochero y entregarse secretamente a la más abyecta depravación... He oído sobre él cosas terribles... Se decía que Aliosha era conocedor de que su padre bebía a veces y trataba de ocultarlo ante todos y, sobre todo, ante Natasha. En cierta ocasión se fue de la lengua, pero inmediatamente vaciló hasta quedar callado, y no respondió a mis preguntas. Además, no fue de él de quien lo oí, y confieso que en un principio no lo creía. Ahora me hallaba en espera de los acontecimientos.

Sirvieron el vino; el príncipe llenó dos copas, una para él y otra para mí.

—¡Encantadora muchacha, encantadora, aunque me haya echado la bronca! —continuó saboreando con deleite el vino—.

Pero esas encantadoras criaturas, son encantadoras precisamente en esos momentos... Seguramente se habrá creído que me ha abochornado, ¿recuerda aquella tarde?, y me ha hecho polvo. ¡Ja, ja, ja! ¡Y qué bien le van los colores a la cara! ¿Es usted conocedor de las mujeres? A veces los súbitos colores van muy bien a las mejillas pálidas, ¿se ha fijado usted en eso? ¡Ay, Dios mío! Me paece que se ha enfadado usted otra vez.

—¡Sí, estoy enfadado! —grité sin poderme contener ya—. Y no quiero que hable ahora de Natalia Nikoláievna, es decir, que hable en ese tono... yo... ¡no se lo voy a permitir!

—¡Ah! Está bien, voy a cambiar de conversación, para darle gusto. Soy conciliador y tan maleable como la masa. Hablemos de usted. Le quiero, Iván Pietróvich, y si supiera qué sentimientos de amistad y cordialidad abrigo hacia usted...

—Príncipe, ¿no sería mejor ir derechos al asunto? —le interrumpí.

—Vaya, a *nuestro asunto,* querrá usted decir. Le comprendo a medias palabras, *mon ami,* pero no sospecha hasta qué punto estamos cerca del asunto si hablamos ahora de usted y si, por supuesto, no me interrumpe. Así que continúo: quería decirle, mi inestimable Iván Pietróvich, que vivir de la forma que usted lo hace es perderse. Permítame que aborde esta delicada cuestión. Lo hago por amistad. Usted es pobre, pide anticipos a su editor, paga sus deuditas, con el resto se alimenta durante medio año con té y tiembla de frío en su buhardilla, a la espera de que se publique su novela en la revista de su editor, ¿es así, o no?

—Aunque sea así, pero todo esto...

—Es más honroso que robar, que adular, que cometer conclusiones, que intrigar, etc., etc. Ya sé lo que quiere usted decir: todo eso se ha publicado hace ya mucho tiempo.

—En realidad, no tiene por qué hablar de mis asuntos. ¿Acaso, príncipe, debo darle lecciones de delicadeza?

—Bueno, naturalmente, usted no. Pero ¿qué hacer si precisamente tenemos que tocar esa delicada cuestión? No podemos evitarla. Por otro lado, dejemos las buhardillas en paz. Personalmente me gustan poco, salvo en determinadas circunstancias —y se rió de un modo repugnante—. Pero hay una cosa que me extraña: ¿qué gusto encuentra usted en hacer un papel tan desairado? Es cierto que uno de sus escritores, según recuerdo, dijo algo así como que la mayor hazaña del hombre puede consistir en que sepa limitarse en la vida al papel de comparsa... ¡Creo que era algo así! Acerca de eso he oído hablar en algún sitio. El caso es que Aliosha le ha quitado la novia, lo sé, y usted, como un auténtico Schiller, no se pone en contra de ellos, los sirve a los dos y casi se dedica a hacerles recados... Me perdonará usted, querido, pero es un juego de generosidad bastante asqueroso... Realmente, ¿cómo no le aburre eso? Yo, en su lugar, me moriría de despecho y, sobre todo, ¡da vergüenza, da vergüenza!

—¡Príncipe! ¡Parece que me ha traído usted aquí, a propósito, sólo para ofenderme! —grité, fuera de mí y furioso.

—Oh, no, amigo mío, no, en este momento soy sencillamente un hombre de negocios que quiere su felicidad. En una palabra, quiero arreglar todo este asunto. Pero dejemos de momento *todo el asunto* y escúcheme hasta el final, trate de concentrarse, aunque sea un par de minutos. Y, ¿qué pensaría usted si se casara? Ya ve que ahora hablo de cosas *ajenas* por completo. ¿Por qué me mira con tanta extrañeza?

—Estoy esperando que termine —contesté mirándole, en efecto, con extrañeza.

—Pues no hay más que decir. Quería saber precisamente qué hubiera dicho si alguno de sus amigos, que le deseara verdadera y sinceramente la felicidad, no una felicidad efímera, le hubiese propuesto una muchacha, joven, bonita, pero... ya con cierta experiencia (hablo en sentido figurado, usted me comprende), algo parecido a Natalia Nikoláievna, y por supuesto, con una recompensa satisfactoria; observe que hablo de otra cosa y no de *nuestro* asunto. Bien, ¿qué dice usted?

—Digo que... está usted loco.

—¡Ja, ja, ja! ¡Vaya! Parece dispuesto a pegarme.

Efectivamente, estaba a punto de echarme sobre él. No podía aguantar más. Me daba la impresión de un reptil, de una araña enorme, que yo tenía grandes deseos de aplastar. Se complacía burlándose de mí; jugaba conmigo como el gato con el ratón, suponiéndome por completo en su poder. Me parecía —y lo comprendía— que encontraba gusto, quizá incluso cierta voluptuosidad en esa bajeza y en esa matonería, en ese cinismo con el que, por fin, se arrancaba su máscara ante mí. Quería deleitarse con mi asombro, con mi horror. Me despreciaba sinceramente y se reía de mí.

Presentía desde el principio que todo aquello era premeditado y que tenía alguna finalidad, pero me encontraba en tal situación, que, a toda costa, debía escucharle hasta el final. Era en interés de Natasha y yo debía pasar por todo y soportarlo todo porque tal vez en ese momento se iba a decidir su situación. Pero ¿cómo podían oírse aquellas salidas cínicas y canallescas a costa de Natasha, cómo se podía soportar aquello impasiblemente? Y además, él adivinaba muy bien que yo no podía menos que oírle y esto aumentaba aún más el agravio. «Por otro lado, él mismo me necesita», pensé, y me puse a contestarle con un tono brusco y agresivo. Él comprendió.

—Bueno, mi joven amigo —empezó, mirándome con seriedad—, no podemos continuar así, es mejor que nos pongamos de acuerdo. Como usted ve, estoy dispuesto a explicarle una serie de cosas, pero debe tener la amabilidad de oírme hasta el final, le diga lo que le diga. Deseo hablar a mi aire, y en las circunstancias actuales es necesario que sea así. Entonces, mi joven amigo, ¿tendrá usted paciencia?

Me dominé y guardé silencio, a pesar de que me miraba con un aspecto de burla tan cáustico como si él mismo quisiera provocar en mí una violenta reacción. Comprendió, con todo, que yo había ya aceptado quedarme, y continuó.

—No se enfade, amigo mío. ¿Por qué se ha enfadado? Sólo por las conveniencias, ¿no es verdad? En el fondo no esperaba otra cosa, de cualquier forma que yo hubiese hablado con usted, bien con educación esmerada, bien como acabo de hacerlo. En consecuencia, el resultado sería el mismo. Usted me desprecia, ¿no es cierto? ¿Ve usted cuánta amable sencillez, sinceridad y *bonhomie*[14] hay en mí? Le confieso a usted todo, incluso mis caprichos infantiles. Sí, *mon cher*, sí, ponga más *bonhomie* también por su parte; nos pondremos de acuerdo, lo hablaremos todo y por último, nos comprenderemos definitivamente. Y no se asom-

---

[14] Bondad.

bre por lo que digo: ya me han hartado a tal punto todas esas niñerías, todos estos idilios de Aliosha, toda esa historia a lo Schiller, todas esas exaltaciones en su maldita relación con esa Natasha (por otro lado, una muchachita encantadora), que, por así decirlo, estoy contento, a pesar mío, de poner mala cara a todo este asunto. Y se presentó la ocasión. Además, tenía ganas de sincerarme con usted. ¡Ja, ja, ja!

—Me asombra, príncipe; no lo reconozco. Cae usted en un tono de polichinela; esa inesperada sinceridad...

—¡Ja, ja, ja! ¡Pues, es cierto en parte! ¡Graciosísima comparación! ¡Ja, ja, ja! Estoy de *juerga,* amigo mío, de *juerga;* estoy contento y alegre. Usted, poeta, debe testimoniarme toda la indulgencia posible. Usted, poeta, debe testimoniarme toda la indulgencia posible. Pero es mejor que bebamos —decidió, plenamente satisfecho de sí y escanciando más en la copa—. Verá, amigo mío, aquella estúpida velada en casa de Natasha, ¿recuerda?, ha acabado conmigo por completo. Cierto que ella estuvo muy bien, pero salí de allí enfurecido y no quiero olvidarlo. Ni olvidarlo, ni ocultarlo. Naturalmente, también llegará nuestro momento y hasta se acerca rápido, pero dejemos eso por ahora. Por cierto, quería precisamente señalarle un rasgo de mi temperamento que no conoce todavía: es el odio a todas esas lamentaciones ingenuas y baratas y a esos idilios; uno de los placeres más excitantes para mí ha sido inclinarme en apariencia hacia ese lado, ponerme a tono, prodigar mimos y dar ánimos a alguno de esos Schiller eternamente jóvenes y, luego, desconcertarlo de súbito: quitarme de pronto la máscara ante él y en lugar de mostrarle un rostro admirado hacerle una mueca, enseñarle la lengua precisamente en el momento que menos se lo esperaba. ¿Qué? ¿Usted no lo comprende? ¿Le parece abyecto, absurdo, innoble quizá? ¿No?

—Por supuesto, sí.

—Es usted sincero. Pero ¿qué puedo hacer si me atosigan? Soy estúpidamente franco, pero ése es mi carácter. Por otro lado, tengo ganas de contarle algunos detalles de mi vida. Me comprenderá mejor y eso resultará curioso. Sí, es posible que hoy me parezca a un polichinela; pero los polichinelas suelen ser sinceros, ¿no es verdad?

—Escuche, príncipe, ahora es tarde, y la verdad...

—¿Y qué? ¡Dios mío, qué impaciencia! ¿Qué prisa tiene? Bueno, quedémonos para charlar amistosamente, con sinceridad, ¿sabe?, junto a unas copas de vino, como buenos amigos. Usted piensa que estoy borracho: no importa, mejor. ¡Ja, ja, ja! Ciertamente, estas reuniones entre amigos quedan durante tanto tiempo en la memoria, se recuerdan después con tanto agrado. Usted no es un hombre bueno, Iván Pietróvich, usted carece de sentimentalismo, de sensibilidad. ¿Qué le supone perder una horita con un amigo como yo? Además, esto también atañe al asunto... ¿Cómo es posible no comprenderlo? Y encima, es usted escritor. Debería usted bendecir esta ocasión. Si me puede tomar como personaje para sus obras, ¡ja, ja, ja! ¡Dios mío, qué amablemente sincero estoy!

Evidentemente, estaba borracho. Su rostro se transformó y adquirió una expresión de odio. Se veía que deseaba herir, pinchar, morder, burlarse. «En cierto modo es mejor que esté borracho, pensé, un borracho siempre habla más de la cuenta.» Pero se mantenía lúcido.

—Amigo mío —empezó, sin duda encantado de sí mismo—, acabo de confesarle, quizá fuera de lugar, que a veces surge en mí el irresistible deseo de enseñar la lengua a alguien en determinados casos. Por esta sinceridad, ingenua y sencilla, me ha comparado con un polichinela, lo cual me ha hecho verdadera gracia. Pero si me recrimina o se extraña de que ahora me muestre grosero con usted y, tal vez, desvergonzado como un patán, en una palabra, que súbitamente he cambiado el tono, en tal caso es completamente injusto. En primer lugar, me gusta ser así. Y en segundo lugar no me encuentro en mi casa, sino *con usted*... esto es, quiero decir que ahora nos estamos corriendo una *juerga*, como buenos amigos, y en tercer lugar, me gustan muchísimo los caprichos. ¿sabe usted que en tiempos, por puro capricho, he sido incluso metafísico y filántropo y casi vivía sólo para las mismas ideas que usted? Además, eso era hace muchísimo tiempo, en los dorados días de mi juventud. Recuerdo que por aquel entonces volví a mi finca de la aldea con ideas humanitarias y, por supuesto, me aburría mortalmente. ¿Y querrá creer lo que me pasó entonces? Por puro aburrimiento empecé a relacionarme con muchachas bonitas... ¿Está torciendo el gesto? ¡Ay, mi joven amigo! Si ahora estamos en plan amistoso. ¡Cuando se está de juerga hay que sincerarse! Soy muy ruso y muy patriota; me gusta abrirme. Además, hay que aprovechar la ocasión y gozar de la vida. Nos moriremos, y luego, ¿qué? Pues bien, me puse a cortejar a las muchachas. Recuerdo que una pastorcilla tenía marido, un joven y guapo campesino. Le hice castigar severamente y quise mandarle al ejército, ¡antiguas travesuras, poeta!, pero no lo hice. Se murió en mi hospital... Yo tenía en la ladera un hospital con veinte camas, magníficamente instalado, limpio, con suelos de *parquet*. Hace mucho que lo hice derribar, pero en aquella época estaba orgulloso de él: era un filántropo. Pero al campesinito lo hice matar a latigazos a causa de su mujer... Pero ¿por qué tuerce el gesto otra vez? ¿Le da asco oír estas cosas? ¿Se revuelven sus buenos sentimientos? ¡Bueno, bueno, tranquilícese! Si eso ya pasó. Eso lo hice cuando me dedicaba al romanticismo; quería ser entonces benefactor de la humanidad, fundaba sociedades filantrópicas... así me encarrilé por aquel entonces. Por aquella época azotaba a los campesinos. Ahora ya no lo hago, ahora hay que torcer el gesto; todos torcemos el gesto; son otros tiempos... Lo que más me divierte ahora es ese tonto de Ijmiéniev. Estoy seguro de que conocía toda esa historia del campesino... Bueno, ¿y qué? Por la bondad de su alma, hecha al parecer de melaza, y porque estaba entonces encantado de mí y dedicaba de continuo alabanzas a mi persona, decidió también no creer nada y nada creyó; es decir, no creyó en la realidad de los hechos y me defendió durante doce años hasta que le tocó a él mismo recibir. ¡Ja, ja, ja! Bueno, ¡pero todo esto es idiota! Bebamos, mi joven amigo. Escuche, ¿le gustan las mujeres?

No contesté nada. Sólo le escuchaba. Ya había empezado la segunda botella.

—A mí me gusta hablar de ellas durante la cena. Le presentaría a usted después de cenar a una *mademoiselle* Filibert, ¿eh?, ¿qué le parece? Pero ¿qué le pasa? No quiere usted ni mirarme... ¡Vaya!

Se quedó pensativo. De pronto, levantó la cabeza, me miró de modo expresivo y continuó.

—Escuche una cosa, poeta, quiero descubrirle un secreto de la naturaleza que parece serle completamente desconocido. Estoy seguro de que en este momento me está usted llamando pecador, tal vez incluso canalla, extravagante, depravado y degenerado. ¡Pero fíjese en lo que le voy a decir! Si pudiera ocurrir (lo cual, por otro lado, nunca puede ocurrir atendiendo a la naturaleza del hombre) que cada uno describiera todas las interioridades de su existencia de forma que no tuviese reparo en expresar no sólo aquello que no se atreve a decir y que no dirá por nada del mundo a la gente, no sólo lo que no se atreve a decir a sus mejores amigos, sino aquello que, a veces, no se atreve a confesarse a sí mismo, se provocaría entonces en el mundo tal hediondez, que todos nos ahogaríamos. Por eso, entre paréntesis, son tan útiles nuestras convenciones y fórmulas sociales. Tienen un sentido profundo, no diré que moral, sino sencillamente protector, confortable, lo cual, por supuesto, es todavía mejor, porque la moral, en realidad, es lo mismo que el *confort,* es decir, ha sido inventada únicamente para el *confort.* Pero volveremos de nuevo a las conveniencias; ahora me interrumpo, recuérdemelo más tarde. Concluiré así: usted me acusará de tarado, depravado e inmoral, pero tal vez yo sea ahora culpable sólo al mostrarme *más sincero* que otros, simplemente. No oculto lo que otros ocultan incluso a sí mismos, como dije antes... Hago mal con esto, pero ahora me viene en gana. Además, no se preocupe —añadió con una sonrisa burlona—; he dicho «culpable», pero no pido perdón en absoluto. Fíjese en otra cosa: no trato de desconcertarle, no le pregunto si usted mismo posee algunos secretos así, para justificarme a mi vez con sus secretos... Actúo de un modo decente y noble. Por otro lado, siempre me comporto con nobleza...

—Sencillamente, está usted desbarrando —dije, mirándole con desprecio.

—Desbarrando, ¡ja,ja, ja! Y dígame, ¿en qué piensa usted ahora? Está pensando en que para qué le he traído aquí y de pronto, sin más ni más, me he sincerado. ¿No es así?

—Así es.

—Bien, ya se enterará después.

—Y lo más importante es que se ha bebido casi dos botellas y... se ha embriagado.

—Esto es, sencillamente que estoy borracho. Puede ser «embriagado», que es más suave que borracho. ¡Oh, qué hombre tan lleno de delicadeza! Pero... parece que volvemos a reñir otra vez, y habíamos empezado a hablar de un tema tan interesante. Sí, poeta, si existe en el mundo todavía algo bonito y dulce, son las mujeres.

—Sabe, príncipe, de todos modos no comprendo por qué se le ha ocurrido escogerme precisamente a mí como confidente de sus secretos y de sus tendencias... amorosas.

—Ejem... si ya le he dicho que se enterará después. No se preocupe. Además, aunque no fuera más que así, sin ningún motivo, usted es poeta y me comprenderá, pero ya le he hablado de eso. Existe una especial voluptuosidad en este súbito arrancarse la máscara, en ese cinismo con que el hombre se muestra de pronto en una faceta de la que no se digna ni siquiera avergonzarse ante sí mismo. Le voy a contar una anécdota: había en París un funcionario loco. Más tarde, cuando se convencieron de que estaba loco, lo encerraron en un manicomio. Pero cuando se estaba volviendo loco, he aquí lo que inventó para divertirse: se desnudaba en su casa por completo, como Adán, se dejaba únicamente los zapatos y se echaba encima una amplia capa que le llegaba hasta los pies. Se envolvía en ella y con un semblante digno y solemne salía a la calle. Pues bien, a simple vista era un hombre como todos, que se paseaba con una gran capa para su propio placer. Pero en cuanto se encontraba con algún transeúnte en un lugar solitario, sin que hubiera nadie alrededor, se dirigía calladamente hacia él y, con el aspecto más serio y grave, de pronto se detenía, abría su capa y se dejaba ver en todo su... candor. Esto duraba un minuto. Luego volvía a envolverse en su capa y, en silencio, sin mover ni un músculo de su rostro, ante el observador paralizado de asombro, pasaba con majestad y con soltura, como el espectro de *Hamlet*. Así se comportaba con todos, con hombres, con mujeres y con niños, y en eso consistía su placer. Precisamente esta clase de placer puede hallarse al aturdir de pronto a algún Schiller y sacarle la lengua cuando menos lo esperaba. «¿Aturdido?» ¿Qué palabra es ésa? La he leído en algún pasaje de su literatura contemporánea.

—Bueno, aquél era un loco, pero usted...

—¿Estoy en mi juicio?

—Sí.

El príncipe se echó a reír.

—Juzga usted bien, querido —añadió con la expresión más impertinente de su rostro.

—Príncipe —dije, irritado por su insolencia—, usted nos odia a todos, incluyéndome a mí, y ahora se venga en mí por todo y por todos. Todo viene de su mezquino amor propio. Es usted malvado, miserablemente malvado. Le hemos irritado y quizá por lo que más se enfada es por lo de aquella tarde. Por supuesto, no podía pagarme mejor que con este desprecio total hacia mí; prescinde incluso de la cortesía normal y obligatoria que todos mutuamente nos debemos. Quiere demostrarme con claridad que desdeña incluso avergonzarse ante mí, quitándose con tanta franqueza y tan inesperadamente la máscara y revelándose con un cinismo tan inmoral...

—¿Por qué me dice todo eso? —preguntó de modo grosero y mirándome con maldad—. ¿Para mostrarme su perspicacia?

—Para demostrarle que le comprendo y hacérselo sentir.

—*Quelle idée, mon cher!*[15] —continuó, cambiando de repente su tono por el anterior alegre y generosamente charlatán—. Lo único que ha hecho es desviarme del objetivo. *Buvons, mon ami*[16], permítame que le sirva. Ahora mismo quería contarle una aventura interesante y extraordinariamente curiosa. Se la contaré a grandes rasgos. Conocí en cierta ocasión a una señora; ya no estaba en su primera juventud, tendría unos veintisiete o veintiocho años, y era una belleza de primera categoría: ¡qué busto, qué presencia, qué andares! Tenía la mirada penetrante como un águila, y a la vez adusta y severa; se mantenía altiva y distante. Pasaba por una mujer fría, como los hielos del mes de enero, e intimidaba a todo el mundo por su virtud inaccesible e imponente. Imponente, ésa es la palabra. en todo su círculo no existía un juez más implacable que ella. Condenaba no sólo el vicio, sino las más pequeña debilidades de otras mujeres. Y condenaba sin recurso, sin apelación. En su círculo gozaba de un prestigio enorme. Las viejas más encopetadas e imponentes por su virtud la respetaban y trataban de ganarse su benevolencia. Miraba a to-

---

[15] ¡Qué idea, querido!
[16] Bebamos, amigo.

dos con frío rigor, como una abadesa de la Edad Media. Las mujeres jóvenes temblaban ante su mirada y sus críticas. Una observación suya, una sola insinuación, podían echar por tierra una buena fama, tal era su ascendiente social. La temían incluso los hombres. Finalmente, se entrego a cierto misticismo contemplativo, por lo demás también frío y distante... Pues bien, no había una depravada más depravada que ella; yo tuve, por cierto, la suerte de merecer su confianza absoluta. En una palabra, yo era su secreto y clandestino amante. Nuestras relaciones se llevaban con tanto disimulo y tan magistralmente, que nadie entre los de su propia casa pudo tener la más leve sospecha; únicamente una de sus preciosas doncellas, una francesa, estaba iniciada en todos sus secretos, pero en ella se podía tener absoluta confianza, ya que también era cómplice; ¿de qué modo? Dejaré eso de momento. La señora en cuestión era tan lujuriosa, que el propio marqués de Sade hubiese podido aprender de ella. Pero lo más fuerte, lo más excitante y estremecedor en aquel placer era su secreto y su insolente engaño. Esa manera de burlarse de todo lo que la condesa predicaba en sociedad como sublime, intocable e inviolable y, finalmente, esa risa interior y diabólica, así como el pisotear todo lo que no se debe pisotear, todo ello sin límites, llevado hasta el último extremo, hasta el extremo que la imaginación más calenturienta no se atrevería a imaginar, es donde residía precisamente el rasgo más notable de aquel deleite. Sí, aquello era el diablo en persona, pero tenía un encanto irresistible. Todavía ahora no puedo acordarme de ella sin entusiasmo. En el ardor de los placeres más vivos se echaba a reír de pronto como una posesa, y yo comprendía totalmente esa risa, y entonces me reía yo mismo... Todavía hoy me ahogo ante su solo recuerdo, aunque de eso hace ya muchos años. Al cabo de un año me sustituyó. Aunque lo quisiera, no hubiese podido perjudicarla. ¿Quién podía creerme? ¿Cómo podía existir un carácter así? ¿Qué dice usted, mi joven amigo?

—¡Puaf! ¡Qué bajeza! —contesté, después de oír con repugnancia esta confesión.

—¡No será usted mi joven amigo si contestara de otro modo! Ya sabía yo que iba a decir eso. ¡Ja, ja, ja! Espere, *mon ami,* cuando viva un poco comprenderá; ahora no puede prescindir de ciertos melindres. No, después de eso, no es usted un poeta: esa mujer comprendía la vida y sabía aprovecharla.

—Pero, ¿para qué llegar a tal monstruosidad?

—¿Hasta qué monstruosidad?

—Hasta la que llegó esa mujer y usted con ella.

—Ah, usted a eso le llama monstruosidad, eso prueba que todavía está en pañales y atado. Naturalmente, reconozco que la independencia puede surgir de un modo completamente opuesto, pero... hablemos llanamente, *mon ami*... Reconozca que todo esto es absurdo.

—¿Y qué no es absurdo?

—No es un absurdo la individualidad, el yo. Todo es para mí, y todo el mundo se ha creado para mí. Escuche usted, amigo, yo todavía creo que se puede vivir bien en el mundo. Y ésa es la mejor creencia, porque sin ella no se puede ni siquiera vivir mal; sería preciso envenenarse. Cuentan que un imbécil hizo eso. Se puso a filosofar hasta el extremo de destruirlo todo, todo, incluso la ley de todas las exigencias más normales y naturales del hombre, y llegó a la conclusión de que no le quedaba nada. En el total le resultaba cero, y por eso proclamó que lo mejor de la vida era el ácido prúsico. Dirá usted que eso es *Hamlet,* que es una desesperación tremenda, en una palabra, algo tan grandioso, que no podríamos ni imaginárnoslo nunca. Pero usted es un poeta, y yo soy un hombre sencillo; por eso digo que debemos mirar la cuestión desde el punto de vista más elemental y práctico. Yo, por ejemplo, hace mucho que me emancipé de todas las ligazones y hasta de todas las obligaciones. No me siento obligado más que cuando ello me proporciona algún beneficio. Por supuesto, usted no puede ver las cosas de esa manera; tiene los pies trabados y el gusto echado a perder. Usted ansía el ideal, las virtudes. Pero, amigo mío, aunque estoy dispuesto a reconocer todo lo que quiera, ¿qué puedo hacer si estoy persuadido de que hay un egoísmo profundo en la base de todas las virtudes humanas? Cuanto más virtuoso es un acto, mayor egoísmo contiene. Ámate a ti mismo, ésa es la única regla que reconozco. La vida es un mercado; no tires su dinero en vano; en todo caso, pague por sus placeres y cumplirá con todas sus obligaciones hacia el prójimo, ésa es mi moral. Si es que necesita observarla, aunque le confieso que es mejor, a mi juicio, no pagar al prójimo, sino saber obligarlo a que nos sirva gratis. No tengo ideales, ni quiero tenerlos; son algo que no me apetece en absoluto. En el mundo se puede vivir tan alegremente, tan agradablemente, sin ideales... En *somme* [17], que estoy muy contento de poder prescindir del ácido prúsico. Porque precisamente, de ser yo *más virtuoso,* quizá no hubiera podido pasarme sin él, como ese estúpido filósofo (sin duda alguna alemán). ¡No! La vida tiene todavía muchas cosas buenas. Me gusta la consideración, el rango, los hoteles extranjeros, las grandes posturas (me gustan muchísimo las cartas). Pero, sobre todo, sobre todo... las mujeres y, las mujeres en todos sus aspectos; me gusta incluso la depravación clandestina y oscura, extraña y original, hasta con su poco de suciedad, para variar... ¡Ja, ja, ja! Observo su rostro, y ¡hay que ver con qué desprecio me mira usted ahora!

—Tiene usted razón —contesté.

—Bueno, admitamos que tiene usted razón, pero en todo caso es mejor la suciedad que el ácido prúsico. ¿No es cierto?

—No, es mejor el ácido prúsico.

—Le he preguntado adrede si «no es cierto» para deleitarme con su contestación; la sabía de antemano. ¡No, amigo mío! Si es usted un verdadero filántropo, desee a todos los hombres inteligentes que tengan el mismo gusto que yo, incluso respecto a la suciedad; de lo contrario, un hombre inteligente dentro de poco no tendrá nada que hacer en el mundo, y sólo quedarán los tontos. ¡Entonces serán felices! También hay un refrán que dice: «La felicidad es para los tontos.» Y aún le diré una cosa: no hay nada más agradable que vivir entre tontos y codearse con ellos: ¡es muy provechoso! No repare en mí, porque me atengo a los prejuicios, respeto determinadas conveniencias, trato de lograr consideración. Me doy cuenta de que vivo en una sociedad frívola, pero hasta ahora me encuentro a gusto en ella; le hago coro y finjo que estoy dispuesto a defenderla, aunque, llegado el caso, sea el primero en abandonarla. Conozco todas sus nuevas ideas aunque nunca he padecido por ellas, ni tampoco por otras cau-

---

[17] En resumen.

sas. Nunca tuve remordimientos de conciencia por ningún motivo. Estoy conforme con todo, con tal de que me vaya bien; los que pensamos así formamos legión, y efectivamente, nos va bien. Existimos desde que el mundo existe. Puede hundirse el mundo, pero nosotros saldremos a flote. A propósito: fíjese por lo menos en la vitalidad que tienen los hombres como nosotros. Nosotros gozamos de una larga vida, fenomenalmente dilatada; ¿nunca le ha llamado eso la atención? Eso quiere decir que la propia naturaleza nos protege, ¡ja, ja, ja! ¡Yo quiero vivir hasta los noventa años, sin perdonar uno! No me gusta la muerte y la temo. ¡El diablo sabe cómo tendrá uno que morir! ¡Pero a qué hablar de eso! Ha sido el filósofo envenenado quien me provocaba. Al diablo la filosofía. *Buvons, mon cher!* Pero si hemos empezado a hablar de muchachas guapas... ¿Dónde va usted?

—Me voy, y es hora de que usted también se vaya.

—¡Está bien, está bien! He abierto ante usted mi corazón, por así decirlo, y ni siquiera se da cuenta de esta clara demostración de amistad. ¡Ja, ja, ja! Hay poco cariño en usted, poeta. Pero espere, quiero otra botella.

—¿La tercera?

—La tercera. Por la virtud, mi joven discípulo; me permitirá que le llame con este dulce nombre; quién sabe si mis enseñanzas le resultarán provechosas... Así, pues, acerca de la virtud ya le he dicho: «cuanto más virtuosa es la virtud, tanto más egoísmo encierra». Sobre este tema quiero contarle una anécdota muy divertida: en cierta ocasión amé a una muchacha, y la amé casi sinceramente. Ella significó mucho para mí...

—¿Es aquélla a la que usted robó? —pregunté groseramente, no queriendo contenerme más.

El príncipe se estremeció, se le demudó el rostro y detuvo en mí sus ojos hinchados; en su mirada había perplejidad y furia.

—Espere —dijo como hablando para sí—, espere, déjeme, reflexionar. Efectivamente, estoy borracho y me cuesta responder...

Guardó silencio y me miró con aire inquisitivo y malicioso, reteniendo mi mano en la suya para evitar que me fuese. Estoy seguro de que en ese momento estaba preguntándose de dónde podía conocer yo aquella historia que casi nadie conocía, y si ello no representaba un cierto peligro. Transcurrió así cerca de un minuto, pero de pronto su gesto cambió. Apareció de nuevo en sus ojos la expresión sarcástica y la alegría de la borrachera y se echó a reír.

—¡Ja, ja, ja! Ni más ni menos que Talleyrand. ¡Y qué, efectivamente yo permanecía ante ella como si me hubiera escupido en la cara cuando me lanzó a la cara la acusación de que le había robado. ¡Cómo chillaba, cómo insultaba! Era una mujer enfurecida y... sin ningún freno. Pero juzgue usted mismo: en primer lugar, no le robé nada, en contra de lo que erróneamente acaba usted de decir. Ella misma me regaló su dinero; éste ya era, pues, mío. Bien, supongamos que usted me regala su mejor frac —diciendo esto, miró mi único y bastante tronado frac, hecho hacía tres años por el sastre Iván Skorniaguin—; yo le estoy agradecido, me lo pongo, al cabo de un año se enfada usted conmigo, me exige que se lo devuelva, pero yo lo he gastado ya. Eso no es elegante; entonces ¿para qué regalarlo? En segundo lugar, a pesar de que el dinero era mío, se lo hubiera devuelto sin falta, pero ¿cómo podía reunir de pronto una suma así? Y, sobre todo, que no puedo aguantar los idilios y las escenas a estilo Schiller, ya se lo he dicho, y eso fue el motivo de todo. No se puede usted imaginar cómo se engalló frente a mí, gritando que me regalaba el dinero (que, por otro lado, era mío). La cólera se apoderó de mí, pero supe decidir con absoluta justicia, porque nunca me abandona la presencia de ánimo: resolví que dejándole el dinero, tal vez le haría un flaco favor. Le hubiera quitado el deleite de ser infinitamente desgraciada *por mi* culpa y de maldecirme por ello durante toda su vida. Créame, amigo, en las desgracias de este tipo existe también la embriaguez suprema de considerarse con pleno derecho a llamar canalla al ofensor. Esta embriaguez de odio se encuentra en las naturalezas schillerianas; por supuesto, quizá luego no tuviese de qué comer, pero estoy seguro de que era feliz. Yo no quería privarla de esta dicha, y no le restituí el dinero. De esta forma queda justificada mi regla: cuanto mayor y más fuerte es la generosidad del hombre, tanto mayor es su repugnante egoísmo... ¿Acaso no lo ve con claridad? Pero... usted quería cogerme. ¡Ja, ja,ja!... Vamos, reconozca que quería cogerme... ¡Ay! Talleyrand.

—¡Adiós! —dije, levantándome.

—Un momento. Dos palabras para terminar —gritó, cambiando de pronto su tono sarcástico por el serio—. Escuche: de cuanto le he dicho se desprende claramente (pienso que se ha dado usted cuenta) que nunca y por nadie renunciaré a mis posiciones. Me gusta el dinero y lo necesito. Katierina Fiódorovna tiene mucho; su padre se benefició durante diez años de un monopolio de aguardiente. Tiene tres millones y esos tres millones me vendrán magníficamente. Aliosha y Katia forman una pareja magnífica; los dos son tontos a más no poder. Esto es lo que necesito. Por eso pretendo y deseo que a toda costa se celebre ese matrimonio, y cuanto antes. Dentro de dos o tres semanas, la condesa y Katia se van a la aldea. Aliosha debe acompañarlas. Prevenga a Natalia Nikoláievna para que no haya idilios, para que no haya sesiones a lo Schiller, y para que no se pongan en contra mía. Soy vengativo y malo, y me mantendré en mis trece. No la tengo miedo: sin duda, todo saldrá como quiero; por ello, si la prevengo ahora, es por su bien. Mire, que no haga tonterías y que se porte juiciosamente. De lo contrario, le irá mal, muy mal. Ha de estarme agradecida porque no me he portado con ella según las leyes. Usted, poeta, sabe que las leyes protegen el orden familiar: garantizan al padre la sumisión de su hijo y no protegen precisamente a quienes apartan a los hijos de sus sagrados deberes hacia los padres. Considere, por último, que yo estoy muy relacionado, y ella no... ¿Imagina lo que yo podría hacer en su contra?... Pero no lo voy a hacer porque hasta ahora se ha comportado razonablemente. No se preocupe: cada minuto, cada uno de sus movimientos se han vigilado por ojos perspicaces durante este medio año y he conocido hasta el último detalle. Por eso he esperado tranquilamente a que el propio Aliosha la abandonase, lo cual ya empieza a ocurrir. Y mientras, para él, es una agradable diversión. He quedado ante él como un padre humano y necesito que lo siga pensando así. ¡Ja, ja, ja! ¡Cuando recuerdo que casi le dediqué cumplidos aquella tarde por mostrarse tan generosa y desinteresada no pretendiendo casarse con él, me gustaría saber cómo se hubiese casado! En lo que se refiere a mi visita de entonces a su casa, todo se debía a que ya es hora de acabar con estas relaciones. Pero necesitaba cerciorarme de todo con mis propios ojos, con mi propia experiencia. Bueno, ¿tiene usted bastante? ¿O tal vez quiere saber todavía por qué le he traído aquí, por qué me he pavoneado de esa forma y me he sincerado con tanta llaneza, cuando pude haber dicho esto más sutilmente, sí o no?

—Sí —me contuve y escuché con avidez. No tenía nada más que contestarle.

—Únicamente, amigo mío, porque he notado en usted un poco más de sentido común y de clarividencia que en nuestros dos tontitos. Hubiera podido conocerme antes, adivinar, hacer suposiciones sobre mi persona, pero he querido evitarle todo este trabajo y mostrarle claramente *con quién* se las tiene. Verdaderamente la impresión es una gran cosa. Compréndame, *mon ami*. Ya sabe con quién se las tiene, usted la ama y por eso confío ahora que empleará toda su influencia (porque usted tiene influencia sobre ella) para evitarle *ciertos* contratiempos. De lo contrario, los habrá, y le aseguro que no serán una broma. Bueno, por fin, el tercer motivo de mi sinceridad con usted, esto (ya lo había usted adivinado, amigo mío): sí, tenía ganas de escupir un poco sobre este asunto, y escupir precisamente en su presencia...

—Y ha logrado usted su objetivo —dije, temblando de indignación—. Reconozco que con nada hubiera podido expresar ante mí su odio y su desprecio hacia mí y hacia todos nosotros, como con esta franqueza suya. No sólo no ha temido que su franqueza pudiese comprometerle ante *mí*, sino que ni siquiera se ha avergonzado... Realmente, se parecía usted a aquel loco de la capa. No me considera un hombre.

—Lo ha adivinado usted, mi joven amigo —dijo, levantándose—, lo ha adivinado todo, no en vano es usted escritor. Confío en que nos separemos amistosamente. ¿No quiere que bebamos a la Bruderschaf?

—Está usted borracho, y sólo por eso no le contesto como se merece...

—Otra vez el silencio; no ha terminado usted de decir todo lo que tenía que decir. ¡Ja, ja, ja! ¿No me deja usted pagar lo suyo?

—No se preocupe, yo pagaré lo mío.

—Estaba seguro de ello. ¿No hacemos juntos el camino de vuelta?

—No, no iré con usted.

—Adiós, poeta. Confío en que me haya comprendido...

Salió caminando con paso vacilante, sin volverse hacia mí. El lacayo le ayudó a instalarse en la calesa. Yo seguí mi camino. Eran las tres de la madrugada. Llovía, la noche estaba oscura...

Cuarta parte

Capítulo I

No voy a describir mi exasperación. Aunque ya cabía esperarlo todo, me encontraba hundido. Era como si de pronto el horror se hubiera presentado ante mí, con toda su deformidad, de modo totalmente inesperado. Además, recuerdo que mis sensaciones eran confusas: me sentía aplastado, magullado, y una negra tristeza me apretaba cada vez más el corazón. Tenía miedo por Natasha. Presentí que necesariamente habría de sufrir mucho y con preocupación pensaba cómo evitarlo, cómo aliviarle aquellos momentos amargos antes de la ruptura definitiva. De la ruptura no cabía ninguna duda. Se acercaba y era imposible desconocer cómo sería.

No me di cuenta de cómo llegué a casa, aunque la lluvia me mojó durante todo el camino. Eran ya las tres de la madrugada. No me dio tiempo de llamar a la puerta de mi piso, cuando oí un lamento y aquélla empezó a abrirse con rapidez. Al parecer, Nelly no se había acostado y me esperaba todo el tiempo en el umbral. La vela ardía. Observé el rostro de Nelly y me asusté: se había demudado, sus ojos brillaban febriles y me miraba de un modo salvaje; parecía no reconocerme. Tenía mucha fiebre.

—Nelly, ¿qué te pasa, estás enferma? —pregunté inclinándome y abrazándola.

Se abrazó contra mí temblando, como si algo temiese, y empezó a hablar deprisa, con voz entrecortada, como si me hubiese esperado sólo para contarme algo cuanto antes. Pero sus palabras eran incoherentes y extrañas; no comprendí nada, pues ella estaba delirando.

La conduje rápido a la cama. Pero no hacía más que venirse hacia mí, apretarse con fuerza, asustada, como pidiéndome protección contra alguien. Cuando se acostó seguía sujetándome la mano con fuerza, temiendo que me fuese otra vez. Me encontraba hasta tal punto excitado y con los nervios deshechos que, al mirarla, me eché a llorar. Yo mismo me encontraba enfermo. Al ver mis lágrimas, me miró durante largo rato inmóvil y fijamente, con atención tensa, tratando de reflexionar y comprender algo. Se notaba que esto le costaba un gran esfuerzo. Finalmente, algo parecido a una idea iluminó su rostro. Después de un fuerte ataque de epilepsia, habitualmente, durante algún tiempo no podía recobrarse ni pronunciar con claridad las palabras. Lo mismo le ocurría ahora: después de hacer un enorme esfuerzo para decirme algo, dándose cuenta de que yo no la comprendía, alargó su manita y empezó a enjugarme las lágrimas; después me sujetó por el cuello, me atrajo hacia ella y me besó.

Resultaba claro: mientras yo no estaba había tenido un ataque, lo cual ocurrió precisamente cuando se encontraba junto a la puerta. Al recuperarse del ataque, probablemente estuvo mucho tiempo sin volver en sí. Durante este espacio la realidad se mezclaba con el delirio; probablemente se había imaginado algo horroroso, terrible. Al mismo tiempo, era consciente de que yo tenía que volver; así, acostada en el suelo junto al umbral, esperó mi regreso y se levantó a mi primera llamada.

Pero ¿por qué había aparecido precisamente junto a la puerta? Y, de pronto, me di cuenta con asombro de que llevaba la pelliza —se la acababa de comprar a una vieja vendedora que había venido a mi casa y que a veces me dejaba las cosas a crédito—. Por consiguiente, se disponía a ir a algún sitio y, probablemente, ya estaba abriendo la puerta, cuando le sobrevino el ataque de epilepsia. ¿Dónde quería ir? ¿No estaría ya entonces delirando?

Sin embargo, la fiebre no se le pasaba; empezó a delirar nuevamente y perdió el conocimiento. Ya había tenido dos ataques en mi casa, pero siempre terminaban bien y en cambio ahora tenía fiebre alta. Después de permanecer sentado junto a ella, acerqué unas sillas al diván y me acosté vestido, para despertarme en seguida si me llamaba. No apagué la vela. La observé todavía muchas veces antes de dormirme. Estaba pálida; tenía los labios agrietados por la fiebre y ensangrentados, seguramente a causa del ataque; de su rostro no desaparecía una expresión de pánico y de cierta pena torturante que no parecía abandonarla, ni siquiera durante el sueño. Decidí ir al día siguiente lo más temprano posible a casa del médico, caso de que se pusiera peor. Tenía miedo a que la indisposición degenerara en una auténtica fiebre.

«¡Ha sido el príncipe quien la ha asustado!», pensé, estremeciéndome; y me acordé del relato sobre la mujer que le tiró su dinero a la cara.

Capítulo II

Pasaron dos semanas. Nelly se restablecía. Ya no tenía fiebre alta, pero aún estaba muy débil. Se levantó de la cama a finales de abril, un día claro y luminoso. Era la semana de Pasión.

¡Pobre criatura! No puedo seguir el relato con el orden anterior. Ha pasado mucho tiempo hasta ahora, cuando apunto todo lo que sucedió, pero aún recuerdo con angustiosa y profunda pena aquella carita pálida delgada, aquellas miradas largas y penetrantes de sus ojos negros cuando nos quedábamos a solas y me miraba desde su cama, largo tiempo, como invitándome a divinar lo que pasaba por su imaginación. Pero al ver que no lo adivinaba y continuaba con la misma incertidumbre, sonreía en silencio como para sí, y de pronto, me tendía cariñosamente su mano ardiente, de dedos pequeños y descarnados. Ahora ha pasado todo y se sabe todo, pero hasta el momento no conozco el secreto de este pequeño corazón enfermo, atormentado y ofendido.

Me doy cuenta de que me aparto del relato, pero ahora no tengo más deseos que pensar en Nelly. Es curioso: me encuentro acostado en una cama de hospital, solo, abandonado por todos, a quienes he querido tanto, y ahora, a veces, un pequeño vislumbre de aquel tiempo, entonces con frecuencia inadvertido y rápidamente olvidado, me llega súbitamente a la memoria y adquiere de pronto otro significado, cuya finalidad se me explica ahora y que hasta ahora no he sabido comprender.

Durante los primeros cuatro días de su enfermedad, el médico y yo temíamos mucho por ella, pero al quinto día, el médico me llevó aparte y me dijo que no había que temer, que seguramente se curaría. Era el mismo médico, conocido mío desde hacía mucho tiempo, un viejo solterón, generoso y extravagante, al que llamé durante la primera enfermedad de Nelly y que tanto la había asombrado con la enorme cruz de San Estanislao que llevaba colgada al cuello.

—¡Decididamente no hay que temer nada! —dije con alegría.

—Sí, se está curando, pero morirá muy pronto.

—¿Cómo que morirá? ¿Y por qué? —grité, anonadado por el diagnóstico.

—Sí, seguramente morirá pronto. La enferma tiene una afección cardíaca crónica, y ante la menor circunstancia desagradable, recaerá de nuevo. Es posible que se cure otra vez, pero recaerá de nuevo y, finalmente, morirá.

—Pero, ¿acaso no se la puede salvar de ninguna manera? ¡No, eso no puede ser!

—Pues, fatalmente, así será. Y, sin embargo, si se le alejan las circunstancias desagradables, con una vida quieta y tranquila, con más satisfacciones, se la puede alejar de la muerte, e incluso se presentan casos... insólitos... anormales y extraños... en una palabra, la enferma puede incluso salvarse gracias al concurso de circunstancias favorables, pero nunca de un modo radical.

—Pero ¡Dios mío! ¿Qué hacer ahora?

—Según los consejos, llevar una vida tranquila y tomar regularmente los polvos. Me he dado cuenta de que esta chiquilla es caprichosa, de carácter desigual e incluso burlona. No le gusta en absoluto tomar con regularidad la medicina, y ahora mismo se ha negado categóricamente.

—Sí, doctor. Realmente es una chica extraña, pero yo lo atribuyo todo a su irritabilidad enfermiza. Ayer se mostró muy obediente; hoy, cuando le he traído la medicina, empujó la cuchara como sin querer y se derramó todo. Cuando quise diluirle otra vez los polvos, me quitó la caja de las manos, se golpeó con ella en la frente, y después se deshizo en lágrimas... Parece que no es únicamente porque se le obligue a tomar la medicina —añadí después de pensar un poco.

—¡Ejem! *Irritatio*[18]. Las grandes desgracias anteriores —yo le había contado con detalle y sinceramente al médico mucho de la historia de Nelly y mi relato le había impresionado profundamente— están relacionadas con esto, y de ahí viene la enfermedad. Por ahora, el único remedio es tomar las medicinas y, debe, pues, tomarlas. Voy a acercarme otra vez a ella y trataré de inculcarle la obligación de obedecer los consejos médicos y, hablando en general... de tomar los polvos.

Los dos salimos de la cocina, donde había tenido lugar nuestra conversación, y el médico se acercó de nuevo a la cama de la enferma. Pero al parecer Nelly nos había oído. Por lo menos levantó la cabeza de la almohada e inclinando el oído hacia nosotros todo el tiempo, prestaba cuidadosamente atención. Me di cuenta al observar por la rendija de la puerta de que, mientras íbamos hacia ella, la picaruela se metió de nuevo bajo la manta y nos observó con una sonrisa burlona. La pobrecilla había adelgazado mucho en aquellos cuatro días de enfermedad. Se le habían hundido los ojos y la fiebre no se le había pasado aún. Su expresión traviesa y el brillo impetuoso de su mirada no iban a su rostro y asombraron mucho al médico, el más bondadoso de todos los alemanes de Petersburgo.

Serio, pero tratando de dulcificar su voz, con tono cariñoso y tierno, explicó la absoluta necesidad y la salvación que suponía tomar los polvos, lo cual, consiguientemente, era obligación de todos los enfermos. Nelly alzó la cabeza, pero, por lo pronto, al parecer con un movimiento completamente involuntario de la mano, dio a la cuchara y toda la medicina cayó de nuevo al suelo. Yo estaba seguro de que lo había hecho a propósito.

—Es un descuido muy desagradable —dijo tranquilamente el viejecito—, y sospecho que lo ha hecho usted aposta, lo cual no tiene ninguna gracia. Pero... todo puede arreglarse y diluir más polvos.

Nelly se le echó a reír abiertamente.

El médico movió metódicamente la cabeza.

---

[18] Irritación.

—Eso está muy mal —dije, diluyendo de nuevo los polvos—, pero muy mal.

—No se enfade conmigo —respondió Nelly haciendo un esfuerzo para no echarse a reír—, los tomaré sin falta... pero, ¿me quiere?

—Si se va usted a portar como es debido, la querré mucho.

—¿Mucho?

—Mucho.

—¿Y ahora no me quiere?

—Ahora también la quiero.

—¿Y me dará un beso si yo tengo ganas de besarle?

—Sí, sí hace usted méritos para ello.

De nuevo Nelly no pudo contenerse y se echó a reír.

—La enferma tiene un carácter alegre, pero ahora se trata de nervios y caprichos —me susurró el médico con aire muy serio.

—Está bien, me tomaré los polvos —exclamó de pronto Nelly con débil vocecilla—, pero cuando crezca y sea mayor, ¿me tomará usted por esposa?

Por lo visto, esa nueva broma le hacía mucha gracia. Sus ojos ardían y los labios le temblaban por la risa en espera de la respuesta del médico, ligeramente asombrado.

—Pues sí —respondió sonriente, a pesar suyo, ante este nuevo capricho—. Sí, a condición de que sea usted una muchacha buena y bien educada, que sea obediente y que...

—¿Tome los polvos? —intervino Nelly.

—¡Ajá! Pues sí, de que tome los polvos. Es una buena chiquilla —me susurró de nuevo—. Tiene mucha... bondad e inteligencia. Pero, sin embargo, casarme... Qué extraño capricho...

Y de nuevo le acercó la medicina. Pero esta vez ni siquiera empleó el disimulo: empujó sencillamente de abajo arriba con la mano la cucharilla y todo el líquido saltó directamente sobre la camisa y el rostro del pobre viejo. Nelly soltó una fuerte carcajada, pero no con la risa sencilla y franca de antes. Por su rostro cruzó algo cruel y maligno. Durante todo este tiempo parecía evitar mi mirada; observaba sólo al médico con un aire burlón a través de la cual se filtraba, sin embargo, cierta inquietud. Esperaba lo que iba a hacer ahora el «gracioso» viejecito.

—¡Oh! Ha vuelto usted a hacerlo... ¡Qué desgracia! Pero... se pueden diluir más polvos —dijo el viejo, secándose con el pañuelo el rostro y la camisa.

Esto asombró muchísimo a Nelly. Esperaba que nos enfadáramos, pensaba que íbamos a regañarla, a hacerle reproches; tal vez, inconscientemente era lo único que quería en ese momento, para tener un pretexto y poder echarse a llorar, sollozar como una histérica; volver a tirar la medicina como hasta ahora e incluso romper algo, aplacando así su dolorido y caprichoso corazón. Esos caprichos no los tienen sólo los enfermos como Nelly. Como solía ocurrir con frecuencia, andaba de un lado a otro de la habitación con el inconsciente deseo de que alguien me ofendiese o me dijese una palabra que pudiera tomar como ofensa y así descargarse inmediatamente. Las mujeres, cuando se «descargan» de esta forma, empiezan a llorar con las más amargas lágrimas; las más sensibles llegan incluso al histerismo. Es, en el fondo, un fenómeno vulgar, muy corriente cuando se tiene en el corazón otra pena, muchas veces desconocida por los demás y que se desea exteriorizar, pero no se puede comunicar a nadie.

Pero de pronto, asombrada por la seráfica bondad del viejecito que había ofendido y de la paciencia con que por tercera vez diluía los polvos, sin hacerle ni una recriminación, Nelly recuperó la calma. La burla desapareció de sus labios, se puso encarnada y sus ojos se humedecieron. Me miró un instante y se volvió en seguida. El médico le acercó la medicina. Tranquila y humildemente se la tomó, cogió la mano enrojecida del viejo y le miró despacio a los ojos.

—Usted... se enfada... porque soy mala —dijo, pero no terminó; se escabulló bajo la manta, se tapó la cabeza y empezó a sollozar histéricamente con fuerza.

—¡Oh, hija mía, no llore... no es nada...! Son los nervios, beba un poco de agua.

Pero Nelly no le escuchaba.

—Tranquilícese... No se disguste —continuó a punto de llorar él mismo, porque era un hombre muy sensible—. Le perdono y la tomaré por esposa si usted se porta como una buena chica y va a...

—¡A tomar las medicinas! —se oyó desde debajo de la manta su voz fina, como de una campanilla, con aquella risa nerviosa que me era tan familiar; interrumpida por el llanto.

—Es una niña buena y agradecida —dijo el médico con solemnidad y casi con lágrimas en los ojos—. Pobre muchachita.

Y a partir de entonces entre él y Nelly se estableció una rara y notable simpatía. Por el contrario, conmigo Nelly se mostraba cada vez más huraña, nerviosa y excitable. No sabía a qué atribuir esto y me asombraba tanto más cuanto que el cambio se había producido de repente. Durante los primeros días de la enfermedad se había mostrado conmigo extraordinariamente tierna y cariñosa; parecía no cansarse de mirarme, no permitía que me alejara, cogía mi mano con su mano febril y me hacía sentar a su lado. Si me notaba taciturno y preocupado, trataba de alegrarme, gastaba bromas, jugaba conmigo y me sonreía, ahogando, por lo visto, sus propios padecimientos. No quería que yo trabajase de noche ni permaneciese sentado mirándola y se ponía triste cuando no la obedecía. A veces descubría en mí un aire preocupado; entonces empezaba a preguntarme, intentándome sonsacar por qué estaba triste y en qué pensaba, pero cosa extraña, tan pronto como la conversación llegaba a Natasha se callaba en seguida o empezaba a hablar de otra cosa. Daba la impresión de que evitaba hablar de Natasha y ello me sorprendía. Cuando yo volvía a casa, se alegraba. Cuando cogía el sombrero, me miraba con tristeza, de un modo extraño, como con reproche, y me seguía con la mirada.

Al cuarto día de su enfermedad, pasé toda la tarde e incluso hasta más allá de medianoche en casa de Natasha. Teníamos de qué hablar por aquel entonces. Al irme de casa le dije a mi enferma que volvería muy pronto, cosa con la que yo mismo contaba. Al quedarme en casa de Natasha casi sin querer, estaba tranquilo por Nelly, que no se había quedado sola. Estaba con ella Aliexandra Siemiónovna. Enterada por Maslobóiev —que había venido a casa un momento— de que Nelly estaba enferma y yo tenía mucho que hacer, vino para ayudarnos. Dios mío, cómo se afanó la buena Aliexandra Siemiónovna.

—¡Entonces eso quiere decir que tampoco vendrá a comer ahora con nosotros!... ¡Ay, Dios mío! Y el pobre está solo, solo.

Bien, demostrémosle ahora nuestra cordialidad. Ha surgido la ocasión, y no hay que perderla.

Inmediatamente se presentó en nuestra casa trayendo en el coche un gran paquete. Después de anunciarme desde el principio que se quedaría en casa y que había venido para ayudarme, abrió el paquete. Contenía jarabes, mermelada para la enferma, pollos y una gallina —para el caso de que Nelly empezara a convalecer—, manzanas para asar, naranjas, trufas confitadas de Kiev —por si el médico lo autorizaba— y, finalmente, ropa blanca, sábanas, servilletas, enaguas, vendas, compresas, como para todo un hospital.

—Tenemos de todo —me dijo precipitadamente y afanándose en pronunciar cada palabra como si la prisa la consumiera—, y en cambio, usted vive como un soltero. Tiene pocas cosas de éstas. Permítame, por tanto... además, así me lo ha mandado Filip Filípovich. Bien, ahora... ¡de prisa!, ¡de prisa! ¿Qué hay que hacer ahora? ¿Cómo está? ¿Está consciente? ¡Ay! está mal acostada, hay que arreglarle la almohada para que tenga la cabeza más baja. Sabe... ¿no sería mejor un cojín de cuero? El cuero es más fresco. ¡Ay, qué tonta soy! No se me ha ocurrido traerlo. Voy a ir a buscarlo... ¿No hay que encender el fuego? Les voy a mandar a mi vieja criada. Conozco una vieja. Porque ustedes no tienen ninguna criada, ninguna mujer... Bien, ¿qué puedo hacer ahora? ¿Qué es esto? ¿Hierbas?... ¿Las ha prescrito el médico? Probablemente, una tisana para el pecho. Ahora mismo encenderé el fuego.

Miré de tranquilizarla; se extrañó mucho y hasta se apenó de que no hubiese tanto trabajo como creía. Sin embargo, esto no la desanimó en absoluto. Inmediatamente se hizo amiga de Nelly y me ayudó mucho durante todo el tiempo de su enfermedad, visitándonos casi todos los días. Siempre ponía una cara como si se hubiese perdido algo o alguien se hubiera ido a algún sitio y hubiese que alcanzarlo cuanto antes. Añadía siempre que venía por orden de Filip Filípovich. A Nelly le gustó mucho. Se tomaron mutuamente cariño, como dos hermanas, y creo que Aliexandra Siemiónovna era en muchas cosas tan infantil como Nelly. Le contaba diferentes historias y la hacía reír. Nelly se aburría con frecuencia cuando Aliexandra Siemiónovna regresaba a su casa. La primera vez que apareció en casa le extrañó a mi enferma; ésta comprendió en seguida para qué había venido la inesperada visita y, según su costumbre, se enfurruñó, guardó silencio y permaneció hostil.

—¿Para qué ha venido a nuestra casa? —preguntó Nelly como extrañada y con aire de enfado cuando se hubo marchado Aliexandra Siemiónovna.

—Para ayudarte, Nelly, y para cuidarte.

—¿Y por qué? ¿Y para qué? ¡Si yo no he hecho nada por ella!

—La gente buena no espera que antes hagan algo por ellos, Nelly. Les gusta ayudar a quienes lo necesitan. Hay mucha gente buena, Nelly, mucha gente buena en el mundo. Tu desgracia es no haberlos encontrado cuando te hacían falta.

Nelly guardó silencio, y me aparté de ella. Pero un cuarto de hora más tarde ella misma me llamó a su lado con voz débil, me pidió de beber y, de repente, me abrazó con fuerza, cayó sobre mi pecho y durante largo rato no me soltó. Al día siguiente, cuando vino Aliexandra Siemiónovna, la recibió con una alegre sonrisa, aunque todavía como avergonzada por algo.

Capítulo III

Fue ese día cuando estuve toda la tarde en casa de Natasha. Volví tarde. Nelly dormía. Aliexandra Siemiónovna también tenía sueño, pero permanecía sentada junto a la enferma, y me esperaba. Inmediatamente empezó a contarme a media voz y con premura que al principio Nelly había estado muy contenta, que incluso se había reído mucho, pero luego empezó a entristecerse y al ver que yo no llegaba se quedó callada y pensativa.

—Luego empezó a quejarse de que le dolía la cabeza, se echó a llorar y empezó a sollozar de tal modo, que yo no sabía qué hacer con ella —añadió Aliexandra Siemiónovna—. Empezó a preguntarme por Natalia Nikoláievna, pero yo no pude decirle nada. Dejó de preguntarme y luego estuvo todo el tiempo llorando, y se durmió con lágrimas. Bueno, adiós, Iván Pietróvich. De todos modos está mejor, según he podido darme cuenta, y yo debo marchar a casa, como me lo ha mandado Filip Filípovich. Le confieso que esta vez sólo me ha dejado venir un par de horas, y que he sido yo la que se ha quedado por su iniciativa. Pero no es nada, no se preocupe por mí. Él no se atreve a enfadarse... Sólo que... ¡Ay, Dios mío, querido Iván Pietróvich! ¿Qué puedo hacer? ¡Ahora siempre vuelve borracho a casa! Está muy ocupado con algo, conmigo no habla, está triste, tiene algo importante en la imaginación, me doy cuenta de ello. De todos modos, por las tardes está borracho... Ahora pienso que volverá a casa, ¿y quién le va a acostar? Bueno, me voy, me voy, adiós. Adiós, Ivan Pietróvich. He estado mirando sus libros; cuántos libros tiene usted, y todos deben ser buenos. Y yo, tonta de mí, no he leído nunca nada... Bueno, hasta mañana...

Pero a la mañana siguiente Nelly se despertó triste y taciturna, y me respondía de mala gana. Ella no empezaba nunca a hablar, como si estuviese enfadada por algo. Sólo me di cuenta de algunas miradas suyas, lanzadas a hurtadillas; había en ellas cierto sufrimiento oculto, pero de todos modos, traslucían una ternura, al parecer, inexistente cuando me miraba cara a cara. Ese día fue cuando ocurrió la escena con el médico; no sabía qué pensar.

Nelly cambió por completo su actitud para conmigo. Sus rarezas, sus caprichos, a veces casi su odio hacia mí, todo eso se prolongó hasta el día en que dejó de vivir conmigo, hasta el día de aquella catástrofe que puso fin a nuestra novela. Pero de eso hablaré después.

Sin embargo, sucedía a veces que, de pronto, se ponía cariñosa conmigo durante una hora, lo mismo que antes. En aquellos momentos parecían redoblarse sus mimos, y lo más frecuente era que en dichos momentos llorase amargamente. Pero aquellas horas pasaban pronto y caía de nuevo en su tristeza anterior y otra vez me miraba con hostilidad, o se ponía caprichosa como ante el doctor, o súbitamente, al darse cuenta de que no me gustaba alguna nueva travesura suya, empezaba a reírse, para, casi siempre, terminar llorando.

Una vez incluso se enfadó con Aliexandra Siemiónovna y le dijo que no quería nada con ella. Cuando le hacía reproches en presencia de Aliexandra Siemionovna, se ponía furiosa y me contestaba con brusquedad, con rabia acumulada, pero, de pronto, guardaba silencio y justo durante dos días estaba sin hablarme. No quería tomar ningún medicamento y ni siquiera quería comer ni beber. Sólo el médico viejecito supo convencerla y hacerla razonar.

Ya he dicho que entre el médico y ella, desde el mismo día del incidente de la medicina, se estableció una simpatía notable. Nelly le quería mucho y siempre le recibía con una alegre sonrisa, por muy triste que estuviera antes de su llegada. Por su parte, el viejecito empezó a venir a nuestra casa todos los días, y algunos, hasta dos veces, incluso cuando Nelly había empezado a andar ya, por fin restablecida. Le había hechizado de tal manera, que no podía pasarse un día sin oír su risa y sus bromas, muy graciosas con frecuencia. Le traía libros con ilustraciones, siempre de tipo edificante. Uno lo compró a propósito para ella. Más tarde, empezó a traerle dulces y caramelos en bonitas cajas. En tales ocasiones, solía entrar con aire solemne, como si fuera su cumpleaños, y Nelly se daba cuenta en seguida de que venía con un regalo. Pero al principio no le enseñaba el regalo, se limitaba a reír con picardía, se sentaba junto a Nelly, insinuando que si una muchachita se había portado bien en su ausencia, haciéndose acreedora de su consideración, entonces era digna de una buena recompensa. A todo esto, la miraba con tanta ingenuidad y bondad que, aunque Nelly se reía de él abiertamente, dejaba ver al mismo tiempo en su radiante mirada un afecto sincero y tierno. Por último, el viejo se ponía en pie con solemnidad, sacaba una cajita con caramelos y entregándosela a Nelly, añadía indefectiblemente: «A mi futura y amable esposa.» En ese momento debía sentirse más feliz que la propia Nelly.

Luego se iniciaba una conversación; siempre le rogaba de forma seria y convincente que cuidase de su salud y le daba consejos médicos.

—Lo primero de todo es cuidar la salud —decía en tono dogmático—, lo primero y principal para vivir, y en segundo lugar, para estar siempre sana y de ese modo conseguir la felicidad de la vida. Si tiene usted alguna pena, mi querida niña, olvídela o, mejor aún, trate de no pensar en ella. Si no tiene ninguna pena, entonces... tampoco piense en ello y procure pensar en cosas alegres... en algo divertido, gracioso...

—Pero ¿en qué cosa graciosa y divertida puedo pensar? —preguntó Nelly.

El médico se quedó inmediatamente cortado.

—Bien, pues... en algún juego inocente, que vaya bien con su edad o, por ejemplo, en algo...

—No quiero jugar, no me gusta jugar —decía Nelly—. Prefiero mejor los vestidos nuevos.

—¡Vestidos nuevos! ¡Ejem! Bueno, eso ya es peor. Es necesario saberse contentar en la vida con una suerte modesta. Por otro lado... además... pueden gustar también los vestidos nuevos.

—¿Me mandará hacer muchos vestidos cuando me case con usted?

—¡Qué idea! —decía el médico, frunciendo el ceño sin querer. Nelly sonreía con picardía y hasta, en cierta ocasión, sin darse cuenta, me miró sonriente—. Bueno... le encargaré un vestido si se porta bien —continuaba el doctor.

—¿Tendré que tomar la medicina todos los días cuando me case con usted?

—Bueno, entonces podrá no tomarla todos los días —y el médico empezaba a sonreír.

Nelly interrumpía la conversación con sus risas. El viejecito reía con ella y observaba cariñosamente su alegría.

—¡Qué buen humor! —dijo, volviéndose hacia mí—. Pero la quedan aún su condición caprichosa y cierta fantasía e irritabilidad.

Tenía razón. Yo no sabía en absoluto qué estaba ocurriendo con ella. Parecía no querer hablar conmigo, como si ante ella fuese culpable de algo. Esto me dolía mucho. Yo mismo me enfurruñé y hasta me pasé un día entero sin hablar con ella, pero al día siguiente me sentí avergonzado. Lloraba con mucha frecuencia y, decididamente, no sabía cómo consolarla. Por otro lado, un día rompió su silencio.

Una vez, volví al anochecer y me di cuenta de que Nelly había escondido un libro bajo la almohada. Era mi novela; la había cogido de la mesa y la leía en mi ausencia. ¿Por qué tenía que esconderla ante mí? Da la impresión de avergonzarse, pensé. Pero hice como quien no se ha dado cuenta. Una hora más tarde, al salir yo un momento a la cocina, se levantó de un salto de la cama y dejó la novela en su sitio: al volver vi que ya estaba en la mesa. Un minuto después me llamó; en su voz había cierta emoción. Hacía ya cuatro días que casi no hablaba conmigo.

—¿Va usted a ir hoy... a casa de Natasha? —me preguntó con voz entrecortada.

—Sí, Nelly, me es absolutamente necesario verla hoy.

Nelly guardó silencio.

—Usted... ¿la quiere mucho? —preguntó de nuevo con voz débil.

—Sí, Nelly, la quiero mucho.

—Yo también la quiero —añadió en voz baja, y sobrevino otra vez el silencio—. Quiero ir a su casa y voy a vivir con ella —empezó de nuevo, y me miró con timidez.

—Eso no puede ser, Nelly —contesté, un tanto extrañado—. ¿Acaso te encuentras mal en mi casa?

—¿Por qué no puede ser? —y se puso toda encendida—. Usted me estaba convenciendo para que yo fuese a vivir a casa de su padre, y yo no quiero ir. ¿Ella tiene criada?

—Sí, la tiene.

—Bien, pues que despida a su criada, y yo trabajaré en su casa. Le haré todo y no le voy a cobrar. La querré mucho y le prepararé la comida. Así se lo dirá usted hoy.

—Pero ¿a qué viene esa fantasía, Nelly? ¿Cómo crees que iba a aceptar el cogerte como cocinera? En caso de aceptarlo, te tomaría como a una igual, como a una hermana menor.

—No, no quiero como a una igual. De esa manera no quiero...

—¿Por qué?

Nelly guardaba silencio. Le temblaban los labios y tenía deseos de llorar.

—¿El que ella ama, se marchará ahora y la abandonará? —preguntó por último.

Me asombré.

—¿Cómo sabes eso, Nelly?

—Usted me lo ha dicho todo, y anteayer, cuando vino por la mañana el marido de Aliexandra Siemiónovna, se lo he preguntado y me lo ha contado todo.

—¿Acaso ha venido Maslobóiev por la mañana?

—Sí, ha venido —contestó, bajando los ojos.

—¿Y por qué no me has dicho que ha venido?

—Pues porque no...

Reflexioné un momento. Dios sabe para qué había venido Maslobóiev con sus aires misteriosos. ¿Qué relaciones había establecido? Era preciso verle.

—¿Y qué te importa que él la abandone?

—Usted la quiere mucho —contestó Nelly sin levantar los ojos—. Y si la quiere, se casará con ella cuando el otro se marche.

—No, Nelly, ella no me quiere como yo, y además yo... No, eso no ocurrirá, Nelly.

—Yo los serviría a los dos como criada y ustedes vivirían felices —dijo casi en un susurro, sin mirarme.

«¿Qué es lo que le pasa, qué le pasa?», pensé, y el corazón me dio un vuelco.

Nelly guardó silencio y en toda la tarde no volvió a pronunciar una palabra. Cuando me fui se echó a llorar y lloró toda la tarde, según me contó Aliexandra Siemiónovna, y se durmió llorando. Incluso por la noche lloraba entre sueños y decía algo en su delirio.

Pero desde aquel día se tornó más sombría y silenciosa, y ya no hablaba conmigo. Cierto que me di cuenta de que me había mirado dos o tres veces a hurtadillas y que aquellas miradas estaban llenas de ternura. Pero esto sucedía en el momento que se había provocado esta ternura y como para revestir el impulso. Nelly se volvía cada vez más taciturna, incluso con el médico, que se extrañó de este cambio de carácter. Entre tanto, se había curado ya casi por completo, y el médico la autorizó, por fin, a pasear al aire libre, aunque durante poco rato. El tiempo era claro y tibio. Era la semana de Pasión, que esta vez llegaba muy tardía. Salí por la mañana. Me era absolutamente necesario ir a casa de Natasha, pero decidí volver antes a casa para recoger a Nelly y salir a pasear con ella. Mientras, la dejé sola en casa.

No puedo explicar la tremenda sorpresa que me esperaba en casa. Me había apresurado en volver. Al llegar, vi que la llave estaba puesta por fuera. Entré y no había nadie. Me quedé paralizado. Vi, sobre la mesa, un papel escrito a lápiz, con letra grande y desigual:

«Me he marchado de su casa y no volveré nunca más con usted. Pero le quiero mucho.

Su fiel.

Nelly.»

Se me escapó un grito de espanto, y salí corriendo a la calle.

Capítulo IV

No me había dado tiempo aún de salir a la calle, ni tampoco de pensar qué iba a hacer ahora, cuando vi que junto al portal se detenía un coche ligero y de él descendía Aliexandra Siemiónovna, llevando de la mano a Nelly. La sujetaba con fuerza, como temiendo que se le escapara otra vez. Me lancé hacia ellas.

—¿Qué te pasa, Nelly? —grité—. ¿Dónde te vas? ¿Por qué?

—Espere, no se apresure. Vamos a su casa y allí le enteraré de todo —dijo Aliexandra Siemiónovna—. La cantidad de cosas que tengo que contarle, Iván Pietróvich —me susurró rápidamente, de pasada—, es para no creerlo. Vamos, se enterará ahora mismo.

Por su rostro se adivinaba que tenía noticias muy importantes.

—Vete, Nelly, vete a acostarte un poco —dijo cuando entramos en el piso—. Estás cansada, no es una broma lo que has corrido y después de tu enfermedad eso es agotador. Usted y yo nos iremos mientras de aquí, no vamos a molestarla —y me hizo un guiño para que saliera con ella a la cocina.

Pero Nelly no se acostó, se sentó en el diván y se tapó la cara con las manos.

Salimos, y Aliexandra Siemiónovna me contó rápidamente lo que había sucedido. Luego supe más detalles. He aquí cómo ocurrió todo.

Habiéndose ido de mi casa dos horas antes de volver yo y después de dejarme la nota, Nelly corrió primero a casa del médico viejecito. Se había procurado con anterioridad sus señas. El médico me contó que se había quedado petrificado al ver a Nelly en su casa; durante todo el tiempo que estuvo «no se creía lo que estaba viendo». «Tampoco lo creo ahora, añadió para terminar su relato, y no lo creeré nunca.» Y sin embargo, Nelly había estado efectivamente en su casa. Estaba sentado tranquilamente en su gabinete, en una butaca, envuelto en su bata, tomando café, cuando Nelly entró corriendo y se echó los brazos al cuello antes de que tuviera tiempo de reaccionar. Lloró, le abrazó y le besó, le besó la mano y de modo persuasivo, aunque incoherente, le pidió que la dejara vivir con él. Le dijo que no quería ni podía vivir más conmigo, y por eso me había abandonado. Que aquello le resultaba penoso, que ya no se burlaría más de él, que no hablaría más de vestidos nuevos, que se portaría bien, estudiaría y aprendería a «lavarle y plancharle las camisas» —probablemente había preparado su discurso por el camino o quizá antes—, sería obediente y tomaría, aunque fuese a diario, cualquier medicamento. Si le había dicho entonces que se quería casar con él era una broma y ni siquiera pensaba en eso. El viejo alemán estaba tan asombrado, que permaneció todo el tiempo con la boca abierta, alzando la mano en que sostenía el cigarro y olvidándolo hasta que se le apagó.

—*Mademoiselle* —dijo por fin, recuperando en cierto modo el habla—, *Mademoiselle,* por cuanto he comprendido, usted quiere emplearse en mi casa. ¡Pero eso es imposible! Ya lo ve, vivo muy estrechamente y no tengo grandes ingresos. ¡Es horrible! Y por lo que veo, se ha escapado de su casa. No está nada bien eso, y es imposible... Además, le he permitido sólo pasear un poco cuando hace buen tiempo, bajo la vigilancia de su bienhechor, y usted lo abandona y viene corriendo a mi casa cuando lo que debe hacer es cuidarse y... y... tomar sus medicinas. Finalmente... finalmente, no entiendo nada.

Nelly no le dejó terminar. Empezó a llorar de nuevo, a suplicarle, pero no sirvió de nada. El viejecito estaba cada vez más y más estupefacto y a cada momento comprendía menos la situación. Por fin, Nelly le dejó, gritando: «¡Ay, Dios mío!», y salió corriendo de la habitación.

—Estuve enfermo todo ese día —añadió el médico para terminar su relato—, y por la noche tomé una infusión...

Nelly corrió entonces a casa de Maslobóiev. Se había hecho con la dirección y pudo, pues, encontrarlos, aunque no sin dificultades. Maslobóiev estaba en casa. Aliexandra Siemiónovna entrechocó las palmas al oír cómo Nelly pedía que la dejasen estar en su casa. Al preguntarle por qué quería eso y que si se encontraba a disgusto en mi casa, no contestó nada, se echó sobre una silla y se puso a sollozar. «Lloraba de tal manera, me explicó Aliexandra Siemiónovna, que creí que iba a morirse.» Nelly pedía que la tomaran como doncella, como cocinera; decía que fregaría el suelo y aprendería a lavar la ropa —acerca del lavado de ropa basaba ciertas esperanzas, considerando que éste representaba uno de los argumentos más sólidos para que la aceptasen—. La idea de Aliexandra Siemiónovna era dejarla en su casa hasta que se aclarase todo, y comunicármelo. Pero Filip Filípovich se opuso a ello y ordenó inmediatamente que trajera a la pobrecilla a mi casa. De camino, Aliexandra Siemiónovna la abrazaba y besaba, lo cual hacía llorar todavía más a Nelly. Al mirarla, también Aliexandra Siemiónovna se echó a llorar. Así, las dos lloraron juntas durante todo el trayecto.

—Pero ¿por qué, Nelly, por qué no quieres vivir en su casa? ¿es que te maltrata, acaso? —preguntaba inundándose en lágrimas Aliexandra Siemiónovna.

—No, no me maltrata.

—Entonces, ¿por qué?

—Sencillamente, no quiero vivir en su casa... no puedo... Soy muy mala con él... Él es bueno... pero en casa de ustedes no seré mala, voy a trabajar —continuó, sollozando como una histérica.

—¿Y por qué eres mala con él?

—Pues porque sí...

—Y sólo pude sacarle ese «porque sí» —concluyó Aliexandra Siemiónovna, enjugándose las lágrimas—. ¿Por qué es tan desgraciada? ¿Quizá sea su enfermedad? ¿Qué cree usted, Iván Pietróvich?

Entramos en la habitación de Nelly. Estaba tumbada, con el rostro escondido en la almohada, llorando. Me puse de rodillas a su lado, le cogí las manos y empecé a besarlas. Retiró las manos y sollozó aún con más fuerza. No sabía qué decirle. En ese momento, entró el viejo Ijmiéniev.

—Vengo a verte para un asunto. ¡Buenos días, Iván! —dijo, envolviéndonos a todos con la mirada y extrañado al verme de rodillas. El viejo había estado enfermo los últimos tiempos. Se le veía pálido y delgado, pero, como si tratase de guardar las apariencias, ignoraba su propia enfermedad, no hacía caso a Anna Andriéievna, no se acostaba y continuaba saliendo a la calle por sus asuntos.

—Por ahora, adiós —dijo Aliexandra Siemiónovna mirando con fijeza al viejo—. Me ha ordenado Filip Filípovich que vuelva cuanto antes. Tenemos cosas que hacer. Por la tarde, al anochecer, vendré a pasar aquí un par de horas.

—¿Quién es? —me preguntó el viejo, quien, por lo visto, se imaginaba otra cosa.

Le expliqué.

—¡Ejem! Pues yo vengo por un asunto, Iván...

Sabía por qué asunto y estaba esperando su visita. Venía a hablar conmigo y con Nelly, y pedirme que se la dejara. Por fin, Anna Andriéievna estaba de acuerdo en admitir a la huérfana. Esto sucedió durante nuestras conversaciones secretas: convencí a Anna Andriéievna diciéndole que era una huérfana cuya madre había sido también maldecida por su padre y que tal vez podría conseguir que el corazón de nuestro viejo se ablandara. Le expliqué con tanto ardor mis planes, que ella misma había empezado a insistir al viejo para que recogiese a la huérfana. El viejo se puso a ello con entusiasmo: en primer lugar, quería complacer a su Anna Andriéievna y, en segundo lugar, tenía sus ideas preconcebidas. Pero eso lo explicaré después con más detalle.

Ya he dicho que a Nelly no le gustó el viejo desde la primera vez que vino. Luego me di cuenta de que por su rostro cruzaba incluso cierto odio cuando se encontraba ante Ijmiéniev. El viejo fue derecho al asunto, sin rodeos. Se acercó directamente a Nelly, que seguía acostada con el rostro oculto en la almohada y, cogiéndole la mano, le preguntó si quería ir a vivir a su casa en lugar de su hija.

—Yo tuve una hija a la que quería más que a mí mismo —terminó el viejo—. Murió. ¿Quieres ocupar tú su sitio en mi casa... y en mi corazón?

En sus ojos, secos e inflamados a causa de la fiebre, se agolpaban las lágrimas.

—No, no quiero —contestó Nelly, sin levantar la cabeza.

—¿Por qué no, hija mía? No tienes a nadie. Iván no puede tenerte siempre en su casa, y con nosotros estarás como en la tuya propia.

—No quiero, porque es usted malo. Sí, malo, malo —añadió levantando la cabeza y sentándose frente al viejo—. Yo soy mala, y peor que todos, ¡pero usted es todavía peor que yo! —al decir esto, Nelly palideció, sus ojos centellearon, incluso se estremecieron y se crisparon sus labios a causa de una intensa sensación. El viejo la miraba sorprendido—. Sí, peor que yo, porque no quiere perdonar a su hija. Quiere olvidarla del todo y llevar a su casa a otra muchacha, pero ¿acaso se puede olvidar a la propia hija?

¿Acaso me va usted a querer? En cuanto me mire se dará cuenta de que soy una extraña, que ha tenido usted una hija que olvidó porque es usted un hombre cruel. ¡No quiero, no quiero! —Nelly sollozó y me lanzó una mirada—. Pasado mañana resucita Cristo, todos se besan y se abrazan, todos hacen las paces, se perdonan todas las culpas... Lo sé... ¡Sólo usted... usted!... ¡Es cruel! ¡Lárguese!

Estaba inundada en lágrimas. Parece que estos discursos los había imaginado y aprendido hacía mucho tiempo, por si el viejo volvía a invitarla a su casa. El viejo se hallaba estupefacto, y palideció. Una expresión dolorosa apareció en su rostro.

—¿Y por qué, por qué se preocupa tanto de mí? ¡No quiero, no quiero! —gritó de pronto Nelly en un acceso de furor—. ¡Iré a pedir limosna!

—¿Qué te pasa, Nelly? ¡Nelly, amiga mía! —grité sin querer; pero con mi grito sólo añadí leña al fuego.

—Sí, mejor andaré por la calle pidiendo limosna, pero no me quedaré aquí —gritó sollozando—. Mi madre también pidió limosna y, cuando murió, me lo dijo ella misma: sé pobre y mejor pide limosna que... No es una vergüenza pedir limosna: no se la pido a un hombre, sino a todos los hombres. A un hombre solo da vergüenza pedírsela; a todos, no. Es lo que me dijo una mendiga. Yo soy pequeña y no tengo otra cosa. Y pediré a todo el mundo. Y aquí no quiero estar, no quiero, no quiero, soy mala. Soy peor que todos. ¡Soy así de mala!

Y, de repente, cogió de la mesa una taza y la estrelló contra el suelo.

—Ahora se ha roto —añadió, mirándome con cierta provocación solemne—. No hay más que dos tazas —prosiguió—, romperé también la otra... Entonces, ¿dónde va a tomar el té?

Estaba enfurecida y parecía experimentar un placer en su enfurecimiento. Era como si ella misma se diese cuenta de que aquello era reprensible y no estaba bien, y al mismo tiempo se incitase a nuevas fechorías.

—Está enferma, Vania, eso es lo que te pasa —dijo el viejo—. O... ya no entiendo qué clase de criatura es. ¡Adiós!

Cogió su gorra y me estrechó la mano. Estaba aplastado; Nelly le había ofendido mucho. Yo estaba descompuesto.

—¡Cómo no te ha dado lástima, Nelly! —grité cuando nos quedamos solos—. ¿No te da vergüenza, no te da vergüenza? —y sin coger el sombrero salí corriendo detrás del viejo. Quería acompañarle hasta el portal y decirle un par de palabras para tranquilizarle. Mientras bajaba corriendo las escaleras, me parecía estar viendo ante mí la cara de Nelly, terriblemente pálida a causa de mis reproches.

Alcancé pronto al viejo.

—La pobre chiquilla está ofendida y tiene su pena, créamelo, Iván. Y yo me he puesto a hablarle de lo mío —dijo, sonriendo amargamente—. He vuelto a abrir su herida. Dicen que los que están saciados no comprenden a los hambrientos; y yo, Vania, añado, que no siempre el hambriento comprende al hambriento. ¡Bueno, adiós!

Empecé a hablar de otra cosa, pero el viejo agitó la mano.

—Es inútil consolarme. Es mejor que vayas, no sea que se escape de tu casa. Mira de una manera... —añadió con cierta malignidad; y se separó con pasos rápidos, moviendo el bastón y golpeando la acera.

No imaginaba que iba a ser profeta.

¡Lo que sentí cuando al volver a casa, con gran horror vi que Nelly se había ausentado otra vez! Me lancé al descansillo, la busqué por la escalera, la llamé, llamé incluso a las puertas de los vecinos y pregunté por ella. No podía ni quería creer que se había escapado de nuevo. ¿Cómo pudo escaparse? En la casa no había más que una salida; tuvo, pues, que haber pasado junto a nosotros cuando yo hablaba con el viejo. Pero pronto, con gran pesar, comprendí que podía haberse escondido en la escalera y salir corriendo mientras yo volvía a casa. Y correr después de tal modo, que no pudiera encontrarla. En todo caso, no podía haber ido muy lejos.

Muy preocupado, salí de nuevo a buscarla, dejando por si acaso el piso abierto.

Primeramente, me dirigí a casa de Maslobóiev. Pero no encontré en casa ni a Maslobóiev ni a Aliexandra Siemiónovna. Después de dejarles una nota donde les comunicaba la nueva huida y les rogaba que si iba Nelly me lo comunicaran inmediatamente, fui a casa del médico. Éste tampoco estaba, la criada me dijo que después de la reciente visita no había vuelto. ¿Qué podía hacer? Fui a casa de Bubnova y supe por mi conocida —la mujer del constructor de ataúdes— que la patrona estaba detenida por algo desde el día anterior, y que Nelly no la había visto *desde entonces.* Cansado, destrozado, corrí otra vez a casa de Maslobóiev y obtuve el mismo resultado: no había nadie, ellos no habían regresado aún. Mi nota estaba encima de la mesa. ¿Qué podía hacer?

Con una angustia mortal regresé, pasado mucho tiempo, a mi casa. Aquella tarde tenía que ir a casa de Natasha, me había llamado por la mañana. Pero ese día ni siquiera comí, la imagen de Nelly me perseguía. «¿Qué significaba eso?, pensé. ¿Acaso era una extraña consecuencia de la enfermedad? ¿No estaba loca o se estaba volviendo loca? Pero, ¡Dios mío! ¿Dónde estaba ahora? ¿Dónde podría encontrarla?»

No hice más que lanzar esta exclamación, cuando de pronto vi a Nelly a unos cuantos pasos de mí, en el puente V. Estaba al lado de un farol y no me veía. Quise correr hacia ella, pero me contuve: «¿Qué hace aquí?», pensé, perplejo y, seguro de que ahora ya no la perdía, me decidí a esperar y observarla. Pasaron unos diez minutos, y ella continuaba en el mismo lugar, mirando a los transeúntes. Por fin, pasó un viejecito bien vestido y Nelly se le acercó: aquél no se detuvo, sacó algo del bolsillo y se lo dio. Le hizo una reverencia. No puedo expresar lo que sentí en ese momento. Mi corazón se encogía dolorosamente. Era como si algo querido para mí, algo que yo mimase y acariciase, fuera envilecido y pisoteado ante mí en aquel momento; al mismo tiempo, sentí correr mis lágrimas.

Sí, lloraba por la pobre Nelly, aunque en aquel instante sentía una indignación incontenible: no pedía por necesidad, no fue arrojada ni abandonada por nadie a su suerte, no huía de unos opresores crueles, sino de unos amigos que la querían y mimaban. Era como si quisiera sorprender o asustar a alguien con su comportamiento, como si estuviera presumiendo ante alguien. Pero algo secreto se estaba fraguando en su alma... Sí, el viejo tenía razón: había sido ofendida, su herida no podía cerrarse y parecía que trataba de enconarla con ese misterio, con esa desconfianza hacia todos nosotros. Parecía complacerse con su propio dolor, con ese *egoísmo del sufrimiento,* si se me permite la expresión. Este hurgar la herida y recrearse en ella me resultaba comprensible: es el deleite de mis ofendidos y humillados, oprimidos por el destino y conscientes de su injusticia. Pero, ¿de qué injusticia nuestra podía quejarse? Parecía querer asustarnos y asombrarnos con sus caprichos y sus salidas salvajes, y en efecto parecía crecerse ante nosotros... ¡Pero no! Ahora estaba sola, nadie de nosotros veía que estaba pidiendo limosna. ¿Acaso en ello encontraba placer? ¿Para qué necesitaba limosnas, para qué quería el dinero?

Al recibir esta limosna, abandonó el puente y se dirigió al escaparate iluminado de una tienda. Se puso a contar sus ingresos; yo me mantenía a unos diez pasos. Tenía bastante dinero, por lo visto había estado pidiendo desde la mañana. Apretándolo en la mano, cruzó la calle y entró en la tienda. Inmediatamente me acerqué a la puerta, que estaba abierta de par en par, y observé lo que iba a hacer allí.

Vi que ponía el dinero en el mostrador y le daban una taza, una taza corriente de té, muy parecida a la que había roto hacía poco para demostrarnos, a Ijmiéniev y a mí, lo mala que era. La taza costaba quince *kopecks,* quizá menos. El tendero la envolvió en un papel, la ató y se la entregó a Nelly, quien, apresurada y con aspecto alegre, salió de la tienda.

—¡Nelly! —grité cuando estuvo a mi lado—. ¡Nelly!

Se estremeció, me miró, la taza se escurrió de sus manos, cayó a la acera y se rompió. Nelly estaba pálida, pero al mirarme y darse cuenta de que lo había visto y lo sabía todo, enrojeció de pronto. Este rubor demostraba su insoportable y torturante vergüenza. La cogí de la mano y la llevé a casa. Al llegar, me senté. Nelly permanecía delante de mí en pie, pensativa, pálida como al principio, con la mirada en el suelo. No podía enfrentarse con mis ojos.

—Nelly, ¿has estado pidiendo limosna?

—¡Sí! —musitó, y bajó aún más la cabeza.

—¿Querías reunir dinero para comprar la taza rota?

—Sí...

—Pero, ¿te he recriminado acaso, te he regañado? Pero ¿no te das cuenta, Nelly, cuánta maldad, cuánta vanidad maliciosa hay en tu conducta? ¿Está bien eso? ¿Es que no te avergüenza? Es que...

—Me da vergüenza —dijo con voz apenas audible, y una lágrima resbaló por su mejilla.

—Te da vergüenza —repetí— Nelly, querida, si soy culpable ante ti, perdóname y hagamos las paces.

Me miró, las lágrimas brotaron de sus ojos y se inclinó sobre mi pecho.

En ese momento entró corriendo Aliexandra Siemiónovna.

—¡Qué! ¿Está en casa? ¿Otra vez? ¡Ay, Nelly! Pero, ¿qué es lo que te ocurre? Bueno, menos mal que por lo menos está en casa... ¿Dónde la ha encontrado, Iván Pietróvich?

Le hice un guiño a Aliexandra Siemiónovna para que no preguntara, y me comprendió. Me despedí cariñosamente de Nelly y rogué a la excelente Aliexandra Siemiónovna que permaneciera con ella hasta mi regreso, y corrí a casa de Natasha. Me di prisa, porque se me había hecho tarde.

En aquella fecha se decidía nuestro destino: teníamos mucho que hablar Natasha y yo. De todos modos, dije un par de cosas sobre Nelly, y le conté con todo detalle lo que había pasado. Mi relato interesó mucho y hasta sorprendió a Natasha.

—¿Sabes una cosa, Vania? —me dijo, después de meditar un poco—. Me parece que te quiere.

—¿Cómo?... ¿Qué dices? —pregunté, asombrado.

—Sí, es el principio del amor, del amor de una mujer...

—¡Vamos, Natasha, ya está bien! ¡Si es una criatura!

—Que pronto tendrá catorce años. Esa irritación proviene de que tú no entiendes su amor, y quizá ella no se comprenda así misma; en esa irritación hay mucho de infantil, pero también de serio y doloroso. Lo más importante es que me tiene celos. Como me quieres tanto, seguramente en casa, como en todas partes, no haces más que ocuparte de mí, y por eso le haces poco caso. Se ha dado cuenta de eso y se siente herida. Tal vez quiere hablar contigo, siente la necesidad de abrirte su corazón, no sabe hacerlo, se avergüenza, no se comprende a sí misma, espera una ocasión. Y tú, en lugar de provocar esa ocasión, te apartas de ella, la dejas para venir a mi casa, incluso cuando ha estado enferma, y la dejas sola durante días enteros. Por eso llora: le faltas, y lo que más le duele es que no te das cuenta de ello. Y ahora, en un momento así, la dejas sola para venir a verme. Mañana estará enferma por eso. ¿Cómo has podido dejarla? Vete pronto con ella...

—No la hubiera dejado, si...

—Bueno, sí. Yo misma te he pedido que vinieras. Y ahora, vete.

—Iré, pero por supuesto, no creo nada de eso.

—Porque todo esto no se parece a lo demás. Recuerda su historia, figúratelo todo, y lo creerás. Ella no se ha criado como tú y yo...

De todos modos, volví tarde. Aliexandra Siemiónovna me contó que Nelly, lo mismo que la otra tarde, había llorado mucho «y se durmió llorando», igual que entonces. «Ahora ya me marcho, Iván Pietróvich, así me lo ha ordenado Filip Filípovich. Me está esperando el pobre.»

Le di las gracias, y me senté a la cabecera de Nelly. Me remordió haberla podido dejar en semejante momento. Durante mucho tiempo, hasta muy entrada la noche, permanecí sentado junto a ella, absorto en mis pensamientos... Era una época muy desdichada.

Pero es preciso que cuente lo que ocurrió durante esas dos semanas.

Capítulo V

Después de aquella velada, memorable para mí, que pasé con el príncipe en el restaurante de B., estuve unos cuantos días temiendo por Natasha. «¿Con qué la amenaza este maldito príncipe y con qué quiere vengarse de ella?», me preguntaba a cada instante, y me perdía en diversas conjeturas. Finalmente, llegué a la conclusión de que sus amenazas no eran un absurdo ni una fanfarronada y que, mientras viviera con Aliosha, el príncipe podía efectivamente darle muchos disgustos. Es un hombre mezquino, vengativo, malo y calculador, pensé. Resultaba difícil creer que olvidara la ofensa y no aprovechara alguna ocasión para vengarse. De todos modos, me había especificado un punto sobre esta cuestión; de él me habló con bastante claridad: exigía insistentemente la ruptura entre Aliosha y Natasha. Esperaba de mí que yo la preparase para una cercana separación, sin que no hubiese «escenas, idilios y cosas a los Schiller». Por supuesto, lo que más le preocupaba era que Aliosha quedase contento con él y continuara considerándole un padre cariñoso; esto le era muy necesario para disponer después cómodamente del dinero de Katia. De modo que me correspondía preparar a Natasha para una próxima separación. Pero observé en Natasha un gran cambio: de su anterior sinceridad conmigo no quedaba ni rastro y, por si fuera poco, parecía desconfiar de mí. Al tratar de tranquilizarla no hacía más que procurarle nuevos tormentos; mis preguntas la cansaban cada vez más, incluso la enfadaban. A veces estaba en su casa y la observaba. Paseaba por la habitación de un rincón a otro, con los brazos cruzados, sombría, pálida, como ausente, olvidándose incluso de que yo estaba allí. Cuando se le ocurría lanzarme un vistazo —evitaba incluso mis miradas—, entonces surgía de pronto como una contrariedad impaciente en su semblante y rápidamente se volvía. Comprendí que tal vez ella misma estaba concibiendo algún plan por su cuenta para la próxima separación; ¿acaso podía pensar en ello sin dolor ni amargura? Estaba convencido de que ya se había decidido a la ruptura. De todos modos, me angustiaba y asustaba su desesperación sombría. A veces, no me atrevía a hablar con ella, a intentar tranquilizarla, y esperaba con miedo cómo iba a resolverse todo.

En lo referente a su actitud altanera y fría hacia mí, aunque esto me intranquilizaba y torturaba, estaba seguro de su corazón. Me daba cuenta de que sufría mucho y se hallaba muy confusa. Cualquier intervención ajena sólo despertaba en ella despecho y odio. En estos casos, el que se inmiscuyan nuestros íntimos amigos, conocedores de nuestros secretos, nos resulta extraordinariamente desagradable. Pero también sabía muy bien que en el último momento Natasha volvería a mí, y buscaría su consuelo en mi corazón.

De mi conversación con el príncipe, naturalmente, no le dije nada. Mi relato sólo la hubiera excitado y confundido más. Le dije, de pasada, que había estado con el príncipe en casa de la condesa, y que me había convencido de que era un canalla. Pero no me hizo preguntas sobre él, de lo cual me alegré. Por el contrario, escuchó con avidez todo lo que le conté de mi entrevista con Katia. Después de oírme no dijo nada acerca de ella, pero un tinte rojo cubrió su pálido rostro y casi todo aquel día estuvo particularmente agitada. No oculté nada sobre Katia y confesé claramente que hasta a mí me había producido una impresión magnífica. ¿Y por qué habría de ocultarlo? Natasha se hubiera dado cuenta de que lo ocultaba y se hubiera enfadado conmigo. Me expliqué adrede con el mayor lujo posible de detalles, tratando de adelantarme a sus preguntas, sobre todo porque a ella en su situación le resultaba violento preguntarme. En realidad, ¿acaso resulta fácil, bajo una apariencia indiferente, enterarse de las excelencias de una rival?

Creí que ignoraba aún que Aliosha, por irrevocable decisión del príncipe, había de acompañar a la condesa y a Katia a la aldea. No sabía cómo decírselo, para amortiguar en lo posible el golpe. Pero cuál no sería mi asombro, cuando desde las primeras palabras Natasha me detuvo y me dijo que no tratase de *consolarla,* porque ya lo sabía desde cinco días atrás.

—¡Dios mío! —exclamé—. Pero, ¿quién te lo ha dicho?

—Aliosha.

—¿Cómo? ¿Ya te lo ha dicho?

—Sí, y estoy dispuesta a todo, Vania —añadió con un tono claro e impaciente; con él me advertía que no continuara esa conversación.

Aliosha iba con bastante frecuencia a casa de Natasha, pero sólo por un momento. Sólo una vez permaneció allí unas cuantas horas, pero yo no estaba. Por lo general entraba triste y la miraba con timidez y ternura. Pero Natasha le recibía con tanta dulzura con tanto cariño, que inmediatamente olvidaba todo y se ponía alegre. También empezó a venir a mi casa con mucha frecuencia, casi todos los días. Ciertamente, padecía mucho, pero no podía estar ni un momento solo con su pena y a cada momento me venía a buscar para consolarse.

¿Qué podía yo decirle? Me reprochaba mi frialdad, mi indiferencia, incluso mi malignidad para con él. Se aburría, lloraba y se marchaba a casa de Katia para encontrar mejor consuelo.

El día que Natasha me comunicó que sabía lo del viaje —era una semana después de mi conversación con el príncipe— entró corriendo en mi casa, desesperado, me abrazó, apoyó la cabeza en mi pecho y lloró como un niño. Yo callaba en espera de lo que iba a decir.

—Soy un hombre abyecto, un canalla, Vania —empezó a decirme—, sálvame de sí mismo. No lloro porque sea abyecto y canalla, sino porque Natasha será infeliz por culpa mía. Porque yo la abandonaré a su infelicidad... Vania, amigo mío, dime, decide por mí: ¿A quién quiero más de las dos: a Katia o a Natasha?

—Eso yo no puedo decírtelo, Aliosha —contestó—, tú debes saberlo mejor que yo...

—No, Vania, no es eso. No soy tan tonto como para plantearme estas preguntas, pero el caso es que yo mismo no lo sé. Me pregunto y no puedo contestarme. Tú lo mirabas desde fuera y puedes saber más que yo... Pero, aunque no lo sepas, dime: ¿A ti qué te parece?

—Me parece que quieres más a Katia.

—¡Eso te parece! ¡No, no, absolutamente, no! No has acertado en absoluto. Amo a Natasha infinitamente. Por nada del mundo podría dejarla nunca. Se lo he dicho a Katia, y Katia está totalmente de acuerdo conmigo. ¿Por qué te callas? Veo que te sonríes. ¡Ay, Vania, no me has consolado nunca cuando la pena me abrumaba, como ahora!... ¡Adiós!

Salió corriendo de la habitación, dejando muy impresionada y asombrada a Nelly, que había escuchado en silencio nuestra conversación. Por aquel entonces todavía estaba enferma, guardaba cama y tomaba medicinas.

Aliosha nunca le había dirigido la palabra y durante sus visitas no le hacía ningún caso.

Al cabo de dos horas apareció de nuevo y me sorprendió la alegría que se reflejaba en su rostro. Me echó otra vez los brazos al cuello y me abrazó.

—¡Se acabó el problema! —gritó—. Todas las incertidumbres están resueltas. De aquí me fui a casa de Natasha: estaba deshecho y no podía pasarme sin ella. Al entrar, caí de rodillas y le besé los pies; lo necesitaba, lo deseaba mucho, de otro modo me hubiese muerto de pena. Ella me abrazó en silencio y se echó a llorar. Entonces le dije claramente que quiero a Katia más que a ella...

—¿Y qué dijo ella?

—Ella no contestó nada, sólo me acarició y tranquilizó. ¡A mí, que le dije eso! ¡Ay! ¡Ella sabe consolar, Iván Pietróvich! ¡Ay! Lloré ante ella toda mi pena, se lo dije todo. Le dije claramente que quiero a Katia, pero por mucho que la quisiera y por mucho que quisiera a quien fuese, de todos modos, sin ella, sin Natasha, no puedo pasar y me moriría. Sí, Vania, no podré vivir un día sin ella, lo presiento, sí. Y por eso hemos decidido casarnos inmediatamente. Pero como eso no se puede hacer antes del viaje porque ahora estamos en Cuaresma y no nos van a casar, entonces será cuando yo regrese, a primeros de junio. Mi padre lo autorizará, no hay duda en ello. Y en lo que se refiere a Katia, ¡qué le vamos a hacer! Yo no puedo vivir sin Natasha... Nos casaremos entonces, y luego iremos a reunirnos con Katia...

¡Pobre Natasha, qué doloroso debía serle consolar a este chiquillo, cuidarlo, escuchar su confesión e inmediatamente, para tranquilizar su ingenuo egoísmo, la fábula del próximo matrimonio! Efectivamente, Aliosha se tranquilizó por unos cuantos días. Iba a casa de Natasha, fundamentalmente, porque su débil corazón no tenía fuerza para soportar solo la tristeza. Pero así y todo, cuando empezó a acercarse el tiempo de la separación, cayó de nuevo en un estado de intranquilidad y de lágrimas y acudía corriendo a mi casa para llorar sus penas. En los últimos tiempos se sentía tan unido a Natasha, que no podía abandonarla por un día, no ya por un mes y medio. Estaba completamente seguro, hasta el último momento, de que la dejaba sólo por un mes y medio y que al volver se celebraría la boda. En lo que se refiere a Natasha, comprendía perfectamente, a su vez, que cambiaba todo su destino, que Aliosha ya no volvería nunca con ella y que debía ser así.

Llegó el día de la separación. Natasha estaba enferma, pálida, con los ojos hinchados, los labios calenturientos; de cuando en cuando hablaba consigo misma y a veces me dirigía una rápida y penetrante mirada. No lloraba, no respondía a mis preguntas y se estremeció como la hoja de un árbol cuando se oyó la voz sonora de Aliosha. Se puso toda roja como el resplandor de un incendio y se precipitó a su encuentro. Le abrazaba estremeciéndose, le besaba, se reía... Aliosha la miraba atento, a veces le preguntaba preocupado si no estaba enferma, intentaba tranquilizarla diciendo que se iba por poco tiempo y que después se celebraría la boda. Natasha hacía visibles esfuerzos para dominarse y ahogaba sus lágrimas. Ante él, no quería llorar.

En cierta ocasión empezó a decir que era preciso dejarle dinero para todo el tiempo que durara el viaje y para que ella no tuviera problemas, porque su padre había prometido darle mucho para el camino. Natasha frunció el ceño. Cuando nos quedamos solos, le hice saber que tenía para ella *ciento cincuenta rublos,* con vistas a cualquier eventualidad. No me preguntó de dónde era ese dinero. Esto sucedía dos días antes de la marcha de Aliosha y la víspera de la primera y última entrevista de Natasha con Katia. Katia había mandado con Aliosha una nota en la que pedía a Natasha que le permitiese visitarla al día siguiente; también me la mandó a mí, pidiéndome que estuviera presente en la entrevista.

Decidí estar sin falta a las doce, la hora señalada por Katia, en casa de Natasha, a despecho de todos los obstáculos; porque había, efectivamente, muchos obstáculos y problemas. Sin hablar ya de Nelly, en los últimos tiempos se habían presentado muchos conflictos en casa de los Ijmiéniev. Tales conflictos habían surgido una semana antes. Anna Andriéievna había mandado a buscarme una mañana pidiéndome que lo dejara todo y fuera inmediatamente a su casa por una cuestión muy importante que no admitía la menor demora. Al llegar a su casa, la encontré sola: paseaba por la habitación, febril por la turbación y el susto, esperando con angustia el regreso de Nikolái Sierguiéievich. Según costumbre, durante mucho tiempo no pude enterarme de qué se trataba ni por qué estaba tan asustada. Sin embargo, cada minuto de ese tiempo era preciso. Por fin, tras unos preámbulos encendidos e innecesarios, de «por qué yo no iba por allí y los había dejado como huérfanos, solos en su desgracia», me hizo saber que Nikolái Sierguiéievich se encontraba por los últimos tres días en tal estado de agitación, «que era imposible describirlo».

—Parece otro —decía—. Por la noche, febril, escondiéndose de mí, reza de rodillas ante el icono. Durante el sueño, delira, y cuando está despierto parece medio loco. Ayer nos pusimos a comer *schi* [19] y él no podía encontrar la cuchara que estaba a su lado, se le pregunta una cosa y contesta otra. Ha empezado a salir de casa a cada momento: «Voy a resolver asuntos, dice, me marcho, tengo que ver al abogado.» Por fin, esta semana se ha encerrado en su gabinete: «Tengo que redactar papeles para el asunto del proceso.» ¿Pero qué papeles, pienso, eres capaz de redactar cuando no puedes encontrar una cuchara que está a tu lado? Una vez miré por el ojo de la cerradura: permanecía sentado, escribiendo, y se deshacía en lágrimas. ¿Qué papel de negocios, pienso puede escribirse así? ¡Quizá le dé pena de nuestra Ijmiénievka! ¡Debe de ser que se ha perdido del todo nuestra Ijmiénievka! Estaba pensando esto, cuando de repente se levantó de un brinco, dio un tremendo golpe con la pluma en la mesa, se puso rojo, sus ojos echaban chispas, cogió su gorra, y vino a mi encuentro. «Volveré pronto, Anna Andriéievna.» Se marchó, inmediatamente me dirigí a su escritorio. Tiene allí una infinidad de papeles sobre nuestro proceso, y no me permite ni siquiera acercarme a ellos. Cuántas veces le habré pedido: «Déjame quitar aunque sea una vez los papeles y limpiar el polvo de la mesa.» Cómo grita, cómo gesticula; se ha vuelto muy impaciente aquí en Petersburgo, chilla mucho. Así, pues, me acerqué a la mesa y busqué el papel que estaba redactando ahora. Porque sabía muy bien que no se lo había llevado, pero al levantarse lo había metido debajo de otros papeles. Pues bien, padrecito Iván Pietróvich, mira lo que he encontrado.

Y me entregó un papel de carta escrito hasta la mitad, pero con tales correcciones, que en algunos lugares resultaba ilegible.

¡Pobre viejo! Desde las primeras líneas podía adivinarse qué y a quién escribía. Era una carta a Natasha, a su querida Natasha. Empezaba con un tono amargo y tierno: se dirigía a ella concediéndole el perdón y llamándola a su casa. Resultaba difícil descifrar toda aquella carta, escrita sin orden y atropelladamente, con infinidad de correcciones.

Se notaba únicamente que un sentimiento ardiente le había obligado a coger la pluma y escribir las primeras cordiales líneas,

---

[19] Sopa de coles.

y que rápidamente, después de estos primeros renglones, la cosa cambió: el viejo empezaba a recriminar a su hija, describiendo con vivos colores su crimen. Con indignación le recordaba su terquedad, le recriminada su dureza de sentimiento y de que tal vez ni siquiera pensó nunca en lo que había hecho con sus padres. Por su orgullo, le amenazaba con el castigo y la maldición y terminaba exigiendo que en seguida volviera con docilidad a casa y entonces, sólo entonces, tal vez, después de una nueva vida sumisa y ejemplar «en el seno de la familia, nos decidiremos a perdonarte», escribía. Por lo visto, al cabo de unas cuantas líneas consideró su primer movimiento generoso como una debilidad, empezó a avergonzarse de él y, finalmente, bajo los efectos del orgullo ofendido, terminó colérico y con amenazas. La vieja permanecía ante mí con los brazos cruzados y esperaba asustada lo que iba a decir, después de leída la carta.

Le dije francamente mi opinión. Precisamente que el viejo no tenía fuerzas para vivir sin Natasha y que se podía hablar de una reconciliación próxima y necesaria. Todo, sin embargo, dependía de las circunstancias. Además, le dije, suponía en primer lugar que el desfavorable final del proceso le había abatido y alterado mucho, sin hablar ya de su amor propio, herido por la victoria del príncipe; cuánta indignación habría renacido en él frente a esta solución del asunto. En tales momentos, el alma no puede dejar de buscar comprensión; así, se acordaba con más fuerza aún de aquella a quien más quería en el mundo. Finalmente, también era posible otra cosa, porque seguramente había oído —ya que vigilaba y sabía todo cuanto se refería a Natasha— que Aliosha la iba a abandonar pronto. Había podido comprender cómo se encontraba ella entonces y la necesidad que tenía de consuelo. Pero así y todo, no podía calmarse, ya que se consideraba ofendido y humillado por su hija. Probablemente barruntaba que no sería ella la primera en venir, que tal vez ni siquiera pensaba en ellos y no sentía la necesidad de hacer las paces. Así debe pensar —concluí yo— y por eso no ha terminado la carta; tal vez, de todo esto surjan todavía nuevas ofensas, que resultarán más graves que las primeras. Y quién sabe, quizá la reconciliación se aplazará todavía por mucho tiempo...

La viejecita lloraba al escucharme. Por último, cuando le dije que me era imprescindible ir en seguida a casa de Natasha y que ya me había retrasado, se estremeció y me hizo saber que había olvidado lo *más importante*. Al sacar la carta de debajo de los papeles, sin querer, volcó encima el tintero. Efectivamente, toda una esquina estaba manchada de tinta y la vieja tenía mucho miedo de que Nikolái Sierguiéievich se diera cuenta por este borrón de que sin estar él había hurgado en sus papeles y leído la carta a Natasha. Su miedo era justificado: sólo por el hecho de que nosotros conociéramos su secreto, por venganza y despecho, pedía prolongar su odio y, por orgullo, persistir en su psotura de intransigencia.

Poco después de haber reflexionado sobre el asunto, convencí a la viejecita de que no se preocupara. Se había levantado de la mesa-escritorio tan agitado, que seguramente no recordaría todos los detalles; ahora, con probabilidad, pensaría que él mismo, sin darse cuenta, había manchado la carta. Después de tranquilizar de esta forma a Anna Andriéievna, colocamos con cuidado la carta en su primitivo lugar. Al irme, pensé hablar seriamente con ella acerca de Nelly. Me parecía que aquella pobre huérfana abandonada, cuya madre fue maldecida por su padre, podría con el relato triste y trágico de la vida y la muerte de su madre conmover al viejo y moverle a un sentimiento de magnanimidad. Todo estaba dispuesto, todo estaba a punto en su corazón; la tristeza por su hija había empezado a sobreponerse a su orgullo y a su amor propio ofendido. Faltaba sólo un empujoncito, y esta ocasión propicia podía venir con Nelly. La viejecita me escuchaba con gran atención: su rostro se iluminó con la esperanza y el entusiasmo. En seguida empezó a recriminarme el por qué no le había dicho eso mucho antes. Se puso a preguntarme con impaciencia por Nelly y terminó prometiéndome con solemnidad que ella misma pediría al viejo que llevase a la huérfana a su casa. Había empezado a querer sinceramente a Nelly, lamentaba que estuviera enferma, me hacía mil preguntas y me obligó a coger para Nelly un tarro de mermelada, que ella misma fue a buscar a la despensa. Me trajo cinco rublos de plata, suponiendo que yo no tendría dinero para el médico. Al rechazárselos, apenas pudo tranquilizarse al saber que Nelly necesitaba vestidos y ropa y que, por tanto, podía serle útil. A continuación se puso inmediatamente a hurgar en su baúl y a sacar todos los vestidos, escogiendo aquellos que podía regalar a la «huérfana».

Me fui a casa de Natasha. Al subir el último tramo de la escalera —que, como ya dije antes, era de caracol— me di cuenta de que en la puerta había un hombre, a punto de llamar, pero que al oír mis pasos se detuvo. Finalmente, por lo visto después de vacilar un poco, renunció de pronto a su designio y empezó a bajar. Me encontré con él en el último peldaño de subida, y cuál no sería mi asombro cuando reconocí a Ijmiéniev. La escalera, aunque era de día, estaba muy oscura. Se arrimó a la pared para dejarme pasar, y recuerdo el extraño brillo de sus ojos, que me examinaban con fijeza. Me pareció que se había ruborizado; al menos, se turbó mucho y se desconcertó.

—¡Ah, Vania, eres tú! —habló con voz insegura—. He venido aquí a ver a un hombre... un escribano... todo por la cuestión del asunto. Hace poco que se ha mudado... a algún sitio de por aquí... pero parece que no es aquí donde vive. Me he equivocado. Adiós.

Y bajó rápidamente las escaleras.

Decidí no decir nada a Natasha de este encuentro; no obstante, se lo contaría tan pronto se quedara sola, después de la marcha de Aliosha. De momento, estaba tan confusa que aunque hubiese comprendido e interpretado totalmente la importancia de este hecho no hubiera podido aceptarlo y sentirlo como después, en el momento en que culminara su última pena y desesperación. Y aquél no era el momento todavía.

Aquel día hubiera podido ir a casa de los Ijmiéniev y tenía ganas de hacerlo, pero no fui. Me daba la impresión de que al viejo le resultaría violento el verme. Podía pensar incluso que yo había ido precisamente a propósito de aquel encuentro; acudí, pues, al tercer día. El viejo estaba triste, pero me recibió con bastante desenvoltura y habló de sus cosas.

—¿Dónde ibas a un piso tan alto cuando nos encontramos, recuerdas? ¿Cuándo fue eso? Me parece que anteayer —dijo de pronto, con bastante displicencia; pero, así y todo, mirando a otro lado.

—Vive allí un amigo mío —respondí, mirando también a otro lado.

—¡Ah! Pues yo buscaba a mi escribano Astafiev... Me indicaron que vivía allí... pero se equivocaron. Bueno, pues, como te decía, del asunto que han decidido en el Senado..., etc.

Y hasta se puso encarnado cuando empezó a hablar *del* asunto.

Aquel mismo día le conté todo a Anna Andriéievna para que la viejecita se alegrase, rogándole de paso que no le mirase ahora de un modo especial, que no suspirase, que no hiciera alusiones y que, en una palabra, bajo ningún pretexto dejase ver que conocía este último intento. La viejecita se asombró y alegró enormemente; en un principio, incluso no podía creerlo. Por su parte, me contó que había insinuado a Nikolái Sierguiéievich algo acerca de la huérfana, pero que él había guardado silencio, aunque antes era él mismo quien insistía en llevar la niña a casa. Decidimos que al día siguiente le plantearía la cuestión de un modo abierto, sin preámbulos y sin insinuaciones. Pero al día siguiente los dos estábamos tremendamente asustados y preocupados.

Ijmiéniev había visto por la mañana a un funcionario que se ocupaba de su proceso. El funcionario le hizo saber que se había entrevistado con el príncipe y que éste, si bien se quedaba con Ijmienievka, «como consecuencia de ciertas circunstancias familiares» estaba dispuesto a indemnizar al viejo, entregándole diez mil rublos. Después de hablar con el funcionario el viejo vino corriendo a mi casa, completamente descompuesto, con los ojos centelleantes de furor. Me hizo salir, no sé por qué, del piso a la escalera y empezó a exigirme que fuera inmediatamente a casa del príncipe para hacerle saber que Ijmiéniev le retaba a un duelo. Yo estaba tan asombrado, que no podía comprender nada. Empecé a hacerle reflexiones. Pero el viejo tuvo tal acceso de cólera, que se sintió enfermo. Me precipité a mi casa por un vaso de agua, pero al volver ya no encontré a Ijmiéniev en la escalera.

Al día siguiente fui a su casa, pero no estaba; había desaparecido desde hacía tres horas.

Al tercer día nos enteramos de todo. Desde mi casa se marchó directamente a la del príncipe, no le encontró en casa y le dejó una nota. En la nota escribió que conocía las palabras que había dicho al funcionario y que las consideraba mortalmente ofensivas y al príncipe como un hombre abyecto; como consecuencia de todo eso le retaba a duelo, advirtiéndole que no rechazara su desafío, pues, de lo contrario sería deshonrado públicamente.

Anna Andriéievna me contó que había vuelto a casa en tal estado de excitación y, a la vez, de desánimo, que hubo de meterse en la cama. Estuvo muy cariñoso con ella, pero respondía con pocas palabras a sus preguntas; al parecer, algo aguardaba con febril impaciencia. Al día siguiente llegó una carta por correo; al leerla, lanzó un grito y se echó las manos a la cabeza. Anna Andriéievna quedó paralizada por el miedo. Pero él cogió inmediatamente el sombrero y el bastón y salió de casa.

La carta era del príncipe. De forma tajante, breve y educada, comunicaba a Ijmiéniev que no estaba obligado a rendir cuentas a nadie de las palabras que había dicho el funcionario. Que aunque fuese de lamentar que Ijmiéniev hubiese perdido el proceso, ello de ningún modo podía autorizar al perdedor a que, por venganza, provocase a duelo a su adversario. En lo referente a la «deshonra pública», con que le amenazaba, el príncipe pedía a Ijmiéniev que no se preocupara de ello: no habría ninguna deshonra pública, ni podía haberla. Que su carta se presentaría inmediatamente en lugar oportuno y que la policía estaba alertada, probablemente dispuesta ya a tomar las medidas necesarias para garantizar el orden y la tranquilidad.

Ijmiéniev, con la carta en la mano, se lanzó inmediatamente a casa del príncipe. El viejo logró saber por el lacayo que se encontraba seguramente en casa del conde N. Sin pensarlo mucho corrió a casa del conde. El portero le paró cuando ya estaba subiendo las escaleras. Enfurecido hasta el último extremo, el viejo le golpeó con el bastón. Le sujetaron inmediatamente, le sacaron a la puerta y lo entregaron a los policías, que lo condujeron a la comisaría. Se informó al conde. Cuando el príncipe, que se encontraba allí, explicó al viejo libertino que era el mismo Ijmiéniev, padre de aquella Natalia Nikoláievna, y el príncipe le había hecho más de una vez favores de *este género,* el anciano magnate se sonrió y cambió su odio en clemencia. Dio orden de poner en absoluta libertad a Ijmiéniev. Pero no le soltaron hasta el tercer día y además —seguramente por disposición del príncipe— advirtieron al viejo que el propio príncipe había suplicado al conde que le perdonara.

El viejo regresó a su casa como loco, se echó encima de la cama y permaneció una hora sin moverse. Finalmente, se levantó y para espanto de Anna Andriéievna le hizo saber solemnemente que maldecía a su hija *por los siglos* y le retiraba su bendición paterna.

Anna Andriéievna se quedó aterrada, pero era preciso ayudar al viejo; ella misma, casi loca, durante todo el día y toda la noche, se ocupó de él. Le ponía compresas de vinagre en la cabeza y trocitos de hielo. Tenía fiebre y estaba delirando. Me marché de su casa cuando ya eran las tres de la noche. Pero a la mañana siguiente Ijmiéniev se levantó y aquel mismo día vino a mi casa, para llevarse definitivamente a Nelly. Pero su escena con Nelly ya la he contado; esta escena le trastornó definitivamente. Al regresar a casa, se acostó. Esto sucedía el Viernes Santo, cuando estaba fijada la entrevista entre Katia y Natasha, la víspera de la marcha de Aliosha y Katia de Petersburgo. Yo asistí a esa entrevista. Tuvo lugar por la mañana temprano, todavía antes de que viniese el viejo a casa y antes de la primera fuga de Nelly.

Capítulo VI

Aliosha vino una hora antes de la acordada, para prevenir a Natasha. Llegué justo en el momento que la calesa de Katia se detenía ante el portal. Con Katia venía la viejecita francesa que, después de muchos ruegos y vacilaciones, accedió por fin a acompañar a Katia y hasta dejarla subir sola a casa de Natasha, pero imprescindiblemente acompañado por Aliosha. Ella se quedó esperando en la calesa. Katia me llamó y, sin descender de la escalera, me pidió que llamase a Aliosha. Encontré a Natasha deshecha en lágrimas. Aliosha y ella estaban llorando. Al enterarse de que ya había llegado Katia, se levantó de la silla, se enjugó las lágrimas y se situó con inquietud ante la puerta. Vestía de blanco aquella mañana. Su pelo rubio ceniza estaba estirado y recogido atrás con un nudo. Me gustaba mucho ese peinado. Al ver que me quedaba con ella, Natasha me pidió que saliera yo también al encuentro de la visitante.

—Hasta ahora no he podido venir a casa de Natasha —me dijo Katia mientras subía las escaleras—. Me han espiado de un modo terrible. He estado suplicando a *madame* Albert dos semanas enteras; por fin accedió. ¡Y usted, usted, Iván Pietróvich, no ha venido ni una sola vez a casa! Tampoco le he podido escribir, y además, no tenía ganas porque en una carta no se puede contar nada. Y qué necesidad tenía de verle... Dios mío, cómo me late el corazón...

—La escalera es empinada —observé.

—Pues, sí... quizá también sea la escalera... y ¿qué cree usted, no se enfadará Natasha conmigo?

—No, ¿por qué iba a enfadarse?

—Claro, sí... por qué. Ahora lo veré yo misma; ¿para qué preguntar?

Yo la llevaba del brazo. Se había puesto muy pálida y parecía incluso tener mucho miedo. En la última vuelta se detuvo para tomar aliento, pero me miró y subió con decisión.

Se detuvo otra vez delante de la puerta y me susurró:

—Le diré sencillamente que tenía tanta confianza en ella que he venido sin ningún temor... Además, ¿qué es lo que estoy diciendo? Si tengo la seguridad de que Natasha es una de las criaturas más nobles. ¿No es verdad?

Entró con timidez, como sintiéndose culpable, y miró fijamente a Natasha, que le sonrió inmediatamente. Entonces Katia se acerco con rapidez a ella, le cogió una mano y apretó contra sus labios los suyos gordezuelos. Seguidamente, sin haber dicho todavía ni una palabra a Natasha, se dirigió con severidad a Aliosha y le dijo que nos dejara media hora solos.

—No te enfades, Aliosha —añadió—, es porque tengo mucho que hablar con Natasha de algo muy importante y serio que tú no debes oír. Anda, sé bueno y márchate. Y usted, Iván Pietróvich, quédese. Tiene que oír toda nuestra conversación.

—Sentémonos —dijo a Natasha, al marcharse Aliosha—. Me pondré enfrente de usted. Tengo ganas de mirarla antes.

Se sentó casi enfrente de Natasha y durante unos minutos la examinó con atención. Natasha la contestaba con una involuntaria sonrisa.

—Ya he visto una fotografía suya —dijo Katia—, me la enseñó Aliosha.

—¿Y qué, me parezco al retrato?

—Es usted mejor al natural —contestó Katia, decidida y seria—. Eso pensaba yo, que era usted mejor al natural.

—¿De verdad? No hago más que mirarla. ¡Qué bonita es usted!
—¡Qué va! ¡En absoluto!... ¡Mi querida amiga! —añadió, cogiendo con mano temblorosa la mano de Natasha; ambas guardaron de nuevo silencio, observándose—. Verá, ángel mío —interrumpió Katia—, sólo tenemos media hora para estar juntas. *Madame* Albert apenas ha consentido en eso, y tenemos mucho que decirnos... quiero... necesito... bueno, le voy a preguntar, ¿quiere mucho a Aliosha?
—Sí, mucho.
—Si es así... si quiere mucho a Aliosha... tiene usted que desear también su felicidad... —añadió con timidez, en un susurro.
—Sí, quiero que sea feliz...
—Así es... pero éste es el problema: ¿constituiré yo su felicidad? No sé si tengo derecho a hablar así, porque yo se lo arrebato a usted. Si cree, y lo decidimos ahora, que con usted será más feliz, entonces... entonces...
—Eso ya está decidido, querida Katia, usted misma ve que todo está decidido —contestó Natasha en voz baja e inclinando la cabeza—. Por lo visto le resulta doloroso continuar aquella conversación.
Katia parecía haberse preparado para dar una larga explicación sobre el tema de quién haría mejor la felicidad de Aliosha y cuál de ellas tendría que ceder. Pero en seguida, después de la respuesta de Natasha, comprendió que todo estaba ya decidido desde mucho tiempo atrás y que no había más que decir. Entreabriendo sus bonitos labios miraba a Natasha con perplejidad y tristeza, siempre sin soltar su mano.
—¿Y usted, le quiere mucho? —preguntó de pronto Natasha.
—Sí. Y yo también quería preguntarle y por eso he venido, dígame: ¿por qué le quiere?
—No lo sé —contestó Natasha, y una amarga impaciencia sonó en su respuesta.
—¿Cree usted que es inteligente? —preguntó Katia.
—No. Le quiero sencillamente porque sí.
—Yo también. Siempre me parece que le tengo lástima.
—A mí me pasa lo mismo —contestó Natasha.
—¡Qué hacer con él ahora! ¡Y no comprendo cómo ha podido abandonarla a usted por mí! —exclamó Katia—. ¡Ahora que la he

visto no lo comprendo! —Natasha no contestaba y miraba al suelo. Katia guardó silencio y, de repente, levantándose de la silla, la abrazó en silencio. Las dos, abrazadas, se echaron a llorar. Katia se sentó en el brazo del sillón de Natasha y, habiéndola soltado, empezó a besarle la mano.

—¡Si supiera usted cómo la quiero! —añadió llorando—. Seamos hermanas, vamos a escribirnos siempre... Y yo la querré eternamente... La querré tanto, tanto...

—¿Le ha hablado de nuestra boda en el mes de junio? —preguntó Natasha.

—Me ha hablado. Dijo que usted también estaba conforme. Todo eso es así sólo para tranquilizarle, ¿no es verdad?

—Naturalmente.

—Así lo he comprendido. Le querré mucho, Natasha, y le escribiré acerca de todo. Parece que pronto será mi marido; la cosa lleva camino de eso. También ellos lo dicen. Querida Natáshenka, ¿irá usted ahora... a su casa?

Natasha no le contestó, pero le dio un fuerte beso.

—¡Que sea usted feliz!

—Y... usted... usted también —dijo Katia.

En ese momento se abrió la puerta y entró Aliosha. No podía, no tenía fuerzas para esperar esa media hora y, al verlas abrazadas y llorando, soportando y sufriendo, cayó de rodillas ante Natasha y Katia.

—¿Por qué lloras? —le preguntó Natasha—. ¿Porque te separas de mí? ¿Acaso para mucho tiempo? ¿Vendrás en junio?

—Y entonces se celebrará vuestra boda —se apresuró a decir entre lágrimas Katia para tranquilizar también a Aliosha.

—Pero no puedo, no puedo dejarte ni un día, Natasha. Me moriré sin ti... ¡No sabes cuánto te quiero ahora! ¡Precisamente ahora!...

—Bueno, pues haz lo siguiente —dijo Natasha animándose de pronto—: ¿La condesa se quedará algún tiempo en Moscú?

—Sí, casi una semana —intervino Katia.

—¡Una semana! No se puede pedir nada mejor: mañana las acompañas hasta Moscú, eso es sólo un día, e inmediatamente vienes aquí. Cuando tengan que irse de Moscú, entonces nos despediremos para un mes y volverás allí para acompañarlas.

—Bueno, así, así... Pasarán ustedes otros cuatro días juntos —exclamó entusiasmada Katia, cambiando una mirada significativa con Natasha.

No puedo describir el entusiasmo de Aliosha ante el nuevo proyecto. En seguida se tranquilizó por completo. Su rostro resplandeció de alegría, abrazó a Natasha, besó las manos de Katia y me abrazó a mí. Natasha le miraba con una triste sonrisa, pero Katia no podía soportarlo. Me lanzó una mirada encendida y centelleante, abrazó a Natasha, y se levantó para irse. Como a propósito, la francesa envió en ese momento a un criado con la petición de que terminase la entrevista, la media hora acordada había pasado ya.

Natasha se levantó. Ambas permanecían una frente a otra, estrechándose la mano y como esforzándose por decir con la mirada lo que en sus almas se había acumulado.

—Ya no nos veremos nunca más —dijo Katia.

—Nunca, Katia —contestó Natasha.

—Bueno, pues despidámonos —y las dos se abrazaron.

—No me maldiga —susurró rápidamente Katia—. Y yo... siempre... esté segura... él será feliz... ¡Vamos, Aliosha, acompáñame! —pronunció rápida, cogiéndole de la mano.

—¡Vania! —me dijo Natasha, excitada y agotada, cuando salieron—. Vete tú también con ellos y... no vuelvas: Aliosha estará aquí hasta la tarde, hasta las ocho; por la tarde no podrá, porque se marcha. Me quedaré sola... Ven a las nueve. Por favor.

Cuando a las nueve dejé a Nelly —después del asunto de la taza rota— con Aliexandra Siemiónovna, y fui a casa de Natasha, ésta ya estaba sola y me esperaba impaciente. Mavra nos trajo el samovar. Natasha me sirvió té y se sentó en el diván. Me llamó para que me sentara más cerca de ella.

—Ya ha terminado —dijo, mirándome con fijeza. Nunca olvidaré esa mirada—. Ha terminado nuestro amor. ¡Medio año de vida! ¡Y para siempre! —añadió apretándome la mano. La suya ardía. Le rogué que se pusiera más ropa y se acostara.

—Ahora mismo, Vania, ahora mismo, mi generoso amigo. Déjame hablar y recordar un poco... Estoy tan destrozada ahora... Mañana le veré por última vez, a las diez... ¡Por última vez!

—Natasha, tienes fiebre, vas a empezar a tiritar. Apiádate de ti misma.

—¿Y qué? Te estaba esperando ahora, Vania, esta media hora desde que se marchó y ¿qué crees que pensaba y me preguntaba? Me preguntaba si le quería o no le quería y qué había sido nuestro amor. ¿Qué, te hace gracia, Vania, que sólo ahora me haya preguntado eso?

—Cálmate, Natasha.

—Ya ves, Vania, he decidido que no le quería como a un igual, como quiere normalmente una mujer a un hombre. Le quería... casi como una madre. Me parece incluso que no suele haber en el mundo un amor en que los dos amen igual, ¿eh? ¿Qué te parece?

La miraba con inquietud y temía que le viniera un acceso de fiebre. Daba la impresión de que algo la distraía, de que sentía una especial necesidad de hablar. Algunas de sus frases eran incoherentes y a veces hasta las pronunciaba mal. Yo tenía mucho miedo.

—Ha sido mío —continuaba—; casi desde el primer encuentro con él, surgió en mí el incontenible deseo de que fuera *mío*, irremediablemente *mío*; que no mirase a nadie, que no conociese a nadie salvo a mí, a mí sola... Katia lo ha dicho muy bien: precisamente le he querido como si siempre me diera lástima por alguna razón... Siempre he sentido un deseo irresistible, casi hasta la tortura, cuando me quedaba sola, de que fuera siempre muy feliz. Su rostro, tú conoces la expresión de su rostro, Vania, no he podido mirarlo con tranquilidad: esa expresión *no suele tenerla nadie,* y cuando se echaba a reír, entonces me daba frío y me echaba a temblar... ¡De verdad!...

—Escucha, Natasha...

—Decían —añadió—, y tú también lo decías, que no tiene carácter y... que su inteligencia no va muy allá, como la de un niño. Bien, pues todo eso era lo que yo más quería en él... ¿Puedes creerlo? No sé, además, si era lo único que quería; le quería por entero, sencillamente. Y de haber sido distinto en algo, tal vez no le hubiese querido así. Sabes, Vania, te voy a confesar una cosa: ¿recuerdas que tuvimos una discusión hace tres meses, cuando estuvo en casa de aquella (¿cómo se llama?), de aquella Mina... Me enteré, le vigilé y, ¿sabes?, sufrí mucho, y al mismo tiempo era como si me resultase agradable... no sé por qué... sólo la idea de que también era como una *persona mayor,* que como otros *mayores* frecuentaba a las guapas ¡y que también había ido a ver a Mina! Yo... qué deleite tuve entonces con aquella discusión, para luego perdonarle... ¡Oh, querido!

Me miró y se echó a reír de un modo extraño. Después se quedó pensativa, como recordando. Y permaneció mucho tiempo sentada así, con la sonrisa en los labios, recordando el pasado.

—Me gustaba muchísimo perdonarle. Vania —continuó—. ¿Sabes que cuando me dejaba sola, yo andaba por la habitación, me torturaba, lloraba y a veces pensaba: cuanto más culpable se sienta frente a mí, tanto mejor?... ¡Sí! ¿Y sabes una cosa? Se me figuraba siempre que era como un niño pequeño. Estaba sentada, él ponía su cabeza en mis rodillas, se adormecía, yo le acariciaba suavemente la cabeza, le acariciaba... Me lo imaginaba siempre así cuando no estaba conmigo... Escucha, Vania —añadió de pronto—: ¡Qué maravillosa es Katia!

Me daba la impresión de que ahondaba a propósito en su herida experimentando cierta necesidad de hacerlo, necesidad de tristeza, de sufrimiento... Esto suele ocurrir con frecuencia cuando el corazón ha perdido demasiado.

—Me parece que Katia puede hacerle feliz —prosiguió—. Habla con mucho carácter, convencida, y con él se muestra seria y solemne; trata de temas serios, como si fuera mayor. Pero ella es en sí una auténtica criatura deliciosa, deliciosa. ¡Oh! ¡Que sean felices! ¡Que lo sean, que lo sean, que lo sean!

Y sus lágrimas se resolvieron de pronto en un sollozo. Durante media hora no pudo dominarse ni tranquilizarse en absoluto.

¡Mi querida Natasha, mi querido ángel! Aquella misma tarde, a pesar de su desgracia, participó en mis preocupaciones. Cuando al ver que no podía tranquilizarse o, mejor dicho, que estaba cansada, tratando de distraerla le conté lo de Nelly... Aquel día nos separamos tarde. Esperé a que se durmiese, y al irme le pedía a Mavra que no se separara en toda la noche de su señora enferma.

—¡Oh, que acaben cuanto antes, cuanto antes! —exclamé al volver a casa—. ¡Que cuanto antes acaben estos sufrimientos! ¡Como sea, de cualquier forma, pero que acaben pronto!

A la mañana siguiente, a las diez en punto, ya estaba yo en su casa. Al mismo tiempo que yo, llegó Aliosha... para despedirse.

No voy a hablar, no quiero recordar aquella escena. Natasha parecía haberse propuesto dominarse, mostrarse alegre, indiferente, pero no podía. Abrazó a Aliosha temblorosa, con fuerza. Hablaba poco con él, pero le miraba largo rato, con fijeza, con una mirada de padecimiento y como extraviada. Escuchaba con avidez cada una de sus palabras y parecía no comprender nada de lo que decía. Recuerdo que él le pidió que le perdonara aquel amor y todo aquello con que la había ofendido: sus traiciones, su amor a Katia, su marcha. Hablaba en forma incoherente, las lágrimas le ahogaban. A veces, le dirigía de pronto palabras de consuelo y decía que se marchaba sólo por un mes o, como mucho, por cinco semanas. Que volvería en verano; entonces se celebraría la boda y su padre, por fin, consentiría. Lo más importante era que volvería de Moscú transcurridos dos días, y entonces estarían cuatro días enteros juntos, y que por lo tanto ahora se separaban sólo para un día...

Cosa extraña: él mismo estaba plenamente convencido de que decía la verdad y que, sin falta, a los dos días regresaría de Moscú... ¿Por qué él mismo lloraba así y se torturaba?

Por fin, dieron las once. A la fuerza pude convencerle para que se fuera. El tren de Moscú salía a las once en punto. Quedaba una hora. Natasha me dijo después que no recordaba cómo le había mirado por última vez. Me acuerdo que le dio su bendición, le besó y, tapándose el rostro con las manos, volvió corriendo a su habitación. Yo tenía que acompañar a Aliosha hasta el mismo coche; de lo contrario, seguro que hubiera vuelto y no hubiera terminado nunca de bajar por la escalera.

—Tengo puestas en usted todas mis esperanzas —me dijo mientras bajábamos—. ¡Vania, amigo mío! Soy culpable ante ti y no he podido merecer nunca tu cariño, pero sigue siendo para mí un hermano hasta el final: quiérela, no la abandones, escríbeme con la mayor cantidad posible de detalles, tanto como puedas. ¡Pasado mañana estaré aquí otra vez, sin falta, sin falta! Pero luego, cuando me marche, ¡escríbeme!

Le instalé en el coche.

—¡Hasta pasado mañana! —me gritó cuando el coche se puso en marcha—. ¡Sin falta!

Con el corazón oprimido subí a casa de Natasha. Estaba en medio de la habitación, con los brazos cruzados; me miraba con estupor, como si no me reconociese. Tenía todos los cabellos a un lado, la mirada turbia y extraviada. Mavra, como desquiciada, estaba en la puerta y la miraba con espanto.

De pronto, los ojos de Natasha centellearon:

—¡Ah! ¡Eres tú! ¡Tú! —me gritó—. ¡Sólo quedas tú ahora! ¡Le odiabas! No le has podido perdonar nunca que yo le quisiera... ¡Y ahora estás otra vez ante mí! ¿Y qué? Has venido otra vez a *tranquilizarme,* a rogarme que vaya a casa de mi padre, que me ha abandonado y maldecido. ¡Eso lo sabía ya ayer, lo sabía hace dos meses!... ¡No quiero, no quiero! ¡Yo misma los he maldecido!... ¡Lárgate, no puedo verte! ¡Fuera, fuera!

Comprendí que estaba delirando, que mi presencia despertaba en ella la cólera hasta la locura; comprendí que no podía ocurrir de otro modo y consideré que irme era lo mejor. Me senté en el primer peldaño de la escalera y me puse a esperar. A veces me levantaba, abría la puerta, llamaba a Mavra y le preguntaba por ella. Mavra lloraba.

Así transcurrió una hora y media. No puedo expresar lo que padecí durante ese tiempo. El corazón se me encogía y torturaba con un dolor sin límites. De repente se abrió la puerta, y Natasha salió corriendo a la escalera con sombrero y abrigo. Estaba como ausente y ella misma dijo después que apenas lo recordaba y que no sabía adónde ni a qué pretendía ir.

No me había dado tiempo de levantarme y esconderme en algún sitio, cuando me vio y quedó inmóvil ante mí, como asombrada.

—He recordado de pronto —me dijo en un susurro— que yo, loca de mí, cruel, he podido echarte a ti, mi amigo, mi hermano, mi salvador. Y cuando he venido que, humillado y ofendido por mí, estás sentado en la escalera, que no te marches y esperas a que te llame otra vez, ¡Dios mío!, si supieras lo que he sentido, Vania. Es como si algo me hubiera atravesado el corazón... ¡Vania! ¡Vania! —gritó, tendiéndome la mano—. ¡Estás aquí!... —y cayó en mis brazos.

La sujeté y la llevé a la habitación. Estaba desmayada. «¿Qué hacer?, pensé ¡Va a tener un acceso de fiebre, eso es seguro!».

Decidí correr a casa del médico. Era preciso atajar la enfermedad. Se podía llegar pronto; mi viejo alemán estaba en casa generalmente hasta las dos. Corrí a su casa, rogando a Mavra que ni por un minuto, ni por un segundo, se apartara de Natasha y no la dejara ir a ningún sitio. Dios vino en mi ayuda: un poco más y no hubiera encontrado al viejo en su casa. Lo hallé en la escalera cuando salía. Inmediatamente le hice subir a mi coche alquilado, de forma que no le dio tiempo ni de sorprenderse, y nos lanzamos a casa de Natasha.

¡Sí, Dios me había ayudado! En la media hora de mi ausencia le ocurrió a Natasha un acontecimiento que hubiera podido matarla del todo, de no haber llegado a tiempo con el médico. No había transcurrido un cuarto de hora de mi marcha, cuando entró el príncipe. Acababa de acompañar a los suyos y fue a casa de Natasha, directamente desde la estación de ferrocarril. Por lo visto, esta visita fue decidida y pensada por él hacía mucho tiempo. Natasha me contaba después que en el primer momento ni siquiera le había extrañado la aparición del príncipe. «Tenía la razón obnubilada», dijo.

Se sentó frente a ella, mirándola con ojos cariñosos, como compartiendo su dolor.

—Querida —dijo suspirando—, comprendo su pena. Sabía lo doloroso que sería para usted este momento y he considerado un deber visitarla. Tranquilícese, si puede, aunque sea pensando que, al renunciar a Aliosha, ha asegurado usted su felicidad. Pero usted lo comprende mejor que yo, porque se ha decidido a realizar una acción generosa...

«Yo permanecía sentada y le escuchaba, me contó Natasha, pero, al principio, la verdad es que no le entendía. Sólo recuerdo que le miraba muy fijamente. Me cogió la mano y empezó a apretarla. Esto parece que le resultaba muy agradable. Yo estaba tan fuera de mí, que ni siquiera pensé en retirarla.»

—Ha comprendido usted —continuó el príncipe— que, convirtiéndose en la mujer de Aliosha, podía despertar en el futuro su odio hacia usted misma; posee usted suficiente dignidad para reconocerlo y decidirse a... Pero no he venido para hacerle cumplidos. Sólo quería comunicarle que nunca y en ningún lugar encontrará un amigo mejor que yo. Comparto su pena y la compadezco. Involuntariamente he tomado parte en este asunto, pero cumplía con mi deber. Su inmenso corazón lo comprenderá así y hará las paces con el mío... Yo he sufrido más que usted, ¡créame!

—Basta, príncipe —dijo Natasha—. Déjeme en paz.

—Por supuesto, me iré en seguida —contestó—. Pero la quiero como a una hija, y permítame que la visite. Míreme ahora como si fuera su padre y autoríceme para que mire por su bien.

—No me hace falta nada, déjeme —interrumpió de nuevo Natasha.

—Lo sé, es usted orgullosa... Pero le hablo con el corazón en la mano. ¿Qué piensa hacer ahora? ¿Va a hacer las paces con sus padres? Sería una buena cosa, pero su padre es injusto, orgulloso y déspota. Perdóneme, pero es así. En su caso sólo encontraría ahora recriminaciones y un nuevo sufrimiento. Sin embargo, es preciso que tenga usted ahora independencia y yo tengo la obligación, es mi sagrado deber, de preocuparme de usted y ayudarla. Aliosha me ha suplicado que no la abandone y que sea amigo suyo. Además de mí, hay gentes que le son completamente adictas. Sin duda, me permitirá que la presente al conde N. Tiene un corazón magnánimo, es pariente nuestro y, hasta puede decirse, protector de toda nuestra familia. Ha hecho mucho por Aliosha. Aliosha le respeta y le quiere mucho. Es un hombre muy importante, tiene grandes influencias, y ya es viejecito; usted, una muchacha joven, puede recibirle. Ya le he hablado de usted. Él puede colocarla y, si usted quiere, conseguirle un puesto muy importante... en casa de una de sus parientes. Hace mucho que le he explicado clara y sinceramente todo *nuestro* asunto, y se ha dejado llevar de tal modo por sus generosos y nobles sentimientos, que incluso me ha suplicado ahora que se la presente cuanto antes... Es un hombre interesado por todo lo bello, créame, un viejecito generoso y respetable, capaz de apreciar el mérito; incluso hace poco se ha comportado de modo muy caballeresco con su padre de usted en cierto incidente.

Natasha se levantó como si la hubieran pinchado. Ahora ya le comprendía.

—¡Déjeme, déjeme ahora mismo! —gritó.

—No, amiga mía, se olvida de que el conde puede serle útil también a su padre...

—Mi padre no aceptará nada de usted. ¡Me dejará en paz de una vez! —gritó de nuevo Natasha.

—¡Oh, Dios mío, qué impaciente y desconfiada es usted! ¿Qué he hecho para merecer este trato? —pronunció el príncipe mirando a su alrededor con cierta impaciencia—. En todo caso, permítame —continuó, sacando del bolsillo un gran fajo de billetes— dejarla esta muestra de mi simpatía y, sobre todo, de la simpatía del conde N., que me ha incitado con su consejo. Aquí, en este paquete, hay diez mil rublos. Espere, amiga mía —se apresuró a decir al ver que Natasha se levantaba colérica—, escuche todo con paciencia: usted sabe que su padre ha perdido el proceso, y estos diez mil rublos servirán como compensación, la cual...

—¡Fuera! —gritó Natasha—. ¡Fuera con ese dinero! ¡Le veo a usted hasta el fondo... Es un hombre abyecto, abyecto, abyecto!

El príncipe se levantó de la silla, pálido de ira.

Probablemente había venido con objeto de examinar el terreno, enterarse de la situación; con seguridad contaba con el efecto de estos diez mil rublos sobre la pobre Natasha, abandonada por todos... Abyecto y grosero, más de una vez había servido al conde N., viejo lujurioso, en asuntos de tal índole. Pero odiaba a Natasha y, dándose cuenta de que el asunto no iba por buen camino, cambió inmediatamente de tono y con cruel alegría se apresuró a ofenderla, para, *por lo menos, no irse de vacío.*

—No está bien, querida, que se enfade así —dijo con voz algo temblorosa ante la impaciencia por deleitarse pronto con el efecto de su ofensa—, eso no está bien. Le ofrecen protección, y usted alza la naricita... Y no sabe que me debe estar agradecida: hace mucho que la hubiera podido encerrar en un reformatorio, como padre de un joven pervertido por usted, al que ha expoliado. Pero no lo he hecho... ¡Ja, ja, ja, ja!

Pero ya entrábamos nosotros. Al oír desde la cocina las voces, retuve por un momento al médico y escuché la última frase del príncipe. Seguidamente se oyó su repelente risa y el desesperado grito de Natasha: «¡Ay, Dios mío!». En ese momento, abrí la puerta y me eché encima del príncipe.

Le escupí en la cara y le abofeteé con todas mis fuerzas. Quiso lanzarse contra mí, pero al ver que éramos dos, echó a correr, cogiendo antes de la mesa el fajo de billetes. Sí, hizo eso, yo mismo lo vi. Le tiré un rodillo, que cogí de la mesa de la cocina... Al volver corriendo a la habitación, vi que el médico sujetaba a Natasha, que se debatía y quería desprenderse de sus brazos, como si tuviera un ataque. Durante mucho tiempo intentamos tranquilizarla inútilmente; por fin conseguimos acostarla. Estaba delirando.

—¡Doctor! ¿Qué le pasa? —pregunté lleno de temor.

—Espere —respondió—, hay que observar primero la enfermedad y reflexionar después... Pero, en términos generales, la cosa está muy mal. Podría desembocar en un acceso febril... Por lo demás, tomaremos las debidas precauciones...

Pero ya se había apoderado de mí otra idea. Supliqué al médico que se quedase con Natasha todavía dos o tres horas y le pedí su palabra de que no la dejaría ni un momento. Me dio, efectivamente, su palabra, y corrí a casa.

Nelly estaba sentada en un rincón, taciturna y excitada, y me miró de un modo extraño. Yo también debía tener un aspecto raro.

La cogí en brazos, me senté en el diván, la senté sobre mis rodillas y la besé con ternura. Se puso encarnada.

—¡Nelly, ángel mío! —dije—. ¿Quieres ser nuestra salvación? ¿Quieres salvarnos a todos?

Me miró perpleja.

—¡Nelly! ¡Todas las esperanzas están puestas en ti ahora! Hay un padre, lo has visto y lo conoces, ha maldecido a su hija y ayer vino a pedirte que fueras a su casa a ocupar el lugar de esa hija. Ahora, a Natasha (¡tú decías que la querías!) la ha dejado aquel a quien ella quería y por quien se fue de casa de sus padres. Es hijo de aquel príncipe, ¿recuerdas?, que vino una tarde a casa y te encontró sola, tú huiste de él, y luego estuviste enferma... ¿Lo conoces? ¡Es una mala persona!

—Sí, le conozco —contestó Nelly, estremeciéndose y palideciendo.

—Sí, es un hombre malo. Odia a Natasha porque su hijo quería casarse con ella. Hoy se marchó Aliosha, y una hora más tarde el príncipe ya estaba en casa de Natasha; la ha ofendido, la ha amenazado con encerrarla en un reformatorio, y se ha reído de ella. ¿Me comprendes, Nelly?

Sus ojos negros centellearon, pero los bajó en seguida.

—Comprendo —susurró casi imperceptiblemente.

—Ahora Natasha está sola y enferma. La he dejado con nuestro médico y ha venido corriendo a verte. Escucha, Nelly: vamos a casa del padre de Natasha. Tú no le quieres, no querías ir a su casa, pero ahora iremos allí juntos. Iremos y diré que ahora quieres estar en la casa en lugar de la hija, en lugar de Natasha. El viejo está enfermo porque maldijo a Natasha y porque hace unos días el padre de Aliosha le ha ofendido mortalmente. No quiere ni oír hablar de su hija, pero la quiere, la quiere. Nelly, y quiere hacer las paces con ella. ¡Lo sé, lo sé todo! ¡Es así...! ¿Me oyes, Nelly?

—Sí, le oigo —prosiguió con el mismo susurro. Ya me hablaba anegada en lágrimas. Me miró tímida.

—¿Me crees?

—Le creo.

—Bien, pues iré contigo, te dejaré allí, te recibirán cariñosamente y empezarán a hacerte preguntas. Entonces llevaré la conversación de manera que te preguntarán cómo vivías antes; también acerca de tu madre y de tu abuelo. Cuéntales, Nelly, todo, como me lo has contado a mí. Cuéntalo todo, todo, sencillamente y sin ocultar nada. Cuéntales cómo abandonó a tu madre un hombre malo, cómo murió en un sótano en casa de Bubnova, cómo ibas con tu madre por las calles pidiendo limosna, lo que te decía y lo que te pidió al morir... Cuéntales también lo del abuelo. Cuéntales cómo no quiso perdonar a tu madre y cómo ella, en su agonía, te mandaba a su casa a buscarle, para que fuese a perdonarla, y cómo él no quiso... Y cómo murió. ¡Cuéntalo todo, todo! Tan pronto como lo cuentes, el viejo sentirá todo eso en su corazón. Él sabe que Aliosha la ha abandonado hoy, que ha quedado humillada y ofendida, sola, sin ayuda y sin defensa, expuesta a los insultos de su enemigo. Todo eso lo sabe... ¡Nelly! ¡Salva a Natasha! ¿Quieres ir?

—Sí —contestó suspirando profundamente y dirigiéndome una larga y extraña mirada. En sus ojos había algo parecido al reproche, que me llegó al corazón.

Pero no podía abandonar mi idea. Creía demasiado en ella. Tomé a Nelly de la mano, y salimos. Eran ya las tres de la tarde. Las nubes se extendían por el cielo. Por los últimos tiempos la temperatura era calurosa y asfixiante, pero acababa de oírse lejano el primer trueno de la primavera. El viento barrió las polvorientas calles.

Subimos a un coche de alquiler. Nelly guardaba silencio a lo largo de todo el camino; sólo de cuando en cuando me miraba de aquel modo extraño y enigmático. Su pecho se agitaba y, como la sujetaba contra mí, notaba el latido de su corazón en mi mano, como si quisiera escaparse.

Capítulo VII

El camino se me hacía interminable. Por fin llegamos, y entré en casa de mis viejos con el corazón oprimido. No sabía cómo iba a salir de su casa, pero estaba convencido de que a toda costa tenía que salir con el perdón y la reconciliación.

Eran ya las cuatro de la tarde. Los viejos estaban solos, como de costumbre. Nikolái Sierguiéievich estaba muy deprimido y enfermo; se hallaba medio echado, estirado en su tumbona, pálido y débil, con un pañuelo que le ceñía la cabeza. Anna Andriéievna permanecía sentada a su lado; de cuando en cuando le humedecía las sienes con vinagre y le miraba continuamente al rostro, con actitud interrogante y de sufrimiento, lo que parecía inquietar mucho al viejo y hasta fastidiarle. Él guardaba un silencio obstinado, y ella no se atrevía a hablar. Nuestra súbita llegada sorprendió a los dos. Anna Andriéievna se asustó un tanto al verme con Nelly y durante el primer momento nos miró como sintiéndose culpable.

—Aquí les traigo a mi Nelly —dije al entrar—. Lo ha pensado, y ella misma ha querido venir con ustedes. Acéptenla y quiéranla...

El viejo me lanzó una mirada de desconfianza; por ella podía adivinarse que sabía todo lo que ocurría con Natasha. Que ahora estaba sola, abandonada, humillada y, tal vez, ofendida. Tenía grandes deseos de penetrar en el secreto de nuestra llegada, y nos miraba interrogativamente a mí y a Nelly. Nelly temblaba, apretaba con fuerza mi mano con la suya, miraba al suelo y sólo de cuando en cuando lanzaba una mirada asustada a su alrededor, como un animal cogido en una trampa. Pero Anna Andriéievna no tardó en reaccionar y darse cuenta de lo que debía hacer. Se acercó rápida hacia Nelly, la besó, la acarició, incluso se echó a llorar, y con mucha ternura la sentó a su lado. Nelly, sin soltarle la mano, con curiosidad y cierta extrañeza, la examinaba de reojo.

Pero después de acariciar y sentar a su lado a la niña, la viejecita ya no sabía qué hacer y se puso a mirarme con ingenua esperanza. El viejo frunció el ceño; no estaba lejos de adivinar por qué había llcvado yo a Nelly. Al ver que me daba cuenta de su expresión de descontento y de su frente arrugada, se llevó la mano a la cabeza y me dijo con brusquedad:

—Me duele la cabeza, Vania.

Continuamos sentados y en silencio. Yo no sabía por dónde empezar. La habitación estaba oscura, una nube negra cubría el cielo y se oyó de nuevo un trueno en la lejanía.

—La tormenta ha llegado pronto esta primavera —dijo el viejo—. Recuerdo que en el año treinta y siete, en nuestras tierras, empezó todavía antes.

Anna Andriéievna suspiró.

—¿No sería cosa de encender el samovar? —preguntó tímida, pero nadie contestó, y se dirigió de nuevo a Nelly—. ¿Cómo te llamas, bonita? —preguntó.

Nelly dijo su nombre con voz débil y bajó todavía más los ojos. El viejo la miró fijamente.

—¿Es Ieliena, no? —prosiguió la vieja, animándose.

—Sí —contestó Nelly, y nuevamente se hizo un silencio.

—Mi hermana Praskovia Ándriéievna tenía una sobrina llamada Ieliena —exclamó Nikolái Sierguiéievich—. También la llamaban Nelly, me acuerdo de eso.

—Entonces ¿qué? ¿No tienes parientes, querida, ni padre, ni madre? —preguntó otra vez Anna Andriéievna.

—No —susurró Nelly, de modo cortante y como con miedo.

—Eso he oído decir. ¿Y hace mucho que murió tu mamá?

—Hace poco.

—Pobrecita mía, pobre huerfanita —prosiguió la viejecita mirándola con lástima. Nikolái Sierguiéievich, inquieto, tamborileaba con los dedos en la mesa.

—¿Tu madre era extranjera, verdad? ¿No era eso lo que me contó usted, Iván Pietróvich? —proseguían las tímidas preguntas de la viejecita.

Nelly me lanzó una rápida mirada con sus ojos negros, como pidiéndome ayuda. Respiraba de un modo irregular y fatigoso.

—Su madre, Anna Andriéievna —empecé—, era hija de un inglés y una rusa, así que más bien era rusa. Nelly nació en el extranjero.

—¿Y cómo se marchó su madre con su marido al extranjero?

Nelly enrojeció de pronto. La viejecita se dio cuenta inmediatamente de que había ido demasiado lejos y se estremeció bajo la mirada colérica del viejo. Éste la miró con severidad y se volvió hacia la ventana.

—Su madre fue engañada por un hombre malo, un canalla —dijo volviéndose de pronto hacia Anna Andriéievna—. Se fue con él de casa de su padre y entregó el dinero del padre a su amante. Éste logró aquel caudal con engaños, la llevó al extranjero, la robó y la dejó abandonada. Sólo hubo un hombre bueno, que no la abandonó y la estuvo ayudando hasta morir, y cuando él murió ella volvió con su padre, hace dos años. ¿No es así como me lo habías contado, Vania? —preguntó de un modo tajante.

Nelly, con una tremenda agitación, se levantó y quiso ir hacia la puerta.

—Ven aquí, Nelly —dijo el viejo, tendiéndole por fin la mano—. Siéntate aquí, siéntate a mi lado, aquí, siéntate —se inclinó, le besó la frente y empezó a acariciarle despacio la cabeza. Nelly se estremeció, pero se contuvo. Anna Andriéievna, enternecida, miraba con exultante gozo cómo, por fin, el viejo Nikolái Sierguiéievich trataba con cariño a la huérfana.

—Ya sé, Nelly, que a tu madre la perdió ese hombre malo e inmoral, pero también sé que ella quería a su padre y le respetaba —dijo con emoción el viejo, y continuó acariciando a Nelly la cabeza, sin poder abstenerse de lanzarnos en aquel momento ese desafío. Un ligero rubor cubrió sus mejillas y evitaba mirarnos.

—Mamá quería al abuelo más que el abuelo a ella —dijo Nelly con timidez, pero con firmeza, y evitando mirarnos también.

—¿Y tú por qué lo sabes? —preguntó con rudeza el viejo, quien, al igual que un niño, no podía contenerse, y a la vez, como avergonzado de su impaciencia.

—Lo sé —respondió con tono brusco Nelly—. No quiso recibir a mamá... y la echó...

Me di cuenta de que Nikolái Sierguiéievich quería decir algo, expresar algo, por ejemplo, que el viejo tenía sus razones para no recibir a su hija, pero nos miró y guardó silencio.

—¿Dónde y cómo vivíais cuando tu abuelo no quiso recibiros? —preguntó Anna Andriéievna, que sintió de pronto un irresistible deseo de continuar el tema.

—Cuando llegamos, estuvimos mucho tiempo buscando al abuelo —respondió Nelly—, pero no pudimos dar con él de ningún modo. Por aquel entonces mamá me contó que el abuelo había sido antes muy rico, que quería construir una fábrica, y que ahora era muy pobre. Porque el hombre que se había marchado con mi mamá le había cogido a ella todo el dinero del abuelo, y no se lo había devuelto. Ella misma me lo contó.

—¡Ejem!... —exclamó el viejo.

—Y dijo también —continuó Nelly animándose cada vez más y más, como queriendo responder a Nikolái Sierguiéievich, pero dirigiéndose a Anna Andriéievna— que el abuelo estaba muy enfadado con ella y que ella era culpable de todo, pero que ahora no tenía en el mundo a nadie más que al abuelo. Y al contármelo lloraba... «No me perdonará, decía todavía mientras veníamos aquí, pero tal vez al verte a ti te tomará cariño y por ti me perdonará.» Mamá me quería mucho, y cuando me decía esto, me besaba siempre. Tenía mucho miedo de ir a casa del abuelo. Me enseñaba a rezar por él y ella misma lo hacía, y me contaba muchas cosas de cuando antes vivía con el abuelo. Decía que el abuelo la quería mucho, más que a nadie. Tocaba el piano para él y por las tardes le leía libros, y el abuelo la besaba y le hacía muchos regalos... Le regalaba todo, de modo que una vez regañaron el día del cumpleaños de mamá, porque el abuelo se creía que mamá ignoraba cuál iba a ser el regalo, y ella lo sabía desde mucho antes. Mamá quería unos pendientes y el abuelo la engañaba adrede y le decía que no le iba a regalar los pendientes, sino un broche; y cuando trajo los pendientes y vio que mamá sabía que eran los pendientes y no el broche, se enfadó y pasó todo el día sin hablar con ella. Luego, él mismo vino a besarla y a pedirle perdón.

Nelly lo contó con entusiasmo, y hasta el rubor se asomó a sus mejillas, pálidas y enfermizas.

Era evidente que su *mamá* había hablado más de una vez con la pequeña Nelly de sus anteriores días felices, mientras permanecía en un rincón, en el sótano, abrazando y besando a la niña —todo lo que le quedaba de familia en el mundo—, y lloraba. Pero al mismo tiempo no sospechaba con qué vigor dejarían un eco estas historias en el corazón impresionable, enfermizo y precozmente desarrollado de aquella niña enferma.

Pero la exaltada Nelly pareció reaccionar de pronto, miró con desconfianza a su alrededor y guardó silencio. El viejo arrugó la frente y tamborileó otra vez en la mesa. A los ojos de Anna Andriéievna se asomaron las lágrimas, que enjugó silenciosamente con su pañuelo.

—Mamá llegó aquí muy enferma —añadió Nelly en voz baja—. Le dolía mucho el pecho. Buscamos durante mucho tiempo al abuelo y no pudimos encontrarlo. Alquilamos un rincón en un sótano.

—¡En un rincón y enferma! —exclamó Anna Andriéievna.

—Sí... en un rincón... —contestó Nelly—. Mamá era pobre. Mamá me decía —prosiguió, animándose—, que no era pecado ser pobre, pero que sí era pecado ser rico y ofender... Y que Dios la castigaba.

—¿Era en Vasilievski donde teníais alquilado el rincón? ¿Era allí, en casa de Bubnova? —preguntó el viejo dirigiéndose a mí y tratando de expresar cierta indiferencia. Hizo las preguntas como si le resultara molesto permanecer callado.

—No, no era allí... Al principio era en Miestsianski —respondió Nelly—. Aquello era muy oscuro y húmedo —prosiguió, después de una pequeña pausa— y mamá se puso muy enferma, pero todavía andaba. Yo le lavaba la ropa, y ella lloraba. También vivía allí una viejecita, viuda de un capitán, y un funcionario jubilado que volvía siempre borracho y todas las noches gritaba y armaba escándalo. Yo le tenía mucho miedo. Mi madre me llevaba a su cama, me abrazaba y ella misma temblaba. El funcionario gritaba y blasfemaba. Un día quiso pegar a la viuda del capitán, que era muy viejecita y andaba con un bastón. A mamá le dio lástima de ella y la defendió. Entonces el funcionario pegó a mamá, y yo al funcionario...

Nelly se detuvo. Los recuerdos la habían turbado, sus ojos centelleaban.

—¡Señor, Dios mío! —exclamó Anna Andriéievna, apasionada por el relato y sin apartar los ojos de Nelly, que se dirigía con preferencia a ella.

—Entonces mamá salió —prosiguió Nelly— y me llevó consigo. Era de día, anduvimos por las calles hasta el anochecer; mamá no cesaba de llorar y de andar, y me llevaba de la mano. Yo estaba muy cansada, aquel día no habíamos comido. Mamá hablaba consigo misma, y me decía: «Sé pobre, Nelly, y cuando yo muera no hagas caso de nadie ni de nada. No vayas a casa de nadie; vive sola, pobre, y trabaja. Y si no tienes trabajo, pide limosna, pero no vayas *a casa de él*.» Ya anochecido, cruzábamos una gran calle y de repente mamá grito: *«¡Azorka! ¡Azorka!»*. Y de pronto, un gran perro pelado se acercó corriendo a mamá, lanzó un ladrido y se abalanzó sobre ella. Mamá se asustó, se puso pálida y cayó de rodillas ante un viejo alto, que caminaba con un baston y miraba al suelo. Aquel viejo alto era el abuelo, estaba muy delgado e iba mal vestido. Era la primera vez que yo veía al abuelo. El abuelo también se asustó mucho y palideció, y cuando vio que mamá estaba en el suelo y le sujetaba una pierna, se desprendió de ella, la empujó, golpeó el suelo con el bastón y se alejó rápidamente de nosotras. *Azorka* se quedó todavía aullando, lamía las manos de mamá, después corrió hacia el abuelo, le cogió por los bajos del abrigo y quiso arrastrarle hacia atrás, pero el abuelo le golpeó con el bastón. *Azorka* volvió corriendo hacia nosotras, pero el abuelo le llamó y corrió tras él aullando. Mamá yacía como muerta, la gente se arremolinó alrededor, vinieron los policías. Yo gritaba y trataba de levantar a mamá. Por fin se levantó, miró a su alrededor y me siguió. La conduje a casa. La gente nos miró durante mucho tiempo moviendo la cabeza...

Nelly se detuvo para respirar y cobrar fuerzas. Estaba muy pálida, pero la resolución brillaba en sus ojos. Se veía que, por fin, había decidido contarlo todo. En aquel momento había en ella incluso algo provocador.

—¿Y qué? —intervino Nikolái Sierguiéievich con voz alterada y cierta brusca irritación—. Tu madre había ofendido a su padre, y estaba en su derecho de rechazarla...

—Eso mismo me decía mamá —intervino bruscamente Nelly—. Según íbamos a casa, me decía: es tu abuelo, Nelly, yo soy culpable ante él, por eso me ha maldecido, por eso ahora me castiga Dios. Y durante aquella tarde y los días siguientes no hacía más que hablar de eso. Hablaba como si se hubiese vuelto loca... El viejo guardó silencio.

—¿Y cómo os trasladasteis después a otro piso? —preguntó Anna Andriéievna, y siguió llorando en silencio.

—Aquella misma noche mamá se puso enferma. La viuda del capitán buscó habitación en casa de Bubnova, y al tercer día nos mudamos. Se vino con nosotras la viuda del capitán. Tan pronto como llegamos tuvo que acostarse y permaneció tres semanas enferma en la cama. El dinero se nos acabó del todo, y nos ayudaron la viuda del capitán e Iván Aliexándrovich.

—El fabricante de ataúdes, el patrón —expliqué.

—Cuando mamá se levantó de la cama y empezó a andar, entonces me contó lo de *Azorka*.

—¿Qué es lo que te contó de *Azorka?* —preguntó el viejo, que ocultaba el rostro inclinándose sobre el sillón y mirando al suelo.

—No hacía más que hablarme del abuelo —contestó Nelly—; cuando estaba enferma siempre hablaba de él, y cuando deliraba también hablaba del abuelo. En cuanto empezó a curarse comenzó a hablarme otra vez de cómo vivía antes... Y entonces me explicó lo de *Azorka*. En cierta ocasión, en las afueras, junto al río, unos chicos arrastraban a *Azorka* atado con una cuerda, para ahogarlo. Mamá les dio dinero y les compró *Azorka*. Cuando el abuelo vio a *Azorka* empezó a burlarse de él. Y *Azorka* se escapó. Mamá se puso a llorar, el abuelo se asustó y prometió que daría cien rublos a quien trajera a *Azorka*. Al tercer día lo trajeron. El abuelo entregó los cien rublos y desde ese día empezó a quererle. Mamá le tomó tanto cariño, que hasta se lo llevaba a la cama. Me contó que antes *Azorka* andaba por la calle con unos titiriteros, que sabía presentar armas, llevar un mono a la espalda, hacer ejercicios con una escopeta y muchas cosas más... Cuando mamá se marchó de casa del abuelo, éste se quedó con *Azorka* e iba con él a todas partes. De forma que cuando mamá vio a *Azorka* en la calle inmediatamente comprendió que también estaría el abuelo.

Por lo visto el viejo esperaba otra cosa de *Azorka,* y se enfurruñaba cada vez más. Ya no preguntaba nada.

—Entonces ¿no volvisteis a ver al abuelo? —preguntó Anna Andriéievna.

—No, cuando mamá empezó a restablecerse entonces me encontré otra vez con él. Yo iba a la tienda, a comprar pan. De pronto, vi a un hombre con *Azorka,* me fijé y reconocí al abuelo. Me detuve y aparté contra la pared. El abuelo me miró, me observó largo rato y estaba tan raro, que me asusté mucho. Siguió adelante, *Azorka* me reconoció, empezó a saltar alrededor de mí y a lamerme las manos. Me apresuré a ir a casa, me volví: el abuelo había entrado en la tienda. Pensé que seguramente preguntaría en la tienda, y me asusté más todavía. Cuando volví a casa no le dije nada a mamá para que no sufriera otra vez. Al día siguiente no fui a la tienda, dije que me dolía la cabeza. Y cuando fui al tercer día, no me encontré a nadie, pero tenía mucho miedo y me marché a todo correr. Y un día más tarde, apenas volví la esquina, me encontré delante al abuelo y a *Azorka.* Corrí, di la vuelta por otra calle y entré en la tienda por otro lado. Pero de pronto, me tropecé de nuevo con él. Me asusté tanto, que me paré, y casi no podía andar. El abuelo se puso delante de mí y de nuevo me miró mucho tiempo. Luego me acarició la cabeza, me cogió de la mano y empezamos a andar. *Azorka* nos seguía y movía el rabo. Me di cuenta de que el abuelo no podía andar casi, que se apoyaba en el bastón y que le temblaban las manos. Me llevó hasta el vendedor ambulante que estaba sentado en la esquina y vendía melindres y manzanas. El abuelo compró un gallito y un pez de melindre y una manzana. Cuando sacó el dinero de su portamonedas de cuero le temblaban mucho las manos y dejó caer una moneda de cinco *kopecks;* yo se la recogí. Me regaló la moneda, me dio los melindres, me acarició la cabeza, pero no dijo nada y se fue a su casa.

Entonces volví le conté a mamá todo lo del abuelo, cómo le tenía miedo en los primeros momentos y cómo me escondía de él. Al principio, mamá no me creía, luego se alegró tanto, que estuvo toda la tarde haciéndome preguntas, besándome y llorando. Cuando se lo conté todo, me ordenó que en lo sucesivo no le tuviera nunca miedo, y que, por supuesto, el abuelo me quería porque había venido a propósito a verme. Me ordenó que fuese cariñosa con él y que le hablara. Y al día siguiente me mandó salir varias veces por la mañana, aunque yo le dije que el abuelo siempre venía al atardecer. Ella misma iba detrás de mí, desde lejos, se escondía en la esquina, al día siguiente igual, pero el abuelo no vino. Esos días había estado lloviendo y mamá se acatarró mucho, porque no hacía más que salir conmigo, y de nuevo cayó enferma.

El abuelo volvió al cabo de una semana, otra vez me compró un pececito y una manzana, y tampoco dijo nada. Pero cuando se separó de mí, le seguí con cuidado como lo había pensado antes, para saber dónde vivía y decírselo a mamá. Yo iba lejos, por el otro lado de la calle, para que no me viese. Entonces vivía muy lejos, no donde después vivió y murió, sino en Gorojovoi, también en una casa grande de cuatro pisos. Me enteré de todo esto y volví tarde a casa. Mamá se había asustado mucho porque no sabía dónde estaba. Cuando se lo conté, se alegró mucho y quiso ir en seguida a casa del abuelo, al día siguiente. Pero a la mañana siguiente empezó a pensar y le dio miedo, tuvo miedo tres días enteros y no fue. Después, me llamó y me dijo: «Mira, Nelly, ahora estoy enferma y no puedo ir. Pero le he escrito una carta a tu abuelo, vete a su casa y llévasela. Y fíjate, Nelly, en cómo la lee, qué dice y qué hace. Arrodíllate, bésale y pídele que perdone a tu mamá...» Y mamá lloraba mucho y me besaba todo el tiempo y me daba su bendición para el camino. Rezaba a Dios, me puso de rodillas a su lado delante del icono, y aunque estaba muy enferma salió a acompañarme hasta la puerta. Cuando me volví, continuaba allí mirando cómo me alejaba...

Llegué a casa del abuelo y abrí la puerta, que no tenía cerradura. El abuelo estaba sentado junto a la mesa y comía pan y patatas, y *Azorka* estaba frente a él, le miraba comer y movía el rabo. También aquel piso del abuelo tenía las ventanas bajas y oscuras y sólo una mesa y una silla. Vivía solo. Entré y él se asusto tanto, que palideció y se estremeció. Yo también me asusté, pero no dijo nada. Me acerqué y dejé la carta en la mesa. Cuando el abuelo vio la carta se enfadó tanto, que se levantó de un brinco, cogió el bastón y me amenazó, pero no me pegó, únicamente me sacó al descansillo y me dio un empujón. No me había dado tiempo de bajar el primer tramo de escalera cuando abrió de nuevo la puerta y me tiró la carta sin abrir. Llegué a casa y lo conté todo. Entonces mamá volvió a caer enferma...

Capítulo VIII

En aquel momento sonó un trueno bastante fuerte y unas gruesas gotas de lluvia golpearon el cristal. La habitación se sumió en las tinieblas. La viejecita volvió a asustarse y se santiguó. Todos nos callamos de pronto.

—Pasará pronto —dijo el viejo, mirando a la ventana; seguidamente se levantó y dio unos cuantos pasos atrás y adelante por la habitación. Nelly le vigilaba de reojo. Sentía una emoción extremada, enfermiza. Me daba cuenta de ello y de que evitaba mirarme.

—Bueno, ¿y después? —preguntó el viejo sentándose otra vez en su sillón.

Nelly miró a su alrededor, asustada.

—Así, pues, ¿no volviste a ver a tu abuelo?

—Sí, le vi...

—¡Sí, sí! Cuéntalo, cuéntalo, querida —intervino Anna Andriéievna.

—Estuve tres semanas sin verlo —empezó Nelly—, hasta el invierno. Llegó el invierno y nevó. Cuando encontré de nuevo al abuelo en el mismo sitio me alegré mucho... porque mamá se entristecía de que no viniera. Cuando le vi, corrí adrede al otro lado de la calle, para que viera que le huía. Tan pronto como volví la cabeza, vi que primero había empezado a andar deprisa y luego echó a correr para alcanzarme. Se puso a gritar: «¡Nelly! ¡Nelly!». *Azorka* corría detrás de él. Me dio pena y me detuve. El abuelo se acercó, me cogió de la mano y empezó a dudar, pero cuando se dio cuenta de que estaba llorando, se detuvo, se agachó y me besó. Vio que mis zapatos estaban viejos y me preguntó si no tenía otros. Me apresuré a decirle que mamá no tenía ningún dinero, y que la patrona nos daba de comer por lástima. El abuelo no me dijo nada, pero me llevó al mercado, me compró unos zapatos y me mandó que me los pusiera en seguida. Después me llevó a su casa, a Gorojovoi, pero antes entró en la tienda, compró una empanada y dos caramelos. Cuando llegamos, me dijo que comiera empanada, y mientras lo hacía me miraba; luego, me dio los caramelos. *Azorka* puso una pata en la mesa y también pedía empanada, se la di y el abuelo se echó a reír. Luego, me colocó a su lado, me empezó a acariciar la cabeza y a preguntarme si estudiaba algo y qué era lo que sabía. Se lo dije, entonces me mandó que, siempre que pudiera, fuera todos los días a las tres de la tarde a su casa y que me daría clase. Luego me dijo que me volviera y mirara por la ventana hasta que me avisase. Así lo hice, pero me volví con disimulo y vi que estaba descosiendo una esquina de su almohada, y sacaba cuatro rublos de plata. Cuando los hubo sacado, me los trajo y dijo: «Son para ti sola.» Los cogí, pero después de pensar un poco, exclamé: «Si son sólo para mí, no los quiero.» El abuelo se enfadó de pronto y me dijo: «Bueno, como tú quieras, tómalos y vete.» Me marché sin que me besara.

En cuanto llegué a casa, se lo conté todo a mamá. Mamá se ponía cada vez peor. A casa del fabricante de ataúdes iba un estudiante de medicina, curaba a mamá y le recetaba medicinas.

Yo iba con frecuencia a casa del abuelo. Así me lo mandaba mamá. El abuelo compró el Nuevo Testamento y una geografía, y empezó a darme clases. A veces me explicaba los países que había en el mundo, qué gentes los poblaban, los mares que había, lo que hubo antiguamente y cómo Cristo nos había perdonado a todos. Cuando yo le hacía preguntas, se ponía muy contento. Empecé a hacerle preguntas con frecuencia, me contaba de todo y me hablaba mucho de Dios. Algunas veces, en vez de estudiar jugábamos con *Azorka*. *Azorka* me tomó un gran cariño, le enseñé a saltar por encima de un palo, el abuelo se reía y me acariciaba la cabeza. Pero el abuelo se reía pocas veces. En algunas ocasiones hablaba mucho, pero de repente se callaba y se quedaba como dormido, pero con los ojos abiertos. Así permanecía hasta el oscurecer, y cuando oscurecía se ponía tan raro, tan viejo... A veces, llegaba a su casa y le encontraba sentado en su silla, pensando, sin hablar, y *Azorka* tumbado a sus pies. Yo esperaba, esperaba, tosía, pero el abuelo no me miraba. Entonces me iba. En casa, mamá me esperaba en la cama. Se lo contaba todo, todo, y así llegaba la noche. Le contaba todo lo del abuelo, lo que había hecho aquel día, las historias que contaba y lo que me había puesto de lección. En cuanto empezaba a contarle lo de *Azorka,* que le obligaba a saltar por encima de un palo y que el abuelo se reía, ella también se echaba a reír, lo hacía durante mucho tiempo y me obligaba a repetírselo. Luego se ponía a rezar. Yo no hacía más que pensar que mamá quería mucho al abuelo y que él no la quería. Cuando llegué a casa del abuelo empecé a contarle a propósito cómo le quería mamá. Él lo escuchaba todo muy enfadado, pero lo escuchaba y no decía ni palabra. Entonces yo le preguntaba por qué mamá le quería tanto que no hacía más que preguntar por él y que él nunca preguntaba por mamá. El abuelo se enfadó y me puso al otro lado de la puerta, me quedé allí un rato, volvió a abrir y me dijo que entrara, pero seguía enfadado y sin hablar. Cuando empezamos a leer el Nuevo Testamento, le pregunté otra vez que por qué había dicho Jesucristo «Amaos los unos a los otros y perdonad las ofensas», si él no quería perdonar a mamá. Entonces se puso en pie de un salto, empezó a chillar que eso me lo había enseñado mamá, me echó y me dijo que no me atreviera nunca a volver a su casa. Le dije que yo tampoco tenía ya deseos de volver, y me marché... El abuelo se mudó de piso al día siguiente...

—Dije que la lluvia pasaría pronto, y pasó. Ya ha salido el sol... Mira, Vania —dijo Nikolái Sierguiéievich, volviendo hacia la ventana.

Anna Andriéievna le miró con enorme congoja; de pronto, la indignación brilló en los ojos de la viejecita, hasta entonces encogida y asustada. En silencio, cogió de la mano a Nelly y la sentó en sus rodillas.

—Cuéntame, ángel mío —dijo—. Yo te escucharé. Aquellos que tengan el corazón duro...

No terminó la frase y se echó a llorar. Nelly me miró interrogativamente, como desconcertada y asustada. El viejo me miró, se encogió de hombros y se volvió.

—Continúa, Nelly —le dije.

—Durante tres días no fui a casa del abuelo —empezó otra vez Nelly—, y durante ese tiempo mamá se puso muy mal. Se nos había acabado todo el dinero y no había con qué comprar las medicinas. No comíamos nada, porque los dueños del piso tampoco tenían nada y empezaron a recriminarnos porque estábamos viviendo a costa de ellos. Entonces, al tercer día por la mañana me levanté y empecé a vestirme. Mamá me preguntó adónde iba. Le dije que iba a casa del abuelo a pedirle dinero. Se alegró, porque ya le había contado todo: cómo me había echado de su casa, y le había dicho que no quería ir más allí, aunque ella lloraba y me suplicaba que fuese. Al llegar me enteré de que el abuelo se había mudado, y le fui a buscar a la nueva casa. Tan pronto como entré en su nuevo piso, se levantó de un brinco, se me acercó y se puso a patear. Le dije en seguida que mamá estaba muy enferma, que hacía falta dinero para las medicinas, cincuenta *kopecks,* y que no teníamos para comer. El abuelo se puso a chillar, me sacó a la escalera y cerró detrás de mí la puerta con pestillo. Pero mientras me empujaba le dije que permanecería sentada en la escalera y que no me movería hasta que me diera dinero. Y me quedé sentada en la escalera. Poco después abrió la puerta, vio que estaba y cerró de nuevo. Pasó mucho tiempo, volvió a abrir, me vio y cerró otra vez. Después abrió muchas veces para mirar. Por fin, salió con *Azorka,* cerró la puerta, pasó a mi lado y no dijo ni palabra. Tampoco dije nada y me quedé sentada hasta el anochecer.

—¡Pobrecita mía! —gritó Anna Andréievna—. Debía hacer mucho frío en la escalera.

—Yo tenía mi pelliza —contestó Nelly.

—Aunque llevaras pelliza... ¡Pobrecita, lo que has debido sufrir! ¿Y qué hizo tu abuelo?

Los labios de Nelly empezaron a temblar, pero hizo un esfuerzo sobrehumano y se controló.

—Volvió cuando ya estaba completamente oscuro y, al entrar, tropezó conmigo. «¿Quién hay aquí?», gritó. Dije que era yo. Por lo visto había pensado que me había marchado hacía mucho, cuando vio que todavía estaba esperando se extrañó mucho y se quedó largo rato mirándome. De pronto, golpeó los peldaños con el bastón, echó a correr, abrió la puerta y poco después me sacó monedas de cobre, todo piezas de cinco *kopecks,* y me las tiró a la escalera. Empecé a recogerlas a oscuras. Por lo visto, se dio cuenta de que había esparcido las monedas y que me resultaba difícil recogerlas en la oscuridad. Abrió la puerta, sacó la vela y así las recogí rápidamente. Se puso a recogerlas conmigo, dijo que debía haber setenta *kopecks,* y se fue. Una vez en casa, le di el dinero a mamá y le conté todo. Estuvo toda la noche enferma, al día siguiente también tuvo fiebre. Pero yo sólo pensaba en una cosa, porque estaba enfadada con el abuelo. Cuando mamá se quedó dormida salí a la calle para ir a su casa, y antes de llegar me quedé en el puente. Entonces pasó *aquel hombre*...

—Arjipov —dije— aquél del que le hablé, Nikolái Sierguiéievich, el que estaba con el comerciante en casa de Bubnova y al que dieron allí la paliza. Nelly le vio entonces por primera vez... Continúa, Nelly.

—Le paré y le pedí dinero, un rublo de plata. Me miró y preguntó: «¿Un rublo de plata?». Le dije: «Sí.» Entonces se echó a reír, y me dijo: «Ven conmigo.» Yo no sabía si ir, de pronto se acercó un viejecito con lentes de oro (me había oído pedir un rublo de plata), se inclinó hacia mí y me preguntó por qué quería precisamente tanto dinero. Le dije que mamá estaba enferma y que lo necesitaba para medicinas. Me preguntó dónde vivíamos, lo apuntó y me dio un billete de un rublo de plata. Y *aquel hombre*, en cuanto vio al viejo de los lentes, se marchó y ya no me dijo que fuera con él. Entré en la tienda y cambié el rublo por monedas de cobre; envolví treinta *kopecks* en un papelito y los guardé para mamá. Los setenta *kopecks* no los envolví en un papel, los apreté en la mano y fui a casa del abuelo. Al llegar, abrí la puerta, me coloqué en el umbral y con un gran impulso lancé todo el dinero que rodó por el suelo.

—¡Ahí va eso! ¡Coja su dinero! —le dije—. Mamá no lo necesita de usted, porque la ha maldecido —cerré de un portazo y salí corriendo.

Sus ojos centelleaban y miraban con ingenua provocación al viejo.

—Eso había que hacer —dijo Anna Andriéievna sin mirar a Nikolái Sierguiéievich y abrazando con fuerza a Nelly—, eso había que hacer con él. Tu abuelo era malo y cruel.

—¡Ejem! —exclamó Nikolái Sierguiéivich.

—Bueno, ¿qué pasó luego, qué pasó? —preguntó con impaciencia Anna Andriéievna.

—Dejé de ir a casa del abuelo y él dejó de venir a verme —contesto Nelly.

—¿Y qué pasó con tu madre y contigo? ¡Ay, pobres, pobres!

—Mamá se puso peor y rara vez se levantaba ya de la cama —continuó Nelly y su voz tembló y se quebró—. Ya no teníamos dinero y empecé a salir con la viuda del capitán. La viuda iba por las casas y también paraba en la calle a las buenas gentes y les pedía, vivía de eso. Me decía que no era una mendiga, que tenía papeles en los que estaba escrito su grado y en los que también se decía que era pobre. Enseñaba esos papeles y por eso le daban dinero. Ella era la que me decía que pedir a todos no era una vergüenza. Íbamos juntas, nos daban limosna y de eso vivíamos. Mamá se enteró porque los huéspedes le recriminaron que era una mendiga. Bubnova venía a ver a mamá y le decía que era mejor que me dejase ir a su casa que a pedir limosna. Había venido antes a ver a mamá y le había traído dinero. Cuando mamá no lo quería tomar, entonces Bubnova le preguntaba que por qué era tan orgullosa, y nos mandaba comida. Cuando dijo que me dejara ir a su casa, mamá se asustó y se echó a llorar, y Bubnova se puso a regañarla porque estaba borracha. Le dijo que yo era una mendiga porque andaba pidiendo con la viuda del capitán. Cuando mamá se enteró de todo se puso a llorar, luego se levantó de pronto de la cama, se vistió, me cogió de la mano y me llevó consigo. Iván Aliexándrovic trató de disuadirla, pero no le hizo caso y salimos. Mamá apenas podía andar, y a cada minuto se sentaba en el suelo, y yo la sujetaba. Me decía que íbamos a casa del abuelo, y que la guiara. Ya hacía mucho que era de noche. De pronto llegamos a una calle muy grande. Delante de una casa se paraban carrozas y coches de los que descendía la gente. En todas las ventanas había luces y se oía música. Mamá se detuvo, me sujetó y me dijo entonces: «Nelly, sé pobre, sé pobre toda la vida, no vayas a casa de ellos, cualquiera que te llamase o te llevara. Tú también podrías estar ahí, ser rica y tener buenos vestidos, pero no quiero que eso ocurra. Son malos y crueles, y esto es lo que te ordeno: quédate pobre, trabaja y pide limosna, y si alguien viene a buscarte, dile: ¡no quiero ir con vosotros!...» Eso me dijo mamá cuando estaba enferma y quiero obedecerla toda la vida —añadió Nelly temblando de emoción, con el rostro encendido—, y la obedeceré, toda la vida me dedicaré a servir y a trabajar y no quiero ser como una hija...

—¡Ya está bien, ya está bien, querida pequeña, está bien! —gritó la viejecita, abrazando con fuerza a Nelly—. Tu madrecita estaba enferma cuando decía eso.

—Estaba loca —observó con brusquedad el viejo.

—¡Quizá estuviera loca! —intervino Nelly dirigiéndose sin miramientos al viejo—. Quizá estuviera loca, pero así me lo ordenó y así lo haré toda la vida. Cuando me dijo eso incluso cayó desmayada.

—¡Señor, Dios mío! —exclamó Anna Andriéievna—. Enferma, en la calle y en invierno.

—Nos quisieron llevar los policías, pero intervino un señor, me preguntó dónde vivíamos, me dio diez rublos y mandó a su cochero que nos llevara a casa. Después de eso, mamá ya no volvió a levantarse y murió tres semanas más tarde.

—¿Y su padre, qué? ¿No la perdonó por fin?

—¡No la perdonó! —contestó Nelly respirando fatigosamente—. Una semana antes de morir, mamá me llamó a su lado y me dijo: «Nelly, vete una vez más a casa del abuelo, y dile que venga y que me perdone. Dile que me moriré dentro de unos días y que te dejaré sola en el mundo. Y dile también que no quisiera morirme»... Fui, llamé a la puerta del abuelo y él me abrió. Al verme, en seguida quiso cerrar la puerta, pero la sujeté con las dos manos y le grité: «¡Mamá se muere! ¡Le llama! ¡Vaya usted!»... Pero me empujó y cerró de un portazo. Volví a casa, me acosté al lado de mamá, la abracé y no dije nada... Mamá también me abrazó y no me preguntó nada...

Nikolái Sierguiéievich se apoyó con la mano pesadamente en la mesa y se levantó, nos miró a todos de una forma extraña, turbia, como si ya no le quedasen fuerzas, y se dejó caer en el sillón.

—El último día antes de morir, al anochecer, mamá me llamó a su lado, me cogió una mano y dijo: «Me voy a morir hoy, Nelly.» Quiso hablar más, pero no pudo. Yo la miraba y ella parecía no verme ya, sólo apretaba con fuerza mi mano en sus manos. Saqué con cuidado la mano, salí corriendo y corrí a todo correr hasta llegar a casa del abuelo. Cuando me vio se levantó de un salto de la silla, me miró y se asustó tanto, que se puso pálido y empezó a temblar. Le cogí una mano y sólo pude decir una cosa: «¡Se muere!» Se puso como loco, agarró el bastón y corrió detrás de mí. Incluso se olvido el sombrero, y hacía frío. Cogí el sombrero, se lo puse y corrimos juntos. Yo le daba prisa y le decía que alquilase un coche, porque mamá iba a morir de un momento a otro. Pero el abuelo no tenía nada más que siete *kopecks* por todo capital. Detenía a los cocheros y regateaba con ellos, pero se burlaban de él y se burlaban de *Azorka*. *Azorka* venía detrás de nosotros, y seguimos corriendo y corriendo. El abuelo se había cansado y le costaba trabajo respirar, pero se apresuraba y corría. De pronto se cayó, y su sombrero rodó por el suelo. Lo levanté, le puse otra vez el sombrero y lo conduje de la mano, llegamos a casa cuando ya era de noche... Pero mamá ya estaba muerta. Cuando la vio el abuelo, entrechocó las palmas, empezó a temblar y se quedó junto a ella sin decir nada. Entonces me acerqué, agarré al abuelo por la mano y me puse a gritarle: «¡Mira, hombre cruel y malo, mira!... ¡Mira!» El abuelo lanzó un grito y cayó al suelo como muerto...

Nelly se levantó de un salto, se soltó de los brazos de Anna Andriéievna y se situó en medio de nosotros, pálida, agotada y asustada. Pero Anna Andriéievna se acercó de nuevo a ella y la abrazó otra vez, gritando como en una inspiración:

—¡Yo, yo seré ahora tu madre, Nelly, y tú serás mi niña! ¡Sí, Nelly, vámonos, dejemos a todos éstos, crueles y malos! Que se burlen de la gente. Dios ya se lo tendrá en cuenta... ¡Vámonos, Nelly, vámonos de aquí!...

No la he visto nunca, ni antes ni después, en semejante estado y nunca pensé que pudiera alterarse de tal modo. Nikolái Sierguiéievich se enderezó en el sillón, se levantó un poco y preguntó con voz entrecortada:

—¿Dónde vas, Anna Andriéievna?

—¡A su casa, a casa de mi hija, a casa de Natasha! —gritó y arrastró tras de sí a Nelly hacia la puerta.

—¡Espera, espera, aguarda!

—¡A qué voy a esperar, tienes el corazón de piedra, eres un hombre malo! He esperado mucho tiempo y ella ha esperado mucho; ahora, adiós...

Al contestar esto, la vieja se volvió, miró a su marido y se quedó petrificada: Nikolái Sierguiéievich estaba ante ella, con el sombrero en la mano, y con manos temblorosas se ponía apresuradamente el abrigo.

—¡Y tú... y tú también vienes conmigo! —gritó suplicante, levantando las manos y mirándole con desconfianza, como no atreviéndose a creer en tal felicidad.

—¡Natasha! ¿Dónde está mi Natasha? ¿Dónde está mi hija? —salió por fin del pecho del viejo—. ¡Devolvedme a mi Natasha! ¿Dónde está, dónde? —y, cogiendo el bastón que yo le tendía se lanzó hacia la puerta.

—¡La ha perdonado! ¡Ha perdonado! —gritaba Anna Andriéievna.

Pero el viejo no llegó al umbral. La puerta se abrió rápidamente y en la habitación entró corriendo Natasha, pálida, con los ojos centelleantes, como si tuviera fiebre. Su vestido estaba arrugado y mojado por la lluvia. El pañuelo que llevaba en la cabeza se le había escurrido hasta la nuca y en sus mechones de cabello, despeinados y espesos, brillaban gruesas gotas de lluvia. Al entrar corriendo y ver a su padre, se dejó caer de rodillas ante él, lanzó un grito y le tendió las manos.

Capítulo IX

Pero él ya la sostenía en sus brazos.

La agarró y, levantándola como a una niña la llevó a su sillón, la sentó y cayó de rodillas ante ella. Le besaba las manos, los pies. Se apresuraba a besarla, a mirarla, como no creyendo aún que estaba otra vez con ellos, que la veía y oía de nuevo, ¡a ella, a su hija, a su Natasha! Anna Andriéievna, sollozando, la abrazó, apretó su cabeza contra su pecho y se quedó como transida en este abrazo, sin fuerzas para pronunciar una sola palabra.

—¡Amiga mía!... ¡Vida mía!... ¡Mi alegría!... —gritaba el viejo de modo incoherente, sujetando la mano de Natasha y, como un enamorado, mirando su rostro pálido, delgado, pero encantador, y sus ojos, en los que brillaban las lágrimas—. ¡Alegría de mi vida, hija mía! —repetía, guardaba de nuevo silencio, y la miraba con arrobo y deleite—. ¿Quién ha sido el que me dijo que te habías desmejorado? —decía con apresuramiento, con una sonrisa infantil, dirigiéndose a nosotros mientras continuaba arrodillado ante su hija—. ¡Es cierto que está delgada y pálida, pero miradla qué bonita es! Está mejor que antes. ¡Sí, mejor! —callando a pesar suyo, por un dolor espiritual, un dolor alegre, nacido de esa alegría que parece partir el alma en dos.

—¡Levántese, papaíto! Pero, levántese —decía Natasha—. Yo también tengo deseos de besarle.

—¡Ay, querida! Escucha, escucha, Anushka, lo bien que ha dicho eso —y la abrazó tembloroso.

—¡No, Natasha, no! Soy yo quien tiene que estar postrado a tus pies hasta que mi corazón oiga que me has perdonado, porque nunca podré merecer ahora tu perdón. Te he rechazado, te he maldecido, ¿oyes, Natasha? Te he maldecido, ¡he sido capaz de hacer eso!... Y tú, tú, Natasha, ¡has podido creer que te he maldecido! ¡Y lo has creído, lo has creído! ¡No tenías que haberlo creído! ¡Sencillamente, no tenías que haberlo creído! ¡Ay, corazón cruel! ¿Por qué no has venido a casa? ¡Si tú sabías cómo iba a recibirte!... ¡Oh, Natasha, tú recuerdas cómo te he querido antes! Pues bien, ahora y durante todo ese tiempo te he querido el doble. ¡Mil veces más que antes! ¡Te quiero con mi sangre! ¡Me hubiera sacado el alma con sangre, me hubiera arrancado el corazón y lo hubiera puesto a tus pies!... ¡Oh, alegría de mi vida!

—¡Pero bésame, hombre cruel, en los labios, en el rostro, como me besa mamá! —gritó Natasha con voz doliente y débil, llena de lágrimas y alegría.

—¡Y también en los ojitos! ¡También en los ojitos! ¿Te acuerdas? como antes —repetía el viejo después de un largo y cariñoso abrazo a su hija—. ¡Oh, Natasha! ¿Has soñado alguna vez con nosotros? Yo soñaba contigo casi todas las noches, cada noche venías a casa, y yo lloraba ante ti, un día viniste como cuando eras pequeña, ¿recuerdas?, cuando solamente tenías diez años y acababas de empezar a estudiar piano. Llegaste con un vestido corto, unos bonitos zapatos y las manitas encarnadas... Tenías las manitas encarnadas entonces, ¿recuerdas, Anushka? Viniste hacia mí, te sentaste sobre mis rodillas y me abrazaste... ¡Y tú, y tú, niña, eres cruel! ¡Cómo has podido creer que te he maldecido y que no te recibiría si vinieses!... Pero si yo... escucha, Natasha: he ido con frecuencia a tu casa, tu madre no lo sabía, no lo sabía nadie. A veces permanecía bajo tus ventanas, a veces esperaba... ¡un día entero me he pasado alguna vez frente a tu portal! ¡Por si salías y poderte ver sólo de lejos! Con frecuencia, al anochecer, ardía una vela en tu ventana. Cuántas veces, Natasha, por las noches me he conformado con mirar tu vela, y aunque sólo fuese para ver tu sombra en la ventana y bendecirte para la noche. ¿Y tú, me bendecías, hija? ¿Pensabas en mí? ¿No sentía tu corazón que yo estaba bajo tu ventana? Y cuantas veces en invierno, por la noche, tarde, subía las escaleras de tu casa y permanecía en el oscuro descansillo y escuchaba a través de tu puerta, para oír tu voz. ¿No te diste cuenta? ¿Maldecirte? Pero si aquella noche fui a tu casa, quería perdonarte, y me volví desde la puerta... ¡Oh, Natasha!

Se levantó, la alzó del sillón y la apretó con fuerza contra su pecho.

—¡Estás otra vez aquí, en mi corazón! —gritó—. ¡Oh, te doy las gracias, Dios mío, por todo, por todo, por tu ira y por tu misericordia... ¡Y por tu sol, que nos ha inundado ahora después de la tormenta! ¡Te doy las gracias por este momento! ¡No importa que nos humillen, que nos ofendan, pero estamos otra vez juntos! ¡Que triunfen ahora los orgullos y los soberbios que nos han ofendido y humillado! ¡Que nos arrojen la piedra! No temas, Natasha... Iremos de la mano y les diré: ¡Es mi querida hija, mi adorada hija, es mi inocente hija, que habéis ofendido y humillado, pero a la que yo adoro y bendigo por los siglos!...

—¡Vania! ¡Vania!... —decía Natasha con voz débil, tendiéndome las manos, desde los brazos de su padre.

¡Oh, nunca olvidaré que en ese momento se acordase de mí y me llamara!

—¿Dónde está Nelly? —preguntó el viejo mirando en torno suyo.

—¡Ay! ¿Dónde está? —gritó la viejecita—. ¡Querida mía! ¡La hemos abandonado!

No estaba en la habitación. Sin ser vista se había escurrido al dormitorio. Fuimos todos allí. Nelly estaba detrás de la puerta y se escondía de nosotros asustada.

—¡Nelly! ¿Qué tienes, hija mía? —gritó el viejecito queriendo abrazarla—. Pero ella le miró de un modo prolongado...

—Mamá, ¿dónde está mamá? —preguntó como ausente—. ¿Dónde, dónde está mi mamá? —gritó otra vez tendiendo hacia nosotros sus manos temblorosas, y de repente un grito extraño, terrible, salió de su pecho. Se le crispó el rostro y en un horrible ataque cayó al suelo...

Epílogo

Los últimos recuerdos

Era mediados de junio. El día se mantenía caluroso y sofocante. Resultaba imposible quedarse en la ciudad: el polvo, la cal, las obras que se estaban reconstruyendo, los adoquines recalentados, el aire contaminado por las emanaciones... Pero de pronto, ¡oh, alegría! En alguna parte se dejó oír el trueno, poco a poco el cielo se fue encapotando, sopló el viento y se llevó por delante las nubes de polvo de la ciudad. Cayeron unas cuantas gruesas gotas de agua, y luego —como si se hubiera abierto el cielo— un río entero de lluvia cayó sobre la ciudad. Cuando media hora después volvió a salir el sol, abrí la ventana de mi cuchitril y respiré con mi pecho cansado al aire fresco. En mi encantamiento, quise abandonar la pluma, todas mis cosas y hasta al editor, y correr a casa *de los nuestros,* a Vasilievski-Ostrov. Pero aunque la tentación era grande, logré dominarme y con cierta rabia volví de nuevo al papel: ¡era preciso acabarlo a toda costa! El editor lo exigía y de otra forma no me daría dinero. Me esperaban allí, pero por la noche estaría libre, completamente libre, como el viento, y aquella noche me compensaría de esos dos días y esas dos noches en que había escrito tres pliegos y medio de original.

Por fin, terminé el trabajo. Dejé la pluma y me levanté. Noté dolor en la espalda y en el pecho; también me dolía la cabeza. Sé que en este momento tengo los nervios muy destrozados, y me parece oír las últimas palabras de mi viejo médico: «¡No, ninguna salud puede soportar semejantes tensiones, es imposible!» ¡Sin embargo, hasta ahora fue posible! La cabeza me daba vueltas, apenas podía tenerme en pie. Pero una alegría infinita me llenaba el corazón. Mi novela estaba completamente terminada; el editor, aunque le debía mucho dinero, de todas formas algo me daría al tener la presa en sus manos; aunque fuesen cincuenta rublos, desde mucho tiempo atrás no había tenido esa cantidad en mi poder. ¡Libertad y dinero!... Lleno de euforia, cogí el sombrero y, con el original bajo el brazo, salí a todo correr para alcanzar en casa a nuestro querido Aliexandr Pietróvich.

Le encontré, pero a punto de irse. A su vez, él acababa de terminar una especulación no literaria pero muy ventajosa. Después de acompañar a un pequeño judío cetrino, con el que había pasado dos horas en su gabinete, me tendió afable la mano y con su voz de bajo, pastosa y amable, me preguntó por mi salud. Es un buen hombre y, bromas aparte, le estoy muy obligado. ¿Qué culpa tiene de que en literatura haya sido siempre *sólo* editor? Comprendió que la literatura necesitaba editores, y lo comprendió muy a tiempo. ¡Honor y gloria a él! Desde el punto de vista editorial, por supuesto.

Sonrió agradablemente al enterarse de que la novela estaba terminada y que de este modo el próximo número de la revista tenía cubierta su parte principal. Se extrañó de que yo hubiese podido *terminar* algo y con este motivo se mostró agudo. Seguidamente, se dirigió a su caja fuerte, para entregarme los cincuenta rublos prometidos. Mientras, me tendió una revista de la competencia, muy gruesa, y me mostró algunos renglones en la sección de crítica, donde decía un par de cosas de mi última novela.

Le di un vistazo; se trataba de un artículo de un «copista». No es que me injuriase, pero tampoco me alababa; me hizo gracia la cosa. El «copista» sostenía, entre otras afirmaciones, que mis novelas «olían a sudor», es decir, que yo sudaba de tal modo con ellas, me esforzaba de tal manera, las perfilaba y retocaba tanto, que se volvían empalagosas.

El editor y yo nos reímos. Le hice saber que mi novela anterior había sido escrita en dos noches y que ahora, en dos días y dos noches, había escrito tres pliegos y medio para la imprenta. ¡Si supiera esto el «copista» que recriminaba mi excesiva minuciosidad y apretada lentitud en el trabajo!

—Sin embargo, usted mismo tiene la culpa, Iván Pietróvich. ¿Por qué se retrasa hasta tener necesidad de trabajar de noche? Aliexandr Pietróvich era, desde luego, una excelente persona. Sin embargo, tenía la especial debilidad de vanagloriarse de su buen juicio literario, precisamente ante personas que, como él mismo sospechaba, le conocían a fondo. Como no tenía ganas de discutir con él sobre literatura recibí mi retribución y cogí el sombrero. Aliexandr Pietróvich iba a Ostrovski, a su casa de campo; cuando supo que yo iba a Vasilievski-Ostrov se brindó gentilmente a llevarme en su coche.

—Tengo una calesa nueva. ¿No la ha visto? es muy bonita.

Bajamos a la entrada. La calesa era, realmente, muy bonita; Aliexandr Pietróvich, en aquellos primeros días de su posesión, experimentaba un gran placer e incluso cierta satisfacción espiritual al *llevar* en ella a sus amigos.

En la calesa, Aliexandr Pietróvich se lanzó de nuevo en varias ocasiones a enjuiciar la literatura contemporánea. No se cohibía ante mí, y repetía con desparpajo algunas ideas ajenas que había oído recientemente a ciertos escritores en quienes creía y cuyos juicios respetaba. Con este motivo a veces ocurría que demostraba respeto por cosas absurdas. A veces, cambiaba un juicio ajeno o lo colocaba donde no correspondía, de forma que resultaba un despropósito. Permanecí sentado en silencio, escuchando y maravillándome ante la diversidad y riqueza de las pasiones humanas. «Bueno, pensé, este hombre debería contentarse con amasar y amasar dinero; pues no, todavía necesitaba gloria, gloria literaria, gloria de fino editor, gloria de crítico.»

En aquel momento se esforzaba en exponerme detalladamente un concepto literario que me había oído a mí tres días antes y que, por cierto, me había discutido; ahora me lo exponía como suyo. Pero olvidos de este tipo le venían a cada minuto a Aliexandr Pietróvich; entre sus amigos era famoso por esta inocente debilidad. ¡Qué contento estaba ahora, cómo hablaba de *su* calesa, qué feliz se hallaba con su suerte, qué complacido! Llevaba una conversación culto-literaria, y hasta su agraciada voz de bajo sonaba a erudita. Poco a poco *se ponía liberal* y afirmaba la convicción inocentemente escéptica de que en nuestra literatura, como, por lo general, en todas, nadie podía tener nunca honradez y modestia; que sólo existía «una recíproca lucha por darse en los morros», sobre todo al comienzo de un acuerdo. Al parecer, Aliexandr Pietróvich estaba dispuesto a considerar a cualquier escritor honrado y sincero si no como un tonto, al menos como un simple. Se sobrentiende que este juicio procedía de la extraordinaria inocencia de Aliexandr Pietróvich.

Pero ya no le escuchaba. Me dejó bajar de la calesa en Vasilievski-Ostrov, y corrí a casa de los nuestros. Allí estaba su casita, en la calle Trece. Anna Andriéievna, al verme, me amenazó con el dedo, me hizo señas y puso el índice en los labios para que no hiciera ruido.

—¡Nelly acaba de dormirse, la pobrecilla! —me susurró apresuradamente—. ¡Por Dios, no la despierte! La pobrecita está muy débil. Nos tiene preocupados. El médico dice que por ahora eso no es nada. ¡Pero cualquiera saca una conclusión sensata de *su* médico! ¿No le da vergüenza, Iván Pietróvich? Le hemos esperado y esperado para comer... ¡Hace dos días que no ha venido!

—Pero si lo advertí anteayer que no vendría en dos días —le dije en voz baja—. Tenía que terminar el trabajo...

—¡Nos había prometido venir a comer hoy! ¿Por qué no ha venido? Nelly se ha levantado a propósito de la cama, angelito mío, la hemos sentado tranquilamente en el sillón, y la hemos llevado al comedor. «Quiero esperar con ustedes a Vania», dijo, y nuestro Vania no vino. ¡Pero si van a ser ya las seis! ¿Dónde ha estado? ¡Son ustedes unos seductores! La ha puesto usted de tan mal humor, que ya no sabía cómo hablarle. Gracias a Dios que se ha dormido, pobrecita. Nikolái Sierguiéievich se ha marchado al centro, ¡pero vendrá para la hora del té! Me defiendo sola... Le dan la plaza, Iván Pietróvich, pero cuando pienso que es en Perm, se me hiela la sangre...

—¿Y dónde está Natasha?

—En el jardín, mi hijita está en el jardín. Vaya con ella... Está como rara... No entiendo lo que le pasa... ¡Ay, Iván Pietróvich, tengo un gran peso en el alma! Me asegura que está alegre y contenta, pero yo no lo creo... Vaya con ella, Vania, y cuénteme luego a solas lo que pasa... ¿Me oyes?

Pero ya no oía a Anna Sierguiéievna. Corrí al jardín. Este jardín pertenecía a la casa. Tenía unos veinte pasos de largo y otros tantos de ancho, y estaba todo cubierto de verde. Había tres árboles altos, viejos, de ramas extendidas; unos cuantos abedules jóvenes, algunos arbustos de lilas, madreselvas, un rincón de frambuesas, dos arriates de fresas y dos senderitos estrechos y sinuosos que cruzaban el jardín a lo largo y a lo ancho. El viejo adoraba el jardín y aseguraba que pronto crecerían en él las setas. Lo más importante era que a Nelly le había gustado el jardín, y con frecuencia la sacaban en un sillón a la veredita. Nelly se había convertido ahora en el ídolo de toda la casa.

Allí estaba Natasha. Me recibió con alegría y me tendió la mano. ¡Qué delgada estaba, qué pálida! Apenas si se había repuesto de la enfermedad.

—Lo has terminado del todo, Vania? —me preguntó.

—¡Del todo, del todo! Y estoy libre para toda la noche.

—¡Bueno, gracias a Dios! ¿Te has apresurado? ¿No lo has estropeado con eso?

—¡Qué le iba a hacer! Además, no importa. Cuando trabajo de una forma tan tensa se me crea un estado de nervios especial. Comprendo las cosas con más claridad, siento con más viveza y hondura y hasta el estilo se me subordina por completo. Así que, con un trabajo tenso, me sale mejor. Todo va bien...

—¡Ay, Vania, Vania!

Me di cuenta de que en los últimos tiempos Natasha se interesaba mucho por mis éxitos literarios, por mi fama. Releía todo lo que había publicado el último año, me preguntaba a cada momento sobre mis planes para el futuro, se interesaba por cada crítica que aparecía sobre mi obra, se enfadaba con algunos críticos, y quería que sin falta alcanzase un lugar destacado en las letras. Sus deseos se exteriorizaban con tanta fuerza y tenacidad, que hasta me sorprendía su nueva actitud.

—Estás agotando tu vena literaria, Vania —me dijo—; te consumes y agotas y, además, te perjudicas la salud. Ahí tienes a S., cada dos años escribe una novela, y N. en diez años sólo ha escrito una. ¡Y qué cinceladas están, qué terminadas! No se encuentra ni un descuido.

—Sí, ellos tienen la vida asegurada y no necesitan escribir a plazo fijo. En cambio, ¡yo soy un caballo de postas! ¡Pero todo eso no viene a cuento! Dejemos eso, amiga mía. ¿Hay alguna novedad?

—Varias. En primer lugar, carta de él.

—¿Otra?

—Otra —y me entregó la carta de Aliosha. Era la tercera después de la separación. Hacía saber que las circunstancias se habían complicado de tal modo, que no le había sido posible volver de Moscú a Petersburgo, según se tenía proyectado antes de la separación. En la segunda carta se apresuraba a comunicar que vendría dentro de unos días para casarse cuanto antes con Natasha, que eso era cosa hecha y ninguna fuerza era capaz de impedirlo. Sin embargo, por el tono general de la carta se veía claramente que estaba desesperado, que le dominaban por completo influencias exteriores y que ya no se creía a sí mismo. Decía, entre otras cosas, que Katia era su providencia, la única persona que le tranquilizaba y sostenía. Abrí con avidez su *tercera* carta.

Eran dos páginas ilegibles, escritas de forma incoherente, desordenada y apresurada, con borrones y manchas de lágrimas. Empezaba con que Aliosha renunciaba a Natasha y la suplicaba que le olvidase. Se esforzaba en demostrar que su unión era imposible, que las influencias extrañas y hostiles eran más fuertes que todo, y que, finalmente, así debía ser. Él y Natasha serían desgraciados porque no eran iguales. Pero, sin poderse contener, abandonando de pronto sus anteriores consideraciones y demostraciones, allí mismo, sin haber roto ni tirado la primera mitad de la carta, confesaba que era un criminal ante Natasha, un hombre perdido, y que le faltaban fuerzas para oponerse a la voluntad de su padre, que había ya llegado a la aldea. Escribía que también le faltaban fuerzas para expresar sus sufrimientos, confesando, entre otras cosas, ser completamente incapaz de hacer la felicidad de Natasha. De pronto, intentaba demostrar que eran absolutamente iguales, rechazando con obstinación y animosidad los argumentos de su padre. En su desesperación, pintaba el cuadro de felicidad que hubiera sido la vida para los dos, para él y Natasha, en caso de contraer matrimonio. Se maldecía por su apocamiento y ¡se despedía para siempre! La carta estaba escrita entre padecimientos; por lo visto, escribía fuera de sí. Se me llenaron los ojos de lágrimas... Natasha me entregó otra carta, de Katia. Esta carta llegó en el mismo sobre de Aliosha, pero metida en otro. Katia, brevemente, en pocas líneas, decía que efectivamente Aliosha estaba muy triste, lloraba mucho y parecía desesperado; incluso se encontraba algo enfermo, pero *ella* estaba con él y le haría feliz. Por otro lado, Katia se esforzaba en explicar a Natasha que Aliosha no iba a tranquilizarse tan pronto y que su pena era profunda. «No la olvidará nunca, añadía Katia, ni puede olvidarla nunca con el corazón que tiene. La quiere infinitamente y siempre la querrá. Tanto es así, que si alguna vez dejara de amarla, si alguna vez dejara de padecer ante su recuerdo, entonces yo dejaría de quererle, precisamente por tal motivo...» Le devolví las dos cartas. Nos miramos sin decir una palabra. Así ocurrió con las dos primeras cartas y, además, ahora evitábamos hablar del pasado, como si ello se hubiese convenido entre nosotros. Natasha sufría lo indecible, yo me daba perfecta cuenta, pero ella no lo quería exteriorizar ni siquiera delante de mí. Después de volver a la casa paterna, había estado tres semanas en la cama con fiebre, y ahora apenas se había repuesto. Hablaba poco, incluso respecto al cambio inminente que se acercaba. Ella sabía que el viejo había encontrado una colocación y que pronto habríamos de separarnos. Aunque se mostraba conmigo amable y atenta, preocupándose por todo lo concerniente a mí, hasta el punto de escuchar con atención sostenida y tenaz todo lo que yo le contaba sobre mis cosas, al principio ello me resultaba algo penoso. Me daba la impresión de que pretendía compensarme por el pasado. Pero esta penosa impresión desapareció rápidamente. Comprendí que tenía un motivo completamente distinto que, *sencillamente,* me quería, me quería infinitamente, no podía vivir sin mí ni despreocuparse de todo lo que me concernía; creo que nunca una hermana ha querido a su hermano hasta ese punto, como Natasha me quería a mí. Yo sabía muy bien que la separación que nos esperaba pesaba sobre su corazón, que Natasha sufría; ella sabía también que yo tampoco podía vivir sin ella, pero no hablábamos de eso, aunque comentábamos por detalle los acontecimientos que se avecinaban...

Pregunté por Nikolái Sierguiéievich.

—Creo que volverá pronto —contestó Natasha—, nos prometió venir para la hora del té.

—¿Sigue gestionando lo del empleo?

—Sí. Por otra parte, el empleo ya lo tiene seguro. Y parece que hoy no tenía por qué salir —añadió pensativa—, hubiera podido ir mañana.

—¿Por qué ha salido?

—Porque yo he recibido la carta... Se halla a tal punto *doliente* por mí —añadió Natasha después de una breve pausa—, que ello me resulta muy penoso, Vania. Parece que únicamente sueña conmigo. Estoy segura de que sólo le preocupa cómo estoy, cómo vivo y en qué pienso ahora. Cualquier tristeza mía se refleja en él. Me doy cuenta de qué torpemente trata en ocasiones de fingir fortaleza y dar la impresión de que no se inquieta por mí. Finge estar alegre, intentar reír y hacernos reír. Mamá en esos momentos tampoco es ella misma, no cree en su risa y suspira; es tan torpe... ¡Es un alma recta! —añadió entre risas—. En cuanto he recibido hoy la carta, inmediatamente ha sentido la necesidad de irse para no encontrarse con mi mirada... Le quiero más que a mí misma, más que a todos en el mundo, Vania —agregó, inclinando la cabeza y apretándome la mano—, incluso más que a ti...

Dimos dos vueltas al jardín antes de que empezara a hablar.

—Hoy ha estado Maslobóiev, y también vino ayer —dijo.

—Sí, en los últimos tiempos viene con mucha frecuencia a vuestra casa.

—¿Y sabes para qué viene? Mamá tiene absoluta confianza en él. Cree que sabe tanto de eso, bueno, de las leyes y esas cosas, que puede resolver cualquier asunto. ¿Qué idea crees tú que le ronda ahora? En el fondo está muy dolida y le da mucha pena que yo no me haya convertido en princesa. Este pensamiento no la deja vivir, y al parecer se ha sincerado con Maslobóiev. Con mi padre tiene miedo de hablar de este asunto, y piensa que Maslobóiev podría quizá, de algún modo, hacer algo, amparándose en la ley. Maslobóiev no la contradice y ella le agasaja con vino —añadió Natasha con una sonrisa.

—Menudo es el pícaro ése. ¿Y por qué lo sabes?

—Mamá misma me lo ha dado a entender... con insinuaciones.

—¿Y Nelly? ¿Cómo está? —pregunté.

—Me extraña que no hubieras preguntado por ella hasta ahora —dijo Natasha con reproche.

Nelly era el ídolo de todos en aquella casa. Natasha la quería mucho y, finalmente, Nelly se le había entregado de todo corazón. ¡Pobre criatura! No esperaba encontrar nunca tales gentes, hallar tanto cariño, y vi con alegría que su corazón se había ablandado y su alma se había abierto para todos nosotros. Había respondido con cierto calor enfermizo al cariño general que le rodeaba, en contraste con un pasado que despertó en ella la desconfianza, la malignidad y la terquedad. Por otra parte, ahora Nelly se había mostrado también terca durante mucho tiempo, y nos ocultó intencionadamente las lágrimas de reconciliación que se agolpaban en ella. Pero al fin se nos entregó por completo. Tomó mucho cariño a Natasha y después al viejo. Yo me convertí para ella en algo tan imprescindible, que su enfermedad empeoraba si yo tardaba en acudir. La última vez, habiéndonos de separar durante dos días, a fin de que yo diese remate a mi trabajo abandonado, tuve que rogarle mucho... naturalmente, con rodeos. Nelly se avergonzaba todavía de manifestar su sentimiento de una manera clara y demasiado abierta.

Nos tenía a todos muy preocupados. De un modo tácito, se decidió que se quedaría para siempre en casa de Nikolái Sierguiéievich. Pero se acercaba el día de la marcha y ella estaba cada vez peor. Se puso enferma el mismo día que llegamos a casa de los viejos, el día que hicieron las paces con Natasha. ¿Qué decir además? Estaba enferma siempre. La enfermedad crecía en ella paulatinamente, pero ahora había empezado a agravarse con extraordinaria rapidez. No sé ni puedo definir exactamente su enfermedad. Cierto que los ataques se sucedían con más frecuencia que antes, pero, sobre todo, había cierto abatimiento y agotamiento en sus fuerzas, una tensión, una fiebre continua; todo esto la llevó en los últimos días a no levantarse de la cama. Y cosa curiosa: cuanto más la dominaba la enfermedad, tanto más dulce, más cariñosa y más abierta se mostraba con nosotros. Tres días antes me había cogido de la mano cuando yo pasaba cerca de su cama y me atrajo hacia ella. En la habitación no había nadie. Su rostro estaba enfebrecido, había adelgazado muchísimo, sus ojos despedían fuego. Temblorosa y emocionadamente se adelantó hacia mí, y cuando me incliné sobre ella, me rodeó con fuerza el

cuello con sus brazos cetrinos y delgados y me besó apasionadamente. Luego, inmediatamente, pidió que viniera Natasha. La
llamé, Nelly quería que Natasha se sentara en su cama y la mirase...

—Yo también quiero mirarla —dijo—. Ayer he soñado con usted y esta noche la veré en sueños... Sueño mucho con usted...
todas las noches...

Evidentemente quería decir algo, un sentimiento la ahogaba.
Pero ella no comprendía sus propios sentimientos y no sabía
cómo expresarlos...

Después de mí, era Nikolái Sierguiéievich a quien quería casi
más que a nadie. Es preciso decir que Nikolái Sierguiéievich la
quería casi como a Natasha. Tenía un don especial para alegrar y
hacer reír a Nelly. En cuanto se le acercaba, empezaban inmediatamente las risas y hasta las travesuras. La enfermita se alegraba
como un niño, coqueteaba con el viejo, se reía de él, le contaba
sus sueños. Siempre inventaba algo; le obligaba a contar cosas, y
el viejo se ponía tan contento mirando a su «hijita Nelly», que cada
día se entusiasmaba más con ella.

—Nos la ha mandado Dios para compensarnos de nuestros
sufrimientos —me dijo en cierta ocasión, dejando a Nelly y dándole, según costumbre, la bendición para la noche.

Cada día, por la tarde, nos reuníamos todos —Maslobóiev
también venía casi todas las tardes—; a veces llegaba el viejo médico, que se había encariñado con toda su alma con los Ijmiéniev;
traían a Nelly con nosotros en su sillón y la acercaban a la mesa
redonda. Se abría la puerta del balcón. El verde jardín, iluminado
por el sol poniente, se veía todo. Desde él llegaba un olor a follaje fresco y lilas apenas abiertas. Nelly permanecía sentada en
un sillón, nos miraba cariñosamente a todos y escuchaba nuestras
conversaciones. A veces se animaba y, sin venir a cuento, se ponía también a hablar... Pero en esos momentos, la escuchábamos
todos generalmente preocupados, porque en sus recuerdos había
temas que no se podían abordar. Natasha, los Ijmiéniev y yo, sentíamos y reconocíamos nuestra culpa por aquel día en que, temblorosa y agotada, hubo de contarnos su historia. El médico estaba particularmente en contra de estos recuerdos, y en general,
se intentaba cambiar de conversación. En tales casos, Nelly pro-

curaba disimular que comprendía nuestros esfuerzos y empezaba a reírse con el médico o con Nikolái Sierguiéievich...

Con todo, iba de mal en peor. Se hizo tremendamente impresionable. Su corazón latía irregularmente. El médico llegó a decirme que podía morir muy pronto.

No se lo dije a los Ijmiéniev para no alarmarlos. Nikolái Sierguiéievich estaba seguro de que se curaría antes del viaje.

—Ha vuelto papá —dijo Natasha al oír su voz—. Vamos, Vania.

Nikolái Sierguiéievich, tan pronto como cruzó el umbral, empezó a hablar en voz alta, según su costumbre. Anna Andriéievna le hizo señas. El viejo se calmó en seguida y, al vernos a Natasha y a mí, en voz baja y apresurada empezó a contarnos el resultado de sus andanzas: la colocación que pretendía ya era suya, y estaba muy contento.

—Dentro de dos semanas podremos marcharnos —dijo, frotándose las manos y mirando de reojo, con preocupación, a Natasha. Pero ésta le contestó con una sonrisa y le abrazó, de forma que sus dudas se disiparon inmediatamente.

—¡Nos iremos, nos iremos, amigos míos, nos iremos! —empezó a hablar alegrándose—. Sólo por ti, Vania, sólo duele separarse de ti...

Hago notar que ni una sola vez me brindó que fuese con ellos, lo cual, a juzgar por su carácter, hubiera hecho sin falta... en otras circunstancias, es decir, si no conociese mi amor por Natasha.

—¡Bueno! ¿Y qué le vamos a hacer, amigos, qué le vamos a hacer? Me duele, Vania, pero el cambio de aires nos animará a todos... Cambio de aires quiere decir *¡cambio de todo!* —añadió, y miró una vez más a su hija.

Creía en eso, y quería además creerlo.

—¿Y Nelly? —preguntó Anna Andriéievna.

—¿Nelly? Bueno, pues... mi querida niña está un poco enferma, pero para entonces seguro que se pondrá bien. Ahora ya está mejor. ¿Qué crees tú, Vania? —preguntó como asustado y mirándome con preocupación, como si yo tuviera que resolver su incertidumbre—. ¿Cómo está? ¿Cómo ha dormido? ¿Le ha pasado algo? ¿No se habrá despertado ahora? ¿Sabes una cosa, Anna Andriéievna? Vamos a sacar pronto la mesita a la terraza, traerán el samovar, vendrán nuestros amigos, nos sentaremos todos y Nelly vendrá para estar con nosotros... Estupendo. Pero ¿no se habrá despertado? Voy a su habitación, sólo voy a mirar... ¡No la despertaré, no te preocupes! —dijo al ver que Anna Andriéievna le amenazaba de nuevo con la mano.

Pero Nelly ya estaba despierta. Un cuarto de hora más tarde, como de costumbre, estábamos todos sentados en torno a la mesa junto al samovar del atardecer.

A Nelly la sacaron en el sillón. Vino el médico y también Maslobóiev, que trajo para Nelly un gran ramo de lilas; con todo, estaba preocupado por algo y parecía de mal humor.

A propósito, Maslobóiev venía casi diariamente. Ya he dicho que todos y, en particular, Anna Andriéievna le habían tomado un gran cariño. Pero entre nosotros no se hablaba nunca ni una palabra sobre Aliexandra Siemiónovna, ni siquiera la nombraba el propio Maslobóiev, porque al enterarse Anna Andriéievna por mí de que todavía no había tenido ocasión para convertirse en su *legítima* esposa, decidió que no se la debía recibir; no se podía, pues, hablar de ella en la casa. Se tomó en cuenta esta decisión, y Anna Andriéievna era la primera en observarla. Por otro lado, si Natasha no estuviera en su casa y, sobre todo, de no ocurrir lo que ocurrió, quizá no hubiera sido tan puntillosa.

Aquella tarde Nelly estaba más triste de lo acostumbrado, como preocupada. Era como si hubiera soñado con algo y pensara en ello. Se alegró mucho del regalo de Maslobóiev y miró con deleite las flores que le habían colocado delante de un jarrón.

—¿Así que te gustan mucho las flores, Nelly? —preguntó el viejo—. ¡Espérate! —añadió con animación—. Mañana mismo... ¿Bueno, ya lo verás!

—Me gustan las flores —contestó Nelly—, y recuerdo cómo recibimos una vez a mamá con flores. Mamá, cuando todavía estábamos *allí* —*allí* significaba entonces en el extranjero—, estuvo una vez muy enferma durante todo un mes. Heinrich y yo nos pusimos de acuerdo para, cuando se levantase y saliese por primera vez del dormitorio (del que no había salido en un mes), adornarle todas las habitaciones con flores. Y así lo hicimos. La víspera, mamá dijo que al día siguiente se levantaría sin falta para desayunarse con nosotros. Nos levantamos muy temprano. Heinrich trajo muchas flores y adornamos toda la habitación con hojas verdes y guirnaldas. También había hiedra y unas hojas muy anchas (no sé cómo se llamaban) y otras hojas que se enganchaban a todo, grandes flores blancas, y narcisos, que son las flores que más me gustan; había también rosas, rosas maravillosas y muchas otras flores. Las colgamos todas en guirnaldas y las distribuimos en jarros. Algunas flores eran como árboles y estaban en grandes cajas. Las colocamos por los rincones y junto al sillón de mamá. Cuando salió, se quedó asombrada y se alegró mucho, y Heinrich estaba contento... Ahora recuerdo eso...

Aquella tarde Nelly estaba muy débil y más nerviosa que de costumbre, pero tenía muchas ganas de hablar. Y durante mucho tiempo, hasta que se hizo de noche, estuvo contando cosas de su vida *allí*. No la interrumpíamos. *Allí,* con mamá y con Heinrich, habían viajado mucho; los recuerdos venían claramente a su memoria. Hablaba con emoción de las nubes azules, de las altas montañas con nieves y hielos que había visto y por las que había pasado; luego, de los lagos y los valles de Italia, de las flores y los árboles, de los habitantes de los pueblos, de sus trajes, sus rostros cetrinos y sus ojos negros. Contaba ciertos encuentros y sucesos que les habían acontecido. Después, se refería a las grandes ciudades y los palacios, a la alta iglesia, con su cúpula que se iluminaba de pronto con luces de distintos colores; luego, a una cálida ciudad del sur con nubes y mar azules... Nunca nos había contado Nelly sus recuerdos con tanto detalle. Hasta entonces sólo conocíamos otros recuerdos suyos, en una ciudad sombría y poco hospitalaria, con una atmósfera aplastante y embrutecedora, con el aire contaminado, con suntuosas mansiones siempre sucias de barro, con un sol opaco y pobre, con gentes malignas y medio locas, con las que tanto habían sufrido ella y su madre. Y me imaginé a las dos en un sótano sucio, en una tarde oscura y húmeda, abrazadas en su pobre lecho, recordando el pasado, al difunto Heinrich y las maravillas de otras tierras... Me imaginaba también a Nelly, recordando todo esto ya sola, sin su madre, cuando Bubnova, a fuerza de golpes y cruel bestialidad, pretendía domarla y conducirla por el mal camino...

Pero, finalmente, Nelly se sintió mal y la llevaron otra vez dentro. El viejo se asustó mucho y lamentó que la hubieran dejado hablar tanto. Nelly tuvo un ataque, una especie de síncope. Este ataque le había dado ya unas cuantas veces. Una vez que se le pasó, Nelly pidió con insistencia verme. Necesitaba decirme algo a solas. Lo pidió de tal forma, que esta vez el propio médico insistió en que se cumpliera su deseo, y todos salieron de la habitación.

—Mira, Vania —dijo Nelly cuando nos quedamos solos—. Sé que piensan que voy a ir con ellos. Pero no iré, porque no puedo, y me quedaré a tu lado por ahora. Necesitaba decírtelo.

Traté de convencerla. Le dije que los Ijméniev la querían tanto que la consideraban como una hija, que todos la iban a echar de menos. Por el contrario, que en mi casa no se encontraría bien; que yo, aunque la quería mucho, no podía hacer nada y era preciso separarse.

—¡No, no puede ser! —contestaba Nelly con terquedad—. Porque sueño muchas veces con mamá y me dice que no vaya con ellos y que me quede aquí. Dice que he pecado mucho, que he dejado solo al abuelo, y no hace más que llorar cuando me lo dice. Quiero quedarme aquí y cuidar del abuelo.

—Pero si tu abuelo ya ha muerto, Nelly —dije escuchándola con extrañeza.

Se quedó pensativa y me miró fijamente.

—Cuéntame otra vez, Vania —dijo—, cómo murió el abuelo. Cuéntalo todo, sin dejar nada.

Me dejó estupefacto semejante exigencia. Sin embargo, empecé a contar la historia con todo detalle. Sospechaba que estaba delirando o, al menos, que después del ataque no le había quedado muy clara la cabeza.

Escuchaba con atención mi relato. Recuerdo que sus grandes ojos centelleaban con el brillo de la fiebre, siguiéndome a lo largo de toda la narración. La habitación ya estaba oscura.

—¡No, Vania, no ha muerto! —dijo con firmeza, después de oír todo y pensar un poco—. Mamá me habla con frecuencia del abuelo, y cuando le dije ayer: «Pero si el abuelo ha muerto», se puso muy triste, se echó a llorar y me dijo que me lo habían dicho adrede, y que él anda ahora pidiendo limosna, «lo mismo que antes hemos pedido tú y yo, decía mamá, y siempre anda por donde nos lo encontramos la primera vez, cuando me caí delante de él y *Azorka* me reconoció»...

—Es un sueño, Nelly, un sueño de enferma, porque ahora lo estás —dije.

—Yo también he pensado que sólo era un sueño —replicó Nelly—, y no se lo decía a nadie. Sólo a ti quería contártelo todo. Pero hoy, cuando me he dormido después que tú vinieras, he soñado con el propio abuelo. Estaba en su casa y me esperaba, y estaba tan horroroso, tan delgado, me dijo que hacía dos días que no había comido nada y *Azorka* tampoco. Se enfadó mucho conmigo y me regañó. También me dijo que no tenía rapé y que sin tabaco no podía vivir. Es verdad, Vania, antes ya me había dicho eso una vez, ya después de haberse muerto mamá, cuando yo iba a su casa. Entonces estaba muy enfermo y casi no comprendía. Cuando he soñado esto hoy, pensé: iré, me pondré a pedir limosna en el puente, reuniré dinero, y le compraré pan, patatas cocidas y tabaco. De pronto fue como si estuviera pidiendo y vi que el abuelo paseaba cerca, acortaba poco a poco el paso, se me acercaba, miraba cuánto había recogido y se lo llevaba. «Esto, decía, para comprar pan, ahora recoge para tabaco.» Yo reunía dinero y él se acercaba y me lo quitaba. Le dije que se lo daría todo, que no me guardaría nada. «No, me dijo, tú me robas; ya me ha dicho Bubnova que eres una ladrona, por eso no te llevaré nunca conmigo. ¿Dónde has escondido una moneda de cinco *kopecks?*» Me eché a llorar porque no me creía, pero no me escuchaba y seguía gritando: «¡Has robado cinco *kopecks!*» Y se puso a pegarme allí mismo, en el puente, y me hacía daño. Yo lloraba mucho... Por eso he pensado ahora, Vania, que está vivo, seguro, que anda por alguna parte y espera que yo vaya a su casa...

De nuevo intenté explicarle y disuadirla; por fin, lo conseguí, al parecer. Dijo que tenía miedo a dormirse porque iba a soñar con el abuelo. Luego me abrazó con fuerza.

—¡De todos modos, no puedo abandonarte, Vania! —dijo, apretando su carita contra la mía—. Aunque no existiera lo del abuelo, tampoco me separaría de ti.

En la casa todos se habían asustado con el ataque de Nelly. Le conté en voz baja al médico todos sus sueños y le pregunté qué pensaba en definitiva sobre su enfermedad.

—No sé nada todavía —contestó pensativo—. Hasta ahora trato de adivinar, de reflexionar, de obrar, pero... No sé nada. De todos modos, la curación es imposible. Se morirá. No se lo digo a ellos porque usted me lo ha pedido así, pero me da mucha pena y mañana voy a proponer una consulta. Tal vez después de la consulta, la enfermedad tome otro giro. Me da mucha lástima de esta niña, como si fuera hija mía... ¡Es una chiquilla encantadora! ¡Y con un espíritu tan alegre!

Nikolái Sierguiéievich estaba muy emocionado.

—Mira lo que se me ha ocurrido, Vania —dijo—. Le gustan mucho las flores, ¿sabes una cosa? Vamos a organizarle para cuando se despierte mañana una recepción con flores, como la que le hizo ella con ese Heinrich a su madre, según lo ha contado hoy... Lo contaba con una emoción...

—Precisamente la emoción —contesté—, la emoción ahora la perjudica...

—¡Pero las emociones agradables son otra cosa! Créeme, querido, cree en mi experiencia, las emociones agradables no perjudican, pueden curar incluso, actuar favorablemente sobre la salud...

En una palabra, el viejo se había encariñado con aquella idea hasta entusiasmarse. Era imposible hacerle objeciones. Le pedí consejo al médico, pero antes de que éste reflexione, el viejo cogió su gorra y salió corriendo para cumplir su propósito.

—Verás —me dijo al marcharse—, no lejos de aquí hay un invernadero, es estupendo. ¡Los jardineros venden las flores y se pueden comprar a bajo precio!... Hasta es raro que den las flores tan baratas. Hazle ver eso a Anna Andriéievna porque de lo contrario se enfadará en seguida por el gasto... Bueno, así que... ¡Sí! Otra cosa: ¿dónde vas ahora, amigo? Si te lo has quitado de encima, si has terminado tu trabajo, entonces, ¿qué prisa tienes por ir a tu casa? Duerme aquí esta noche, arriba, en la habitación pequeña, como otras veces, ¿recuerdas? Allí está tu jergón y tu cama, todo en su sitio de siempre y sin tocar. Dormirás como un rey francés. ¿Eh? Quédate. Mañana nos despertaremos pronto, traerán las flores y para las ocho entre los dos habremos arreglado la habitación. Y nos ayudará Natasha, tiene buen gusto, más que tú y yo... ¿Qué, estás conforme? ¿Te quedas a dormir?

Acordamos, en fin, que me quedaría a pasar la noche. El viejo arregló las cosas. El médico y Maslobóiev se despidieron y se fueron. En casa de los Ijmiéniev tenían la costumbre de acostarse temprano, a las once. En el momento de irse, Maslobóiev estaba pensativo y quería decirme algo, pero lo dejó para otra ocasión. Cuando me despedí de los viejos y subí a mi habitación, con gran asombro le vi otra vez. Me esperaba sentado junto a la mesita y hojeaba un libro.

—He vuelto, Vania, porque es mejor contártelo ahora. Siéntate. Es una historia desagradable, lamentable incluso...

—¿De qué se trata?

—El canalla de tu príncipe me ha sacado de mis casillas, de modo que todavía estoy enfurecido.

—¿Cómo, cómo es eso? ¿Acaso sigues relacionándote con el príncipe?

—Bueno, ahora verás. «¿Cómo, cómo es eso?» Dios sabe lo que ha pasado. Tú, hermano Vania, eres como mi Aliexandra Siemiónovna, y en general como todo ese inaguantable mujerío... ¡No soporto al mujerío! La corneja grazna en seguida: «¿Cómo, cómo es eso?»

—Pero no te enfades.

—No me enfado en absoluto, pero hay que mirar las cosas en su justo valor, no exagerarlas... ésa es la cuestión.

Calló unos minutos, como si continuara enfadado conmigo. No le interrumpí.

—Mira, hermano —empezó de nuevo—, he caído sobre una pista... Es decir, en realidad, ni he caído ni había ninguna pista, sino que me ha parecido... Bueno, por algunas reflexiones he sacado la conclusión de que Nelly... puede ser... bueno, en una palabra, puede ser la hija legítima del príncipe.

—¿Qué dices?

—Bueno, ya empieza a chillar: «¿Qué dices?» ¡De verdad que no hay forma de hablar con esa gente! —gritó con un ademán de exasperación—. ¿Acaso he dado algo por cierto, cabeza de chorlito? ¿Te he dicho que estaba *demostrado* que es la *hija legítima* del príncipe? ¿Te lo he dicho, sí o no?

—Escucha, querido —le interrumpí emocionado—, por Dios, no grites y explícate con exactitud y claridad. De verdad que te comprenderé. Date cuenta hasta qué punto eso es importante y las consecuencias que puede tener.

—Eso, consecuencias, ¿de qué? ¿Dónde están las pruebas? No se tratan así los asuntos, y ahora te estoy hablando en secreto. Y por qué hablo de esto contigo, te lo explicaré después. Es necesario. Escúchame y calla, y entérate de que todo este asunto es secreto. Verás lo que pasó. En invierno, antes todavía de que muriera Smith, tan pronto como el príncipe regresó de Varsovia, empezó con este asunto. Es decir, había empezado mucho antes, el año pasado. Pero entonces contaba una cosa y ahora ha empezado a contar otra. Lo importante es que había perdido el hilo. Hace ya trece años que se separó en París de la hija de Smith, abandonándola, pero durante esos trece años le ha seguido continuamente la pista: sabía que estaba con Heinrich, del que se ha hablado hoy, sabía que tenía a Nelly, sabía que estaba enferma. Bueno, en una palabra, lo sabía todo. Pero de pronto, perdió el hilo. Al parecer, esto ocurrió en seguida después de la muerte de Heinrich, cuando la hija de Smith volvió a Petersburgo. Se comprende que en Petersburgo la hubiese encontrado pronto, bajo cualquier nombre con el que hubiera vuelto a Rusia. El caso es que en el extranjero, sus agentes le engañaron con una falsa información, asegurándole que vivía en cierta pequeña ciudad perdida del sur de Alemania. Ellos mismos se habían engañado por descuido: la habían confundido con otra. La cosa estuvo así como un año o más. En el transcurso de ese año el príncipe empezó a sospechar: por algunos datos, ya antes le había parecido que no era así. Ahora se planteaba la cuestión de dónde se había metido la auténtica hija de Smith. Y se le ocurrió, así, sin prueba ninguna, que a lo mejor estaría en Petersburgo. Mientras en el extranjero se llevaba a cabo una investigación, había empezado otra aquí. Por lo visto, no quería emplear una vía demasiado oficial, y me conoció a mí. Me presentaron a él y le dijeron que me ocupaba de ciertos asuntos, que era un aficionado, y así sucesivamente.

Bueno, me explicó el asunto. Me lo explicó de un modo oscuro, el hijo de perra, oscuro y con doble sentido. Se contradecía, repetía las cosas varias veces, los mismos hechos bajo distintos aspectos a la vez... Ya se sabe, por mucha astucia que se emplee, no es posible borrar todas las pistas. Yo, por supuesto, me lancé al asunto de un modo servil y con todo el candor de mi alma, en una palabra, con la fidelidad del esclavo. Pero según una regla que he adoptado de una vez para siempre, al mismo tiempo lo hacía conforme a una ley natural (sí, señor, se trata de una ley natural). Pensé en primer lugar si era lo necesario lo que me habían dicho. En segundo lugar, si en lo necesario que me habían dicho no se ocultaba algo que no habían dicho del todo. Ya que en este segundo caso, como tú mismo puedes comprender con tu cerebro poético, me estaba robando. Porque si una era la información estrictamente necesaria (pongamos que valiera un rublo), y la otra, la de más precio (cuatro rublos), entonces yo sería un tonto si por un rublo le transmitiese la que valía cuatro. Empecé a profundizar, a hacer conjeturas, y poco a poco estuve sobre las pistas. Las primeras informaciones se las sonsaqué a él mismo, las segundas, a extraños, y a las terceras llegué por mi propio cacumen. Seguramente te preguntarás por qué se me ocurrió actuar precisamente de esa manera. Te contestaré: aunque sólo fuera porque el príncipe se había empezado a afanar demasiado; algo, sin duda, le había asustado mucho. Porque, en principio, ¿qué había de temer? Le había quitado a un padre una hija a la cual convirtió en su amante, dejó embarazada y abandonó. ¿Y qué hay de extraño en eso? Es una travesura simpática, y nada más. ¡No es motivo para asustar a un hombre como el príncipe! Pues bien, él tenía miedo... Y eso me resultó sospechoso. Yo, hermano, llegué a algunas pistas curiosas, por cierto, a través de Heinrich. Él, naturalmente, había muerto, pero por medio de una prima suya (ahora está casada aquí, en Petersburgo, con un panadero), apasionadamente enamorada de él antes y que continuó queriéndole durante quince años, a pesar de su panadero gordo, con el que, como quien no quiere la cosa, había tenido ocho hijos; gracias a esta prima, como digo, conseguí, por medio de diversas operaciones, enterarme de algo muy importante. Heinrich, según costumbre alemana, le escribía cartas y un diario. Al morir le envió alguno de sus papeles. La tonta no comprendía lo importante de estas cartas, y sólo entendía en ellas los pasajes donde se hablaba de la luna, de «mein lieber augustin» y de Wieland, al parecer. Pero yo encontré informes necesarios y a través de estas cartas me hallé sobre una nueva pista. Supe, por ejemplo, cosas acerca del señor Smith, del capital que le había sustraído su hija, del príncipe que se había apoderado de ese dinero. Finalmente, entre diversas exclamaciones, perífrasis y alegorías, descubrí en esas cartas el verdadero fondo del asunto, aunque, entiéndase, Vania, sin ninguna prueba fehaciente. El tonto de Heinrich ocultó esto a propósito y sólo hacía alusiones. De esas alusiones, de todo aquel conjunto, resultó para mí una armonía celestial: ¡el príncipe estaba casado con la hija de Smith! ¿Dónde se había casado, cómo, cuándo, en el extranjero o aquí, donde están los documentos? No se sabía nada. Así que, hermano Vania, me arrancaba los pelos de rabia, buscando día y noche...

Encontré por fin a Smith, pero murió de repente. Ni siquiera logré verlo vivo. Luego, por casualidad, me entero de que una mujer (que ya despertaba mi curiosidad) había muerto en Vasilievsiki-Ostrov. Hice informes y me encontré sobre una pista. Me apresuré a ir a Vasilievski-Ostrov y, ¿recuerdas?, entonces fue cuando nos encontramos tú y yo. Entonces me enteré de muchas cosas. En una palabra, en esto me ayudó mucho Nelly.

—Escucha —le interrumpí—, ¿acaso crees que Nelly sabe?...

—¿El qué?

—¿Qué es hija del príncipe?

—Pero si tú mismo sabes que es hija del príncipe —contestó, mirándome con malicioso reproche—. ¿Para qué haces preguntas ociosas, hombre frívolo? Lo importante no es que ella lo sabe, sino que sabe también que es *hija legítima* del príncipe, ¿lo comprendes?

—¡No puede ser! —grité.

—Yo mismo me he dicho al principio: «No puede ser», e incluso ahora, a veces, me digo: «¡No puede ser!» Pero ahí está la cosa, que eso *puede ser* y, con toda probabilidad, *es*.

—No, Maslobóiev, eso no es así, vas demasiado lejos —grité—. No sólo no sabe eso, sino que en realidad es hija ilegítima. ¿Acaso la madre, si tuviera cualquier documento en su poder, hubiese podido soportar la cruel existencia que ha llevado aquí en Petersburgo y, además, dejar a su hija en esa orfandad desamparada? ¡Basta ya! Eso no puede ser.

—Eso mismo he pensado yo e incluso lo tengo ante mí como una incertidumbre. Sin embargo, la hija de Smith ha sido la mujer más loca e insensata del mundo. No era una mujer normal. Piensa en las circunstancias: eso es romanticismo. Todas esas etéreas fantasías alcanzan las proporciones más salvajes y absurdas. Piensa una cosa: en un principio ella no soñaba más que con algo como el cielo en la tierra y con los ángeles; se enamoró locamente, tuvo en su amor una confianza sin límites, y estoy seguro de que se volvió loca después no porque él dejase de amarla y la abandonase, sino porque se había equivocado con él, porque él *era capaz* de engañarla y abandonarla, porque su ángel se había transformado en barro, la había humillado y escupido. Su alma, romántica y loca, no pudo soportar esa metamorfosis. Y además de todo, la ofensa, ¡figúrate qué ofensa! En su horror y, sobre todo, en su orgullo, se separó de él con un infinito desprecio. Rompió todas sus relaciones, destruyó todos sus documentos, despreció el dinero, se olvidó incluso de que no era suyo, sino de su padre, y renunció a él, como si fuera fango, como si fuera polvo. Todo para aplastar a su seductor con su grandeza de alma, para considerarle ladrón y tener derecho a despreciarle toda la vida; en aquel momento debió de considerar como una deshonra llamarse su mujer. Aquí no existe el divorcio, pero *de facto* [20] se habían divorciado; ¿cómo iba a pedirle después ayuda?

Recuerda que esa loca le decía a Nelly, ya en su lecho de muerte: «No vayas a su casa, trabaja, muere, pero no vayas a su casa, cualquiera que fuese el que *te llamara*.» Es decir, todavía entonces pensaba que la *llamarían* y, que, por lo tanto, había ocasión de vengarse otra vez, en una palabra, aplastar con el desprecio *al* que la llamase; en una palabra, en vez de alimentarse con pan se alimentaba con sueños de venganza. Hermano, le he sonsacado mucho a Nelly; incluso ahora, a veces, le sonsaco. Naturalmente, su madre estaba enferma, tuberculosa. Esta enfermedad desarrolla de un modo especial la susceptibilidad y toda clase de exasperaciones. Sin embargo, sé a ciencia cierta, por una comadre de Bubnova, que había escrito al príncipe, al propio príncipe.

—¡Le había escrito! ¿Y llegó la carta? —pregunté con impaciencia.

---

[20] De hecho.

—Pues ahí está, que no sé si llegó o no. Una vez, la hija de Smith se había puesto de acuerdo con esa comadre (¿recuerdas?, una chica muy pintada en casa de Bubnova, que ahora está en un reformatorio); pues bien, quiso mandar con ella esa carta. Ya la había escrito, pero no se la dio y se la volvió a guardar. Esto ocurrió tres semanas antes de su muerte... Un hecho significativo: si se había decidido a mandarla, no tenía importancia que la hubiera cogido de nuevo, pudo mandarla en otra ocasión. De modo que no sé si mandó o no la carta. Pero hay un motivo para suponer que no la había mandado, porque el príncipe supo con certeza que estaba en Petersburgo y en qué lugar, al parecer, ya después de su muerte. ¡Eso debió de alegrarle!

—Sí, recuerdo que Aliosha hablaba de cierta carta que le había alegrado mucho, pero eso era hace mucho tiempo, como unos dos meses. Bueno, ¿y qué pasó después? ¿Qué vas a hacer con el príncipe?

—¿Qué voy a hacer con el príncipe? Escucha: tengo la certeza moral más absoluta, pero ninguna prueba fehaciente, *ni una,* por más que he intentado conseguirla. ¡La situación es crítica! Habría que investigar en el extranjero, pero ¿dónde? No se sabe. Comprendí, por supuesto, que habría de luchar, que podría asustarle sólo con alusiones, fingir que sabía más de lo que sabía realmente...

—Bueno, ¿y qué?

—No ha caído en la trampa, pero, sin embargo, se ha asustado. Se ha asustado de tal forma, que el miedo aún le dura. Hemos tenido varias entrevistas. ¡Como hacía de Lázaro! Una vez, amistosamente, él mismo se puso a contarme. Era cuando pensaba que yo lo sabía *todo.* Lo contó bien, con sentimiento, con sinceridad (por supuesto que mentía descaradamente). Aquí fue donde me di cuenta de hasta qué punto me tenía miedo. Me fingí ante él durante algún tiempo como un simple, y exteriormente me hacía el astuto. Le asusté de un modo torpe, es decir, torpe a propósito. Seguidamente le dije groserías, empecé a amenazarle. Todo para que me tomara por imbécil y así de algún modo se le soltase la lengua. ¡Se dio cuenta el canalla! Otra vez me fingí borracho, pero tampoco conseguí nada. ¡Es un astuto! No sé si puedes comprenderlo, hermano Vania, pero yo necesitaba saberlo todo: hasta qué punto me tenía miedo y, en segundo lugar, hacerle creer que sabía más de lo que sé en realidad...

—Pero, finalmente ¿qué resultó?

—No resultó nada. Se necesitaban pruebas, hechos, y yo no los tenía. Lo único que comprendió es que yo podía armar un escándalo. Naturalmente, lo único que teme es el escándalo, tanto más cuanto que ha empezado a relacionarse aquí. Porque, ¿sabes que se casa?

—No...

—¡El próximo año! Se buscó la novia el año pasado: entonces tenía solamente catorce años, ahora ya tiene quince, todavía va con calcetinitos, la pobrecilla. ¡Los padres están contentos! ¿Comprendes la falta que le hacía que muriese su mujer? Es la hija de un general, una muchachita con dinero, ¡mucho dinero! Tú y yo, hermano Vania, no nos casaremos nunca así... Pero lo que no me perdonaré nunca en la vida —gritó Maslobóiev golpeando fuertemente la mesa con el puño— es que hace dos semanas me ha engañado... ¡Canalla!

—¿Cómo fue eso?

—Pues así. Me di cuenta de que había comprendido que yo no tenía nada *positivo;* finalmente, pensé que cuanto más tiempo alargase el asunto, antes se daría cuenta de mi importancia. Bien, pues, le acepté dos mil rublos.

—¡Le has aceptado dos mil rublos!

—De plata, Vania, los cogí con gran dolor de mi corazón. ¡Como si un asunto así pudiera valer dos mil rublos! Los cogí con humillación. Me hallaba ante él como si me hubiera escupido. Me dijo: «Maslobóiev, no le he pagado todavía por sus trabajos anteriores (por los trabajos anteriores hacía mucho que me pagó ciento cincuenta rublos, según acordamos); bueno, como me marcho, ahí van dos mil rublos. Y ahora supongo que *todo nuestro* asunto está completamente terminado.» Bueno, yo le contesté: «Completamente terminado, príncipe.» Y no me atreví a mirarle a la jeta porque en ella temía leer: «¿Qué, has cogido mucho? ¡Sólo por generosidad se lo doy a un estúpido!» No recuerdo cómo salí de su casa.

—¡Pero eso es una canallada, Maslobóiev! —grité—. ¿Qué has hecho con Nelly?

—No sólo es una canallada, es punible, es abyecto... Es... es... ¡no hay palabras para expresarlo!

—¡Dios mío! Pero por lo menos él debería asegurar la vida de Nelly.

—Debería, sí. ¿Y cómo obligarle? No hay peligro de que se asuste: le he cogido el dinero. Yo mismo le he confesado que todo el miedo que podía inspirarle representaba dos mil rublos de plata. ¡Me he valorado yo mismo en esa suma! ¿Cómo puedo asustarle ahora?

—¿Y es posible que el asunto de Nelly se haya perdido? —grité, casi desesperado.

—¡Por nada del mundo! —exclamó con vehemencia Maslobóiev, e incluso se estremeció—. ¡No, eso no se lo consentiré! ¡Voy a empezar un nuevo asunto, Vania, ya lo he decidido! ¿Qué tiene que ver que le haya cogido dos mil rublos? ¡Allá penas! Los cogí porque me había ofendido, porque me había engañado el sinvergüenza, se había burlado de mí. ¡Me había engañado y encima se había burlado! No, no permitiré que se burle de mí. Ahora, Vania, empezaré por Nelly. Por algunas observaciones estoy completamente seguro de que en ella se cifra todo el desenlace del drama. Ella lo sabe *todo, todo...* Se lo ha contado su propia madre. Ha podido contárselo durante sus momentos de fiebre, de desesperación. No tenía a quien quejarse, se encontró con Nelly y se lo contó. Y tal vez consigamos algunos documentos —añadió con alegre entusiasmo y frotándose las manos—. ¿Comprendes ahora, Vania, por qué vengo por aquí? En primer lugar, por amistad hacia ti, no hay que decirlo; pero principalmente, porque observo a Nelly; y en tercer lugar, amigo Vania, quieras o no, tienes que ayudarme porque posees influencia sobre Nelly...

—Lo haré sin falta, te lo juro —grité—, y, confío, Maslobóiev, en que te esforzarás por Nelly, por la pobre huérfana ofendida y no únicamente por tu propio provecho...

—¿Y qué te importa a ti en provecho de quién voy a hacerlo, hombre de Dios? ¡Lo importante es hacerlo! Naturalmente, lo principal es hacerlo por la huérfana, eso es lo humanitario. Pero no te enfades demasiado conmigo, Vániushka, si también me voy a cuidar de mí. Soy un hombre pobre; no te atrevas a ofender a los pobres. Él me ha quitado lo mío y, además, me ha engañado, y por añadidura, es un canalla. Según tú, ¿debo poner buena cara a un estafador así? *Morgen früh!*[21].

Pero nuestra fiesta de las flores proyectada para el día siguiente no tuvo lugar. Nelly se agravó y ya no pudo salir de su cuarto.

Murió dos semanas más tarde. Durante estas dos semanas de agonía no pudo estar ni una vez del todo consciente, ni librarse de sus extrañas fantasías. Su juicio pareció enturbiarse. Estuvo firmemente convencida hasta el mismo instante de su muerte que la llamaba el abuelo a su casa y se enfadaba con ella porque no iba, que la golpeaba con el bastón y la mandaba a pedir limosna a las buenas gentes, para comprar pan y tabaco. Muchas veces empezaba a llorar dormida y contaba al despertarse que había soñado con su madre.

Sólo a veces parecía que la razón le volvía del todo. En cierta ocasión nos quedamos solos y, atrayéndome hacia sí, me cogió la mano con la suya delgadita e hinchada por la fiebre.

—Vania —me dijo—, cuando me muera, ¡cásate con Natasha!

Parece que ésta era su vieja y continua idea. Al ver mi sonrisa, sonrió también, me amenazó con su dedo delgadito e inmediatamente empezó a besarme.

Tres días antes de su muerte, en un magnífico atardecer de verano, pidió que levantaran la persiana y abriesen la ventana de su dormitorio. La ventana daba al jardín. Durante mucho tiempo estuvo contemplando el espeso follaje, el sol poniente, y de pronto pidió que nos dejaran solos.

—Vania —me dijo con voz apenas audible, porque ya estaba muy débil—, yo me moriré pronto. Muy pronto, y quiero pedirte que no me olvides. Como recuerdo te voy a dejar esto —y me mostró una bolsita que colgaba de su cuello junto con un crucifijo—. Esto me lo dejó mamá al morir. Pues bien, cuando me muera, abre la bolsita, coge y lee lo que hay dentro. Y cuando hayas leído lo que hay escrito, entonces vete a *su casa* y dile que me he muerto, y no le he perdonado. Dile también que he leído hace poco el Evangelio. Allí se dice: «Perdonad a vuestros enemi-

---

[21] Mañana por la mañana.

gos.» Bien, lo he leído, pero a él, así y todo, no le he perdonado, porque cuando mamá se estaba muriendo y todavía podía hablar, lo último que dijo fue: «Le maldigo.» Entonces yo también le maldigo, y no por mí, sino por mamá... Cuéntale cómo murió mamá y cómo me quedé sola en casa de Bubnova. Cuéntale cómo me has visto en casa de Bubnova, cuéntaselo todo, todo y dile que he preferido estar en casa de Bubnova que ir a su casa...

Al decir esto, Nelly palideció, sus ojos centellearon y su corazón empezó a latir tan fuerte, que se dejó caer en la almohada y durante dos minutos no pudo pronunciar una sola palabra.

—Llámalos, Vania —dijo por fin con voz débil—. Quiero despedirme de todos ellos. ¡Adiós, Vania!...

Me abrazó muy fuerte por última vez. Entraron todos los nuestros. El viejo no quería creer que se moría, no podía admitir tal idea. Hasta el último momento estuvo discutiendo con todos nosotros, asegurando que se curaría. Consumido por la ansiedad, se pasaba días enteros e incluso noches, sentado junto a la cama de Nelly... Durante las últimas noches, prácticamente no durmió. Trataba de anticiparse al menor capricho, al más pequeño deseo de Nelly, y al salir de su habitación lloraba amargamente. Pero al cabo de un minuto volvía a tener esperanzas y nos aseguraba que se curaría. Llenó tarde su habitación de flores. En cierta ocasión, compró un magnífico ramo de rosas, blancas y rojas, fue lejos a buscarlas y se las trajo a su Néllichka... Con todas estas cosas la emocionaba mucho. Ella no podía dejar de corresponder de todo corazón al cariño que le manifestaban. Aquella tarde, la tarde de su despedida de nosotros, el viejo no quería de ningún modo despedirse de ella para siempre. Nelly le sonreía y durante toda la tarde trataba de parecer alegre, bromeaba con él, incluso se reía... Todos salimos de la habitación con esperanzas, pero al día siguiente ya no podía hablar. Murió al cabo de dos días.

Me acuerdo cómo adornaba el viejo su ataúd con flores y miraba con desesperación aquel enflaquecido rostro muerto, aquella sonrisa muerta, aquellas manos cruzadas sobre el pecho. Lloraba junto a ella como si fuese su propia hija. Natasha, yo, todos, le tranquilizábamos, pero estaba inconsolable y enfermó seriamente después del entierro de Nelly.

Anna Andriéievna me entregó personalmente la bolsita que le había quitado del cuello. En esa bolsita había una carta de la madre de Nelly al príncipe. La leí el día de la muerte de Nelly. Se dirigía al príncipe maldiciéndole, decía que no podía perdonarle, le descubría toda su vida última, todos los horrores a que Nelly quedaba expuesta, y le suplicaba que hiciese algo por la criatura. «Es suya, escribía, es hija *suya* y, *usted mismo lo sabe, es su hija legítima*. Le he mandado que vaya a su casa cuando me muera y le entregue en mano esta carta. Si no rechaza usted a Nelly, entonces tal vez *allí* le perdone y el día del Juicio yo misma me ponga ante el trono de Dios para suplicar al Juez que le perdone sus pecados. Nelly conoce el contenido de mi carta: se la he leído. Le he explicado *todo,* lo sabe *todo, todo»...*

Pero Nelly no cumplió la última voluntad de su madre: lo sabía todo, pero no fue a casa del príncipe y murió sin reconciliarse.

Cuando volvimos del entierro de Nelly, Natasha y yo fuimos al jardín. Era un día caluroso, de luminosidad radiante. Se iban dentro de una semana. Natasha me miró de un modo prolongado y extraño.

—Vania —dijo—, Vania ¡todo esto ha sido como un sueño!

—¿El qué ha sido como un sueño? —pregunté.

—Todo, todo —contestó—, todo lo que ha ocurrido durante este año. Vania, ¿por qué he destruido tu felicidad?

Y en sus ojos leí:

«¡Hubiéramos podido ser siempre tan felices!»

1861.